王安忆
长篇小说

匿名

人民文学出版社

图书在版编目（CIP）数据

匿名/王安忆著．—北京：人民文学出版社，2018
（王安忆长篇小说）
ISBN 978-7-02-014432-7

Ⅰ.①匿… Ⅱ.①王… Ⅲ.①长篇小说—中国—当代 Ⅳ.①I247.5

中国版本图书馆 CIP 数据核字(2018)第 163220 号

策划编辑 杨 柳
责任编辑 刘 稚
装帧设计 刘 远
责任印制 王重艺

出版发行 人民文学出版社
社 址 北京市朝内大街 166 号
邮政编码 100705
网 址 http://www.rw-cn.com

印 刷 三河市宏盛印务有限公司
经 销 全国新华书店等

字 数 380 千字
开 本 850 毫米×1168 毫米 1/32
印 张 16.25 插页 2
印 数 1—5000
版 次 2016 年 1 月北京第 1 版
印 次 2019 年 8 月第 1 次印刷

书 号 978-7-02-014432-7
定 价 53.00 元

目　　录

上部

一

等他开始意识自己的处境，暗叫一声“不好”，事情已经变得不可挽回。

这时候杨莹瑛还没觉得异常。不过比平日略迟些，不定哪一刻，电梯门哗一响，然后，钥匙在锁眼里一转，一老一小进来了。接下去，杨莹瑛就耳尖起来，电梯口一有动静，便开门出去，还有一次误听，以为电梯上来，结果一动不动，没有人。下班放学，开门闭门的纷沓平息了，楼道里有一股煎炸的油香，不知从哪一扇的缝隙漏出来。杨莹瑛关上门，心里嘀咕一句：外公昏头了！

自从抱外孙，他们便互称外公外婆。因两人都长得后生，推童车在小区和公园，常被人当成一对晚育的父母，令他们颇不好意思也不无得意。直到现在，外孙五岁，上幼儿园大班，两人方才露出点外公外婆的相，事实上，却已资深。女儿休完半年产假，上班去了，孩子留给两家大人轮流带，但孩子多半与外家亲，女儿是爸妈的小棉袄嘛！尤其上了幼儿园，隔条马路就是外公上班的地方，接送都方便，于是，索性就住在外婆家里。

再一次电梯开闭，杨莹瑛克制着没探头，对自己说，随便他们去！可这回却是奔她家，门铃响了。吐一口长气，扔下手里的东西,猛地拉门。外面的人倒吓一跳,里面的人也怔住了。一吓一怔之间,一个小人从脚边倏地蹿进去,一言不发,直跑入房间,砰一声关上门——外孙生气了。凡晚去接人,回来就要给颜色看的。来人是幼儿园老师,年轻时髦的女孩,急着要走,说小区不让停车。就知道是有车的,所以才能亲自送到家。杨莹瑛送老师下楼,是礼数,也是有许多疑惑要解。可老师又能知道多少?两人站在电梯里,就只是道谢和不谢地客套,下到楼底,看门前果然停一辆浅灰帕萨特,驾驶座上是一个年轻男孩,显然是在恋爱中。回进电梯,上楼,推门,外孙已经在哭,无限的委屈。杨莹瑛只得万般抚慰,同时打电话,打到外公单位座机,没人接听,打到手机,手机关机。他的手机向来如此,或是没电,或是欠费,抑或干脆忘在家中,好在少有情急之事,如今天这样。杨莹瑛明知无果,却连拨几个,负气似的,其实是心慌。放下电话,外孙不哭了,祖孙俩手牵手,有一时静谧。停了停,再拿起话筒,这一回是拨了女儿的号码。

女儿安置妥手里的事务,在高峰时段的车阵中会合先生,再一并上路,进门已近八点钟。本来以为母亲过度紧张,此刻陡地提起一颗心,喉咙口的埋怨吞回去了。家中坐了一圈人,母亲的姐妹,父亲的兄弟,甚至还有她的婆母,一并转向两个年轻人。儿子坐在外婆与奶奶中间,不同以往的轻佻,态度也是审慎的。电视机播放一出不知名的情节剧,音量大得吓人,也没人去调低,任其喧哗,气氛更显得不安。

在座已有人建议报警,却又怀疑警方能否受理,不是说失踪二十四小时才能立案吗?可是,又有人指出那是从美国电影里看来的法律,不足为凭。倘若平时,大家就要笑了,现如今,谁还笑得出来？做大伯的，最年长，辈分高，退休前做过科长，亲戚淘里有威信，发话了：无论哪一国的法律，都循常情常理，撑足算，人不过晚回来三四小时，怎么也称不上失踪，报到派出所，一定吃回账！听了这话，众人都轻松一些，有人拿起遥控器调音量频道，小孩子也吵起来，要看动画片。只有杨莹瑛忧虑不减，她最晓得事态的蹊跷，是因为这件小事情中的这个人。这个人，只有早回来，没有晚回来。掌握遥控器的人调到上海夜新闻频道，说当日里的事故会有播报，于是，房间里重新静下来。

九时半的新闻播完，已经十时半，滚动字条里也未有半点信息。杨莹瑛站起来，上前揿灭电视，说：我要去他单位走一趟。一众人纷纷起身，那小人儿已趴在奶奶膝上睡着，也醒过来。此时方才想起他，就需留下人照料陪伴，最后选定奶奶。他却要跟去，哄也哄不服，大人渐失耐心，做父母的吼叫起来，于是一阵嚎啕。杨莹瑛忽觉不祥，心别别地跳，簇拥中走出门，下电梯。门前的地面黑压压的，抬头则是万家灯火，分坐两辆自驾车，再招一部出租，前后相跟，一行上了内环高架。

所谓"单位"，杨莹瑛连名字的全称都未记下，只知道是台资企业，经营物流，由朋友的朋友推介。聘用退休人员是企业惯例，无需缴纳"四金"，成熟的年龄和经验，老派规矩，最用得称手。本人呢，消遣了多余的时间，挣一点额外的钱，可谓两厢里情愿。杨莹瑛甚至没细问他做的究竟哪一类业务。这个人一辈子都是做内勤，新式叫法为"文秘"，填些报表，起草申报案，结算用度，登录物品的新进废用，除此又还能做什么？连一次外埠的出差都不曾有过。但她知道他单位在哪里，北苏州河地方的一幢居民楼，和外孙的幼儿园相邻。所以接受朋友的推介，很大原因是出于接送小孩的方便，还可从他的窗口，用望远镜看顾外孙。中间曾有一次，房东业主要结束租赁，收回给儿子结婚，外公外婆很是纠结了一回。后来，业主儿子的婚事黄了，继续合同，才又安稳下来。这样一起一落，杨莹瑛对那房子的地点就有印象。

夜间道路通畅，只一忽儿车就下高架，从过街天桥底下穿过，进到横街，拐弯处就是一片高层。小区门口停一辆出租车，亮着灯，主客正交割车资。一推门，出来人，向这边打个照面，是那推介工作的朋友，路上打的电话，人已经到地方。朋友向一行来人点头握手，一直没有停息与手机对话，是在联络朋友，这家公司是朋友的朋友的关系，他也并不十分知情。联络显然不那么顺利，几回尝试没找到朋友，只得联系彼此共同的朋友，然后再是共同的朋友的朋友，朋友圈渐渐扩大。朋友打着电话走头阵，后边跟了车和人，进去小区，蜿蜒转折，来到其中一幢高层底下。朋友将手机啪一声关上，通话结束。面对十几双巴望的眼睛，不作任何回答，而是转向物业保安。

与物业交涉是为钥匙，朋友的意思是物业当有一把备用钥匙，以应不时之需。物业说业主们入住无一不换门锁，而且他即便有钥匙也不能擅自进入私宅。朋友解释并不是民居，而是公司用房。物业说，这话如何说好，业主有权处置自己的房屋，但是并不因此改变楼盘的性质，是民居不是商用——那么，大伯发言了：倘若漏电漏水，殃及左右上下，家中又无人，要知道，上海的公寓楼，有多少空关的。物业回答，通常会留下联系人的电话。说到此，双方都心头一亮。物业翻开一本册子，果然有一个姓名和电话，但等报出，正是朋友的朋友，一直联系而联系不上的那位。现在只有一个办法,物业说。什么办法?报110,警察到场,撞门!众人不由静下来,仿佛意识到事情的严重,竟然要用上这么极端办法:撞门。同时,也有所提醒,那就是:也许症结就在门里头。这时候,杨莹瑛站到前面,门厅的日光灯下,她的脸色格外显得青白。物业判定这个女人与事主最有关,态度温和下来。杨莹瑛只说一句话:师傅,麻烦带我们上去敲门,试试看。师傅不再推挡,关上抽屉,走出来,抽卡按在电子锁上,门嗒一声开了,一行人跟着进到楼里,上了电梯。

公寓的门闭着,听得见电子门铃在里边响,有性急的人伸手在门上拍,物业师傅立即制止。是啊,什么时间?半夜。电梯井里一阵轰鸣,正停在这一层,一并回身看,走出两个年轻女孩,踩着高跟鞋,旁若无人地走过,进去对面的公寓。夜晚的寂静被搅动,继而又平息。不晓得谁的手,伸出去握住门把摇两下,料定是徒然,可是,最不可思议的事情发生了,那门竟然闪开。所有的人都定住在原地,没有移步。门没有锁,甚至,没有关灯。

从玄关,就可看出装修的简单。墙面刷白,浅色复合地板。厅里几乎空着,一具饮水机,也没关电源,不时发出咕噜噜的换气声,还有一张折叠方桌,两把折叠椅,多少年前的老样式,大约是房东家的旧物。房型是两室一厅,厅是暗厅,白天也需开灯。朝南的主卧黑着,厅里的灯光投进去,看得见房间中央摆一张大班桌和一具皮靠椅,闪着簇新的幽光。桌面空空,四壁也空空,极少有人光顾的样子。另一间,朝西,是一个窄长条,通常给孩子作睡房,如今是写字间,有办公桌,橱柜,传真机,电脑,碎纸机,倒是有办公业务的气氛,仔细打量,也只有一个人活动的痕迹,这个人就是他。

室内的寒素，说明无论出租方还是租赁方，都是拮据的。有余房出租，多少算得上小康，却是不知道这公司情形如何。人们四散在各处查看，所有的窗户都没装窗帘，玻璃镀一层薄亮，这城市的夜晚是有光的，于是就像裸在露天。物业师傅，一个五十多岁的男人，跟着浏览四周。楼里的住户每日价从跟前来回，与他们收送东西，却无从知晓他们过着什么样的生活，在这个当值的晚上，不期然走进其中一格单元，称得上是奇遇。他渐渐放下戒备，变得话多，甚而至于饶舌。这爿公司不错，他说，清静，不像某些租客，生人多，垃圾多，快递多，外卖多，还多喜欢装修，这里敲敲，那里敲敲，就引出邻里纠纷，对物业态度也不好，五斤狠六斤，当物业是他们的杂役，一会儿让搬东西，一会儿让叫出租车。那些白领小姐，仗着年轻，很会来事，差使他们买牛肉面，送取洗烫衣物，真是让人头昏。这一家就不同了，平时常见的只有一位先生，虽不多话，却很客气——说到此，不由收住，意识到这行人所来的目的就是这位先生，他向里间屋看一眼，杨莹瑛在那里，无疑是他的女人了。顿了顿，继续说：那位先生骑自行车来上班，不像有些人开自驾车，停车又是个麻烦，老先生的自行车和我们的助动车停在一起，一点没架子的。听的人打断了问，老先生什么时候下班走的？他遗憾道，七点钟才来接夜班，老先生通常下午四点钟离开，所以——又添一句"老先生离开时总会道再见"，然后便沉默下来。

杨莹瑛站在办公桌前，无须辨认，只一眼就看出这不是别人的，就是他的桌子。这是一具老式两头沉的办公桌，油漆都剥落了，一头抵在西窗下，一头悬空，横头牵一条细绳，挂一条蓝白格子旧毛巾，显然作抹布用，但洗得极干净，晾得也平整，杨莹瑛好像看见了他的手。桌面也是整洁的，一台电脑，一个塑料文件筐，筐里摞着图表、信函、单据，分别用夹子夹着，其中传真纸上的字迹几乎褪到无色，都还保存着，特别用笔写下的日期时间仍然清晰。有一个笔记本，以人名分栏，时间顺序为记录，杨莹瑛稍加思忖，方才明白记录的是往来手机短信。她认出他的脾性，对电子通讯的不放心，还是相信白纸黑字。同时呢，也看见他的清闲。桌面上立着一盏绿玻璃罩的台灯，灯下的文具盒里，分门别类放着曲别针、订书机、笔、固体糨糊、透明胶带。边上是他进出拎的黑色皮包。杨莹瑛拉开台灯，旋即又拉灭。沿桌面看过去，看出窗外，对面两幢楼之间，绰约可见一幢多层楼房，带一周花园，外孙的幼儿园就在那里。他说用望远镜看外孙，就是从这个角度吧，能不能看见什么，则令人怀疑。现在，望远镜就在左手第一个抽屉，很宝贝地团在一块丝绒布里。

第二格抽屉里有茶叶罐，一把紫砂茶壶；第三格是上一年的贺年片，这一年已经过了大半，贺卡还竖在橱柜上，数量少许多，因为开始手机短信拜年了。卡上的贺词多是印刷的现成套话，落款为各种名称的公司单位，抑或再加上一个龙飞凤舞的签名，没一个字认得出来。总之，是生意之间的例行交往。最底下的抽屉里有一双旧布鞋，供雨天里换穿。他那时代上班族的基本装备就都在这里了。另一端的抽屉就沉了，满满的都是使用过的教科书和作业本，是房东家的存物，留之无用弃之可惜，放在出租房里可延缓处理的决心。推上抽屉，走出房间，转进厨房。没有安装煤气灶，料理台上搁一具微波炉。旁边是两个微波炉碗具，一个乐扣乐扣饭盒，杨莹瑛认出是自家的东西，每天满的带去，空的带回。此时，洗干净的盒与盖，倒扣在洗碗布上，说明并不是回家,他去了哪里呢?

一众人将里外间所有的大灯小灯都打开,明晃晃的,衬出窗户外的夜色,已经是午夜零点。有谁拨通家里的电话,接电话的声音很清醒。这边问:回来了吗?那边答:没有。关上电话,人们静着,忽推开落地窗,这才发现有阳台,于是,一拥而出,就听头顶传来丁当脆响,阳台上方的檐角挂着一只风铃。杨莹瑛被铃声惊一跳,脚步迟疑了,落在最后。心里骇怕得很,觉出楼层的高和突兀,仿佛孤立在云端,周围一切都到了脚底下。风铃继续摇曳,打着旋,她认出来了,是女儿出嫁丢在家里的。小女孩子的爱物,紫色的玻璃小蝴蝶,上下错落的一串,被他拾来挂在这里。就知道,他是喜欢在这里上班的。

物业的男人感叹一声:真清爽啊!他专门对了杨莹瑛:阿姨你不知道有些公司的邋遢,吃过的饭盒就扔在门口,汤水淌了一地,马桶和水斗堵塞,也不疏通,只一味用泵打,结果管道爆裂,漏到下面人家!可是这整洁却是增添了寂寥,还有寒碜,远不像是兴隆的生意,但要说惨淡经营,又当有挣扎,也没有迹象。物业继续说着:爷叔——他将先生改称"爷叔"——多有耐心,又仔细,待人多么和气,春节我儿子结婚,麻烦爷叔写请柬,一句话没有,隔日就写了一百份,帮大忙了!我们这年纪的人,写字上不了台面的,读书碰到"文化大革命",读什么书?现世罢了!男人絮叨起来,聒噪得很,对了寂夜里担着心事的女人,觉着自己沉闷的人生其实是静好的,难免有些得意,又抱了些歉意。

阳台里的人趴在护栏上,用手电筒向下照,用意是明显的。手电筒的光,勉强下去十数米,便消融在暗黑里,模糊地移动一会儿,收起来。回到屋里,就好像将夜色带进来了,人人脸上都罩了阴影。物业的男人扑哧笑起来：一定是给朋友拉去吃酒，醉倒了，天亮酒醒就回家去了。到时候，阿姨不要让他进门哦！他的嬉笑一点不使空气轻松，反显怪异。在通亮的照明下，他的脸也有一种惨白，凌晨时分的脸色都好不到哪里去。他讪讪地笑几声，收起来了。在场的人都知道，他不喝酒，至于朋友——眼前这位，可算至交，所以会介绍工作，却也仅此而已，他不会忘形到不回家。但无论如何，这也是亲属之外的人际关系，通向社会，在那里，谁能料到发生什么。现在，朋友是唯一的线索，眼睛都看向他。他做什么？打电话，电话却从来没有打通。

看起来，朋友也是那一类人，保守、本分、谨严，有一些逢凶化吉的运气。比如，一九六六年"文化大革命"开始，学校停课，可他们恰恰在前一年读出中等专科文凭，及时就业；比如，八十年代经济转向，多少人下海弄潮，又落篷收艄，而他们原地不动，没有发财，倒保持了公职；再到九十年代国企改革，如他们这样不大不小的单位，先是兼并人家，吃改革红利，终于轮到被兼并，他们恰到退休年龄，享老人老办法的政策。就这样，最大限度地规避了同代人动荡的遭际。是原本如此，还是共同的命运和遭际，他们连生相上都有些接近。身体没有经过繁重劳动磨折，没有落下损伤，也称不上强健，而是略见孱弱。室内的工作又养成白皙的皮肤，就有些像女人。眼睛一定是近视的，然后又老花，就配了分上下远近视的眼镜，镜片是蔡司，因为相信德国老牌子。款式中庸，不过于时尚，也绝不落伍，是细镜架无边框。衣着也是，整洁合适，却没什么创意。这些使他们既不见老，也不见年少。

此时此刻，寻人的焦急，还有熬夜，使得朋友憔悴了，他疲惫地打着手机，不时抬起眼睛看朋友的女人，流露一股哀求解脱的表情。说到底，他有什么责任呢？都是成年人，有行为能力，所以，那哀求里又是精明的世故，这也是令人感到熟悉的。就是因为熟悉，杨莹瑛才不松口。她想，一旦放过今天，到明天，说不定就像朋友的朋友，再也没有声音。

最后，还是物业说话了。男人为难道，他不能离开岗位太久，同时呢，他也不能让这一大群人留在无人的公寓里，究竟，也不知道他们的身份，以及和业主或者租客的关系。所以，真的对不起——他做了一个送客的手势，客气但又是坚决的，令人不由自主顺了手势向外走。走过卫生间，杨莹瑛看见他的毛巾挂在毛巾架上，还有一个肥皂盒，一瓶洗手液。脚步停滞一时。就在这一时，物业的男人依次按下开关，公寓的灯，一盏一盏灭了，卫生间也黑下来。杨莹瑛说出两个字：报警。

他想，事情是怎么发生的？手机铃响，接起来，是快递公司，有东西送到。什么东西？淘宝网上订购的吸尘器。他没有上过淘宝网，也没有订过吸尘器，但是其他人甚或至于老板自己下的订单也未可知。应该说，这是第一个疑点。一边与手机那头通话，询问车停在什么地方，一边出公寓乘电梯下楼。电话里说，小区车多，不让停，所以是在小区外面的马路上。走在小区里，他想到公寓的门没有锁，本以为是一会儿的事情，不料拖延了，于是脚下便匆忙起来。有一个念头闪过——其实是第二个可疑之处，那就是小区里并没有太多的车。下午两三点钟光景，空阔而且宁静，邻近小学校眼保健操的音乐在上空飘扬，让人生出甜美的怅惘。走到小区门口，果然见马路对面停靠一辆小型客货两用车，驾驶座里的人对着手机说话，就知道是和自己通话的人。这是最大的疑点所在，而他偏偏放下心来。吸尘器呢？他问。那人关上手机，下颌一点，车上就下来一个人，引他绕行到车后，揭开车后盖，车厢里散放着几个纸箱，上面仿佛有吸尘器的字样，这也是可疑的。可他更放心了。那人欠进身子去拖纸箱中的一个，结实宽厚的肩背横在他的面前，这时候——大错就铸在这里，他也欠进身子，比那人欠得还深，抓住纸箱一角。是出于向来的谦恭有礼，无论尊卑长幼，总要虚让一回。这一回呢，还有些真着急，公寓的门不是没锁吗？就在这一欠身，背后伸来一只手，将他往里送了送。这只手一点不粗暴，反而很轻柔，可他的脚却离了地面。上了车后厢，几乎就在同时，车后盖合下了。犹如行云流水，自然而然，唯一的碰擦是脸颊在纸箱上磕了一下。他抚着脸颊翻身坐起来，车启动了。

他先喊两声：开门！开门！“开门”两个字其实挺好笑，因为关闭上的不是门，而是车后的盖，他是进到一个箱子里。接着，他在“门”上敲击两下，自己都觉着白费力气，不会有一点效果。气和急一刹那就过去了，知道没有用，也是一种应激反应，巨大的惊吓之下，反而格外镇定，于是一下子认清形势：完了！他的意识在这两个字上水平行进了一段时间，正合着车行的速度。人在速度中通常会有的松弛，正合乎头脑里的空白，他心情平静。甚至没有注意眼前的黑暗，空间的逼仄，还有空气不充足引起的窒息感。抱膝坐地，心里说着“完了”。思想从字面滑过去，并没有切入，依然在应激反应中，那就是不让自己吓坏了，先定下神再说。这一段时间持续很久，但等刹车停下，均匀的节奏中断，却又觉得那只是一眨眼工夫。他惊一下，一个新念头跳出来：接外孙要晚了，不知哭成什么样子！目下处境里，这念头琐细到荒唐，可说是避重就轻，也是自我保护——别吓坏了！

车停着，没有熄火，周围都是引擎怠速的突突声。听起来是在车阵中，下班高峰时节紧张蒸腾的气氛漫进车厢。以下的路程就不那么顺畅了，不时地刹车，喇叭锐叫，有几次刹得很急，他的身体倾斜过去，又被纸箱撞回来。这样的碰撞算不上激烈，但是让他感觉到遭际里所含有的粗暴性质。为稳住身子，他用手撑着地面，这就发现手里少一件东西，什么东西？手机。一个细节清晰地回来了，背上那只手托他进车后厢的时候，顺便抽走了手机。简直就像是不经意似的，一点不强求。他呢，也一点不反对，非常和谐。多么滑稽啊，他几乎要笑起来，开始回想事情的经过。

其实——他的回想往远处推去——迹象早就有了。这半个月以来，座机常常铃响，接起来，却无人应答，停一时，轻轻嗒一声，挂上了。应该有一些警觉，可他没在意，拨错号码的事情不是太多了吗？后来次数多了，留心来电显示，是“无号码”的字样，一时的怀疑又释然了，因为想到是用电话卡打的。所以，不能说没有预兆，可惜被错过了。日子是那么清静安逸，严格说来，这清静和安逸本来就是可疑的，商场如战场，何来这等从容。可他已经被麻痹了，顺遂的人生是缺乏想象力的，也让人放弃思考。这公司向来业务清淡，他都说不上来主要的经营是什么。有过几回洋山深水港的报关单，报的是黄豆、玉米、木器；有闸北货车站的单据往来，有竹器、火腿、虾皮；还有就是为客户订酒店和机票车票，或者填写出境签证表格。这二室户的单元里也有过一次热闹，先是黄豆搬进来，厅里堆不下，堆进老板间，又堆进他这间办公室。民居不得用于仓储，为防止物业和业主们干预，所以，黄豆是分散地进来，包装也不统一，有麻袋，有纸箱，有桶，有盆。一边是进来，另一边是出去。从苏、浙、皖、豫过来的小炼油厂采购人员纷至沓来，容器就更加五花八门，米袋、蛇皮袋、草包、篾箩。那几日，可谓门庭若市，操各路口音的粗壮男人络绎不绝，难免有撞错门被轰出来的，又相骂起来，然后不得不打点物业保安。公司这头的员工也多起来，两个湖北籍的民工抬来一架磅秤，然后就不走了，专司过秤，称过了就报给他，记下来。口音不通，闹出许多笑话。又增添一个阿姨，扫地烧饭。阿姨倒是沪籍，原是纺织厂的挡车工，纺织厂停产时，她不到三十岁，报考过航空公司应募空嫂，第一轮就被刷下。她说报考的人有上万，取的只是千中一二，说是空嫂，也还是往年轻里挑，不过是再就业的噱头。阿姨说话喉咙很大，是车间里练出来的，有她在，气氛就更活跃，显得兴兴隆隆的。当那黄豆出空，磅秤抬走，湖北佬和阿姨离开，陡然静下来，让他有多日的想念。之后，再也没有过这样的交易。回顾起来，那仿佛是公司的辉煌时期，然后他就又慢慢地回到闲散平淡的上班生活。

偶尔，他也会生出一些些好奇，这公司究竟以什么维持运作？这点好奇很快就有了答案。完全可能，这里只是总公司底下的一个子公司，多项经营中的一项。公司嘛，总是东边不亮西边亮，这里搁浅那里行船。不也曾经有过一回繁忙吗？显然赚到钱，还发了一笔加班费呢。他的工资总是准时到账，虽然不算丰厚，但是这样的闲职，养与不养在两可间。这被解释为实力不错，当然，也和性格有关，老板是个慷慨的人——七〇年生人，长成于逐渐富裕起来的社会。不像他们的父母，在争夺中度过一生,凡乘公交上厕所进电梯抢头阵的,一定是那一代人。而他们是排队的一代——他在替老板说好话。为什么?仿佛是抵制疑虑。什么疑虑?事实上,本月的工资没有打进银行卡。这有什么呢?头寸调不过来是生意道上常有的事情。头寸,是生意为之奋斗的永远目标。他为老板的辩解激昂起来,就在这时候,打到座机上的电话,忽然发声了。

电话那头说:吴宝宝在不在?吴宝宝是谁,他没反应过来。对方连说两遍:吴宝宝,吴宝宝!口气很不耐烦。催促下,他迅疾搜索记忆,想起来,吴宝宝是老板的名字,他们称“吴总”的人。这样的直呼其名,又是这样的名字——吴宝宝,就好像小学校里同学间的叫喊。不等他回答“吴总不在”,电话已经挂上,发出“嘟嘟”的空鸣,急躁,而且火大,也像小学生之间闹气。这位吴总,不过和他女儿一般年纪,不是孩子又是什么?但如今已经是他们的天下。

几十年来,上班下班的人潮中,先是比他年长的为主流,再后是他们称雄。接着,渐渐地,就好比人生的节奏舒缓下来——之前是紧赶慢赶奔什么目标似的。现在,接近目标,脚步便放慢了,于是这个阶段显得格外漫长。他都没有注意到周围的同行者越来越年轻,直至年轻到儿女辈成汹涌之势,忽然抬头,他成了“吴总”的下属,甚至是比较低阶的下属,时间陡地急促起来。

因是低阶的下属,他都没有见过吴总几回。吴总的老板室,公寓里的朝南大间,常年空关。有限几次照面,吴总留给他的印象,就和他们那年纪所有称“总”的人一样。身量有些发福,肚腩从皮带上突出。丰润的脂肪将脸型团得很圆,五官舒平,细眉细目的。气色红润,像长不大的胖娃娃,又像过早步入中年,显露高血压高血脂的迹象。西装里的衬衫是很昂贵的品牌,但规矩地打着领带,就显出谦恭,随时准备与更高阶的人打交道。唯一流露个性的地方,是他的本地口音,听得出是川沙一带的人。就在方才说的辉煌期,黄豆进出热火朝天,吴总亲临现场,因为兴奋和紧张,将“黄豆”说成“绿豆”,“绿豆”呢,说成“六豆”。就觉得有意思,想他这个年纪的人竟然说不好普通话——通常的情况是,这个年纪的人只会说普通话,不会说方言。吴总乡音里的朴素气质,倒给他好感,同时呢,多少让他也生出一些些鄙夷,这一些些鄙夷,刚好用来平衡他的失意。如此心情很可以反映上海中心城区市民今天的处境,成见不减,地位却在式微。

下一日,电话又来了。这一回找的不是“吴宝宝”,而是“你”——“找的就是你!”态度很蛮。他不与蛮人说话,将电话挂上。无线电波纵横交织,倘若肉眼能看见,当是如何稠密的一张网,人,就像网上的蜘蛛。错搭一点,就是十万八千里。曾经,他被一个跑了老婆的人套牢,非要他交出他的老婆,手机上不停歇地发来威胁的短信:抢人家老婆的人去死吧!还约他几时几分在何地何处“单挑”。他终是个不理睬,后来那人自知有误,断了纠缠。

然而,这一回,错的却是他。

现在明白,电话那头说的“你”就是吴宝宝吴总,这误会就大了!可是,又有一些放心,因为误会很容易就可以解决。手机不是在他们手里吗?去查手机机主呀!想到手机,疑窦又生出来,他们知道的就是他的手机号码,他们找的正是他!心又紧一下。可是,也不对,前一个找人电话,清清楚楚,找的就是“吴宝宝”,后一个电话找的是“你”,这个“你”是我吗?他问自己。可能是我，也可能——事实上更可能是“吴宝宝”。然而，千真万确，打的是他的手机。追索一圈，又返回到手机上。他重新开辟一条思路。也许他们以为这手机不是他的，而是吴宝宝的。这误会又是如何产生？他在哪里遗留下自己的手机号，又在哪里错接上吴宝宝？推理的路数虽然不得法，但另有一般好处，那就是使人专注，因而保持平静。

他镇定地想——这一回的镇定与先前的应激本能不同，具有一定的理性，头脑逐渐变得清醒——他想，确实在很多地方留下手机号码，那些报表、单据、代替公司往来的信函邮件，签名的同时常常要求留下联系方式，地址、电话和手机，他都照实填写。而且，他缓缓地转念，偶尔，也是难免，如今许多法规不尽合理，怎么说，任何人不得不另辟蹊径，曾经，最多三回还是四回，公司额外发放一些奖金——不是说，吴总是个慷慨的人——为了出账方便，要求用家人或者朋友的名字和身份证号码，甚至虚拟一个也没关系，谁又会认真查呢？谁也都会理解。所以——他的推理终于跳一格，跃出单一轨道——人们完全有理由认为，出现在单据上的手机号并非签名的那人，而是另一位，比如吴宝宝。就这样，吴宝宝浮上水面。

错结打开，线索顺畅了，他朝真相接近一步。那就是他们其实并没见过吴宝宝，信息又不准确，简直就是摸瞎子，摸错人再正常不过了。有什么呢？小时候摸瞎子，他也是有过小时候的，他们在“瞎子”茫然的捕捉下逃窜，发出阵阵怪叫，意欲声东击西，更出格的，是将伙伴往“瞎子”手下推，这就带有出卖的意思。想到这里，心头一亮，或者说一暗——他会不会是被推出去的那一个?！为什么要推出去一个？他自问自答：为了躲藏得好。为什么要躲藏？此时此刻，他算是触及事情的核心。说是核心，其实在最表象，就是“躲藏”。吴宝宝，他们的吴总躲藏起来了。他有多久没露面，又有多久没有指示——通常总是经由财务萧小姐下达；电话、传真，静默多久？而且，本月的工资拖延半个月未发放。推理一旦产生结果，之前的过程就隐没在事实底下，他绕了个大圈子，终究还是接近目标。

有一回，女儿女婿去旅游，经过一座老庙，一时兴起，进去叩头求签，替家中每个人都求得一支。他的那支是“中平签”，签文中有一句，叫作“误作误为伤精神”，家人就经常用这一句打趣他的刻板不通融。他的回答是：不要嫌我麻烦，嫌我慢，最后一定能做成。至于做成什么，他说不上来，仿佛也并不知道。

车行驶着，显然上了高速公路，加大马力，车程也长了。有几回停车，缓行，传进高音喇叭里的人声，晓得经过收费站。出了市区，进入邻省，漆黑的车厢里，没有参照物，就辨不出方向。气闷好了些，因为适应，也因为气温下降，一股夜的森凉从车门缝隙渗漏进来，丧失掉的时间概念回来了。他伸展一下坐麻的腿，让纸箱一类的堆积物抵住，只得半屈着。车行驶得流畅了，时速上去，可见出赶路的急。他倒有些喜欢，在持续的速度中，有一种安全感，暂时和苟且的，挨过一刻是一刻，谁知道下一刻会发生什么？只是，内急困扰着他，可还忍得住，没有完全占据注意力，思绪继续进行。

他明白了一个事实，吴宝宝——“吴宝宝”比“吴总”更像这个人。“吴总”是时代潮流，“吴宝宝”则是潮流里的一个人，爸爸妈妈的儿子，一点一点长大，读书，升学，就业，下海，做生意，越做越大，然后——人间蒸发。至于是不是错当他是吴宝宝，又怎么错当他是吴宝宝,并不重要。老板蒸发,无非是让债务逼的;债务呢,无非两种,银行和客户。银行的行为何至于如此卑琐,有失体面?印钞机一开,多少旧账消化在新钞票里,无影无踪。所以,他几可断定此番动作出自客户的手。为了避税,资金不经账面走,交易往往回到原始状态,以言立约,口说有凭,免去繁文缛节,做起来是轻捷了,其实留下隐患,随时可能发作。他早在心里嘀咕,可自觉跟不上时代的进步,再说,他又不是公司核心层,核心层是萧小姐——黑暗中浮起萧小姐的脸,职业化的妆容和表情,精致而冷淡,只是偶尔,对吴总一笑,突然生动起来,看得出之间有默契。生意上,这免不了,也在人情中。身处边缘的他,所掌握的业务信息十分有限,就算想过要出事,也想不到究竟出在哪一单。

思想乘着行驶的节奏,顺畅极了,几乎有沉醉之感。停车时候,一惊,醒来了,尚有余醺。车后盖打开,一具身影移近,格外高大,仿佛巨人。巨人招一下手,他顺从地欠过去身子,被托住手臂,轻轻一落地,站住了。和送进车后厢同样,行云流水般出了车厢,可见巨人的手有力气。此时他还没找到腿和脚,只是随那只手移动,看见地上的影子,左右两具,中间是他,形成一行,从路面移到斜坡,黑压压的,不用任何暗示和指令,窸窣解开门襟,一并放水。这一场尿可是不短,简直没有尽头,终于结束,真是无限轻松。他舒展开身子,忽就看见满天星斗。

苍穹之下,影子在迅速变小,小到像一颗豌豆。他们是三颗豌豆,车呢,就像一只瓢虫。身后的公路上,跑着几只同样的瓢虫。他很奇怪地具有一种全视的功能,就好像处在俯瞰的位置。公路,公路两边的田地、树丛、高压线、隔离板、河塘——云母般发亮，他的视线辐射得越来越远，远到地平线。有一瞬，他忘记自己的处境，被惊诧攫住，他想不到天地的大，宽广与高远都是无限。无限的天地在向他收拢，星斗倾倒地面，伸手即可触摸似的，无限又变得有限。地平线也在逼近，看得见刀锋般的边缘上跑着瓢虫。河塘，那发光的云母上有一只水鸟飞起，纤长的双足与地面平行，飞，飞，一缕游云在它上方，渐渐地，两者都融进夜空，天地又无限地扩张开。

二

重新上车。那人走在身后，分明押送的意思，没有扶他，手里抱着东西。他在车厢后沿一撑，上去了，身体忽变得很轻。转回头说：我不是吴宝宝！被自己的声音吓一跳，听起来不像，仿佛另一个人在说话，寂夜里自语。那人，面向他，背后有一层薄光，勾出轮廓，手一送，东西落在怀里，车后盖拉下来，没有一个字的回答。他又在黑暗里，车发动了，回到飙行的速度，速度产生的离心力，让他有失重的感觉，心情岑静。

摸索怀里的东西，有一卷薄毯，打开来，滚出两包方便面，一瓶矿泉水。将毯子披在身上，拧开矿泉水，喝几口，方便面怎么办，干吃！扯开包装，掰下一块填进嘴，味道竟然不坏，松脆鲜香，这时才觉出肚饥，早已经前胸贴后背。裹着毛毯，嚼着方便面，被黑暗佑护，简直称得上享受。食物和寝具的提供，至少证明这一夜必在车途中度过无疑了。索性就安下心来，不作他想。可是上车下车的折腾，解决内急，又进食东西，方才的困倦全跑了。

也许星空照耀过了，眼前的黑暗似乎淡薄一些，不像先前那么压迫，思绪活跃。他想，车上这两个显然是“马仔”一类的人，受指使来干活，并不知晓内情，所以与他们争辩也无用。以两人的态度看,并不很恶,不是多有传说剁手剁脚的事?从他所受礼遇,倘若这也称得上礼遇,他确实被当作了“吴宝宝”,因要与“吴宝宝”协商事务,公司里的事,唯有“吴宝宝”才做得主,所以手下留情。这么说来,他还不能否定自己是“吴宝宝”,想起方才那一句解释,不由身上出一层冷汗,“马仔”要发现带错人,不知怎样对他撒气!他决定不再张口说话,等见到他们的老板,就是指使他们的人,不叫老板叫什么?那时候再作定夺。

一些印象潜回来了。星斗照耀下,高速公路上方的广告牌,写着什么?“娃哈哈”。撑臂上车时,余光里进入车牌一角,有一个“浙”字。这么说,他们进入的是浙江地界,应是在沪杭高速。混沌划分疆域,身下的速度不再是茫茫然一片,而是有定向,成带状延伸。他又有了全视的功能,看得见所乘坐的小型客货两用车在公路上飞行,无声地鸣响喇叭,闪着大光灯,与对面的货卡会车。灯光投在路面,反射出荧光,穿过星月烁烂的天地间,有一种不兼容的异质性,将自身和环境区分开,也就是将文明与蛮荒区分开来。他就在这人工的光明通道里行进,四下里的黑暗只是极小的局部,就像鸡蛋的蛋黄,穿过蛋白,轻轻一击,薄脆的蛋壳就碎了。事实上,他睡着了,睡梦里亮得不能再亮,光明透过蛋壳进来。当他醒来,重新进入黑暗,倒有一时间的迷惑,以为方才是醒,这会儿是入睡了。

车停下,听见车门开合的声音,等着车后盖揭开,放他下去站一站,方便一下。但是没有。他屏息敛声,试图听些动响,也没有。良久,从车前部飘过来几丝烟味,就晓得车上人在吸烟。他不吸烟,平生最讨厌烟味,此时此刻却大吸几口,可烟味消失了。就是这若有若无的烟味,将他与车厢外面的世界联系起来,仿佛又看见那个满天星斗的苍穹，无限大，无限远。公路底下，黝黑黝黑的斜坡，草丛与灌木，静谧无声，实在是活跃着生机。他深深地呼吸，就像一个瘾君子，贪婪地捕捉烟味，真被他逮到几点，和着一股子凉气。他的嗅觉变得灵敏，竟分辨出凉气里的湿度。湿度洇开来，稀释了黑暗，变得薄透。夜晚正在转向黎明。

猝不及防间，车后盖揭起，只揭到一半的位置。那一股湿凉几成汹涌之势，从挡在车厢前的人形周围流淌过来。某一个角度折来光，他甚至看得见那人的眉眼，一闪即过，又湮灭在暗里。烟味扑面，厌恶也回来了，几乎咳呛起来。车后盖从一半的位置就向下合去，急切中他说道：我是吴宝宝！话未落音，车盖已经合上，似乎知道他还活着，就放心了。车又启动，沿公路进发。

湿润的空气滞留在车后厢内。它们具有奇妙的分子结构，能够繁殖再生，渐渐充盈起来，占据有限的空间，又继续膨胀。穿透毛毯，毛毯下的衣裤，渗进肌肤。他打着寒战，方才的舒适感——饱暖、暂时的安全、失重里的松弛所形成的感官适宜，这时全退潮，现实处境露出水面。他究竟身在何处？问题变得尖锐，他终于知道怕了。应激保护的本能一时蒙蔽认知，将事态温和化，降低受伤害的程度，等到心理准备得差不多，便完成任务退场。他止不住阵阵心惊。星月兼程，走到多远了啊！多少时间过去了？没有表。他习惯将手表放在包里，嫌戴在腕上麻烦，他已经到身上不愿有一点累赘的年纪。再说，手表也不像以前那么重要，不只意味时间，还象征身份。那时候，工作初始，第一份积蓄就是买一块上海牌手表。有表的人总是欢迎关于时间的问询，郑重地回答，精确到最小的刻度，比如“三点二十七分”这样的说法。可是，现在连粗略的时间也没有了，他这才发现时间的重要性，没有时间，人就好像陷入深渊，无依无靠。他被恐慌攫住。

杨莹瑛握着他的包，这是从公司带回的唯一东西。严格说，是一个夹子，三边环拉链，有一个拎襻。拉开，摊平，手表扣在套笔的皮环上，几张纸币对齐角放在内袋，一边的卡袋里插着理发店的优惠卡，面包房的打折卡，另一边单独插一张交通卡。乘公交也好，搭出租也好，将夹子这一面往刷卡机上一放，嘀一声，钱就刷走了。他戏谑说，收钱快得很，付钱就慢了！杨莹瑛将交通卡插回原处，那里还有一些票据，以出租车发票为多，另有一张幼儿园午餐费的收据。夹子里还有一个贴袋，里面有名片。掏出来，扑克牌似的排开在桌面，一半是他自己的，职务是部门经理，又有女儿女婿各一张。余下的六七张名字陌生，总归是业务上的往来，本地或是外地的某某公司，某某集团。这些名片与其说是有心保存，不如说是遗忘，遗忘在皮夹里。这一个皮夹虽然是私人用物，却看不出什么性格，唯有杨莹瑛认得出。与她共同生活三十多年，怎么说，烧成灰也知道是他！她被自己的念头吓着了，不祥之兆又一次涌上心头。可不兴这么说的，她暗自告诫，可不兴这么说！名片垛齐收回去，零钱、交通卡、手表、票据，各归原位，保持他一贯的整洁和条理。

这个男人喜欢收拾东西，当年经人介绍认识，彼此有意，开始单独约会。在那年代，公园大约是恋人们唯一可流连的地方。电影院大多关门停业，之后二三年才重开，放映样板戏和纪录片；餐馆是萧条的，他们初有进账的钱袋也是瘪的。两人坐在长椅上,不知从哪里提话头,看着日光一点一点切过草坪。她拉开她的女式背包,取出两颗大白兔奶糖,一人一颗。他一手接过奶糖,一手却从她膝上拿过包去,带着释然的表情,仿佛终于得以措手足了。她的包敞开着,散发出一股甘草的苦甜,来自她的零食,话梅、橄榄、桃板、芒果干,就像一个小南货店——正是她这样年纪轻轻已有收入却还没有负担的小姑娘的挥霍与享乐。他将这些吃食的纸袋重新包紧包齐,已经占去一半的容量。这是他生平第一次接触女用皮包,惊讶它的小却有着更多的贴袋,不是很适合于分门别类吗?还有,这些女孩子的零碎使他又好奇,又有些狐疑,不知道如何归类。经过短暂的思考,他基本将它们放对地方了。小圆镜、折叠梳子、几个发卡和一条手帕,放在外贴袋;钱包、饭菜票、钥匙、钥匙链上系着玻璃丝编织的小金鱼,放入内贴袋;几张歌片,多是电影插曲,印着明星的头像,叠成一沓,又找到一根牛皮筋,套起来,和吃食放在一起,因都带有生活的奢侈品的意思。至于看过的电影票、废旧车票、糖纸、一个桃板核,就一一清除出去。她羞红了脸,被一个几乎陌生的异性探究底细,有狼狈,又有一种甜蜜。收拾好这个包,他们便稔熟起来。

认真而论,这种归类的爱好,隐藏有哲学的天性。归类的前提是对事物属性的认识,加以判断,然后进行概括。事实上,日常生活可说整体处在灰色地带,因有着太多的细节,相交叠加,形态就模糊了,你很难规定它的性质。生活的细节是有繁殖性的,就像鸡生蛋,蛋生鸡,越生越多,同时离初衷越来越远。家中的衣橱就是个证明。衣服本来是为穿着,但事实上,一个家庭里,往往是不穿的衣服比穿的多。家中的橱柜大半是被那些穿不下，穿不着，款式过时，习俗不再，或者只是为纪念过往的经历以及为未来的不时之需的衣服填满的。如何整理你的衣橱？日常穿用的随时可以收取，不穿不用的即使碍不得手脚，却也需在视野中，否则生活会显得瘠薄。还有些可以不看见但不可以遗忘，就像历史藏在故纸堆里。没有谁家的衣橱像他们家的归置合理，由于合理储量就也远超出通常人家，连五十年前的织锦缎、哔叽呢、开司米毛线、湖丝绵、骆驼绒、夏布、竹布，都有呢！也因此，他们家实际并不像看上去那样整肃，甚而至于给人无味的印象；会看的人，就能看出理性的潜思。

杨莹瑛和女儿有一半时间是用来找东西，难免找得气急。他就说，找东西不是用手找，而是用脑子。果然，想一想，再想一想，东西就到手边。如果摒除感情的成分，他最讨厌混乱了。看外国电影——他很快总结出主要是美国电影，其中的女角只是要找包里的一件东西，车钥匙或者唇膏或者香烟打火机，就将一整个包倒扣在桌面上，从中翻检。于是，他认为美国女人是世界上最混乱的一种动物，新大陆本就是个蛮荒世界，扩大些说，女人都是混乱的。但身边的至亲的人不算，不是说不算混乱，而是不被他讨厌，反还觉出好处，什么好处？女性的有趣。他不就是从这混乱中受吸引，方才成百年好合？这有趣的一点，恰是感性的，他足够领会，所以他是将抽象性和具体性区别对待的。也可能他就是俗话称只能做丈夫不能做情人的类型，星座里属摩羯座，其实他倒是射手座。

杨莹瑛将他的皮夹合起，闭上拉链，想着方才在警署里，那年轻警员，不会比他们的女儿年长，充大地问一句：夫妻关系如何？本应该生气，她倒想笑，怎么和他说得清楚？一句话，他的工资卡是在她手上的。家里人都分头出去找人，倘若他看见，又会说：不是用手找，而是用脑子。换言之：不是用脚找，要用脑子。可是如今找不到的，偏偏就是那个会用脑子的，怎么不叫人急煞！杨莹瑛掂了掂手里的皮夹，要放下却不知放在何处，思忖一下——她也在用脑子了，拉开五斗橱抽屉，放在自己的内衣一起。以他的原则，绝对是归纳上的大错，可女人的混乱里其实自有逻辑，也是在不自觉中驯服过他的。

仅一夜间，已乾坤颠倒。这个白昼，连光都不一样了，斜进来，将一切劈成两半。一半是过去，一半是将来——现在是没有的，有也是在一线之际，无法让人立足。她过到这半，尽是往昔的岁月，过去那半，则陷入空茫。女儿女婿决定回来陪母亲住，等父亲回来。"回来"这个词听起来不那么真实，可他不是总要回来的吗？不回来又去哪里？她去到女儿出阁前的小房间，外孙都上幼儿园了，房间还保持原样。年轻人一旦有自己独立的小日子，等不及地从父母眼皮底下逃脱，只象征性地回来住过几晚，所以关的多，开的少。杨莹瑛推开窗户，拉开橱柜的门，去去霉湿气。橱柜是宜家买的，简约可爱。搬进这套新居的时候，女儿已上大学，宜家正在沪上开张，成为年轻人，尤其女孩子的最时尚。相比单薄的材质，容纳的有限，价格就显得贵了。但女儿喜欢，有什么可说的，买！一家三口一直住得局促，石库门里一间西厢房，女儿起先与他们挤，然后睡沙发，等到市政动迁，他们选择货币补偿，加上两人各自的公积金，双方父母的馈赠，几乎一生的积蓄，买下这一处环线内的公寓，女儿才有了自己的闺房。

拉开矮橱的玻璃门，分三档：第一档，是各种电器的说明书、保修单、发票，以购买时间顺序装进塑料文件夹里；第二档，是水电煤气电话物业报纸有线电视的付费单据，略翻看，均是从两年前至今为限；第三档，放着一沓白报纸，摊开来，有半张床的大小，上面用不同颜色画着虚线和实线。杨莹瑛有些看不懂，看一会儿，渐渐明白了，是公寓的管线图。原始和自排的线路，插座与开关的地位，还标明旁边放置的家具。杨莹瑛不由入神，沿了线路，走进一方一方空间。这些空间尚不能让她联想到实际生活，但是有一种单纯的吸引力，让她移不开眼睛。电线，电话线，卫星电视线，还有宽带，以红色实线标注的电线是整个线路系统的主流，其他的则以蓝、黄、绿的虚线表示，分合并蓄。最纠缠的莫过于厨房和卫生间，水管和煤气管是用黑色的粗线描画，与红色的细线相交错综，真是眼花缭乱，可是乱中有序。迷宫似的线路里红线始终贯穿，笼罩全局，又是提纲挈领。她还注意到，每一色线条都是最大限度地节约路程，尽量利用，使她想起那种一笔画的游戏，从起点到终点，其间没有任何往返重复，铺陈出一幅画面。

线路图底下还有一张公寓的平面图，这就比较容易辨识了，是他们生活其间的地方。不晓得是几分之几的比例，从她对他的了解，一定是精确的。这是个什么人啊！不单是性格的缘故，而是，几乎称得上天赋，将具体化为抽象。她嘘出一口气，将图纸按原样折起来，放回去，关上橱门。这一具矮柜，原来被女儿的杂物塞满，小姑娘的东西总是多又无用，长毛绒的玩具，纸艺的材料和工具，各种储物盒，圣诞蜡烛，朋友间互送的书包挂件，八音盒，还有风铃。出嫁以后，一点一点清空，如今专门用来存放资料，杨莹瑛从来没有检查过这些资料，这些事全归他负责。

这时候，一个念头跳出来，就好像预先准备着，他会有一天不回来，所以事无巨细，一一交代。

这一天的找人，不是找他，而是找他周围的关系。朋友的朋友找不到，老板找不到，萧小姐也找不到。小区的监控录像倒回去看，看见他在当日下午三时许走出小区，消失在监视范围之外。倘若没有发生后来的事情，这一段视频不会引起任何注意，如今看起来却似乎颇有意味。手持电话的他，略显匆忙地走过来，又走出去。一寸一寸地定格，放大，图像变得模糊，可以认作任何人，不是说所有的任何人，而是某一类型，他所属于的那一类型中的任何人。唯有相当稔熟，才可隐约辨认出他。不是根据什么特征，他没有显著的特征，但是有一种潜在的信息，默契一般，不是从这一处或那一处，而是整体性地传递出来。警员从小区保安处调出视频，让家属辨认。做女儿的一遍一遍看，看他一遍一遍走入，再一遍一遍走出，就觉得越走越远，直走进虚空茫然。

再一次打开车后盖，示意里面的人下车，没有得到反应。他头垂在膝上，睡得很沉，伸手推他，立刻缩回来。这人身上滚烫，战栗不止，分明是病了。

朦胧中但觉得无数芒刺在周身穿插跳跃，他睁不开眼睛，眼皮上也扎着芒刺，亮闪闪的。有手在推和拉，他却动弹不得。芒刺在增长，刷刷刷的，迅速从地面长到头顶，而且稠密，不透风。同时呢，质地变柔软了，软到液体的状态，一波一波涌上身，就有压力，重得很，更加动不了。那明亮的液体似可任意改变形状，因此，无所不至。看它变成声音，进入耳道，那么清晰，轻快，可是完全没有意义。没有意义只有声音的语言，是以什么原则结构起来的呢？他想。思索也在变形，变成痛楚，从太阳穴开始，向下延伸，延到腮骨、鼻翼、牙龈。那声音在耳道里深入和扩张，越来越拥挤，膨胀开来，随时都会像一个气球，砰地炸开。

又有手过来了。那手就像是光谱，从一个手掌幻化出一叠，收拢再展开。许多手掌团着他，转着圈，最后变成光环。那一只气球爆炸了，顿时，金汤没顶，战栗更激烈了，正是这战栗给他意识，意识到，他在行走。两个人挟持着他，他感觉到他们的力气，乘着他们的力气，他飘起来，飘过太阳地。他看见了太阳，轰然一声，迎面砸过来，金星四溅，然后哗地退去，退到极高极远，收成白炽一点。

陡地脱出黑暗的蜗居，只觉得空茫，无所归依。那些辖制的手，是唯一的凭靠，却更像是空茫中的一种意志，不知要带他去什么地方。白炽的光和热，都会发声，频率极高，尖啸着，耳道里壅塞着无数的虫鸟，又将那空茫膨胀了。一片灼烫的喧嚣里，会奇怪的，有一个熟悉极了的语音穿透出来，说是“语音”是因为不止有声音，还有意义，语音构成词语，还需要运用经验去组织和辨识。词语在空中飘浮，按也按不住，好像带有磁性，相吸相斥。终于，不知怎么一碰撞，拼接起来了。一句是：我不是吴宝宝！下一句是：我是吴宝宝！是他的声音，他在说话呢。一阵清醒袭来：吴宝宝是谁？

光和噪音偃息下来，无限静谧，他睡着了。他睡得酣畅极了，先是放纵地伸着手脚，后又收缩四肢，蜷起来，钻进软壳里，一动不动。空茫筑起藩篱，藩篱呢，渐渐围拢，围成一个巢，柔软的壳壁，既可栖身，又不挤压。仿佛退到母巢，变回一颗未受精的卵子。这深沉的睡眠，除去累，病，以及环境改善——他不是有一张床了？床上有被褥枕头，空气也很充足——还是出于苟且偷安的本能。否则，怎么解释他有几次醒来，一次去卫生间解决内急，另一次吃了床头柜上的泡面。他没来得及想，思想在更深处休憩，他没想自己究竟在什么地方，卫生间和泡面如何进入到遭际里，睡眠再一次淹没他，遮盖得严严实实。苟安的本身其实就意味对处境的认识，要发生的总归要发生，睡眠至少可让人镇定。从这点上看，疾病也有同样的作用，它使人更彻底地放弃责任。

果然是有效的，假如他听得见隔壁房间里的争执，就要慌神了。争执的焦点是，这人是不是吴宝宝。送的人说是，接的人说不是，就不肯接。一方说根据提供的信息，公司名称、地址、电话，无一有错；另一方说，信息不错，人却是错的。一方说本人已经承认，念道“我是吴宝宝”；另一方说恰恰念的“我不是吴宝宝”！一方就笑了，障眼法不是？看他老奸巨猾；另一方也笑了，错就错在这里，吴宝宝的年龄可以做他儿子，哪里有这么老的“宝宝”？一方说，爹妈要叫他“宝宝”，谁能不让叫！另一方说，那你找他爹妈问问，究竟是不是他家的“宝宝”！话扯远了，绕一会儿，又回来。这一方说：你们看见过人吗？那一方倒怔住了：看是没看过。送人的一方轻轻一叩桌面，意思是这不得了。接人的一方也一叩桌面，却是蛮横的：不是就不是！桌上的麻将牌跳起来。这一边反倒不急了，将牌一一按下，哗啦啦洗一遍，码起来，说声：打牌！那一边面面相觑，手里不由自主摸起牌。这就有些被动，局面倾斜了。

看起来，送人的一方江湖上混得久，接人的一方则不太像道上的人。此时，俩对俩坐一张牌桌，方才的话题暂时搁置起来，中断的牌局继续下去。这一场博弈进行的时间不短了，双方都换过两轮对手，数量上持平，士气也均等，胜负差不多，差距在道行上。同样是输，送人的一方气定神闲，牌只过三四巡，便推倒认账，数出筹码；接人的一方却猴急，非到终局不能罢休，还必要摊下牌四方检验，败相不好，气度上就比下去了。傍晚六七点，各方人聚拢到牌桌，纷乱杂沓，但其实呈阶梯序列。外一层是听命行动的杂役；里一层是出谋献策的内阁；最中心，也就是牌桌四面，是双方主事的人。出牌的速度在增快，决定便也压缩了周期，一局结束，一局开始；可是同时又是在延宕，延宕做出某个重要的决定的时机。因此呈出一种紧拉慢唱的节奏，气氛变得激越。刚过白露，天候还长，外面大亮。室内因拉起窗幔，人又多，且抽烟，烟雾缭绕的，就暗了，再开灯，更有一层夜色。东西南北又一圈，送人的一方一摊牌，和了，抬头问：人呢？回答：死睡。接人的一方嚷：叫他起来！又猴急了。射灯底下，可见其面相的黑和粗，神情颟顸，像是山民。那一边呢，黄白的脸，长眉细目，削背蜂腰，不是出力气的人，也不是读书人，眉眼间没有文章。生意人吗？生意人多半是务实的，这人却有一股流民气，就算生意人也不是一般的生意，总之，是诡异的人。

他被推起来的时候，正在一个梦里，清晰极了，顺畅极了，马上就要走向结局，揭开端底，就在醒来的一眨眼工夫，全没了，无影无踪。他木然坐起，看见的是一间宾馆里的客房。他下到地上，走进卫生间，坐在坐便器上，觉得曾经来过这里，否则如何这般路熟？可不是标准间嘛，天下的标准间都一样。如厕完毕，起身洗手，看见镜子里的人，有些陌生似的，认识又不认识。是自己无疑，却是另一个自己。定下神来，他看见自己的脸像是胖又像是瘦，因为虚起来一层，底下则是瘪的。抬手摸了摸，汗津津的，胡子长出一茬，多少时间过去了呀！他用手捧水洗了脸，没找到毛巾，也没有牙刷牙膏，有一片肥皂，用手指蘸了擦一遍牙，再漱去肥皂沫。走出卫生间，人到底清爽了，却也感到手脚的软弱。朦胧中病过一场，如今像是好了。他回到床上，他这时看见床了，静静坐着。房间里很暗，并且继续暗下去，周遭环境在昏晦里突显出轮廓。橱柜、桌椅，以及他所在的床。床可是个安乐窝，虽然床板很硬，很窄，铺盖旧和薄，也不够洁净。这里的气温要比上海低三到四度，而且湿——上海出现在意识里，成为参照物——不是上海那样海风带过来的、温润的潮，而是有着尖利的锐度，无可阻挡，一径抵达纵深。窗帘倚墙一侧，褶皱里缓缓流动一些光，说明那里有一个光源，他想，应该是窗外店招的灯箱。认知能力渐渐回来，甚至比平时更加灵敏。四下一片岑寂，没有市廛之声。他在哪里呢？认知受到见识的限制，在他六十多近七十年的生涯中，离家外出极其有限。去过苏州杭州黄山，有过一次乘飞机旅行，往海南三亚。这一次飞行经验留下的记忆不怎么样，晕眩，恶心，还有不安。一方面是幽闭，一方面又是无依无托。从此，但凡看见天上有客机掠过，很奇怪地会生出庆幸，庆幸自己不在那放置于虚空茫然的机舱里。

他的思想又跑远了，脱离现时现地，进入漫游状态。门推开了，一方亮光投进来，光里有一具人形，看不见脸，可他认得出，认得那臂膀的有力气。不说话，却知道是在喊他，于是下来床，跟随而去。

出去这一扇门，进去下一扇，满屋子的烟雾和烟味，他咳呛起来。那只有力的手将他按坐下来,就收回去,不知退到多么远去了。咳呛渐渐止住,隔了烟雾,烟雾将灯光遮得昏暗,人和物仿佛都贴到墙面上,变成影子。他觉着眩晕,还有恍惚,那只手又来了,在脸上抹一下子,一副眼镜架在鼻梁,他已经把眼镜这桩事全忘了。周遭一切忽地从墙面剥离,近到跟前,简直不可思议。原来有至少十数人,围一张圆桌而坐。他都看得见人手里的烟头,吐出丝丝缕缕的烟,在灯下缭绕。眼睛移到桌面,铺满大盘小碟,碗沿的油花滚动,又结起膜,他为这陡然清晰的世界惊诧不已。从外围向里看去,中央一条整鱼,他认不出鱼种,他实在是没有多少见识的。肥硕壮大的鱼身,覆盖着厚厚的葱姜,鱼眼从底下看出来,十分明亮,仿佛是活的,马上就要跳将起来。没有人动筷子,都在抽烟,等待着什么。

等什么呢?思绪缓缓游走,涣散又聚拢。某些记忆浮出水面,烟雾真像是一泓水啊!他想起他的师傅,哦,他也有过当学徒的日子,嫩得像根豆芽,会计学校毕业分进禽蛋厂的冷库。冷库在西区最繁华的路段,有一扇边门,出其不意地开在一列电影广告牌的镶接处。酷暑中,挥汗如雨的行人看见门口坐着裹了蓝布棉大衣晒太阳取暖的男人,比电影广告上的人形缩小许多倍,不禁流露好奇又羡妒的目光。这情景说起来是怪诞的,可在当时当地又是自然,在这城市华丽的表面下,这里那里,说不定会流露出粗粝的内瓤。记忆流连在师傅,他其实并不十分看得上师傅的做派,一头厚发上了发蜡,乌黑锃亮,上身工作服,下面是毛料裤,无论工作服还是毛料裤都留有明显的熨烫的痕迹,皮鞋也是锃亮。这些倒在其次,主要是师傅对冷藏工不加掩饰的轻蔑。在冷库里,他们做财务的无疑是阶级的上层,坐办公室,无须下冷库作业而罹患职业病关节炎，因薪金发放与工时计算都经他们的手，就像是掌握了生杀大权。师傅且是上层的上层，他年纪在四十出头，却有二十年工龄，是禽蛋厂老人员，所以享有保留工资，就更有骄矜的理由。无论看上看不上，他的穿着、仪表、气质还是渐渐向师傅靠拢，只有对冷藏工的态度，保持了自己的立场。不单是出于共和国教育里的阶级观念，更因为他的父亲就是工人，从小生活在大杨浦的工人新村。然而有一点，他不得不服气师傅，那就是见识。

师傅曾经讲过一个故事，他说，从前，有土匪截下一渡船的客人，赶到山上，先摆一桌压惊酒，鸡鸭鱼肉满席。一时间，筷子摇得山响，转眼工夫，杯盘狼藉，唯有一双箸不慌忙，从容对准鱼眼一啄。饭毕，其余人放下山去，只留下食鱼眼人，果不其然，就他是个富户。倘不是遍尝山珍海味，如何练得出这般促狭的口味？什么叫作食不厌精？这就是，师傅教导说。正盘桓在师傅的故事里，却见对面的人揿灭烟头，拈起筷子，伸向鱼肚，众人的筷子接踵而至，开吃了。

他略放下心来，但依然谨慎，筷子伸到鱼的肚腹处，搛一片肉，送进嘴里。葱蒜姜的辛辣，裹住舌头，又一味的咸，还有一股子铁镬气。明摆是乡下人的锅灶，大火热油，千滚万滚。即便如此味厚，依然穿透出鱼肉的鲜。没有土腥和草腥，没有海盐腥，亦没有饲料的肉腥——他这张嘴啊，谁让他是师傅的徒弟呢？鱼肉很飘——这也是师傅的教导，用“飘”这个字形容口感。许多记忆不是从头脑而是从味觉中回来，日复一日增长的经验更新着它们，其实呢，只是暂时的遮蔽，临到某种情景，便破出来了。这种记忆重现的功能，或多或少也得益于他生活的简单。

他平生所食的鱼极有限，不外乎家常的几种。咸水的带鱼黄鱼鲳鱼，物资匮乏时候有一种橡皮鱼，又叫老鼠鱼，富裕起来以后就消失了，而多出来多宝鱼、笋壳鱼；淡水的是鳊、鲫、鲢、鲈，近年鲥鱼复出，但此“鲥”非彼“鲥”，全是人工饲养，他倒不珍惜了。就是这样平凡的履历，格外地突出特殊的遭际。有一次，他应徒弟请——后来，他也有徒弟了，而且还有了徒子徒孙，大多出息一般，也是循他这师傅的人生轨迹，就像他循他师傅的，即便像他师傅的经验见识，最后不也是在职员的位置上退休，领取养老金度着晚年。但是这一个却有些出人意料，他辞去公职，远走西南云贵川，也是在以往的业务往来中建立的人脉。先是做食品药材的贸易，然后进入餐饮业，渐渐做到连锁，最终打道回上海，开出旗舰店。从食材到菜式，大厨和跑堂，全都取自当地。店堂中央立一座披红挂绿的古戏台，表演变脸和喷火。开张之日，专为昔日的师徒同事设一席。那一餐宴，口舌辣火火，眼睛热蓬蓬，一片蒸腾中，有一味鱼格外显出清新，名为“雅安鱼头”。曾经的徒弟、此刻的老板介绍说，雅安是山地，这鱼是山泉里野生野长，当日从山里送出，空运过来，成本大半在运输上。

他明白了，眼前这鱼是山里的野生，当然不会是“雅安”，路途没那么远，时间的概念在实际事物上又回来一些。睡眠和进食调整了体能，生物钟重新运作起来。身上绵软，不是倦意，他已经睡得够多，在他的年纪，是不馋觉的。这绵软只是出于循环中的惯性，他估计正在子夜时分。从离家到现在仿佛隔世，其实是约一日半的长度。子夜，机能处在静止的状态，他没有食欲，甚至微微作呕，所以不放下筷子，是由于机械的动作，类似强迫症似的。强迫症里有一个清醒的意识，那就是吃过这一顿，不知道下一顿在哪里，所以，吃吧！泉水野生鱼让味蕾警醒一下，接着又迟钝下来，入口全同嚼蜡。夜晚——他断定此时是夜晚，夜晚兀自抻长，延入无边无际，这一桌宴沉溺其中，丁点的涟漪都激不起来。呆滞中，只见碗盘堆里忽坐上一个大盆，一铺嫩黄，点有青翠，筷子一挑，头发丝般的细面齐刷刷垂下，足有一米长，就是不断。嫩黄和青翠散开，还有针尖大小的虾米，粉色的，在滚汤中蹿跳。一碗下肚，混沌涤荡，头脑变得清明。

夜宴结束，圆桌面翻起，撤下，底下又是一张牌桌。人退走一半，屋内显得寂阔些。对面那人，一张黄白脸，伸手递过一支烟。他做一个推辞的手势，烟收回去，衔在嘴角。这一个虚邀，透出礼数，看来不是蛮匪，兴许就有道理可论，他略略心安。对面人侧头点火，不让眼睛被烟熏着，吸进一口，直吐过来，倒迷了他的眼睛，这就不是客气的意思了。老先生今年贵庚？对面人问。是方才的动作，还是普通话里的乡音缘故，措词的斯文变得造作，还有一种讥诮。他照实说：六十六。姓甚名谁？这一次回答踌躇了，照实还是不照实？他不及权衡利弊，二选一道：吴宝宝。对面人就笑了，说：这名字可不吉利啊。他也笑一下：名字名字，不就是叫头，叫阿狗阿猫的都有。对面人说：凡爹妈叫出来的，都是好名字，一生不可改，是孝道，要不就是忤逆，会有大报应。他心头一惊，想这人不可小视，别看年纪在他之下，腹中经纶却在他之上。但话已出口，便无回旋余地，只有以不变应万变。

他不回答，对面便也放下姓名的话题，另起一头：晓得劳你大驾为何事？敬请赐教。他听见自己的声音，清晰明白，对答如流，并且，不知是不是受对方影响，用词也有淳古之意。我也不晓得。那人却说一句大白话，他仿佛被闪一下。我们是替别人办事，对面继续说，有一点推心置腹的意思。哦，他应道。据说吴宝宝欠账不还，对面人说。这就不晓得，他说。牌桌侧边呼地立起一条汉子，黑着脸：你不是吴宝宝！他一惊，自知说话有误：我是吴宝宝，但是不欠账。

对面黄脸人一口咬住话头：欠账的事与我们无关，我们只管交人。黑脸人一步抄过来，要揪他衣领。也不知哪里来的急智，他问过去一句：你说呢，我是谁？黑脸人倒一怔，收住手。黄脸人笑起来，黑脸人被激成红脸人，吼问道：到底是什么人？他也吼问：你说我是什么人？一时剑拔弩张，几方都屏住，僵在那里。

窗幔有些发白，响起一声鸡啼，破晓了。他哗地泻下一身大汗，这一夜呀！黑脸人退后一步，黄脸人收起笑容，他靠回椅上，手脚瘫软，再说不出一个字，那两人也不再问话。窗幔又白了些，鸡不啼了，可是有些不知名的声音起来，搅动气流。心中茫然，不知这一个白昼等待他的是什么。方才一对二、二对三的阵势让人摸不着头脑，他是吴宝宝好呢，还是不是吴宝宝好？只能够逢刀出刀，逢剑出剑，真是一盘乱局。那些人似乎也乏了，无论黑脸还是黄脸都蒙上一层灰。领他的人出现了，还是背着光，站在面前，就知道要跟他走。他与这个人之间，似乎正建立起默契，无须言语，自能交流，却不知是凶是吉。

他立起来，发觉脚上还有力气，遂跟这人，走回先前的客房。床头灯依然开着，昏黄地照在凌乱的床铺。卫生间的门半开，投出一种青白的光。时间好像在这里凝固了，完全不流动。停一会儿，他走到窗幔前，伸手撩开，发现是一扇假窗，窗框里不是玻璃，而是木板，叩了叩，声音很实，大约用水泥砌死了，没有自然光。他试着关上卫生间和床头的灯，顿时眼前漆黑，仿佛又回到车后厢内。相信是心理暗示所致，他感到气闷，呼吸急促。他按住腕上的脉搏，均匀的律动，使他心安。方才的饱食也在起作用，他镇定下来，重新拉开屋内的灯，环顾四周。没有看见电话，有一部电视，显然是摆样子，没有机顶盒、遥控器，甚至没有电源，即便这些都有，他也怀疑有没有信号。四壁密封，与世隔绝，就仿佛天涯海角，他究竟在什么地方呢？

所经高速公路上方，有“娃哈哈”的灯箱广告，那么说是浙省境内？空气湿凉，鱼是淡水野生，类川地雅安物产，于是，更可能在山区。浙省哪一处有山呢？他的思想又被见识限住了。他对浙省的了解，只在首府杭城。俗谚道，上有天堂，下有苏杭，可他对这“天堂”的印象却相当平淡。名菜“西湖醋鱼”，他只吃出糖醋和芡粉；“炸响铃”是一包油；“叫花鸡”要上一日预定，他已经不抱信心，以为故弄玄虚。唯有“奎元馆”的面过得去，倒不在于浇头，而是面下得好，爽！因是每四碗一下，汤水就清。风光固然不错，却也在想象之中。湖光山色，像煞新剧布景，颇不真实，而且类型化。只是有一日，从早起下雨，直至午后两点，坐在六公园的茶室正无趣，忽然雨停，几乎一眨眼，身前身后荷花全开放，真是惊艳，转眼间又嵌入布景，远去了。几次去杭城，似乎都有挫折。头一回是在“文革”，事先被警告不可暴露沪上人身份，因“大串联”中上海学生打死过一名杭城人，两地结下血仇。他不禁悚然，与人交道不敢有半点争取，心情十分屈抑。另一次在西湖边买黄岩橘，用当地人话，被“刨黄瓜儿”，一位村姑要以零钱换整钱，手一晃，一百元变十元！再一次的遭遇应该称得上可乐，上公交车，售票员对车里人喊：请给华侨同志让座！

待眼前让开一条路，才知道"华侨同志"是自己！倒见出杭城的素朴，但来回的车马劳顿又将有限的乐趣全抵销了。沪上人的务实和倨傲，多少遮住眼界，妨碍他多看，也是见识少的缘故之一。

他将床上的铺盖叠齐，打开橱柜抽屉检索一番，搜出两份物件。一是蚊香和打火机，二是手电筒，以此推断蚊虫多和停电的频繁。蚊香盒上的生产厂名为"西岙"，"岙"字里有个"山"，就更肯定是在山地。蚊香的气味很辛辣，质地坚硬，颜色黑亮，仿佛金属，不知用什么药材，又经过怎样的提炼烘焙制成。黄脸人黑脸人的房间里的晨曦印象，就好像河流里的浮标，他感觉出时间的走向。将灯关上，房间里黑下来，先是墨黑，然后，不知从这里还是那里，钻出少许针尖般的细亮，将黑暗刺破。寒和潮在消退，气温升上来。他静坐床上，高朗的日头与他一墙之隔，他触摸不着，但觉得出凉热。久而久之，他看见有一圈光晕，在渺茫中高悬，缓缓旋转，事实上，他沉入睡眠。

那房间里的牌桌上，东西南北风继续，博弈暂时接替争端，有一阵子气氛变得和谐。毋庸置疑，这个所谓"吴宝宝"老奸巨猾，这一点，双方意见一致。所以，无论是"吴宝宝"还是不是，都价有所值！这话的意思就暧昧了，暗藏机关。那一方却听不出来，显然是颟顸的人，又没有经过道上磨炼，应和说：不是吴宝宝，也是手下一名大将！这一方不显山不显水，出去一张牌：刘备请诸葛亮三顾茅庐，千古佳话。那一方心悦诚服：没有诸葛亮，刘备坐不了天下！黄脸人一张牌拍在桌面：刘备换个诸葛亮，和了！黑脸人这才警觉起来：什么意思？

黄脸人接过筹码，洗牌码牌：没什么意思。黑脸人定一会儿,手摸住牌,一激灵,道:人是错的,对不对?对面人打一声哈哈:对!黑脸人的脸更黑了:还是错了?黄脸人又打哈哈:我说的是“对”!黑脸人不打牌了:到底对还是错?黄脸人继续搅浑水:错了吗?黑脸人斩钉截铁说:对!黄脸人嘻嘻笑起来。黑脸人晓得被绕进去,不干了,一推牌,站起来,满屋人都站起来,黑压压一片。唯黄脸人坐着,咯咯笑个不停。空气就在笑声中迅速收缩,绷起,箭在弦上。日头正走到一个角度,嗖地照进来,窗幔早已揭开,望出去是远山,不知远到哪里去,近处只是淡泊的青和白。窗里是一张张缺觉的脸,隔宿的口气和体味,还有失了耐心的怒意。

黄脸人终于笑完,困劲上来了,眼皮子都撑不起,说一句:我反正是要睡了!移到床上一躺,转眼响起鼻鼾。黑脸人再不甘休,竟也无奈,前后看看,都是虎视眈眈的眼睛,不敢乱来,颓然坐下,不一时头仰到椅背,也打起鼾来。岑寂的日头里,有一种无名的山鸡,叽啾着,一般的听力逮不住,因是在极深极狭的岩缝里藏身,此时渐渐噪起来,遍地都是。

三

他又一次走出户内。

朗月高照，天幕前山影重叠，一层一层浅下来，又深上去。车走着环形，先以为环一潭水，后发现不是水，而是云雾，升腾涌动，一时漫过车身，一时消到底，一片清明。依然是那辆小型客货两用车，但他移坐在了前车厢的后排，左右各坐一人。开车人总是沉默无语，他已认定是个哑人。副座上是黑脸那边的人，月色洗去少许黑暗，情绪似也安宁些。车依山壁行驶，耳膜凹陷，嗡嗡作响，就知海拔升高。车路越发陡峭，车倾斜在四十五度，一车人几近半挂。几处转折得突然，猝不及防，从这边翻到那边，车上人都噤声，不是镇定，更像惊惧。他心里倒没有半点骇怕，因为测不出任何前景，索性放弃努力，甚至于还生出闲心，看见车窗外，仿佛同一水平线上，停着一轮满月，丰盈、明亮、静若处子。他与月亮处在对峙的位置，无论转变方向与高度，总是面对面。有一瞬间恍惚，那一轮光笼罩住他，将他溶化其中。遂又离开，退远，终于看不见，下一回出现，则是乘一缕云。与处境很不相符地，他生出一些欢喜来，随月亮滑行，越滑越远，到底没跟上，月亮船滑进一座突兀耸起的山形背后。兴奋平息下来，重新回到麻木里。

四周在暗下来，车速明显减缓，行进也有阻碍。几次侧倾，车里人大动，黑脸那边的人禁不住骂一声，开车的哑人半身压在方向盘上，抵到岩壁脚根，只听车轮咬紧路面的吱咯声，有火星迸出来。到底稳住了。以下的车程更险，仿佛走在刀刃，一时翻上，一时翻下，那刀刃忽直立起来，车就上了尖锋，亦可一径向下，下到嶙峋的山石丛里。星月早已看不见，光在极高的顶上，车上人到底着慌了，相互抓手的抓手，抓脚的抓脚，纠缠成一团。黑脸人骂了几回娘，脸又黑到底。倒是他保持着镇定，事已至此，还有什么可怕的呢？摇晃的车内，那哑人的身影忽盖过这一半，忽盖过那一半。方向盘自始至终在他身下，左打几轮，右打几轮，车就像一头狂怒中的猛兽，在他掌中，不得不驯服。他又一回感觉到哑人的力气，说不定——万念俱灭之中，却生一念——说不定，是这人决定全局。

车在乱石丛中盘旋，车身直立起来，头在下，尾在上，所有人都伸直四肢用力撑住了，就像杂耍中的一项把戏。听见后轮的空转声，一眨眼就将翻过去，最终还是放平了，再继续前进。究竟去哪里呢？他想，似乎是考虑另一个不相干人的安危，客观并且冷静，至于自己，单是眼前的惊险就足够应付的了。这样的务实心，在相当程度上使他保持着判断力。又经过多少回急难，车内渐渐浮起薄亮，石壁裂开的罅隙里，透进天光。轮下的路平直了些，惯性所致，车身还在摇晃，但车中人都回到椅背上，呼出一口长气。走了一段，又亮些，就听有一股轰鸣，从四面八方起来，灌满耳道，耳膜压得更紧，直顶到太阳穴。车缓缓停住，车门打开，不容他想到了什么地方，就被左右人一推一拉出了车门。脚刚落地，就软下来。

一条宽河直竖眼前，正从头顶泻下来，一片白茫茫。原来，光源在这里，天其实还黑着。那宽河与他的脸只在咫尺之间，顿时周身森凉沁透。那水无波无澜，无声无息——轰鸣从耳道蔓延视野，满视野全是。有人推他一掌，他凭借本能往后缩，却被抵住，脚下一个踉跄，朝前扑去，又被辖住。这才发现，脚下是万丈深渊，眼前大河直垂，从天庭来，落地洞去。他在崖石缝里，双臂钳到背后。左右都有人叫喊，余光里看见嘴动，一开一合，却是无声。不防备又被推前半步，脚底已经滑到崖的棱上。身后的手又一闪失，没抓牢，心突一下跳出胸腔，落下去一只鞋。那只鞋下去了，不是垂直，而是摇摇曳曳，仿佛一片枯叶，最后无影无踪。逮和被逮的人都受了惊吓，喘息着，停一停，再一轮推搡开始。这一回他索性坠下身子，往后坐倒。辖他的人不让坐，三个人扭扯在一起。那两人还是向他叫喊，也还是听不见。叫喊什么呀！嘴脸那样的狰狞。有一回，他反身将其中一个拦腰抱紧，抵死不松手，就往崖下跳。那人也怕了，脚下打滑，要不是另一个捕手拽得牢，就已经下去了。这三个人一个抱一个的腰，拉锯似的进和退，不晓得多少个回合，终于离开崖边沿，退到一方平地。那两人扯着脖颈急吼，耳朵里只有轰鸣。另一只鞋也没了，身子全让水雾打湿。人已经乱了神志，不要命了！黑脸人也下车来钳制，驱他上车。无奈就是不上车，亢奋地挥动臂膀，力大无穷，不能近身。那三人只能虚拢住，围一个圈，他却冲脱出来，径直往悬崖边跑。他感到痛快极了，一意要跑到崖上，顺竖河而下，就像那鞋子，他也是鞋子，一只大鞋子！

后来，哑人下来了，哑人的手搭上肩，人立刻气馁，变得安静。这只手似有不可测的力气，是它，推他走到这地步，就像是天命。四个人簇拥着他走向车，车停在一片乱石上，一股脑儿塞进去，关上车门。满车急喘声，一只手将一支烟塞进他嘴里，又一只手送来火点上。递烟递火的手都在抖，他的嘴也在抖，烟上下跳动个不停，这样，他吸了生平第一口烟。车里人都在吸烟，烟雾弥漫中，急喘声平缓下来，他听见自己的心跳，急骤地打击胸膛。接着，听见引擎发动，轮胎打着滑，车身跳起来，又落下去，退几步，陡一个回转，离开悬崖。

他觉到脚底疼痛钻心，有一个脚指头大约撕裂指甲，迅速肿起来。可是经历过方才生死一步之遥的境地，这点皮肉之苦算得上什么呢？他的脸颊和下颌也在疼痛和肿胀，方才扭扯中，狠挨的几下，同样算不得什么。车走在回路，颠簸和危险不像去时的激烈，路程也短得多，很快就驶上盘山路。星月全退，晨曦升起，天空一片淡泊，通常说的鱼肚白，从高处向底下渐变成青黛，原来是山峦。山峦紧贴天幕，空茫里画出一道分界线。太阳还没走出山背，车行到一个角度，看见有一座山头上挂着一颗星，从鱼肚白突出一些。车再走一程，角度变换，看不见了。车环山谷盘旋，这边山，那边山，垂无数瀑布，或高或低，或宽或窄，全都是静无声息，不知他们是从哪一挂而来。耳道里的轰鸣消退，压力依然在，而且变得尖锐，针一般刺进去。透过车窗，看得见路面上车身的淡影，太阳出来了。几乎一眨眼工夫，车到了平地，停下，他被拥出车门，赤脚走过地面，进到室内。灯光昏暗中，看见了床，爬上去，放平身子，立即睡着。

现在他，唯死路一条。

杨莹瑛和他朋友约定，一同再去宝宝贸易物流有限公司——这就是他所服务的单位的全称。她先到地方，站在小区进口的马路边，看人车进出，以为走失的人随时会走到眼前，喊她一声，然后一起回家。正怅惘间，却有人叫她，是从一辆出租车里，朋友到了。等他拉卡结账，推门下车，她还在怔忡里。朋友与她说话，只是应声，作不出回答。走到那幢楼下，方才醒来些神。这幢楼，白天与夜晚看起来很不相同，灯光树丛的影调，有一种绰约，这时全退完，露出马赛克外贴面的墙体，是过时的风气，又已经泛黄，犹见陈旧和黯淡，还有疲态。台阶踏步的地砖不是破就是裂，物业柜台里同一个人，即便在白班上，脸色也不见得怎么样，反更显苍老。而且，很可能白日里庶务更繁杂琐碎，脾气就不像值夜时有耐心。不知是装的，还是真的，他竟完全记不得那天晚上的事情。经反复提示，才“啊”一声恍悟，紧接着便说，那一家公司退租了，已经搬走。从回答的敏捷看，又像是早有准备，而不是忘记。朋友给朋友的朋友打电话，对方依然关机，再打，还是关机，再再打，继续关机。这样无谓的努力，是出于无奈，同时呢，多少有点做给杨莹瑛看。他们都是精明的人，哪能不明白。最后杨莹瑛说声“算了”，才收起电话。这一日，楼里有人搬家，大宗的家具和零碎物件络绎运出，堆置在门前通道，等待装车。他们不免妨碍手脚，左避右让，最终让到台阶下十数米外，一顶小桥上。桥和水池都是水泥制件，做出圆拱和蜿蜒状，取曲水流觞的情趣。如今早已不放水，积蓄着树叶和垃圾，看得出房地产开发的惶急。

杨莹瑛的眼睛漠然扫过周围，看向朋友。朋友又开始新一轮的打电话，这时将电话从耳畔取下，送到跟前，让她听里面的拒绝声。杨莹瑛抬手推一下，没有触碰手机，态度却是坚决的。

朋友倒有些吃惊，从手势看见女人的主见。收起电话，不免尴尬，由此生出气恼，说到底与我有何干系？面上有些微愠色。她并不看他，兀自别转身走下水泥桥，快步穿过甬道，搬运家什的队伍也不得不偏让她。朋友紧随身后，来不及说话，暗自惊讶女人的决断，只是不知道她要做什么。她侧身抢入将要闭门的电梯，朋友身手还算敏捷，一步跟进，电梯厢里站两个劳力装束的男人，身上衣服印有某某搬场公司的字样，电梯所按楼层，正是那一层，"宝宝公司"所在。出来电梯，竟见"宝宝公司"大敞门，搬场的正是它！朋友险些惊倒，女人却极镇定，仿佛正在她预期中。

哪位是业主？杨莹瑛向着搬空的房间问。墙壁和地板留有家具放置的印子，灰絮一球球的，溜过来，溜过去。就有一股子败迹，真的是人去楼空。里屋应声走出一个男人，十月的季候里依然穿一条肥大的短裤，赤脚蹬一双旅游鞋，体魄慓悍，眼睛睁得大大的，惊讶地望着他们，说：我是！杨莹瑛不禁回头看朋友，意思是，这不就是朋友你的朋友吗？朋友的眼睛也睁大了，他并不认识眼前的男人。男人先是疑惑，随后豁然开朗：啊，你是不是茶室里的朋友，我们一起喝过茶！朋友涨红脸，后退一步，连连摆手：不是，不是，我不认识你！对面的男人顿住了，转向杨莹瑛，脸上再次展露出恍悟的表情，回想起某一段人和事。看起来，这就是那类被称为"百搭"的人，各行各业里，都有他的新旧相识。在他喊出某个人名或地名之前，杨莹瑛截住话头，简捷问道：租你房子的客户在哪里？朋友看着她，有些认不得似的，这个女人退休多年，过着与社会隔绝的生活，从何而来如此脑筋，一团乱麻中，竟然挑出要害。是让事态逼的，也要逼得出来，所以是个聪敏人。

此时，男人知道是两个陌生人，也大致知道来意，叹一口气，似乎有点扫兴，说明道：我不是业主本人，是业主的朋友。杨莹瑛就要倒吸气了，怎么到处都是“朋友”！男人继续说：朋友去新西兰做生意，托我帮忙，朋友的忙总是要帮的！前天，中介打电话，告诉说旧房客退租，要进新租客，是个外国人，需重新装修，朋友的事情——杨莹瑛再截话头：哪一家中介？男人说出一个名字，又详细道：出小区，左转，过红绿灯，右转，不是有一家建行？算了，我带你们去。杨莹瑛知道，凡“百搭”都好管闲事，就热心，略感一丝庆幸，自省怎么没想到租房中介这一环，而是将注意全放在朋友的朋友身上，一根筋的。杨莹瑛说：那就谢谢你，可是搬场的事情怎么办？男人说：另有朋友照应。于是一行三人下楼，出电梯，经过物业柜台，男人向里喊一声：明天进装修队！物业那人就说：登记身份证！男人说：明天，今天和朋友办事情！那人看看杨莹瑛，不晓得这三个人怎么是朋友，纳闷又尴尬，说不出话来，三个人就下了台阶。

男人骑一辆宏达摩托车，车身很大，因是与他们步行，只得推着。一路过去，男人已将自己介绍得差不多。刘姓，本是“文化革命”前体育学院最末一届毕业生，分到外地中学，经无数转折，回到上海郊区，执教业余球队，现已退休，他们便称他“刘教练”。刘教练说，帮朋友看房子很烦，可朋友的事，你们说怎么办？他们就点头。一会儿空调要加氟利昂，一会儿电线短路，一会儿墙壁渗水，中介只管打电话，他可就跑断腿！说到此，杨莹瑛问，去修管线的时候，有没有碰见过什么人？人是有的，但不是老板。刘教练又补一句：租客不是人家，是公司。杨莹瑛

“哦”一声，说他不是老板，是因为上岁数，老板多是三四十岁，现在是他们的时代。刘教练说：那人肯定是退休出来做的。杨莹瑛不禁站住脚，走失的人陡然到眼前，一现身，不见了。他与你说什么？她按捺着心情问。这回轮到刘教练站住脚，看她一眼，又低下头，想一想：说有个外孙在对面幼儿园读书，一起来一起走。人又来到跟前，杨莹瑛不再发问，刘教练也止了话头。仿佛受到某种气氛的传染，最后的路程在静默中走过。

在一排临时建筑的店铺前，刘教练将摩托车靠边停好，推开一扇玻璃门，径直走入，喊一声“阿妹”，一台电脑后面应出一声“阿哥”。看热烈的程度，不晓得又是怎样的“朋友”。正浑说，忽一个转折，切入正题，阿妹和阿哥有了正色，可见出都是在社会涉水的人。

阿妹听明来意，为难说，客户的信息他们有保护的义务。可是，刘教练说：我，你，谁和谁啊！于是，又展开一轮浑说，言语往返中，刘教练再又正色道：人家又不是上门讨债，是朋友失联系，要重续旧交。阿妹转向杨莹瑛问：你的朋友叫什么？这话貌似平常，其实相当尖锐，到底是涉水的人，会测深浅。两个男人都看杨莹瑛，不晓得她怎么接话。略有一霎停顿，回答说，男人出国做生意，需要提供从业履历，让她来找公司写个证明，不想来晚一步，公司搬场了，就来问下落。这话听起来不像真的，却也无懈可击，编得十分圆。朋友心中感佩，就也极力合作，取出手机，显示号码：原是有老板朋友的电话，此刻却无法接通，可能没电了。刘教练伸头一看：咦，这电话我也有，是新西兰朋友的另一个朋友，也出国了，去的是南非，所以，朋友才又托我，你已是老黄历。阿妹也认得这手机，而且联络人里有记录。信息汇拢，事无大疑，再加上阿哥和阿妹言语亲近。听口音阿妹是西南地方人，就需要本地的人脉，尤其是刘教练这样，因是在外埠生活过，就有外埠的风格，实在很难得。于是，阿妹以勉强又无奈何的手势，翻检出租客的资料，这时候看见，租赁人身份证复印件是一位女性的，姓萧。

走出房屋中介所，与刘教练在街边告别，几方互留手机，以备不时之需。刘教练跨上车又回头：也是缘分，要不素昧平生怎么就能撞上。女人说：搬出来的写字桌上，挂着认识的毛巾，所以知道正是这家在搬场。朋友不由愕然，谁的事谁用心，他就没看见呢。刘教练早看出这女人是事主，而且不是寻常的事，但人不说，他便不问，怕问出难堪，尤其是，里面出来个女人。摩托车突突启动，转眼汇入车流。

太阳已在日中，这片区域正在旧改新，马路拓得很宽，行道树栽下不久，树身细弱，叶子掉落大半，裸露出稀疏的枝条。阳光直晒下来，有一股燥热。人的脸干缩着，嘴唇起皮。无数朋友交织的错乱里浮现出一位萧小姐，应该是有线索，却又像断了线索，萧小姐究竟是谁？找萧小姐去！身边人说道。杨莹瑛倒被吓一跳，回头看见朋友。我们找萧小姐去！朋友说。朋友的态度比过去两天里热切得多，因事情与他脱离干系，轻松下来。杨莹瑛很明白，他们本是一类人，最怕麻烦上身，所以，有关事都是避，无关事反有恻隐之心。可是“萧小姐”三个字让她听出讽意，就生出拒斥来，她客气道：不好意思，已经累你太多，谢谢了！朋友有些挂不住，更要示好，急煎煎道：先吃饭，我请你。杨莹瑛哪里肯接受，一来没兴致，二来也是窥见人心的虚伪，难免愤慨。她这样的保守人生，深谙世故的另一面其实是简单，所谓常识也是在有限的范围里通行，略有越范，就遭受打击。

一个人走在陌生的马路上，拆除消音器的摩托尖啸着过去；水泥搅拌车笨重地拐弯，却丝毫不肯减速，庞大的车身便呈压倒之势；大型集卡也在超速，空气中满是粉尘。高架下的十字路口，车辆等待通行，发动机突突地空转，汹涌排放出尾气和噪音。有不怕死的人和机动自行车在车流间穿行，左避右让，遭到车里人的恶语咒骂。交通信号灯红绿交替，不知道哪一种供路人通行，眼看红灯翻成绿灯，转弯道上却来了车，再等一轮，终于举步，未到中途忽变灯，轰隆隆地过车了。所有的车都比人凶，狠按喇叭，她反身往回跑，一辆车擦着她的身子过去，透过车窗，分明看见开车人的笑脸，狰狞可怖。杨莹瑛决定打出租车，一辆辆翻起顶灯的空车驶过去，就是不停，因为她扬招的地方不对，近处又停一辆交警的摩托。她回头后撤，撤到纵向的小街，倒是清静些，车辆也少了。走过几个路口，看见一列停靠的出租车，心中一喜，上去就拉车门，却被司机喝住，说是酒店定点车辆，专供酒店客人。茫茫然再走，走到一个公共汽车站，正好停下一部，也不管是几路车，又开往什么方向，直接就上车，随便带她去哪里，只要越过高架就行。她意识到自己已是局外人，被这城市排除出去了。

这城市变得多么新，公共汽车报的新站名，走的新路线，车上人有一半说外乡话。高架从车顶上越过，不由松一口气。接下去的站名耳熟起来，车进了旧街区，可是窗外的景致却又是全新，玻璃幕墙的商厦，密集的写字楼，酒廊的露天座上坐着外国人，橱窗里的时装是新款式，街上走着新人类——新面孔，新表情，新的衣着，新的吃食，新的口头语，中间有没有一个萧小姐？

他皮夹里的名片，有一张是萧小姐，头衔为公司副总经理，照上面电话打过去，录音说：您所拨打的号码是空号。这样的结果，至少有一半在预料之中。随着时间逐日过去，他周围的一切都变得淡泊，似乎物质在一点一点稀释。不过，萧小姐的名片还是有启发，她将所有的名片都抽出来，在桌面排开，依次拨打电话。第一张是外地手机，让她加拨零，加拨零再打，是关机；第二张也是关机；第三张无法接通，于是停一会儿再拨，通了。等待接听的铃声一阵阵响，她倒有些被吓住，不知道会发生什么，响一阵子，终于没有人接听，不由舒出一口气。无论如何，好比一次热身，等再一回拨通，并且立马有应答，她已镇定下来。对方是个男声，操普通话，听起来很年轻，因为心无防备，张口就说人在外地，有什么事吗？面对如此坦然，事先编成的说辞就用不上了，稍顿一下，直接说出他的名字。对方“哦”一声，语气变得迟疑，像是在搜索记忆。杨莹瑛提示一句：“宝宝贸易物流有限公司”。这就想起来了，连说不好意思，又问有什么事。杨莹瑛说自己是他太太，家里有急事，不知道——是不是和先生你在一起。对方先说没有，然后问：他没和你在一起？这话问得莽撞，却也自然，所以才是年轻。杨莹瑛截然答道：在一起。对方又说“不好意思”。停了停，杨莹瑛说：他出差去了。对方说，或可到别处打听，其实他和他也算不上熟识，大约一年前有一单业务往来，交道一回。杨莹瑛问：什么业务？从澳洲进口伞柄。杨莹瑛好奇道：伞柄还要从澳洲进口？澳洲森林多，但木材不能直接进口，所以就制成伞柄。杨莹瑛“哦”一声，对方又说不好意思，正有事，不多说了，就这样。杨莹瑛连声道谢，挂上电话。这番通话大大超出预期，虽然没有提供直接的线索，但至少说明信息渠道没有完全闭塞，何况对方合作的态度也令人宽慰。杨莹瑛想了想，又一次拨打这一个号码，对方依然即刻应答，口气也依然礼貌。这一回，杨莹瑛小心地问出萧小姐的名字。对方变得警觉起来，回答：不认识。又说声不好意思，挂上电话。杨莹瑛知道再不能打这电话，否则就有骚扰的嫌疑。余下的两张名片，她也失去联络的信心，因为知道都是些疏离的关系。

这一日，朋友主动来电话，问有什么事要帮忙。过去的电话，都是她打过去的。萧小姐的出现，使失踪事件变得暧昧。那朋友虽是出于好意，但多少有几分窥探的意思。杨莹瑛尤其敏感到这一点，就不愿朋友继续介入，婉言谢绝了。即便社会上男女苟合泛滥，已视为平常，她也还是觉得事情不像与风月有涉。她没有将萧小姐这个人告诉女儿女婿，以及彼此亲戚。她冷静地想，谁知道能不能作线索用？只怕会旁生枝节，混淆视听，反耽误了寻找。其实呢，也是一种有意的忽略，忽略萧小姐和这事有关。

表面看起来，寻找暂告段落。警方已接受报案，走着侦查的程序。不报不知道，一报吓一跳，这城市失踪的人数居然如此巨大，平均下来，几乎每时每刻都有人销声匿迹。所以，警方对于寻人，多少就有些虚应差事，事主又提供不了有效的线索，除了耐心等待新契机，还有什么出路？日子稍作调整，继续往下过。女儿女婿搬回来住，自己接送孩子上幼儿园。每回送去和接来，都要从父亲走失的小区经过，站在幼儿园门口，也看得见父亲上班的那幢楼。很奇怪的，孩子一个字都不提外公。很难怪罪他忘性大，谁也进不去小孩子心里，那里有着某一种防御本能，不让自己受伤害。车迅速离开，上去高架，那片高层住宅的楼顶在车窗里流连一下，很快到身后。日前，女儿女婿随警方辨认过一回无名尸体，也没有告诉母亲。走失的人留下一个黑洞，人们小心翼翼绕道而行，以免一脚踏空坠落下去。家中已经停止讨论这件事了。

也许应该感谢萧小姐，她在某种程度上转移注意力，缓解了杨莹瑛的紧张情绪。她甚至很滑稽地想到：他那么会整理东西，萧小姐归进哪一类呢？从认识第一天，就领教他的这一项特长。开始时有股新奇劲，生活久了，慢慢视为平常，淡漠了，如今又显现出来，四处都是。各样物件都在应该出现的时候出现，就好像知道人的心思，一旦要用，自然就到了手边，一拿一个准。衣物被褥，卫浴洗涤，工具管线自不消说，最奇妙的是厨房碗橱，橱门内侧贴一张表，记录节假日和家中长幼的生诞卒亡，无论庆贺还是祭奠，不都是体现在餐聚，最终由炊事落实？那么，萧小姐在哪里呢？在皮包的夹层里。她自问自答，性格里的风趣无处不在，即便是在愁急之中。想起初次约会，被搜检皮包的那个窘！娇羞的年龄仿佛就在眼前，倏忽而去，跑得那么远，远到其中一人看也看不见。能够以超脱的心情思忖萧小姐，也说明并不真正上心，她将这当作一条线索。还有什么线索吗？没有。只是这条线索太容易产生误导，报案时，那个小警察不是煞有介事地问：夫妻关系怎么样？所以，这条线索只能留给自己用。

下一日，杨莹瑛自己出门，去找萧小姐。地铁换公交，再有错乘的往返周折，近中午时分，来到南浦大桥底下。一条窄路被防波墙拦断，墙那边，看得见江岸的趸船，轮渡的马达声远远传来。这就是萧小姐身份证复印件上的户籍地址。街两边都是早些年自建的水泥房，平顶或二三层，也有更高的，其中一幢竟有七层，占地却只一个门面，险伶伶的，好比“宝剑倚天立”。墙上壁上，写着大大的“拆”字，有的已经剥落，有的却汁水淋漓，墨迹新鲜。表明规划的数度启动，数度停滞，延续至今。街面倒不寥落，底层开出小店，楼上窗户伸出晾晒衣物的竹竿，屋顶则是电视机天线，还有几具“小耳朵”，甚至有一架太阳能蓄热锅。杨莹瑛循门牌号码顺序找去，门牌号码或是中断，或是错落，显然是房屋加建的结果。几趟往返，最后还是问了人。一个洗衣服的女人，洗衣机立在当街，临时接上的水管与电线盘缠纠结，是机器陈旧还是路面不平，机身激烈摇晃，噪声大作。问和答都扯起喉咙，女人终于明白杨莹瑛的意思，向对面指过去，对面门上却挂了锁。迷茫间，左右门里又站出人来，人们早就注意她了。洗衣机停歇下来，咕咕地出水，顿时淹了街面。挂锁的门紧邻一爿日用杂货铺，老板操河南还是山东一带口音，告诉说住里边的人南码头上班去了。杨莹瑛说出萧小姐的名字，老板就摇头，这一带住的都是租客，今天来，明天走，流动性很大，谁知道谁是谁。杨莹瑛说房主是谁总是知道的。老板又摇头，许多房子都是经二房东、三房东的手，层层转租，就不知道大房东是谁了。忽有人吵架似的嚷：找派出所去！这才发现，已围拢起很多人，无论男女，面相都相当粗粝，表情又凶悍。杨莹瑛不禁畏缩起来，匆匆道谢，退出来。洗衣机隆隆响起来，又有小孩子的锐哭。走出几步，听身后有急步声跟随，心跳着回头，见是个半大孩子，背着双肩书包，刚放学回家，祖母吩咐带路，引她去派出所，这才知道没有恶意。半大孩子走到前面，出街口一转折，原来防波墙上拆开一道缝，可容一个人的身体进出。钻到墙那边，即有江风扑面,脚下的路是碎石掺沙土,被日头晒得生烟,扬起粉尘。倘不是白天,这一段江岸就要显得荒凉了。江水在岸下几十公分处波动,有几处留着水泥残桩,是旧码头的遗痕。江面开阔,天地显得高远,江鸥飞翔,几条拖轮慢慢地走。那孩子也不回头,自顾自走,有时弯下腰捡起一块砖石瓦片,往水上抛过去,阳光下呈出一条闪光的弧线。走了一段,防波墙到尽头,又露出一个街口,孩子向里一指,转身循原路回去了。

先看见“水警”的牌子,牌子旁边,往里退一步,才是地段派出所的字样。中午吃饭时间,窗口都放出暂停办理的告示,厅里空荡荡的,唯有一个保安背着手,眼睛看地,来回踱步。余光看见进来的人,抬起头站住了,这一个的装束、行止和态度都不像本辖属的居民。在行政划分底下,是历史沿革和生活方式形成的区隔,类似部落一般,身在其中,自可判断异同。保安上下打量这个外来的女人,这里的人都有着放肆的目光。有方才的经验,杨莹瑛就像历练出来了,坦然迎向保安的目光。她问几点上班,保安则反问有什么事。犹豫一下,想事情归不归他管,可又怕拒他好意,这里的人都有一颗爱管闲事的心,于是回答“找人”。那保安倒没再问,背手踱开去了。杨莹瑛在椅上坐下,听见有汽笛鸣叫,十分悠扬,就知道所处位置已在闹市以外。几日里的紧张此时松弛下来,倦意袭上身,懒怠极了,一动不想动。前厅的地砖刷得很干净,墙面的白瓷砖贴到一人高,大约为了防潮,江边总是湿气重。光线从门窗进来,经地面和墙面的折射,亮得晃眼。时间过得很慢,又很快,因为不知什么时候,有三三两两的人进来,那保安冲其中一个叫道:小姑娘,上班了!然后向杨莹瑛俯下身,很机密似的小声说:跟她去!

小姑娘身型偏胖，但很紧凑，皮肤又特别白皙，就也好看，穿一身新警服，看得出是个新人。她看一眼来人，目光是鲁直的，又因青春的骄矜变成傲慢。杨莹瑛跟她过去，却被拦在门外，砰地撞上锁。正不知所措，小姑娘却在一扇窗口后面现身，撤去“暂停办理”的告示牌。这样，里外两人就面对面了。说明来意，并且出示萧小姐的身份证复印件，小姑娘立即打开电脑检索起来，这倒是出乎意外，本以为需口舌解释，必要再编一套原委，不由松一口气。小姑娘啪地一按键，很熟练的样子，结果出来，一个空挂户口，就是说，实际并不在此居住。那么，杨莹瑛说，户主是谁呢？小姑娘又看她一眼，你找她做什么？话问得直截了当，语气又生硬，就很逼人。杨莹瑛脱口说：她欠我的钱！话出口，自己吓一跳，有急智，还够简捷。保安踅到身后，他一直注意这边的交涉，以他的阅历，这女人一定有事。听到此时，插话了：你找户主不定有用。杨莹瑛说：总归是关系人。小姑娘忽然笑出一声，带着些轻蔑，不屑多说的意思。保安说：什么关系？生意关系。挂一个户口，拆迁时候多一个人头，事先签好协议，不给份额，不给居住，只落户口。杨莹瑛愕然听着，搞不清楚来龙去脉。小姑娘开口了：爷叔不要瞎说，户口可以随便落吗？当派出所假啊？怎么没关系，有关系的，都是亲戚，姑表舅表。保安说：表不表，一表三千里！小姑娘凶道：再瞎说，再瞎说！保安退让说：我瞎说，我瞎说！这一段言语来去，全是用苏北话，听起来，倒颇像舅甥的情分。最终，小姑娘还是将户主的一页打印给了杨莹瑛。走出派出所，日头略偏，沿街百十米，又破出一段江岸，白亮亮的一条。她不由笑一下，可不是很好笑，萧小姐的电话是空号,户口是空挂,究竟世上有没有这个人呢?

勿管真假,现在,黄脸人和黑脸人都用"吴宝宝"三个字称他,否则,怎么办,总要有个叫头。如此一来,必定就带来逻辑上的混乱。黄脸人坚持"吴宝宝"就是"吴宝宝"。黑脸人则咬定"吴宝宝"不是"吴宝宝"。黄脸人笑问,"吴宝宝"不是"吴宝宝",且是什么"宝"呢?黑脸人急扯着嗓门辩,这"吴宝宝"不是那"吴宝宝"。黄脸人咯咯笑个不停:那"吴宝宝"是哪"吴宝宝"呢?这样,从叫名上说,黄脸人已经胜一筹。再比对公司名称,地址电话,全都无缝对接,黄脸人再胜一筹。到验明正身这一节,黄脸人说的是:仁者见仁,智者见智!此话怎讲?黑脸人鲁莽归鲁莽,却不糊涂,抓得住要害。黄脸人解释说:你看不是"吴宝宝",我看就是"吴宝宝"!黄脸人打哈哈。黑脸人正色道:你看我看都不作数,要人自己看!黄脸人继续打哈哈,遇上一根筋的人,变通不成。陡地收起哈哈,沉下声说:想赖账吗?黑脸本是个蛮人,就是不怕耍蛮,桌子拍得山响:一手交钱,一手交货!黄脸动气了,气的是制服不了乡下人。不是道上混的,不懂规矩,所以讲不通,棘手得很。他止不住也想拍桌子,又觉得失身份,坐回椅上,和缓道:问也问过了,吓也吓过了,不是说,真金不怕火来炼吗?黑脸看他放软,便松下来:吓得太过,失神了,自己都不知道自己是谁。黄脸跳将起来:他不知道自己是谁,你我怎么知道他不是谁?黑脸说不出话,瞪着眼,好一会儿,垂下头来。

睡眠中,无数的梦和无数的遗忘。时间压缩起来,同时又伸延;连贯性切碎了,横断面的拉丝扯得多长也能弹回去,接上头;

黑洞在扩大,同时边缘物质迅速再生,弥补破绽。时间似乎回到它的原始性,人类文明给予的划分刻度溃决了,湮灭在混沌中。睡觉的人有一种舒坦,仿佛摆脱地心引力,浮在时间的外沿。空间也在溶解,消失客观性,管他身在何处呢!多么畅快啊,这颓唐。醒一醒,又睡过去,记忆的残渣滤过梦的网眼,再被瞬间的意识击得更碎,变成最轻质的颗粒,可容纳于虚无。虚无说是虚无,其实结构相当紧密,近乎分子——物质中能够独立存在并保持该物质一切化学特性的最小微粒。"虚无"就是这样的"最小微粒",小到无形,但却"保持该物质一切化学特性",于是就有了涵盖力。就这样,让存在进入虚无,也好比是将物质退回到最初形态,回到原始。

睡眠做着这项工程,将时间与空间的概念,夷为平地,连他这个人,都在退回苍茫。无论是梦里醒里,很奇怪的,在他左前方的上角——方位的客观性已经丧失,只有以视角为中心——那左前方的上角,就在那里,总是挂着一颗星,不那么明亮,甚至是惨淡的,始终在着。无论天地旋转,时空倒错,它就是在那个位置上,由远及近,越来越近,几乎飞驰而来,眼看金石相撞,火花迸溅,陡地远去。无论远和近,它的体积与光芒不变,亮度也不变。也因此,在那沉没的时间和空间里,就有一个浮标。多么多么小,犹如一颗铆钉,连铆钉都不是,而是针尖,行将收拢、闭合、隐入,可它就是不隐呢!心里又喜又悲,交织成一句旋律,是什么人在唱?原来是自己在唱,只一句,周而复始,首尾相衔,无休无止。睡眠乘着旋律行行前进,像乘着风,平滑、轻盈、流利,向着那颗星,又是被星引领,行,行,行到哪里去?

那小小的星，清晰呈现出涡轮状的表面，旋，旋，一直向里旋，穿越过去，可是，依然在前方左上角，多么深邃啊！歌还在响，匀速进行，打着节拍，充满无涯的周边。每当醒来，歌声收住，余音缭绕不绝，星也合闭。但仅只一瞬，紧接着，睡眠又覆盖下来，歌声再起，星又穿透出来，绽放出纤弱的芒刺。黑暗与岑寂里有了破绽，一根针似的，也是破绽，就有机会蚕食虚空。那颗小星不是有着涡轮状的球面？旋啊旋的。旋律只三个音节，却结构成永动力。是生物意识的余烬，也是最初级，初级到植物与昆虫的状态，需要漫长的进化，以及进化中的蜕变期，大年和小年，才能回到普遍形态。睡眠是冰期，冰碛层在发育、成长，诞生新天地。冬眠就是地质演变的残留，好比进化不完全的尾巴。进化留下许多尾巴，鸟类是恐龙的尾巴，每一个细节都是证明——羽毛、脚爪、脊柱体，而飞翔则是嬗变。

他睁不开眼睛，眼皮上有无数利刃刺来，疼痛难忍，用手抵挡，这才发现了手，继而是腿脚，因为腿脚落地，站立，行走起来。他感到内急，急不可待，于是发现膀胱。身体分割成局部，兀自活动，没有犹豫和徘徊，一路走进卫生间，排泄发现前列腺，前列腺还不错！快感回来了。洗手池的镜子里，看见自己，这人是谁啊？须发蓬乱。掬一捧水，抹上去，再分开五指，向后梳，梳齐了，露出额角和发际线。他从来没留过这样的发型，显得挺精神，睡眠和冷水刺激使得脸色红润，手脚也灵便起来。可是，这是谁呢？

房门推开，一眼看见床沿上坐着的人，不由也吃一惊，因为改了相貌。听见动静，脸上竟然露出笑容，因为认出进来的是熟人，哑子。两人静静地对视，像是久别，这又重逢。他看出哑子有一张端正的脸，眼梢长长地斜上去，应该是清秀的，但是某一个器官的失灵让人变得颟顸。那一个看见的是什么？寻常人很难了解哑人的眼睛，在他们的眼睛里，年龄、身量、相貌，有意义吗？也许是另一些条件在作用于认知。他们不说话，就封住了天机。两人在昏晦的光线中，一个坐，一个站，哑子先动了动，他便站起来，知道是召他去的意思。从哑子身边走过，感受到强健身体的气息，那是在露天之下，自生自灭，不知有多少偶然性促成的命。走廊里出乎意料的亮堂，房间就好像嵌在壁上的幽暗的洞穴。哑子将门关上，洞穴合闭，消融在光明通道，似乎从来也没有开放过。行走在光明通道，感到晕眩，微微作呕，脚底绵软，却轻盈极了。四下里十分寂静，没有一个人，黄脸和黑脸都看不见了，只有他和哑子。穿越过走廊，出一扇门，清凉的空气扑面而来。五脏六腑一激荡，差点儿没站住，摇晃几下，晕眩与作呕全消，身子更轻了，变成一个纸壳子，几乎可脱离地面，飞出去。

满天星斗，他站在穹顶底下，有流星，行行地飞。星空就呈现出悸动，空气在颤动，耳边有嗖嗖的风声。天体在运行，以光年为计算单位，循着某一种轨迹，是有限的肉眼无法看见的，流星给出一小点参照系数，它们的旅程只占其中亿万分之一都不到。

身后又关上一扇门，光明通道合闭，消融于苍穹，也像是从来没有开启过。在这无穷大里，人工的开凿和照明占不了什么位，都要被吞噬、湮灭、烟消云散。一颗流星擦着头顶飞来，坠下山谷。他不敢移步，不敢动弹，仿佛被拘禁住了，一个巨大的不可触犯的禁忌。一片云在追逐流星，快速改变形状，一时成条状，一时成块状，又一时四散开，成点状，再一时聚拢，开出一朵花。多么活跃啊！暗示着无穷多的变化。但由于距离的缘故，不是以光年为计量单位吗？进入视野的只是零星残相，说是“一时”其实是“无限时”。哑子在背后推他一把，上车了。

四

哑子是生在野地里，被阿公拾回家的。说是家，其实只有阿公一个人，加上他，就两个。阿公所在的村子只七八户人家，几乎是挂在山壁上，村名叫作“藤了根”。多数哑子因为聋而哑，哑子他就是哑，耳朵却能听。他知道阿公叫“阿公”，村名叫“藤了根”，也知道人们叫他“哑子”。因为是拾来的，他就没有户籍，起初是分粮没他的份，后来分山林分田没有他的份，所以是半饥半饱长成。在这莽莽苍苍的大山里，有多少命自生自灭，哑子就算是幸运，有阿公拉巴他。他呢，也是阿公的帮手。刚会走路，阿公便带他进山，进山做什么？偷树。阿公砍树，他放风。别看他哑，耳朵格外灵，一旦有动静，只觉草棵里一溜窸窣，阿公的腿被抱住，斜眼梢的小眼睛晶亮晶亮，不像人，像夜间出没的獾子。阿公立时收起砍刀，蹲下身来。再大点，至多四岁或五岁，开始随阿公背树。

背树也是在夜间。前一晚砍倒的树放原地不动，盖上落叶，此一晚扶起来。阿公背上搭个日本尿素口袋，树根的一头驮上，树梢拖在地。哑子背干粮，阿公吃力的时候，抓住树梢送一把，拽一把。从林子里走出，沿了山道，时不时地，黑黢黢的坡上下来一个人，背一棵树。于是，赶路的人渐渐汇拢。由于道路狭隘,络绎可有一二里长。背树常是挑月亏的日子,阴历上半月或者下半月,逢二和逢七。前半夜是摸黑,后半夜,弦月起来,又正好走到山的东面。那山里的路,都是人脚踩出来的,依着山势,陡峭处垫上几块石头,再被人脚踩进土里。一旦踏上公路,混凝土的路面,简直飞得起来。可最大的危险也在这里,不知道什么时候,“打办”的吉普车就追上来了。“打办”的全称为“打击投机倒把办公室”,专惩治自由市场私人交易,追上来,没收树不说,人也要进去,一关多少天。所以,他们宁肯走小路。背树的队伍蜿蜒在灌木树丛,不知多少代的次生林,也已经盘根错节,茂密得很。彼此看不见人,只听见吭哧吭哧的喘息,树梢哗哗拖过厚厚的腐叶。

天光薄亮里,一条省际公路横陈眼前。此时,距离目的地约有三四里山路,若顺利到达,正是开集,肉担鱼担,米市盐市,从交集的三省汇流而来。斜刺里穿上去,混凝土的路面就像在脚底下跳,将人弹得老高。“打办”的吉普车来了,人们都在叫“跑”,其中有阿公的公鸭嗓:跑啊!哑子撒开手脚,跑到车轮子前,摔倒了,都嗅得见那轮胎的胶皮味了,就地翻个身,吉普车过去,人滚下公路,一路下去,刹也刹不住,石头和荆棘将皮肉划个稀烂。

汽车算不上什么,还有飞机。只见山那边,出来一个黑点,就像山里的野蜂子,嗡嗡声越来越近,转眼就到头顶,山摇地动。旋着的翅翼碰着一根树丫,树丫碎成粉,一下子没了。所有人都在张嘴,却听不见声响,也跑不出机身罩下的黑影地。哑子看见阿公的嘴张成一个大黑洞,衬得阿公的脸变小了,小成一个山核桃。他却移不动步子,只顾仰头,望见军绿色机身上的一颗红五星，还有驾飞机的人，头上也有一颗红五星。直升机呼啸着盘旋，人在底下跑，没头苍蝇似的，不知是追还是逃。公路上满是横七竖八的树，哑子终于绊倒，爬起来，飞机已经远去，迎面挨了阿公的嘴巴子，也没觉得痛和气。

拾起树背上，余下的路就是连滚带滑，那三五户人家的小村子，在向他们招手呢！大铁锅的油香，已经结成云雾，卤水坛子开了封口，酒坛子也开了封，烤麦饼的焦苦，蒸馒头的酵酸，柴火跳出灶口，险些燎着屋顶的苫草，这热腾腾，闹哄哄，赶路的人哪里熬得住，黑里用尽的力气又回来了，并一宿的声气这时候全发出来，大呼小叫的。一道山涧自上而下，三尺宽的石板桥上，全是人，牵着手，箍着腰，过来过去，挤得呀！哑子紧紧抱住树梢，阿公一手从肩头过，一手从腰间过，反抱着树身。爷孙俩其实是扯着救命索，倘要落到涧里，眨眼就不见了，那些脱手的鸡雏、盐包、竹篓子、大大小小的鞋，就是明证！

不等他长到背得动树的年纪，背树和偷树的日子不知不觉结束了。也不是说结束，而是不必在夜晚进行，也不必费那么大力走那么远的路。砍树是公开的，不用肩背手抱，装上车，一车一车拉出去。四周围远近都有集市，货物丰富和买卖繁荣大大超过那个山坳里的小村子。那晨雾中陡然揭开帷幕，轰一下闹起来的情景，哑子再没有看见。像他这样懵懂，又生活在闭塞的山里，就无法了解变故里的原委，时代和社会一律离他很远。若不是阿公捡了他，他大约离人都是远的，就像野地的植物和动物，阿公将他带进人的命运里，这又是一种什么样的命运呢？

十四岁那年，阿公死了，村里将阿公那份地和山林收去，让他跟另一个老婆婆过。他替老婆婆种地看林子，老婆婆替他做饭，供他吃喝穿用。应该说两相适宜，可终究是半途结缘，比不上他和阿公。跟阿公其实很苦，吃不饱不说，饭经常烧不熟，穿衣更谈不上，不是缺单就是缺棉，阿公还扇他嘴巴子。可这是他睁眼看见的人，就认他！这种有一顿无一顿的生活倒是无拘束，养成一种自由的习性，他喜欢钻山，屋子后面就是，转身抬腿，就进了莽林。

起先还能辨出浅径，是看山和采药的人脚踩出。往高处和深处去，浅径便消失了。树丛越来越密，挣着长上去，取一点光照，同时呢，根又向下挤，挤穿岩层，取的是地下水。头顶罩着树冠，一片黑，脚下忽硬忽软，硬的是盘结的根须，软的是腐叶，埋着一汪雨水，噗一声滋出来。摸黑走一时，渐渐适应了，眼前就亮起来。一些细针撒下来，是穿透树冠的光纤。他在根结上跳过去，跳过来，一跃而起，抓住一根垂下的藤蔓，晃啊晃，一挺腰，挂在树枝上。从这棵树攀到那棵树，树枝子树叶子，交织成一张床，足够他放平身体，拉直四肢，然后就睡着了。睡一会儿，醒来了，爬下来，再继续走。树木稀疏，裸出一片秃崖。正午时分，崖面被日头晒得发白，仿佛起烟，有几道绳纹印，是采药人攀爬拉扯的留痕。他没有绳子，也不需要，张开手脚，便吸附在了崖上，就像一只大壁虎，左右腾挪，上去了。越过秃崖，又是密匝匝的树丛。多是柏树，柏子雨下得瓢泼一般，满头满脸满嘴。穿出柏树林，再上崖顶，立下脚，回头望，望见那小村子，藤了根，隔几座山头，几个山坳，挂在那尖尖的峭壁上，就像一块破补丁。这莽苍苍的青山，穿流无数清泉，未必遇得上，但是听得见淙淙的水声。哑子不是不聋吗，听力好着呢，什么也逃不过他的耳朵，鸟的啁啾，昆虫振翅，蛇吐信子——他遇见过蛇呢，都说蛇的嗅觉好,嗅得见人气,可他一身的山野气,只见那蛇贴了身子哧溜过去了。这山是大而齐整的一块,藤了根又小又褴褛,真难看!哑子往山里一钻,就忘了日月黑白。先是一天,后是几天,最长有十数日,无论多久,最终还得回去,回去藤了根。那里有阿公的饭菜和巴掌等着他,他就认这个。

跟老婆婆过日子,就不得这样的清闲。老婆婆的活计是分布在每个时辰片刻里的,这一时耪地,那一时锄草,下一时挑水,再下一时劈柴火。半日看不见人,便在村子里一路走一路叫"哑子"。哑子很怕老婆婆叫,老婆婆的叫声有一种凄厉,眼睛又不好,近乎半盲。有几次他分明就在边上,看着她大睁着蒙了白翳的眼睛从他身前擦过去,嘴里叫着"哑子"。好像他不是人,而是没有形骸的鬼。吓得他将手里的家伙,锄子或者水桶一扔,掉头往山里去了。终于有一日,一去再没回来。藤了根都以为他死了,失足坠崖,让野猪吃了,还有狼,误食野果子,染了瘴气,中了蛇毒,那大山养得活口,也杀得活口,山肚子里不知藏着多少命!

引擎启动,车上路。四下里白蒙蒙,一团团的白烟在地上滚,车仿佛走在云水里。雨刷打开,扫着前窗上的浓雾,车前灯昏黄的亮便从烟云中破出来。他又看见左上方的那颗星,淡泊,遥远,穿行多少光年,进入视野。烟雾从门窗的缝隙里渗进车内,哑子与他,近在咫尺,又似乎远在天涯,雨刷的咔咔声响则是从另个世界传来。车平稳地走着,如静流中的船只。那颗星时隐时现,凡出现,一定挂在左上角。蹚过几程云水,雨刷缓缓停下,白雾退低,低到路面薄薄一层。那颗星再次跳出来,就在星的水平高度，忽然呈现一条蟹绿的色带。色带边缘整齐，将天空切开两半，蟹绿下方是黑，上方也是黑，却要浅一成，接近于灰。这三种截然不同的颜色其实是在一个序列上，暗示着过渡关系，当它们相互接近和转换的时候，并不被意识所发现，只是出于偶然，一瞬间看见颜色呈递进关系变化，从黑到深蓝，深蓝到浅蓝，到灰，到灰白。过程中，分层越来越细腻，于是，更多的颜色加入进来，彼此冲突然后迅速和解，整条色系就处在动态中，从这一系列跃到那一系列，再又回到这一系列，左上角的星终于溶解在它所属的色层里，回家一般，不见了。天空多么广大，将无数山峦笼罩其中，还有无限余裕。

车走着环形，底下是山谷，谷里烟云翻滚，时聚时散，忽一下升起来，将车身淹没，忽一下又退去，退到极低处，看得见谷里的人家。车环着下去，又环着上来，山峰边，挂一钩弯月，极细极细，如同刀刃边缘，有足够的尖利，横切开色带，断面中渗出一缕红。就是这一缕红将蓝灰的序列洇染了，染成紫，再到深紫。他被震慑住了，似乎也幻化成那颗星，并归进某一种色泽，那本是与他同质，只是未被自觉到的。很奇怪的是，一方面，他被溶解，另一方面，却又对自己所处位置无比清楚——他绕着山谷行驶，身边是哑子。哑子这人，也是色带序列中的某一个存在，要不怎么解释天地间只有他和他。其他人，黑脸人和黄脸人，隐到哪里去了？他们的印象变得模糊，他想得脑袋疼，也想不出他们的形貌，只得任他们模糊下去。而他在螺旋形上升的轨道里，还有哑子。

哑子递给他一样东西，接过来，是一包方便面，撕开塑料袋，直接啃起来。干面的油香和酥脆，还有水的清冽——哑子还递给他水了——先是在口舌之间，然后延到胃部和腹部，快感在体内释放。他感到轻松，无牵无挂，无羁无绊，简直飞得起来。四周围开始变得明亮，是从谷底升上来，再铺开，边缘翻着卷，他们在光明的顶层。车陡一停，他看哑子，哑子并不看他，但知道是要下车，便推开车门，下到地上，推上车门。车嗖地向前去，留下他自己，这突然降至的自由让他无所适从，停了停，在一块石头上坐下。

他惊讶地看见，早晨原来是这样开始。雾退去，草木山石如同出生的胎儿，从衣胞的薄膜中剥出，草叶边缘的细齿，石面的皴纹，飞虫的翅翼，全历历在目，呈出青白色。草尖上的露珠，眨眼间全收去，草儿在风里摇曳起来，本是静止的图画就一下子活了。大块的山体变成一层层的绿，波涛般涌起，沉落，再涌起。光纵向一切，割成明暗两半，那暗的一半迅速向明里飞渡，几乎听得响，刷刷的，直至光明全覆盖。太阳陡地上了山头，绿色的波动更加激越，天地在颤抖，却控制在一个巨大的限制里，所以，总体上就有一股宁静。

日头上升，后背心滚烫。哑子去了不知多少时间，他并不觉得，好像忘了有哑子这个人。自己呢，开始在这里，现在亦在这里，还将继续一直地在这里。有小虫子爬到膝上手上，是蚂蚁，大出无数倍，就好像在放大镜底下爬行。眼前的一切都有放大和缩小的变形，但并没有改变认知，他认出它，蚂蚁，顺衣襟爬进颈窝，再没出来。阳光在初始的堂皇之后趋于平淡，然而，均匀广大，白茫茫的，天地间都是。日头高起来，他不敢抬头，一抬头就刺了眼。发光体的球面射下万道利刃，纷纷落地，四处迸溅。锋芒窜跳处，生出黑斑，一个大蚂蚁，越来越大，最终大成人形，是哑子。

原来还在哑子手掌心里啊！他并不惊讶，甚至，心生喜悦。哑子倒露出些疑惑，眼前这笑脸人是谁？还是那个他吗？不是他却又是谁？两人脸对脸看一会儿，哑子先转身，他便从石上起来，脚跟脚下去公路，走进树丛。这是一个缓坡，坡上多是杂树灌木，枝条纠缠。哑子手持一截树干，左劈右打，开出一线狭缝，可容一人侧身通过。脚下已经顾不得，无非土和石，还有树根。往下有二十米光景，草莽之间仿佛隐藏着路径，哑子的树干一抽打，缠结的枝蔓便分出裂隙，脚底也托实了，无论泥石崩溃，总踩得住硬土。坡度更陡，几乎直上直下，多少回失足，不及叫出声来，哑子分明背后长眼，回过身一伸手，抓住了。他又一次觉出哑子的力气，这力气让他放心，同时，还有骇怕。骇怕来自哪里？来自一个极深的隧道般的黑暗里。有一阵子，他们直接用四肢攀爬，每回滑落时候，哑子都及时腾出一只手，将他提了上去。他双脚离地，底下是幽密的山谷，一松手，便直落谷底，可哑子每一次都将他轻轻放下。翻过峭壁，面前出现一块平场，少有树，全是没顶的茅草。哑子收起树干，双手背后，用肩膀探路，左右侧身向里去，这身姿有一种紧张，仿佛预感到某种危险随时会发生。

他看不见哑子，耳边只有草声。视野封闭了，只剩下头顶一块天，白亮白亮，释放出灼热。茅草收干水分，草末子飞扬，迷了眼睛，他想喊：哑子你在哪里？一张嘴，发不出声，全让草末子堵住，呼吸都困难。他蹚不进去，身子让茅草裹紧，一动不能动，头顶的白亮几乎要将他穿透，钉在草甸子里。就在此时，他看见哑子，和他只半臂之遥。哑子的身体在茅草底下变小了，颜色也成草色，就像会变色的蜥蜴，他自己就不消说了。他也学着哑子，左右侧身，肩膀顶开草丛，就像划水，这水可是沉得很。忽然间，哑子停下了，他没刹得住，向前撞去，脸贴着背。哑子身后的手伸出食指，抵着他的肋间，推开一指的距离。他嗅到哑子身上的气味，焦苦的，就像过火的草木。哑子的耳朵奇怪地竖起来，在听。他这才发现，哑子是有听觉的。他的耳朵里塞满草声，就像聋了，而哑子却听见了什么。这变色龙的身子一动不动，肌肉在收紧，焦木般的体味发散出金属的辛辣。肾上腺素一霎间汹涌分泌，他周身竖起汗毛。茅草的喧哗平息下来，静得可以，可是这静寂却撕出破绽，有一丝细微的震颤，穿透过来，是蛇吐信子的声音。

是哑子的身体告诉他危险临近的，哑子一动不动，时间在过去。时间如洪流般迎面而来，转眼到身后。头顶上那一块白亮，极高极高，高到深邃，有一个涡轮，据白亮最中心，就是日头。蛇嘶嘶吐着信子，他既看不见也听不见，只觉得空气的颤动，还有哑子的肌肉在收紧。哑子原是不惧蛇的，可是长成年的身体就难说了，荷尔蒙在改变着体味，在人的世界混久了，也在改变体味，谁知道蛇还认不认！再说，还有他呢！蛇嘶嘶地吐信子，仿佛也在判断，跟前的闯入者是同类还是异类。哑子的身子挡得很严实，嘶嘶声越过听力直接钻进他脑子，他头疼，注意力刚要聚拢，又金石迸裂，溃决了。相持继续，风从茅草顶上走过，无声地掀起草浪，一层金，一层银。嘶声时短促时悠长，越来越明亮，如同哨音。他打起寒战，手脚冰凉。哨音止住，天地大块弥合起来，密不透风，紧接着，破开罅隙，就见一条光，贴着两人的身子，蹿过去，茅草哗一声张开，激烈地摇曳。它还是认哑子呀！哑子背在身后的手垂下了，看得见汗珠子迸出来，转眼间头发衣衫全溻湿。他止了寒战，下来的是冷汗。

哑子重新迈开步子，茅草在前面分开，又在后面闭合。地势在向上，不知觉时，走进一片树林。回头望去，那一块茅草坪小得很，边缘呈流线型弧度，有人手的痕迹，是经过修整而后荒废的农田，窝在山坳里。再回头，就已经隐在苍莽中，看不见了。

走在树群里，向上再向下，树种变得单一，灌木退去，余下的一律高大直立，仰头望去，树干在二三人高的地方，分出叉，枝条衍生。叶子小而密，一层层排列，好像鱼鳞，还像翅羽。于是，在枝条的纠缠错接中呈现出秩序。光线变暗，气温下降，厚厚的腐叶在脚底打滑，到底是要比灌木中蹚路来得省力。有一泓水从树木间穿过，他学哑子的样，凑着涧水洗了手脚，又喝了几捧。以下的路就是沿涧水而行，涧水忽宽忽窄，宽不过两步，窄呢，几乎只剩三指。无论宽窄，都是丰沛盈满，漂着树叶和树籽，一种小木球，球面有绿色或者黄色的绒絮，顺着水流滑行。走着走着，离开了涧水，却听得见淙淙的水声，不知在什么地方兀自流淌。再走，脚下的腐叶咕咕冒出水，又突起一块岩石，岩头滴着水珠。渐渐地，分散的细流汇集起来，又成一股山涧，涧里的漂流物换了形状，是立锥体，褐色的硬壳，碰撞出咯咯的响，有些像人的笑声。

他极力跟上哑子的速度，哑子拾起一段一握粗细的树干，三四把捋去枝叶，递给他作拐杖。有拐杖助力，好些了，到底不能比哑子。所以，经常地，走得看不见人影，只剩他自己。慌慌地赶一阵，不期然间，前面树下蹲一个抽烟的人，正是哑子。他贪婪地嗅着烟味，树木的清新中，烟油的臭气格外刺鼻，可怎么形容呢？它显然是从外面世界介入进来，是这蛮荒山林中的文明气息，让他心安。

哑子扔掉烟蒂，站起身继续赶路。他踉跄跟上，很快又看不见人影，但哑子的烟臭还在，这一种沉重的物质，很难弥散，就在与人齐鼻的高度凝结起来，他不怕哑子会撇下他了。柏树越来越密，树冠挤树冠，遮住天光，就像在黑夜里。偶尔，会有一枚针粗细的光刺下来，几乎将人穿透，走过去，又陷入黑夜。有禽类和别的动物的鸣叫，古怪地接近人声，但是另一个语系。他学样叫一声，哑子回过头来，锐亮地扫过一眼。他又一次发现，哑子是有听力的，而且，在哑子厚重的眼皮底下，有一双刀子般的眼睛，他不禁有些胆寒。这时候，一个问题涌上心头，那就是，哑子引他去哪里？

藤了根那破布样的村子，种着山尖上一丁点儿地，却是有信仰的。不定是哪一尊神，哪一座庙，有佛祖观音，韦驮；有大若岩山脚陶公洞道主陶弘景；俗有关云长，仙有张果老；武有岳飞，文有谢灵运；连耶稣他们也认的。这样杂七杂八的宗教之中，戒律却是单纯的，那就是不杀生。要说，哑子被藤了根收容，就是据此而来。在这个贫穷的山村，连田鼠山蚂蚁都要捉来果腹，所以，不杀生是以象征的方式实行，那就是不食牛。这一点正符合释迦牟尼最原初的立法，但藤了根哪里知道这渊源，它更可能是出于朴素的生存法则，牛是农业文明的生产力，尤其山地耕耘，几近苦役。饥荒时候，喂牛的粮草是必保留的，无论牛多么老迈衰落，也必饲养直至它寿终正寝，然后入土为安——这就又回到象征上来了。牛是如此，人呢？藤了根的宗教里有着严谨的伦理秩序,还是出于生存法则,也因此,藤了根所信奉的其实是人的哲学。

现在,哑子领着的这个人,不知该拿他怎么办。黄脸人说:货白送你!黑脸人说:什么货?吃货。退押金来!黄脸人不肯退钱,黑脸人定要退货。黄脸人说:货再次也是货,脚钱人工花出去收不回!黑脸人说:这一笔押金几十户人家凑起来,等着欠账来抵!虽然两下相持不下,但话里已经透出商量。黄脸人接着说:买卖不成交情在,彼此留个后路,山不转水转,不定哪一天狭路相逢!黑脸人脑子再不转弯,也听得出暗藏的机锋,只得退一步:押金不要了,权当买路钱,来日行方便,货,完璧归赵,哪里来,哪里去!黄脸人心中暗自惊叹黑脸人上道快,前一日还懵懂,此一时已开窍,吃得下亏又占得下便宜,简直想收他做徒弟。一拍桌子站起身:我带吴宝宝走!黑脸人也站起来:吴宝宝送给大哥你!两人都笑起来,"吴宝宝"这三个字听起来滑稽得很,成一个大笑话。止了笑,黑脸又问一句:大哥带他去哪儿?黄脸道:哪里来,还哪里去!凡道上人,都听懂,此"哪里"非彼"哪里"。全场静一静,黄脸人转手交给哑子:谁接过来,谁还回去!

黄脸人大名叫什么不知道,诨号"麻和尚"则有几分名气。哑子是在五尺镇上被麻和尚捡着的。那时候,麻和尚还年轻,脸也不是黄,而是白,身体颀长,称得上美少年。哑子发疟疾,烧得滚烫,躺在街心石板地上冰着身子,险些让卡车轧着。司机破口大骂,又揿喇叭。那人已经烧糊涂,又动不了,结果是麻和尚让底下人过去,拖死狗样拖开,让出路来。接下去的三天里,麻和尚的人不停地将哑子拖死狗样地拖过去拖过来。发热的时候拖到石板地,发寒战则拖到太阳地。发热与发寒的间歇,麻和尚问他话，得到的回答是点头摇头，就知道只是哑却不聋，而且有一种聪明，平常人所不及。起先，麻和尚的人将摊贩卖剩不要的瓜果菜蔬，剜去腐败的地方，送到他嘴边，他摆过头去，不肯张嘴。饭铺子的剩饭菜送到嘴边，也是同样，坚决不理会。三天里，只喝水，到底挺过来。麻和尚不想让他饿死，专带他进铺子开一桌。那时候，麻和尚还没发迹，事业单薄，生活拮据，口味就厚重，叫的都是粗菜，炒猪腰，炒猪肝，炖猪肠，炖羊肚，四大碗。哑子却不动筷子，硬让他吃，竟然呕起来，这才知道哑子不食荤。于是叫来一盆素面，铺一层青葱青蒜。哑子的筷子划下去，兜底一搅，发丝般的细面挑起来，只几下子，一盆面汤水不剩。麻和尚这才一点头，那一伙手下人，都是哑子这般年纪的半大孩子，拥上来，转眼间，连碗底都舔了。从这吃相，麻和尚就看出人有贵贱，品有高低。

从此，哑子跟了麻和尚。麻和尚过着四处为家的生活，正和阿公相反，阿公一辈子在藤了根度过。但是，这两种貌似不同的生活，却有着潜在的相似性，就是自由，两者都是不受拘束。方才说过，阿公的日子，从没有定时定点，就像漫流的山涧，流到哪里是哪里；麻和尚呢，也像山涧水，流到哪里是哪里，没有落脚的地方。于是，哑子跟了麻和尚，走出五尺。走到山对面，回头看，五尺也成了挂在山壁上的破布。比藤了根大，因而破相就更败露。藤了根破归破，却是素净的，不像五尺，不仅破，还腌臜，有一股子腥膻。后来，哑子到了更大更破也更腥膻的地方，知道这世界简直就是由破布连缀起来的。在这破出洞来的补丁底下，有一个整体，就是山。

哑子跟麻和尚的时候，麻和尚的事业在起步阶段，手下有七八个孩子,年龄从六岁到十六岁,主要从事的是乞讨和偷窃。凡操此营生的都必成帮结伙,各有领地。麻和尚人不算多,地盘却不少,倒不是用蛮力,而是通过交易的方式获得。预先知道有一伙要撤——这也是山地的特征,交通阻隔,经济滞后,资源就有限,各类生产力都有外流的趋势——麻和尚一旦得到消息,便安排会见。平日收罗泔水的主儿,正经坐在饭桌前,跑堂的心里好笑,面上不敢怠慢,因知道厉害,镇上派出所也吸过他们的烟卷。两边的头上桌,底下人站在地上。麻和尚的筷子蘸了杯里的酒,桌面上画几个字,大写的数字:壹、贰、叁、肆、伍的,对方大多不识字,先就拜了下风。愕然间,那边道出原委,意思是要收购地盘,议个价。这边的愕然再添几分,因从未听说过这样的买卖。三百六十行,行行出状元,麻和尚就是这一行里的精英"状元"。他买下对方的地盘,也收留对方的残部,一些无处可依的老弱。名声传出去,就有主动上门的主儿,渐渐地,五尺这地方就全在麻和尚麾下了。

从"五尺"的名字,就可见得它的小。挤在山的狭缝,最早大约真只有五尺,慢慢拖曳开来,沿着狭缝,再向左右或挖或填,取出些平地。终也有限,五尺依然是窄窄的一条街,挂在两个山头之间,店铺房屋几乎贴在崖壁。麻和尚因地制宜,创造出许多营生,比如,帮人推拉载重,收几个小钱,到后来,那几个陡坡口就成关隘,非经过麻和尚人的手不可,近似买路钱;比如,逢一和十五开集收集,他们一伙争着打扫与整顿,按摊位再收几个小钱,说是劳力的报酬,其实类似卫生交通税;一旦有纠纷,便又负起平息的职责,所以又有了治安税,饭馆旅社的治安也是要由麻和尚管辖;来五尺做生意,向工商部门申请,要与麻和尚交道,渐渐又替换程序，先与麻和尚交道，由麻和尚代向工商部门申请，效率更高。至此，麻和尚对五尺的经营已经达到全覆盖，凡政府职能的缺漏，全给予补拾。但麻和尚的胸怀远不止此，事实上，他早就把目光投向五尺以外，开发地界与地界之间的关系。所以风声放出，麻和尚要撤出五尺，立马有外边人来洽谈，在这一片江湖，麻和尚的兼并方式已流行开来，成为行规，因而使割据的势力迅速壮大，向更大的天地进取。

哑子所属麻和尚的旧部，经几番扩张，再转换产业，移师南北东西。人马更替，新陈代谢，哑子堪称元老级，是麻和尚的左右臂。前面说过，麻和尚识得异禀，他不像藤了根出身的人，是多神论者，但他有天命观。在他看来，凡身上有缺损，都是受过天谴，然后才能通天地。哑子就是这样的人。“哑”这一缺，简直就是专为他麻和尚度造，那就是口紧，藏得住机密。所以，哑子是麻和尚最放心的部下，他待他极厚，其余人难免生妒，也有为此离去另投他部的，麻和尚并不计较，来则迎，去则送。哑子学车，教练就是麻和尚自己。

教授开车是在盘山公路上实习的。这时候，公路穿透山体，进入腹地，山体被整齐切开，剖面光滑，藏不住东西。哑子是在山的掩藏里长起来，如今一下子敞开，裸露于天地间，人就像一只出土的虫子，有一种惶惑不安。哑子在驾驶座，麻和尚坐副驾驶，方向盘在哑子手里，刹车在麻和尚脚下，就这么着，一层一层盘旋。这两人都长了岁数，模样也有改变。哑子二十多岁，体魄健壮，麻和尚三十几，不再有年轻时的纤瘦，像是胖些，其实是肿，肤色深了，不是室外风霜日头所致，而是一种老熟的黄。总之，当年那个骄矜的少年人完全看不见了，换成平凡，甚至庸俗的中年人。然而，有谁知道，在那下垂的眼睑，还有隆起的肚腩底下，存储着什么样的心思呢？都是岁月向青春置换来的。这两个人，一仆一主，纵然不说话——事实上，充其量只能一个说一个听，彼此也全懂，也是岁月熬出来的知己。

车在盘山公路上走，起先还有三两部车相跟或者相向而来，随着山的陡峭，海拔升高，路遇越来越少，最后只剩他们自己。这就更不需要说话了。只有这两个同类，共呼吸，共命运，依着轮下的路走就是了，好像被劫持一般，两个同类间的物欲，比起山的决绝，怕还是有声息，声息相通。哑子应该感恩盘山公路，还有汽车，否则，他这一只小虫子，永远钻在山的肚腹里，而现在，小虫子钻出来，看见山的全貌，令人胆寒！车上了一座山头，几乎可以俯瞰，哪里是山啊，分明是云海中的礁石，他们就在礁石尖的棱上盘旋。公路和车是个奇妙的物件，哑子原以为山是最大，人是最小，没想到小的能制大的。但哑子并没有顺势从有神论转向无神论，而是更加驯服。藤了根是人世间最谦卑的，再怎么着，亦不敢充大，所以，那小制大的，就不定是人自己了。

倘若从对面山上看，汽车真像小虫子，在山壁爬行。不是吗？即便从山的肚腹里钻出来，也还是小虫子；就算爬得再麻利，也是小虫子的脚爪。哑子确实遭过天谴了，有一双慧眼，略转折，便看见另一番情景，又没法说出来，可谓天机不可泄露。车一上哑子手，麻和尚就知道他会了，自己坐在副驾驶座上，不过摆个样子，每每要踩刹车，哑子早已有准备，缓缓减速，后来便懒得动了。公路仿佛是依着车轮开的，开成流线型。麻和尚打起盹来，迷糊中腾云驾雾，忽有一惊觉，想：身边这人是什么人？一个哑子！他自问自答道。疑窦倏忽而过，就是这疑窦，在他们两个同类之间画下沟壑，世俗的情义蒙蔽了眼睛。困倦复又上来，又是一个盹。睁开眼睛，车已经下到山底，停住了。

倘若有飞机，从上向下看——他们正走在当年直升机俯瞰的范围里，哑子的耳朵又灌满发动机的隆隆声。轰鸣中有极细极尖锐的一个破绽，是阿公在叫，叫“哑子”。哑子的眼睛里，一片苍黄与苍绿，岩浆般涌动。那些鳞形或刺形的叶片，好比流液的颗粒和线状的肌理，层层叠加成圆锥塔状的树冠，朝一个方向推过去，再朝一个方向泻下来，压挤成一堆一堆的褶皱。稀薄的地方，摊开，凹陷，光就往那里聚，聚起一汪。他和哑子两个人，在多少重的树冠底下，就是两颗柏子，至多是大柏子，在树棵间滚动。哑子有几次想甩脱他，可他一步不落，紧贴后背，觉得出那身子里的热力；又有几次分明已经将他抛在身后很远，看也看不见，可忽然间，从陡坡溜下来一个人，挡在眼前，不就是哑子！他大声问：要往哪里去？回答他的是呼呼风声，谁也不知道！

凌晨上路，先驾车，后徒步，日头升起，上了中天，再向西偏斜，还停不下来。哑子是用腿脚思想的，自从学习驾车，又开始用车轮子思想。这么不停地走，走，“不知道”就会走进“知道”里面去。事实上，不已经在接近那个“知道”了吗？哑子耳朵里的轰鸣声就是信号。凡走近那个地方，直升机引擎的隆隆便灌满耳道，螺旋桨搅动，空气激烈地震颤起来，还有阿公穿透而来的叫喊：“哑子！”“哑子！”近了，近了，哑子变回小孩子，套着阿公的破裤子，裤子里没有裤衩，小腿肚上全是树枝的划痕，沁着血珠子，也不觉得，只顾着仰头，看头顶的大虫子，翅翼打着旋。可不是闹着玩的，碗口大的树杈，削泥般削成渣子，弹在身上脸上，就像子弹飞，打得生疼。轰鸣和疼痛退潮般退去，寂静中有昆虫振翅的嗡嗡。乔木换成灌木，树身矮下来，于是，人浮出水面，看见了太阳。小而白的一轮，却放射出巨大的热能。那些杂芜丛生的草木变得枯白，虫子飞舞。

跟着哑子，他似乎也蜕变成用腿脚思想的人，先前那个疑问——哑子究竟引他去哪里——随着行走渐渐消失，连踪迹都没有了。四下里一片寂寥，那一轮日头穿透出来，寂寥方才有一个破绽，破绽里是什么？更大的寂寥。他的疑问就从破绽中掉落下去，他的思想也掉落下去，在这苍莽之中，要它们有何用呢？不都是些赘物吗？他不必要知道什么，于是就真不知道了，比哑子更彻底，哑子还在向知道接近，他则向哑子接近。

这两个人，前后相跟，又翻过一道山棱，这样，就看见了屋顶。在茅草和灌木的掩埋中，隐约可见黑色的瓦列，错落叠加。瓦列之间，长出二尺高的草丛，白色细茎，叶尖犹如花蕊，顶着米粒大的珠球。日头偏斜地照过来，就全变成茸毛，明晃晃的，黑瓦变成白瓦。下了山棱，密丛丛的草木间依稀有路，踩进脚去，自然就分开了。哑子领前，他随后，破浪一般往里去。拨开的草棵又弹回来，打在身上脸上，强韧里有一种柔软，所以伤不了。倒是草叶上蓬起一片末状的飞虫，顿时迷了眼睛，白蒙蒙中，那几檐瓦顶，仿佛在移动，陡然又发出金光。

终于到瓦顶底下，踩上条石，让进半步，便是板壁。板壁缝里伸出茅草，门和窗也让茅草封了。哑子抽出树干，左劈右砍，破出一扇门，继续向里跨进。原来是一截过廊，廊那头，贴面而起崖壁，仰极望去，可见一线天。过廊两边，板壁已被茅草拥倒，梁和柱还在，其实是个屋架子。里面壅塞着茅草，算不清长了多少茬，嫩的变熟，熟的变老，老的变枯，枯的化为土，再生出新嫩。还有几株树，最高一株顶透瓦，直长出去，于是，屋顶就有一个洞，从疏阔的枝条间洒下几点日光。

草木的骚动渐渐平息下来，就听见水声，淙淙如琴音，那条山涧原来在这里等着。随着水声，许多气味都回来了，大铁锅的油香，卤坛子的酱香，海鱼的盐咸，蒸屉缝往外冒着馒头发酵的酸甜，还有酒和烟，全是热蓬蓬，干爽爽，活蹦蹦，没有一丝腐朽气。哑子最怕腐朽气，当年在五尺街头害疟疾，烧得迷糊了，麻和尚的手下人递过来的剩饭菜，都骗不了他的嘴。就是从那时起，认得出荤腥里的腐朽气，从此再不沾荤腥。在素净的藤了根长大，哑子就种下了这喜洁的怪毛病。所以爱往山里钻，就因为山是个大洁净，什么样的腐朽，进到里头全化了。一日化不了，一月；一月化不了，一季；一季化不了，一年；一年之后，还有百年，千年，这就是洁净的根源——时间。无限的时间，可以净化无限的腐朽。不是说过，哑子是用腿脚思想的，他终于知道把这个人带去哪里了，就是带去山里边，带进无限的时间。

五

杨莹瑛又一次来到萧小姐空挂户口的地址上。这地方叫作腰子弄，大约从地形得名，因恰巧在江岸的一个弯势。想当年，苏北的灾民们顺苏州河而下，沿黄浦江南移，终于觅得方寸之地，驻扎下来。先是草棚席筒，然后翻造砖墙瓦顶，再后来水泥进来了，起了二层三层。造火车南站时节，风传动迁，以房屋面积核算置换与补偿，于是又掀起土木高潮，纷纷搭建加层，以扩张产权，将一条腰形的卵石路挤成羊肠道。杨莹瑛第一次去看见的那幢七层楼，就是其时的建筑奇迹。为抢占地面与制空权发生无数争端，110 出警已成家常便饭。乱过一阵子，南站的规划下来了，正好从腰子弄西北边擦过去，这才安静下来。安静一阵子，大桥的工程又开始了。这一回的动迁政策有所不同，用坊间的话说，不是“数砖头”而是“数人头”，就是以人口为安置标准。接下来的风潮就是人事——抢在冻结户籍之前入户，萧小姐的户口应该是这当口迁进的。然而，世事难料，规划恰恰从腰子弄另一侧，东北面擦了过去。两次市政改造，留给腰子弄的是膨胀的建筑和膨胀的户籍人口，待到终于有企业来开发沿江地带，真的要动迁，而且是商业动迁，户口冻结了，墙面上写了大大的“拆”字，结果又遇经济调控，银根缩紧，计划就此搁浅。如此这般，腰子弄几乎成了城市的考古层，记录各个发展阶段，为它身后的宏伟历史做出注脚。

街上的人都认得出杨莹瑛，不等她开口，就告诉说，她找的那户人家依然上班去了，门上果然挂着锁。隔壁杂货铺老板递出一张小板凳，让她坐下等，虽然不定能等着，因为——他说，那户人家在码头上打工，没有上下班的常规，就看货轮到达与出发的时间而定。事情并未超出预料，杨莹瑛自己都不相信会有结果，所以就谈不上多么失望，反倒是，很奇怪的，有一种踏实。人丢了，总得去找，勿管找到找不到，那么，她不正是在找吗？坐在板凳上，脚边是劣质的塑料制品和铝制品，老板坐在摊位后的柜台里，吃一大碗面条，呼啦呼啦地响。天还早得很，晨光斜着从卵石路面上过来，不像上回，有当街洗衣的机器和女人，就显得安静和洁净。杨莹瑛的目光被一件地摊货吸引，十几个热水瓶软木塞，盛在粗瓷碗里，是她久觅而不得，早已经退出日用主流的物件。她从中挑出两个，买下了。继而又看见一顶篾编的网罩，专用来盖桌上留给下顿的饭菜，不由唤起对朴素生活的怀想，也买下了。这些细碎的交易拉近了双方的距离，老板言语上便热络得多，透露出一些端底。其实——这位来自河南的生意人说，隔壁人家是从他手里赁下的租客，他呢，又是从再隔壁的租客手里赁下的。都是老乡嘛，他叹息，人不亲土还亲呢！事实上，他说，推到根源，腰子弄只有一个租客，就是河南人，顶早来到上海，三中全会刚开过，远在邓小平南巡讲话之前。河南人最先是修鞋，他的老本行；然后，买了一部录像机，做婚丧摄影；再后来又做牛肉包，这些行业表面上不搭界，可都是从市场产生的经济，一生二，二生三，至今，他的牛肉包店已经遍布十六铺！他的风格就是从零开始,从小做起,积少成多,集腋成裘。老板显然读过书,说话斯文,而且很现代。杨莹瑛心想,可不能小看这些外来户啊!好比做腰子弄的房产——老板用了“房产”这个词——先租下一户,再租一户,一生二,二生三,最后全租下,再分租出去。所以,要找房主先要找他!老板最后总结。

怎么才能找到他呢?杨莹瑛问。老板沉吟一时,说,每月十日晚上,是交租金的期限,保不定是他本人来,还是老葛来。老葛是谁?杨莹瑛吃一惊,又一个新人登场,藤越扯越长,什么时候才能顺藤摸到那个瓜呢?老葛是河南人的手下人,专管这条街的“房产”。老板又说出“房产”这个词,可是谁说得准,哪一天河南人,包括眼前的老板,真的会成为房产开发商。说话间,老板的女人从店里面跑出来两回,不说话,看看,退进去。杨莹瑛在摊位上又挑一件东西,白铁盘上细铁丝网成格,上面架蚊香。蚊子已过了猖狂的季节,这个买卖明显带有酬谢的意思。杨莹瑛站起身,还上板凳,最后问一句:他,怎么称呼?老板问:哪个他?杨莹瑛迟疑一下,说:腰子弄的大客户。老板“哦”一声:都称潘老师。杨莹瑛又吃一惊,猜不出是个什么人物。江上传来汽笛,杨莹瑛惘然觉得,自己身在世界的边缘,那走失的人又在什么地方啊!

这一天其余的时间,就用来除草。哑子在茅草中来回蹚,蹚开几条狭道,就将几座房屋连接起来。房屋紧贴崖壁而立,由于崖体错落,房屋的高低朝向全无一律。又因地方局促,相互挤挨借让,最后拥簇一丛。他也学哑子,奋力挥舞手里一截树干,高过头顶的茅草被拦腰斩断,草末子飞扬,那丛房屋如同水落石出，渐渐浮现全貌。从整体看，它们相当完整，深褐的板壁在青色山壁和白色茅草之间，有一种鲜艳，垂直的纹理更加强效果，几乎是夺目的。天光收敛，山壁上方的一线天从白到灰，再到深灰，深到近黑，突然翻转，变成深蓝，并且逐步亮起来。山壁则是全黑，并且迅速洇染笼罩，他们看不清彼此的面目，只余下轮廓。入夜了，一切静止下来，小虫子不飞，枝条草尖不摇曳，风不吹，这两个人也歇息了。

就在他们进入的第一间房屋，穿廊东侧，就是那座屋架子下，竟然立有一张床。床脚和床框，都是削去枝杈的原棵树干，表面已经很光滑。床框上网的麻绳散了有一半，或者说是被床下茅草顶破的，将断草铺上，勉强可卧眠。哑子直接躺在地上，两人之间隔着那棵通天树。从下往上，可见树梢顶了一点亮，这点亮就像液体，顺了树身慢慢流下来，更衬得四下里漆黑。但是，这一种黑并不是让人沉下去，而是浮起，身体变得极轻，可随波逐流。那颗星又挂在左上角，从混沌里旋出来，旋出来，眼看旋到眼前，陡地退远，远，远到左上角，仿佛要提示什么，终还是没有提示。旋律响起来，熟得不能再熟，无处不在，无时不在，天地间都是。一草一石，一虫一鸟，都在发声，喧哗得不得了，高兴得不得了，连绵不绝时戛然而止，他睁开眼睛，醒了。

他躺在了清水里，原来是月亮光。亮堂中，看见房梁，房梁上，两排木椽支起“人”字形。圮颓半截的板壁上，木纹丝丝入眼。清水荡漾，四壁、屋顶、屋顶下的草茎，缓缓变形，分明是在游动。有一张脸游过来，停在贴近的上方，他惊一下。是哑子的脸，他第一次与哑子面对面。静夜里，这张粗悍的脸，并不怎么叫人骇怕，它甚至显得温驯，被一种力量降伏了的。什么力量？

不知道，可以肯定的是比人力更强大。在这强大的力量之下，哑子驯化成一个新物种。他和哑子对视着，哑子的瞳仁照出个小人儿，就是他。这个他，也是被驯服了的，驯服他的是另一种力量，于是成为另一个物种。在这深邃的大山里，任你什么样的物种，见过没见过，识得识不得，全都收服进去。两人静静地看着，然后哑子抬起身，走出房屋架子去了。

月光底下，倒伏的茅草就像一张银毡，露水浸润，柔软极了，踩上去，悄无声息。回头看，那一丛板壁房子，似乎又升上来一些，露出房脚底部的石条和石阶。哑子下去石阶，跃过石条间的一道缝，到了另一座房子跟前，贴板壁绕过墙角，脚下又有一组石阶，埋在藤蔓里，扯一扯，露珠子溅出去，也是绕指柔。未曾料想，扯出一串南瓜纽。这一组石阶陡得，几乎直上直下，往下看，密匝匝的灌木里隐约有一截石板，白森森的。这不就是桥吗？哑子的耳道里又聒噪起来。涧水湍急，几处落差，砰一下炸开，喧哗的水声中是阿公尖利的叫喊，叫喊"哑子"。一老一小抱着树，身前身后都是人，挽着手，错着腿，挪移过去，推上石阶。石阶上人头攒动，简直是摞起来，叠成人梯。这山坳的路，不是藤了根那样挂在山壁，而是凿一个坑，窝了多少人啊！石桥在石阶底下发光，都是让人脚踩的，磨成了镜面。

身后有动静，什么动静错得过哑子的耳朵！不回头，就知道那人循迹跟来了。那人似乎在迅速变种，变得和周遭环境相适宜。看过去，就像静夜里的一头动物，警觉，轻捷，而且，无思无念。山涧从嶙峋的岩石缝里挤出来，压力增加流速，汹涌奔泻，轰然作响，再受阻力，转为呜咽的泣声，然后，又一次释放涵量，发出尖啸。乔木和灌木将它掩隐起来，看不见，听得见。哑子下几级石阶,他跟几级;下几级,跟几级;再下,再跟,就这么一直到底下。这时看见,石板桥面蒙着一层苔藓。这细小到肉眼看不见的青色的花,是一种特别的受光体,缓缓收进光来再缓缓放出去。哑子一步把脚踏上,隔了鞋底也觉得到肉质的绵软与弹性。那人也跟上来,脚底一滑,哑子出手快,一把捞住,推回去站住。两人又一次面对面,对峙一阵,他开口说话。一边说,一边挥舞手臂,说话声被水声吞没,连说话人自己都听不见。但这突然介入的声波还是搅动了空气,猝然间,对面树丛里腾起一只大鸟,深蓝的天幕前张开一双巨大的翅形黑影,斜飞过来。他收起手臂,住口了。哑子转身上石阶,他紧随其后,一级一级攀到顶。哑子顺手拖起那一串南瓜纽,绕回去,跨过石沟,迈进屋架子里去。

他却不肯再上床,坐在地下,双手抱膝。哑子倚着破漏的板壁,也双手抱膝,两人中间是一堆南瓜纽,最大的像拳头,最小的就像纽扣。涧水退远了,他听见自己的声音在说:跑!往哪里跑?哑子笑了。他就晓得哑子不聋,又说:跑得了吗?跑不了!哑子又笑。如此一发不可收拾,那人打开话匣子,一径地说:跑,跑,往哪里跑!在空寂的夜晚的山里边,听见自己的说话,仿佛是个陌生人,这个陌生人是谁呢?跑,跑,往哪里跑!好像小儿方学语,就几个字,翻来倒去,却感到说话的喜悦:跑,跑,往哪里跑!空气里坚固的块垒的性质,在车轱辘话里松动,渐渐转出去,拓开新路辙。哑子伸出手指,点点他。我吗?他问。哑子点点头。我是吴宝宝!哑子无声地大笑起来,又一次点他。他再说:我是吴宝宝!哑子就摆手,越摆手他越说:我是吴宝宝!这一轮的车轱辘话其实有了质变,上了一格台阶,因有了“我”,不要小看“我”这个字，这可是意味着主体的自觉。被突如其来的遭际推入蒙塞，不得不再经历一遍启智的过程。

两人纠缠着推进话题，他说：饿，我饿！哑子合起双手，顺在脸侧，意思很清楚：睡觉！他不依，继续说：饿，我饿！他反复说“我”“我”的，仿佛在欢迎这新概念的诞生，进入一个新境界。哑子还是将双手合起来枕在脸颊底下，并且闭了闭眼睛，就像对付闹夜的小孩子。他说着“我饿”的车轱辘话，终于没有绕出去，倚着床腿入眠了。

哑子没有睡，睁着眼睛，看对面的人。屋架子下的光线在转暗，原先潜在的一种锋利的钢蓝变成蟹绿，同时软化下来，就有些混沌似的，那人的轮廓变模糊了，却始终不和周遭环境融合，由于是不同的物质而间离开来。哑子重又回进“不知道”，不知道该把这人怎么办。早说过，哑子是用腿脚思想的物种，就不得不动用腿脚，于是，站起来，再次走出屋架子。这一回，他是退进穿廊，走到尽头，尽头紧贴山壁，之间却有一线狭缝。侧身挤进去，又有一道石阶，严格说，是在壁上凿了一串脚掌大小的浅凹。登上去，坐着半间屋，推门进去，连通到又一间屋，屋里有涧水流淌声，原来又绕到临涧的房屋，但却登上了二层。奇怪的是，这些房屋和路径像是从哑子脚底生出来，哑子走到哪里，哪里就有落脚处。这就是腿脚的思想性，它积蓄许多记忆。二层的房屋靠岩石立，没有被茅草壅塞，就显得格外空旷。哑子走到墙根，一掌推去，哗地开出一扇窗，水声汹涌而入，满屋子都是。天光明亮起来，哑子又向墙上拍一掌，推开一扇门，门下是一具木梯，木梯通到背后，就进到第四幢房屋。这幢房屋兀自独立于一块岩石尖，涧水仿佛在头顶，白烟迷蒙，不知怎么一收，转了过去。

这幢房屋里的茅草也不茂密，但因水汽浸淫，地面与墙壁长了苔藓，绿到黑浓，就有一股森然。跨出门槛，脚前竟有一方平地。平地约有四五个八仙桌面大小，由六条石板拼接，石缝里也是绿苔藓，悬在涧水上方。这一堆山石乱得呀，显然是地壳激烈运动震裂的碎渣子，能依照交叠错落的逆向，建起村落，可以见得过日子的耐心和决心。

立在这一块石坪上，哑子望着涧水那一边，一团团的树冠，泥石流一般，不是向下，而是向上推涌，推出一层层褶皱，黄绿相间。忽然，同时镀上金边，层次越加分明。太阳在很远很远的山那边，越过无数层黄和绿，将光和热铺过来，铺过来。哑子走到石坪的北角，石坪下，隔一道沟，大约四尺的落差，是一弯青草，仿佛昨夜新长出来。纵身一跳，屈膝蹲住，青草湿润的苦腥扑上脸来。慢慢起身沿月牙形地边缘试探走着，鞋底硌到硬物，弯腰从土里刨出来，是个铁器，半片犁铧。连根拔起半把青草，擦拭犁铧上的泥和锈，擦净了，却看见那草里有一半是野麦子。经多少轮回，麦子落地，生根出土，结穗灌浆；再落地生根，抽穗长叶，从家麦渐渐退变成野麦。太阳又升高，从对面山的豁口射过光来，正好将月牙形地切成两边，这样便能见出齐腰高处，退出三步，又是一弯田地。哑子一蹬足，上去了，再退出三步，齐腰高，就有第三层。再一蹬足上去，就与灌木林接上边了。灌木林杂芜的枝条在房屋上方纠结一团，好像一个巨大的足爪，紧紧抓住屋顶，大约就因为此，这一丛房屋才没有倒伏。哑子手里的犁铧被擦得雪亮，不时折射锐利的反光，似乎是从铁器时代穿越过来。

他这一次觉醒，却睁不开眼，无数金针交互穿插，都是从那屋顶外的树冠上飞溅下来。这屋架子四面通透,日光如同金汤奔流而入。置身光芒之中,几乎要被烧熔。四肢绵软,是松弛,也是乏力。还是在向上浮,不是浮上黑暗,而是浮上光明。有一股轻微的晕眩,没有丝毫不适,而是极舒适,随光明荡漾。此时此刻,隐约有一股气味传来,他一个警醒,身上哆嗦起来。是熟食的气味!在这生辣的木石天地里,熟食的气味有一股甜腻,他不禁有一些作呕,接着便感到肚饥。刹那间,饥肠辘辘。他睁开眼睛,翕动鼻翼,四下里看一遍。甜熟的气味,刺激着嗅觉和味觉,然后直抵胃肠。他站起身,一时用不上腿脚,伸手扶住圮颓的板壁,稳住了。心里却十分情急,急着向那气味接近。

他迈开步子,踉跄跨出门槛,这屋架子还有门槛,跨出去,站在穿廊,左右顾看,径直向廊后山壁下去。果然,疑是无路处,却有一道狭缝,钻过去,就看见壁上的浅凹。就像有人指点,这指点就是烟火熟食,唤起文明的记忆。行走在壁上,他的腿脚忽变得敏捷,他真是在迅速地变种。壁上头嵌着半间屋,向壁的那面洞开一扇板门,门外边,仅一步空地,竟砌着一具土灶,灶上坐了锅,锅上压一块石板,蒸气从石板下溢出来,吱吱作响。他动手搬石板,被蒸气烫一下,人就又醒一成,发现这灶所在的一步空地实是壁上的半座洞穴,受了热,沁出水珠子,就像小型的钟乳石。不防备时,洞上面滑落长长一条人形,是哑子。哑子一手抱一棵小树,一手操铁器,就是那片犁铧。转眼间,削泥似的,小树削成碎枝。哑子往灶眼填进两根细枝,锅里的动静顿时响亮起来,热闹极了。甜熟的气味盈满在壁凹里,来回滚动,上下翻腾。作呕不知不觉过去,代之以渴望,渴望进食,一刻不能等啦!已经有多久没有进过热食了?他企图回溯时间。过去的时间变成黑白两色，交替闪烁，黑的是夜晚，白的是昼日，还有，林子深处是黑，浅处是白。他头脑里一片轰然，那熟食的甜热气来拯救他了，拉他脱出时间顺逆的旋涡。他双手抱膝坐在灶边，贪馋地看着石板下的蒸气。灶口里的树枝渐渐化成灰烬，灰烬中火星点点。蒸气平息下去，锅里安静了，洞壁上的"钟乳石"溶解了，清水洗过一般干净极了。哑子抓两团枯叶垫手，托住石板轻轻一挪，揭开锅。锅里一片金黄，是南瓜。哑子早已经洗净两片青瓦，又削几根树枝当筷子。终于可以进食了。

除了锅里边，锅下还有一堆南瓜藤，藤上挂着纽。饱食过后，哑子继续上下挖刨，又收获几串南瓜纽。再掘出一堆植物的根块，形状各异，像姜，像笋，像参，像萝卜土豆，摔去泥，扯去茎叶，砌墙似的砌起来。他跟着哑子，识不得物种，也没有工具，却可帮助运输。运输到半间屋里，储作口粮。饱足的睡眠和进食使他精神振作，而且有一种满足的喜悦。无论是过往还是未来的时间都湮灭在混沌中，只有正经历的现在才是具体可感。由于采集的地方不同，运输的路线就也不同，从各种路径进入房屋，再在房屋里穿互通行，很快就了解了这丛建筑的总结构以及局部之间的关系。他天生就有一种禀赋，善于归纳和概括，并且自有方法。他迅速将房屋编号，以最先涉足的屋架子起头，为"一号"。不仅以先后蹈入的次序，还以从西到东的方向，再有，那一棵通天树是个醒目的标志。然后，紧挨着，横跨一条沟缝的上下房屋为"二号"；"二号"房的二层联通的半间为"三号"，"三号"已转向北面；北面山壁凹处为"三点五"——这个编号就有点风趣，同时透露出排序的严格性；从木梯下去，在岩石上独立的一幢则是"四号"。这是数字排序。数字排序之外，还有象形的标志。“二号”房侧直抵石板桥的一长列石阶，是一行省略号；石板桥是等号；“四号”房前的一方石台，他用了一个“口”字，事实上，他并不意识这是一个汉字，只是取它的外形；接下去，石台下的三层梯级田地，他又用一个汉字“川”，取的还是形。就这样，基于某些残留的常识，他将身处的环境描画成一幅地图。好比原始人在陶器上描画绳纹、云纹、雷电纹，从具象进步到抽象，而他则是相反，从文字退到图案。

哑子采集的食物，是在他常识的范围以外，于是，已有的常识迅速寂灭下去，新的认识却拓展开来。南瓜，是一个旧物，这一点旧常识，怎么经得住新世界的到来。那些根茎、蕨块；枝形和絮状的挂藤；种子——塔形、腰形、碗形、鳞状、齿状；还有一种薄衣，灰绿或者橙黄，透光看，看得出纵横交织的经纬，如同丝帛，又像蝉翼，应属菌类，与木耳同科。说到木耳，也是采集物之一种，和旧常识存着某些丝连，却又超出去，因体积巨大无数倍，而且质地坚硬，仿佛一朵朵重瓣的黑花，有一种阴险骇怕。白色和黄色的球体，小可手捧，大需怀抱，松软而有弹性；荷叶大小的肉瓣，肥厚丰腴；核桃般的果子，蒙着透明膜，看得见内瓤，像衣胞里的婴儿，也有点胆寒……这些采集物越来越脱开常识，最终没有干系。采集物先是堆积在“三点五”里，然后铺陈进“三号”半间屋，又蔓延至“二号”楼上，再顺木梯下去，进“四号”。于是，除“一号”屋架子，二、三、三点五、四号全成库藏，哑子却还在石上石下采和挖，没有收手的意思。

现在，哑子不只用腿脚，还用手在思想，从“不知道”而“知道”——把这个人怎么办！是的，没错，将他送进山里头。在旁人眼里是山，在哑子，就是生生息息，周而复始。麻和尚总是出难题，却总也难不倒他，这一回依然是。只要他行动，不歇止地行动，就定能知道答案。有时候，比如现在，一个答案有了，答案里却又生出难题，那么，他就需要继续行动，也会有新答案。新的难题是，这个人是放进山里了，却没有进入生息的循环。没有人告诉哑子这一点，哑子就是知道。其实，这本不是哑子的事，天地间的人和物多了去了，哑子能将每个人和物都送进轮回吗？可谁让这个人撞入哑子的视野。就像当年哑子撞入阿公的视野，又撞入麻和尚的视野。阿公的视野是藤了根，麻和尚的是五尺；哑子呢，比他们的都要狭窄，又都要宽广，窄的是无人，宽的也是无人。“无人”里的“人”，不是阿公、麻和尚，这在哑子不是“人”是“命”。但当他走出藤了根，又走出五尺，地方越来越大，人越来越稠，却如同浮云一般过眼即逝，才是“无人”的“人”。现在，这个人，不期然间迎面而来。有几次，他与哑子对视，哑子看见在他玻璃镜片后面，退到很远很远的眸子里，有个活动的小人，是哑子自己。于是，在无人的旷寂之中，哑子有了一个同类。

哑子的采集很快就扫荡周围，向较远处开发，收获明显减少，运输的任务也松缓下来。于是，他便有余暇打量这丛房屋的内部。一号房占地最广，横向有四根梁，计为五开间，过廊居中，各分两开间。每间四步，前后则五步。过廊东侧两间全为茅草堵塞，仿佛旧草未死，新草又生，成了两座草垛子。从过廊南面下两级石阶，向东跨过石沟到二号。二号占地不及一号一半，但多有一叠，上下相加，实有面积就和一号差不多，茅草的侵蚀也好些，尤其二层上，楼板与壁板几近完好，是哑子储存收成的重地。北面连通三号，三号仅盈尺之宽长，却有一窗，窗外涧声哗然，水雾迷蒙。回到二号，东墙亦有一面窗，推上去，可见屋檐下垂一个小小的锥状物，用细枝和泥巴塑形，纤巧可爱，不知是何用途，又是何人所为。他重又放下窗户，这一扇窗是用篾丝编织，竹片为框，顶上两端各有一个枢机，可供推拉。放下窗户，发现有一个绳襻，正好扣住窗沿的竹桩，工艺相当严密。他禁不住又开闭两回，方才尽兴。窗边并排有门，门外木梯背向而下，就进到四号。四号独立岩石上，险伶伶的，踏进去，倒颇有余裕，用脚丈量，横竖竟有四五步，中间有梁，切为两开间。或因为进出活动，沾了人气，六面苔藓显见得薄许多，颜色也浅淡下去，光线就亮了，照出石上的凿痕与木头纹理。依墙靠有一具长柜，掀开盖板，里头有东西。三绺线状物，分别绕在两根竹筷上，绕得整齐，像毛线，却又不是，因比毛线硬，就有点像金属丝，颜色也近似锈色，一种霉烟的黄。他不敢触碰，唯恐碰散，就要去找哑子。

从门里望出去，望见哑子在“川”上，蹲着做什么。他喊：哎！声一出，便让风吹散，可是哑子却回头了。一对眸发现，哑子离他并不远，一高一低。他又喊：哎！哑子站起身，向西一拐，“川”上的人不见了，木梯上却出来一个，就是哑子。这组建筑群的结构实在很奇妙，现有的那些数字和符号远不够概括的。哑子进到四号，向柜里看一眼，再看一眼，这一眼看得就长了。然后退一步，又进一步，扶起盖板，原样覆上，就知道哑子对柜里东西的尊敬与珍惜。他随哑子退出四号，下了木梯，此时，日头垂落，注入一坳金汤，又是初来到时的天候。仅一昼夜，却奔流过无限光阴。山壁上方的一线天，依次从白到灰，到深灰，几近黑，再依次转蓝，深蓝，钢蓝。彼此的面目渐渐隐入岩石，又在月亮升起之际，浮出山壁，凸现出来，最终脱离，投下身影。

房屋也投下错落的影。周围的茅草已清理大半，内部能掏空的都掏空，仿佛雕镂穿通，影里就有剔透的效果。他们歇在一号，因前一夜是歇在这里，就认了它。一个字跳出来，就是“卧”。这“卧”字直接就写在屋里面，可不是吗？一张榻和一个人。陶罐上的雷电纹草叶纹鱼虫纹更加抽象，变成符号。旧石器，新石器，历历而过，你知道是一昼夜还是三千年？时间脱离了计数，回复洪荒，说慢很慢，说快也很快。所以，一号也叫“卧”，这字的读音也跳出来，其实早已经积蓄在喉头，也就是文明的准备吧。他说给哑子听：“卧”，同时将双手合起，枕在脸颊下，就像前夜里哑子对他的比画。哑子一笑，提起半片犁铧，自那铁器出土，哑子便分秒不离身。犁铧的尖在石板地上画着横竖道，最后竟然是一个字：“寝”！他大吃一惊，万没想到哑子是个识字人。定下神，伸手要过犁铧，那犁铧尖闪着光，画下一个“卧”字，然后在“卧”与“寝”之间画上一个两横，表示字意相通。哑子收回犁铧头，也画下两横，再刻一个字：“眠”，分明是对擂的意思。他想了想，决计反其道而行之，要过犁铧头，刻两横，中间一竖，用力过度，成一撇，写一个字：“醒”。哑子笑得更灿烂了，称得上开怀，也画两横，中间劈下一撇，以为要写“睡”，结果却是一个“梦”字，这就不是简单的重复反义，而是趋向推进。这回，他只画下一横，写下一个“真”，不相同，也不相悖，而是旁开一路，是相对。此时此刻，他仿佛开通一窍，许多字争相往外涌。那哑人接了招，“真”字旁边画两横，写下一个“实”，好比为他作注释。他如何肯罢休，两横中竖一撇，写下“虚”。哑子很谦和，驯顺写下“假”。他倒没辙，同义和反义似乎都已穷尽。所以，哑子的驯顺很可疑，不知埋藏多少陷阱。停了停，他谨慎写下“伪”，哑子似乎难住了，也停一停，同样谨慎地，写下一个“诈”。“诈”字一经写下，两人都是一怔，抬头对视，渐渐收起笑容。月光里，雾气移动，时而凝结，时而弥散。哑子收起犁片，跨槛出去，留下那人自己，面对一石板地的笔画，忽就在“诈”字旁，写下一个字——“险”。

下一日清晨，“三点五”里起炊，锅里煮的是四号板柜里的藏物，绕在长筷上的一绺。他写下“面”这个字，哑子在“面”上方加添一个字“索”，就是“索面”。煮沸一锅水，小心放入，只一瞬，水已变色，铜锈般的一层绿，难道真是金属丝？换了水，再煮沸。说到水，是个奇迹，洞壁上刻有一条浅槽，接住滴水，那滴水又是从哪里来？石缝里渗出，是奇迹二。再有奇迹三，就是锅，完好无损地坐在灶上，铁器时代的又一件遗存。很多痕迹暗示着曾经发生又遭毁灭的文明，有待现代人发掘。第二锅耗时就长了，那“索面”保持着绞索的形状，任凭沸水如何翻滚。这“索”字用得真好，名副其实。锅里咕嘟，两人交替往灶下添柴，这时，他又看见，上下左右，满满地写一个字：“灶”。这“灶”字直接就为“三点五”画像，所以才叫象形文字呢！他将“灶”字写给哑子看，哑子回一个字，让他惊一跳。这字可非同寻常，什么字？“釜”。这哑子是什么人啊！是古人吗？这时候，索面明显柔软下来，松解开绺，被沸水顶在锅面，哑子用树枝搅动着。他灵机一动，在地面上画下一个“箸”字，够古了吧。哑子托起当碗的瓦片，树枝在地面画下一个“钵”字。两人相对一笑，同时举“箸”进锅，挑起索面在“钵”上，送进嘴里。舌尖向后一退，浑身机灵起来，无限的刺激，一是烫，二是鲜，不禁泪眼汪汪。接连几箸，他已顾不上唇舌起泡，稍停，他写下“鲜”字，哑子回一个

“盐”，方才发现索面有盐，原来盐是人间至味。

这一天，他跟着哑子在“川”上劳作，他们已从采集进到种植。月牙形的三叠坪，杂草里间着野麦，寸把长短，贴着地皮，哑子教他辨认，写下“麦”字。现在，他们可以交谈了，用字交谈。于是，一夜之间，满目草木山水都变成字。哑子点着一株朝天冲的草，写下一个“黍”字，又点一株近水立的宽平叶，写一个“菰”字，再指一棵小树，枝上满是荆棘，写“枳”字，这些字似曾相识，却又云里雾里。哑子见他惶惑，越发得意，连连写下：稷、箬、蕨、茱萸……他既不认得原物，也就对字隔膜了，只觉得很古。终有不甘，就也写下一行：耕、耘、稼、穑，也有古意，哑子写的是名词，他则是动词。哑子沉吟良久，缓缓写下一个“农”，他就写“工”；哑子再写“乡”，他写“城”；哑子写“田”，他写“市”；相对概念的字倾注而下，源源不断，两人都很兴奋。字写到山外边去，又转回来，哑子写“山”，他写“水”，从“水”开始，相对性又合而为一。哑子是“涧”，他是“溪”；哑子“流”，他“河”；哑子“川”，他“海”——“海”字一经写下，两人都一怔，他感到目眩。当午的阳光盛满这山坳，几乎溢涨出来，来回激荡。他起身踉跄而逃，弃下哑子一个留在“川”里。

他茫然无方向地攀上爬下，跨入门槛，跨出门槛，坐倒又立起，有一件失物他遍寻而不得。这是什么失物？很大，大到无边际，仿佛天地；又很小，小到好比一个字。无数字向他涌来，不分先后，一排浪似的。浪里忽又破开一个缺口，将他吸进去，原来是没有底啊，不知将他吸到如何的深处，似是时光隧道，黑极了，又转成光明。阳光从屋顶，伸出一棵树的屋顶，洒下来；从颓然坍塌的门窗板壁，万箭穿心般射进来，将有形照成无形，无形中又呈出有形，那飞扬的末状物，植物的碎屑，昆虫的残骸，干瘪的露水珠子的拖影。明晃晃的混沌中，那颗星又来了，无论昼夜更替，乾坤颠倒，总是在左上角。

哑子继续在三叠坪里忙碌，杂草清出去，地坪呈现略为齐整的梯级，平面上则覆盖稀薄的绿意。哑子小心扶起麦苗，它们看上去细弱，触摸着却扎刺得很，有一股野性子。经人的手侍弄，渐渐就驯顺了。本来是随机生根发苗，这一丛，那一丛，放开眼看，却呈现出均匀，疏密相济。哑子看见自己的手变成阿公的手，黢黑枯瘦，暴着筋，指甲缝里全是泥，扇耳刮子带起一阵风，一发力拔起一棵连根的树，侍弄庄稼却顿时温柔下来。就那一块巴掌大的地，数得过来的苗棵，单人单铧犁都调不转头，抡不开锄子，就用剜草的铲刀，一株一株地除稗子，土坷垃在手掌窝揉碎搓细，好像搓揉心尖子。这就是藤了根的农事，是哑子最厌弃的，被阿公驱赶着来到地里，一转身便逃进山里。翻过岩头，透过杂树丛，看见阿公在底下，弓着背，后背心几乎让日头燎着，燃起一盆火。这会儿，阿公背上的火盆到了哑子背上，烫到心里头。一棵麦苗在阿公手里挺起来，又一棵挺起来，那麦苗纤巧的叶片——叶片都在往纤巧里变，变成小娃娃的手，挠着阿公的手心。脸上掀起一阵风，阿公的耳刮子来了，伴着嘶声的叫骂，还有牛的呜咽。藤了根的炊烟也起来了，那炊烟是苦焦苦焦的气味，灶上和灶下，烧的和煮的都是草根一类的出产，藤了根就是个苦啊！

背心上的火盆一点一点熄灭，阿公的手也缓下来。哑子直起身子，沿三叠坪地边走一遍，跃上一叠，再跃上一叠，上到石台，穿过四号，上木梯，进三号，转过二号的外墙，到背处，临石阶而立。经两个昼夜的人脚踩踏，阶上的青苔已剥落，露出光洁的石面。人脚可真是厉害，踩到哪里，哪里就是驯服。山涧上的石板桥也从藤蔓里裸出。哑子一溜下去，踏上桥板。桥那头全被灌木封锁，因为近水，那灌木分外茂盛浓密。可是，哑子的腿脚执意向里去，强行分开的树棵枝条弹回到肩上背上，一巢鸟炸飞起来，叫声聒噪，那分明是阿公的叫嚷，叫嚷道：转！转！转！转什么哪！由于哑子腿脚的蛮霸，灌木间仿佛有了路，渐渐自行分开，腐叶下的软土也变硬。难道，难道曾有过人的踪迹？哑子的脚知道似的，踩了上去。阿公的声音也越来越近：转！转！转！然后是停！停！停！被叫喊引着，又进去一尺，然后，陡地收住。一径向上的坡度突然陷下，形成一个坑，坑里也是灌木。枝条交错缠结，满是圆的叶和扁的叶，对垒中有一挑褐色的屋脊，阿公的叫喊就从底下传出来，此时刻，戛然止住，四下是风过林梢的啸声。

阿公的叫喊换成阿公的手，树皮般拉着手心，扯着哑子往下滑。哑子的脚踩到一块石头，又踩到第二块石头，没什么拦得住他向下滑，脚下却总能踩到石头，坐地打个滚，脚下踩到的还是石头，就敢说，有过人的踪迹。最后一滑可了不得，几乎垂直坠落，一头撞到屋檐上。这一座屋顶差不多直接架在地面，其实就是个窝棚，还是个地窖，哑子矮下身子，贴地一钻，进去了。直起来，头碰着一件东西，来回打晃，带着光和影，眼睛都花了，伸手扶住，原来房梁上悬着一具旧灯盏。光从屋顶漏下来，千条线，万条线，那屋顶已成了个筛子。日头向西，眼看着光线变黄，变软，洇染开来，融为一团。均匀的亮度里，周围就容易辨别了，四面砖墙——倘是板壁早就朽了，墙上抹着石灰，写一串串的数字。哑子蹲下身，从墙脚拈起一段炭，墙上的字就是用它写下的。角落里还有一件东西，吸引哑子的目光，拾起来，是一颗木骰子。哑子往地上一投，阿公的声音又起来了：转！转！转！然后，停！停！停！停住，朝上一面是一个“陆”。哑子拾起来，又投一回，这一回是“壹”。再投，是“叁”。然后，还是“叁”。阿公的声音早已湮灭，只有那骰子抛掷和滚动的骨碌声。

天墨黑下来，山坳合拢，锁闭住了，等着星月来劈开分界线，予无形以有形。此时此刻，有形全遁入无形，一个小的无形在大的无形中活动，那就是哑子。穿行在混沌之中，视和听全用不上，反倒获有一种自由，攀爬腾跃，皆不会失足。这黑是黑甜乡，柔软又温暖，仿佛母腹。

他也在黑甜乡里，左上角的星是锥尖，用力凿开破绽，破绽果然扩大了，边缘裂成树冠的形状。有碎片落下来，冰凉，而且尖利。睁开眼睛，有水滴子掉下来，一点，两点，亮一下，灭了，又亮一下，又灭了，就成了断线的珠子。这些碎末的微亮，积攒起来，屋里就有了光，于是，无形渐渐呈现有形。他正对着被树破出去的屋顶，树冠状的窟窿。他看见哑子，蜷起来，抱着树身，睡得很熟，像一个婴儿。这是什么人呢？哑子。他自问自答。他，又是谁？吴宝宝。答案并不那么令人放心，不知什么地方，有一个遗漏。水滴子收住了，清光注入，穿出云层的星月分外明亮，有一颗星就停在树梢头，此星是不是彼星？

哑子忽然一动，睁开眼睛，就见榻上的人朝天伸直手臂，嘴里喃喃自语。在哑子的听力里，这世间万物无一不在发声，花草鱼虫，人语不过是其中的一类，最为语多聒噪的一类。许多语音交互穿行，声波震颤，幅度大，频率密。幸好有字，方才不至于混淆，这也是哑子对文字的向往所在。字在哑子眼里，就是鬼画符的一种。阿公不认字，可是会画符，腰背疼痛，将艾叶或者柏子燃成灰，和上水，涂在油纸上，用树枝子画来画去，贴到伤痛处，就好了。哑子发热，阿公的手指头在脑门前，悬空画来画去，也好了。谷雨的节气，用筷子将一箩米或面刮平，放在门前院里，次日清晨，米面上就有划痕，年景的丰和歉全写在上头。那是无形的字，经过多少人工，渐渐有形。哑子热衷认字，这些笔画将一部分语音标示出来，使满耳朵的嘈杂有了可辨识的记认。可是，世界上的声音实在太多太多，用字标出来的仅只沧海一粟。大多数的声音不在字的范围里，因此，在哑子，字既有用又不够用。

现在，这个人呢喃什么呢？哑子侧耳倾听，那些散在的语音没有对应的字呢，仿佛脱了字的壳，退进原始的发声世界。那世界里，什么都在响。哑子的耳朵里，多么喧嚣啊！他自己却一声不出，沉默得像块死铁疙瘩，对，死铁疙瘩！唯有人工生产得出绝寂无声。亮堂堂的月光下，这个人睁着眼，伸着胳膊，仿佛对上方某个来临表示欢迎，热烈的欢迎。呢喃变得响亮，清脆，可是没有字，语音绕过字流淌过去。还有一件东西，就是骰子。哑子将那颗骰子在指间捻动着，阿公的声音又起来了：转！转！转！停！停！停！哑子从地上起来，跨到槛外，将骰子往石板地一掷。骰子蹦得老高，跳到阶下，直落坡底，滚进灌木丛。哑子追过去，扒开枝条草棵。雨水未干，露水又至，大水珠子就像挂果，一颗颗又大又饱，沉甸甸的，眼看就要迸出浆。骰子不见了，阿公的声音便沉静下来。

六

同事介绍一位大师，专看阳宅，领进家里。没有向母亲实情告诉，只说是同事的亲戚，欲购买同小区的房子，顺便看看房型作参考。杨莹瑛略微应酬，就坐到沙发上看电视，由他们去了。大师将南北卧室，内外客厅，以及厨房卫浴统看一遍，取出一个指南针，沿墙慢慢地走。这个动作稍引起杨莹瑛注意，想看房的讲究越加多了。一周看毕，再重复几处细部，收起指南针，道扰一声，告辞了。杨莹瑛客套几句，未起身，目送女儿与来人一并消失门后，嗒地碰上锁。主客下楼出门，走到小区外，进一家临马路的咖啡馆，对面坐下。晓得事主的焦急，大师就不多作寒暄，直入话题——以方位论，西北为“乾”，西南为“坤”，“乾”为男，“坤”为女，令尊大人的卧房坐在西南角，于男方稍有失利，本来无大碍，不巧的是，西北角却是厨房——这有碍吗？听者按捺不住插言。同事就劝阻，听下去，听下去！大师笑一笑，继续道，在我们这一行，厨房是居家中需最最慎重的地方，因为有刀，刀而有刃，刃而有血！在座的不由倒吸凉气，凡知情的都觉大师说得准极了。不过——大师说，你家房子并不是正南和正北，而是向西偏移，所以说是不利，却并非人身之虞，多半是失财失物一类小事故。说到此，事态就难继续隐瞒，因为急需大师指点了，苦笑道：不是失钱失物，而是失人！大师"哦"一声，沉静下来，这边却忍不住地催促，有什么解救的办法。大师慢慢地说：令尊原来只是走失，就不必过多担心，有备无患，不妨作些调整。怎样调整？这边已经急不可待。卧房可作原状不动，因暂时不知人在何处。说出这话，在座人都默下来，顿一顿，再说：一动不如一静，以免乱了气数，归人反要迷离。话说得戚然，做女儿的就有泪。大师继续：厨房与主卧之间，不是有一手枪形玄关，进出门换脱鞋用的，可在面北墙上悬一架钟，要有钟摆，能报时为最佳，再就是——大师徐徐道，无论南北东西，摆放些植物，土生与水长均可，多多益善，水土即万物之源，生生息息，连绵不止，终有一日，会有消息。大师的话是哲学的慰藉，可应用于大千世界万事万物，但于具体的人事，却显得抽象了。做女儿的终问出一个最实际的问题：我父亲他究竟是在还是不在？大师一愣怔，面有难色，又仿佛有不被理解的寂寞，止了止，说：天地不仁，以万物为刍狗，所以，不敢妄断未来。但有个先生，用坊间语说，会开天眼，未必先知先觉，但有后知后觉，倘若心情急切，可介绍联络。就这样，下一个周末，一行人去见先生。

正是晨练时分，百十亩面积的绿地，这边是木兰剑，那边是太极拳，又有歌唱与舞蹈，所幸有绿树与湖石作蔽障，方才不至于相互搅扰。但隔形不隔声，尤其歌舞的群落，配有电声，最为激昂。因此，还是要靠心静。先生练的是站桩，近大马路的小丘，隔了树丛，看得见高架下口车流如泻，噪音贯耳，就又有一种轰然的静寂。看他们来到，先生收了功，顿时，汗出如浆，便知道内里的消耗。先生年约四十，形貌平常，只许称他名"阿伟"，像是乳名，就有大象无形的意思，反倒更生畏心。说明来意，那

"阿伟"似听非听,忽插一句:开车来的?来人点头称是,"阿伟"便说:阿警正开罚单!将警察昵称作"阿警",是市井的谐谑,众人都笑一笑。开车的赶紧跑去停车地方,一是交割,二也是验证"阿伟"的眼力。"阿伟"又说,来人中的一位家有高寿老母!说对了,慧眼人不禁满脸得色,露出天真。这时,开车人气吁吁地回来,果然吃了罚单,与"阿警"缠磨多个来回,方才以罚金代扣分,又对了!于是,三五人围成圈,"阿伟"在圈中踱步,倘有人要发问,便竖起一指,作噤声的警示。

车流从高架路汹涌而下,引擎和轮胎摩擦路面的声响震得耳朵疼,奇怪的是,还有鸟鸣,从金属水泥的强音中穿透出来。时间正值上班的高峰,高架下口时常排成车阵,等待前方的信号灯变换颜色。绿地这边却是寂然静谧,与那一派忙碌紧张似乎有无形的隔离,近在咫尺,远在天边,不知是众人心情的缘故,还是"阿伟"气场所致。踱步停止,目光似乎涣散似乎凝聚,这段时间不长,大约二三分钟,却足够酝酿激动不安的气氛。在场人无不心跳加速,更别提当事人了,手心里都是热汗。终于,阿伟师傅移了移脚步,站立处竟留下一双足印,可见发力的程度。徐徐吐出一口气,松弛下来,眼睛不看任何人,说出三个字:看不见!静着的人这时全动起来,却不知说什么好,唯有大师说话了,问道:远还是近?回答与远近无关乎。大师再问:有无方向?回答有方无向。大师第三次问:凶或者吉?回答:无所谓凶吉!大师面上似有喜色,示意交递酬谢。阿伟师傅不点数,不推让,欣然接下,扬长去了。余下一众人云里雾里,恍惚中听大师的声音:无事,踪迹虽然不明,人却是平安。因此,揣着些懵懂的希望,离开绿地。绿地上的歌舞已经息了,拳剑也收起回家,高架的车流舒缓下来，天空变得高远了些。

此时，日子翻过月尾和月头，进入上旬，接近腰子弄收缴租金的每月十号。去不去？杨莹瑛思忖着。这是目下寻找萧小姐的唯一线索，事实上也是相当间接和曲折。据河南老板说，代收租金的人叫老葛；老葛的老板潘老师，是腰子弄的大客户；潘老师的租户之一，才是萧小姐空挂户口的业主——即便能如所愿找到萧小姐，又如何呢？每时每刻，有多少公司在注销，好比每时每刻发生的失踪人口。倘若单考虑线索的有效性，杨莹瑛多半是要气馁，而她的逻辑更大程度是建立在常识上，那就是她不相信一个人仅一日之间便无影无踪，仿佛大变活人的魔术。所以，她决定还是要去，她很实际地想到，夜晚去到那样的地方，有诸种不便。说"那样的地方"并非有什么成见，而是，那些投向她的目光，好奇中保持警惕，分明是闯入异邦。还有，那老葛是什么样的人，潘老师又是什么样的人，多已经超出杨莹瑛经验之外。倘是坊间闲话传奇，杨莹瑛也不拒绝听一听和看一看，每天播放的电视剧里，演的不都是这类故事？可要亲力亲为——以常识论，就需谨慎了。这样，她要请一个人陪同前往。

照理说，由女儿，甚至女婿与她同往，是再自然不过。然而，还有一种常情，似乎是出于让对方心宽，她们至亲间都佯装从容淡定，掩饰着焦虑的心情。女儿找大师瞒了母亲，杨莹瑛去到腰子弄，女儿也不知道。倘有知情者客观来看，母女俩寻人的路数可见出世界观的差异，可能是代际的缘故，也就是通常说的"代沟"，但也不能一概而论，或者只是取决于个人的性格。母亲是唯物的态度，女儿则偏重唯心。母亲遵循人事，女儿倾向天命。于是，两人的收获也不同，杨莹瑛得到线索，女儿这里却坠入虚无。同时呢，有一个奇怪的现象在渐渐发生，那就是杨莹瑛的线索越多就越混乱，女儿却似乎在空茫中接近某个真相。到目前为止，她们各自的寻找还未有交集，甚至都回避着找人的话题，好像家中原来就没有这个人，生活照原样进行。

最后，杨莹瑛决定，请刘教练陪她前往。只一面之交，但看得出是个热心人。杨莹瑛始终留着他的手机号码没有删去，潜意识里就觉着有用得上的时候。拨出刘教练的电话，等待接通，这一时像是有无限的漫长和静默，杨莹瑛觉着自己的荒唐，差不多要放弃，电话却通了，并且立刻被接起。听到对方的一声"你好"，杨莹瑛就知道电话打对了。讲述身份和用意，还是费了些工夫。刘教练交友方面难免是有些滥，可谓千头万绪，需迅速回溯往来厘清关系，从中挑出一脉，有挑错的，则弥补遮盖，从头来起。由于紧张，刘教练态度格外热烈，言语则格外繁急。杨莹瑛倒镇静下来，详述经过，耐心提示，刘教练"哦"一声，到底明白了。在他眼前就有电话中女人的形貌，当午的垂直的太阳下，光影对比强烈，就像黑白照片，大部轮廓的主体上，细节分配为明和暗两部，口唇的皲裂与起皮历历在目，秋燥加心急，还有年岁。年岁流露出来了，刘教练就生出同情，欣然答应。他自己的人生算不上得志，唯其如此，凡有为难人和为难事，总是倾情倾力。助人之余，内心获一种价值的满足，许多愤懑平息下来。

本月十日，晚七时，天明显短了，已是入夜的光景。杨莹瑛搭地铁，转公交，等在约定的站头上。城市已到边缘，公交车都上三位数，班次明显稀疏。等车的人逐渐聚起，黑压压一片。黑车和载人摩托在旁也是一片，并不拉客，静候着，看谁先失耐心。到底会有人走出行列，上前交割生意，然后一溜烟地去了。一辆摩托径直驶到杨莹瑛跟前停下，摩托手一推头盔，露出脸来，知道是自己等着的人。说实在，她不怎么记得刘教练的生相，刘教练也觉得她有些不像，但除去他和她，还会有谁是？她坐上摩托后座，犹豫要不要扶前面人的腰，却摸到座位上横一条皮革，专供人持握。等她坐定，刘教练送上一顶头盔，嘱她戴上，待要发动，又反身递来一张身份证，让看上面的名字，再问她的尊姓大名，这才发现他们彼此都还未正式认识。刘教练解释说，倘若交警巡查，或让他们彼此报姓名，以证实不是非法运营，而是朋友。说话间，摩托已启动，先在人群中缓缓穿行，逐渐加速。只听耳边风声倏忽，走的是另一条道路，从房屋的间隙里，看得见江岸横亘。风又加大鼓荡，不一时，就从半腰插入弄内。摩托停住，刘教练对后座的人说：下车，小杨。“小杨”这称呼令她意外得很，却也在情理中，这“小”不是指年轻，更可能意味着一个时代里的共生共长。不是有人，尤其是女性，在一个单位里从少年做到老年，始终都以“小”字冠称谓的？于是，只短短一瞬诧异，杨莹瑛欣然接受，下了摩托。

杂货店还未打烊，灯光从店堂深处照出来，老板一家在灯下吃晚饭。正是腰子弄的饭时，街面很安静。河南人看见杨莹瑛，没有起身，一里一外对答几句，待刘教练从背后出来，方才郑重起态度，搁下碗筷迎出。刘教练递上香烟，两人对了火，也对上话来，连河南人的老婆也热络许多，端板凳送茶的。杨莹瑛心里感叹，到底是男人的社会，自己来回往返，言语措词，都抵不上刘教练这一支烟。现在，是由刘教练打头阵，她尾随，河南人引去推对面一扇门。门虚掩着，一推即开，里面是灶间，炉上烧着水，当中摆一桌扑克，一个女人绕着桌子斟茶摆瓜子点心。听门响，都回头看,唯有坐上首的一个不抬头,只顾看牌,估计就是老葛了。

河南人向桌上人说着这两个的来意,应答全是河南话。转述难免有出入,杨莹瑛不时需要补充和纠正,刘教练则嫌她措词太过婉约,语焉不详,就要插言,并且越插越多,终成主述。事情本身就很绕,又有多处遮掩,再经多方夹叙夹议,纠缠得了不得。其间还有二三回,被缴纳房租的事务打断,以河南人为多。一旦打断又要从头拾起,每一回拾起重来,与前回都有差异。时间就这么过去,桌上的扑克也有几轮输赢,正无休止,那老葛忽然一把扑克摔在桌上,抬头道:上海人?说的分明是沪语,怔忡时,老葛又说:上海人,讲什么国语!说罢,将桌上扑克撸开,不玩了。那女人颇有眼色地移过两张方凳,又送上茶,刘教练和杨莹瑛就落座了。

刘教练递上香烟,两人低头接火,就有几分熟稔生出。老葛抬起头,吐出一口烟:朋友从哪里来?这问题不好回答,刘教练却接口很快:上海人,上海人!老葛说:亏你们找得过来!刘教练回答:卧虎藏龙。老葛猛吸几口烟:这就叫虎落平川被犬欺!刘教练再答:来日方长!这一段对话听上去答非所问,哪里都不搭,但底下却有款曲互通,彼此会意。杨莹瑛又一次感叹男人的世界,普天下皆兄弟。老葛分明有些激动,立起身往门外走,刘教练和杨莹瑛也起身跟出去。站在腰子弄里,石卵地面染了几片淡黄灯光,两个男人吸着烟,江风从房屋和房屋的夹缝挤过来,带了一股劲,随即缓和,温存拂面。停一会儿,老葛苦笑道:上海人给外地人打工,落魄不落魄?刘教练说:六十年风水轮流转,河东三十,河西三十,不可能一世顺风篷。老葛说:谢谢阿哥开导——忽停一停,我与你谁年长?于是互报生辰年月,刘教练长一岁,老葛少一岁,就是这一岁,成为命运的分水岭。刘教练赶上“文革”前高考末班车,老葛呢,正好拦住:“文革”期间高中三年级毕业分配,有工有农,他两头着,又两头空,是云南林场,算做农工!谈到这一节,老葛一挥手,不堪回首,又是弹指灰飞间,光阴倏忽,毕竟是自己的青春年华。看老葛伤感,刘教练再加劝慰,待情绪平息下来,刘教练方才问起潘老师。老葛恢复镇静,态度也变得谨慎,说潘老师人很上路,待他很不薄。刘教练就也附和道:英雄不论出身,像潘老师这样的人里的龙凤,做到现在还没到头呢!两人吹捧一阵潘老师,刘教练就亮出主题:能否引见潘老师?老葛就说:你们不就要找对面空挂户的房主吗?小事一桩,不必潘老师,我就可以。也许老葛真可以,也或许就地筑坝,推辞的意思,总之,想见潘老师是不得了。于是,方才的兄弟,此时则疏离开来。刘教练向老葛索要手机号码,今后方便联络,老葛没给出他的,反让刘教练报出自己的,存进手机里,答应一旦有消息便通知他们。说罢转身回进屋里,因又过来几个缴房租的。

老葛变得讳莫如深,刘教练也有些无措,推起摩托,沉默地走几步,杨莹瑛说:一个老滑头。刘教练就为老葛开脱:世道艰险,凡是找人非索财就索命,害人之心不可有,防人之心不可无。正说话,忽觉裤兜里手机一阵颤动,取出来,已挂断,只见一个未接电话,号码陌生,想是老葛回拨过来。看来,路没有堵死,尚有余地,这一趟就算没白来。待后面人坐定,发动引擎,风过耳畔,开走了。

石阶下坡面的乱草中，他看见有一个骰子，拾起来，在手里转着看，木质的约两公分的立方体，比一般常见的骨质骰子要大和笨，但有一种古拙。六个立面上依次刻写"壹"至"陆"的数字，字体也是古拙的。这个小东西似乎有一股重力，由速度而产生，从极远处，远到不可及，甚至不可知的存在里，抛掷而来。凿通壁障，不只是空间，还是时间，几乎听得见空气的震颤的啸声，到他手里。简直不可思议，那瞬息的占位立即在通过之后闭合，痕迹全无。这就是物质的密度，你看上去空虚一片，事实上，称得上壅塞，挤挤挨挨，但井然有序，倘不是结构合理，是盛不下的，早已溢涨出去。所以，非是速度增加重力，是突破不了的。这小东西可是了不得，别看它小，却可以与许多大东西等量齐观。比如身后这一丛房屋，房屋的门和窗，那窗户的扣锁多么精巧，"三点五"里的灶，灶上的锅，也就是"釜"，"釜"里的索面，还有横跨山涧的石桥，"川"上的麦苗……它们和它同出于一源：人手。蛮荒的大山里面，人手留下的印迹虽说稀少，依然一定程度上改变了原始的形态。自然的强大能量，无时无刻不在化解那些外部介入的因素，吸纳进它的原创里，形成一个整体。

有些迹象呢，令他觉得眼熟，敲打他的记忆。这记忆被遮蔽了，那些呈爆发之势的新印象，将旧印象封锁住，被快速进化或者说退化打入历史和未来的循环，自觉性派不上用场，无论是预见还是回溯都在停滞状态。眼看着也将被自然纳入整体，就像小虫子进大虫子的肚腹。可是进化难免会留下尾巴，所谓返祖现象；退化呢，也有尾巴，比如鸟和恐龙的关系，不是说鸟是从恐龙退化而成？那羽翼和脚爪子，都有一些些遗痕，随时可能响应现在时的叩击。这木质的小东西，显然经过某种处理，既无变色，也无腐朽，保持着木的纹理。工具打磨，好比新石器时代的新人类，在精准之外，还生发与实用相应的美学，立面平整光滑，每一角的三个表面绝对垂直。刻字的工具需要有尖锐的顶端，还是有美学，因可见出撇捺笔触里的收放制度，已进入到书写传统。从“壹”至“陆”分布在六个立面又意味着什么？意味着概率。是占卜的远古，尧舜年代吗？命数和天运隐约显现，是人类企图提炼自然？自然的能量怎么没有消化这小东西？或者更可能是，消化之后又诞出，好比恐龙娩下的一枚蛋。

太阳升高了，夜里一场小雨，将些薄云消融，空气变得更加澄澈。一眨眼，水汽蒸发，草茎树枝崩脆，岩石表层皲裂。灌木丛里的泥土不知道怎样了，只嗅见腐叶的气味，面上是干燥，底下却是潮湿。菌菇在悄然繁殖，分裂出新菌种，形形色色。这生物界的低级类群，生育力可真是旺盛，进化的前景无可限量，有朝一日，化外生出一个高等动物都未可说，就看基因突变的机缘。

骰子滚出哑子的视线不见了，仿佛回到空寂之中。哑子沿着骰子滚落的方向走去，越走越远，走过一个山头，回眸看，只见一片莽林，树冠如波涛，被风推涌。房屋、石桥、梯田、人，全被淹没，消失在哑子大脑的髓海之中。那山的褶皱，其实就是哑子的脑髓，褶缝里藏着多少秘不可宣，不可宣人也不可宣己。同样，空山的无声中，藏有多少有声，消弭时间和空间的隔离，稍有罅隙，便遗漏出来。现在，哑子又听到直升机的轰鸣，飞速旋转的螺旋桨，削去树枝，咔啦啦响。这是外来的具有侵略性的声音，特别坚硬锐利，无法纳入自然的整体里，于是，一旦进入某种特定情景，异质性便起反应。哑子的历史无意识全在手足的劳动中产生，经历以及未经历的人类史从他身体走过，这身体里有的是社会发展的动力，从类人猿到人，从原始人到现代人，从无文字到有文字，从无记载到有记载。哑子他浑然不觉，浑然不觉地纳入有价值，任无价值流失于无垠，在下一轮的循环里聚集、变异，进入有价值。

浑然不觉中，哑子泪眼婆娑，湿漉漉的小虫子，湿漉漉的干草末子，还有湿漉漉的光粒子，封住眼睛。是那无价值的流失的残像和残响——不是吗？小虫子，草末子，光粒子，迷了眼不说，还一并发出声来。哑子耳朵里塞满了，眼泪更加汹涌，简直，简直成了个泪人儿！几处下坡，他是打着滚儿下来，因此，动植物的固态和液态的分泌物滚了全身。无论有心还是无意，哑子总是能到达要到达的地方，路总是在脚下和身下。眼泪渐渐干了，耳道里的壅塞疏通了，身上的沾染被风吹净，哑子仿佛又一次出娘胎，心里清明，脚步轻盈。日落时分，一条白练子横贯视野。

白练子变成金练子，日头贴着山壁，走近一点，退后一点。金练子盘旋而上，日头盘旋而下，陡然转身，落到谷底，只看见林莽间金光倏忽，卷起千树万树。哑子走到一处凹壁，塌方的土石背后，隐约可见洞口。走进去，原来是一截废弃的隧道，哑子的车就停在里面。

拉开车门，坐进去，一团漆黑中，听见自己的心跳，怦怦撞击胸膛，激起回音。墙体笔直，在二米高处曲成弧度，形成拱顶，战备水泥砌缝和涂面，就是个回音壁。些微的动静，撞过来，撞过去，往返中，音质被削得极薄，刀刃一般。那可是高密度高强度的混凝土材料，专对付金属和炸药。不一会儿，哑子的耳道便被锋利的回音割碎，要不是哑，就叫出声来了。抱着头，坐在车座上，回音子弹飞来飞去，都打成筛子了。强挣着伸手上下里外搜索，终于摸到烟，没有火。发动引擎，人都弹起来。轰鸣声灌满隧道，吞没回音，耳道的割痛降低，换成压力，压着耳膜下陷，下陷。哑子拔出打火器，点着烟。一缕轻烟穿过疾速震荡的空气，黑暗里隐约可见一丝青白的拖曳。哑子咳呛着，久不能止，喉部痉挛起来，使得呼吸困难。那一缕烟扩散开去，散发出芬香，什么香啊！经过怎样的采集、栽培，分析与合成，再分析再合成，提炼出最精准的一种能量，发射！又是子弹，弹头旋转，直抵目标，目标全面开放。咳呛中，哑子猛吸几口，咳呛减缓，呼吸逐渐均匀。烟味弥漫在这半截水泥隧道，是子弹发射后的火药味，甚至抑制了引擎震动空气的频率。好了，哑子镇静下来，将烟蒂扔了，黑暗中画出一道抛物线。

暮色中，一辆车在下山路缓行。车主不踩油门，放空挡，以车辆自重为驱动下滑。看得出来，油量已相当有限，但并不显惊慌，不疾不徐地滑行。每经过陡峭处，由于惯性还稍稍加速。暮色加重，由青黛变灰，因为广大，就有一种轩畅，轩畅中，暮色换成夜色。车滑进街道，这就要挂挡了，可也不着急。灯光亮起一盏，又亮起一盏，奇怪的是，反增添昏暗，仿佛入夜已深。有饭菜的气味，哑子开始作呕，这些个腥膻的地方啊！不只吃食里，还有人身上，那三个两个的人，走过去，就是一股子腥膻。路灯底下一团光晕，就是浮起的荤油花。好容易走过街市，车继续下滑，哑子的脚悬在油门上，不碰一点儿，油即将归零的一刻，加油站到了。

汽油味是让哑子亲近的，甚至于贪婪。五尺镇上，昏睡在疟疾的寒热里，汽车从身边驶过，喷吐的汽油味，使哑子不至于完全丧失知觉。这气味有一股凛冽，特别杀腥膻。当哑子学习开车时，才知道它的厉害。若不是它，汽车怎么飞得起来？就好比哑子对公路的感激，有了它，哑子才得以入门，文明的门，否则，就是门外汉。哑子彻底安静下来，时间在他身后闭合，许多断裂其实微不足道，有一个大整体，足够连贯起一切。加油站没有人，也没有灯亮，门上了锁。哑子下车，从车后厢取出消防锤，砸开锁，拖出油泵的管子和油嘴，插进油箱的孔。这神奇的液体汩汩流淌进汽车体内，车身微微颤动，就像一个饿极的畜类在进食。哑子臂上、腿部的肌肉一阵阵抽搐，脉搏跳动得更剧烈，血管发烫，将烧灼感遍布全身，是异物进入，排斥和接纳起冲突的反应。油量指针显示百分之九十，哑子拔了油嘴，将东西送回，拉上门，虚扣着锁，然后上车，缓缓退出，调头转身，沿公路驶去。

月亮悄然从山峦背后滑出，再继续滑行。有一阵子，哑子很危险地盹着了，车轮几乎空悬，底下是万丈深渊，可神奇地一收一转，擦过去，又上山头。不是有麻和尚吗？麻和尚脚底下另有一副刹车。哑子与麻和尚，乘着一辆教练车，从山的芯子里钻出来，好比小虫子钻出果仁，再钻出果瓤，钻破皮，爬啊爬的。这一对师徒弟兄，手是彼此的手，脚是彼此的脚，心呢，这就不大好说。如哑子这样遭天谴的物种，心是最不好说，不晓得藏在哪里，自己这里，还是天地这里。否则，你怎么解释，蒙塞中却有灵犀一线！你看哑子盹着，任由盘山路带着去往不知什么地方，其实麻和尚在等着呢！其实，再怎么转都是在麻和尚的手掌心。就像当年到了五尺镇，让麻和尚从街上捡起来。这一回，麻和尚还会来捡哑子，要不然，哑子为什么要上盘山路？盘山路是一张蜘蛛网，哑子和麻和尚，都是网上的虫子，山回路转，终有相逢的时候。

要是有一个天眼，就看得见翻山越岭的公路上，爬着一只小虫子，谷底涌上一泓云雾，没了顶，不见了。多少时间以后，另一面山壁上，又看见一只小虫子，这样，就有了两只小虫子，然后，还会有第三只，第四只，以至无其数。事实上呢，就是一只，一只哑巴了的小虫子！

他找哑子。锅里边煮的是地衣，掺着南瓜藤，南瓜藤剥去皮，留出芯，他看见哑子的手。灶边地上，有一枚打火机，还有哑子手上的余温。他掷了几回骰子，但不知所以，只得收起。三叠坪里，清出的麦苗似乎冒了尖，杂草也冒了尖，拾起半片犁，学哑子铲去草，留下苗，犁片磨出薄削的刃，也是哑子的手。直起身，看见底下的涧，涧上的石桥，桥板就有哑子的脚。赶忙追过去，哑子的脚印覆了新露水。风从灌木里过，掀起一阵窸窣，掩隐着哑子的背影。接着追过去，草木中将合未合一条浅径，他的脚正踩在哑子的脚掌中，亦步亦趋，最后，翻下陡坡，一下子滑坐到窝棚下。哑子的手推开门，一柱光贴地进去，原来是个亮堂堂的小世界！

可能，他似乎恍悟——可能，骰子上的“壹”至“陆”是指房屋，这“伍”指的是这里，“五号房”，那么，还应该有个“六号”，在哪里呢？暂且把“陆”搁置下来，墙面上的炭迹吸引起注意，那一串阿拉伯数目字，间或几个汉字。仿佛看见多日不见的老熟人，一下子认出来，却叫不出名字。他一时不能了解这几个汉字意味着什么，因为多是呈现孤立状态，一个“李”字，一个“葛”字，一个“邵”字，然后，又有一个“赊”字。“赊”显然是个动词，那么，之前的大约就是名词："李""葛""邵"，他忽然明白，都是姓氏！接下去，是两个字的词组："缙云"，"琊琅"，由于也是两个孤立的字并列一处，就可能是名词，地名。可是，下面一个词组让他犹疑起来："地凑"！这两个字之间更像有着动宾关系，却是倒置的排序，名词"地"在前，动词"凑"在后。无论谁前谁后，意思不外都是拼凑面积，可以见得土地的稀缺紧张。底下有一串汉字："柒亩贰分叁厘伍丝陆毫壹忽"。从"亩、分、厘"三字看，无疑是计量单位，"丝"和"毫"也是，不有成语说"丝毫不差"？只那一个"忽"字，是什么意味呢？他的目光在这一行字上流连。聚在地坑里的日光收起来，却有另一柱从顶上洒下，将窝棚的顶照成筛子。墙上的炭迹隐退回去，就像从来没有过似的，墙脚处有几段炭块，佐证着墙上确实有过书写。他狐疑地四下看去，转身间，头撞到一样物件，只看见光筛子来回来回地打晃，等停下来，才看见，是灯盏，早已经油干火灭。

他从木梁上摘下灯，双手捧住，被这器物迷住了。铁皮的油盏，下部鼓上部收的玻璃罩，恰巧插入油盏的接口，又伸出铁皮盖中间的穿孔，油盏的底座两端焊着提襻，也是铁制，沿玻璃罩一同穿进铁皮盖，盖缘上正留有两个缺口。一环扣一环，弯度和曲度，直线与弧线，还有铁与玻璃两种材质，机枢镶嵌，起承转合。草莽世界、混沌天地里，这小东西显得精致奇巧，自成一体。小东西其实早已经丧失原有的用途，但完好的器形依然隐藏着功能效率，暗示与人类社会的关系。总之，他对它简直爱不释手，拥在怀里，出去窝棚。

脚下的路又被蹚开一遍，他走得格外小心，因觉出怀里宝贝的脆弱，唯恐摔了它。几度上坡和下坡，走到山涧，过石桥，上溯几米，有一个弯势，涧水被岩石拦一拦，流速略缓，回旋之间，形成一个小潭，是他和哑子的洗脸池。水面上浮着落叶，原先是青绿，如今成红黄。拨开来，可看穿潭底，让水流打磨成卵状的石头，珠玉的颜色。波动的水面静止下来，呈现一张脸，发已齐耳，分开五指蘸水向后捋去，露出前额上的发尖，唇须是分向两边，须发皆白，形象就有大改，所以，是陌生的脸。他的心全在灯盏上，先是仔细打量，然后试着松动上中下各部的接口，手下逐渐加力，似可挪移转旋，一拧一放，多番来去，就有分离的趋势。先卸下铁盖，解放提襻，再是玻璃罩，脱出油盏，于是，一件分为三件。浸入水中，两件铁器皿，锈迹布满，洗不出原先颜色，那玻璃罩则晶莹剔透，对了太阳照一照，竟照出七色彩虹，仿佛雨后。他重又浸入水中，手扶两端，看水从玻璃中间流过，就像水穿过水，一种液体的水，一种固体的水。几片叶子顺水流过玻璃，像琥珀里的小虫子，稍纵即逝。终于，提起玻璃罩子，水从两头滴落，水面上开出涟漪。

按原样将三件装回一件，提着提襻，多么趁手，就是依着人手做成的。这么个器物，照说没了燃料，就成了废物，当它个摆设好了。无论是材质，还是器形，都是依实际的用途而成，这废物其实是用途的蝉蜕，还是化石。提着不发光的灯，风化的灯芯被他拔出来扔了，这灯在他手底下打忽悠，好像唱着歌，歌唱发光的往昔，就这么走上石阶。他大声叫“哑子”，草木摇曳间，都是哑子，又都不是。

因为天候转变，还因为没有哑子——哑子的火力旺啊——这一夜，他觉着了冷。多少茅草盖上身，也不顶事。这房子四处漏风不说，屋顶还有个大窟窿。窟窿上的树冠，叶子变红了，和着风落下，落在脸上身上，仿佛干雨点，冰凉冰凉。饿又来折磨。哑子立下的规矩，一昼夜一餐饭。所以，这时候就盼着天明，可以进食，他都有点等不得了。一边等天明，一边等哑子。天黑到底，然后亮起来，而哑子没有声息。他哆嗦着起身，迈出门槛，走进穿廊，手脚并用，攀往灶屋去了。

晨曦微明中，只见一团团的白雾滚过来滚过去，不一时就湿了全身。但由于手脚活动，哆嗦得倒好些。踩着岩壁上的凹坑进到半间屋，板门推出去，就嗅到烟火的气味，还有上一日熟食的余香。几乎看见哑子，一旦挨近，便闪开，留给他一双手。不是哑子的手是什么？操起半爿竹片，刮起洞壁浅槽里的水——山涧在岩上撞散成无数碎末，其中一部分聚成一小注，流进岩缝，再从岩壁渗出，滴入浅槽——竹片将水盛进锅，锅真是个宝物，灶也是宝物，犁铧剖开南瓜纽，犁铧更是宝物，碎枝断草一股脑儿塞进灶底下，打火机咔嗒点起火——这现代火器，不知从原始中走出多么远的路途，进化成的文明，又被一个偶然性，带进荒草四合之中。火燃起来，锅里的煮食咕嘟起来，黎明的寒意驱走了，他手脚暖和，身上也暖和。锅里的动静更大，熟香四溢，压锅的石板都要顶起了。太阳呢，在山岩后面上升，放射光和热。在这光明热烈中，困意席卷，他一夜未眠，等着哑子。现在，他双手抱膝，垂头睡着。这一觉不长，刚好火灭汤干，锅底的熟食半温，可入口了。

睡眠和进食使他沉静下来，双手抱膝坐在灶前，余烬在灶眼里忽明忽暗，要引他进到一个幽深的小世界。可外面的大世界蓬勃繁荣，有更大的引力，留他在原地。他完全暖过来了，前一夜的受冻经历收缩成一小点儿，疤痕似的，将周边皮肤拉紧，就有一种压力，直抵肌肉深处，其实就是记忆吧！现在，他越来越像哑子了，用肢体进行思考、解析、记忆，一系列精神活动，因此这一系列精神活动无法辐射得更远，至多是在视力可见范围。那一号房屋在他就是单纯的冷和无眠，并不涉及绝境一类的概念。但这不表明就是“短见”，他看见的“冷”还有满山的乔木灌木在变颜色，从绿到黄，再到红，一层层红下来，原来，冷是一层层来临。落叶也是冷，石桥石阶上的白霜是冷，不知名的禽类呱呱地叫冷。还有无眠，无眠是黑，黑里面浮起的亮，亮里又潜下黑。黑里还有一个人，哑子，一点点远去，远成一个小点，也是疤痕一样，周边收紧，紧到脑髓的褶皱里。他的感官变得广大，当然及不上哑子的一点点，可却有着扩张的趋向。日头升起之前，他就看见光在山壁移动，朝着某个方向，光的芒刺在缩短，星月也在移动，天穹，仿佛在旋转，沿着一个极大，大到无限的圆周，所以你看不见，可他看得见，看得见一点点。他的感官不断增幅，以纵深阻断作代价。确实，纵深度被割裂了，一旦脱离实物越入抽象，立刻停止。地面上、墙面上的那些字在诱惑他，就像一种魅物。差一点，差一点，他就要向纵深去，却及时驻步，将自己留在实际的处境里。这是安全地带，出于防御危险的本能反应。那纵深的抽象的虚茫，逝去的已知和将来的未知都是黑洞，唯有现在，至少，他还活着。然而，转瞬间，现在已成过去，尚余一些些拖尾。

前夜的寒冷滞留在肌肤，覆盖上白昼里的暖热，开始发酵，迅速分裂细胞，活跃极了。这大约就是记忆的物理性状态，在感官的浅表起作用。他几乎又要发寒战了。从灶前起来，退进“三点五”半间屋，再退进一扇门，就到“二号房”的上层。这一层楼，四壁几近完整，屋顶的瓦缝长满茅草，还有窗。推开窗，听见涧水流淌，光进来了，铺一地。他眯起眼睛，看见岩石顶上的“四号房”，那里有索面，是的，索面。面里有盐，鲜！哑子又来了，在白灼的光里面，白灼的身子，一下子散开，无影无踪。他出了“二号”，到“三号”，出门下木梯，到“四号”。“四号”里的苔藓又长起来些，还有细小的菌菇。他向墙脚的板柜过去，掀开盖板，里面躺着索面，吃了一绺，余两绺，这可是宝物！小心取出，放在盖板，不料想有新发现。柜底原来铺一层棉布，揭起来，拖曳出箱，竟有四叠，宽至展臂，长达两个身高。极力提起，张开来，透过光，经纬分明，疏密均匀。还有针线，简直看得见操针线的手，鸟啄食一般，将四幅连缀成一幅。他用双手揉搓着棉布，布的柔软里有一种筋道，不容易皱缩。握紧，再松开，又恢复原样。拂平整，仔细看，布面上翘出几点线头，摸上去，扎手，像树皮和草茎，其实是麻。原样叠好，放回柜里，索面放回布上，两根长筷顺齐放在索面边上，合上盖，然后，他起身将板柜推出门去。

板柜在门槛上硌住了，费些劲越过去，就到木梯底下。这时方才觉出板柜的重量，还有木梯的陡峭，他现在变得就像哑子，行动起来再说，于是，抬起木柜一头，搁在梯级，奋力向上拖。拖不动，就绕回另一头，搬块石头垫高，向上推。这一回，动了动，又动了动。他已经使尽气力，只得歇下来。四下里一片静，灌木里的虫子都在做冬眠的准备，天上南飞的候鸟群以为这一个大虫子——一个新物种，也在做冬眠的准备。太阳向西过去，那一片树冠闪着光。他又爬上一级，坐着歇息呢。风比方才凉了，可是对他正好，吹着一身的热汗。汗息了，气力就又生出来，再推拉一级。就在一动一止间，日头移过一座山，又移过一座山，终于远去。星月过来了，照着这只大虫子，守着一个大松果，攀着一挂悬梯，爬啊爬，歇啊歇。月亮移到头顶，星空高升，终于，还剩下三级木梯，忽然灵机一动，他扯过一条葛藤，从木柜底下穿过，拦腰捆住。这样，手就有了拉拽，使得上劲了。最后三级顺利通过，板柜终于停在“二号房”的二层楼。

下一日，他忙的是运草，从“一号”往“二号”楼上运。那条葛藤帮了大忙，将茅草拢起来成堆，顺齐了，拦腰一扎，或背或抱，一趟两趟。脚踩着山壁上的凹坑，一忽儿上，一忽儿下，就像，像什么，哑子！不知觉中，换成哑子的腿脚，手呢，仿佛来自麻布上的经纬，以及缝缀的针线，那里藏着一双手呢！你看不见，他看得见，你听不见，他听得见，不是说感官在扩张？有声无声，有形无形，全是收纳的对象，收进体内，变作自己。手脚的劳作使天地间活跃起来，有一股热闹劲。好，现在，茅草都运上楼，垛在楼板，他翻检一遍，专挑出一种白长茎的草条子，归在一处。分开不觉得，集起来吃一惊，白亮白亮，月光下仿佛一束银。这时候，月亮起来了。

再下一日，是编织的日子。编织这活比搬运省力气，却费神。先是两股拧一股，一松手便散开；接着分三股，一左一右打成辫花，散是不散了，却成不了幅面，只是一根绳；于是再解开，从头来起。将白茎草一绺一绺竖排，横穿一绺，一挑一压，形成经纬，固定却是难事，还是散开。来回试无数遍，无论多么小心，不是经就是纬，终是滑出散落。日头向西去了，暮色降临，手掌被草磨破，出了血。搓揉中，白茎草并不断损，但变得柔韧，仿佛是被人手驯服了。有一阵子，他放弃编织的努力，掷骰子玩，骰子打几滚，翻身停在灯盏旁边，那玻璃罩明净透亮，像个水晶球，绰约映出人和物,他看见那双长筷子。伸手拿过来,一根横,一根竖,做经的白茎草依次系在横筷子,做纬的白茎草系在竖筷子,推紧排密,这不是,一寸草垫子出来了!他也困了。

他躺进板柜里,麻布裹身,虽然屋顶完好,四壁严密,又架离地面,但山的凉气从四面围拢,无可阻挡。而且,今夜又冷过前夜,季候在逼近。寒战中,过去上半夜,下半夜寒战止了,换作发热,周身火烫。揭起麻布,麻布就像热铁皮,裹不住。爬出板柜,推开窗,一股凉风扑面,略退去些热,清醒了。看见一弯月牙,忽就吐出两个字:杨杨!连自己都没明白是什么,只是两个音节:杨杨!转身回进板柜,陷入昏睡。

七

他在梦里痛哭,真是伤心啊!什么样的伤心事呢?不知道。事故抽离,只余下伤心。没有芯子,外壳变得透明,就是透明的伤心。简直如同刀剜,痛!他哭得哆嗦起来,比寒战更剧烈。身上又在起寒战,寒战后面是灼烫。一会儿从板柜中爬出,躺在地上;一会儿爬回板柜,裹着麻布。一阵热汗,然后冰在身上,再一阵热汗又浇化了。他哭着,叫着那个来历不明的名字:“杨杨”。这两个字来自深邃幽闭的尽头,最终消失在黑暗中,他看不见,那狭道,越向里越狭,可能出于透视的效果,更可能事实本来如此,过去的时间,也就是记忆,是个锥形的空间。时间被遗忘压缩,压缩成锥尖,挤身过去,汇入整体性的时间,蜕下一张外壳,就是伤心。

他哭啊,哭,听得见哭声,就是看不见深邃的尽头,那里藏着伤心事。几几乎就要追上了,还是被甩下,时间的流速真快呀,脚丫子怎么赶得上。何况,他的腿脚也不听话,仿佛陷在沼泽里,每拔出一步都费大劲,落下去又落在原处。他是怎么了?身在哪里?思绪呈现集中的趋势,趋向某一个点,变得尖锐起来,接近那个锥形,眼看着要突破,忽然间溃散了。时间是高密度的物质,尤其在回溯中,更多倍地增密,使得思绪变形,脱离原状。

伤心依然是个透明的薄脆的壳，蜕了一层又一层。哭泣让他轻松，仿佛飘浮起来，悬在空中，俯视这山坳，山坳里一簇房屋，高低错落，其中一爿屋顶竟然穿出一棵树。眼睛比树的生长还有穿透力，看得见另一爿屋顶下的自己，躺在一具板柜里，像什么？像玩具盒里的娃娃，一个老头娃娃！他不禁笑出来，就这一笑，让他失去洞察力，不再有俯视和透视的魔法，而是沉下来，沉到木匣子里，睡熟了。

睡眠不仅是将息和治疗，还是改变物种的过程，在表面的静止下完成基因突变，使其适应环境得以生存。所有存活至今的物种无一不是通过自身改良，通不过的即被淘汰，逐出生物群。人类进化得太远，进化到生物的最高等，就有能力改变外部环境，适应自己的需要，代价是丧失自身改良功能，于是，变成最缺乏适应力的一类物种。他们褪去皮毛，只能驯养动植物，制作衣物御寒蔽体；他们的消化系统在熟食的抚育下逐渐虚弱，还是要驯养动植物制作口粮；驯养和制作需要分工合作，这又成为一桩依赖，就是社会组织。这个睡在木匣子里的老娃娃，被扔在山的肚腹里，现在是睡着了，说不好就一径睡下去，睡进时间的永恒里，加入循环。可是，万一，万一醒来呢，等着他的是什么命运，还有没有可能退回原初？进化的结果如今都成累赘，熟食、织物、筑造、冶炼，还有玻璃吹制术，它们阻碍着退化的脚步，是退化不完全的尾巴！

第一次霜降来临。霜降之后，树木又换声色，红和绿之间的一层黄转为金和铂金，绒毛似的，镶在红绿的边缘，或者一蓬蓬地垂挂下来。落叶满天飞舞，就像五彩雨。淙淙流水换成蛙鸣，顺溪而下，呱呱呱一条涧。背阴的岩石上开出一朵朵大黑花，其实是菌类的一种，肥厚的重瓣上布着经脉，边缘打着皱。屋顶上的蒿草却是雪白，倒伏下来，覆盖瓦片，将这新石器时代的重要物证，陶土的工艺封起了。说起来，这一簇房屋，就是个退化的大尾巴，被遭际一股脑儿扔在山坳，消失在人类史的缝隙里。

待他醒来，爬出板柜，浑身绵软，略一动弹便气急。扶墙站稳，推开窗户，腿脚不由立直了。太阳初起，薄雾迅速退下，一个堂皇新世界！眼睛明亮，睡眠与寒热造成的白翳一丝一丝抽走，就像蛾子从茧子里钻出来，是不是已经死了，进入了异度空间？视野在鼓胀，物体变形，企图突出视角，这是颜色的物质性，其实很占位的。他是在哪里啊！这个问题不再有危险性，一点也不，因为不是针对一己之身而发问，而是向着广大和辽阔，边界在遥远的目力不可及处隐现和闪烁。当然，还不能像哑子，哑子就不会怀疑自己在哪里，哑子可能在所有的地方，可是，他不是正向哑子接近吗？无形中，有一个通道在闭合，同时，另一个通道悄然打开。那通道闭合多少，这通道就开多少，造物永远不会隔绝与存在的关系，要不，怎么传递它的旨意？

现在，他要吃了，他要吃一绺索面。索面属于即将闭合的通道里的遗留，在退化尚未最后完成之际，过渡阶段的养料。推门出去，阳光投在灶屋前的山壁，一片白。锅里续上水，灶下填进树枝，引火的蒿草松松地堆在灶口，可是，打火机失灵了，啪啪地空响。这声音很古怪，很突兀。看着手里的小东西，这可是个巧物，四指握在掌心，大拇指正在按键上，一按一声响。日头走到一条狭缝，挤出一线光，直刺过来，抬手挡一下。这一抬手，日头撞在手指头上，飞溅出火星，心头陡然一亮。这个大火球，兀自燃烧，烧得他眼睛痛，瞎了似的，赶紧摘下眼镜。经过这许多波折变故，这眼镜竟然还在，睡时卸下，醒时戴上，习惯成自然，倒把它忘了。摘下眼镜，他就知道应该做什么，这不就和哑子一样了，用手足思想，只是，思想的资源不相同。

这也是玻璃呀，人类自打有了玻璃，生活就大不相同。镜片迎着太阳，两个火球，如何把眼镜里的火取出来？他重新戴上眼镜，似乎思想就退回去了。又摘下，再戴上，火球在顶上轰轰然作响。他的头仿佛炸裂，握住一块石头，向着岩壁砸去，一下，两下，三下，手掌震得生疼，而且滚烫。日头移过去，移到石头尖上，火星溅出来，一点，两点，三点，飞到干透的蒿草上，砰一下，火苗起来，沿着草丝，飞快爬行，就像一个火鸟巢。捧进灶口，不舍得放下，燎着手了，方才缩回。树枝燃着，烟熏出了眼泪，还是欢喜，喜极而泣。他抽咽着，看锅中水从周边细细地起泡，再向中间推动，水泡子越来越大，最终全面开花。一绺索面滑下锅沿，硬得像铁丝，但挡不住沸水的浸煮，只见它翻着滚，翻着滚，松散开了。

这一个白昼，他用于清点哑子的采集，编织活动暂搁一边。收藏分散在二号的上下楼和三号的半间屋，还有三点五的露天里，四号也有一点。这些断了生机的东西也在变颜色，黑的变灰，青的变黄，黄的变成褐色，总之，是沿着色谱的序列暗下一成。还有变化的是质地，疏密度和软硬度，纤维的长短粗细，水分蒸发，使它们明显地收缩，减少了占地。他将储备集中在二号的楼上，依墙壁排开，除拿取煮食方便外，同时可增添墙的厚度。窗外的霜色更浓了，膨胀起来的视野平复下来，颜色稀释了，却生出一种晶体，使粒子变粗，折射光线。他继续检查储藏，将根茎归一类，苔藓归一类，叶草归一类，果实归一类。竟然，还有一窝鸟蛋！将食粮堆砌成半墙高，板柜推到另一面墙脚，板柜的盖横在窗下，放置犁铧片、灯盏、打火机、骰子。这些物件都来自人工，别看已成废旧零碎，成了个摆设，但谁知道呢，说不定什么时候又生出用途。现在，他可以回到编织上来了。

白茎草在清空的地板——千真万确就是原木的板子，不上漆，面上留有锯刨的痕迹，板和板之间闪开缝，看得见底下的蒿草，风也从地下钻上来，所以，编织就很当紧。白茎草沿长筷子排开，经他手掌摩挲，一些细小的毛刺捋去了，短的接成长的。第二根长筷子连接的是横向的草绺，压一绺挑一绺地穿过，推齐，就有了幅面。他却又解散开，因还是不够紧密，经纬间的空隙过于疏阔。他回到三股编一股的方法，略作变化，一组辫花编成，借过一股与第四、第五股编成一组辫花，第二组再借一股与第六、第七股编第三组辫花，由此形成幅面。第二根长筷子横过来连上第一根，宽幅延长一倍。有筷子的固定，实验的进行顺利多了。渐渐地，草茎变成辫花，一排，两排，三排，幅面随之延长一寸，两寸，三寸。日头已经到西边，暮色起来，涧水带着蛙鸣聒噪地一路下来，满耳都是，闹极了。编织中高度聚集起的注意力，使身心格外宁静，养息了精神。光线暗了，不利于编织，他放下手里的活，感觉到凉意。将麻布叠起来，披在肩上，双手交错抱紧，出去门，穿过三号半间屋，从木梯下去，进到四号屋。这幢房屋很奇异地处在涧水之下，望出去，看得见水流里的蛙，翻转腾跃。蛙声反而远了，却连成一片，稠密得很，其间不时突起一声，高亢嘹亮。他聆听许久，原来不是蛙鸣，而是一种鸟叫，找不见栖处，又好像四面都是栖处。本以为蛙声覆盖了水声，经鸟鸣提示，蛙声之上，又有一层更绵密的发声，由无数个极细微的响动合并，那是昆虫振翅。于是，水声、蛙声、虫响，重重叠叠，穿越古怪的鸟叫。然后，风过树林，所有的草尖枝头全在摇曳，掀动气流。万籁俱寂里，分明众声喧哗，吵吵嚷嚷，连哑子都是有声，倒是他，大气不出，无声无息。

暮色下沉，转瞬间，天色变黑。这一间屋，又是黑中黑，苔藓六合。漆黑给他一种虚假的暖和，当然，苔藓很可能有御寒的作用。还有那一层层的声音，叠加起来，也是防寒层。从黑漆中望出去，可能是星月起来了，微明中有一颗小星，左上方，嵌在高悬于顶的涧水里。周围渐渐转成灰蓝，树啊草啊，有了轮廓，涧水转个急弯，下去，小星就在那个急弯里。看久了，仿佛不是星，而是一个深涡。从极远处旋过来，再往极远处旋过去。这里有很多物体都是涡状，比如，日光直射下的眼镜片，树冠的形态，湍急处的水流，螺旋藻，要是让哑子看，就还有直升机和盘山公路。总是有一股力量，在空气的螺线里加速，嗖地远去，嗖地近来，通道即刻闭合。他听见小星在唱歌呢，气流里的旋涡运动，从一赫到二万赫，再到无限量赫。

杨莹瑛走在街上，听见有人在背后喊“杨杨”，回过身看，见一个小姑娘，迎向另一个小姑娘。两人的表情又惊又喜，仿佛前世有约，今生终于邂逅。事实上，她们完全可能上一日刚刚分手。她们搂抱着越过马路，汇入熙攘的人群，杨莹瑛看见了自己做姑娘的日子。“杨杨”这名字也是小姊妹淘里给叫出来的，照理是可叫作“瑛瑛”，可那是给父母叫的。小姊妹互起的名字总是娇俏的，不像乳名，乳名难免狎昵，多子女的“阿狗”“阿猫”都可叫得，金贵的则“宝宝”“囡囡”，也有一笼统叫作“弟弟”“妹妹”，弄堂里可说一人叫，百人应。小姊妹的名也不是诨号，诨号多半是侮辱性的。方法往往是挑名姓里的谐音用作贬义，所以，有预见的父母给儿女起名就很谨慎，但也防不胜防，小孩子的智慧远超过成人想象。再有，形象、举止、态度等等特征都可能被指摘成诨号，倒不全是发泄恶意，还有炫技的成分，但格调上总归难免猥亵。小姊妹们的名却是闺阁情趣，豆蔻年华有多少甜美与羞怯，还有俏皮。家中排行第五的那个，就叫作“阿五子”，上海话听起来也是“阿胡子”，人还以为一条汉子，其实呢，再妩媚不过了。再有一个名字很庄严，为“李泽芳”，就取中间那个音，格外强调沪语的入声，就成了“啧啧”，仿佛鸟叫。又有一个爱吃瓜，直接叫作“瓜瓜”。这些日子大约开始于小学高年级，十一二岁光景，到初中和高中，然后毕业或工作或升学，有退出去的，又有加入进来的。“阿五子”离去了，来了“三三”；“瓜瓜”走了，“秧秧”取而代之。人数保持在四至五人，总数不变，从性质看，成分就也不变。直到恋爱结婚，生儿育女，好比瓜熟蒂落，渐渐散开。那些自取的闺名随之销声匿迹，还有女儿家的私房话，稀奇古怪的零嘴——男友往往用以取悦和示好，在他，就是冰，盛在铝制的饭盒里，满满一盒，外面裹一条干毛巾。她慷慨地分给小姊妹们，大家不都是这样，甚至有一个的男友在皮球厂工作，拿来许多皮球送给她们，她们要皮球做什么？可这是姊妹情谊，还是被爱的喜悦，也要分享的。除去给小姊妹的，还要贡献家里，是恋情附属的福利。大热的天气里，用来镇西瓜，绿豆百合汤，还有父亲的啤酒。她这才知道，冰的质地是紧密的，就像石头。原来，她是从棒冰认识冰的，丝丝缕缕整齐排列，就像结构松软的松木，其实是经过加工的机制冰。她好不容易凿下一角冰，含在嘴里，冰块将整个口腔都镇麻了，舌头，两颊，上下颚，丝丝的疼痛，许多时间过去，那股子凛冽和缓下来，变得暖热，可说是禁欲时代里爱情初萌的感官生活。

真是再美好不过了，人生依着伦常的步骤，历历来临。当婚时当婚，当嫁时当嫁。仅只相差两年，这样循序渐进的节拍便打乱了，学校停课，学生下乡，低她几级的小男女为失学惶悚，高她几级的为失业惶悚，与她同级却上了大学的男女则又为失学又为失业加倍惶悚。唯有杨莹瑛，她不由庆幸自己适时从二年制技校毕业，虽然不全是出于自觉的选择，而是顺其自然，一是学习成绩平平，二也是家境所限。上面的哥哥连技校都没上，初中毕业直接去了机器厂做学徒工，底下还有两个弟妹呢！这就见出自然对她的眷顾。满城青年陷入茫然之中，她依然循着既定的轨迹，按部就班，依序完成人生大事。杨莹瑛记得，婚后不久，月事不准，母亲陪着去看妇科门诊。诊断结果是怀孕，医生向她追问房事，羞得她简直要逃。回头看见一个候诊的病患投来注意的目光，很多日子过去，都不能忘记这目光。看得出她比自己年轻，容貌也称得上端正，但肤色萎黄，神情紧张，是待业青年的典型面孔，正处在万事不定的尴尬中。杨莹瑛忽然间镇定下来，回答医生的所有问题。按旧时说法，就是"坐床喜"，初时的妊娠反应和窘过去了，随着身子渐显，她甚至是骄傲的。有时候，他出差外地，一个人不想做饭，端着大肚子，坐在饭馆里，点一荤一素，两碗饭。盘光碗净之后，打着饱嗝，再端着肚子出来。

接下来，日子就过得紧了，仿佛快刀切菜，刷刷刷一径向前去。生育和养育的繁杂庶务使得时间膨胀起来，同时又在压缩长度。做姑娘时节的细致纹理被拉扯着，表面变得粗阔，却又透露一种丰腴饱满，与荷尔蒙有关，几乎嗅得到那满溢出来的情欲的气味。“杨杨”这名字没人叫了，直呼“杨莹瑛”，就像军队点名，甚至从来不曾叫过她的娘家名“瑛瑛”。其实是一种羞怯，用粗鲁严肃掩饰爱意。他们都是羞怯的人，不是出于年龄，也不完全是道统观念，更可能产生于节制。无论情爱还是性欲，都是节制而有余裕。很快，“杨莹瑛”这称呼也没有了，代之以“妈妈”，她则叫他“爸爸”，以孩子名义的亲昵，总之是规避情爱一类关系而倾向伦理。再后来，便是“外公”和“外婆”。时间被划分成代和代的区隔，因有了人的生活，混沌厘出青白，是人向自然做出的争取。现在，厘出的一线清晰似乎又被淹没，重新混沌起来。那就是，当下的时间突然静止，过往的则倒流过来，越流越涌，推挤成岩浆似的褶皱。时间在变形，她在这变形中活动，过往的事物迎面而来，有的撞个正着，有的擦肩过去。日子过得黑白颠倒，可是在此混淆中，她倒可抵制虚无——时间的大空洞。那空心日子里总还有些内容，不至于什么都没有。

这一日，她走过女儿房间，门敞开着，向里扫一眼。从女儿背后看见电脑屏幕，屏幕上走着一个熟悉的身影，不是他吗？一边打电话，一边走路，步态匆忙，转眼走出屏幕，然后倒退回来，倒退的姿态十分滑稽，再开步向前，向前也变得滑稽。她头一回看见这段视频，初始的震惊过去之后，平静下来。她感觉女儿在哭，自己却没有眼泪，只是觉得古怪，非常古怪。视频中的男人分明是稔熟的，每一细微处，别人未尝注意，但错不过她的眼睛。比如打电话不时要换手，换出来的那只手就在衣后襟扯一下；比如走路双脚交错时的摩擦，所以裤腿内侧总是磨损；她还新发现他薄削的发顶，风吹起来，就露出头皮……这个稔熟的人，在离她远去，每一次退回重走，都走得更远，就好像是起跑线上的发力，退几步，走出去。她优游地想到，视频这东西很奇妙，它可以将事情回溯，但回溯的只是个壳，肉身则随波而去。

女儿觉出母亲在身后，不必隐藏了，带着股宣泄的情绪，一遍遍回放。视频上的男人，便也宣泄似的，一遍遍走入和走出视频，就像一个牵线木偶，那根线在谁手里呢？无数遍的反复中，视觉多少麻痹了，女儿停止哭泣，却听母亲说：看上去他蛮高兴！不由一惊，按下暂停键，屏幕上人正跨出半步，仿佛要跌倒，又仿佛向前冲。回头诧异地看，母亲脸上露着笑容：你看他来不及地要跑！见女儿的眼睛睁得很大，她说：你不要看我，看你爸爸，一个大活人，只要想让人找到，就找得到，自己不想让找到，就怎么也不成了！女儿一时辨不出这话的意思，回过头去再看视频，屏幕上人的姿态就像是嘲笑，嘲笑自己，也嘲笑他人，便轻轻回嘴道：不要瞎说啊！杨莹瑛动气了：你总是偏向爸爸，凡事站他一边，事实上，他并没怎么带过你，都是我一个人带！喂奶的时候，我上午一次，下午一次，从班上跑回来给你吃；再后来，带你上我们单位托儿所，上下班挤公交车，他搭过手吗？她越说越气，无限的冤屈。屏幕上的人保持着陡然中止的步态，对身边发生的一切漠然无觉，这人和她们有什么关系呢！可是，眼前又出现另一幅画面，女儿出阁的一日，中午时，新女婿来接人，他和她跟在盛装的新娘身后下楼，装饰玫瑰花的婚车等在门口。新人送走，反身回到家中，周遭都变空了。他低头躲进女儿房间，掩上门。她晓得他在哭，没去点穿，怕他难为情，也怕自己难为情。他们这一对夫妇，从少年到白头，始终是羞怯的，羞怯于表达。他们安稳的人生，尚未经历过爆发式的变故，逐渐养成含蓄的性格，可能缺乏激情，却也节制了能耗，使之细水长流，不期然间，戛然而止。女儿退出视频，啪地一击键，关闭电脑，抽出光盘，那人彻底消失，无影无踪。说到中途的话收起了，她都忘记说的是什么，站一会儿，转身走了出去。

夜里，杨莹瑛带外孙睡下。年轻的夫妻总是晚睡，一觉醒来还看见门缝透进灯光，门开门关，进来出去，今天却歇得早。杨莹瑛在床上睁一会儿眼睛，想到白日里那一场无名火，在她就算得上大恸，摧肠伤肝的，但又有一种轻松，郁结舒缓了。身上感到慵懒，合目重入梦乡。

这时，女儿和女婿正开车行驶在路上。你们以为都睡了，其实这城市的生活刚揭开帷幕。高架上静静地流淌着灯河，在交叉口分流与合流，空中就布开一张蛛网。网眼里耸立的摩天楼亮着光格子，向地面哗啦啦倾倒下来。他们的车从中穿行，都不作声。这两人是中学到大学的同校，加上父母辈的一点关系，很自然结成百年好合。在这千变万化的世事里，其实还有一些生活循着既定的轨道进行，并且将持续下去。好像一种社会的遗传基因，代际之间总归潜在着因果链接，可是，谁知道呢，说不定就会基因突变，偏离常态。

他们的车停滞在下口处暂时的拥堵中，等待信号灯转换。高架下来的车和路面上的形成一个庞大的车阵，所有的尾灯都在闪烁，夜晚的城市无一不是闪烁的，最后合为一片光晕，遮蔽夜空。车阵动起来，渐渐加速，最后涌出道路的瓶颈，辐射到各条马路，重新流畅起来。他们开过一个路口，就有些踌躇，但并不很久，略作环顾，车拐进路对面的小区，经保安与业主通话查核身份，引进地下车库，停了。

电梯在上升途中，升至顶层，稍作停留方才下行。电梯门开，保安插卡按键，楼层键亮起，闭门的一瞬，车库里又扫进车灯，不知是不是与他们一路的。电梯上升到顶层，停住，开门，出去便是环形客厅，周围玻璃幕墙，中间挑空一层，顶上垂一盏巨型吊灯，底下是观赏植物，高大和油绿，填充空间，也消除凛冽，但还是有寒意生出。先已有三五人到，后又有三五人来，加上他们一对，不出十个。彼此间都是生人，没人招呼和介绍，索性就不搭话，散开着，或站或坐。透过玻璃幕墙，苍穹在上，底下万丈深渊，却有无数灯盏，仿佛星星谷，远处的镭射光缓缓移动，就好像天眼扫视，人真是渺小如豆啊！

不晓得过去多少时间，电梯再没有送上新人，到场的客渐渐面熟，也识得出其中的关系。除他们一对，还有两对夫妇，一对母女，又有三位女士，年纪约在五十和六十之间，衣着昂贵，颈和腕上都有沉重的金玉装饰，并排坐一具沙发，猛一看就像三胞胎姐妹，倒是带来人世的一点热闹。就这样，女性占多数，男性呢，多是陪伴，脸上的表情不能说敷衍，但显见是淡然了。又过去些时间，终有人来了。一位年轻小姐，身着黑色职业套装，公司文秘一类的身份，没有注意到从哪里走出的，只见她做一个噤声的手势，这才意识原来各自都在说话，且还越说越响，几近喧哗。于是，刷地静下来，气氛变得凝重。来人又做一个集合的手势，四散的宾客便汇拢去，眼睛在人群上一逡巡，转身走了。一众人紧随身后，绕过半周大厅，沿一弯楼梯，到了下一层。下一层的格局正与上一层相对，沿玻璃幕墙是房间，他们就走在过道里，又走了一个半圆。似乎，似乎是一个太极图，但不是平面，而是立体。带路人推开一扇门，走进去了。

从厅里的璀璨明亮走来，愈觉得这屋里昏晦幽暗，又有暗香浮动，蒙一层薄雾。站定片刻，只见四壁素白，唯对门墙悬一匾，上书三个字：仙客来。中央置一圆桌，大小在餐台与茶几之间，点一支烛蜡，周围零散着椅凳。各人就近落定，那引路小姐又将手指压在唇上，做噤声的表示，本来就无有声息，此时连出气都不敢了。横匾下忽洞开一扇门，显现一条颀长的身影，全场都立起身，双手合十施礼，他们是初来者，跟着动作，难免晚半拍。门中人形张开双臂，向下按去，一周人才又重新落座。那人越走越近，凭桌坐下，烛蜡映照出一张女性的脸。由于光是自下而上，投出几片阴影，画成面具，有些像狞鬼。但小姐随即过来，将烛台端走，退出去，掩上门，光线收起，眼前一片漆黑，从漆黑中慢慢浮起一层不是光也不是亮的物质，渗透性很强，于是物体和物体之间的空隙便凸现出来。静寂中，有沙沙声响起，声源来自圆桌中心位置。响一阵，停一阵，再响起，好似移到周边，并且沿桌缘滑动。又消失，再起来，滑动。停停走走，回到圆心里，窸窣一回，静下来。轻轻一叩击，门开了，室内人的脸从暗里浮出一半，就像在水面底下，漂移不定，恍惚得很。烛台端回到桌上，这一回，离远了些，因为隔一幅 A4 大小的白纸，所以，脸上的阴影就不那么冷和硬，而是柔和下来，勾勒出较为完整的轮廓。

这是一张堪称清秀的脸，看不出年纪。中分的黑发垂至腮下二三分长度，肤色清洁，不施脂粉，着一件高领的黑衫，更显得黑白分明。大约有些近视，脸俯到纸上很低，上下左右地看。屋里人都静着，等待下一步有怎样的事发生。时间像是飞逝，又像是停滞，不晓得到了几点钟。像他们这两个初来者，只觉得生畏，甚至，很不应该的，还生出悔意。从网上搜寻到此处所在——网真是个大千世界，不仅在于广度，还在于深度。就是个魔术套盒，点一个，打开一个，没有穷尽，这才知道存在里有多少个空间。从深处回来，点一个，关闭一个，点一个，关闭一个，会不会将自己也关闭进去？

周围的人，现在，渐渐看见周围的人，人脸完全浮凸出来，清晰可辨，全有着一股子兴奋劲。这股子劲头也让他们发慌，心跳着，却像被施了定身术，动不了。女人的脸在纸上移动，贴得那么近，就像在摩挲那张白纸，纸上有什么呢？没人可以接近它，唯有她，掌握打开纸，也就是魔术套盒的鼠标。人们多么耐心啊，多么有意志力，按捺得下好奇心，你几乎看得见好奇心在勃动，小兔子似的，空气被搅得不安。女人的脸还在A4纸上摩挲，眼睛圆睁。终于按捺不住了，最初的骚动来自“三胞胎”女人，衣衫窸窣，环珮丁当。接着，椅凳腾挪，在地板上划来划去。还有叹息。空间的块垒，被这密室塑形成立方体，又被氛围压紧组织结构，此时有所松动，漏进打钟声。缝隙在增多、增大，溃散的趋向越来越明显。神秘感也在动摇，压力减轻，初来的人也大胆舒出一口气。可是，事情尚未结束，一种更为强大的持续性重新收复了局面，肉眼看不见的物质又一次凝固起来，空气变得沉重和结实。

时间呢，时间在哪里？这种物质的紧密度，甚至排除了时间，像排除气泡似的，一压缩，就没了。在这空间的块垒里，更可能是时间变换了形式，以另一种方式存在。不是气泡，而是更有弹性，可抗挤压，也许要重组排序，于是才有了爱因斯坦相对论推演的结果。倒溯，或者索性打散，东一点，西一点，好比激流冲撞石上，水花四溅。

又一轮的寂默中,读纸的女人发声了:宝。她说:宝!那一对年纪稍长的夫妇啜泣起来。女人又说:宝。啜泣的夫妇迸出一声:心肝!女人说:有水,从水上走,欢欢喜喜的!啜泣的夫妇安静了一点。女人说:有数字!然后一个一个念出。三个女人中的一个惊呼道:是的,不错,正是!旁人并不知其中意味,但见"三胞胎"十分欣悦。有一个人——女人第三次公布信息,眉头皱起来,仿佛辨识遇到困难——杂乱得很!她说。在座都默着,无人来认领这个"人",暂且搁置下来。

静夜里,那些亮格子,有多少各式各样的团契,在各自信仰之下,供奉各方神灵。无神论的崇拜,追溯不到正宗,难免要走邪门,因而有魅。魅和信仰几乎一纸之隔,因都是无形,不可证实和超自然——谁知道是超还是不超自然呢?这是亮格子里幽暗的格子,悬浮在实有的外表或者内里的秘密通道。

有一块石头——女人再次发布消息。有困惑的声音:石头吗?卵形。又增添一点信息。有些对了!那声音里的疑虑消除了,变得响亮。有一层膜——信息更进一步——有微光,很短的芒!然后,又一次蹙眉道:有个人!是男是女,老还是少?座上有人发问。女人摇头,将纸叠起,烛蜡将尽,激烈地摇曳着。最后一句话有些古怪,说的是:却不是那边。说罢,引颈向前,吹一口气。烛光熄灭的同时,屋里亮起灯。人们仿佛从梦中醒来,个个木着脸,慢慢动起来,向门外走。他俩跟了去,身后响起一声:小妹妹!女人叫道,不是叫"小弟弟",显见得知道事主是谁。小妹妹,头一次来吧?是的,请师傅多关照,她应道。欲速则不达,女人笑一笑,要耐心。是,她应着。女人抬手轻轻一递,送客的意思。走出两步,到底没忍住,又反身问一句:师傅说的"那边”是指冥界吗？女人的笑容收走了：小妹妹错当我是测阴阳了。脸上透一股凛然，让人惶悚。世上万事万物都不是一对一，二对二。说罢低下头拈起桌上的纸笔，真的是逐客了。退出门，事先议定的红包交给小姐，走上楼梯，从大厅进到电梯。运行的速度加剧电梯箱与井壁间空气挤压，人都有些失重似的，嗖地下滑到地下车库。坐进车，上地面，她说出一句话：那个人就是我爸爸。等车出小区，上高架，先生也说出一句：这地方再不能来了！已是次日凌晨，这城市还醒着，灯格子排山倒海一般，涌起来，倾下去，将梦魇搅成沫子，那光里面的晕就是它。

老葛打电话给刘教练，约见面了。于是，这一天，刘教练和杨莹瑛便去找老葛。老葛家所住弄堂在中心路段，因民居特色列为市级保护建筑，外形上就维持了新式里弄的原始面貌，内部则应多家居住的实际现状进行改造，最大可能实现一户一单元的格局。之后，有实力的人家将邻居的房屋买下，也有外来者索性买下一整幢楼，再行装修。总之，人口逐渐减少，本是熙来攘往的一条弄堂变得清静，趋回最初时期的中产阶层格调——那些窗户上的条纹雨篷，淡黄色的拉毛的外墙，白色的勾缝，还有屋顶上箭垛似的小烟囱，画下一道天际线，真像是某个欧洲城市的一角，穿越时间空间，陡然降临，这区域当年可不就是地属某国的租界吗？但是，有一些总体性的因素依然顺应时间的流向，侵蚀着新建的旧光阴。比如，弄口和弄内的路面在塌陷，连带着楼体呈现倾斜的迹象；新科技的管线纳不进基础设施，只能体外循环，纠结缠绕；空调的外机，也是始料未及；对于弄堂来说，这里的空地称得上宽敞，由于横贯两条马路，于是成为路人通行的小街，可是怎么架得住汽车工业的浪潮，就作了停车场；另有些老装置早已废弃不用，却留下外壳，那就是方才说的箭垛似的烟囱，供壁炉用的，还有烟道，作了老鼠窝，繁衍无数代后裔。走进这样的老弄堂，不免会有混淆，时而是今，时而是昔，时而是真，时而又是错。

老葛家住其中一幢楼房的完整二层。三层住户举家迁往美国，一扇木栅门从楼梯口拦死。底层人家也已搬出，将房子出租，出于各种原因，租客走马灯似的更替，目前是一个单身美国人，进来就将房间刷成黑红两色，老葛称他“红与黑”。“红与黑”是个摇滚爱好者，凡在家就放摇滚乐。平心而论，老葛说，音量并不是太大，主要是节奏，怎么说呢？老葛用手扪着前胸，节奏正好和脉搏在同一频率上，所以，实在吃不消！不得不下楼交涉，可走到门口就头晕，无法迈进一步，那房间，就像一张血盆大口，能把人活活吞噬。所以，他就在门口向里招手：come！老葛的英语有限，只能说“come”。杨莹瑛和刘教练都笑，因为他们这岁数都知道有一首洋泾浜英语的歌谣，“来是 come 去是 go”！

看得出，老葛家是这里的老住户，在当年算得上殷实，也看得出现在是有些落魄。周围的新气象之下，老户总归是没落的。在这海上生明月的二十世纪初奠基建造的老房子里，聚散过多少人口，代际之间又有多少轮更替交换，最后如大浪淘沙般，余下老葛夫妇俩，连他们自己的孩子也已经住到新公寓里去了。如所有新式里弄房子一样，南北格局，通常朝南的大间作卧房，向北的亭子间吃饭和待客。老葛带他们进亭子间，前房间的门口出来一个女人，伸头看一眼，又退回去，就是老葛的太太了。

老葛让客人坐在沙发上，面对北窗，自己背窗坐一把扶手椅，之间隔一具茶几。茶几的玻璃碎成三半，对齐了裂缝贴上胶布。环顾周围，家具都已陈旧，却擦拭干净，流露出生活的决心，即便走在下坡路上，也没有撒手命运。老葛又讲一阵"红与黑"的故事，其间有几回分神，侧过头向后聆听片刻，再回到讲述。他们耐心地听，并不打断，讲着讲着，忽觉得无趣，挥挥手，截住话头，听的人倒觉得突然了。潘老师这个人……老葛说。很奇怪的，他们三个，包括事主本人似乎都忽略了基本事实，那就是寻找潘老师是为找萧小姐，找萧小姐是为找吴宝宝，找吴宝宝则是找那个失踪的人。这一串逻辑链上，每一个环节都像是陷阱，一旦进入便迷失其中，一时半会儿走不出来。

杨莹瑛第二次听到了对潘老师的描述，第一次是腰子弄里的杂货铺老板河南人，第二次是现在，老葛。应该说，老葛的视角比较宽阔。也是所处境遇不同，作为一个外来移民，河南人关心的重点更在于发迹史，老葛呢，他注意到了性格。你们知道，潘老师有什么样的兴趣爱好？停了停，然后说道：修理钟表！这确实出人意料，听的人都怔了怔，杨莹瑛不由想起河南人曾说过的，潘老师的本行，鞋匠。虽然风马牛不相干，可不论怎么说，都是修理的业务，也都是手艺。她说出自己的观点，老葛只部分同意，然而手艺和手艺却不能同日而语，修自行车怎能与修飞机比？刘教练则提出异议，说他们车友会的一位朋友，从动手拼装摩托车始，如今真就拼装飞机，在无锡开一爿飞机厂，研发无人驾驶农用飞机。老葛说：就算你说的是事实，也是摩托车，摩托车和飞机都是以发动机为基础，自行车的动力却是原始的人工，其中有质的变化。刘教练说：原动力固然不一样，传导都是机械的方式。老葛跳将起来:机械?你说机械,什么年代了!刘教练也跳将起来:你说什么年代!两人越说越激动,也离题越远,杨莹瑛不得不出来调停:还是说潘老师!这才停歇下来,从头再起,老葛欲言又止,侧耳凝神,被身后窗外的动静吸引。

潘老师这个人——老葛继续下去,要说有什么嗜好,就是修理钟表,正像你——他指了指杨莹瑛,像你说的,手艺人的瘾头!但是,你们知道,修钟表是什么人玩的?老克勒,是海派的传统,上海人玩钟表的时候,河南地方还是鸡报时呢!刘教练又不同意了,他曾经在安徽北部执教,带队去过河南参赛——人家几代王朝定都之地,龙门石窟,洛阳牡丹,清明上河图,上海还是滩涂!老葛说:这有何稀奇,南诏国知道吧?赵匡胤还没有投胎,云贵川已经一统天下,延续三百年,再又立国大理,不知道了吧!这方面杨莹瑛没什么见识,心里着急,又无从劝起,只好任两位争执。刘教练说:我确是不知道大理国诸事,但世上事未必你全知道,比如,中华人民共和国成立之初,原计划河南话作国语,华夏中原之声嘛!这倒是老葛没想到的,只略停顿片刻,遂回应:又有一件事你也不知道,那就是傣语!云南是他人生的悲恸地,可如不是这一段,怎能有这等眼界。有多少民族和国家使用:泰国,老挝,马来亚,缅甸,还和梵语相通,早进入全球化大趋势!

正吵得不可开交,只听有声音说:不要吵呀!遂推进门来老葛的太太。这是个身量娇小,长相后生的女人,说话行动十分轻悄,有些像猫。两位客人赶不及起身点头,老葛辩一声:没有吵,就是说话。女人的手在胸口抚着,说:吓死了。他们就道歉说:对不起,对不起。她没有离去,而是在杨莹瑛身边坐下,叫了声“阿姐”。争吵双方忘了方才的话题,杨莹瑛似也有些糊涂,自己到这里来是做什么。冷场中,女人的眼睛越过老葛背后,看向对面。这时,来客发现,这对夫妇都很关注窗外,于是,也顺着目光看去。

女人问:有事情吗? 老葛说:没什么。两位客人按捺不住了,问对面究竟怎么了。女人嘘一声,压低嗓音:轻点! 老葛站起身,撩起窗户上的纱帘看一眼,放下来,坐回椅上,然后另起一头,说起对窗的故事。老葛讲述的过程中,女人不时插话补充,又无奈老葛遏制,只得收回去,一旁静听。

老葛家后窗正对前窗的那幢房子,完整被人买下,旧住户搬走后,就进来施工队,装修前后总共进行三年。其时,前后门敞开,老葛和其他邻人都进去参观进程。工程相当复杂,除外壳不动,其余全要大动,并且似乎是存心,专挑动不了的地方动。老房子的地板夹层有半人高,却偏要改楼层;老房子的楼梯与承重梁架互借,就要改楼道。这是不能动的要动,还有必须动的却不能动。老房子的浴盆是铸铁立脚,就原样的要一个;老式的木百叶窗也要原样;壁炉要复原,就要建锅炉,修烟道。最终的结果是,底层的前后间打通,再扩出去,将天井圈进来,装玻璃天窗,可推可拉;楼梯移到中央,盘旋上升,扶手是明清款式镂刻;二楼三楼的隔墙推倒,换成透雕的板壁,也是明清的款式;天花板则塑成西洋的缠枝花,还有一周小天使,围绕水晶灯跳舞;晒台上的阁层原本是违章建筑,现在做成欧式乡村小木屋,有意找带疤节的杉木板——杨莹瑛忽说道一句:这座城市四处都在兴土木。老葛停顿一下,结束了讲述:不知道里头住进个什么人。

在座听得入神,静着,不由抬头隔空望去。由于亭子间开在两层中间,后窗所对恰是正面的外墙,视线向上只见得半截窗和窗台,向下是院墙,墙头上披着藤蔓,窥不见半点动静。老葛说,有一次窗里伸出一只手,女人的手。老葛的太太终于插进话来:有小孩子!老葛说:不一定!女人却很肯定:小孩子哭!不由悚然,是因为小孩子哭,也因为老葛女人的说话,像是持一个幽深的机密。杨莹瑛说:会不会是那个老板藏的人?女人站起身叹一声:作孽!和来时一样,静悄地离开了。

其实,老葛说,萧小姐是潘老师的人!

八

这一个山包，大约是过路人起的名，叫作“野骨”，就知道多么荒凉。后来，修盘山公路，才将山包切西瓜般切开，暴出了内瓤。原来漫山漫谷都是柏树，圆柏、刺柏、侧柏、扁柏，又有许多叫不出名的柏。就有人来砍伐。因靠公路近，方便运输，又是提倡自由经济的时代，不多几年，就伐稀了，露出伐树人的小房子，停车坪，菜园子，总之，一个小小的村落。随着树木越来越少，少到没有，伐树人也迁去了别处谋生计。这地方的人，就像畜牧民族的逐水草而居，哪里有活口就往哪里走，都能越过大洋走到欧洲，据说，意大利罗马就有一条街，叫的就是这里的地名。做什么不论，只要有衣食，硝皮革、弹棉花、摇横机、开超市，小的可做到棉毛衫上一只袖口，大的呢，也是据说，东北省会城市顶级商圈老板就是此地人！

现在，野骨住了一户人家，养十几条牛，数千只鸭，屋前屋后种些豆麦瓜果。田里的作物尽够自家食用，牛和鸭卖钱供两个孩子读书。两个孩子都读到了外面，都是大学，一个工，一个文。平日里，家中只三口人，男人，女人，领一个傻兄弟，不是胎里带出，而是六岁那年起的一场寒热。那时节，家不在这里，也还没有公路，凡生病都想不到医生，至多让村里识字的老人开一张方子，满地找来药草，煎成汤，撬开牙关灌下去，然后就凭天意了。这孩子烧了几天几夜，命保住了，却从此长不大，形状和心智都停在那一年。山里人命贱，喝露水都活得下，所以并没有添多少愁绪，父母在有父母，父母不在还有兄嫂。再说，他不是不能干活，十七条牛就跟他天亮出，天黑进，瘪着肚子去，鼓着肚子回。干下的这些，养自己不会不足，只会有余。就这样，傻弟弟放牛，女人喂鸭子，兼带地里的种和收，男人专司买卖生意。

车走在山里，寂寂地盘旋，寥无人烟，不期然间，或就看见坡上散着牛，黄灿灿的牛身，衬着绿草，又是在云雾起落里，亦真亦幻。又是不期然，看见一个少年，挥着树枝条，漫漫地走和唱。倘是本地人，再上些岁数，大约听得出他唱什么：燕，燕，飞过殿；殿门关一关，飞过山；山白林白，飞到杭州种小麦。就这么几句，循环往复，路人要是读过旧书，就又能品出古意来了。车过去，回头看看，看见少年其实不是少年，是什么岁数，却也看不出。车继续走，几个盘旋，或许经过一片青麦，一畦茭白，几架紫茄，嵌在高高低低的岩石之间。莽野中突现农耕，仿佛天工开物。然后就有柴火铁镬气飘来，终于，看见人家。

空寂的山里面，即便公路盘桓，人迹也是稀罕的。两下里相遇，就是前世修来的缘。又是留茶又是留饭，要是问路，男人又恰好在家，便驾起小型客货两用车，在前面引路。过去一两个山头，确定无误了，方才调头，隔着车窗握手辞别，分道扬镳。一个人缓缓驾车，正是暮色将起未起时分，一座座山头退在天幕上，嶙峋和呲裂隐去了，山形变得圆润，边缘是流畅的弧线。转过一侧峰，就见那山头扑面而来，络络绎绎，就像是活物。长年在山里生活的人，司空见惯中，也会有新发现。所以，山里并不像外人以为的荒漠无趣。

这一日，男人驱车在回野骨的途中——早起往山下岩头镇送一批仔鸭，又载回一批鸭苗，还下定一单牛买卖，隔天买主便上来赶。季候已是秋深，林子都红，一年之计临到收尾时候，往返几个来回，第一场雪就下来了。可是，男人想起接连几年都是暖冬，无雪，只下霜，所以，公路上多少还有车辆行驶，不至于封锁。这公路，就是穿心箭，没什么挡得住！男人忽而想到，会不会就是这穿心箭，才转了天候，当下雪时不下雪？想着这些，手闸紧一紧，车过一个弯道，几乎嗅得到家里的炊烟。车斗里鸭苗聒噪着，仿佛四面山都在呱呱叫。可是，有一点点，一点点狐疑，男人放缓车速，车已经驶到背面，心里的一点点狐疑就又平息了。等车再次盘出来，绕深谷而行，那一点狐疑又冒出来。

由于车又盘上一层，谷变得更深，里面一片林海。那层层叠叠的树冠，岩浆一般，推挤成褶皱。秋色将它染成红黄紫，增添了立体感，砖样的，一块一块垒砌起来。转眼间，日头下到林海的平面，光铺过来，一层金。车又盘到背面，背面是高高低低的山头。车盘几个麻花，又临山谷，此时，山谷让金光照白，仿佛空了。山谷底下，底下，林海的深邃处，从山谷的底部，其实还不是最底，只是中腰，光透过林木和云烟，正浮起来，绰绰约约。男人有些分神，差点和对面开来的车撞个正着，喇叭声在四面石壁来回撞击，到处都在响。盘山路上的开车人都是高手，能把车开到天上去，及时让过，稳住，隔窗一笑，过去了，喇叭声荡漾到远处，渐渐消散。这一个小小的险情，收回开车人的注意力，即将浮出水面的景象又沉落了。日头继续向西，白金转成银灰，树冠复又推挤起来。岩浆稀薄了，固体变液体，风从上面过，吹起一层层波浪。

很快，到家了。当年伐树人的房子扩出一个院落，磨盘大的南瓜垒墙基，玉米棒子砌墙垛，墙头上披着红辣椒和紫皮蒜。停车，进院子，灶火上在烤麦饼。面香，馅里的油滋出来，带出肉和干菜的香，窜了满地。待要卸车，一车斗的鸭苗呱呱叫起来，真是个繁荣的小世界。

那傻兄弟，家里叫作二点，生他的时候，牌桌上正掷出个二点，就这么叫起来了。二点领着牛漫山遍坡地走，肩上斜挎着军用书包，哥哥当兵时的用物，里面装着饭食，一张砧板厚的麦饼，手里持一根树枝条。二点会将树枝条耍成花儿，嗖一声一个花，在空中打旋涡。牛就听得懂，或左，或右，或快或慢。二点的唱，牛也懂，就那几句：燕，燕，飞过殿。唱着唱着，真有南来北归的燕，剪着尾巴，斜刺里飞过去，飞到空谷里，太阳底下，一闪一闪，突然看不见。二点领着牛，也可以说牛领着二点，会走到很远，有时逐草，有时逐水。山里的牛，嘴都刁，受过践踏的草和水都不沾，翻过季的草，不流通的水，也不沾。于是，人和牛相跟相随，走啊走，有时候，一个昼夜也走不回来。开头还去找，男人开着农用车沿公路一盘一盘上下，可怎么走还是走在山的外壳。公路就算将个山破开瓢，也是个大瓢，瓢里面又是一重天地。后来，就不找了，晓得人和牛都无恙。牛有草吃，人呢，那一个大麦饼——不起酵的干面，揉得铁硬，死命擀开，裹进肥肉干菜，石板压平压实，灶火上慢慢炕——以二点的胃口，一顿也吃得下，却可挡几日饥，就像染了牛的习性，会反刍。所以，饿不着。从此以后，还添上盖的，部队发的军毯，剪一半，叠几叠，绑成豆腐干样子，也是斜挎，过夜就不怕受寒了。无论走出几天，二点和牛都知道回家。你说他连自己岁数都算不清，怎么记得回家路？可他就是知道！二点心里是有个谱的，和大多数人，包括他哥哥的谱都不同，但不等于说不如别人的清楚。

二点从野骨的家走出，下一个山坳，上一个山头，再下山坳，再上山头，终会面临一个大谷。原来无论走出多远，都是环着这谷。看着雾气聚起来，越来越厚，铺到天边，接上云海。但等散去，豁然开敞，越来越广。谷底滚上一团团绿，深绿、浅绿、青绿，随了季节，转向红，黄红、橙红、金红，终于成殷红。晚霞升起的时候，简直一汪血海。那情景令人生畏，二点身上起着寒噤，移不开脚，动弹不得。那男人，就是二点的哥哥，驾车经过，那将现未现的所在，腾到半途，又沉下去了。这就是谱和谱的不同，是在两个体系里。二点呜呜地哭起来。这是个好哭的孩子，虽然论年纪大约近四十，外形和内心都在孩童，不是说他从此就停在六七岁的光景吗？自然的规律不会完全中断，只是在一种坚定的阻力之下，轨迹是变形的。就是说，二点还是孩子，但是个成年的孩子，将来还会长成老孩子。他的心智也是同样，在以变形的方式生长为一种成熟的天真。所以，他的哭泣就不那么简单了。他对了山谷，那谷下面，一团一团汹涌的红绿里头，这么远望过去，就有针尖，比针尖还尖的一丁点儿，是什么？不知道，可就是有着什么！这一点坚决的狐疑，他们哥儿俩是一致的，谁让他们是从一个娘胎钻出来的呢！不一致的还是那谱，接受、辨识、存储，然后复现的体系。男人的注意力很快转移了，也难怪，养家的人，顶梁柱，担着大小几口的生计，多少庶务缠身，就没那么多的余裕。二点不是，二点的心很大，攫取却很小，一般的人事进不去，就像一面筛眼极细的筛子，只有那最微小，最微小，长着肉眼看不见的锐角的物质，才可留存在筛面上。这就是二点的心。

有一段日子了，他在山坳与山包之间上下，跨过山涧和溪潭，沿着山谷陡峭的边沿，那一团团的黄红里，针尖大小的一丁点儿，钻出来，又隐进去，最终还是钻出来。如二点的哥哥，等着它浮到面上，门儿都没有。那一点针尖子，浑圆的，像是暗，又像是亮，像直射，其实是画着圈，成螺旋运动，穿越云海林涛，千层万层。简直就像陨石穿越大气层，棱角击碎，毛拉拉的刺磨光，变成阻力最低的卵形。就是它，牵动弟兄俩的心肠。这一回，哥哥反倒是懵懂的，那一牵扯没牵扯住，从常识和理性的手里滑脱，二点却握牢了。牛听他哭泣，不吃草，也不反刍，静看在眼里。山里面有多少奇异的景象，只有畜类看见。人的视野本身就有限，再加上偏见，所能摄取只是皮毛。

从那针尖引出线头，一缕细白，不是野火，而是人烟，亏他们兄弟觉得出。即便是二点的哥哥，那个男人，上过学，读过书，外出到东北当过兵，照说是有知识懂科学，要他说明，什么样是人烟，什么样是野火，他也说不出来，可他就知道是和不是，所以才会狐疑。无论男人走到多远，走了多久，根性已经铸成，就有那根筋！这一线细白又不只是在视线里，还有一些散发在视线以外的物质，从边缘洇开去，渗入其他感官，比如，嗅觉。说是嗅觉，也是勉强为之，能不能说是一种超感？事实上，可能正相反，是原始本能。山的肚腹里养育出的物种，走着另一条进化的途径。男人及早走出去，接触到外面的世界，以平均程度开发感性和知性；二点呢，始终处在封闭中，普遍性的感知不发展，某些个别的却尖锐地突进。就说是嗅觉好了，他的嗅觉，男人远不可及，他早嗅出不平常，而男人停滞在狐疑中。

这狐疑里面有着深刻的孤寂。生活的忙碌，世事繁杂和热闹，一定程度抵销或者说压制了孤寂感，但在某个特定时刻，却会破出，令人猝不及防。那些原始的本能，就像进化不完全遗留的尾巴，忽地打开。在此同时，几乎是代价的性质体现出来的，其他更大部分的通道关闭了，静谧无声。一种极为细密微妙的骚动，遍地升起，多么活跃，而又多么危险，不知道将引他去哪里。这一种畏惧感说长不长，说短也不短，当时觉得走不出去，一旦走出去又只是一瞬间。他就像半蚕半蛹，回不去蚕，又成不了蛾子，飞出去，抛下那个茧子。有时候，看着二点，酣睡中，像个婴儿，不禁想，如二点那样的一生，不也是一生？说不定有多少想不到的自由和快活。可是，接着就有一张忧愁的脸浮现起来，看到这张脸，男人会哭，当然不能像二点那样呜呜地出声，只是流泪。这是母亲的脸，一双枯井般的眼睛，牢牢看着他，拽着二点的手。最后，费好大力气拔出二点的手，母亲的眼睛却再合不上，透过盖脸的黄表纸，看着他，就知道他不能有二点的自由和快活，他们兄弟各有各的命。

他们从小生长的地方叫作林窟，山里的地名多是循地形而起，所以，林窟就是在极深又极逼仄之处。后来，男人出去当兵，觉得眼前一亮，所有的颜色都鲜明一成。部队是在东北地方，更觉天高地广，无边无涯，这才知道世界的平坦和辽阔。像林窟这样嵌在深坳里的村落，生计大凡起源于烧炭。听老辈人说，洪武皇帝年间，先人来到此地，劈山伐木，从林莽中掏出一洞天地。人丁最旺时有百来口子，全是一脉，姓岩。曾在村口竖立牌楼，每到饭时，炊烟四起，狗吠鸡鸣，何等欣欣向荣。然而，草木生长随天候季节，一年一轮，怎么赶得上日夜刀斧砍，窑火烧。渐渐地树稀了，土也薄了。族中发生过几回争窑的械斗，败的一方踏上逃亡的路途，爬出山谷，翻过山梁，向四面去。林窟处缙云、永嘉、青田三地交界，差一步便远千里，从此再也见不着。遇到路人，全都剃头留辫子，就知道改朝换代，原来三百年过去了。林窟的人丁直减下来，减到最初时候的二三户，却已是两姓。幼树成林，变了树种。又是二百年的时间，泥石流埋了村落，房屋、炭窑、坟冢、牌楼，一股脑儿卷到山肚里头。地形改变，道路锁闭，只得改换生计，采集和植种，自给自足，再又繁衍下来。等到这一辈人，即男人和他兄弟出世，时间大约在上世纪的六十年代末七十年代初，林窟就已是一个农业村落，行政隶属在县以下的人民公社生产大队生产小队，独立为一生产小组。人口五户，氏三姓，田地有无数片，集拢起来只能得一个约数，但老人却自有计算，为“七亩二分三厘五丝六毫一忽”，这一“忽”是多少，也只有老人知道，为半个手掌。

一月下雪，二月倒春寒，三月里幸存的麦子出苗，四月点豆种瓜，五月六月，兴旺的日子抬头了，雨季跟着来了，涧水冲漫，七月赶种荞麦，山蚂蚁又来吃，眼睁睁熬过八九月的旱季，十月里挂出空豆荚，这是种植。采集呢，满山的草木全部姓“公”，不许砍伐私卖。以什么作衣食呢？天不绝人，林窟自有生存之道。

自男人出生至长成少年，林窟度着一种神秘的生涯。这居住在洞穴一般的山坳里的小村落——这村落怎么说呢，连饲养的鸡都有一副好腿脚，登岩攀壁，都能飞起来。石头缝里那几分薄地，草长得比粮多，行政大队计收成缴纳公粮，总将它忽略过去，否则反要贴补。所以，虽然是大小队底下的小组，事实上，林窟自生自灭，是一个计划外的村庄。大山里头，有多少几乎闭合起来的褶皱，藏着他不知人人不知他的生活，《西游记》里的从石头缝冒出来的孙猴子，大约就是哪一个小村落修炼成的孽果。总之，各有各的机缘，林窟的机缘来自地理形势。前面说过，先人们走出林窟，向三方三县分流而去，此一窟正是一脚踩三地：永嘉、缙云、青田。三地均在唐时建制，之后或经历地壳运动，山体改变，抑或山民争林，分界挪移，最终形成犬牙交错的边线，还有许多暧昧的飞地。各朝各代的吏治，辐射到边缘，都是呈弱化的趋势，更何况地貌曲折，道路深远，民风闭塞。就在那若即若离的末端，三县并联。

追根溯源，林窟生计最初的起意，来自缙云的一个走贩。背米去青田换海盐，临近县境听见消息，政府正打击自由经济，凡私商全抓捕归案，私货则一律充公。于是，陡然止步，迂回到林窟，和村人商议，将米存放几日，避过风头再继续路程。几日过去，又几周过去，不见人回来，那米倒要生虫。就帮着打开在日头下晒晒拣拣，再收起来放好。足有两月时间，那走贩才来，这一回不是一人，而是两个，背了鱼干和虾干，又有芝麻黄豆，捎带上前回存放的大米，道过谢，往青田去了。

事实上，在这三山六水一分田的地方，自古生计都分官道和民道，盐、铁、米粮、钱币，历代均有立法，辖制交易流通，虽依时政和年成而度宽严，此地人总能够乘隙而入，拾些遗漏，用此时的话说，就是“挖社会主义墙脚”。这罪名听起来蛮骇人，但再骇人也没有饿肚子当紧，所以，无论如何打压，犹如野火烧不尽，春风吹又生，行贩走私越演越烈。夜里边，林木间时有窸窣动响，就是背货人的脚步。因要避开公家的耳目，都是挑最偏僻荒野的途径，坠崖的事也时有发生的。因此多有从林窟边上走的，渐渐人迹稠密起来，过路的，打尖的，甚或至于借宿。由缙云客人起头，又多一项，存货。这就需要诚信了，而林窟什么都缺，就是诚信不缺。苦寒的人生，都是在天命观里存活，若不是服命怎么熬得下来？所以，就没有非分之想。无论多么饥荒，也无论货存多么久，都不会动一动。接着，就有更经济的做法，东西背到林窟便停下，当地买卖，或以钱货交割，或以物易物，节省了时间和力气。先是撞日，碰上算数；后又相约，一生二，二生三；再然后就有了定期。不知由谁主张，每逢阴历的二和七，日出开集，日落收市。从此，到了那日，林窟就仿佛一锅沸水，火热蒸腾。

男人睁开眼睛，就看见一个闹哄哄的小世界。闹哄哄里面，又有着一股子违禁的危险空气。不是吗？人和货常是在天亮之前到达，天黑时分再潜进四边杂树丛里，瞬间散去了。这种气氛特别合乎林窟的深奥，草木遮蔽，山石崎岖，使得光线幽暗。这闹哄哄的小世界其实是在大世界的背面的阴地里。逢到日子，小孩子都亢奋着，同时又都压低声气。茂密而杂芜的次生林，岩峭高低横竖，好比无数回音壁，他们说再小的声，撞来撞去可撞到远处，再又撞回来，所以，山的寂静是由大小回声连并起来的。各家的女人前一夜就和面发面，男人推磨点豆腐，天蒙蒙亮，灶已经烧起来了。面架上挂得瀑布似的，卤水钵头起了封，麦饼炕熟第一锅。门板卸下作铺面，连床板都腾出来。缓坡上是木材行，有整棵树，拖过多少山路，梢都磨得半秃；有裁好的方子，新鲜的锯痕底下渗着树脂，香气扑鼻。近午的时分，人货成络绎之势，石板桥上挤得非手拉手站不住脚。他家的香堂开起来了，所谓香堂，不过是一方壁龛，里头供的赵公元帅。七寸高的泥胎，彩笔画了黑髯红帽绿衫金腰带，像前燃两炷红烛，红烛间是香炉，双耳高脚的瓷盏里，盛了米，让香客插线香，面前立一支签筒。

父亲是个道士，年少时在大若岩陶公洞做香火，人勤快，心灵巧，二十岁出头就得传，回家来自开道坛。因是违禁的行业，只能暗中开坛，非人托人才可应，应下后则潜去潜来。随林窟兴起，父亲的事业倒成半公开，每到二、七日子，就有人上香，一分钱一炷的香，上三炷，便可摇签。摇签人跪在蒲团，头顶上罩一晕红光，昏昏沉沉，无论昼夜，香堂里都需烛火照明。竹签在签桶里轻响，有一种机密，不得不压抑动静。有时候，许久许久，摇的人和等的人几乎都要盹着，不期然间，“扑”跳出一支，落在地上，赶忙拾起，捧于道士跟前求解，这就又需付二分钱。道士打开一具木盒，翻找签文，终找出一张黄纸，极薄极脆，油墨印的字就像是古字，显得很神圣。隔着布帘只看见父亲嘴动，还看见求签人畏惧的眼睛。

父亲从不许他们在场看和听，生怕悟得天机遭谴。后来二点生病，父亲和母亲都归之于有一回开坛时他的闯入。二点其实不懂什么，闯进去是为找吃食。年长些的他却好奇得很，每每要偷窥，但到布帘跟前又止步。帘子里面有一种森然，不仅来自于幽暗，林窟就是幽暗的，窝在山坳，仿佛树林的坟墓。当然，屋檐底下，布帘后面，又要暗上几成，那香烛的火头并没带来多少光明，反而因其摇曳不定，黑影幢幢，更加扰乱视觉，增添恐怖，但依然不完全成其森然。真正让这孩子胆寒的是暗里的虚空，深不见底。求签人眼睛里有一簇火，解签的父亲眼睛里也有一簇，求签人的火是未知，父亲则是有知，那未知和有知的究竟是什么呢？他怕知道，又想知道。

父亲的名声传开了，不是二和七的日子，也会有人来请，除水陆道场，更多的是驱邪扶正。仿佛随了林窟的繁荣，山野里的死魂灵也都复苏了。这里本来就是遍地精怪，石有石鬼，树有树神，分工很细，各主一方，蛰伏在无神论的道统里，形势略有松弛，便蠢动起来。父亲有一口藤条箱，里面是施法的器具，连母亲都不能看。倘有事主来请，父亲提起藤条箱就上路。终究是隐蔽的事，不能走大道，多是在无人迹的岩石间攀爬。路近的要两日，远的就四五天，甚至七八天方能到家。有一回，父亲到家时脸面煞白，喘息急促，像是虚脱一般，瘫在竹椅上。母亲强灌进几盅药酒，又用烧酒搓热四肢，略缓和了，喝下半碗米汤。夜里，听父亲和母亲述说，走进一个空谷，无论如何绕行，最终都绕回原地，整整一夜，直至天明，知道入了迷途，半道折返。过后的日子，既没有重新邀约，也没有传来谴责，竟不知那事主是实有还是虚无。

直到他九岁那年，二点生病，父亲决定自己开坛驱鬼，他才头一回看见藤条箱里的法器。黑色的法衣，一件半长的麻布袍，裹着一把剑，柄上缠着篾丝，三面刃擦拭得很亮，底下是几沓红绿纸。父亲将长头发篦通——山民多有蓄发的，此俗大约可追溯到清前朝。父亲篦通头发，挽在顶上扎成一个髻，穿上法衣，顿时变一个人。然后，一整个昼夜不进食，只喝水。到次日晚，将二点移到帘内，点起香烛，父亲的身影投到布帘上，忽而大，忽而小，忽而高，忽而低。二点只是嘤嘤地哭，或说着谵语，谁也听不懂。他被母亲指使提水烧锅，这一日，母亲从早至晚，烹制十二道菜，家畜有猪羊，家禽有鸡鸭，水生分有鳞和无鳞，菜蔬各五色，黑蕨菜，青绿笋，黄倭瓜，白山药，紫地茄。做成的菜肴放在筛谷的扁笸里，围一周，中间是馒头，发得老高，掐出尖，尖上贴了红纸，蒸熟后揭去，就是一个符。垒在最高的那一个，尖上插一支竹筷子。父亲那边法事完毕，已夜深人静，看驱鬼的人都撑不住瞌睡，各回屋里歇下了。他和母亲一人一头，抬起扁笸出门去了。

母亲嘴里“嚯，嚯，嚯”唤着，像是招呼走失的鸡，让它们集拢来，由她引领到规定的地方。涧水哗哗地淌，白日里不觉得响，人畜俱寂时，简直灌满林窟，震耳欲聋。母子抬着笸箩沿涧水行，一时举高，一时放低，保持笸箩在水平线上，不至于倾翻里面的饭食。水在石上碎成齑粉，溅得头上身上透湿。忽有活物从水中跃出，扑向母子二人，母亲的“嚯嚯”声止住，水声也止住，一时静极了。待唤声再起，就成颤音，“嚯——嚯——”，涧水继续流淌，砰砰作响。母亲的脚步加急，走在前面的他，被推搡得踉跄，咬牙撑住，走稳了。这时候，自己似乎生出第三只眼睛。这第三只眼睛分明看见山壁底下，灌木树林里，蜿蜒一道晶亮的流水，水边移动两具人影，一个女人，一个孩子，说是孩子，个头却已和女人平齐，一前一后抬着个笸箩。四面山林就在他们头上合拢，越合越拢，眼看就要闭缝，却终于没有，而是闪开一条隙缝。那第三只眼被挤出去，留在高处，几近垂直地看下来，那人呀，真是小得可怜。

就这么，终于来到桥上，桥面被多少脚底板踩踏，雪亮雪亮。月亮升起来了，一钩上弦月。母子放下笸箩，端出一碗一碗菜肴，倾进涧里，转眼被水流带走，馒头也一个一个被带走，打着滚。那垂直的眼睛都看着，月光底下可是清亮多了，看得见馒头上的红尖子，一片黑白中的一点红。三星偏西，从这边山到那边山，四面草木都在窸窣，三县人马正往此地接近，多少没有路的地方被踩出路，再又被长的荆棘封住，野地里好歹一点生机，都能成气候。

男人记得，就是这日天亮时分，直升机来了！

母子二人提着空管箩回进屋里，法器已经收起，父亲也回到平常模样，二点在沉睡，一摸额头，似乎烧得好些。于是闩门睡下，这一觉好短促，刚一闭眼，便睁开了。满屋里都是灰白色的灶烟，还以为是晨曦，其实呢，三星还挂在西天。逢二逢七的日子，林窟都是摸黑起来。原来是集日，怪不得静夜里有一股悸动，此时越来越剧，耳膜压得生疼。

那直升机上的飞行员往下看，看得见层层莽林深处，有一球屎壳郎，不停地滚啊滚。直升机再向下压，压，压低了，那屎壳郎就炸了锅，开了花。石块，枝干，草叶子，飞沫一般溅起来，几乎弹在飞行员的脸上。直升机的旋翼钻开一个大窟窿，里面人头攒动，就像捣了蚂蚁窝。

大人们都在叫喊，听不见音，直升机的发动机声盖住一切人声，就见个个张大嘴，挤歪脸。小孩子在奔跑，先是惊恐，后又是狂喜，跑到一处站定脚，仰头望着上方跳脚。这个大蚂蚱，顶着大翅子，转成大团扇，扇得地动山摇！后来，那孩子当了兵，见识多了，看见过真正的战斗机、客机、运输机，直升机在机型里是最小的一种，可依然掸不去这第一印象。他立在一块突出的岩石上，咬住嘴唇，浑身打战，父亲喊他，自然喊不听他，结果一个虎扑，将他扑倒。父子俩抱成一团滚落到灌木丛，扎了一身刺棘。

挣起来往上跳,跳着跳着,突然张开口大骂,骂的什么呀,连自己都听不见。直升机已经很低了,气流将树冠刮成茅草尖,人成了碎草屑,在岩上岩下滚来滚去。门板上的馒头撒落了,卤水钵掀翻了,灶火灭了,锅呢,还在沸腾。山坳周边的乱石和树棵里,背货的四乡客,一会儿冒头,一会儿没顶。日头照过来了,明晃晃,像假的。男人至今还记得那一枚假日头,多少好日子、坏日子都没有浇灭它。

直升机盘旋一阵飞走了,留下的热能,点得着整个林窟,案板上千层饼的面团几乎都熟了皮子。这一集照常开市,转眼间,人和货涌进来,仿佛断流的河床重蓄上水。塌了的炉灶又砌起来,馒头上笼,铁镬里盐豆子噼啪开花,父亲屋里头的签筒摇得山响。这一集格外的人多货多买卖旺。青田过来的鱼鲜海盐铺了几层梯田,永嘉的大树小树沿涧水延出半里山路,缙云的米一箩一箩,茭白一捆一捆,稀奇古怪的药草、山禽、石蛙……后来,据县里报告,这一日的集总共有二千人。林窟人对数字没有概念,依着人头数到二三十就数不下去,交易也在二三十之内,父亲会算卦,从八到二十四,六十四,再到七十二,然后打住。二千人就只是个形容,好比粥锅里的米粒子,你能数得清?天擦黑,人才渐渐少去,如豆的灯火点起来,下弦月迟迟到后半夜才出。山里人不怕黑,午夜里还有门板响,接着是树林子的窸窣声,最后一个客人上归途了。

过一天,又过一天,直升机的余波还未平息,人们尚处在激动里,林窟就来人了。吉普车引了军车,开到近边的省道,再徒步,腰里拴了粗麻绳,一个连一个,生怕坠崖。乍一进坳,就像是从天上降下来,两个军人还带着枪,就是天兵天将。正到午时,几家拼桌开出饭，前一日的肉菜面食，大盘小盘垒起来老高，新开一坛米酒。来人也是饿极，什么不说，坐下就埋头苦吃。后面围站一周大人小孩，静看着，不言语。饭毕，撤下空碗盏，各家男人上前落座，听来人念文说道，“二千人”的数字就是这时候报出的，知道犯了大忌，任凭罚处。于是，各家的男人，总起来不过六七口，就用细麻绳系住，不是怕坠崖，是不让走散，走散就追不回，这些走山坳里的脚杆子，哪有人是对手。细麻绳一个一个串起来，带走了。留下的人倒也不担心，并没犯死罪，人民政府也不兴打骂，就算吃住受苦，又能苦到哪样？他们过的就是最苦，最苦，苦到能得道成仙的日子。

父亲也在带走的人里面，临上路前，对了昏睡的小儿子说一声：我的儿，听天由命吧！是告别中最伤感的一句话。其他人，无非是让夜里堵好鸡窝，多筛一遍麦糠之类。三天过去，就是下一个集日，山里自有耳报神，三县四地八方全得信息，皆不出动，欠了一市。再过五日，又歇一市。然后，走的人便回来了。卸了细麻绳，三三两两漫坡下来。人人都白了，也胖了，证明没受罪，还享福。待细述原委，就知道，这十日里，顿顿净米白面，上半日听讲说念，下半日呢，扫院子和院前的街，晚上还看了场电影，宣传沼气。沼气的好处和道理，除了父亲，都不怎么热心，留意的是示范沼气上的一口铁锅，那铁锅锃亮，男人们感慨道：不知吃了多少油！

走时不觉得，回来才知道彼此的牵挂，人们高高低低站在村落中间，女人们都在抹眼泪，小孩子绕圈跑，一旦伸手抓住一个，便挣着后退，退几步又偎近来。男人都酡红着脸，喝醉酒的样子，偷眼看人丛里自己的女人。这时，父亲看见了二点，小脚踩着一双搭襻布鞋，穿了干净的旧衣服，脸红扑扑的，黑发覆在额前，手里握一束杜鹃花。心里不由一喜又一惊，喜的是二点活过来了，惊的是，二点活成另一个二点。父亲走过去伸出手，乖顺的小手放进大手里，就这么牵回屋里头。

接着，又过了一个二日和一个七日。不开集的林窟仿佛隐进莽山深处，草木牵丝拉藤封住口子。从那直升机上俯瞰，看在眼里的小小的屎壳郎，寂灭在一片苍茫之中。其实，林窟就是俗生中的修炼，六道轮回中不知第几道，也不知什么时候解脱，但凭一颗诚心，在蒙蔽中度时光。

没有集日作划分，山里的时间便是混沌的，像涧水一径地流，无始无终。林窟就没有一架钟表，一部日历，原先父亲有一本卦书，可以测定时辰，让来人收走了。一并收走的还有法衣、烛台、香炉、签筒和签文。回来后，父亲就自己将发髻拆散铰了，这样一来，就成了个俗人。那大的用炭块在墙上写日子，此时还不识字，直到十一岁才上小学一年级，所以是用画道和画圈写日子。平常的日子是道，集市的二和七是圈。虽然父亲说不必要，因有庄稼，还有分季的草木，鸡下蛋，猪生崽，都是天地在标时间。可九岁的小孩懂什么天地，天地只会让他茫然，所以还是执着地在墙上画。画得很认真，不止一日一日地画，还细画出每日里的时间。一日时间是分六份，天亮写个“壹”，日中写个“肆”，向午是“贰”和“叁”，向晚“伍”和“陆”，夜里不记，天明又是“壹”。所以就画成盘状，首尾衔接。字是从骰子上看来，又和纸币上的对应，还有，秤杆的秤星，教给他刻度。父亲就看出，这大的是世中人，二点呢，则出了世外。

风声渐止，林窟悄然开市。背树的来了，背米背盐的来了，鱼鲜腌腊，棉胎布匹，还有人空着身子走来，切莫以为闲人，货是缠在腰里，布票、粮票、线票、油票，别看东西轻，价值却最重。有一个客，怀里摸索出金顶针，说是土改那年分得的浮财，传了两代，因家里人要生，拿来换米换肉。金顶针在集里传了个遍，没有人拿得下，那年头，家道都瘠薄，金顶针的一点屑末都值不上。然而，林窟里的生意圈，是积少成多，聚沙成塔式的，其中有无数变通和连环，最终就能成交易。买家是青田客，当日集上筹了米、油、钱款、布票，半爿咸肉，卖家一口气背走，金顶针却留下来，寄存在昔日的道士家，写下字据，分五个七日集还账，还清取走。钱货两讫的那日，青田客留给道士一包盐作酬谢，也可算作佣金。

自从县里学习回来，道士就关了道门，不再开坛。人都以为是受政府辖制而不得已，不是吗？法器都收走了，头发也铰了，如今，道士看上去与常人无异，操常人的营生，制卤煮，烤麦饼，腌猪头，做年糕，也是热火朝天。金顶针的买卖传出去，就有了第二、第三桩分期付款的交易，都是让道士存寄作保人。钱不凑手时，还到这里借几个，利息不过两元里的一分钱。于是，道士的行业从典当扩到了钱庄，再接着，又推出一项，叫作“花会”，其实是开赌，规则形式却颇有意趣。三十二张牌，各以古人为名，八个定国皇帝，刘邦、项羽、萧道成、李渊、赵匡胤，一直到孙中山；八个罗汉，韦陀、药师、弥勒，连济公也算一个；八仙又是一组；再是文武八大将，就都是三国里的人物，关云长、张飞、诸葛亮、周瑜，等等。每个人配一件物名，花卉草树，飞禽走兽，比如，刘邦配蛇精，关云长配龙精，韦陀配的是牡丹花，如此这般，不一而足。道士本人打理庶务：发票、收票、验票、计投注、结账目；推林窟最年长不参与的局外人轮番做庄家、定注名；再请一名有德者揭筒宣布。每一注不过三分或五分，每一局赢家亦不过抽取百分之一二交庄家，道士更只取百分之一二里的十分之一茶水费。进出都寥寥，以取乐为主。一旦兴起，便如火如荼，男女老幼，都要来试一把。有抽不开身亲来的，也托人代为下注，可说是集上最轰轰烈烈的一门。

林窟又兴隆起来，相比之前只有过无不及。长合的树林灌木拓得更开，倘要再有直升机勘探，往下看见的就不是屎壳郎，而是一头獾，在莽林中窜动，枝头乱摇，鸟儿叫成一片，欢腾得呀！难免忘形了，不定又招来祸事。可管它呢，林窟是及时行乐的，才刚说过它是修炼，也没说错，若不是捉得住稍纵即逝的太平欢喜，怎么熬得了修行的疾苦！它原本修的就是人间道。吃穿的生计，却只能向四面空茫里讨要，讨来了，要来了，一日一日再打发回空茫中。山里的日子，都是无字禅，人呢，是蒙塞的哲人。许多不自知的哲思就发散在黑压压的树丛里，顺着山涧流，流，流到有人家的地方，就成了常情常理。

这一年的秋天，上头又下来人，以为是“打办”的，各家各户紧着收东西藏人，结果是来查学，要小孩子到镇里读书。坳里面的野孩子，哪个愿意受管束，当是同他们的父亲一样，要被细麻绳拴起来带走，又哭又躲。只有那孩子，道士家里那大的，当年十一岁，他愿意去。报了名字，在来人的登记册上按下手印，领取书本纸笔。因是住宿，就要带被褥与钱粮。母亲缝一床被，两身衣服，又将十元钱和二十斤粮票，密针缝在贴身的衣衫里——林窟的人如今都有些家底，是密林里的藏宝人。临走的前夜，母亲架柴烤麦饼，卤鸡蛋，往瓶里压萝卜条，鏊子底下的火蹿得满屋子通红。父亲将长子领出门,高高低低走一阵,走到青石桥上。月光亮堂堂,父子俩的身影投在涧水里,顺流淌下去,石头上碰散,溅回到身上。青石桥上的一块天,是林窟头顶最大又最整的一块,就像整匹布上破开的窟窿,望出去,又高又远,通向天穹。

四下里都是涧水奔流的轰鸣,落差大的地方,就又响一成。所以,就一层一层地响下去,又一层一层响回来,最终聚集起一窟窿。父子俩在稠密的水声中仰头望月,并不说话,林窟的人都不会说话,说话最多的人就是道士,说的多是签文和谶语。自打还俗,自然变得缄言。这时引儿子出来,分明是要给些叮咛,结果还是无语。月光越加明亮,映衬出林窟的黑和深邃,真成了洞穴,通到地心里去似的。涧水里不时有活物蹦出来,撞到腿上、身上和脸上,冰凉的,不由吓一跳。那小东西都会发声,喊喊喳喳的,是一种耳语,说着最机密的事情。风吹过灌木,呼啦啦地应和,这小热闹更现出父子的沉默。十一岁的小男人心跳着,就像幼年时隔着布帘看求签人摇签筒,然后听父亲解签文。父亲的脸在烛光里,半明半暗,口唇无声地翕动。在这灌注天地的聒噪里,他听见一个声音,那就是:出去,出去,出去,从这洞穴里出去!简直等不得天亮,浑身的血脉偾张,呼吸急促,心跳到不能再快。一定是听见儿子的心声,父亲低下头,终于说出一句话:无论走到哪里,必带着二点!

男人从来没忘记父亲的话,长大成人以后,除当兵那几年,二点一直随在身边。在长兄为父的世代伦理之下,还潜藏一个模糊的心思,即便在当时,只是十一岁,就有这心思,而到如今,四十岁一条汉子,却也未必说得出来。男人隐隐觉得,二点和全家的命有干系，比如父亲收官道坛。什么干系？似乎是，父亲的道坛下了一个蛋，就是二点，下过蛋，老母鸡就抱窝了。林窟出来的人，走到多远，都带着天命论，男人就是例证。

从山涧上的石板桥回来，看见家里的灶火从板壁墙缝透出来，走进门，只觉屋子滚烫滚烫，燎着了似的。他一头扎到二点身边，立刻沉入睡乡。睁开眼时，雾气钻进屋里，铺到床前，染着一点晨曦，仿佛躺在云中。他还没蹿个子，矮矬的身板，脚杆硬得像铁打，背着油布裹起的被子，吃食装在箩筐里，也背着，夹衣衬里贴着肉的是钱粮票子。脚上是麻编的爬山鞋，腰里系着绳，手里也提着绳，从小就有人教，没有路的陡崖，如何用绳挂着攀上去。嘴里衔一枚竹梢削的哨子，可吹出蛇鸣的音，哄得过虫蝎的听觉。佩戴一件一件安置妥，不知不觉，他泪流满面，待到起步迈出门槛，已经哭得说不出话。哭着上坡道，所谓坡道，不过是几块石头，之间相距二三尺，背树背米人踩出的一条。他不敢回头看，回头也看不到，转身间，林窟就被树林掩埋，埋到地心里去了。

九

他与二点相遇的时候，双方都吓坏了。正午天，裹着麻布单子，盘腿在“川”字三叠田晒太阳。哑子清理出的野麦苗挺直了些，稀疏地散布着，远处看，有一层淡薄的青绿。天气渐凉，山里边就更甚，早起都已经结霜。好天气里，唯有日头底下，方可取些温暖。他就坐到这里，凭太阳直晒，夜里的寒气一丝一丝拔出去，身上的战栗平息下来，痉挛的肌肉也松弛了。思想开始活动，一旦动起来，又感觉局促得很，无论往哪个方向进取，都会受阻，碰撞回原地。阻断在哪里？在哑子。哑子就像一座巨大的壁障，遮挡住来路和去路。在那壁障背后，似有一个存在，极为广大和深邃，他几乎听得见空气回荡的啸声，险些儿，只差那么一点点，就能透壁而出，这重壁障就像纸那么薄，可是，终于也没有，没有通路。哑子简直是巨人，沉默无语，却又不是颟顸，仿佛知道什么，就是不说，不告诉你！秋日阳光的热，就像沙砾，撒下来，将空气中的水分一股脑收干、收燥，遍地起烟，变成另一种物质的氤氲。他不免心中起疑：这是个什么地方啊！他打量四边，岩石与树木向他围拢，即将合并之际，又敞开，一层一层翻卷过去，视线以辐射状扩大，扩大，就有一个极其对立的情形发生了。那就是他寄身在核桃芯子里，同时又在无遮无挡的天地之间。

这情形转移了思想——本来思想已经走到边缘，刀刃般锋利的边缘，其实是相当危险的，现在，转回来了，不致一脚踏空。巨人哑子的背后的那个存在，变形为弥漫的形态进入知觉，无法与思想汇合，涣散开去。

他看见二点，惊吓过后，一时以为是哑子，一个小哑子。他的思绪很奇怪地，溯流而上，去到哑子的幼年。二点一步步走近来，就好像哑子一点点长大，最后长大到现时间里的形状，于是，他就问出这样一句话：你到哪里去了？得到的回答是两个字：放牛。这又将他吓住了，哑子竟然开口说话。更让他震惊的，是人声，自己的和别人的，他有多久没有听见这声音了？他不禁又问一遍：你到哪里去了？这一遍更像是问自己，却也得到回答：放牛！放牛人走到跟前，先前害怕的表情褪去，换成微笑，伸出手，手心朝上，讨要什么东西。他打了那手心一下，手还伸着，再打一下，才缩回去。

二点是被炊烟引来的，如果那也算得上炊烟的话。二点就是有这样的辨别力，辨得出氤氲雾气里，什么是人烟，什么是野火。男人，也就是二点的哥哥也有一些模糊的认识，他不是也曾经起过狐疑？许多记忆都在这狐疑之中，把人搞得缠绵悱恻，你真想不到一条汉子能有多少软心肠，千回百折，那点狐疑就在徘徊中挥发，最终被放过去了。二点却不是，不是说没记忆，也有记忆，只是沉下看不见底的深渊，干扰不了他。他就只认一点，这一点在整体的迷乱中凸现出来，或者，更可能是这一点将整体的迷乱集合起来，否则，怎么解释他就注意这一点，而不注意其他？这大山里，苍茫之中，每一刻都有奇怪的事物发生，而且已发生的事物无时不在起变化，千变万化中，二点看到的只是一点。已经有十数天了，二点围着山谷转，领着他的牛。有几回，晚上到家，牛肚子还是半瘪。哥嫂并不说他，山里头生计，连人都是饱一顿，饥一顿。下一日，依然烤一个大麦饼，二点挎上，再回来，牛肚子兴许就鼓起来。

二点绕着山谷走。那一点“炊烟”，其实就是人气，随着角度转换，方向改变，光线作用不同，因而，时远时近，时隐时现，时泛青，时泛紫。就是离不开它呢！就想接近它！无奈让突兀而起的山崖挡回去，或者在密林中乱了方向，有一回还遇上雨。这阵子雨可不短，雨穗子不断头地往下落，而他和牛正在一座悬空的岩石上，躲也没处躲。人和牛挤在一起，互相取暖。透过密集的雨帘以及水气形成的氤氲，那一缕人烟，依然保持着原有的形态，在二点的视野里，画下轮廓线。人和天然之间，一定有精微的分界，就像水乳不能交融，表面上看，都是液体，但内里的分子结构不同。雨止了，山谷里跃起彩虹，有一瞬间，那一缕人烟消失了，被七色霞光囊括进去。片刻之后，细腻的差异又显现出来，仿佛失而复得，二点禁不住啜泣起来，那是什么呀！就好像在叫他。这晚，二点没有回野骨，就在岩石上栖了一宿。满天星斗，一片清明，十几条牛拢着小孩——二点是长不大的，蜷着身子，盖半条军毯，身前身后是牛的肚腹，温暖的，湿润的，缓缓蠕动，散发出消化系统和孕育系统混合的甜熟气味，就好像藏在母亲的子宫里。下一日，他还是回到野骨的家里。

走进林窟是在数日之后，脚下的茅草忽然分出道，底下是硬土，还有石头。二点的脚仿佛会认路，一径地走下去。踩空了，滑到灌木丛，翻几个跟头，被盘结的树根挡住，偏过去，又踩着了硬地。二点激动起来，连滚带爬，牛在身后，到底跟不上，索性就停在山涧边上饮水。是的，二点就是沿着涧水走，涧水响得啊，满耳朵都是，满身子都是。二点和涧水赛跑，看谁跑得赢谁。跑着跑着，涧水隐到岩壁后面，水声还响着，就跟着水声跑。脚底下的腐叶咕咕冒出水泡，原来，山涧漫到树林子里，遍地都是。二点踩着咕咕的水泡子跑，绕着树棵子，树冠遮住日头，林子里黑了天，有亮闪闪的针尖子下来，就是太阳雨。跑出林子，山水重新汇集成涧流，携着红黄绿的树叶子，变成树叶子河。一个落差，哗一声，变成树叶子潭。再一个落差，再一个树叶子潭。日头到了树梢头，很远很远的一盘，照着底下奔跑的水和奔跑的人，哗啦啦的水声变得清晰，原来是在叫：到了，到了，到了！到哪里了？二点才不管呢，只管跑。风在耳边呼呼地吹过，其实是时间，倒溯的时间，马上要到那个源头，不是所有的源头，是时间长河中的一小段，从二点开始的那个源头。他和他哥哥不同，没有那么多的人和事拥挤在时间里，二点的时间是透明清澈、亮晶晶的一泓，他就知道，他在时间里占的那个点，马上就要到了！

牛在山涧的上游哞哞地叫，叫不回小主人，也就安静下来，卧倒身子，时间也在这些畜类的身体里回溯，人类的说法就是反刍。二点踩着涧水边的石头，水溅上身来，淋湿衣服鞋，头发一绺一绺的，摔着水珠子，忽地收住脚。心跳得快极了，不得不停下，等一等，再等一等，然后退半步，一倾身，跃上青石桥板。这样，时间就是在他脚下流淌，打个回旋，顺流而去，将二点留在原处。多么奇异啊！二点跃上石阶，一级又一级。空廓的时间转变为另一种物质，具有实体的占位，由人手腾移位置，改造形状。那石阶的梯级，均匀的间距，相对取直的平面和边缘，合乎人腿的跨度和力度。其实，本来已经被苔藓覆盖，杂木横生，又将回进原始，可是，却有了人烟，于是锁闭开启。所以，才让二点惊讶呢！

此时此刻，二点就在人手再度干涉而趋向敞开的小世界里活动，那石头阶梯分明依着人的腿脚，简直可以登上天。二点走到石阶的顶端，一周转，进到房屋，涧水的鼓噪刷地收起，换成一种静声，听不见，看得见，那就是满屋子的细密的亮，烟似的，从四角生出。依墙的木柜，柜子边垂下半幅草帘子；木盖板另搁一处，上面排放着一个玻璃罩，一个打火机，一片铁器，一个木骰子；地板的中央，三棵小树相交架起，悬一盏小铁锅，锅里面是一些植物的叶根，锅底下还有几点余烬，一明一灭。二点不敢出气，也不敢动弹，四处有人，可又四处没人。时间的顺溯顿住了，原地打旋涡，二点就不知道应该服从什么。就在这错乱关头，看见了墙上的窗户，蹑着手脚，移到窗户跟前，拔出闩子，扣得紧，可犟不过二点的手。窗户四边塞了草，也塞得紧，也抵不住二点手的力气。一把一把撕扯，扯了好一气，窗扉终于松动，来回几摇，一把推出去，豁然开朗。看见窗户外边，雨檐底下有一具斗状的小巢，细树枝搭成的骨架，泥巴砌缝，二点心跳得好些，定定神，望下去，这就看见人了。

二点从窗户里看见他，这个人。果然，是有人，那满屋子里的静物不都是有人！真看见人，二点还是惊吓不小，倒不是因为在无人的山里，在山里行走，偶尔会遇上人，那是让二点高兴的事。他总是走近去，摊开手心，那人便心领神会，在手心里放上一支烟，山里的路遇就是这样的礼数。也有那人向二点摊开手心的时候，二点放上的是一角麦饼；或者，一把野果子，桑椹和枸杞；也有时候，握住的拳头在对方手心上方轻轻一松，空气！双方就都大笑起来。二点有二点的风趣，空气那么充沛丰盈，抓一把给你也不算失礼。可是，窗下的这个人显然不是山里的路遇，而是在空茫中——就连这块地方，不也是在空茫中，涧水潺潺流淌，喧哗极了，更加拓深了空茫——空茫里的一个邂逅，像是有着些渊源。那不是父亲吗？施法时候的父亲，同样的长发，在顶上结一个髻，身披法衣，就仿佛从下游追溯上来，砰地撞在一起。

当二点越来越接近这个人，这个人却越来越离父亲远去。父亲的发髻是黑，这人是白；父亲的法衣也是黑，这人不是黑，也不是白，而且，不是衣服，只是一块麻布；最不相同又最让二点生出兴趣的，这个人眼睛前面罩着一双玻璃眼，就像玻璃灯罩，可是灯罩里的光会灼人，这玻璃眼罩里的光却是温和的。在二点的认识里，所有的事物都分成两类，一类是危险，另一类是不危险。基于这个分类，二点才能够成日价出入山野而安然无恙。二点向这个人摊开手心，这人在上面打一下，又打一下，这个回答不禁让二点微笑了，可不是很有趣吗？于是也作势要打对方的手，这个人竟也领会了，摊开手心，打一下，再打一下，第三下落到手心的是一块麦饼，这人就停住了。

这是什么气味？久违了的，藏在很远很远，被哑子巨人般身形隔离开的，此时从手掌里升起。是食物的气味，经过培育栽种，从野生到家养，生食到熟食。这吃食叫什么名字？他叫不上来，他差不多忘记了所有的名字，所有的存在都退进无名状态。二点看这个人不知拿麦饼怎么好，就伸出自己的手，托住他的手，送到嘴边。这一托，这人又成他父亲了，他总是托着父亲的手，让吃手上的吃食，为防止父亲将吃食转移到他嘴里，就分外地使力气。这人咬下一口麦饼，咀嚼起来。二点感觉到这个人的战栗，随着进食，战栗加剧，更像是父亲，临终时候，拉着二点的手，二点骇怕极了。

麦饼迅速消失，掌上的屑粒都没了，却还摊开着。二点又放上一角麦饼，这一回，进食的速度慢下来，战栗也平息了。二点的骇怕渐渐消散，变成高兴。他喜欢看这个人进食，就像看父亲进食，眼睛里泛出一层泪光，像哭又像笑。二点将最后一大块麦饼交到这个人手上，这人却不再吃，而是抱进怀里，将披着的麻布紧一紧，好像抱着小宝贝。他对麦饼的宝贝让二点高兴，高兴地卸下背包，打开军毯，将这人裹起来。这个人的脸色变得红润，舒展，生出笑意，而且动着嘴唇，说话了。

名字！这人说。名字！他又说一遍。名字！第三遍说。二点！二点！二点！二点也说了三遍，就仿佛是三下敲击，凿着壁障，使之破出缺裂。从缺裂的缝隙里，一些事物的冠名挤出来，向他涌去，简直招架不住：山，石，植物，房屋，云，水，日头，都有了冠名。二点开心起来，他学到一个新游戏，开始下一轮：名字！名字！名字！这个人听见二点的发问，却皱起眉头，露出疼痛的样子，就像父亲，沉疴发作的时候，头痛袭来，几乎要叫出声。他抱紧怀里的麦饼，这麦饼，好硬啊，硌着胸腹。他弯下腰，身子蜷成一团，终于发出呻吟。二点不禁叫出“爹”这个字，二点说：爹呀！他听见了，抬起头，看着二点。一张团团的脸，眼睛不大，全被黑眸子占满，漆黑的头发垂到耳畔，仿佛在哪里见过，他若是想得起来，就知道是像年画上的童子。心里隐隐觉得，那叫出的一声“爹”，就是他的名字。疼痛退潮般消下去，身子坐正了，看着二点。两人对看一会儿，太阳向西移去，移到山壁后面，三叠坪上的日光收走了，风变得萧瑟。二点从军毯和麻布底下捉住这个人的手，手是暖和干燥的，没有危险。二点拉着这没有危险的手，拉得他不得不站起身，另一只手牢牢抱着半块麦饼，随二点跑去。

二点拉着他，一步一跨，跃上三叠坪顶部，穿过岩石尖的四号房——编号也回来了，周遭环境因冠名和编号恢复了排序，走出混沌。二点登上木梯，木梯子在他脚下有节奏地弹跳，咯吱咯吱唱着。二点的腿脚呀，不是哑子又是哪个，只是比哑子多一张开口说话的嘴。二点的手也是有力的，都不容他跌倒和驻步，直接将他提上去又托下来。力气里还有一股子快乐劲，传给他，他也变得快乐，腿脚轻捷起来。接近二号房的二层楼，他抢先一步推开门，做出一个邀请的手势，表示是这里的主人。二点并不理会，径直跃入门里，好像不承认是他的家，而是自己的家。房内光线大亮，因窗户被推开，还因日头正从山和山的狭缝射进来。二点扑到窗口，伸头出去，对着那一具泥巢唱道：燕，燕，飞过殿；殿门关一关，飞过山；山白林白，飞到杭州种小麦。他不能完全听明白二点的歌谣，但其中有几个字一下子钻进耳朵：燕、杭州、小麦，又是一堆冠名，冠名之下的事物也在显现形貌。有一个冠名使他疑惑，太阳穴隐隐作痛，那就是“杭州”。什么是“杭州”？壁障上的缺裂迅速弥合，而且变换了物质，不是坚硬的固体，而是薄膜般的一层，密度极高，随着力点变形，因此，更难凿透。在那柔韧的薄膜后面，有一个隐隐约约的存在，似乎同此凉热，可就是触摸不着！

这一日，二点在暮色里回到野骨的家中，饱食一餐倒头就睡，显然饿极又累极。检点随身东西，半条军毯与水壶都不见了。不知掉在山里头哪个角落。过去曾也有过一二回丢东西，所以家里人并不在意。嫂子将另半条军毯打成背包，再找个搪瓷水缸拴在背包上。生怕饿着他，包了两张麦饼，二点就又赶了牛进山去。夜里，二点没回来，哥嫂也都不在意，想到身上有两张麦饼。第二天，二点也没回来，男人和女人嘀咕几句，兀自睡了。早起时，男人看看天，天边有一条云，在初升的日头下，从南向北横贯过去，再慢慢洇开，日头就坠在云气里，变成毛茸茸的一团。天在作雪。就想二点今天必回来，因他会看天象。

二点在林窟度过两个白昼和两个夜晚。蒙塞的头脑里，发生多少不可解的巧合！他向板壁径直过去，板壁果然洞开一扇门；他向崖上探步，崖石上就有凹下去的脚印子，接住他的脚丫子；涧水边的石头缝，一伸手，石蛙乖乖爬上手来，小螃蟹也接踵而来。这个人，好奇怪，怎么就知道二点他会来，一径等着，二点果然就来了，不是爹又是谁？二点站在石板桥上，有一时间踌躇，这个爹就来引他下桥去，二点一下子跨到前面，灌木自会分开，分出一条路，走过去，一低头，恰恰好进去一座屋。进到屋里面，简直要啥有啥。摸到墙，墙上就开窗，日光穿过窗，照到壁上，壁上显出字。二点手摸着字，仿佛顺藤摸瓜，摸，摸，摸着字过去，手下突然一空，墙上破开一个洞！二点身上起了战栗，不是饥寒引起的，而是惊异。只有二点看得见，空洞里有模糊的灯亮，灯亮下，是爹。爹张开双臂，身上的法衣垂下袖子，变成一只大鸟，大鸟的双翼底下，各有一只小鸟，一个是二点，一个是哥哥。二点啜泣起来，啜泣着走进幽暗的光明，奇巧又来了，光明里还有光明，洞里还有洞，天光直射下来，三面环着山壁，他们走到屋外来了。

现在，他就只能跟着二点。二点简直指点江山，指到哪里就是哪里，仿佛山石树林都是由他开辟。山壁围得铁紧，仿佛桶箍，可还是隙开一条缝，挤进去，竟有一条浅径。他跟不上二点了，山里的物种啊，不知是他们依着山生，还是山依着他们生。上下进出不是凭行动气力，而是凭呼吸。二点忽从岩头上探出头，伸下一只手，喊：爹！他够到那手，就是哑子的手嘛！可又不是哑子的手。哑子的手让他害怕，二点的手却让他信赖。他顺从地将手交出去，二点一下子提起他，双脚腾空，风倏忽从耳边过去，人就上了岩头。

这一处立脚之地，进不过三步，宽有六七个展臂，就是一窄条。脚下是林窟的屋脊，头上是峭壁，壁上横切开一道口子，形成一座石龛，里面齐齐排放二层棺木，一律头朝外，脚朝里。岩面缝里伸出树棵，根向下，叶向上，藤须纠缠，延到棺木之间，着了土又生根，发出青枝，几乎封住壁龛。二点跳起来拉住藤条树枝，脚在壁上蹬几下子，竟就爬进龛里。调过头尾，伏在棺木上，挂出半个身子，垂手拨开藤草枝条，这就露出棺木前头的字迹。字是刻在木上，又填上墨汁，因是山的阴面，木和墨都完好。二点的身子继续向下倒挂，几乎挂到底，伸手够住两具棺木，脸颊贴在字上。二点其实是知道“字”这样东西的，虽然不像哑子能认和写许多字，可是他认识的字更广泛，就像泛神论者，四处都是。摇曳的烛光里，爹看着竹签与人说话，就是在说“字”，听的人那么信，信的也是“字”。四处都是“字”的同时呢，所有的“字”又都是一个。就好像稻米，多到数也数不清，还是一个米。二点没法将字和音连起来，嘴里唱的“燕，燕，飞过殿”，倘要进入字，立时被淹没在无边无际的相同性里。所以，二点的“字”

是无声的,因无声而显得尤其庄严,凡是“字”,就是大事情,凡是大事情,必是“字”。二点的蒙蔽,有时又成为一种特殊的天资,能够放弃现象直达本质。

这人读出二点抚摩着的字:“先父”,此时,他与二点正走了个背反。二点不认字,但认得字底下的事物;他呢,认字是认字,却识辨不出所冠名的内容了。字,蒙蔽了眼睛。他被自己念出的字音吓一跳,这两个字仿佛活起来,变成活物,逃窜闪烁,他捉不住它们,反被它们讥笑着,可不,它们都有一张脸呢,露出狞邪的表情。他焦虑地喊着它们的名,思想开了花,注意力分散开来,更加迷茫。他不禁有些急躁,抓住二点倒挂下来的手,使劲摇晃,问出一个字:谁?二点的手顺从地在他手里,让人心软,回答道:你!他放开二点的手,后退一步。二点翻个身,躺在棺木上,看一会儿天,神情变得警觉,缩回身子,调过头,双脚垂下,一跳,回到地面。天暗下来,而且阴沉,二点抓住他的手,挤进崖石缝里,下去了。

转进屋里面,仿佛入夜一般,黑魆魆的,空洞中好似有摇曳的影,被两个进来的人撞散,隐入四壁,壁上的字迹也隐没了。二点拉着他穿过房屋的空地,从屋檐底下跑出去,那屋檐几乎垂到地面,让灌木封住。钻出灌木丛,过桥上台阶,二点扯着他,几乎脚不点地,一溜烟似的,回到二号房楼上。二点飞快将窗扉拉下,合闭,闩紧了,拾起前天被他扯下的茅草,拧成股,沿窗户四边塞严密。就看二点的手在翻花,看他木讷的样子,哪里想得到有这般的灵巧轻盈。收拾完窗户,只说了两个字:下雪!便夺门而出,将门推上,又在门板四边填进草束子。

这下子,屋里就全黑,全黑里,却有一点亮,就是锅下的草木灰埋着的火星子。那点火星子,在黑里面渐渐扩大,增亮,照耀周围。屋里的储存丰厚许多,板柜里的草垫上铺了半条毯子,另半条作盖被用。支起的锅架子底下,又用石头块砌一圈,防止火苗子蹿出来。架子上系着水铞子,其实就是那油灯的铁皮罩,里面盛着撕成小片小片的麦饼。板柜的盖上添了两样新器物,水壶和茶缸,里面盛满水,沿墙一崭齐垒到半人高的是树干和树枝。眼睛望过去,都是二点的手,经过这手,就有了饱暖。二点,你是谁啊?就像石头缝里蹦出来的,现在又蹦回石头缝里去了。

二点在山里头跑,耳边是呼呼的风声,牛在叫他。无论跑多么远,多么久,都能听到这叫声。这叫声不单纯是叫唤,还是告诫,告诫危险来临。这危险不止在人事和物事,还更广大,就是天时。傻人会看天象,也不错,但要追究到底,应是通灵犀。二点脚尖一点,越过溪流,再一点,上了悬崖。山里人就不是人,是精,树精和石精;更何况,二点是父亲道坛里诞下的一个蛋!这一日的下半天,二三时光景,云一径压下,压到山腰,底下黑漆漆,仿佛入夜。透过云层,山顶上倒白起来,白里面有着些微亮的细屑,有棱的,所以就折射一点天光,其实是水汽。空气中的湿暖,湿的一半向下沉,暖的一半向上升。作雪的气候,从午后起逐渐酝酿成形。男人凭靠经验判断,将许多年积累的现象归纳成规律,大错也错不了,所以,果然,傍晚下起雪珠子。二点就是这时候回野骨的。十几条牛,肚腹圆圆的,一边反刍,一边走近,从雪珠子里破帘而至。

二点的麦饼、另半条军毯、水杯、书包,连同身上的秋衣秋裤、鞋里的棉袜子,一应用物全没了。男人不疼惜东西,却怕遇到歹人。四野地方,若有歹人出没,非但是二点,居家也不安宁。

细看二点的脸，就也看出些异样，眼圈红着，像是哭过，又像有几分喜色。和上回一样，又饿又乏，饱食一餐，倒头就睡。男人却不让睡，叫起来问话。二点坐在被窝里，眼神迷惘，灯开得雪亮，人脸都透出青白，就像白日梦中。男人问有没有遇上人，二点回答：有人。男人一惊，果不其然，确是有人！紧问道：谁？二点回答得不那么快了，而是沉思一下——切莫以为二点不会沉思，他会的，只是不像你我那样，以推论的方式，在时间的延续里进行，而是静止，从原始的时间里倏忽进来，又倏忽出去。男人看着二点，他们兄弟很少说话，并不是因为智能的差异，男人与他的父亲也是少言的，大约是地理所造成，林窟的人多是不交谈的。男人经过上学，当兵，后来又做生意，与外面世界有接触，方才练习了说话的本领。

二点沉思的时间里，男人仿佛重新回进了缄言的世界。墙上的时钟嘀嗒着，将静默分配成均匀的节律。二点说：一个爹！男人困惑起来，不知这个"爹"是泛称，还是特指。定定神，男人又问：哪里？二点回答很肯定：屋里。男人渐渐明白，脑际里浮起那一片云谷，云谷中某一处的异样隐现着。他到底说不上来，那异样是什么。进一步问：哪个屋？二点笑了，笑哥哥哪个屋都不知道，从被窝拔出手，指指对面的人：你！收回来指自己：我！再伸出去，向远处一指：爹，娘！这话一出，男人险些落下泪来，可不是吗？他们大家的屋，林窟，他怎么会忘记！于是知道林窟进人了：二点的麦饼给他了？二点点头。二点的毯子给他了？二点又点头。男人就说：二点做了好事！二点并不为得到的表扬而高兴，反而显出忧愁，说：下雪！男人说，知道。然后递给兄弟一支烟，作为行善的奖励，起身离开了。

男人走出屋，一团暖湿扑上脸，迅速布满身子，将人包裹起来。天地间都在起雾，下过一阵的雪珠倒停了，大雪将至。雪至多下三日，化雪天就说不准了，短可能也是三天，长的话都能延到开春。不过，男人早有准备。液化气钢瓶灌满，一列五个；劈破三根杂树，垒在屋檐下；一板柜稻谷，一板柜麦，机磨房在山下，也不怕，自家有一架碾机，可由汽车马达带动，再不济，还有一盘石磨；窖里有红薯、土豆、白菜；又有几箱速泡面。鸭子全都出手了；十七条牛的干草垛起来，罩了大油布；杂豆和豆饼，有半间屋，砻糠则随碾随出……男人在脑子里清点储藏，油然而起一股富足的心情。从匮乏中往往走出来饱实的人生，就是为活着而活着，丝毫不令人空虚，反是珍爱。这种起始和终结互为因果，首尾相衔的生命旅程其实是有哲学的，他们并不自知，只是顺从和迎合。男人从口袋抽出一支烟，打火机打出一朵小火苗，直直的，一动不动，没有风。云层移动和堆积，肉眼看不见，但感觉得到头顶和肩上，越来越沉重。二点也说“下雪”，那就是要下雪。男人的心底深处，有些对二点的话起敬畏呢。山里人都是有神论，或者说泛神论，那神遍地皆是，经意时不觉得，不经意却出来了，二点，则是个最不经意。

然后，男人想起二点说的“一个爹”，显见得，林窟里有人，采药人还是采木耳的？歇脚和过夜，停留一二日，再上路。无论什么人，这时候在林窟，总是为难的，不怪二点会给他东西。二点既给他东西，必不会是歹人，二点分辨得出危险不危险的。男人决定，雪停天晴之后，下去林窟看看。一旦想到回林窟，顿时不能平静，心跳得很快。吸进最后一口烟，踩灭烟头，推门进屋。转身一霎，只觉背上嗖地凉下来，天忽然亮一成，身上也轻了，原先积郁屏结的空气一下子腾起。男人将门闭上，林窟在门缝里一闪身，不见了。

一夜无话，早上起来，窗外已是白世界。忙生计的人就是休息日，不出门，团在家里。女人在锅灶上烧煮，柴灶的大锅里是黄豆黑豆，液化气的两个灶眼，一个炖肉，一个煎鱼，米是在电饭煲里，又点了炭锅——围着出烟的铁皮筒，腊鸡、风鹅、咸鸭、熏鱼、灌肠，一排排码高，等炭火慢慢上劲。兄弟俩一个铡刀上，一个铡刀下，上面的送刀，下面的添草，于是，乱团进去，一崭齐的寸半出来，正好豆锅开滚，搅进去，牛的食粮就成了。雪天里昼短，只吃两顿，不是单为节省，还因贪睡，平日里欠下的瞌睡，就凭这几天还账。上午一餐，是填肚子，就只稀饭馒头咸菜，下午三四点钟，才是正席开场。三口人围桌慢慢吃喝，酒就有几种，红酒、白酒、黄酒、米酒，又有一种碧绿色，二点喝一口，说：风油精！男人哈哈大笑，是山下永嘉城里开旅馆的朋友送他的薄荷酒，从欧洲带回的，说成风油精可是没错。二点得意，又重复一遍：风油精！风油精是进山不可少的用物，二点口袋里总也揣着一瓶，上一日，也留给林窟里的"爹"了。大约是由此而联想，还是人来疯，二点是会人来疯的，这就放下酒盅和竹筷，将拇指和食指比成两个圈，套在眼睛上，从圈里往外看。男人先以为是做猫脸，二点摇摇头，再猜猫头鹰，二点也摇头，男人说不猜了，可二点不让，执意圈着眼睛，在桌面上扫过来扫过去。二点的形貌还是在往成年男子变，眉棱、下颌、腮骨都在变硬，肤色也见黄，唯有眼睛，黑得发乌，没有年龄的痕迹。这眼睛圈在手指后面扫过来，男人忽然明白，林窟里栖息的人是戴眼镜的，于是就抬手往屋外头一指。二点这才放下手，哈哈大笑，为自己的游戏满意极了。男人沉静下来，林窟又向他逼近，躲也躲不开了。

他们是最后离开林窟的一家。

自从男人到镇里上学，学堂一寒一暑两度假期，每一回家便觉林窟萧条一成。二和七两集，最旺时千人，然后百人，再又是数十，至此，减去一集，只余“七”一集。同时呢，他所上学的镇子里倒开了集，逢“十”和逢“五”，并且越来越旺。依山势而设的长街，上下转折，全是货摊，挤挨着，水都泼不进，挑担背筐的还在涌来。镇政府见这形势，专门填平一块凹地，砌数十条水泥台，再用毛竹搭建棚顶，开出市场。其实，在他上学的头一天起，就觉出世界要有大改动，上学本身就是一个征兆。这变的趋势，就是一个征兆接一个征兆显现出来。仿佛山地的裂缝，先是一寸二寸，然后一尺二尺，再后便是数十丈，数百丈，于是，山脉就换了走向。男人喜欢逛集市，这个十一二岁的小男人，一出山就长个头，腰膀也粗起来。穿行在熙攘的人流里，脚边是盛了鱼鲜的大水盆，捆着脚爪的活鸡活鸭，不小心碰翻或者踩踏，招来吆喝斥骂，他也不饶人地回骂。可就是喜欢呢！他不知道，这街市就是放大的林窟，放到无限大！集市上的人，不论买卖的哪一方，都是他的乡人。都是从林窟流过来的，可不是吗，林窟日益人少。这个小男人，心里充满乡愁，多少个晚上，眼泪湿了枕头，还有多少回，把同学喊成二点，同学大多是二点那样的年纪。上学晚的他，在同学中间是寂寞的。

在他上到三年级，跳级拿到高小毕业文凭，考入中学的时候，林窟的集日全没有了。有一个逢七，天不亮来了一个客，背着一大蒲包干虾干螃蜞，怀里是一沓粮票——再过几年，这沓粮票就要成废纸了。林窟,可说是世界的末梢头,从根上变过去,几时才能波及!客人从缙云方向来,也是山里哪个凹塘里,就像隔了一世,来到林窟只当自己算错日子,掰手指头细算一回,又没错。此刻,林窟还在睡梦中,头一个起来的人推开门户,就见一个外乡人,独自坐在屋檐下,敞开蒲包口,等买家问价。这可说是林窟最末的一市,最终以林窟人家分摊海货做成交易。粮票没收,原样带来,原样带去。不是有预见,而是多年黑市浮沉的经验告诉的,自由经济中,钱票是老大。外乡人感叹道:难道改换朝廷?林窟人就笑还有比自己更蒙塞的人和地方,笑过后教他:钞票没换,怎么说换朝廷?历来新皇帝登基都要制新钱呢!

再往下,林窟人就开始迁出了。生计是个问题,经那些年设市买卖的生涯,已经荒废农业,倒有了商贾的头脑;其次,也有心理的原因,轰轰烈烈之后,此一番清寂情何以堪!有一二年的时间,林窟无不以追怀往昔为乐事,所有情景中,直升机是顶顶激动人心的一幕,称得上最高潮。这山缝缝里的石头坳,小到不能再小的村落,竟然得到历史的惊鸿一瞥。回想起来,只觉惘然。到底是经过历练的,林窟早已开蒙,蓄势待发。凭着自身的静而推测四边的动,这山林的窟里有多少静,四边就有多少动。林窟并不懂能量守恒的宏观原理,他们注意事物的具体性:那些客人到哪里去做买卖了呀?外面世界其实隔空给了回答,少年男人跻身其间的沸腾的农贸市场就是。如果再来一架直升机,俯瞰下去,就可看到,连绵的山峦莽林之间,隔不远有一团骚动,接起来,就像一条巨龙,睡醒了,试着翻身。最终给林窟的回答,则是盘山公路。

第一户迁出的人家是投奔青田的亲戚，做水产生意。第二户就在本县境，与人合伙开超市。第三户是到平原务农，那里的人都外出打工，将分得的责任田租给外乡人经营，每年收一点口粮钱……这样，最后就剩下两户人家，一户是道士，另一户是林窟年纪最长的太爷。连太爷的家人都记不得他的年纪了，早说过，林窟人除钱钞上的数字，其余的数字全不记认，唯有道士是个例外，可因为晚生，也就不知道太爷究竟何年何月生人。但以辈分推算，至少是清光绪年间的子民，至今，脑后还留一根小辫，说话夹着一些古字。人到这个岁数，是不能迁移的，晚辈们就耐心地等太爷归西，然后再做出山的打算。道士家也是一个"等"字，等长子成人，担全家生计。如今，家中两个老，当然老不到太爷的年纪，太爷那已不叫老，而是叫"熟"。他们远没有熟，却已老弱，二点是个憨人，一家都要靠那大的。要靠他，就先要放他。先放他读书，再放他当兵，所以同样要有耐心。

仿佛老天有意成全，留下的两户是搭配好的。太爷说话，本来就唯有道士听懂，又唯道士太爷屑于理睬，漫漫光阴——外面世界风驰电掣，林窟只是漫漫，这两人真好比一仙一道，日头星月底下相对。多是静默，看二点上下穿行，捕鱼捉虫，一时间，无有古无有今，索性静到底了，又起来一脉生机。冬去春来，草木渐渐葱茏，有一次，男人从学校回来，走近林窟，竟有些恍惚，他认不出它来了。树丛灌木重又闭合起来，缝隙中开出许多花，花枝缝里透过金黄，那几叠梯田上的麦子熟了。光斑在麦芒上一闪一闪地跳，风吹过，就是一片金。这一波小小的兴隆以父亲离世而告终结。

太爷和道士面对而坐，有时会讨论谁先走谁后走。因双方用词的简约,通常只是两个字:"先你"。这两个字可以理解为"我先于你走",亦可理解成"你先走"的倒置。究竟什么意思,只有对话的双方才可明白,外人也能看出谦让的态度,可是让的什么呢?让"生"自然是普遍的认识,倘从生活的苦寒看,却也未必不是让"死"。在这两位,称得上林窟的高人,前者因历历度过的岁月,后者则是旁通到某一种真谛——生死都是阶段性的过程,汇入同一时间之中,确实无所谓谁先谁后,出于礼数,才让来让去一番。

按一般规律,太爷当是走在道士前面,但林窟的天命观其实是从大处着眼的。总量不变,但并不完全以平均原则分配,这又体现了能量守恒定律。人们不都说太爷"借寿"吗?借了小辈的寿,有多少夭折的生命,太爷就借了多少。而道士呢,为人测生死,有填不平的地方,难免将自己的寿数折算进去。林窟人还有一种"借慧根"的猜测,猜二点的慧根是被道士借了去,道士所以收坛,是不是也意识到这一点?借小辈的慧根也是要折算寿数来抵的。两头一折,道士大约已耗去比太爷更大的年岁。在自然表面的秩序底下,还有一个更本质的排列,所以,林窟人都视道士先走为正常。

父亲去世的下年春,男人参军走了。晓得必须开拓更大的地面,才可立足,然后带出去母亲和兄弟。太爷继续活着,太爷的晚辈也到了不好挪动的年岁,孙以下的后人等不及出去了,子一辈陪太爷留着。这样,林窟就只有老的带一个小的,二点。多亏有二点,心智弱了,气息却还是新鲜旺盛,镇日在山林里攀爬奔跑,发出小兽样的声音,活泼快乐,热腾腾的。夜里面,老人家都是无眠,时光倒流,往昔的岁月沉渣泛起,挤攘在眼前,耳朵里都是嘁喳的旧声音。唯有二点顺流而下，静极了，安详极了。

大约在道士走以后一年半，太爷终于走了。余下的那一辈，好歹被后人带出去，老根死绝，没了牵攀，就不怕挪移。林窟剩下母与子，男人从部队上回来探一次亲，见那山林闭合得更紧，险些把路径封死。植被茂盛极了，有几分森然，显得人十分小，简直成了蝼蚁，一个老蚁带一个小蚁，出没于草木丛里。原先觉得林窟逼仄，如今却空空荡荡。空了的房屋照理会迅速圮颓，可倒也没有，只是变了颜色，变成深褐，并且向黑过渡，于是，凸显出框架的轮廓。就是这框架，最终抵制住蛮荒的侵袭，守住人类的文明史。男人决心带母亲兄弟离开，暂时安置在同姓的远亲家中，等他服役回来再从长计议。无奈母亲执意不从，一是撇不下父亲的骨殖；二是为二点，怕他到人世没有撑持受欺负。男人争辩：荒草都要埋人！母亲说：我已是埋半截的人！这话说得凄楚，抬头四顾，无一不是凄楚，从盛到衰只不过一眨眼。母亲将二点的手放到男人手里，交代说：我死了，你走到哪儿，带到哪儿！男人将家搬出桥头屋子，因地势低洼，又临水，已经陷到地下一半。选太爷的二层房子住进去，推正门窗，补齐屋瓦，将四壁打扫。正逢开春，南燕北归，窗户雨檐下的燕巢闹喳喳的。大燕子叼来吃食，哺育小燕子，盘旋中，还飞来二点的头上停一停。经这番移动，合拢的树木枝条就又开一开，进来光亮，归队的日子也到了，不走也要走。男人又是一步一回头，泪眼婆娑。

是期然也是不期然，仅隔半年，男人又一次返家。紧赶慢赶，赶上母亲最后一口气。老母的丧事是政府帮办的，县里军烈属办公室下来人，带两个民夫，装殓入棺，抬过桥，上峭壁，安进石龛。这里睡着林窟的先人，无论荒草掩埋村落，山崩地裂，沧海桑田，化泥化土，也是林窟的泥和土。当日，兄弟俩便随政府的人出山了。一路都没回头，眼前的事繁杂得很，要安置二点，要回队销假，再申请复员。男人心下已作计划，复员回家，回家做什么，他不知道，但知道四下都是需求着的人——他忙着给县上的人敬烟，打点歇脚吃饭的事。这年他二十一，形容却有三十岁上下，见过外面的世界，知道行事说话的规矩。在乡里招待所住一夜，第二日继续往县城，乘了民政局的吉普，下半日到地方，二点直接住进民政局的孤老院。男人不敢与二点对眼，放下人就走，搭上长途车。车沿了瓯江走，瓯江的水都是伤心泪。

从那以后，再没回过林窟，而林窟这个地名，也从所有的行政区划和地图上消失。男人沉静地想，等这场雪下过，要回去一趟看看，看看父母。继而又想，林窟里的，二点遇见的人，究竟是谁？如何来到，又将去往何处？从回忆中脱出来，忧伤退去一些，取而代之又一种担忧，这个雪天，那人如何度过呢？二点很好，留下麦饼和军毯，还有秋衣秋裤，除此，鼠穴里的存粮，地里的蕨根，倘若再打一头獾！总之，天无绝人之路，又何况是林窟，苦寒苦寒的，还养了一窟的老小，就看他的造化了。屋外头，雪静静地下，一层又一层，白地上，天变得格外黑，远处却又白起来，是山的影。

十

杨莹瑛忽接到那位朋友的电话,一时间竟以为是走失的人在说话,旋即明白过来,便想:他们多么相像啊!可是这个相像的声音并没有引起多少亲切感,反而是疏离,提醒那个人离开得多么久远。朋友的态度很殷切,多少是示好的意思,说要上门一趟,因有了新线索。杨莹瑛问:能不能在电话里说?朋友顿了顿,对方的平静让他意外,略坚持一下,说当面谈比较好,因事情挺复杂。杨莹瑛比他更坚持,还是要在电话里进行。朋友感到这个女人内心里的某个部分在坚硬起来,是他抵不过的,便服输了。他告诉说,其实数月来一直没有放弃联络,朋友的朋友,即那位介绍工作的关系人,当天晚上百般电话没有回应,原来是出国了。哪个国家?"津巴布韦"——朋友着重说出这几个字,表示这地方的出奇,某种程度上可以解释联络的困难。说到此,朋友几乎怀疑电话发生故障,因对面没有反应,于是"喂"一声,杨莹瑛应道:哎!这才又继续往下。朋友的朋友去了津巴布韦——仿佛是自我打气,朋友又将这个古怪的名字说一遍——开采银矿,忙于许可批文,上市集股,招募员工,等等等等,为和洋山深水港签订航运协议,几度往返。杨莹瑛静静听着,这回朋友知道电话没有故障了,兀自说道:昨天飞机方一降落,打开手机,第一个电话就是我!把话问过去,回答是,当时推介工作的物流公司原先确属他企业,无数子公司中的一个,但早在年前就分出去,另立法人,就不归他们经营管辖——杨莹瑛“哦”了半声,似乎终于有了听的兴趣,等朋友把话说下去,可是话已经说完,朋友结束道:情况就是这样。杨莹瑛这才将余下的半个“哦”吐出来,听起来像是叹息,又像轻笑。朋友都有些怕这女人了,但很快恢复镇定:总归我要告诉一声!杨莹瑛回答:知道了。双方静了一刻,同时挂上电话。

在一段激烈的行动之后,杨莹瑛对找人的事生出厌倦。线索不是没有,而是太多,互相交织,最终又各自断头,消散在无边际中。季候转变,从秋入冬,望着碧青无云的天空,心情变得豁朗,仿佛随着那人的远遁,思绪也在飞扬。杨莹瑛没有他那种归类的思维,东西的取放就有些乱,要用的找不到,不用的却到了手边。原先的秩序解体了,取代以另一个模式,即兴型的,虽然麻烦,缺乏效率,但在某一方面,又更合乎日常起居生活的本来面目,就是杂芜,以及杂芜里的趣味性。走失的人逐渐褪去踪迹,尖锐的缺失感磨钝了边缘,不再刺痛。时间的修复力是惊人的,年轻人的干预力又几近粗暴。女儿一家三口的生活用品迅速将空间占满,作息方式则不由分说地重排了时间表。杨莹瑛被挤到家庭的边缘,同时呢,又意味着重新开始。杨莹瑛不得不承认,适应变故要好过寻找,不是找过那么多日子,找到那么多地方——那些难以想象的人和事。你还要我怎么样?她问自己又问他。

现在,她和女儿间,可以平静讨论这个蹊跷的失踪事件,这表示她们正在面对并且接受事实。她们交流各自寻找的路径和结果，彼此都不以为然，可是，多一条路总比少一条好。讲述经历其实也是填补走丢的人留下的空洞，许多细节在复述中实是发噱得很，也有一些是悚然的，于是，似乎就有享受的意思在了，寻找的目的倒淡化下去。那些体验，当时不觉得，回想起来却有新发现，与她们的生活并行着的时空里，有着多少遭际按着自己的轨迹发展。无形中，这种经验也帮助她们将变化纳入常态，为什么不能是她们？从概率出发，任何人都可能遭遇任何幸与不幸。再说，要说幸与不幸还为时过早。既然事情如此离奇地发生，就也可以相信会以奇迹为结局。虽然，她们有限的阅历和认识，还推定不出其间的因果逻辑，可她们不正在开拓视野，成长理性？

在这趋向正常化的势态中，却有一个现象，使杨莹瑛不安，那就是孙子。家里人谈论外公走失的事情，自然是要避让过孩子，但难免也会有忽略，想起来再噤声，发现那孩子就像没听见，兀自玩着玩具和游戏。先是松一口气，接着反有些不放心，难道已经忘记朝夕相处的人了吗？有几回，杨莹瑛颇不明智地提醒道：外公呢？想不想外公？孩子不回答，走开去拿另一件玩具，或者索讨吃食，错开话题。杨莹瑛发现，自从外公没有接他，由老师送回家的那日起，孩子嘴里再没吐过“外公”两个字。像是负气，一个小孩子有这么大的气性吗？抑或是一种本能，规避不能解释的事物。无论出于什么样的原因，客观上都是一个拒绝，拒绝接受。这个孩子的拒绝抵制着大人们的屈从事实，她们不正在屈从吗？成人都是软弱的，因面向世事的维度更广，就需要以妥协取得平衡。孩子的认知是纵向的，就尖锐了。看着外孙一个人玩耍，杨莹瑛忽有咫尺天涯之感，不晓得这小心思里藏着什么。

新历年临近，原本都是在他们家过元旦夜，大年除夕则分配给亲家，独生子女的家庭自有一套年节的规矩。可是，如何处理团圆饭上空席，杨莹瑛都不能想，也没有心思备饭菜。最后，决定打发女儿一家去公婆家，公婆家来邀她同去，娘家的兄妹也来邀，她全婉拒了。等人走净，留下自己，耳畔刷地静下来，惘然过后，就到厨房为自己烧煮些吃食。水斗上方的窗户，正对两幢楼之间，可见一弯高架的下口，车灯闪烁，首尾相接，时而停滞，时而一泻如注，回家的人还在路上。小区里有几处鞭炮响，小孩子都等不得了。这些情景并不使杨莹瑛有所伤感，相反，很安宁。端了饭菜回到客厅，听得见电梯上下运行和开闭的响动，电视播报新闻，多是各地送旧迎新的吉祥画面。一个人慢慢地吃饭，筷子尖挑着醉蟹螯里的肉，再加一个皮蛋，算作冷盘，热菜是爆鳝和炒菜心。窗玻璃上不时蹿起一朵火焰，吐出彩瓣，垂挂成流星，清寂的夜晚便开出花来。她端碗起身到窗前，看那花朵缓缓凋谢，残片闪烁，退进夜幕。等尘埃落定，返回饭桌，就在转身一刻，背后又升起一大丛，纤长的光丝纵横交织，编成一个大鸟巢，鸟语嘁嘁喳喳，化成金银斑。杨莹瑛将电视调到正跟踪观看的某部电视剧的频道，坐下来继续吃饭。醉蟹的肉一丝一丝挑空，余下一堆透明的壳，其余的冷热菜略动了动。然后盛一碗泡饭，配腌笋尖和酱油肉，汤就免了。

这时，门上锁响，抬头看见是女儿，问怎么就回来了，那一大一小两个人呢？女儿低头换鞋，说婆家来了亲戚，人多，小孩子又人来疯，吵得很，躲出来清静清静。走到桌前，用手拈一块咸笋放进嘴里。杨莹瑛晓得那边向来饭晚，尤其年夜饭，就到厨房，打开醉蟹钵头，搛出一碟，又新剥了皮蛋，将炖好的鸡汤热上，再摆一副碗筷。嘴上说，你婆婆顶会烧煮，偏要来吃泡饭，心里却高兴有女儿陪她。母女俩脾性很像，硬和直，不大肯转弯，不免生龃龉，就需父亲打圆场。如今打圆场的人不在，两下里就都有些回避，难免生分了。因此，只是埋头吃饭，不多交谈，多少是窘的，窘里是欣喜，多么宁静啊！好久没有过了。电视剧已经开场，都没有看一眼，窗户上的烟花又激越起来，一波连一波，几成花的海洋。杨莹瑛进厨房看鸡汤，在汤里放蛋饺、鱼圆、粉丝。女儿大声道：你不要弄，弄了我也不吃的！杨莹瑛不理睬，兀自忙碌，不一时，砂锅大滚，便端上桌子。女儿并没如她宣布的不吃，即刻动起筷子，杨莹瑛追上一句：你不要吃！母女又回到以往的相处中，过去日子里的口角，其实是平安歌，当时不知道，等知道，就变成酸楚。两人守一具砂锅，蒸汽弥漫，脸和眼都潮热了，潮热又渐渐散开去。

吃完饭，洗锅洗碗，收拾桌面，进出往复一阵，就有些活跃。终于忙毕，一同坐下，嗑瓜子看电视，剧情已进行到不知哪一段，却也衔接得起来，就往下看。偶尔也交谈几句，无非衣食饱暖，大人孩子。女儿掸掸身上的瓜子碎屑，说：姆妈，我们来请笔仙！杨莹瑛不知何为“笔仙”，就只发愣。女儿兴奋起来，跑进自己房间，取来纸笔，放在桌子正中。然后，让母亲对面坐好，相向伸出手掌，四指弯曲，扣住，同握一支铅笔，笔尖向下，触及纸面。女儿一再叮嘱：放松，放松；安宁，安宁。杨莹瑛已明白大概，自小就听说过“乩仙”这回事，但从未亲眼看见，想来“笔仙”就是其中一种，便不再发问，只是听从。待母亲掌握要领，女儿起身关闭电视和灯，房间沉入黑暗，又很快从薄亮中浮起。女儿坐定，端正身体，重新与母亲手指相扣持笔，轻声令道：合目！杨莹瑛合起眼睛，最后一瞥，只见窗玻璃上轰然一下，烟花盛开，却已经是在另一个世界。

母女都想起共同生活中的那个人，藏身在眼睑底下的暗黑，随这暗黑无限辐射出去，去到极远，远到她们无法企及，任凭他化为无形无影。烟花爆破，光和热在空气中摩擦，仿佛萧萧落叶，在暗黑的壁上轻轻撞击。方才觉出所谓静谧其实是均匀密集的悸动。周遭的一切都在悸动，是来自物质本身存在，同时被更大幅度的人为运动作用，此时，在静谧中呈现出来。这一种悸动极富弹性，因而不致失去平衡，正相反，平衡是依赖它保持。假如能够切分这悸动的频率，绘出谱系，就可见出每一震荡都是由一组倾斜与稳定完成。每一次趋向稳定并不是回到倾斜的原始，而是略有差异，所以这一系列的悸动不只是保持平衡，更是运行，运行往某个方向。在这弧线形的运行中——所以说"弧线"大约因为弧线是运动阻力最小，运动阻力最小又大约是因为球形地表，以数学概念解释，"弧线"不就是"圆周的任意一段"——时钟的走秒老是来干扰，这就是人类的自以为是，企图为自然代言。所谓的"时""分""秒"就是这么回事，那走秒声就是这么回事。看没看过机械钟表的芯子，那齿轮的联动，确有一种美观性，也是人类努力向自然接近的体现。可它还是有差池，哪怕只是一点点，也是不能完全除尽，留下一个余数，这就是人常常有失衡感的原因吧！她们就有些失衡，有些稳不住了，手指相扣中的铅笔险些儿滑落，在纸面上磕碰。有什么从均衡的动律中突破出来，不是钟表的走秒，相信她们已经从走秒中脱身。现在，有另一种运行的节律，穿越自然的运动频率，再穿越人工,终于触及她们的手指尖。她们骇怕了,先是母亲放弃,手一松,铅笔落下来,啪的一声。女儿立起身,打开电灯,房间里大亮。

桌面的白纸上果然留有胡乱的铅笔道,杨莹瑛心跳着,将白纸从面前推开,不看。女儿坐直了身子,眼睛凝视纸上那堆笔迹。烟花在远处开放,沿着天际线,此起彼落。看,女儿轻声招呼,杨莹瑛瞄过去,女儿的手指在笔迹的交错处,看!看什么?母亲问。这里,女儿小声说:有个字!什么字?母亲定定神,凑过头去。笔画叠加,说是字也可以,就看如何编排。顺着女儿的手在线条上划动,真就有一个字显现。上部仿佛是个“雨”,下部有横竖相交的笔道,勉强可视作“齐”,应算作一个字,还是两个字?母女面面相觑,犹豫作何判断。停一会儿,女儿打开手机里的字典,搜索一番,找到“霁”这个字,意思为风雪停,天放晴。无疑是个好字,杨莹瑛原先不信的,这时也宁可信了。信过后再看,那个字无论从哪个方向打量,再无疑义,就是个“霁”!接下来的问题,就是如何解释。杨莹瑛是从狭义解,那个“霁”字是指走失的人所在地方,雨过天晴,化险为夷;女儿则广义理解,针对整个事态,否极泰来,向好处转折,年轻人总是乐观的。

收拾了纸笔,女儿流露出释然的表情,说一句:再等等!本是自语,却让杨莹瑛捉住,问:等什么?女儿说:等人回来!杨莹瑛说:不是一直在等吗?女儿说:谁说不是一直在等?杨莹瑛说:那又何必“再等等”?女儿反问:难道不可以?杨莹瑛回敬:谁说不可以?母女俩言语来去极迅疾机敏,听起来只是纠缠辞令,这也是向来争吵的风格,今天却有不同,话中有话,看似无聊的斗嘴就变得严肃。杨莹瑛紧追一句:谁说不可以?没有人说!

女儿退让了，可杨莹瑛分明看出逃逸和躲闪，不肯放过，重提话头：究竟等什么？等人！女儿说。不是正在等？于是，又来一轮追和逃。杨莹瑛停下来，掉一个头，迎面问上去：你不要瞒我！这一回，女儿没有立即应对，而是顿一下，漏出破绽，嘴上还硬着：没有瞒你！杨莹瑛乘隙逼近：当我不知道！俗话说，兵不厌诈，女儿沉默下来。杨莹瑛忽涌起无数不详，心乱跳着，却屏住了不说话，生怕引出来的实情又退回去。

静一会儿，女儿低头说：我也不晓得怎么办好。杨莹瑛温和了语气：所以家里人要一起商量。女儿忽然激动起来：我和他们说不要找你，我自己会处理的！杨莹瑛也屏不住了，激动道：他们是谁？找你做什么？女儿嚷道：你到底是知道还是不知道！杨莹瑛倒镇静下来：是不是他死了？女儿哭道：你诅咒他做什么，诅咒他做什么！杨莹瑛松下一口气：那么就是还活着。女儿啜泣一阵，安静下来，显得很疲惫。杨莹瑛不再催逼，心跳渐渐平缓。方才注意到，窗户上的烟花几近汹涌澎湃，不知什么时候又打开的电视屏幕歌舞欢腾，临到新旧交替的子时。事情又回到原来，就有听天由命的心情，什么都不想知道。

前天，女儿说话了，前天，他们单位退管科的人找到我公司来，说是关心，其实是打探人的下落，准备停发养老金。杨莹瑛道：让他们去问公安局，我们报过警了，他们有没有破案！女儿说：也不是单位的意思，社保局向他们调查的。杨莹瑛说：反正，活要见人，死要见尸！女儿说：你对他们说，不要对我说！杨莹瑛说：他们不来问我！他们怕你呀！女儿说。并排坐在电视机对面，光影投在两人脸上，明暗交替，表情显得很木。一句去一句来中，母女间的关系似乎渐渐回复原先，又因劝架的人不在场,各自都有所约束,不敢过于放纵。就这样,旧模式里建立起新的平衡。

元旦假后的第三天,大的上班,小的上学,余下杨莹瑛自己在家。有人敲门,以为自来水或者煤气公司抄表的,问也不问便开门,只见门口站了两个女人。年长的一个仿佛见过,却想不起何时何地,年轻的则全然陌生。犹疑间,仿佛见过的那位却稔熟地喊出一声:阿姐!这一声将杨莹瑛叫醒了,原来是老葛的老婆。惊讶极了,一时说不出话来,陌生的那位却开口了:听说你找我!杨莹瑛更诧异了,再看那一位,生着窄长脸,眉目很细,应该算清秀,但被气色搞坏了,黄而且枯,眼睛直直看着杨莹瑛,逼人得很。忽然,想起了,几乎是失声叫道:萧小姐!老葛的女人热切地应着:是,是的!于是,让进门,泡上茶,方坐定,杨莹瑛又起来取瓜子腰果作茶点。心里十分慌乱,走过九曲十八弯,百觅不得的萧小姐,陡地在了眼前,她倒想不起来究竟要问她什么。事情扯出多少枝节,萧小姐究竟是在哪段节上呢?杨莹瑛迅速地回溯追索的过程,企图理出个大概路数,嘴上寒暄着天气和交通。萧小姐却截断她,径直切入正题:我认识你先生!

杨莹瑛险些将手里的茶杯扔出去,事发之后,没有人说过认识那走失的人,仿佛这个人不曾有过似的,连过去认识的人,比如那位朋友,都极力撇清关系。多日来,杨莹瑛只能在外围兜圈子。留在小区视频里的最后的影像,不看还好,看了更觉得行踪渺茫,走着走着,就走进虚空。现在忽然来了个萧小姐,明明白白宣告:我认识你先生!她说话声音很大,是一种尖锐的音质,就格外有警醒的意味。老葛的太太侧头看萧小姐,没有停止嗑食瓜子，脸上带着微笑。这微笑不合时宜，杨莹瑛以为老葛并没有告诉她实情，当然，自己也没有告诉老葛实情。更可能的是，杨莹瑛注意到，这女人是长不大，或者说是不愿长大的一类人，世人称作天真。萧小姐继续说：你先生是生活在过去式里的人，不懂经！后三个字，说的是沪语，而且是老派的市井俚语，有些切口的意思，这使得说话人的来历变得很混淆。萧小姐的语速很快，刀切豆腐般说下去：完全不了解现在的时代，现在的社会，还有吴宝宝——这名字早就淹埋在乱麻一堆的线索里，不提防间，轻轻一抽，出来了。今天是什么日子啊！杨莹瑛有点抵挡不住。萧小姐说话如此聒噪，刺激着耳膜和神经，她头疼。站起身从抽屉取出两片阿司匹林，吞下去。

吴宝宝这个名字，还是让萧小姐的叙述停顿一下，然后，发出一声冷笑，说了三个字"猪头三"，也是沪语，自此，"猪头三"就替代了吴宝宝的名字——"猪头三"早已经"金蝉脱壳"！这个成语用得却很雅致。你先生"木知木觉"——沪语又来了。从这语种的频繁切换以及俗雅夹杂，大约可见出萧小姐从外地迁移沪上，在社会各阶层打拼的经历。每当她说出一个形容，老葛的女人就会笑出声来。叙述和激动让萧小姐脸上渐渐有了血色，稍有些生动。杨莹瑛镇定住情绪，集中起注意力听萧小姐说话，一旦听进去，便认识到所提供信息的价值。事情的脉络清晰了，吴宝宝的生意早在收官，将资金投到期货，其实也不是自己做，而是大船拖小船咬在尾上，输赔赢赚全不由他。在此同时，物流这边继续接单子，是为现金流，获取银行信任，继续贷款往投机里填，也是没计算——萧小姐打个比方，她比画道，五个墨水瓶，只有三个瓶盖，动作迅速还轮转得过来，要是七个墨水瓶，还是三个瓶盖，就终要暴露，更何况，墨水瓶口大，瓶盖小，“捉襟见肘”——萧小姐又用了个成语。杨莹瑛看着萧小姐挥动的手，这双手长得真好看，和她枯黄的面相很不相符，骨骼匀称，肌圆肤润，黑色上装的袖口覆在腕中间，看得出手臂的修长。一个女人，没有一点可取之处，是不敢出来闯世界的。

萧小姐介绍了全局性的状态，然后进入细部，也是与事件最有关的情节。杨莹瑛不由啧叹萧小姐的聪明，一盘烂账被她分析出条理，没有几分真功夫，确是不敢出来闯的。杨莹瑛不由想，自己简直是生活在安乐窝里，现在，安乐窝倾翻了。杨莹瑛的思绪时而散漫，时而集中，她还是不能完全听懂萧小姐的话。她只是要找一个人，萧小姐却与她大谈生意经。老葛的女人嗑下的瓜子壳已经一堆，哔剥声间着轻笑。这女人很爱笑，笑的却不是地方，这更增添了古怪，使事态变得荒唐。萧小姐亢奋起来，几绺头发从马尾里散下来，凌乱地披在后颈，她真实年龄其实比看上去的年轻，出来闯是不容易的。事实上，萧小姐说，墨水瓶的盖子，半只也没有了——说到这里，脸上忽露出笑容，却并没有因此而显得妩媚，反是有一种悚然——伊已经是阿诈里了！她用沪语说道，可怜杨莹瑛这沪上人都听不懂了。真是安乐窝里的人，不晓得外面世界在发生什么！你家先生什么都不知道，像真的一样签单子，记流水。她的笑容里几乎有一股恶意，杨莹瑛听不下去，站起来回一句：你明知道却不告诉，差不多就是帮凶了！萧小姐没防备，一怔忡。杨莹瑛给两位添了茶，复又坐下，表情和悦。虽然与时事隔膜，但时间自会教习她什么的。她与萧小姐目光平视着，一抬手，意思是请继续。再次开口，萧小姐的声音就软弱些了。

后来,账上的几千块钱——只有几千块钱!萧小姐又一笑,本是讥诮的意思,结果却是凄惨的——"阿诈里"拿走账上的钱跑了,这里几处生意照样做着,其实烟雾弹,障眼法!吴宝宝他跑去哪里了?杨莹瑛问。我也不知道,萧小姐颓然回答。杨莹瑛"哦"一声,请她再继续。形势在转变,由杨莹瑛掌握局面,她内心生出喜悦,奇怪地沉浸在博弈的快感中。萧小姐说下去——其中有一单生意是做浙江四明山的毛竹。毛竹?杨莹瑛听不懂了。工地上脚手架不是要用毛竹吗?萧小姐解释。杨莹瑛又"哦"一声,今天可是长不少知识!

毛竹拖来了,几大卡车,像真的样,卸到嘉定一处工地,说是工地,根本就是烂尾楼,一放就是半年,竹子不是木头,烂也烂不掉,到现在还堆着,运费、过路费、货钱、人工钱、中介佣金,利滚利,不要以为乡下人好欺,现在的乡下人都是读过书,当过兵,也是有眼界的,只有比你上海人狠,因为"野豁"——杨莹瑛说:这和我先生有关系吗?萧小姐又一怔,说出半句:我猜会不会是讨债公司……就此结束讲述。脸上的红晕褪去,回到先前的萎黄和冷淡,许是消耗了精神,显得更憔悴,鼻梁上暴出青蓝的筋,疲累地靠在沙发里,一口一口喝茶。

可是,杨莹瑛问,为什么要来告诉我?萧小姐不说话,脸色更加阴沉。这时轮到杨莹瑛微笑了:是不是要报复?吴宝宝抛弃你了!安乐窝里的人生,也许更具常情和常理。杨莹瑛惋惜道:你要早一些告诉我多好,兴许还能把人追回来。萧小姐又坐直身子:只要你想追,就追得回来!杨莹瑛想一想,说:那么就去警署,把你知道的线索报告他们。听到"警署"两个字,萧小姐向后缩一下,然后又一挺:不是已经报警了,他们又做什么了?

还是要靠自己。杨莹瑛心下不得不承认这话说得不错,就听她说下去:我今天来,就是想帮你找人。杨莹瑛明白了:你的意思其实是,想我帮你找人。萧小姐镇定地看着对方:找到吴宝宝就找到你先生,反过来,找到你先生就找到吴宝宝!真的吗?杨莹瑛问。老葛的女人也说一声:真的吗?鹦鹉学舌似的。只听萧小姐断喝道:神经病!杨莹瑛被这粗暴惊住了,老葛的女人倒不觉得,吃吃地笑起来。

"阿诈里"滑脚了,而你先生应该有迹可循,看起来很像是讨债公司绑架。只要追到讨债公司,告诉他们绑错票了,无论"阿诈里"跑到天涯海角,都追得到,你先生就也可以回家。萧小姐起劲地说着,一句成语跳到杨莹瑛脑子里:"螳螂捕蝉,黄雀在后"——介绍你先生去公司的朋友最近从津巴布韦回上海,正是时机,说不定"阿诈里"也跑到津巴布韦。所有的情况都要汇总,进行分析,一件东西丢了还要找个天翻地覆,莫说一个大活人!萧小姐脸上布了猪肝般的酡红,杨莹瑛看着这张脸,极想上去掴一掌。屏了一时,说出来的话连自己都吓一跳:照这么说,大概已经撕票了,所以,找得到吴宝宝也找不到他了。说罢站起身,是送客的意思。萧小姐站起来,表情愠怒,威吓般地说:你不后悔?杨莹瑛看出这位小姐生性里有一股暴戾,那个吴宝宝许也是怕她,所以要逃跑。老葛的女人很不舍地放下手里的瓜子,起身随萧小姐向门口走去,回头说了声"阿姐再见"。萧小姐什么也不说,和来时一样平着脸,走出去。

津巴布韦?杨莹瑛收拾着客人的茶杯果盘,觉得好笑。忽然之间,怎么就和这个地方缠上?她都不知道它在什么方向。收拾干净,重新坐下,杨莹瑛又感到不安,因为一时意气,会不会失去什么机会？似乎事情走到一个节点，信息爆炸了：津巴布韦是一个，四明山的毛竹是一个，讨债公司又一个，拓开的空间里，真有个他在？如何将他找出来呢？他所在的虚空——她似乎从没想过他是不是活着，事实上，他是死是活有区别吗？一个失踪的人，生与死的界线是相当模糊的——他去往的虚空如今有了命名。可这命名并不能使虚妄变成实有，倒是反过来，受到侵蚀，命名被蛀成一个大空洞，虚妄的力量远大过实有。他在哪里呢？杨莹瑛缓缓地想着，急躁和担心在日复一日里变得温和，尖锐的棱角磨去，粗粝的表面光滑了，顺思绪而下。事情初始发生，忧虑之余，还是气恨，有多少"为什么"要问那个一去不回的人，又替那人设想出多少答案，渐渐地，都成了无问和无答。

杨莹瑛仿佛也受到侵蚀，变成空壳子，时间从壳子里穿过。幸好有钟表，嘀嗒走秒，给无形以有形。还有建筑的立面，区隔了光线，从这面墙移到那面墙，变无限为有限。在这基本的规定之上，又间杂些零碎：汽车驶过去；走街串巷的废品收购的喇叭里，传出来的异乡话；鸟的啁啾，这水泥森林里也是有鸟的啁啾，训练成人语"买——小菜"；光，唯有人工才可造成的强光，从远处玻璃幕墙——还是建筑立面——反射过来的强光，介入原先的光线格局……这些，都是空茫中的飘浮物，沾着静电，发出嚓一声，过去了。电话铃响了，杨莹瑛一抬手，拿起无绳话筒，是女儿，很紧急的声音，说晚上加班，请母亲接孩子。放下电话，杨莹瑛发现房间里一片森然，全是细密的沙沙声，下雨了，而自己竟然睡着。

自从外公走失，孙子的幼儿园便换到附近，放弃了尚余半个学期的学费、膳食费、择校费，就为接送方便，也为隔断记忆。杨莹瑛将孙子领回家，动手做晚饭。错过一顿午饭，但补了一觉，两头扯平，没有亏欠。雨天有一种宁静，大约来自原始的狩猎生活以及部族的争战时代，各自在洞穴休憩，放下警惕性。人类也许还处在漫长的进化的拖尾里，野蛮的生性只是蛰伏，一旦产生相仿的条件，就苏醒过来。

杨莹瑛觉出这个雨天的傍晚有一种相似性，不是相似在下雨，而是相似在安宁。这安宁不只在一时，而是天长地久。曾经有一度——现在想起来，可不就是“一度”——真的是在安宁里，安宁到难免沉闷。早上的时间过得比较快，买、汰、烧，一眨眼到了中午，下午就放缓了。午后的时间，主要在等待中度过，等孙子回家，当然，孙子是由他领回家，再等女儿女婿下班。等待总是冗长和不耐的，而且，无聊。可她却不像大多女性那样，看日间电视剧，日间的电视剧多少是打发的意思，有虚度和荒抛之嫌，她则是认真和爱惜的，于是，便数着过来。手里做针线活，就是数针脚；自己染头发，是数头发丝；看报纸，数的是字；什么都不做的话，就直接数分秒。数的时候觉着慢，数过去了又觉着不经数，太快！就这样，又慢又快地等来回家吃饭的人。晚饭以后，节奏舒展开来，就像音乐里的行板。电视在此刻打开，经历镇日的等待，连续剧的开始有些激动人心，结束则有着憾意，可是不要紧，还有明天呢，又一轮的起始就要来临……原来这就是安宁，将时间有规律地划分，分成一格一格，梯级似的，不使人无所依托而从空妄中坠落。这人为的梯级不可太密，太密会有急促感，倏忽而去，转瞬即逝；亦不可过于稀疏，稀疏了就又裸露出时间空茫的本相。两者都是虚无，所谓宇宙黑洞，在日常可感的范围内，大约就是时间了。混乱一阵的时间，在疏密有致的雨声中重现秩序。水泥横梁聚集的水滴子，掉在窗玻璃上，叮一声，也是走秒的声音。建筑确是个好东西，它在黑洞里建成鸟巢一般的栖身之所。

杨莹瑛在砧板上切菜，萝卜丝一缕一缕从刀下吐出，拥起雪白的一堆。米粒儿在电饭煲里，葱花儿，姜末儿，热油沸着一圈小泡泡，汤锅里是大泡泡，鸡蛋铺下去是金泡泡！电梯井里上下着厢笼，沉闷地轰响；开关自来水龙头，管道发出呜咽；日光灯预热的嗞声；煤气灶啪啪地打火，火苗燎着锅底……全是安宁。安宁接续上了，不是在中断的那一节上，哪里都是断了的茬口，无数进行中的活动骤然间中断，好比收割过的麦地，来年再播下种，你知道哪一颗生出哪一棵？天地之间的存在，只能计算总量，总量不变，谁归谁就不好说了。

孙子有几回进到厨房里找外婆，要这要那，杨莹瑛一一回应，又一次想到这孩子从此不提外公一个字，谁知道是什么样的小心思。小孩子其实最神秘，民间有一种说法，他们能看见大人看不见的东西，随着长大，超能式微，最终消失，就像从原始人到现代人。初始阶段的成长，也许就像细胞分裂一般迅疾，不是都说小孩子日长夜大？他们是那种最新鲜、最有弹性的质地，它可及时将缺失弥合，也可及时容纳占位，吐故纳新活跃极了。而大人却是黏滞缠绵的物体，生长排泄的杂质沉积下来，越来越稠厚，运动的拖尾很长，就是俗话说的“记忆”，“记忆”的物理。它使时间变形了，事实上，变形只是错觉，由主观导致。因此，一方面在变形中，另一方面呢，固定不变。

可是，你不能不承认，错觉也是物质一种，而且是坚韧的物质，会随条件变化体量，覆盖不变的事实。但也可能是相反，洞穿表面,暴露底层的事实。事实是地质层,日复一日,年复一年,不停地加厚,夯实,同时,蓄积能量,等错觉来临,一触即发。于是,地壳动摇,岩浆从裂破中涌出,新生代、中生代、古生代的生物物种历历而现:淡水藻类、浮游生物、货币虫、软体动物、六射珊瑚、被子植物、真骨鱼类、恐龙、菊石、箭石、真蕨、苏铁类、银杏、松柏类、四射珊瑚、床板珊瑚、三叶虫、红藻、绿藻、蓝藻……错觉是地质灾难的现代化表现,在进化中,由表及里,隐蔽了激烈性,但依然引发着结构剧变。

漫天的细雨很难说就是这城市的原始性了,人类活动逐步改造了气象,使原始也在一定程度上变形。就好比有一种学说称鸟类是恐龙的退化形态,分解成细部看,都说得过去,脚爪啦,羽翼啦,脊椎啦,都是缩小版的恐龙。所以,世界的起源还是能找到蛛丝马迹的。不要以为文明史终结了自然史,自然史永远是文明史的最高原则,只是文明使之变得复杂和混淆。雨丝在玻璃幕墙滑落,洇湿水泥地面,蓄积成流,进入下水道,激荡回声。建筑材料削弱了原始性,世界走出荒蛮。然而,文明自有另一种野性,它纵容人的强力,激励这生物链上的一环无限制发展壮大,破坏循环的平衡。

杨莹瑛仿佛觉得有一块时间整个地塌陷下去,陷到极深,同时,断裂的边缘相互接近,靠拢,企图重新成为整体。如果是哲人,就领会到时间的厉害了。而在一个市民,时间是以生活为代言的,她想的是:日子总要过下去。这里其实也是有觉悟的,不是显学,是匿名的状态。日子总要过下去,阳历新年过去,阴历新年就到眼前。这旧历年以农时为排序,就与天道有关,因此,更为隆重。即便杨莹瑛无心过年,可架不住四周的动静。女儿女婿单位分别发放年货,各种冰鲜与腌腊,南北货,应时杂果,原先是分两家,如今会合一起,东西都带到这里。冰箱盛不下,家里人又都不像他,会安置物件,不得已添置一台冷冻柜。忙着收拾储放,心情便兴奋起来。人都是有物欲的,丰盛和富庶给人长久的观念,抵得上哲学的永恒思考。孙子已经放寒假,祖孙早晚纠缠,不外是为吃和玩两桩。小孩子是没个够的,全靠大人辖制,所以就是一个要一个不让地拉锯。成日价吵嚷,腾不出一点余暇面对自己的心思。年节里的交际多,亲家送来自家做的蛋饺,大伯送的是扬州狮子头,娘家人也有东西。总要回礼,回什么?亲戚中都知道她有一手绝活,就是鱼圆。

第一道手续是买鱼,杨莹瑛领孙子去铜川路水产市场,乘七八站地铁,上到地面,临十字路口。这一个路口被两条宽路扩张成广场,跑的多是载重货车,好像不在城市,而是在乡间的公路。鱼虾和海水的咸腥弥漫在空气里,三轮拖车在人行道上奔走,车斗里是巨大的冰块,冰渣子碎在街面,被人脚踩踏成一摊一摊污水。地面又因超负荷的压力,破裂得厉害,一不留神就绊倒或者滑跤。她紧拉着孙子的手,踉跄越过马路,马路上下沿都停了车,以摩托为多,留给步行的地方极窄,往来都携货,左右碰撞,不及躲闪。杨莹瑛真是后悔来这里,还带着小孩子。从来都是外公负责采买,她在家中等着烧煮。听他描绘过铜川路的兴旺,却不知道是这么个粗暴的场所。走进室内,水泥梁架底下,摊位一个挨一个,一眼望不到头。顶棚黑压压的,进不来天光,各家摊位前垂一盏电灯,昏昏黄黄,就像是深邃的洞穴。孙子却挪不动脚了,因看见盆里的活鱼活虾。胶皮管突突地充气,水面冒出一串串水泡。一条大鱼蹿出来，在人头上翻个身，画下条弧线又回到水里。锅底大的青蟹，沙沙地爬行；海螺则无声无息，堆在塑料箱。有一碗碧绿的小乌龟，大不过婴儿的手心，杨莹瑛拗不过，买了一只，让孙子托在手里，这才安静下来，跟着向前去。木锤子砰砰砸着冰块，哗啦啦倾倒进桶里。搬运重物的发力声，车轮碾过地面的吱嘎，买和卖的吆喝，激着回音，奇怪的是并不喧闹，反有一种疏阔，似乎是从较远的地方传来。

杨莹瑛心里略微安定了，在这野蛮的表面之下，其实秩序井然。摇曳灯光下凶悍的脸相里，有着做生意的诚恳。她沿着摊位问价，上下所差极有限，相互也不诋毁，体现出行业里的约定俗成。买家一半是批发，一半里的一半是餐馆饭店，穿着长筒胶靴的慓悍男人忙着打包。蟹被麻绳缚牢足和螯，码起来，用尼龙网罩住；虾是排在塑料泡沫盒，缝隙填进碎冰；水箱里是活鱼，体积庞大，透过箱壁，看得见鱼跃的影……相比这样壮观的交易，杨莹瑛这样的散客就不怎么上台面，买得零碎，又锱铢必较。卖主们倒也耐烦，显得颇有风度。杨莹瑛先在淡水摊上买两条大花鲢；又转过几排铺子，找到马鲛鱼，买的是一段，但必亲眼看着从一整条上斩下；第三处买下十二条红明虾。左右环顾，还有想买的，但考虑负重，又领个小人儿，小人儿又托了个乌龟，络络绎绎，只得收起兴致，往回走了。从棚顶下走出，方才发现，到了另一条街上，原来，市场大棚贯穿一条马路。相同的大棚，并列有无数。站在露天，眼前一片炫亮，就知道水泥洞穴的黑和深。时间是在正午，不知觉中一个半天消磨过去。太阳当头，身上暖烘烘的，孙子又挪不动步子了。

沿街面的水产店立着一具具玻璃水箱，里面游或爬的水族，全是见所未见，闻所未闻。或是巨大，或又极小，针尖似的一点，且须尾俱全，两侧的透明的鳍，蝉翼一般，在巨鳌之间摇曳穿行。虎皮斑纹的鱼背上停着一只鲜红的小螺，螺口里面还有一只白色的寄生螺。一张团形鱼脸上是七色彩条，另一箭形鱼通体银白，无论彩条还是银白，细看去全是一层层细鳞，排列整齐，镶嵌紧密，一丝错乱都没有。还有一具鹿角，沉在水箱底部，身上长了苔藓，不期然却动起来，舒展成伞状。那水箱四角都用铁铸，高到屋顶，水草森森然，仿佛丛林，有无数的浮游物，自成一个小世界。杨莹瑛的目光也被水草里的众生物吸引，看它们翻滚腾挪，一尾追一尾，还有两尾头顶头；有一星形，眼见它触角延伸，越来越长，上下飘扬；只那么火柴梗似的小东西，就知道开合口吻，一吸一吐。那水草的丛林，越向纵深处颜色越暗，终暗成浓黑，大约就是鱼类的夜幕了。夜幕上，有晶亮的斑点，闪闪烁烁，远远近近，莫说有多活跃了，简直是精灵。正出神，骤然地，一张笑脸扑面而来，不由惊叫一声，跳开去。这笑脸伏在玻璃壁上，吸紧了，铺开来，向外看着，眉眼有一股狞厉。杨莹瑛浑身战栗，想逃，却动弹不了腿脚。她与笑脸一里一外对视，那笑脸骤缩起来，脱离玻璃壁，退后，再退后，一转身，游开了，消失在水草的帘幕后面。杨莹瑛终于动起来，扯住孙子的手，勿管他乐意不乐意，硬是拉走了。

手里的塑料袋在渗水，滴在鞋面和裤角，她嗅不出腥臭，因空气里都是腥臭，还有潮腻。鱼鳞、内脏、血水、塑料薄膜和塑泡块，腌臜在其次，主要的是，令人骇怕。迎面来的人，身后推搡的人，都带着方才水箱里的笑脸。她不敢看任何一张脸，只低头走路。路面上的水渍也是笑脸，杂沓的人脚从笑脸上踩过去，真是暴戾啊！她喘息地想，不该来这地方，不该来！人和车都比来时熙攘，摩托轰隆着打火又熄火，还有手推车，喀啦啦轧过去。冰块反射日头，一条鱼在强光中跳跃，前后都有人在叫喊，有人竟拉她，这才意识到，是自己的鱼从塑料袋里蹦出来。正无措，一个男人弯腰俯身，一把捉住鱼，哧溜一下放进她的塑料袋，还有人递她一个新塑料袋。她匆忙地道谢，脚下走得更快。一片喧嚣中，有一个极深极深的静处，藏着不为人知的秘密，偶露峥嵘，已足够把人吓坏！十字路口的空场上方，红绿灯转换，不知什么是车行，什么是人走。行道树还未长成已经枯萎，过往车辆的尾气伤了它们。下去地铁，来时没发现，原来这地铁口也是荒凉的，走下水泥台阶，迎面一幅卷帘门，是歇业的店铺，卷帘门侧一条窄道通向闸机。水磨石的地砖又凉又潮，沾着鱼鳞和血污，等车厢门打开，人脚带进去，满车厢的腥和臭。

地铁开动，她感觉到手里的负重。这一条线路通往近郊，上客多半是区县的居民，带有乡人的风气。室外的劳作使肤色变深，动作开合度阔大，包裹行李沉重，衣着颜色是浓烈的，说话鲁直。总之，地铁的空间于他们显然狭小了，于是，个个脸上流露出拘谨的表情。新崭崭的车厢四壁已经染上旷野的风霜似的，不是旧损，而是粗粝。车过几站，铜川路的鱼腥消散了些，上客却越来越多，代替以另一种气味——衣服在箱柜里捂了一季再上身，布臭和汗酸还有樟脑的气味。车厢的顶灯让人头遮挡，光影交替，脸色都有些暧昧。正沉在这个未明的世界，却被报站唤醒，要下车了。牵着孙子的手，随人流涌出车厢，过闸机，上滚梯，就到了露天。大太阳下，简直换了人间。铜川路，早在身后很远；地铁则在地底深处飞快地奔驰，在黑暗和坚硬里穿行。

午饭以后，洗净的鱼蒸熟，剔去骨刺，刮下肉茸，分别盛在两个器皿，一是马鲛，一是花鲢，各自搅拌。要说杨莹瑛鱼圆的秘笈，就在搅拌的工序，没有任何淀粉菱粉一类起浆的添加，只略撒一些细盐。操一双竹筷，在椅上坐舒服了，就开始漫长的搅拌，搅拌的方向必是顺时针，不可逆反，这也是秘笈的内容之一。朝西的厨房里光线逐渐充盈，明亮又均匀。小孩子都在家中度寒假，大人没到下班时间，烧饭的人大多未起炊，打着盹儿。临近年末，土木停工，民工们在回乡团圆的路上。时钟的走秒声浮凸起来，仿佛水落石出，竹筷的搅拌合上走秒的频率，在肉茸里画着小圈，这是秘笈之三，搅动不能过大，而要细密。重复动作，加上单一节奏，杨莹瑛昏昏欲睡，却还清醒着，有一种微醺。鱼肉的香味起来了，轻微的，如同花香，更增添醺然之意。竹筷逐渐陷进一堆雪里，耀眼的白和润。时间呈现出一贯的恒定，某些变形的部分在复原，回归进整体的静动中，这是强大的原则性，背后是天体运转。生活忙着给它填空，填一铲子，一铲子便飞扬开无踪迹，再填一铲子，再飞扬，再无踪。反过来，生活挖了一个坑，时间弥漫过来，填平了。

鱼茸搅拌到黏而不腻，成了。盛一盆清水，定一定，着手做鱼圆。她的做法是撮起一捧，握在手心，从虎口挤出，正是一球。落到水里，沉一沉，浮起来。这是从小跟母亲学的，母亲是舟山那里的人，天生就会调制鱼虾。这时候，她静静地想到，铜川路的笑脸鱼，不知属哪一种水族，来自哪一个水域，可是把她吓得不轻。这时，她却想不起笑脸鱼的模样了，甚至怀疑，有没有过那一刹那。笑脸鱼退进记忆的洞穴，泯灭了。

十一

他穿着二点的绒衣、绒裤，还有一件棉背心，仿佛成了二点。也像二点腿脚灵敏，能在陡峭的岩壁走出一条路。他的手变得勤快而且聪敏，能在灌木蒿草中翻找出可食的根叶裸子。他也学二点的节省，晓得将正经粮食——麦饼的一角和着采集物一并烧煮。麦饼就像文明的酵头，陶冶野东西，生食熬成熟食。麦饼最后一点屑粒放进汤锅，只这一点，散发出的气息也令他舒泰，他们就是被这气息驯化的物种，嗅着这气味，就像回到了家。积雪溶化一多半，峭壁岩石、乔木灌木从雪里裸露出来，颜色显得青森，衬得残雪更白，两相对照，晃眼得很，几乎不敢驻目，驻目就晕眩。他闭着眼睛，躺在板柜里，身下是草垫子，身上是二点的毯子。屋子中央的炉圈里有余烬点点，保持一定程度的室温。他已经养成一种能力，就是以极少的进食维系生息。进化真是了不起的，它从来没有停止脚步，而且很仁慈，在总体性的关照之下，也不放弃局部的、个体的存在。

二点不来了。睡眠中有几次，二点向他走近，走近。现在，他不会混淆，将二点当作哑子。不错，他们都是颟顸的人，但各有性格。二点走到跟前，向他伸出手来，刚要触及，却变成一棵树。他并不惊奇，二点就是一棵树，哑子也是一棵，是两棵不同的树。很多树将他包围，最后，他也变成其中的一棵，陷在林子里，脱身不得。他不挣扎，顺从地任凭造物摆布。土壤，相当薄瘠，却在发力。空气结着冻，冰冷地呼吸着。水是温暖的，却在极深的地底下，够也够不着，只能觉得流淌的拱动，腾腾的。他这棵树啊，别提多可怜了。可他只有顺从，顺从生存的原则。雪又化了点，山林房屋裸露出来的部分更多，因此就有了立体感，从平面上凸起，越来越生动具体，颜色也次第呈现差异。太阳走到正中，气温在上升，终于没将化雪结成冰冻。树们的枝杈长了有千分之一毫米那么一点点，落叶乔木和不落叶乔木都抖擞一下，落雪纷纷。他适时醒来，在炉圈里填几根树枝，火星跳跃起来，化成流萤，扑向他来。其实是梦，他回进板柜，又睡去了。

梦缭乱得很，温柔缠绵，裹着他，保护基础体温，恰好够食物转化能量的那个节骨眼儿上，少一分不足，多一分又过速，供给就跟不上。人算不如天算，也勿论偶然还是必然，总之，他就是在这道狭缝或者说是薄刃上。狭缝和薄刃其实不像想象的那么危险，当然是有淘汰率，但对于存活的那一部分比例，可就是广阔地带。乱梦带着初始社会的野蛮劲，杂芜而生机勃勃，蔓生蔓长，又蔓灭蔓绝。周期交叠起来，就缺乏连续性，不是首尾相衔接成一条链子，合乎时间的形态，而是从时间里破壁而出。时间这恒定的秩序在乱梦中可就难说了，就没个定势，无论长短顺逆，还是容积量，或是无限膨胀，或是紧缩，紧得不得了。在这过激的运动中，时间掉落的碎屑，类似陨石那种东西，四溅开去，砸穿通道，即被乱梦充实填平，你说这是什么样的自由落体！

他顺从着自由落体，消除了空气阻力，时而扬，时而抑，时而明亮，通体剔透，时而沉暗，直至闭合。一支歌又唱起来了，是原先的那一支，还是另一支？总是谙熟于心，行行地进行，依时间轨迹，还是自由落体，漫无轨迹？要说是轨迹，同时也是漫无轨迹，因为在无限度的空间，时间就从限度中脱出。是不是行星的意思？行星运行不是以“光年”计算吗？“光年”的概念真是混淆啊，说不清什么是时间，什么是空间，是自由吧？一颗星在左上角显出来，明亮中是一点灰白，黑里则是亮，乘着旋律也是行行。这是乱梦中的一线隙罅，透露一点机密。他没有好奇心，置身在巨大的奇异之中，还有什么机密能引动好奇心！奇异笼罩所有的未知和未解，心变得很大很大，那些零碎异物算不上什么，就从注意力中筛漏了。歌子在唱，循环往复，星子始终在左上角，挂在山崖，崖下是无底的山谷，一团团雾气消长起伏，迅速下降，梦醒了。有一阵子错乱，所有的物体一并归回原位，免不了磕碰擦蹭，但归得够速，睁眼间，又是缝对缝，榫对榫，丝毫不差的旧世界。

爬出板柜，挪到屋外，星斗仿佛从头顶滚落，落在山坳，盛也盛不下，就溢出来。雪化净了，白昼的日晒此时反射出来，气温暖和。山涧的水响畅快极了，哗唧唧的。落叶乔木露出枝干枝杈，疏密有致，星斗徐徐地往下落。四圈的山壁都亮着，形成斗状，山坳是斗底，他是斗底的一个什么？一个眼，眼里的眼，可深了！望出去，那灿烂星光，层层叠叠，从环状的山壁铺设出去，去到无限宽广的远处。心底安宁，安宁成一小粒尘埃，由于无风，而静止不动。一颗流星，从密匝匝的星丛里穿过，就是那支歌吧。穿行的路程很长，它就行行地走，走在一个巨大的弧度上。融净的雪其实并没有完全消失，转换成晶莹，树啊石啊，不落的叶啊，全在发出幽光。虫们在冬眠，那些食肉的动物早已经迁走，它们总是逐哺乳的同类而生，这一个山坳实在太瘠薄，久没有人烟。现在，有了一个他，他得学着觅食啦！经哑子和二点的教育，他已迅速成为杂食动物。别以为杂食动物是野蛮人，事实上，是人和自然的协商再协商。哑子和二点都是成功的谈判者，他们又带出新人类，一个老新人类。

这个老新人类真的是很老，须发白尽了，肌肉也差不多消耗尽了，皮包着骨头，在人生的梢上。谁知道呢，说不定已经死亡，活着的是一个新物种。在这新物种，生与死早转换形态，模糊分野。从生物学上说，就好比单性繁殖。在单性繁殖进化到双性繁殖之后，再继续进化到单性繁殖。方才说嘛，进化从不停止脚步，貌似停滞，但当能量积累到质变，就爆发革命。山野与海底，随时都发生着物种变异，然后湮灭于万籁。精灵古怪，遍地丛生，远超出认识的眼界。这个老新人类，携带着上一期文明的工具，进入下一期的劳动。事情的开头，大体上差不离，以采集经济为基础，也不排除其他来源，比如狩猎。他捕捉到一只仓鼠，循迹而去，挖出仓鼠的粮储，这可是意外之喜。仓鼠的巢穴，体现出储藏和运输两项功能，从球状内囊中心辐射出十数条甬道，弯长曲折，不见尽头。囊里的谷粒子铁硬，显然有不少年头，保障着几代鼠辈的生计。他用哑子留下的铁犁片一点一点刨出来，装进二点的搪瓷杯，再又倾入一只塑料袋。

塑料袋是顺涧水而下，挂在一丛灌木上的。这是一种奇特的物质，是固体的水，又是膜状的玻璃，和这两样都不同的是，地心引力对它仿佛不起作用，就又像是有形的气体。他却觉得很自然，是个老朋友，他将塑料袋捋成一束，绕在腕上，叠成一小块，合在手掌里，或者散开来，手指头拈着，飘来飘去。现在它盛了谷粒子，垂下来，沉甸甸的，地心引力穿越过它，对谷粒子起作用。他就变成一个老仓鼠，塑料袋就是仓鼠的活动粮仓，走到哪，带到哪。很可能，那只被他猎杀的仓鼠比他更有辈分，在这山野精灵里，他就算是个资历浅的。他用石头砸着谷粒，脱去硬壳，连皮带瓤一并撒到锅里，掺进树叶草根，浸泡熬煮。渐渐的，麦饼的气味来了，不是一种，但属一个大类，黍稷类的，都经过人工的驯化，驯化和不驯化就是不同。好了，赶在第二场雪下来之前，都准备妥了。下来的却不是雪，而是冻。据说是雪在半途遇暖湿气流融解成半固体半液体的凝胶状，不是像雪那样有着规则的六瓣或者八瓣，而是有细密的触角，吸附在物体上，收纳了地面温度。

睡眠之后是清醒，醒着消耗略大于睡眠，需要适时进食。好在有仓鼠肉，蛋白质转化能量更有效。他也习惯饥饿，饥饿的极限其实是相当宽裕的地带，可停滞很长一段时间。转换能量的物质则相当广泛，大大超出普遍认识筑起的藩篱。事实上，文明的淘选在某种程度上限制着物种的发育，本来的可能性也许更丰富。那些无名的自生自灭，总有存在的理由，是一条隐匿的生物链，许多许多世代过去，抑或就成为主流。当然，有名目者同时在退化成乌有，依物质不灭原理，应是转换形态。大千世界，没有一分钟停止过转换，于是，又有同等数量质量的存在产生，哪里养不了一个人！天下着冻雨，无边的潇潇声，因为严密，将山涧的水响隔离开。他守着炉围，添加柴火，将细枝揉碎，均匀布在锅下，火就燃成薄薄一片，热也成一片。木屋子里充满香气，是树木的油脂香，也能果腹。木纹理中嵌着个小虫子，剔出来，送到火里，剥一声响，肚腹暴开，蛋白质的香味，放在舌尖上，膏腴般的肥美。他没有忧虑，就像二点，喜气洋洋的。冻雨裹住山壁，林子成了冻林子，房子成了冻房子，里面却有一撮芯子，暖暖的，活泼泼的，千年万年以后，就是一个小虫子。

搓搓暖和干燥的手，拈起骰子一掷，掷出一个二点，这“二点”是不是那“二点”呢？权且就当是吧。再一掷，是一点，那么说，二点就有个哥哥。然后，是六，六是什么意思？六之后，三来了，六除以三，还是“二点”。然后是一个五，五乘二，得十，超出骰子上的数。再一掷，是四，十减四，得六，回到骰子的数里面。再做个除法，十除以四，除不尽，得二，余数也是二。归根结底是个“二点”，二点像是个大千世界，又像是大千世界外一个异数。这一轮结束，再来一轮，一掷就是个六，最大数，什么意思？是哑子吗？没有比哑子大的，都是比他小。同时呢，又是排最末，一、二、三、四、五，最后是六！第二掷，二又来了，但这回不当二点的意思了，因为另起了头。哑子上面的“二”是什么？是他的爷！难道哑子有爷？哑子就像石头缝里蹦出来的。二点有爷娘，就在山涧那一边，圮颓到土里去的棚屋后头壁龛里面。第三掷，掷出一个一，就算哑子有爷，爷上面就还有个爷。六、二、一，六减二等于四，减一是五；六除以二是三，一加二也是三，三个数可将六个数全贯通，也像是哑子，口舌虽然阻滞，耳目却通透。第三轮，是以三开头，三是什么？是我！他想。这个“我”字一旦跳出，身子底下的地都动了动。疼痛袭来，从头部两侧开始，向下蔓延，耳膜鼓胀起来，有强劲的气流从内向外冲击，一下一下。他双手紧托腮骨，似乎要抵制疼痛继续向下，眼睛则看着骰子面上的那个“叁”字，游戏还要继续。

好，三是“我”。他暂且放下“我”是谁的问题，忍着头痛再掷一下,还是三。因是重复,可以忽略不计。“忽略不计”几个字出现,他的思想便走开去,落到另一处,石桥那端的棚屋墙上,一线阳光照射底下:七亩二分三厘五丝六毫一忽——原来,“忽”是计量单位,所谓“忽略不计”,意思是个略数,极小极小,小到可以不计。他敏捷地思想着,思想在跳跃,又跳回到三上。既已掷出,就不可忽略,他想。三减三,等于零,就是无,无“我”吗?那么三除三,得一,按哑子的系列论,一是爷的爷,“我”是谁都不明白,爷的爷又如何知道?那么,就算是天吧,总之是最先的那个。再换个算式,三加三,得六,六是最大,同时又是最末,最末是什么?他在“三”里纠缠久了,脱不了身似的。挣扎着掷一下,滚出一个五,和三一样,都是素数,除一和自己,都不可除尽,三和五相加或相乘,就都出了骰子上的数。然后,掷出一个一,很好,无论乘和除,都是“三”自己或者“五”自己,“自己”这个词又来折磨他了,隐退的疼痛再次来临。为什么是“自己”,“自己”是谁呢?眼睛盯着骰子,上面的“壹”字,还原成笔画,横竖点钩,他叫得出它的名,就是一,许多抽象的名汇集来了:一生二,二生三,三生万物!思想跑得很远,努力收回来,坚持做游戏。

一是“天”,二是“二点”,三是“我”,万物是骰子上最大的点数,六,六不是“哑子”吗?依这句话的秩序,即是“天”生“二点”,“二点”生“我”,“我”生“哑子”——似通非通,但却有趣。换个算式,“二点”“我”“哑子”,除以“天”,得出的就是“自己”。“我”加“我”,得出的是“哑子”。“我”乘“二点”,得出的还是“哑子”。“哑子”是个什么?最末的那个?反过来,“哑子”可以除以“我”,除以“二点”,却除不尽四和五。那四和五,就是在

"哑子"之外,在最大和最末之外。可是,换个算式,"哑子"减四,却得出"二点";减五,得出"天",这四和五里有妙算呢!头痛平息下来,玩累了,思想变得怠惰,不想动弹。他拾起一段枝干,木质松软,树脂又饱满的,轻放在火塘底的余烬上,火星子快速地明灭,树干发出吱吱声,就像一个活物,周身通红了。

收起骰子,这一个大玩具,哪里滚出来的,哑子的手吗?冻雨给天地裹上一层胶质的壳,有一些乔木和昆虫冻死了,另有一些菌株分离开来,向新生命转移。那胶皮丸子里的他,冻壳子里的三十七度芯,找着乐子,窸窸窣窣的,延年益寿。嶙峋起伏的地表,坎坎缝缝里,有多少苟活,循着优胜劣汰、适者生存的原则,改变形状和结构,调整生殖遗传。胶质囊布着冰裂纹,轻盈得不得了,开出花来,乳白的长瓣和长蕊,压得老树枝一弹一弹,花甸子就动起来。

握着骰子,骰子面上的字是谜面,让他猜谜底。每一次猜法都不一样,有时谜面是火,一点火,二点火,三点火——三火成灾,那么四怎么办?四减三吧,等于一,灾不就消了?五减三,是二,又长上来;六,躲不过去了,还是灾!这么消消长长,就像月圆,渐满渐亏。倘谜面是树:一木,二林,三森,四呢?每到四,就阻一下,四就是个节点,凡事都在此转折,就看怎么转!四木即双林,又是一森加一,然而,此一非彼一,应是个倍数,就是森加森,等于六。那么五呢,五这个素数,真是不好办,不像一和三,可让六除尽,就在骰子的囊中。这个五却是特立独行,不为任何点数兼容。算它作一森加二,那就是倍数的倍数。再要是六,则再添一个倍数。所谓一生二,二生三,三生万物,大约就是这般级级攀升,一经启动,便无休止。这还好解释,难解释的其实是一，这一从何而来？这一又是何物？只能假定它，一是火，是树，是天，或者是“自己”。“自己”又是谁呢！这无解的难题又来折磨他，头隐隐作痛，他抄起骰子，握在手心。骰子面上的字，其实是谜底，谜面不知藏在什么地方。

然而，他还是要做掷骰子的游戏，这游戏蛊惑着他。再说了，这么漫长的醒，总得做点有趣的什么。换一种猜法，猜水。一点水是古字“冰”，水上加一点；二点水是“冻”；三点水，就作“酒”来解。再一掷却是六，先沿着点数猜，什么是六点水？猜不透，从字义出发，那么就是“粮”，偏旁是“米”，六点相交，酒又是从“粮”来，这就通了。五是“黍”，因下部是五点。四就算是“煮”吧，“酒”不是要煮？游戏越来越顺，原因是借了字作谜面，字这样东西，就是让无名变有名，于是无解变有解，同时呢，其中的机趣似也有限了。这样的猜法玩过几轮，兴味索然，有意还是无意，终有一掷，骰子滚落进草木碎屑堆里，不见了。

冻雨中，野骨上的人家下山了。雪前谈的牛生意，客商已在路上，这就要送货去。这一下去，许就是一个寒天。即便是暖冬，山里的气温亦是在零度之下，终是难事。公路上跑着大小车辆，车轮子将雪和冻碾成泥泞，飞溅开来。多是急赶着出山的人和货，看见居家的就问：下去不下去？本来打算就地过冬的，此时也架不住大趋势。于是，坚壁粮草，封闭门窗，牛栏和鸭塘疏浚泥淤，平垫新土，盖上稻草。拦下两辆空货车，议定价格，拉牛；自家的小型客货两用车载人和日用东西，往青田去了。车入青田，山势迂缓，林木逐渐疏阔，却显齐整，多是油茶树，不落叶。先是几行，然后一片，终至漫坡，随地形起伏，绿意浓厚。其间插有麦田，黑油油的土里吐一点青，显然是耩播，远望过去，就有经纬。还有红薯垄子，一趟一趟，伸向地平线，日头正下垂，停在垄子上，就像金光辐射。他们的路线是往西行，仿佛追着日头，越追越近，因为日头越来越大。山变得远了，在天幕留下轮廓，山形缺损，边缘多有碎齿，看得出斧凿的痕印。车开出半爿崖壁，到江边，日头落在江心，染红一条水。大小船只往来，有吃水极深的水泥运沙船，也有蚱蜢舟，扁扁的一叶，从面上滑过去。公路与江流并行，车和船都稠密起来，汽笛与喇叭交替鸣响，此起彼落，有时在同一频率持续，路面弹跳着，江面也在动荡。余晖很是绵长，斜到极远处，跨越山水，在视野尽头收梢，天变成灰蓝，暮色哗地下沉了。

车停在县城东郊的良种场，卸下牛，结清运费。买家是老主顾，等在客栈，当晚就可交割买卖。良种场是六十年代开办的共产主义青年大学，然后又改作劳动农场，总之是吸纳浙南一代的青年学生就业。后来，学生回城，农务用地减少，大部转为他业，其余则租赁给江西过来的农人。良种场留下个路名，实质已经解体，原先的职工宿舍，分别给个人承包，开起旅馆饭店，野骨下来的这一家便是长年的租客。说是冬闲，其实只是指野骨上的营生，到了平地，不自主地又忙碌起来。苦惯的人，眼睛里都是生计，哪里舍得下！载客或者运货，再觅点零星买卖，这里批来，发到那里，从中赚点差价，虽微薄，聊胜于无。平地到底人稠，比起野骨，分心的事就也多。住在良种场，四邻多南来北往，总是令人兴奋的。聚在一起，不外两桩事，喝酒与打牌，冬日夜长，也经得起消磨。因是长租户，又租的独院，就成了中心似的。好在他总体上喜静不喜闹，是林窟里带出来的性子，所以就有节制，每次连他自己只招拢四个，正够一桌戏耍，饭菜也可细致些。不是天天聚，隔日一回，酒不伤身，牌不上瘾，倒很得人心，风评很好。就常有上门造访的，没断过朋友。

二点呢，他怎么办？住定后的头几日，难免是怅惘的。他的牛没有了，他的活计没有了，倒是多出许多人，二点不由发慌。他不是不喜欢人，而是这么多人一下子涌出来，身前身后都是，隐约觉得要出什么大事似的，心怦怦乱跳。而且，没有山。山是屏障，阻止视线，其实，是引你过去，一转，就有想不到事物。刚有发现，却又阻断，再过去，再有想不到。平地上则一览无余，所以，也没有可去的地方。二点懒怠动弹了，随即，食欲也减下来。做嫂子的，以为二点是想念麦饼，原先在山里不是以麦饼作口粮？于是就做麦饼，鏊子的生铁味让二点振作一下，可紧接着更伤感，这一点熟识越发显得周围陌生，将头伏在膝上，不肯抬起。夜里的牌聚也让二点寂寞，他早早上床，蒙在被里，一睡就到下一日的中午。也许是发现睡眠的作用，二点变得赖床，日夜不起来。哥嫂开始担心，想他是病了，如他这样的呆病，都不知道向哪一门科问诊。有一日，硬拉他出去，去到一个叫作船寮的江滩，隔水望去，大片的芦苇，花和穗都谢尽，苇叶齐刷刷的，仿佛钢针，刺向天空。男人看他出神，递过去一架高倍数军用望远镜，教他怎么往里看。芦苇荡陡地近到眼前，一排墙似的，二点吓一跳，以为有什么来袭，赶紧移开，芦苇荡退到对岸。来回数次，方才定下神来。

望远镜沿着岸边移动，原来芦苇丛里有隙缝，江水流入，或拓开或闭合，形成无数水塘。一个套一个，一个串一个，蔓延到极远。眼睛一旦离开望远镜，水荡子就从芦苇后面沉没，不见了。二点奇怪，这水荡子藏得多么严密，不用这镜筒子照，就发现不得。二点还认识不到望远镜的功能，因他没有远和近的概念，只当是望远镜里有着另一个存在，是在裸眼看见的这一个的背后，视野被分层和遮蔽，他重新获得安全感。谁能够进到二点的心里，看见他看见的世界？那世界是一维、二维，还是三维？或许都不是，或许都是，抑或互相转换变化，没有特定的分界。距离、方位、屏障隔断，在二点都是同样，由内及外。自此，望远镜就在二点手里，须臾不离身，有它做伴，平地上的日子终于正常起来，二点也不再消沉了。

良种场所在，正是高速公路匝口。车从此下道，直驱县行政所在地鹤城镇，亦可转上浙闽高速，往福建方向。从院落里，看得见高架上的车流，这也是二点爱看的。望远镜里，开车人的形貌历历在目，拖斗里的载货也很有看头。方正的棉包，裁齐的石料，煤、毛竹、活禽、牲畜，有一次，木栅栏里是牛。发动机和轮胎的摩擦声遮盖了其他动静，牛显得特别沉默，二点也沉默着，用望远镜跟踪很久，直至看不见为止。到夜间，车辆明显少了，速度掀起的尘埃沉淀下来，越过公路，竟看见山峦，从天幕前凸现出来，多么清楚啊，就隔一个山谷似的，山上的植被的形制依稀可辨。二点贪婪地望着，倏忽间，一辆车掠过，车灯与路面的反射拉出一条光带，将天幕衬黑，山峦退去。光刺痛二点的眼，二点的眼睛从没遭遇过这么坚硬的物质，望远镜又加大了强度。好一会儿才恢复过来，光带还未完全收尾，许多不明物质跳动翻滚，形成浅灰的一条，终于消失，山峦渐渐浮起来。

摆弄望远镜，二点发现又一桩妙处，那就是将镜筒掉一个头，近处的景物一下子推远了。方才说了，二点没有远近概念，他只知道有和无。至于什么是有，什么是无，且以什么样的秩序排列，唯二点知道。这也是常人对二点感到神秘不可解的地方，他的家人们，哥嫂以及侄儿女们，却多以为自然。事实上，朝夕相处，还有血缘，使他们自有一种与二点沟通的渠道。比如，他哥哥就会给他望远镜，虽然并不意识这物件对二点有什么作用。所以，这种沟通也是在不自觉中进行。现在，望远镜这个媒介，用远近关系结构起二点的有无世界。他相当灵活地使用这媒介，一头是从无到有，一头则从有到无——家中的客人忽地变成一个小人儿，在隧道的尽头，退退退。客人们都知道这家有个傻兄弟，任他什么样的举止都不见怪，二点也不妨碍他们，只是从望远镜里看他们。

就这样，大小都安妥下来，然后，天变了。几日连阴，随即雨夹雪，平地不比山里清静，人和车都多，别的不说，单是生活垃圾，就铺天盖地。夜里气温降到零下，冻住了，日里化到一半，再冻住，再化开，很快就道路污浊，门户壅塞。天色灰暗，终日开着路灯和车灯，人心都忧郁了。电视新闻报道西南省市如何对抗寒潮，疏散交通，方才知道已经成灾。二点不被允许出去江岸，只能在院里活动，院墙下支一架梯子，爬上去，立在墙头看高速路的车流。流着流着，放缓速度，停停走走，终至不动，列成车阵。就有人出车门，抽烟、撒尿、东看西看。男人憋闷久了，就向二点讨要望远镜看一时，结论是，到年根了，都是返乡探亲的人。在外的一双儿女也还未回家，四邻里的客商且都离去，喝酒的人有一二个，牌局却凑不起来了。然而，这样的寂寥很快被另一番热闹驱散。高架上停滞的车阵分流了，有几辆先驶出行列，下了匝口，向良种场过来，驻进客店。然后，尾随十数。接着，越来越多，如同灌水，良种场的客店以及周边的“农家乐”，全住满过路客。几家本已封灶歇业的饭馆店铺，卸下门板重新开张，冻泥上犁出一道道车辙，轮胎卡在里面又弹出来，引擎发出怪叫声。良种场变得喧腾，人车之间窜着二点，望远镜举到脸面前，东一看，西一看。

男人的院落里也有座上客了。阴郁的白天过去，夜晚自有一种掩蔽的温馨。暖锅里咕嘟着，酒和菜飘香。电视里播报的灾情，遥远在另一个世界，激烈的春运也在另一个世界。此时此地且是安稳的现世，就显得格外珍贵。儿女们都通报过情况，大的新交了女友，上门见未来的岳父母；小的留在学校做志愿者，都不回家。于是放下企盼，踏实一颗心，就当平常日子，不期然，匝口下来车和人，倒带来年节的气氛。自家人不团聚，却邂逅陌路人，可谓有一缺有一补。过节总是要放纵些的，牌聚便每夜一桌，直到凌晨。天明前睡下，醒来已是午后，一日就从这时开始。乱一乱时辰，也是对终年克勤克俭的犒劳。

旅途毕竟不宜久留，停两日休整与观望，又上高速，挤进车阵。等半日，动一动，终也朝家的方向挪去。同时，又有新的失了耐心的人，下来匝道，填上前一拨撤出的空缺。良种场的过路客常换常新，总量保持平衡。腊月二十九，本地称小年夜，男人的院落里来了生面孔。两个男人，从仙都景区，走省道过来，住在良种场最大一家也是唯一由场部经营的宾馆。头一回见面，是在院前泥路上。男人早起推门，看有两人慢慢走来，抽着烟。其中一个，黄白脸上散几粒浅麻子，笑一笑，手里的烟头扔到地上，踩进泥里，问往江边如何走。男人指了方向，白麻子先道谢，后又问是不是长住户，实诚告诉是长租不是长住，那人又笑一笑。自此算有交道,然后才是邀约。

男人很快发现两人中的另一个是哑子,这一个许是同哑子处久了,话也不多。隔壁超市老板本是个爽利人,平时很敢出大话,今日里却变得怯生。男人做东,尽主人之谊,必要寒暄,但得不到响应,也渐渐缄言。这一桌牌局就格外沉静,只听得牌响,还有偶然的嗽声。男人忽而好笑,自问道:一个哑子,影响全盘噤声,是什么道理?那哑人与白麻子坐对面,低头看牌,有几回,男人余光里看见两人对视一眼,就觉得他们彼此间默契很深。倒不是牌上有作弊的嫌疑,而是二人的目光里有知己心。男人也是从寂寥中走出来的人,很是了解无声胜有声的意境,甚至以为许多说话都是多余,都是废话。只是来到平地,人烟稠密,才染了多嘴的毛病。这一对人,大过年的,不在家中,来到过路地方,多少有些不寻常。可倘是别人看自己,不也会有好奇?这样的想法,同样拜寂寥中的生活所赐,都守护着一些难与人道的隐秘。所以,虽然不说话,桌面上的气氛倒十分和谐愉悦。

后来,女人端宵夜来了,鸡汤短切和糖面饼,一甜一咸,一干一稀。女主家出场,又劳人家辛苦,自然是要言语几个来回。女人问客人从什么地方来,客人不直说,让凭口音猜。此地界方言杂多,隔一道坎换一个腔,真是猜不中。女人不服输,指了她男人说:要能猜出他来的地方,算你凶!客人答:不就是野骨吗?女人说:那是后来,问的是先前!客人正要猜,男人一挥手:将没有的地方拿来给人猜,促狭不是!客人不由好奇起来:什么样的地方,会是没有?男人简捷道:原是有的,早二十年人都迁空,合在山里,就没有了。客人追问叫什么名字,男人说“林窟”。那哑子的眼皮往下垂了垂,仿佛瞌睡。谜底抖出,女人无趣地过来收走碗碟，四面垒起牌垛，重新沉静下来。不料却有人出声，原来是二点，坐在牌桌后的木沙发上，看望远镜。窟里有个爹！二点对了望远镜说。桌上人在镜筒的尽头，小不点儿的，回头看他，连哑子都掀起一眼。

男人笑向诸位道：我的傻兄弟。白麻子也笑道：世人说的傻，实是在化境，好比我这个哑人，是连鸟兽都可交道的。边说边将眼睛看向对面，又一回发现两人间的深知。二点还要说什么，被哥哥止住，逐去睡觉。二点先不从，哥哥就以没收望远镜要挟，只得从了。临起身，忽举双手，在眼睛前圈起两个环，众人都笑了。二点很得意，故意放慢动作，摇摆着身子走去隔壁。牌桌上的气氛倒松动了，猜二点比画的意思：有一双千里眼吗？男人忍笑说：你们到底不懂他，他说的是林窟里的"爹"戴眼镜！哦，桌上人这才恍然。可是，白麻子说：那林窟不是没有了，怎么又有人？男人说：不是采药就是斫柴，也没去探究竟。白麻子再接着问林窟的事，男人便不作回答，就知道有隐秘，收起话题。

凌晨四时左右，牌局散去，送客到院门外，见西边天际，有明亮的一列三星，是晴朗的迹象。空气格外凛冽，直刺肺腑，不由周身一激荡，将隔宿的浊气吐出来。看客人分两路归去，男人也回身进屋，闻有暗香浮动，星光下看去，角落有一株梅，悄然绽开几朵，原是报春来了，好吉祥！遂想起今晚的牌友，说二点一类是化境中人，以为语出不凡，那一麻一哑，真好比一僧一道。从僧道而想起父亲，父亲的面容总是在暗影幢幢中，却依然清晰生动，那林窟啊！碎石嶙峋，草木杂生，处处遮蔽，又处处看见。他们这些人，既是目光短浅，又是白麻子说的"千里眼"！其实都是异类，区别在于显和隐。父亲将二点托给他，或是为点化他呢！让他从无觉中有觉，怪不得他从来不嫌二点。由林窟生起的凄楚退去，心里一片清明，回到屋里，上床即入睡眠。

次日午后清醒，未及穿衣起床，院里忽涌进人，乒乓乱响。再没想到，原来是一双儿女，加未婚儿媳，共三人，约好了要给个惊喜。是走空中线路，乘两段飞机，最后一程聚几个同学老乡合租一辆车，时间主要消耗在这一节，日赶夜赶，终在除夕赶到。男人不由庆幸及早从野骨下来才有的团圆，先还矜持一刻，赖在被窝里假寐，接着便按捺不下，速速起来。客堂里已经挤满人和东西，好比集市。向父母献好的节礼来不及地摆出来；给叔叔的也有一堆。外省的风物土产，大地方的新奇物事，还有未来亲家的大包小包。最有趣的是一条狗，颈上有项圈，毛也经过修剪，明显是家养，却在公路流连。不知错认还是有缘，跟定他们的车，追了有几公里，一直来到良种场，也就留下了。

东西还没看完，小辈们就掏出手机，和各自同学朋友联络，满屋都是说话声，又全是各说各的，仿佛又进来些人。女人到灶间烧点心，二点和新来的狗热络，唯有他，没什么可做的，又无人搭话，热闹中倒有一点寂寞，也是欢喜的寂寞。屋里转转，转到院里，又转出门外，看见白麻子一个人在路上走，心想，哑人到哪里去了？又想，难道就在这里过年？良种场的旅店又关起十之八九，过路客多半走了，余下的则是本地人的家聚。这些年，此地渐渐养成在旅店过年的风气，有供暖，供热水，还有饭厅，即免去一日三餐下厨的烦难，探访的亲戚也便于留宿。男人站了站，夜长昼短，不过下午三四时光景，暮色已经起来。听院里人叫喊，要他上屋顶取冻鸡、风鹅、腊鱼腊肉。于是搬了梯子斜倚墙壁，登上去。水泥屋顶上有鸽棚，房主是养鸽人，人去棚空，他们就用来作天然冰箱。爬上屋顶，向高速方向眺一眼，路上的车流湍急得很，说明路通了，赶路人归心似箭。

哑子的车沿瓯江走，天明时分到最近处的温溪镇。整个镇尚在睡眠中，鸡犬都无声。车从东门大堤上过到江对岸，走在新街，柏油路面在晨曦里发出幽微的光，仿佛涂油。这些油面子的道路，几乎是从车胎底下滑过去，一眨眼工夫就到了头。车进山里，气温陡地降下来，车内的暖气也不怎么顶事，玻璃上倒蒙了白霜。车沿了县界，有时偏青田，有时偏永嘉。同是山，两边的气象却不同，不在山势地貌，更在于植被。青田树种齐整，栗、橘、桐、乌桕、油茶；永嘉就杂了，多是叫不出名，且不成片。吹来的风便两样了，一边温润些，一边则荒蛮。明暗也有差异，近乎一边是昼，一边是夜。车一径向深处去，地势越高，山形也越陡。所经街市像是从山石里挤出来，路呢，贴在岩壁。很明显，入冬以后，车行愈少，直至无迹。冻雨在公路上凝成一张壳，胶似的，粘连着车轮的外胎，不由脚下用力，加大油门，便闪出去。哑子身上冒着汗，心怦怦地跳，上半身全伏在方向盘，眼睛看着前玻璃。车里打着冷风，消除些雾气。天倒是亮了，可云气缭绕，大光灯劈开障眼物，却又极易开出一条乌有之路，导入歧途。于是不时交换开闭，忽明忽暗，仔细比较虚实。盘山公路其实也是陷阱，不可不防。

白茫茫中，哑子嗅到一种气味，就知道进了永嘉，括苍山的中腹。那是柏子的香，一脉一脉，结在冻寒里。柏树多起来了，耸在杂树里，越聚越多，山形就变得齐整。哑子全身上下的肌肉都在弹跳，被一股强烈的渴望冲击，随时会变为一颗子弹，穿越万仞山峰。盘山公路就是弹道，自由抛物体以螺旋形轨迹，摆脱空气阻力和地心引力，飞，飞。哑子感到晕眩。雾气未散，冻雨又下来，好歹能见度提高一点点，看得见塌方在山崖下堆积的土石。有炮仗响，在山谷里激荡回声，过年了！也有人注意到公路上盘桓的一辆车，心想：这是要去哪里？回答是一片岑寂。

近午时分，太阳出来一小会儿，淡泊的一轮，并没有投下光和热，反是寒素。哑子的车进去半条隧道，不知是圮颓破败，还是原本就没有竣工，总之，仅二十米长，便被乱石壅塞。大山里，藏着不计其数废弃的隧道，当年的战备工程，因冷战结束而荒芜下来。用的是军工建材，高密度混凝土，二十年泥石涌动，未完全闭合，留在山肚子里，仿佛人体中的盲肠组织，社会进化的一点残余。更可能出自某一种潜在的需要，莽野的天地无时无刻不在进行选择，可不是吗？哑子的车进来了，车灯照亮拱壁，有几个大字："深挖洞广积粮不称霸"。灯熄了，黑，遮上来。停一会儿，洞底的乱石堆透过几线光，哑子下车，拖出一个双肩包背上身，走出隧道。那轮日头还在，更惨白了，在路面上投下淡泊的孤单的人影。眯缝起眼，打量四周，越过公路，站定了。伸脚向路下探了探，就像下河之前试水的凉热缓急。移几步，再探探，就下去了。打结的枝条里有硬土，土下是石头，正够踏一只脚。垂直一二米处，又踩到一块石头，这就分开路径了。枝条上的细刺挂了冰凌，哑子的热身子挤进去，耳边全是丁零的碰响。他一气坠了十数米，才又踩住一块踏脚石。柏树又稀了，杂树密集，多半是落叶木，疏阔得很，就能看远。只见山头起伏，直向天边。天边有一道白亮，是霜和冻反射的日光，日头倒没有了。云低下来，将天压得很窄，哑子就在天和山的狭缝里活动行走，这道狭缝横贯东西，无始无终。山头连绵，哑子能认十之八九，叫得出名，无非都是“岙”呀，“坑”呀，“头”呀，“尖”呀，还有“洞”。听名字，就想得出是什么样的地形地貌。但名字能说明什么，两个或三个单音节而已，事实上，它们的动响可不止此，在哑子耳朵里，如诉如泣，吵得不得了，都要冲出地表来了！

哑子的眼睛又要湿了，是让那一片雾凇染的。这时节，有谁到山里头，不到山里头怎么遇得上雾凇？雾凇是从山的呼吸而来，热乎乎的体温遇到冷空气形成结晶。那是浩荡无际的吐故纳新，看似静止，实际荡气回肠。两只寒鸦从雾凇间飞起来，许是听到人的脚步。蛇进了洞穴，留下蛇蜕，盘绕在树挂上，花色斑斓，一动不动。少数的柏子在霜冻里酿着芳香，那些杂树种的秘辛就更多到不计其数，全封存在零度以下的气温里。这些林木，早已被刀斧砍伐过，然后又回到蛮荒，从头开始，或许还处在新生代被子植物繁生的第四代里，雾凇也是来自古老的地质历史。这是什么性质的邂逅？时间旋涡吗？还有哑子呢，哑子这现代人也在历史的邂逅里，时间旋涡的直径有多么长。也许时间的概念只是针对永恒，好让永恒有个说法，让不动变成动，就可计算短命的存在。事实上，就是永恒，没有流逝。在永恒里面，各项存在爱干吗干吗，爱和谁邂逅和谁邂逅。存在的形态也是不定式，所谓发声、发光、动止、生息，全是视具体背景而论。所以，就有人听见，雾凇里有人唱歌。看不见人，只听见歌声，这是多么奇怪的事。敢保证，只有一个人在行走，就是哑子，踩折树枝，踢断根须，恰恰就是不唱歌。再说啦，倘只有一个人，那么听见的人又是谁？传说或者谣言就这么起来了。山里边的奇事还多着呢，这是小事一桩。可能必须以相对性解释，在那辽阔的无声里边，哑子的不能语就发出声来。

雾凇压垮的树枝倒伏下来，断裂处滋生菌种，这最低等的生物飞快繁殖，并且转变基因。哑子下一座山头，又上一座，山头和山头呈现递进攀升的趋向，他就知道方向没错。山势渐转，哑子的脚走在刀的刃上，一面高，一面低，告诉他临到新地界。云层从高的一面滑过刀刃，直向低下去的一面，堆积起来，陡地碰散，炸雷一般，再有新的云从高的一面滑过来。一面是缙云，一面是青田，高低之间的刃上是永嘉，哑子的手脚能辨地理。站在三界的交集地，听三脉地声交会，只有不语者听得见。然后，一个巨响将它们全覆盖了，就是直升机的螺旋桨声。

近了，哑子的耳膜被压得死紧，像削尖的铁器一径往里钻。螺旋桨粉碎的草木的齑粉打在脸上，但不是滚烫，而是森凉。雾凇让空气起胶，形成一层膜，原来螺旋桨碎下的是雾凇的细末。直升机的轰鸣隔了膜，变得温和柔软，简直是在殷殷呼唤，就像阿公叫他，带着啸音，长年的支气管炎症，给喉头安了个小哨子。阿公在叫他，紧接着一个巴掌。这不，一串树挂拍在脸颊，一块冰似的，可是，可是很温柔。这一巴掌，眼泪下来了。哑子的眼泪都是看进去的，看进去的景象在心里打个滚儿，烫烫地流出来。走下一个山头，山坳里黑洞洞的，却有一股暖意，冻雨就结不成雾凇。不落叶的乔木林里，腐叶厚厚地陷着脚。直升机还在鸣叫，阿公也在叫。腐叶里有水，踩下去，便咕吱冒出来。山泉贴着林间的地面漫开，忽又聚起，流入岩缝里，落下去，一蓬雾腾起，就知道水是暖的，像哑子的眼泪。很好，都是老样子，老地方，哑子的眼泪收了。山坳敞开些口子，回到零度以下的大气候里，雾凇重新结起，涧水依然流淌，因为有地心的温度吧，穿行在晶白世界里，雀跃着，捎带了树叶、冰碴、柏子、松果，杂杂种种，泼泼辣辣，别提多热闹了。可哑子耳朵里全是直升机螺旋桨的轰鸣，哑子的听觉可逆时间而上。

哑子走得很快，飞一般，树林子里暗影幢幢，是偷树和背树的人在赶路，但凡有风吹草动，立即屈伏身体，藏进黑地，一动不动。只有自己知道，那不动里有怎样的悸动。腿肚子在抖，胳膊在抖，心跳到嗓子眼儿。哑子的脚步合上了背树人的脚步，没法子，想脱也脱不开。山里人就是这样，只要蹚过一趟路，脚不认路，路也认脚。别看树木草丛闭得紧，不留一线缝，可走过的脚一下去，路便迎上来。哑子已经走进坳里的坳，四面的山在上升，升到头顶，很远很远的地方，看得见一爿天，一爿灰瓦似的，那灰瓦越来越小，小到没有，忽又大起来。终于，终于，哑子登上石板桥。阿公的手又来牵他。前后左右都是手，互相挽着、套着、扯着、抱着；还有东西，蒲包、扁担、竹筐、篾篓、树——背在身后，横过来，作了栏杆。直升机刷地静下来，簇拥的手也退干净，只有哑子，三两步跨过桥。四下里均无声，落叶的树枝里露出几片屋顶，盖了雪，粉白粉白。哑子收住脚立定了，那人还在。有活物的房屋、山石、树木、涧溪，就和没活物的不一样！那活物处处留下印记，林子是穿行过的，石面是被利器划凿过的，蒿草里一个坑一个坑。最重要的是气味，人这种东西气味很不同，主要区别在吃熟食和吃生食。哑子循气味去，进到最低的大屋里，穿透屋顶的树冠垂下茂密的树挂，树挂后头，房屋的一隅里，哑子看见了什么，眼睛一亮。在那避风又透气的一角，碎石块垒起一个坑，里面是人粪。原来那个人建造了茅厕，多么聪明啊！简直了不得，晓得如何处理秽物。千真万确，那人活着。

哑子心跳得很快，看见地上的笔画："卧""睡""眠""醒""梦""真""实""虚""假""诈""险"！卸下背包，掏出一把折刀，拉开，画下两个字"平安"。将两个字端详一会儿，哑子起身就要上路。背包靠在树根，里面有方便面、麦饼、馒头、榨菜、火腿肠，一瓶酒，一枚打火机，又放回折刀。天色黑了，仿佛夜间，其实不过向晚。跨出房屋，回头看一眼，一跃，无声地落在挂着雾凇的草丛。依着原路，却比来时快许多，溯山涧而上，杂树将合，立定脚，往下看一看。透过密匝匝的雾凇，层层叠叠草木后面的小洞穴，那里有哑子放生的活物，一个人。别小看这一个人，他那一点点生产活动，也会影响大山里的生物圈，不定什么时候促成突变。别人看不出来，哑子却能，植物的背向，温湿度的差异，最要紧也是最奇异的是声音。直升机螺旋桨的噪音消失了，消失在极广大的静谧中。山里面其实极聒噪，到处都是回音壁，声音折过来，折过去，先后倒置，竞相重叠。有了人就不一样，生物钟捋顺了时间，声音回去源头，于是，静谧下来。哑子脚步轻捷，身上少了负重，简直飞起来。就像一道影，在白晶晶的树挂里面左突右进。缙云那里的人说，是獾；永嘉的人说，是狼；青田人则说，什么都不是，是霜夜里的光，一种天文现象。三县都响起炮仗声，有过年，有迎亲，也有送殡。哑子踩在三地交界处，一地北高南低，一地南高北低，从西北向东南斜倾，第三地大翻转，东南向西北斜倾。登高看，仿佛是个碗底，哑子就在碗壁行走。

白麻子，也就是我们都知道的麻和尚，这一日是在江边消磨。沿岸向西走，到渡口，泊的大小船只，有人无人，全没动静。水面白蒙蒙的，云又压得低，真是令人忧愁。江风吹来，扑在脸上，湿冷一片，渐渐地，周身浸透寒意。中午时，一艘水泥船，看起来像是挖沙船，因甲板上有器械，舱门推开，走出一个女人，俯身打一桶水，洗菜洗米。麻和尚坐在系缆绳的水泥墩上，抽烟。女人淘洗完毕，提出一个煤炉子，不急不忙地往里填刨花，撒木屑，炉膛忽地蹿出一股火，几乎燎着女人的脸。女人也不避躲，反是迎上去，火钳子送进一块蜂窝煤，再压一块，然后坐上锅，倒入桶装水，转眼就沸腾起来，清冷的江上就有些居家的暖意。

麻和尚看女人烧熟一餐饭，一件件送进舱内，然后关上舱门，又留下他自己。这个浪迹江湖的人，有着奇怪的习性，不爱女人，就谈不上家室，居无定所，不与人厚密，唯有哑子能近得了身。因为哑，守得住机要；还因为哑子知恩图报，有忠义心；更要紧的，哑子与他是同一类人。这一类人，怎么说？他们过着危险的生活，需保持高度警惕性。表面上熙来攘往，前后簇拥，不乏追随者，可事实上，或者在内心里，离群索居。春节时分，人们都回家团聚，余下这两个，如同形影，事先也没谋划，任走到哪里，就驻扎下来。周围都是年节的热闹，他们就像穴里蛰伏的蛇，等到天暖再出山。今天早上醒来，就只自己一个人，却也不担心。麻和尚视哑子为异数，时有不备之举，仿佛神龙，见首不见尾。他们这一类，不就是异类，某种程度上遭过天谴，于是，便离俗世远了。

天色越发沉暗，云层垂下来，终于天水相连，合成一个混沌世界。有汽笛的咽声，连麻和尚这样伦常之外的人，都要觉得凄楚了。时间不过午后三四点，不到黄昏，唯是此时辰的阴霾叫人灰心沮丧。待暮色降临，氤氲分布，则另有一种轩朗。先是挖沙船上的灯亮了，一个电灯泡从舱门口的檐下，投在甲板一圈光晕。远近又有几条船亮灯，原来不止一家人。炉子燃起来，炊烟升腾，柴火和铁镬的气味，克制了江水的腥冷。船上有人看他，一个小孩子，还将他指给大人，于是，大人也注意到了。那人横跨过几艘船的甲板，向他走来，张嘴喊什么，大约邀他一起喝酒过年，都是在外漂泊的人嘛！他装没看见起身走了。

哑子的车在公路上飞，山的褶皱里也有灯亮，一点两点，然后被雾遮蔽。车又盘上一座峰，方才那一座就到了谷底下。时辰正向辞旧迎新走，历法不是胡乱定的，由天文地理人事相推相合而成，静中有动，动中有静，大静中必有大变局。车在漆黑里行走，分不清天上还是人间，雨雪冻寒阻住的人都到了家，凡生灵都有暖巢，没暖巢的都寂灭，下一世再生。

江鸥飞起来了，呱呱叫嚷，追了数十里江岸，又回到江心洲。那江心洲也是机要，忽隐忽现，只有江鸥知道。船老大不知道，捕鸟人不知道，那一种专门游到江海交界处产卵的鱼群，也不知道。麻和尚走出去很远，几乎忘了来时的路，走过堆沙的工地，走过铁工厂的煤渣山，走过度假村的卵石道——卵石道圈起一座一座烧烤架，没有游人，游人走在从冬到夏的途中，未曾抵达。卵石道过去是苗圃，苗圃过去是采石场，终于到了良种场，良种场那家人的院落里，灯火通明。

杨莹瑛决定，年后就向警署申报失踪人无下落，注销户籍，通告社保机构，冻结停发养老金。

下部

十二

燕子飞来，他才知道窗檐下那个斗状的小泥碗是燕巢。先是见两只大燕子在顶上盘旋，然后，忽地从巢里冒出一崭齐三个小脑袋，喳喳喳，闹将起来。哺食的情景十分有趣，大嘴对小嘴，心里不由一动，仿佛在哪里见过和经过。一旦认真想，又想不出了。小燕子缩回巢里，大燕子飞走，窗下安静了。几乎与这安静同时，四下里升起一片喧嚷，树梢枝头都在发声。原来，那里藏着无数鸟巢，凡枝条错综处都是。鸟儿都回巢了。再看，远近都有点点新绿，从寒露中暴出来。气温依然甚至更低，解冻消耗热量。到处都在淌水，土壤本来瘠薄，如今全成泥泞。房屋的板壁挂了冰凉的水珠子，幸而有羽绒衣，他在羽绒衣外又套上双肩背的旅行包，包里装着打火机、折刀、搪瓷水杯、骰子、塑料袋——他已经积累一定的物质，能够提供基本生活保障。随身携带，一是防止遗失，二是取暖和支撑背部，便于发力。背包里的食物度过漫长冬天之后竟有盈余，他的食量大约和一只仓鼠相等，也和仓鼠一样善于储存。从背包和羽绒衣旁边的字迹，他看见了哑子的手，哑子来过了！“平安”两个字意味什么？他倒糊涂了，但从“平安”以下的“险”字看去，是“诈”，然后“假”“虚”“实”“真”……事情仿佛在倒溯，渐显轮廓。但轮廓里是什么？有一个坚硬的障碍物阻塞思想的通道，他凿不进去，于是，便放弃。山坳里鸟的聒噪也转移了注意力，真是够吵的，吵得耳朵疼。吵声迅速扩大，不止一个山坳，而是无数，无数山坳里都在吵，最终连成一片。

他推开门，走进半间屋，再推开门，差点儿碰壁，山崖贴在脸面前，断开的浅槽里滴水如注，满满盈盈，顺石头缝拐个弯，向下去了。过冬前弃下的灶上铁锅里蓄着雪水，灶下团着落叶枯枝，洒几滴酒，打火机一点，火头蹿上来。压上石板锅盖，听里面水响。关闭一冬的房屋敞开，山风涤荡，冰冷但是新鲜。拉开折刀，里侧还有一个小剪子，他用剪子修了胡须、头发和指甲。锅里的半块方便面也煮成糊了。用茶缸刮起来，慢慢喝下，他的牙全掉了。鸟叫得更吵，他简直按捺不住，从岩壁和房屋之间挤过去，真正只有一线天。登上石阶，说是石阶，只是一串浅窝，只容得下半个前脚掌。他就像只大壁虎，贴了石壁，嗖地就下去，到了穿廊里。西边的屋子，穿透顶的大树底下，就是哑子到过的地方。他又搜检一遍，找寻有没有遗漏。树冠生出新叶，新草也长起来了，草底下有响动，拱着脚窝，窸窣作痒，渐渐向四面辐射，越来越广。这响动也是他的食粮，不过，还得等上一阵子，也不算太久，一日半日吧。虫卵长成幼虫，幼虫成年，腿啊，翅啊，须啊尾的，送进嘴里还在扑闪着，上下一合，便是一包浆。空气在颤动，光里都是波纹，一层一层推涌，间杂着金星，乱窜着。面前一道山棱，仿佛草木墙，升高，逼近，将山坳围得更紧。

他退回去，退到穿廊东边，沿外墙绕到北侧，下去木梯，就到了岩头上的那一幢，他称之为四号房。半棵树从上边崖落到屋顶，显见得是让雾凇压折的。屋顶倾斜了，挤歪门框，使大力气推开,结果是将门劈了。穿出去,站到一方地坪看下去,“川”字形的三叠田,已覆盖一层绿。那一片碧绿的苗叶,不知道应该叫作什么名,但看长势,定会结出果实。纵身一跃,一蹲,停在三叠田上,他的身子很轻。细细地看苗叶,呈心形,丝路平顺向两边,就像羽毛;隔几株,换一种叶形,椭圆略尖;再换一种,戟形。无论何种叶形,叶面纹理总是从内向外,边缘处且萦回旋转,自成一体,极是均匀。他掏出折刀,将苗叶间的土挖松,一些贴地的绿衣翻到底下,又一些白或黄的虫卵翻到面上,这一片地就透出丰腴来。劳作的间歇,他从石阶下到石桥,阶石的缝里伸出藤蔓,五角的叶子,面上有白色斑块。涧水欢腾腾地流,溅在石上,碎成齑粉,润泽了两边的干土。走过石桥,灌木丛又长密实了,手掌大的厚叶子,绿中带紫,有一股孕期的浓郁丰沛,打在脸上,生疼!那棚屋还趴着,门檐垂到地面,可就是不倒。墙上的字还在,二点推开的后门还闪着缝,穿过去,不禁惊呆,山壁上覆了青紫藤,蓬蓬勃勃垂挂到地,将那条窄路全遮蔽了。

日头终于走过山坳,到下一个山头,光线收起,气温有所升高。石头、草木、房屋的板壁和瓦盖,吸进去的热一点一点放出来,暖烘烘的。鸟叫平息下来,耳朵里骤然空了,溪水又补上,却是绵细柔长。地底下的动静也偃止了,但只是暂时,在积蓄力量,但等合适的光和热,还有干湿度,立即喷薄而出。不用愁,有他嚼吃的,有他的活路。合起折刀装进背包,这背包扳住他的双肩,自然就挺起来,又托住腰。这腰啊,自从成为直立动物,就没有彻底解决承重的问题,还好有工具。现在,不用看,脚下自有路数,高低深浅,了然于心中。所以,黑一点也没关系,黑里反而能看得更清似的,其实,日间吸收的光在黑里释放,像花,伸出长瓣和长蕊，还有花粉，看不见的雨，纷纷扬扬，给光授精，繁殖光粒子。他一点不怯黑呢！

过后的几天里，每一刻都有新气象。绿的又绿一层，紫的又紫一层，燕子筑巢，一个又一个，小虫子飞起来，柏子落满涧。三叠田里的圆叶子、扁叶子、尖叶子，都顶了白点点，凑近看，原来是花蕾，针大的一点。蜂子也来了，嗡嗡的。各种树都在长叶，还有料不到的地方，石阶下面，竟然开出一丛粉色的花，钟形的花骨朵，一对一对，坐在枝端。接着，红色的花也来了，岩上头的藤蔓开出黄花，仿佛开到天上去。万事万物的发育期里，荷尔蒙加剧分泌。他比先前感到饥饿，睡眠却变得短促，于是，无时无刻不听见肠胃空洞的鸣叫声，尖锐得很，都能把他吓一跳。从蓄水池照见自己的脸，眼睛是绿色的，也吓一跳。等不及花开花谢然后结果，直接就摘了花蕾送进嘴，有些苞结实却腥苦，有的则甘甜，入口即化，却不济事。他掳过一窝鸟蛋，连壳一并吞下，卡得嗓子疼。还有一次，掳到一条蛇——那蛇正在蜕皮，蜕到中途，碧绿生青的软体蠕动着，拖一具花色斑斓的透明的膜。打开折刀，一下扎在肉身上，饥饿让他变狠了。蛇肉让他长力气，才下得决心挖掘那一块根茎。过冬前就有发现，茂盛的叶片底下，好似有个大萝卜，就想拔出来，却动不了。扒开土，露出黑色的茸毛，像芋头。犁片来回地刮，刮出白莹莹的一片，也像芋头，可是硬极了，而且大极了。沿着表皮刨开一臂长，还不到边缘。天又下雪，只得放弃，心里惦念着，觉得可食。现在，趁着身体里的热能，原路寻来。大芋头还在，新发出嫩芽嫩叶，拔出折刀——他有折刀，割了枝叶，刨开表面，去年的劳动没有白费，铁犁的旧痕还在，土是浮土，很快掏挖出轮廓。向下刨到二三寸，未及底端，反倒横生出条状的支脉，原来那大芋头分生出无数小芋头，扎向地底深处。刀刃顺着根茎掘进，迟迟不到头，他兴奋起来，这巨型块垒一旦出土，可供饱食多少日子。他背上出汗，手下用力，根茎越露越出，日头终于偏西了。

挖掘根茎的日子，花开得更热烈了。无数杂树开出杂花，成团的、成串的、满枝的、独朵的，灌木丛、树梢头、草间、岩上、涧溪里都漂流着花，饥馑却使得美景散布着残酷的气息，仿佛四处都是陷阱。蛇肉的热能很快消耗殆尽，根块露出地面越多，越显示地面底下体积巨大，令人丧气。他不得不弃下，转去寻觅其他东西进食。那些细嫩的草树的根须，在两块石板之间碾压成汁水，压不了饥。万物勃发的季候，食量变大了，一口一个虫子。看着檐下的燕巢，忍不住垂涎。燕子知道他的心思，有一日起来，发现全迁走了，留下个空穴。到处在开花，却没有一处挂果。石阶缝里的南瓜藤被他扯来，学着哑子，破开藤皮，剥出嫩芯子煮在锅里，不知道糟蹋多少南瓜的胎床，可也顾不得了。他还是放不下那个巨型根块，时不时地去抓刨几下。全部刨出的希望渐趋灭亡，就用折刀剜一块下来，在石臼里磨成粉，搅进滚水里，到底起黏了，苦是苦，却有回甘。他的舌头呀，只一点点清甜，就满嘴化开，浑身战栗。土里的根块被割得东一个口子，西一个口子，就像一具被凌迟的尸体。他被吓到了，赶紧跑开去，可饥饿逼着他又来了。根块的糊糊吃进去，似乎又还原成根块，他摸得出肚腹里面一个疙瘩一个疙瘩，滚过来，滚过去，到底填充了肠胃的空洞。

他无数次来到一号房，穿透屋顶的大树也在开花，花朵像鬼脸，带着恶意的笑容。他期待再一次发现哑子的足迹，可是，哑子再不来了。夜里面，有一个时辰，月光从树冠里洒下，银子一般，晶亮晶亮，很奇怪的，鬼脸不见了。地上的字浮起来，浮在月光里，恍惚中，哑子与他面对面，一人画一个字。饥饿让他产生幻觉，那些个字，都在发光呢！幻觉渐渐退去，耐饥的本能占取上风。哑子消失了，字也回到泥地里。一片空虚寂静，清醒之中，他看见自己的苦状，意识变得迟滞，没有锐度，进不了，也退不了，囚囿于身体内部。不论怎么说，也算是凿开一道隙缝，透进一线亮。苦哇！他说。自二点不来，他再没出过声，倘不是地上字的指引，他纵然能发声，也说不成话。苦哇！他连连说。有自己的一点声音，周围的虚空似乎充实些了，寂静蜕变出许多杂声，鸟羽婆娑；花朵垂瓣；虫蚁拱动；白茎草拔节，啪啪啪的；露水细密地下，聚集起一大颗，滑落叶片，是一声响亮的"啪"。苦！他说，沉浸在饥饿的折磨里。二点的麦饼，哑子的方便面、馒头，等等的吃食，打开他的胃口，农耕历史以及食品工业驯化的记忆被叫醒了，嗅觉，味觉，以及消化系统的记忆复苏，其实是害他受苦。

幸而温度逐渐升高，中午时分，日头照进坳里，光和热聚集。背上出汗，脱下羽绒衣，依然背着双肩包，继续挖凿那座巨大的蕨根。惨白的疮口扩大，边缘又发出新芽，一发出，就被吃下肚。一边嚼，一边叫"苦"。这"苦"仿佛是一种菌，繁殖力极强，迅速蔓延到各处，不只是饥苦，还有孤单的苦。枝头上的巢，栖着大鸟小鸟，说着鸟语，稍有惊动，腾地飞起，乌压压一片。那是天上一族，地下一族，单说山蚂蚁的穴，千沟万壑，阡陌纵横，就晓得族群的庞大。灌木是一丛丛，草是一簇簇，即便单株的树，不也发出杈，越发越多，又成一族。天地造物，不忍有一样落单，唯有他，为什么是他呢？思想到此，就头痛，有一回痛倒在地，不敢睁眼。睁开眼日头就如万箭齐发，射向他来。他叫“痛”，叫一声，竟然有回答：“痛”！再叫一声，再答一声，不由抖擞起来。痛退去了，就叫“苦”，应答也是“苦”。“痛”和“苦”在山坳里撞来撞去，散成无数“痛”和“苦”。抬头四顾，“痛”和“苦”渐渐消去，又有一声尖锐的“苦”叫将出来，原来是一种鸟，会学舌呢！他改口叫“二点”，它也叫“二点”；他叫“哑子”，它也回一声“哑子”，于是这里那里满坳里无处不是“二点”和“哑子”。他们在哪里啊？

有这学舌的鸟，他就有了伴，诉苦也有对象，他开始絮叨起来。“有人吗？”他喊道。那鸟不理他，他再喊：“有人吗？”钻进树丛喊一声，爬上岩头喊一声，仰头一声，俯首一声。终于，鸟来了：“人吗——”接着喊：“有人吗？”回答道：“人吗——”他喊：“没有人？”鸟回应：“有人！”他渐渐知道，那鸟学舌至多两个字，可这就不像学舌，而是回答。新发现一种植物，他叫：“好吃不好吃？”鸟说：“好吃！”就吃了，果然还好。有时候，鸟说的是“不好！”不是末两个字，而是其中任何两个，就更是回答而不是学舌。他听从了，不吃。饿极了，他喊道：“我吃了你！”鸟跳着回：“吃你！”他一迭声叫：“吃你”“吃你”“吃你”，鸟也接二连三道：“吃你”“吃你”“吃你”。他喊：“我吃你！”四面八方回答：“我吃！”他循声找去，却找不着，学舌的鸟藏起来了，在躲这个吃鸟的人呢！他觉着了悲惨，说：“真是悲惨！”这一回鸟学的是：“真是，真是！”又感慨又同情。

更多的说话，还是自己对自己。夜里，睡在草垫子上——炉灶撤了，草和灰清理干净，铺盖从板柜移到地板——仰面躺着，嗓子眼儿满满的都是话，说得出来的是只言片语：星、月、云、树、石、草、花、果子、鸟、一号房、二号房、三号房、三点五……处身的世界都是叫不出名的，他就自己起名：高的树叫“高树”，矮的叫“矮树”，长条草叫“长草”，白茎草叫“白草”，“红花”“黄花”“大花”“小花”，“大石头”“小石头”“尖石头”“圆石头”……水，他起名为“活命水”，火也是“活命火”，因是要依靠过活的，倘若没有这两项，便是一个“死”字。“死”这个字跳出来，就有些心惊了。他连连重复这个字，夜里，鸟都归巢了，没有学舌与回应，只是自语：死！他不禁茫然起来，不明白自己是死还是活，于是又说“活”。依然没有回应和学舌。“死”呢，还是“活”呢？他呢喃着，真不明白。四周围都是叫不出名字的存在，唯有这“死”和“活”是反过来的，有名字却没有事实。什么才是这命名底下的存在？名和实分离开来，各归各，可叫人难办了。

花粉、草籽、飞絮，飘飘扬扬，黏稠得拉丝，传递着肉眼看不见的分泌物荷尔蒙，刺激着生物的中枢神经，使其处于兴奋状态。思想格外活跃，左突右进，无奈八方碰壁，原地蹦跳着。这一重壁障，薄得如同蛇蜕，却韧极了，破不过去。一些真相，无名的实，或者无实的名，就在隔膜那边，唾手可得似的，可就是得不到！他变得焦虑，烦躁不安，一会儿起身，一会儿卧下，周身出着薄汗。有限的进食加速消耗，饥肠辘辘，头痛来袭——这袭击可说救了他，让他软弱下来，缓和亢进，紧张松弛了。他放弃追踪，初始厘清的世界回去混沌，界限消失，区分弥合。露水汹涌地下，柏子也在下，新虫子诞生出来，幼雏破壳，水里有鱼群，快速冲过山涧，游往平原的江河口产卵。树木又长合一些，这废弃的村落再埋深一些，这点点文明的遗存，砖啊，瓦啊，水泥啊，铁，玻璃，打火机的电石，方便面的塑料袋，将演化成怎样的地质层？

早晨醒来，天大亮，找食的一日又拉开帷幕。出去这间房屋，走入那间，在房屋之间走动，好比走在岩石的棱上，嶙峋的边锋割着脚掌心。他新换一双胶皮跑鞋，从哑子还是二点那里得来？他想不起来，也不去想。所有的一切在前晚失败的思考中退到当下，朝向起源与将来两端延长的时间，又弹回现时现刻的一个点。饥馑比什么都来得紧要，占据了注意力。露水在一秒钟里收干，甚至比之前更干，草尖子都转黄。树冠底下暗着，顶上呢，透过层层枝叶望去，在冒烟呢！有几树花谢了，裸露出一颗硬蒂，是果实的雏形。三叠田上的青苗长到齐膝，开出小白花，疏朗地覆盖着地皮，他恨不能吞了它们，可吞了又怎么样？能解几分饥！石板缝里的南瓜藤结出小纽子，摘了切成块放锅里煮，尽是籽，囫囵下肚，肠子里鼓荡，像是饱，又像更饿。打火机打不出火了，又回到石头取火，那一块宝贝石头，先人遗下的打火石，无数次地砸在岩石的棱上，飞出火星。好啊，好！他叫。鸟学舌：啊好！啊好！好像是个问句。他叫：好啊！鸟学舌：啊——拉一个长音，鼓舞了他。锅里的沸水也鼓舞他，他竟然唱起来，三个音的一句旋律，也不知来自哪里。学舌的鸟哑然了。他又唱一遍，还是哑着，就像哑子。他等着，等不及了，方要开口再来一句，不料那鸟发出声音，只有一个音，怯怯的，它听着呢！不由激动起来，一哆嗦，眼镜落到地上，磕碎一只眼。

这样，他就只有一只眼睛在镜片后面了，看出去，景物成两半，一半在近处，一半在远处。于是，看远处时眯起裸着的左眼，看近处则反过来，眯起的是单镜片里的右眼。倘若有人看见，一定会笑出声来，多么滑稽啊！像是扮鬼脸，又不单纯是扮鬼脸，更是警觉的表情，这股子警觉呢，似乎并不针对真实存在的危险，而是针对想象和虚拟的，就像游戏中的孩童，你真看不出他的年纪，说老可以，说小也可以。说老是因为须发皆白，纹路纵横；要说小，没牙的嘴不是很像婴儿？皱缩的五官，也像婴儿，再加上那副眼镜——实际上，他的形貌接近动物，一种直立的哺乳类动物，在这山石树木积压之下，一日一日，塑造成的形态。身躯可从极窄的罅隙间，忽地蹿过去；到了光滑的陡壁，又摊平了，紧紧吸附左右上下移动；他的腿蜷缩到肚腹，比较便于攀爬；手臂却抻长了，必要时可增添支点，保持平衡；四肢改变的同时，身子越发轻盈。本来就是个瘦子，现在更瘦，完全没有肚腩，胃几乎消失在腹背之间，腹背削薄并且柔韧，可弯曲至各个角度。夜里，月光投在山林，其中一条黑影，属人类，灵长类，还是灵猫——他整个形体缩小了，原先一百七十二三公分，现在大约一百六十，甚至小于一百六十。是依着生存的条件，一方面行动敏捷，另一方面，减少摄入能量，是生物进化过程中的经济学。

戴着单片眼镜，辗转腾挪的样子，给这艰困的境遇以喜剧感。他的空镜框里时常会飞进蜂子，好像要探究这移动窗户里有什么，有一只鸟甚至将它的尖长嘴对准这只裸眼。他这一副眼镜可是让这些鸟啊虫的看不明白了，缺掉一块镜片，明显使它们消除了敬畏，时不时欺他几下子。他挥手跳脚，试图驱赶它们，看上去更好笑了。倘若它们能说话，就会说，哪里来的这老小东西啊！那只学舌的鸟叫道："吃你！""吃你！"原来不仅会学舌，会应答，还有记忆。鸟类的小脑瓜子，可不得了！就在和鸟类虫类纠缠不清的时候，他不知不觉就适应了单片眼镜的视觉效果。景物在一半近一半远的视野中自然衔接起来，合为一体，于是，他的眼睛就放弃调整的动作，面部肌肉松弛下来。那杂树林子或近在眼前，或远在天边；飞起来的鸟在远，小虫子在近；山涧挂在远山，同时流在脚底下。远和近的距离并不是固定，而是随时转换。那一丛房屋陡地退到远处，石板桥又陡地跳到跟前；杂树杂花一忽儿清晰，一忽儿绰约，清晰里丝丝分明，绰约中云遮雾绕；四围山棱半形半影，形是散的，洇开了，影却是刀锋般的边线，刻在天幕；天幕上的星，半是斗大的光晕，半是一枚一枚钉。日头出来，一个变两个，一个红，一个白。红的那个是火，火苗摇曳着，拉出丝来；白的那个是锥子，凿穿玻璃片，刺进眼眸子。

他只顾找食，这可是头等要务，那大蕨根让他掏空了，将个黑毛的空皮囊留在土里头。涧里跳上来的一只蛙被逮住，剥去皮，吃下肉。刚长出的瓜纽子，谢了花的骨朵儿，嫩树的皮……全进他的肚子。他已经不叫苦了，肾上腺素促进食欲亢进的同时，也在促进情绪亢进，他处于兴奋状态，心中充斥莫名的喜悦。苦哇苦的叫喊换成歌唱，唱那三个音一句的旋律，学舌鸟也会唱了，他唱一句，它应一句。其他的鸟类都静寂着，学舌鸟显然是鸟中精英，独领风骚。他沿了第一句旋律，唱出第二句，也是三个音，排列不同，鸟舌头打结了。他再唱一遍，鸟舌头依然打结。唱第三遍，那鸟忽然拔起高音，唱出尖利的一声，虽然是旧旋律，但气势不同了。万物生长的季候里，危险也在暗自萌生。蛇在草丛里无声地游动，树根上冒出鲜红色的毒蘑菇，谁知道有没有狼这样的食肉类呢！地下水蓄积，从干涸的泉眼里挤出来，向山洪汇合，地壳说不好就到了运动的那一刻……他盲目地乐观着，人就是盲目的东西，不晓得错一步就可取他性命，他不是连

"死"是什么都懵懵懂懂吗？就是这懵懂，让他与危险和谐共处，你中有我，我中有你。那蛇在脚底下，每一回都正巧绕过去；毒蘑菇也绕过他；狼，多少代前已经知道这里的苦寒，原始性破坏了，现代性也破坏了；山洪远在几千尺的高峰，过来的途中会有许多变数；地心的能量时聚时散，拱起来陷下去，错开又对拢，他恰恰在刀尖大小的不动上。

然而，有一种危险却在必然性里逼近。这危险与方才列举的不同，不是从环境中自生。凡自生的危险都是相对而言，威胁与供养并存甚至互利，形成一个循环的体系。外来的危险却是单一的指向，就是破坏。这种破坏在科学里是共识，科学也是外来的，将偶然性固定成必然性。可是他，不正在从人类退到灵长类再退到灵猫一类，如何留心得到它，那些玻璃碎渣！从眼镜框里落到地上，和着茅草枯枝，看也看不见，偶尔地，闪一闪，晶亮晶亮，以为是太阳光。这些人造的玻璃颗粒，像是液体，其实是固体。你还以为是冰，事实上，格外地蓄热。他也是马虎大意了，对造物的认识有限，对文明的认识有限，比较起存在 ，认识多么有限啊！由于物质世界的改变，他的认知也在进行系统更替，许多新元素进来，驱走旧的。那些树啊草啊，鸟啊虫啊，他大致辨别得出厉害，否则，他靠什么活着？活着的概念也在更替……在这新世界里，尚存有几件旧物，带有遗产的意思：蓄水槽、犁铧片、梁和椽的锯痕和榫眼、瓦爿、灯盏、铁镬、骰子，上一纪文明的鳞爪，从时空壁垒的砖缝渗漏，可以纵观人类社会发展史：石器时代、铁器时代、陶器时代、石油时代，骰子代表哪一个时代？从材质说，可追溯到原始陆生植物裸蕨类出现的地质年代，刻字是仓颉之后，卦算出自周易，工艺从鲁班诞生，机要则在将来未来。这贯穿无数千年的玩意儿，携在身边又有什么用，不知道的还是不知道。

现在，陷阱设下了，在注意范围以外，方才说了，只顾着找食果腹。这饥馑的季候，作为补偿似的，气温在升高，一定程度制约了能量转换的周期。温暖使他体感舒适，手脚灵便。草木茂盛，日生夜长，本是凌乱杂芜的种类，但一并壮大，就有一种整体性，将个别忽略，汹涌澎湃的。山坳难免暗一成，又暗一成，偶尔间，日光穿过隙缝，挤压成刀尖，直刺下来，几可穿透岩层，顿时，火星飞溅。所有的鸟都飞上天空，羽翅擦摩，树叶子一片哗然。一只最聪敏的学舌鸟锐叫起三个音，三个音的乐句在极高极高的高处炸开，完全变了腔。野枣花，野梨花，野荞麦花，野芦苇花，一下子凋败，野栗子噼里啪啦爆出来，野枸杞子焦黑，野桑椹迸出紫浆，柏子、松子、枫杨子、樟树子、乌柏子，纷纷飞扬。远近坳里的石崖崩裂，涧溪改道，他在桥板上，只觉得四下里躁动，仿佛乾坤颠倒。立定脚，回头看一眼，就见山石草木中，有一簇火房子，通红通红，周边伸出长短触角，飞扬飘舞。火房子在变形，先是扁，后又拉长，再成平行四边形。渐渐离地，扶摇直上，上，上到凌空。空气变得灼烫，草叶子、树枝子，都在熔化，就有黑色的灰烬飞起来。他挪不开步子，被这奇景摄走了魂，触角还在生长，从火房子周边溢出来，溢出来，溢到一定程度，轮廓线突然呈现，不是红，是白炽。变形还原了，淌溢出来的部分几乎是实际体积的二三倍，通红里裹着一个白芯子，停在半空。善学舌的鸟叫哑了嗓子，其他的鸟只是嘁嘁喳喳，因为量多，就像炸锅似的。山蚂蚁集合起来，开始大迁徙，仓鼠在山肚子里迁徙，桥下的涧水倒流，产卵的鱼群加快游速。最重要的是空气，空气里的氧和氮,还有二氧化碳、氩、氖、臭氧,压缩,膨胀,积聚,释放,解散排列,重新组合,再解散,再重组。

野骨的人家,看见山谷里的烟,白昼里是黑,夜里变成白。头一天是一柱,第二天一团,第三天则一片。还有风,风里面夹缠了草木灰的气味。二点从望远镜里看见,烟的上方,有无数黑点飞快地扑闪,是鸟群。

他们一家是过了正月上来的,又带十七条牛,六千仔鸭,还有一条狗。这条狗是高速公路上捡拾的,身份来历都不明晓,从外表看是错配,形容十分古怪。脸面像兽头,四肢粗短,向外趴开,走道蹒跚,挪啊挪的,冷不防贴地一阵风起,不见影了,怪不得能追着汽车跑。总是因为长得丑,所以被遗弃,抑或不止一回二回。流浪的日子也不知怎么过的,习性就有些变,虽是自己跟来的,却时不时出走,以为不来了,不期然又来叫门。叫的声音很凶猛,又带点媚,倒像猫,家里人就叫它老猫。离开良种场之前,老猫已不见多日,临上路及时赶到,仿佛测到主人要走。看起来,它既没有完全认下这个家,也不是完全不认,保持着若即若离,就这样一起上了野骨。

日子还是像先前那样过,男人山上山下联络买卖,再做点运输;女人喂鸭、种地、操持家务;二点呢,放牛。冬季过去,门前的公路繁忙起来,车辆开过,看见大山里头这一点小日子,欣欣向荣的,会按几声喇叭打招呼。杜鹃花一丛一丛,紫色和粉色,将山的苍绿调和得柔和,甚至有一些妖娆。难得清闲不出山,男人就架梯子上房顶补瓦,瓦缝里结的冻,化开了,这里滴答,那里滴答。在瓦楞上小心地走,看见底下的烟,还没消尽,太阳光里,很薄很薄。树冠连绵,仿佛满山谷的绣球,那一片烟,散成丝缕,缭绕其间。男人分开双脚,站稳了,望过去,林窟这地方又浮上眼前。四下里无限敞亮,天在群山之上,高广极了。林窟就像自由落体,从空茫中下坠,下坠,穿破云气,落进绣球般的树冠里,下去,下去,因重力加速度,直抵谷底深处,幽暗的哀伤的深处。太阳晒得暖烘烘的,砖啊,瓦啊,木头啊,都蒸发出水分,变得硬和脆。寒潮驱散,鸭子一出水,身上的毛就松开了,牛喷着干爽的鼻息,蜂子乱飞,空气里就有一股子蜜甜,香喷喷的!可是林窟啊,苦寒苦寒,就像一个苦栗子,爆开了,满口辛辣,蹿进心窝里。

他非要去一趟不行了,等二点回来,由他引路。说实在,自从有盘山公路,学会开车,他已经不怎么辨识山道了。他被公路改造成另一种人类,他好久没有往山里边去了。二点不同,他就是山坳里的小孩,在山的褶皱里——这一个巨大的母腹,二点是个大胎儿。春天的时候,就好比孕期成熟,羊水丰沛,腹壁格外肥沃,很快很快,就要生了,生出万物。二点亢奋极了,新牛犊又添上新欢喜,他领着牛群,一头扎进青山,就忘记回家。反正身上带足了麦饼,还有一架望远镜。望远镜到他手就再没放下,嫂子替他系了带子,斜挎在肩,时不时停住脚,扯过来,举到眼前,缓缓转身,转三百六十度,回到原地。

望远镜里的山,让二点陷入迷惑。距离和空间变形,就失去方位。二点心跳着,放下望远镜,景物还原了,却不那么叫人放心。望远镜似乎有一种魅,引得二点再次举起来往里看,山体再次变形。这不确定的情形动摇着二点的信念,二点当然是有信念的,甚至比他哥哥一类的聪敏人更不含糊,那就是相信世界的永恒性。可是,他现在怀疑了,全是望远镜的过。在这信念危机的时刻,二点看见了林窟那边的烟。由于所在的地势,又有望远镜,他看得可清楚。烟里的黑蝴蝶,可不是蝴蝶吗?盘旋着飞,还染一点红。二点迷失了方向,不知道那是林窟,许多新鲜的印象覆盖了旧的,需要契机才能破壁而出。但那烟总归不寻常,望远镜将它拉得那么近,几乎扑到脸上。旧印象在蠢动,就像种子在厚土里膨胀,二点的心别别地跳。信念继续圮颓,恒定不变的世界如今有变。小牛犊埋头吃草,啃着嫩树皮,不知道发生了什么。它们还小呢,不像二点,经历过生活。别看还是孩子的形貌,经历过的生活,有牛类的几代。林子里的腐叶,一层摞一层,最底下的化成土壤,就是信念。要不,二点的信念从哪里来?

二点回野骨,已经三天以后,望远镜里,黑蝴蝶寂灭了。男人肉眼看出去,薄烟也散干净。下一日,兄弟俩出发了。牛犊子留在野骨,让女人照看,老猫则跟着,随他们同行。开一程车,停在公路边,人和猫下来,进去山里。看老猫在山路疾走的形态,男人又要怀疑它的种性,四条短腿就是依着地势生的,无论多么陡峭,全上下自如。附在石壁的样子,就像一条大蜥蜴。山里山外,有多少不明来历的物种。二点问哥哥去哪里,男人想了想,没说话,举手在眼睛前圈成两个环。二点猛地就加快脚步,是另一条大蜥蜴。男人的腿脚赶不上老猫,也赶不上二点,落在后头,几乎隔一道山梁。远远地,看二点站在坡上,用望远镜搜他,样子很俏皮呢!男人忽想起很早以前,在镇上读书,回家时候,山谷里一块尖石头上,立着一个小孩。多半总是暮色里,雾上来了,小孩就像站在云海,分明是天上下来的仙童。那就是二点,在等他。他们兄弟间极少言语交流,林窟人大都口讷,男人后来到了平地,会说话了,那话也是和平地上的人说,同自家人,依然少言语。二点又是这样的，能说什么呢？可是，他们身上流着一脉的血，就不能以寻常的亲疏来论了。男人抬起手，在眼睛前圈起两个环，对准二点，二点看见了，一下子转身跑了。

老猫跑得没影，二点也没影，他们仨各在一处，都是山的褶缝里头。杂树枝摇曳着，鸟雀惊得炸窝，采药人和砍树人踩出的老路踏上新脚印。不期然，老猫到男人脚下，男人到二点跟前，三个一碰头，都唬一跳，朝后一闪，又都看不见了。此时此刻，一只鸟在头顶叫起来，叫得古怪，像唱曲子。仔细分辨，三个音一句头。二点从岩石后探出身，也听见了，老猫吠起来，蹿上去，鸟"叽"一声飞了。这一丛山石是一个迷阵，人，一会儿无踪迹，一会儿又迎面来，老猫也是，时隐时现，那鸟呢，停一刻，唱一句，一声近，一声远。男人抬头望去，见那头顶上的天，只剩巴掌大一块，就知道下了山谷。杂树林子密了，枝条横七竖八遮蔽光线，四下里的暗潮水般涌上来，围住他，是来自林窟的幽暗。打了个寒噤，不是冷，而是因为暖。一股捂久了，难免令人气闷的暖。他感觉林窟正在近边，所谓近边，至少要隔三五个山坳。男人逐渐恢复辨识力，能够在山里面测量距离，不看见二点，也不会迷路。脚底下的腐叶咕滋咕滋冒出水，泉水在地面上走，走到某一处，开始聚集成流，陡然从峭岩滑落，形成瀑布。山谷里，这边，那边，垂挂无数条白练，在风中摇曳，完全看不出垂直而下的激烈程度，地心引力加速度，可将岩层钻透。

男人站在悬崖，望着方才走过的对面的山坳，天地豁朗开，亮起来。云雾散开，又聚拢。散开时，谷里的杜鹃花跳出，聚拢时，一片烟海，浮着淡薄的日光。男人静静地吸了一支烟，等身上的寒噤平息。他不像二点，坦然地流露感情，听凭本能的驱使。经过理智的筛选，他不得不规定自己的行为，当规定之外的因素突如其来，便不知所措。掐灭烟头，男人继续行程。光线再一次暗下，几乎全黑。林窟真的近了，听得见涧水的流淌，轰隆隆的。他正沿着涧溪走呢！二点就在前边，老猫也在，他们三个原相隔几个山头和山坳，这时会集一起，沿涧水向下。一股焦煳的气味扑鼻，鸟又唱一句，不曾想它还在。这一句有些凄厉，二点抬头，端起望远镜照它。焦煳味越发重了，还有烟灰，他们三个都在呛咳。老猫试图逃离，绕几个圈，又回到山涧边。焦煳味中渐露出芬芳，来自某种含油脂的树木和果实，呛咳好些了，空气也变得润泽。山涧一径流淌，从石头缝里挤出锐叫，滑过岩面，当一声落下，再缓缓地流。野蜂子盘旋，嗅得到燎过火的蜜香。树都变成黑树，从树干到树冠，全是漆黑。石头也成黑石头。走在黑漆漆的山里面，心中恍惚，连二点都有些生怯，不时举起望远镜照一照。现在，他走在男人的身边，寸步远的地方，男人嗅到兄弟的体味，染了焦煳气的林窟的体味。这里，那里，树啊石啊，都是林窟的味！这焦煳原是从林窟熬炼出来的。焦煳的碎枝末节落他们一头一身，他们也成了个黑人儿，老猫是黑老猫。只有涧里的水是白的，溅起白沫，雪花似的。就是这么个黑白世界，像做梦，梦里面的世界多是没颜色的。

这黑白世界还有个特征，就是静。没有虫鸟的叽哝，没有蛇蝎爬行的窸窣，没有植物生根长叶的嗖声，没有泥石流的轰鸣，没有石蛙跳出涧水的泼剌，只有涧水响。在这静的世界里，涧水的响变得密实，有一种封闭性，就像耳道里的嗡声，从胸腔与腹腔反射上来。连脚步都不发声了，在绵软的土和灰里吃力地起落，这也是梦的世界，行走的时间比实际的时间长。他们走了很久很久，顶上一线天里的日头动也没动，水流到很远，山也没有退一点。仿佛走向另一纬度，那里有着完全不同的时空的概念，全是因为林窟的缘故。他们正走在这一纬度与那一纬度之间，过渡地带上事物的质和量处于变化之中。他们，以及老猫，前后相跟走一条线，生怕走散，一旦走散，说不定就再找不见。

涧水离开他们脚下，不见了，听得见潺潺声，密实度疏松了。山里边的路径就是这样摸不着头脑，你以为路是人脚踩出来的，其实是它引着人脚，有就是有，没有就是没有。他们走进灌木丛，灌木丛焦黑焦黑，映黑了日头。真黑呀！黑到底又微明起来。男人看见父亲的面容，母亲的面容。父亲的面容挡在布帘子后头，灯从身后照过来，照理应该投下影子，可是却不，而是照亮父亲的脸。那脸上有多少戚容！母亲的脸是掩在火光里，炉灶眼的火舔着娘的脸，也是哀戚的。双亲之后，林窟里的乡党接踵而来，从黑暗中穿越。再接着，二七集日的喧闹起来了，山的窟窿眼儿，壅塞多少人和事！骰子滚起来，签筒摇起来，贴烧饼的啪啪声，卤煮的滚沸，猪叫，羊叫，鸡鸭叫，最后，直升机来了——所有的声响就在一时间刹住，刹得干脆利落。一轮明月升起来，升到石上头，下面是一高一低两个人影，抬着笸箩，笸箩里摆着菜碗，一碗一碗倾进涧里，转眼淌走看不见了。

男人站住脚，二点和老猫也站住。眼前大亮，洞开天地。涧水忽地来到脚下，原来他们恰站在了石桥上。是林窟吗？是林窟改了样貌还是他们改了？山坳的遮掩一下子揭去，裸露一个黑森森的大洞穴，就像一张大嘴，龇咧着，一块块高低石头，从牙床上凸出来，一口大黑牙。房子没了，树没了，灌木，蒿草，苔藓，都没了，只有涧水依旧流淌。男人转身看，身后也是空空荡荡。

于是，就看见那面山壁，陡直陡直，中间横切开一道。男人抬脚跨回去，险些将二点搡下桥面。跑过一片焦土，焦土里埋着未烧尽的木头砖瓦，从脚心硌过去。他认得出，是他家老屋的梁和椽子，他家的墙，墙上的字烧成灰，他也认得。他穿堂而过，一抬腿嗖地上了崖，他的腿脚全让林窟叫醒。这逼仄得不能再逼仄、只搁得住半个脚掌的石缝缝，他们打小就会斜着身子上下左右的石缝里的三寸地。他们就像长在壁上的物种，地心引力对他们不起作用——也起作用，否则他们都能飞起来。腿脚里的印记都还在，就像老伤一样，遇到特定的季候便发作，比新鲜的时候还要痛，心痛。

二点和老猫紧随身后，一溜烟地上崖。那老猫不知先前有怎样的遭际，简直见山开道，逢水搭桥，没有它过不了的关隘。他们上去崖，断口里的棺冢显然过了火，漆黑一片，可是，还在，并且完好。男人一眼辨出父母大人的两具，字也还在，在漆黑里面发亮。再没什么疑问，这就是林窟，无论怎么改样，也改不了芯子。林窟，不是林窟，而是一个石臼，斜插在山腰，要不是崖的横断里的棺冢，谁看得出来曾经有过人和生活，而且如烈火烹油之势？只有它心知肚明，自己知道！那几辈子的日子，嵌在石头缝。不止林窟一处，还有无数处——山谷里涌起的烟云，其实是那些一层一层的日子，一层一层的牵挂，死了死了，骨头化成灰，散去了，逢到天时地利，又聚起来，从山谷口溢出去。男人平静下来，一路的悸动此时此刻风轻云淡，弯腰拾起一块崩裂的石子，楔进棺冢和棺冢间的缝隙。二点看了也学样，收拾碎石渣子，从里往外填，填满，楔紧，再下到崖底，搬上大块的，交给哥哥，顶着棺木垒起一面墙。弟兄俩一个搬运，一个堆垒，棺冢渐渐遮蔽在石壁后面。日头向西移去,有一个时辰正照在这面崖,黑漆漆的崖面成紫铜颜色,就像金石。石头墙起到大半,日光针一般刺进去,棺木上头的字一下子跳出来,凸起在黑焦上,随后,光移了移,收起来,墙也垒到顶,合上了。过些时日,风吹来树籽,树籽发芽、抽条、长叶,气根四处攀爬着找土,扎进去,山壁上斜生着的草木,就是这么生成的!这样,林窟的几辈子人,着实埋进山肚子里。

日头过到更西边的山坳里,林窟这大石臼倒还有光,男人感到腿脚和手臂的软弱,还有肚饥。二点早拿出麦饼,找一块干净石头,垫上,男人拔出一柄军用短刀,切开麦饼,两人啃食起来。二点啃了几口,浑身一抖,面露惊惧,放下饼,举手在眼睛前圈成两个环。男人这才想起,这里不还有个人吗!二点与那人结交过,就是他,引自己过来的。二点脸上露出要哭的表情,麦饼不吃了,立起身,跨过石板桥。现在,林窟的地理形制呈现出来,即使房屋树林皆为空洞,也可辨出村落轮廓。二点从涧水边阶石一溜烟上去,男人紧随着,阶石上横几断焦木,差点儿绊了脚。依稀可见房屋的地基,高低错落在焦木灰烬之间,爬上废墟,这大石臼其实是座废墟。灰烬里有些硬东西,没烧尽的林窟的骨骸。他摸了两手黑,也没捞起个成形的东西,可他就是知道,这是什么,那又是什么。这是屋脊,那是隔断,这是房前,那是家后。二点来回走着,喊他也不理。天暗下来,眼看大石臼变成大黑窟窿。男人大声说:二点,走!二点不走,索性坐下来,抱着脑袋。男人再喊:二点,走!二点就根本听不见了。老猫从天知道的地方蹿出,在灰堆里拱,拱出来的还是灰,一小粒一小粒的,算是林窟的舍利子吧!

男人就不知道了，在二点眼睛里，废墟上已经长出房屋，窗是窗，门是门，连檐下那个燕巢都还在。一层通二层的木梯子，穿过瓦顶长出去的树干和树冠，他坐的地方，正是炉围中间，热烘烘的，那个“爹”吃着他的麦饼。可不是“爹”吗？要不怎么在林窟。人走得空空的，却有个他，不是“爹”是谁！二点不是有神论，他不以为壁葬的棺木里的爹会复活，事实上，他压根儿不意识活着和死去。他只知道树和草，这里有一棵，那里也有一棵；这里有一丛，那里也有一丛；爹呢，这里有一个，那里也有一个；那里的一个封在山肚子里，这里的一个又在哪里？不禁茫然起来，哥哥叫喊什么呢？双手抱头，又放下，抬眼四顾，天地人都在变形。天又暗下一成，这龇牙咧嘴的大口子，有些吓人呢！一眨眼间就会合上，将他们全闭进去。风声从耳边过，呼呼直响，是时间的声音，并非同一流向，而是顺逆交错，林窟这地方，没了没了，还有一点魂魄。连男人这样在平地上过久了、磨钝了性子的人，也觉得出。他不再喊兄弟，由他去。天全黑了，全黑的天，反显出一种钢蓝。星星出来了，斗大的，下雨似的坠落。

十三

顾名思义，“九丈”的称谓也是从占地大小得来。从老街看，应以东西向贯通，后来，逐年向两侧平山取地，修成新路，造些楼房，这“九丈”就仿佛竖过来，变南北向，老街则萎缩为拦腰一系。但无论怎样横来竖去，地势总是西高东低，呈现山脉的走向，就此推得出九丈的原始形貌，山里的街市又多顺坡而设，极少横断，这也是一个推据。倘追根溯源，九丈的历史可久远到南宋，依凭的是有一所“仁济庙”，庙堂的格式据称来自《周礼·考工记》——“前朝后市”，形制且套北朝汴都民居的四合院款。虽经几代几朝毁建，已难觅旧貌，但庙前两棵千年以上的银杏，权且作证明。文字可查则是在明清，镇上名氏家族，谱记始于嘉靖年迁来。宗祠、住宅、进士牌楼，修寨墙圈围，人称“九丈”，九是阳数，所以不只是地限，还表尊贵。清同治时太平军起义，此地烧得片瓦无存，但有一样东西烧不尽，那就是水渠。

坊间传说水渠是按《河图》规划，否则无从释解神功妙计。水渠源头是在大溪，因西高东低而开河引流，下游地方凿池湖蓄水，筑碓房分渠，然后建坝，造闸，丰水期阻截，枯水期疏放，从此地貌改变，水系自成。太平军兵祸之后不过年余，人口重新聚集，沿水渠而居。因地理交通，担盐客必经，于是，渐渐成市，庙观牌楼复起，就又繁荣起来。循月满则亏、否极泰来的易数，人口增加过剧，争水争地争山林，难免田土过劳，产出不足，加上内斗外患，经济就萧条下来。再静止一时，又丰饶起来，几度消长起伏，终来到新纪元。九丈先设为乡政府所在地，后为人民公社，又有几十年不动，然后革为城镇，便挡不住地发展起来。方才说的新街与楼房，就是这时期的建设，其实是向环境榨取，明里欣欣向荣，暗里多少是捉襟见肘。比如说水，枯时比丰时多，有几条支渠已成干沟。水可说是九丈的立足之本，史上多次兴衰都与水有关，所以就是个隐患。再比如地，点爆开挖，凿洞压路，山体变得很酥，时不时有泥石流，街市周边的山壁不得不用尼龙网兜住——这就是人力物力的蛮强，水来土掩，兵来将挡，目下还不好说胜负。这两项是天和地，再一项，则是人。

暂且不说具体的人，先来看九丈镇政府的牌子：党、政、人大、政协，四套班子俱全。往里走，一层层楼面，楼面上，一条条走廊，一扇扇门，门上都有牌子：工、青、妇，农、工、商，公、检、法，教、卫、文，希望工程、计划生育、两个文明……政府大楼显然装不下，所以就漫出来，街面上，巷子里，冷不防就出来一块牌子：粮、油、林、木、广播事业、中国移动……你就知道九丈的人，不能仅用量计，还要以质来论了。这种质变从外表看，体现在衣着，四处都是制服，蓝、黄、军绿、墨黑，无论哪种颜色，都配有大盖帽。九丈这地方，哪里有过大盖帽？最老最老的老寿星，记得曾有民国政府下来过一个督察，戴着大盖帽，算起来，都快有一百年了。可就在这一百年的尾上，大盖帽一下子涌出来。所以就要从质上说了，如今的九丈，吃上官饭，就是官制中的人了。然而，冠冕堂皇之下，内里却是拮据的。这三山六水一分田的地方，强人都向外觅活路，余下老弱，挣出嚼吃已属不易，哪有结余上税纳捐？因此，那官饭中几乎有大半需自谋。如何谋取？用官话说是“招商引资”，事实上和乞讨也差不多。一是向古人取，无论史记，还是口传，只要是举人以上，都拿来树碑立传，新建老宅，开辟旧村，或申报遗产保护，或纳入旅游线路，于是又多出旅游局的牌子。这是一，二是向今人取。有在外发迹的，但凡沾点亲故，免不了去求个赞助。一边开源，一边节流，眼面前的，好比开门七件事，柴米油盐醋，节不下来，就向不当紧处克扣，比如民办教师的工资，化肥农药种子贷款，退农还林经费，那一个个山坳，隔了数不清的横梁直壁，全是不知魏晋和有汉，也一代一代活下来。就这么着，镇上的大盖帽，就像会繁衍生殖，越来越多。

九丈的老街，东西向，在现今的镇区的北部，因新区是往南扩展开去。方才说老街是拦腰一束，并不全对，准确说是齐颈而系。要从全局看，老街就是个烂颈子，那房屋快成瓦砾堆，摊在路两边。路呢，顺山势阶梯从西向东下行，石板面不是裂，就是拱，仿佛又回进原始，但比原始更野蛮，因为经过人的摧残，又被人弃下。就像那种三不管地带，谁都干预一点，同时，谁都不负责任。可是，怎么说呢？就在这样半遗弃半利用的状态中，人意和天意也会达成微妙的协商，你进我退，我进你退。于是，就有一种奇怪的生机，也挺勃发的。不信的话就走进去，走进这条烂街。临街的店面其实并不像离远了看那么不堪，它们像模像样的。比如发廊，三色的转灯，发模照片，旖旎的店名；比如服装店门口的模特身上的穿戴，不怎么落伍；再比如牙诊所，广告上的美女开口笑着，展露出洁白如瓷砖的牙齿。捷安特的车行，耐克的旅游鞋，两幢房子之间拉开一条横幅，写着著名歌星将来举办演唱会——看起来，它就是外面大世界的投影，要单是投影，也没什么大意思，谈不上“生机”了，你要走进门里，就会有惊人的发现。

再举发廊为例，那店堂里很冷清吧。价目表上离子烫都有，事实上，连个修面的师傅都没得。小妹倚着门看街景，寂寞的身影，好像深闺里思春。但是，店堂后面，不是还有门吗？这就要说到老街房屋的结构了。老街的门面一律很窄，窄到一肩宽，来回过人都要侧身，纵向却极深。在那店堂后面巷道似的空间里，门挨门的，可是火热的小世界。这营生和发廊既无关又有关，无关是从狭义上说，要从广义说则是有关，都是身体的劳动与享受。头发不也是身体的一部分？看小妹给客人洗头，肥皂泡里的一双纤手，几乎要睡过去了。好，这是发廊，再说服装店，塑料的盛装的模特儿身后，也是有进深的，那一进一进，从气味嗅，就嗅得出衣服来源的复杂和丰富，布臭里有人身的体味、潮气、羊膻、鸭屎、樟脑、灰尘、皂粉、除臭剂、柔顺剂、来苏水，不说从哪里来，就从哪里来。牙诊所里的郎中差不多就是屠夫，身上的白大褂血迹斑斑，求医的无不是烂牙根，凿子顶住，锤子一敲，就下来了，钳子一夹，也下来了。麻药都不用上，因为拔牙的疼远比不上炎症的苦楚。车行里卖的全是赃车，耐克鞋帮里的填料大约就是马粪纸和马夹袋，横幅上热烈欢迎的著名歌星一定是个冒牌货，来和不来还不知道！地沟油，死猪肉，硫黄熏的大白馍，这就是老街的市面，从凋敝中生长，离经叛道的繁荣，倒比官制里的生计能够自给自足。

在这又荒疏又丰饶的老街里，发廊与车行之间的北小街，细长的石板路，尽头立一座岩头，所以这条街名叫“岩头”。走进去，见那岩头上大下小，几乎悬在头顶，就是不落下来。街里面的人家，过活许多代了。街东边有扇院门，门上也挂块牌子，想不到吧，老街里也会有牌子，也派得到官饭！牌子上写着九丈镇民政养老院的字样，推开门，一个院落，两间平房加一个耳房，中间一块空地，铺两张席，席上晒着粮食。一个老头坐在板凳上，手里握一枝竹梢，吓唬麻雀，不让啄席上的谷粒。麻雀欺负老头眼花，绕着竹梢头，冷不防啄一嘴，老头就向麻雀求情：走吧，走吧，陈谷子不好吃！耳房出来一个壮大的女人，一跺脚，麻雀哄地全飞了，待女人转身进屋，又悄悄潜回来。老头再接着哄：走吧，走吧！

上午九十点光景，一日两顿里头一餐的饭点，耳房响着烧柴的噼啪，饭熟了。果然是陈米的捂味，但锅灶的烟火到底给小院添些热闹，否则就太落寞了。老人本就是元气衰，烧饭的女人虽是壮年，四十来岁，却是个无儿女的寡妇，缺乏情欲的生活，人性多少变得枯索。等她再次走出耳房，老头瞅准空子问：新来的呢？女人不回答，复又进去，不见身影，但听油锅一声爆响，方又振作一些。日头斜过来一线，院落里陡地明亮起来，其实只一小会儿，就将移到岩后面。只这一小会儿，也让人心畅朗了一下，连女人出来时脸上都有悦色。老头忽地浑身一动，转过脸去，院门推开，人进来了。

饭桌摆在屋里床跟前，因床上躺着一个不能动的。这是一边，其余的三边各坐女人、老头、新来的——从新来的背上还溜下极小的一个，猫似的一小条，钻过新来的腋窝，坐进怀里。饭菜端上来，菜是一盆虾皮炖豆腐，饭是南瓜粥。五个人吃饭有两个需喂食，女人管床上躺着的，新来的照应怀里的。怀里的这个看形状只有二三岁，手指头粗细的脖颈子，吊着个大脑袋，侧过来含一口粥，吞咽都不够力气，伸长颈子，额头上暴出筋，险些就要背过气。好容易吃下半碗，再吃不动了，坐在人怀里，静静地玩，玩什么，一个骰子，小手里转着，转着。日头在窗户上扫一下，过去了。先后吃完饭，女人收拾掉饭桌，又将院子地上的粮食扫起来，筛一遍，盛进笸箩。看她做活，是个利索人，也肯干，可命运不济，脸上再也展不开。女人背粮食上街里电磨房碾米，老头跟着，加上新来的，驮着病孩子，除床上那一个，养老院的人一并出动了。

这一行人走在老街，有一种滑稽的哀伤。领头的女人，身量在男人里也称得上高大，盛粮食的笸箩在背上，成一个小篮子；第二个是老头，腰弯到地上，像一张弓；接着是新来的那个，背着猫似的小病孩。除去孩子，他们，包括女人，一律穿深蓝色的制服，肩上钉铜扣，裤腿两侧各有一条红色的镶边。显然是某家被服厂的囤积，以捐助的名义清仓给了他们。在那院里平房的墙上，就悬挂着被服厂领导慈善慰问养老院的剪报照片，报纸是九丈镇政府的机关报。除去女人，其余三个，无论老小，都剃光头，猛一看，有些像坐监的囚犯，再一看，就看出与囚犯大不同，原因在身姿表情，有一股自由和散漫。别看他们排成一行，听女人管束，事实上，不是女人管束，倒是反过来，他们黏着女人。他们都很黏人呢！所以，自由散漫底下，又隐藏着爱娇，这样的老而且窘迫，这两个字很难想象，可就是爱娇呢！“滑稽”就是从这里来的。但是，老街本身就有荒诞感，所以，人们并不以为意，觉得很自然。从某种方面说，这一行人可说集中体现了老街的风貌。

沿街的店铺门口，闲站了人，洗头的小妹，嗑着瓜子，瓜子皮飞快地在脚边积成一堆；卖车的老板，双手叉腰，衣领里面伸出刺青的龙头；烧饼炉子封了火，炉边排着凉烧饼和冷油条；狗和猫打着盹，老板和小妹的调情就变得分外响亮，一句去一句来，说的是普通话。老街上流行普通话，这也是被荒弃的表征之一：外乡人聚集。外乡人就像水，哪里有空隙流到哪里。今天这里，明天那里，于是老街上都是生面孔，是普通话把生面孔变成熟面孔。就这样，养老院的一行人从老街走过，并未引起耻笑，应该说，外乡人都是有历练的，见过的场面广大得很，就有鉴识力，鉴识的不是艺术，是世道人心，谙得透滑稽的表面之下，其实是暖老温贫。所以，倘使达得到，也会伸援手。比如，眼镜店的老板，来自江苏丹阳，就要给那个新来的补一块镜片，从七折打到三折，再打就要倒赔，即便这样，女人还是给不出。养老院的财政是由她掌管，大家都看得见她的手紧，连吃米都要算计，买的是谷子，送机房碾成米和糠——糠用来喂猪。眼镜店老板遗憾地放弃这桩救济性买卖，最后找了一个旧平光镜片，镶在空框里，至少外观上体面一些。

他们来到机房，所在的街叫作“水碓子”，就是从这机房得名。原先是以水碓发力，推石碾舂稻谷，后改为电动，机器就安在碓房里。房下的河，因改道填高，已无急转之势，只是一截旧渠，渐渐枯去一半，就成死水。机房主是江西人，老婆孩子七八口，向镇上租赁承包机房，就在干渠边养一圈猪，种几畦菜。这时节，油菜开出黄花，飞着粉蝶，让人眼前一亮。女人进机房碾米，老头、新来的、病孩子，就在菜畦边晒太阳。江西人的小子，五六岁大小，上面四个姐姐，显然是为生他，一家人离乡背井来到人生地不熟的九丈。姐姐们都长得花一般，唯有他，生得极丑，是不服此地水土，还是中年父母力薄了？丑归丑，倒是聪明相，十分好动，一味撩拨病孩子与他玩。这一个哪里玩得动，下地走几步，就蹲倒了，嘴唇乌青。丑孩子就背起他，在油菜畦里疯跑。谷子碾成米了，江西人没收钱，也没留砻糠，反还添给女人一个筐底子，他的义举同样上过报，算作对养老院的资助之一。回程的时候，女人背上的篾篓里，谷子就分为米和糠两种，还加上一把菜，病孩子手里是一束油菜花。

中途，一辆运沙车挡住去路，因要卸沙子，两头的人和车，还有鸡鸭猪狗，只得从缝里钻，钻不过去便开骂，两边店铺的人都站出来看。他们这一行，正好歇脚，坐了人家饭铺的椅凳，店家要发话，见是这几个，就随他们去了。这一时，是他们顶快活的时候，顶愿意吵嘴的人不要消停，一直吵下去。老街呢，就是从这一刻，启动它的生活。闲人多起来，生意开张，运沙车终于卸完，开走，路面留一层石土，走上去的人和车轮都打滑、跌跤，所以还有一阵子看头。等彻底平息下来，日头就偏西，将近养老院第二餐的饭点。老头还不愿意走，他是这一行人里最馋热闹的，当年就是从街上拾他到养老院，因县里民政局要下来检查，需清理市面。老头赖在板凳上，女人作势打他，看她凶狠的眉眼，真能打下来，再加店主驱赶，这才起身。

天时其实长了，吃完饭院子里还亮着，有一个角度，夕阳正好掠过来，就有些像早先升起的时辰，只是反过来，人影投在东面墙，明晃晃的，暮色就仿佛曙光。院子里几乎有一种熙攘的气氛，病孩子略精神些，抬起眼睛四下看，伸出舌头舔那骰子，舌头几近透明，没有一丝苔色，真是病得不轻，也不知怎么就一日一日活下来了。女人端来一盆热水,绞起毛巾,一把扑在孩子脸上,再一把抹下来,一扑一抹,又差点儿将他闭过气去。热毛巾的擦拭使面色红润,方才看出这孩子很清秀,细巧的前额和鼻梁,单眼皮里,眸子乌黑,有人说这就是病症,好不起来了。手脚洗毕,塞他进被窝,才是普通人家晚饭的时间,这里已经入夜。院门闩上,墙面的光线收走,屋里就要开灯了。

电灯下的饭桌铺一张报纸,新来的摊开账本,拿笔在手里,老头就喊:报账,报账!新来的说:慢!老头不听他,继续喊:报账!新来的又说:慢!一喊一劝之间,女人突然就出现了,挡去半边灯光,投下巨大的身影。这女人可真高大,一个顶他们两个。他们都怕她,连床上那个不能动的,也睁了睁眼睛。病孩子的床跟他成直角摆放,枕头摞高,只是半躺,乌眸子在灯影里很奇怪地变成透明,像猫眼,看向女人。女人将屋里人扫视一遍,于是静下来,在专留给她的一边入座了。这女人,有一种兽类的母性,凶悍威猛,正因为此,让人安心,这就是他们对她的怕。她抬起手,一双粗手,放在桌面,小心地与账本保持距离,透露出尊敬的意思,停一停,说:晒谷。

新来的在写好的日期下写:晒谷。女人又说:碾谷。再写:碾谷。就这么,女人报,新来的写,一径下去。谷十斤,出米九斤,出糠八两;化缘,糠一斤,菜一捆;收入,无;支出,无。一笔一画写毕,看一遍,然后将账本端到女人跟前。女人手垂到膝上,眼睛在字上移,老头伸手要拿账本,被女人打开,只能凑过头去看。两人都不识字,否则不能看这么久。终于看毕,女人说一声:收好。新来的方才合起来,连同叠好的报纸和笔,一起放在床上方的隔板。女人从桌下篮子里捧出一堆南瓜藤,三个人一起动手去皮，剥出嫩芯。皮喂猪，芯作下饭菜。那猪和女人一屋，听得见哼声，呓语似的，不知做的什么梦。

此时此刻，倘要站到院子里，看得见天空有一层暗红，那是霓虹灯的映照。老街也是有霓虹灯和夜生活的，时候是有些早了，不过七点来钟，可劳作的人就是这样的时间表，赶紧地娱乐一把，明日还要起早呢！大卡车上路要早，开山采石也要早，打工的东家天不亮就要使唤，鸡啊狗的，都是看天候。说是夜生活，也许不太像，可小姐的笑靥却是实打实的，温柔体贴也没有折扣，卡拉OK的曲目，DVD放映厅的排片，百家乐的牌桌，还有老虎机，勿管真假，酒水单上也写有拉菲！还是要说回霓虹灯，这夜生活的标志，在这山里头的九丈镇，九丈镇的老街，可说是怀古的幽思深处，闪闪发光呢！灯管构出彩色的字："环宇""星球""威尼斯"，还有一支玫瑰花，一杯咖啡，一棵圣诞树。新街上的声色还没起来，老街已闹心闹得了不得。那边的柏油路，差不多有北京长安街那样宽和平展，两边的路灯也是华表式的，路上跑着豪车或者公车，相较之下，这边就算是化外了，净是野蛮的乐子和疾病。所以电线杆上贴着老军医的广告，除老军医，还有接生、堕胎、买卖婴儿、老千密传、典当、放债、讨债、吹打……这暗夜里的利益链，可见出老街经济的水深。

这小院落两间平房加一间耳房里的生计，是在九丈不论新老明暗的经济体之外，得之于道德人心，要不怎么解释它的存在？女人、老头、新来的，已经剥出一堆嫩芯和糙皮，都是没有产出的人口，耗费便省到不能再省。民政局的财政拨款，只够给付官家人的薪饷，养老院全凭社会的仁善。院子是旧庵子，原有老少两个姑子，老的死了，余下一个，就是女人，做了养老院的管理兼杂工,每年粮站给出几百斤谷麦,替代一部分税费。岩头底下,俩姑子开出的一块巴掌大的自留地,租给外乡人种着,换点豆酱等副食,倘有头疼脑热,医院诊治针药,就打进民政的欠条,最后一律成死账,归入损耗。大病就不行了,病孩子的先天性心脏病,一医院全年的费用都不够手术的,莫说医术够不够。当年,就是医院送他到这里来的。做父母的,听说是这样的病,扔下就跑得没影。九丈医院连个电暖箱也没有,就窝在捂饭的草窠里,用针管往小嘴里注射米汤,居然活过满月。

女人从医院停尸房看守人手里接过草窠,一堆药棉纱布埋着个剥皮老鼠。此时,饭量增大到一口一个粥米粒儿,又活过周岁。算是个人了,就不能叫他随便死。女人喂过一头羊,院前院后的草皮啃光,巷里巷外的草根也啃光,可见出吃口的力气。女人想,一头羊的钱还不够看病的吗?那么再养一对兔,加上一窝鸡,这时候,喂的是一头猪。除了饲养牲畜,女人还化缘,怎么化?逢集的日子,带孩子上街,写一幅状子,诉说原委,就地一铺,多少有些收益。先是让老头去,可方才说了,老头儿恋街,出去就不知道回来,非要女人亲到集上找人。有一回,女人晚到一步,集散了,人也不见了。老头不要紧,原本就是街上混的人生,可是孩子有病,餐风宿露的怎么经得住!挨了几天,挨到下一个集日,女人跑去,果然看见老头还在原地,仿佛没挪动过。病孩子揣在怀里,贴着罗锅着的胸口,倒好好的,只上一集化的钱都用没了。从此,女人再不敢放老头出去,直至这新来的进院,才又续起化缘的事。新来的重写了状子,陈述苦情更哀戚,字也写得端正。化来的钱款东西,从不私用,如实交给女人。又单立一条账目,笔笔都有记录,是个格外的明白人。这个明白人,却不记得自己的名字、年岁、籍贯、操何营生、有无家小。

因是新来，就喊他老新，算有了称谓。年纪呢，看不大出来，从没牙这点看，老得很，耳目和腿脚都灵便，就又不太老。听说话——他难得说话，不得已才有一个字两个字，听声腔，定不是本地人，却不知是南是北。虽是讷言，但以举止态度的和缓，像是读过书，反正是细作的生计。又看他疼惜孩子，多半居家的出身。至于怎么来到这里，断续说到大火，迫逼着没日没夜跋山涉水，终于看到人家这一节，就没法溯远了。

灯底下，老新没牙的脸，头发推得精光，是女人的手艺。院里人都推光头，唯女人还俗后蓄发，头发厚而且硬，剪到半耳，再削薄，俗语说，贵人不顶重发，所以命苦。此样的发式，又脸相粗黑，较老新更像男人，老新则像个姑子。三个人静静地剥南瓜藤，床上瘫着的不时喉头咕咚一声，打个哈欠，仿佛腔子里有个泵。病孩子则无一点动响，被子底下的小身子，没了似的。就当你忘记有他时，却听轻轻一笑。灯下人面面相觑，一个病孩子的梦，不知相隔在几千几万里外，谁能参得透！女人念一句“阿弥陀佛”，是她唯有的经文。青灯昏昧，随老师姑的木鱼呢喃，就是这几个字，引她度过丧夫丧子、暗无天日的时光。这不识字的女人，几乎是蒙塞的心窍，哪里谈得上信仰？只不过咬牙活着，活着就是她的使命似的。从这点说，她又是有信仰的，就是活着。为活着而活着，像是鱼咬尾。事实上，菩萨普度的那个苦海，也就是活着。但菩萨度的众生不是以单个计，而是总量，浩浩荡荡，此岸和彼岸都遥不可见，活着就变得壮阔了。

停一时，老新出声了：不行！女人和老头抬脸看他，他又说一遍：不行！老新说话很简，简去的是比较关键的——名词，同一情境里的人，才攀谈得上。这不是，老头搭腔道：怎样？女人的表情也是征询式的。老新又说出两个字：那样！这样简赅的出言仿佛禅语，这两个却都懂。说过了，同一情境里的人，自有沟通的系统，只需极低程度依赖语言这种外在的表达。现在，老新既已说“那样”，就是“行”。至于“那样”是怎样，老新自然知道。老新知道，就是大家全体知道，他们这几个不就是一个吗？好比老新识字，大家就有了账本。反过来也是，大家不知道的，老新也不知道，比如老新从哪里来。别以为这是些懵懂的人，所谓懵懂其实是深藏不露，不告诉你。

那一日，野骨的兄弟俩在林窟过夜。将石头垒一面挡风墙，拾几段焦木，点一堆火，两个人一条狗，团坐着。麦饼在火上烤，馅里的油滋出来，香极了。男人身上带了酒，也给老猫喝一点。初春的夜晚，又是山里边，还有薄霜。斗大的星垂在头顶，后半夜，下弦月起来，星斗升上去，升到苍穹里，稠得像一锅粥。二点和老猫入睡了，男人不睡，往火里添柴，有几回困盹儿，硬抵回去。他不能睡，他得守着，许是最后一晚守灵夜了，守爹娘，还守林窟。棺冢封进崖缝里，林窟烧成个大石臼，转眼间，山岩合壁，无迹可寻。他知道山的厉害，看似不动声色，一千年一万年不变，其实呢，时时刻刻，分分秒秒，打盹儿的工夫，沧海桑田。这不，就在二点睡着他睁眼的这一刻，月转星移，乾坤斜倾。男人拨着火堆，灰烬闪烁，仿佛无数眼睛迅速开合，是林窟最后的凝视，终于灭寂，然后新一蓬火又起来。松脂柏子噼啪作响，香气四溢，喝了酒，不免陶陶然的，有股清醒的醉意。林窟，这焦黑光秃，并不显得宽敞，反而更觉逼仄的林窟，向他们合拢过来，眼看就要闭缝,将他们闭进去,变成几千年后的鱼化石。天空在升高,耳边嗖嗖地响,星月迅速退去,退进淡泊的空茫。那空茫的最最里边,芯子的地方,就是林窟。一个小山坳,一个小村庄,高低的屋脊之间,有人活动呢! 担水啊,起炊啊,还有街市,做着买卖,货进货出,直升机来了,蜻蜓蚂蚱似的,翅子不停地旋,旋,旋成一个涡,林窟就从涡里旋走了。

晨曦里,男人喊起兄弟,啃了点饼子,将东西收拾起来,细细压灭火星子,准备上路。忽然间,二点扮个鬼脸,手在眼前圈成两个环,从环里看哥哥。男人心里格登一下,想起来了。他不能全确定,真有二点指的那个人。二点是异类,虽是同胞,又一起生长,到底有隔阂。可就算没有,回来林窟,多少是因为那个人。男人收住脚,四下里看一遍,倘若真有他——男人还是不能认准,山里有幻象,遭遇的人不在少数,父亲就有一回亲历,何况二点——男人为他设计两条路,一条是火中逃生,二条是大火之前,甚至更早,未下雪时,就已出山,因焦痕里没有生灵的遗迹。谨慎起见,男人又上下检索过火的地方。瓦砾里翻出一团铁疙瘩,看不出原来形状和用途,但总是冶炼过的器物。男人将铁疙瘩装进挎包,低头时,就看见地上有一铺草席的灰烬,大约有一张桌面大小,从图案看,编织称不上精细,但有一种笨拙的别致,出自无师自通的手艺,真有些像化石呢。男人蹲下身小心拨弄灰烬,烧得很透,几成粉末,一触即散,挑出一丝草筋。他认出这草,林窟人叫作麻麻娘,意思是比麻还有韧劲,堪称麻的娘。男人开始相信,二点指的那个人,也许真有过呢! 仿佛是为加强他的信念,男人又捡出些云母般半透明碎粒子,是玻璃,经过高温熔解而成。没有遗骸。男人吐出长气,那人活着。

从过火的痕迹看，当时刮的西北风，岩石、树木、蒿草，都是西北面受火，向东南去，才有突破口。山势又是向南趋缓，下坡比上坡易。男人左右勘察，领二点过石桥，从埋葬爹娘的山壁底部绕行，顺山涧下去了。

这番查验，足有一个时辰，太阳升起了，他们就是迎着日头走。有几下子，日光正照着眼，晃得睁不开，火燎的一般。夜里浸淫的寒气驱走，身上烘热起来。路较来时难走，涧溪垂直成瀑布，落到更深的峭壁底下。没有任何迹象表示有人经过。山势又缓缓向上，男人晓得他们绕过山谷，开始向西北。日头到了正中，林子密了，只见树梢头挂出一轮白太阳。男人盯着日头看，他已经有些迷，困惑日影怎么到了东边，不是向西移吗？岂知是他转了向，将东当西，西当东。破出林子，看见白茫茫的云雾，以为到山顶，其实是在谷底。男人停下来，对兄弟说：二点，走迷了！二点圈起手指头，固执地看向他。他再说：走迷了，兄弟！话音里就带着告饶的意思了。二点放下手，举起斜挎的望远镜，对着他，简直就在逼他，只得继续走。没有人脚蹬过的印记，虫啊蚁啊，叽叽哝哝，还有鸟，扑闪闪一会儿到这，一会儿到那，羽翅从脸上掠过，就像一阵烟尘。有一只鸟唱出曲调，又滑稽又诡异，不知和日前的是同一只，还是另一只。其实，他和二点都不知道，他们正绕着林窟转圈呢！他们的腿脚还没脱出林窟的牵攀，他们的身子，身子啊，被看不见的线扯着，就像小时候玩的转陀螺。那石头缝里的林窟，在往山肚里钻呢，可磁场还在，放射出强烈的磁力。男人有些害怕，怕走不出这山，二点的望远镜里，全是白蒙蒙，人就在其中，一径往下掉，掉，又往上升，升，就有危险的快感。他们彼此都找不见了，男人喊“二点”，声音被堵回来，原来周遭有回音壁，就听“二点”两个字音四处撞击，就是突不出去，二点不回答。正惶惑不已，脚下忽蹿出一条亮影，斜刺里插过去，是老猫。老猫这野种不受任何辖制，在沉暗的杂树林间跑出白光。唯有跟它去了，跟上几步，就看见二点，原来就在几步开外的地方打转。兄弟俩不由都惊叫一声，老猫又没影了。可是，杂树林被抛在身后，日头悬在中天，他们临悬崖而立。

那个人大概没命了，男人想。云雾忽聚忽散，聚起时满满一谷，散开时，就有无数瀑布环壁而垂，静谧无声，直泻而下。老猫又来了，向他们微微一点头，调头沿石壁过去。跟定它了！男人举步尾随，脚底却打滑，被二点扯住。这回是由二点领他，他这被平地驯化了的腿脚，心是一半对一半。要是从对面山看，他们可叫人心悬，直接走在石头棱上，刀锋一般，底下是万丈深渊。云雾涌上来，埋住脚踝，照理是险的，可心里却不害怕，还有着飘飘然怡怡然的喜悦，反正有二点的手，爹爹把二点交代给他，其实是把他交代给二点，二点的手真有力气，还有主张。老猫一探头，又一探头，这天外来的生灵，仿佛明白些什么。云雾潮水般退去，直退到脚底下很远，他们站在一个山头，日头在另一个山头，顶上是无云的碧空。

这一座山头，满是茭白，方从云雾中现身时候，好比万箭向天齐发。脚下的路径在茭白田中央，老猫在路尽头又一回眸，它真像猫，有一双猫眼，日光里变成一条线。随老猫过去，看见房屋。过一道棱，上一条坡，那房屋是一长列，十数二十间。板壁墙，瓦爿顶，木柱支着前廊，廊下生火做饭，有几家已经端碗了。那房子有年头了，木头呈赭黑，屋檐前倾，廊柱歪斜，屋脚的梯级踩塌了沿。檐下悬吊的红辣椒、黄玉米、紫皮蒜，都是新收成。端碗的老人和烧火的女人，还有嬉耍的孩子，看着他们一步一步走上来。男人向其中最老最老，几乎有一百岁的老者招呼：老人家，胃口好！老者筷子敲敲碗边，作了回答，就有女人移过板凳。男人在高凳坐下，二点不坐，蹲在脚跟前，老猫也来了。这二人一狗的来到并没有引起好奇和惊讶，烧火的烧火，吃饭的吃饭，小孩子从碗里捡出骨头扔给老猫，老猫一口咬住。

男人摸出烟卷敬老者，老者接过放在耳后。廊下还有几位年纪略低的老人，脸相与老者极相似，大约是儿孙后辈。男人起身，一一敬上烟，老人们一一接过，借上火，吸起来。又有女人从锅里盛一大碗饭，夹上腌肉和咸鱼，递给二点。男人的一碗是在另一口锅里盛起，菜是辣子鸡块。筷子一插进碗，就顾不上说话，几乎直接倒进喉咙，一是饿，二是惊惧，人都耗干了。吃空大半碗，方才从容起来。此时，廊下各家锅里的饭食都熟了，全在专心地吃，筷子哗哗地摇响，是懂得种田甘苦的人的吃相。最先端碗的人瑞老者已经放下碗来，他的媳妇，一个老婆婆捧上茶，他喝一口，取下耳后的烟卷，男人立即放碗送上火。老者慢慢吸进一口烟，徐徐吐出来，眯缝起眼睛，无限的享受。日头向西，照着茭白地。地的北边，是杉树林，齐刷刷一丛长戟。哪里来？人瑞问。林窟来，男人从实说。哪里去？人瑞问。去野骨，男人答。人瑞手里的烟卷朝下一点：柴皮！男人就知道是此处的地名。

两个小孩端碗移到二点身边，看他的望远镜。其中一个手快，扔下碗夺过就跑，另一个就起身追，二点晚一步，落在最后。一大两小跑下坡，跑上茭白地。人瑞向男人伸出巴掌，用力摊了摊,脸上笑出一朵菊花:三分！这就有些听不懂。男人环顾周围,廊下的人瑞的后辈,似乎都不如老祖宗来得表情生动,木着脸。人瑞的手掌合起来,再分开:三分！调高了嗓门。男人受到催促,急切地转动脑筋,还是不得要领。不等回话,接着说:二十八年！男人竖起耳朵注意听。二人！巴掌换成二指,摇着。嗯?男人应道。对面显然很满意,说出一个长句:十亩七分八厘三丝二毫一忽！量词出来了,显然是计地的说法。廊下的后人都盹着了,春阳真是暖和,男人也有睡意,但人瑞的眼睛逼着他,他不敢迷糊。一九四九！“一九四九”这个数字给他一个概念,仿佛有了坐标,可依据排列以上数字,推演含义。数字还在继续:一百五十人！这一次有了名词“人”,事情渐露出水面。人瑞的手握成拳,落到膝上,话斩截收住。打盹的人发出鼾声,自接的山泉水管没拧紧龙头,滴着水,老少女人刷锅洗碗,二点和小孩子在茭白田上移动。

男人向方才端茶的老婆婆请教:老太爷的意思是——回答他的是一连串急骤的音节,语气强烈,他完全不懂。大山里面,一个坳一个方言,隔一道梁便隔一个语系。林窟的话也是一种难解的话,男人是到平地上,学习了普通话,才可与人交流。可是人瑞的话他却懂,不懂的是话里的意思,这是什么道理?男人陷入迷惑,方才的一点明白,如今又糊涂掉了。老婆婆还在说,表情也生动起来。她的说话将瞌睡里的人吵醒,睁开眼睛,参加进来,一时间,廊下变得喧哗。男人求援地看着人瑞,人瑞却不再理他,大约是嫌他蒙塞,昂然对着远处。耳边聒噪,尖锐的齿音和浊重的喉音穿插交替,音频的幅度很大,击打着听觉。男人脑袋疼,等疼痛缓和,倒听出旋律来。这语音像唱歌呢！男人安静下来，不再寻求语意，听凭音韵起伏跌宕，同时打量说话人的表情。西下的日光射进廊里，说话人岩石一般颟顸的脸相，声色不动，发出这快速复杂的音节，好比岩石间流淌出湍急的溪水，可不是活泼泼的！就在这时候，男人看见说话人的背后，板壁墙的斑驳里，紧贴着一个不说话的人。

日光从那人脸上一掠而过，于是，人又隐回去了。男人的眼睛随日光历历看去，他被这些脸相逗乐了。这些脸相各有性格，却又奇怪地彼此相像，事实上，都不约而同，向人瑞靠拢着。以通常的标准，他们都是老人了，齿发稀疏，皱纹密布，赤裸的小腿肚上青筋盘结，手指的关节不同程度变形。但在人瑞，他们的前辈跟前，就又变得后生。这后生不是体现在不老，相反，正是体现在“老”这一点。就是说，他们明显还在年岁里面挣扎，人瑞已经挣扎出来，进入新纪元。无论皱纹、青筋、关节，全疏阔开通，须齿全落，倒有孩童的样貌，甚至于，性别的界限也超越了。再就是语言，他说着一种突破地域限制的语言，男人竟听得懂，当然，是在字面，字面底下是更难懂的意思，带有奥秘的性质。于是，男人彻底怀疑起来，自以为懂得的那些数词、量词、名词，在以表面上的共识诱导人步入歧途，进到深不可测的内部。日头下去，天空忽变得晴朗，万里无云，极远的天际，有卵石般的山形，光润饱满，层层叠叠，沿苍穹四围。这柴皮几乎是凌空的一点，听柴皮这名字就知道苦寒，难道是被天皇罚贬下来，化作人世间？廊下的人声渐渐止住喧哗，回复寂静，真有些像岩石，千年万年风化而成。男人又一次看见壁上那人，自始至终不出声，在影地里藏得更深，几乎要印到板壁的黑褐里。男人不免再看去一眼，这一眼却将他看没了，板壁前有人吗？没有，只有烟熏与泅水的痕迹。

男人扔下手里的烟蒂，向茭白田叫喊：二点！二点有一双顺风耳，转头向这边过来，一边跑一边举望远镜看，小孩子跟着他，老猫也跟着他。到阶下，二点忽然止步，举着的望远镜，一动不动。循望远镜的视线看去，板壁前的人形又显现出来，那熏痕和水迹障住了眼力。那人缓缓站起身，可不是一个人！戴着一副眼镜，却只有单只镜片。单镜片里的眼睛和一只裸眼，看起来好像分得很远，合起来看着二点。二点放下望远镜，上台阶，跳进廊下，伸出一只手，那人就在手上打一下。两人的表情近乎狂喜，互相拍打着手，是一个约定的游戏。人声又嘈杂起来，老婆婆的声音最尖锐。欢腾的气氛迅速蔓延，人瑞的思绪也收回到此时此刻，伸出食指和拇指，说：七！又将食指收起，立起小指，一横：六！男人明白了，这人在柴皮已有七天六夜，他发现自己渐渐进入人瑞的语境。人瑞又说一遍：三分！男人恍悟到，人瑞指的是三地分治的意思。头脑变得清明，回溯走过的路线，先向北，再向东，向南，然后向西，正好走一个圈。山峦转折，乱了方位，所以，他们其实仍然在缙云、青田、永嘉三地交界处，这柴皮与林窟在一条边界，一个在山头，一个在山坳。现在，柴皮还在，林窟却不知在了哪里。

二点说：爹！将人推到哥哥跟前，献宝的得意的神情。男人真也觉得有点像爹，是外形吗？爹直到辞世，须发也全黑，但并不等于说爹更年轻；再苦寒的日子，爹也不至于瘦成这样，但也并不等于说爹就更健朗。像在哪里？大约是眼睛。爹的眼睛，分肉眼和慧眼，这人的眼睛则是一只在镜里，一只在镜外。男人问：什么名？那人摇头。男人又问：岁数？那人摇头。哪里来？

男人问。那人终于说出一个字:火!四周的喊喳平息下来,侧耳倾听这边说话。火从何起?男人追问。那人答不上来,羞怯似的一笑。男人再问:如何来?那人又答一个字:跑!出言极少,但男人看出他并不是口讷,也不糊涂,甚至,心里十分清楚,只是,也许——男人想到是对说话生疏了。男人还有无数话要问,但见那人露出痛苦的表情,双手抱头,退到板壁跟前,蹲下身去。人瑞竖起一根手指,按在嘴上,示意噤声,于是,男人将问题咽进肚里。

廊下安静着,男人想,拿这人怎么办?回野骨的路又如何走?今晚到不到了家。四围的山影退到天际线里,边缘却更清晰,仿佛铁线勾出。风轻云淡,依稀有马达声,男人身上一激灵,立起来。小孩子们早已拔腿奔跑过去。马达声近了,就在房屋背后,却又隔着一层膜似的。原来云雾起来了,刹那间涌到廊下面。那驾车的人就在时消时长的雾气中向这边走来。隔着雾,看见黑发下浓眉,一双大眼,笑出一口白牙,伸出手来。只这一握手,便知道是闯过外面世界的,说不定在哪时哪地遇上过,没遇上也是走了个前后脚。

两个男人同是新历一九六六生人,同是中学毕业,然后当兵。部队的番号不同,一在东北,一在西南,却同是技术兵种,一是汽车,一是雷达。又是同一年复员回到老家,务农和经商。在这想不到的时间地点碰面,就有说不完的话。柴皮的男人留野骨的住下,亲自上灶,炒了山鸡,炖了野兔,其余小菜出自女人手:石蛙、菌菇、地衣、各色蔬菜,全是自产,柴皮以蔬菜瓜果为主业,山头上的茭白田是缙云的,北边杉树则是青田,柴皮的地全在南坡。最早时候,民国二十八年,公历一九三九,老祖宗兄弟二人来到此地，杂树林里，一镐一镐刨挖出田地，种一点，吃一点，五个年头总共开荒多少？柴皮的男人神秘地笑着，真是人瑞的后人，后人里的精英，就是有一股精气神，从脉上传下来：十亩七分八厘三丝二毫一忽！野骨的男人问：一忽是多少？柴皮的男人一只手在另一只手的巴掌上一切：半掌，不是有成语，丝毫不差，忽略不计！野骨的男人隐约想起，父亲也有类似的说话，心里一下子通了。柴皮的举起碗：喝酒！两人一碰碗，一仰头，翻过碗底，干了。

二点早已入眠，打着婴儿般的细嫩鼻鼾。火里跑出来的人抱膝坐在床角，悄无声息，仿佛睡着。偶一回眸，却见睁着眼睛，原来他在听呢，邀道：喝酒！那人摇头，单片镜子一晃，亮一亮，男人心里也一亮，看见了心智。柴皮的男人说：不敢乱吃，头一顿吃毕，便晕过去。啊！野骨的男人吓一跳。后来才知道，晕盐，就只能吃极淡而无味的。野骨的"哦"一声：明显在山里熬得久了。柴皮的说：果然，凡荤腥都嫌膻，连气味都不敢嗅，几日过来已经好些。野骨的又问这人的来历，柴皮的说是太爷先闻见有山火，让人去搜，倘有生灵，可救人一命，搜倒没搜出什么，回来却见茭白田里趴了个人，就是他！野骨的告诉说，这一路实是为找他，着火的山坳本是老家，兄弟放牛时遇上过人。柴皮的也"哦"一声：怪不得他见你兄弟仿佛是老熟人！野骨的说，跑这一趟，也算是给老家儿送终。柴皮的笑说，当年林窟的名声三省传遍。野骨的感叹：翻过篇儿了，已成往昔。柴皮的说：历史嘛！两个读过书见过世面算得上同袍的男人，碰一碰酒碗，干了。

话再说回去，柴皮的继续道，老祖宗俩兄弟开出十亩七分八厘三丝二毫一忽地，人丁增到二户十二口，山主却来索讨租赋，最后由西茅山几大族公判——这一片都属西茅山界，总是苦人吃亏，从此每年上税租不说，还不许再开荒；好在到了公历一九四九，新政府发给地契，又分到一百二十亩山林，至今，户籍已有十七户一百五十口！至此，人瑞口中的数字都有解释。柴皮的说，年前立一座新门楼，就在公路口上，这七公里车路是柴皮人集资修建，县里扶贫基金又送一台农用小型货卡，如此，便与省际公路接通，出入无碍。路通的那一日，不知道有多欢喜，炮仗放了十里地，炸一坡红毯！野骨一拍桌：好！柴皮也一拍桌：好！斟酒喝酒，不意间看那个人，那个人也正看他们，这才想起来两人见面的缘分，就在这人。接下去，这缘分将何去何从？

顿一顿，野骨说：明天就带他走！柴皮说：一动不如一静。野骨说：到底在林窟住过，又识得我兄弟，也算半个家人，就跟我走吧！柴皮摇头道：你家我家都不是他家，他虽不记得，却可断定不是这地方人，叶落还要归根呢！野骨说：摸得到林窟，总有个入径，难道一点启发不出来？柴皮说：曾让看一张全国地图，每个字都认得，却不知所以，多看一时就头痛得紧。太爷懂点医，说很像某种癔症，不期然就会醒来。野骨就说：也忒凄惨了！那人一直听他们说话，眼睛里有亮，是泪光，那人落泪了，就知道是有人情人性。两人不禁感到酸楚，静下来默一时。

天已交子时，前一晚没睡，野骨的男人困了，来不及喝干最后一口酒，扎在二点身边，立马睡熟。这板壁房屋，造了有大半世纪，几代人的暖老温贫，熬出酸浆，好比母腹，养人得很。睁开眼，屋里还是黑，顶上壁上却有光线，针似的穿进，天大亮了。这一宿黑甜，真就是新出娘胎，只觉眼前万事万物都新鲜。同袍俩又吃一餐饭，野骨的决意要上路，并且带上林窟出来的人，双方商讨与争执，终得出结论。为此人寻找回家的路径，必要依靠职能部门，所以，就送去派出所，那里有全国境内网络联系，可搜索失踪人口报案。于是，喝罢吃罢，由柴皮的开农用货卡，载四个人一条狗，从门楼底下出去，上自家修建的七公里。七公里紧勒着山壁，箍似的，小型农用车的窄身子，路面正够用，车轮子贴边，一溜环下去。路保养得好，用的军备水泥，颗粒细，压得实，到底是自家的钱和人工，货真价实。野骨的男人汽车兵出身，盘山公路上开了无数公里数，此时心都悬着。柴皮的男人绷着劲，车里的人和畜类都噤声，谷底的云扑到车窗上，从窗缝渗进来，手脚都是凉的。柴皮的男人摁着喇叭，喇叭声隔山隔水地传来，车里人仿佛在天外。白雾散去些，看得见车前方的路，路边崖上大红漆画一个箭头，指向天上，写三个字：七公里。

七公里和公路成锐角，猛打一阵方向盘，有一时，野骨的男人以为后轮空悬在路外面，惊出一身汗。就在这时，车身一股劲上了公路，汗陡地凉下来，冰在脊背。男人都想不起来昨日怎样上的柴皮，要再找回去也断不可能了，只知道走的是那个人的逃生路。不是说，那人伏在茭白田里？他们也是从茭白田进的柴皮，其实他们的腿脚就是沿着那人的腿脚，落下脚的地方唯有脚知道。车上了盘山路，公家修的路，有标记名称，从拐角处的反光镜，看得见对面来的车辆，可预先缓速。天放大了，无边无际，盘山路上的汽车成了小虫子，轮子转得离了地面，几乎飞起来，却动不了一寸。他们也是小虫子里的一只，无论怎么飞，也飞不出天地间。终到一处，正是野骨男人停车地点，放下人，柴皮男人从车窗里看他们，他们也看他。看一时，又看一时，脚踩油门，车开了，转眼到山背后，不见踪影。老猫领头，男人压尾，那两个在中间，徒步走在路上。日头晃眼，正和他们平齐的高度，面对面。周围静廓，听得见沙沙的脚步。望向山谷，澄明中有流水人家浮起，牛羊猪狗，青麦子，黄粟米，杜鹃花红一丛粉一丛，就像“世上千年，洞中一日”的那个“洞”。车还在，前后却有一堆泥石，是日内或夜间发生过小塌方。男人嘱二点一起动手搬石头清道路，那人也下手挪了几块，看腰腿不是年轻，但也不顶老，男人盯他一眼，拉开车门，上去了。

车发动的时候，对面山腰，转出一辆车，就是柴皮的车，男人一眼认出来。白色的车身，擦拭得锃亮，是山里人的心肝，这锃亮的心肝子，照得出人心。野骨的车加大油门，这两只小虫子，各在一隅，走着自己的路途，不知什么时候，山不转水转，再次邂逅。男人的眼泪落下来了，豆大的，啪啪打在方向盘上。这里的人和事，全是如此这般，唯一次的，一次相逢，一次分手，一次生，一次死。说转瞬即逝可以，说永恒也可以，总归是，不回头，不倒流。所以这里的水系密，看地名就知道：大溪、小溪、菇溪、温溪、西溪、南溪、石溪、乌牛溪、船寮溪……汇成瓯江，再入东海，都是眼泪。小虫子是在眼泪里泡大的，简直是眼泪珠子。这两颗眼泪珠子在环山公路上爬啊爬，越来越远，彼此看不见，天各一方。

十四

野骨的男人将这人送到行政归属的九丈派出所。所长是熟人,吃过他的山货和烟酒,叮嘱下属安置和查找。说完话,走出来,这人等在外间,新剃了头,光了脸,身上穿男人的一套半新衣裤,双手放在膝上,端正坐着。男人心里有些不忍,走到跟前,说一番话,大意总是让他安心,政府会对他负责,一旦想起什么,就告诉所长,所长这里有线索,也会调查,有顺便的机会,他和二点就来看他。听到“二点”两个字,这人脸面一亮,嘴角也显出笑意,就知道他认识二点。记忆的功能还有,只是链条截断了。一番话说完,这人立起身来,深深鞠一个躬。男人倒觉意外,去扶他,摸到手,暖暖的,说明身上有热力,是个健全人。

九丈老街派出所,从属九丈警署,只有两个公家编制,所长和副所长,到镇上雇几个闲人做协警,就是全部警力。维持一方平安,不得已还要利用社会资源,比如纳税大户,比如房地产老板——九丈也是有房地产的,比如某个和上头人说得上话的女人,再比如某个厉害角色,有一身力气,又不怕死。为争取合作,也需让出一些权和利,比如农贸市场的管理费、街道的卫生费、店铺的治安费、乱停车的罚款。这些收费其实因人而立,或者因事而立,不然怎么办呢?国家财政有限,只能自筹自付,也是一种自我调节。所以，别看这派出所小，辖制却相当有成效，多少年没出过大案，那些鸡零狗碎的小事故，被及时捂住，内部消化掉了。派出所的四壁挂着好几幅锦旗，连年评为先进的奖状，县级优秀单位的证书，就是证明。

野骨送来的人坐在外屋，从上午到下午，中间有外卖来，所长递给一份盒饭和茶水，就又进去打电话。副所长去温州拉材料，出于生计，所长副所长都得做些家庭副业。副所长开的一家小厂，专做墨水笔的笔尖子，所长家做的是笔芯，笔杆、笔套、芯里的墨又分布在其他厂家，最后再由一家总装配。全国各地，大小会议上发的一元一支的墨水笔，往往写一回或者就不出水，压不上帽，多就是这样生产模式的产出。正副两位所长在产业和工作时间上互通有无，十分默契。所长打电话——切莫以为替无家可归的人作安排，电话都是打给不相干的人，说些不相干的事，近乎瞎扯，发廊里的风月，牌桌的输赢，是非短长，等等。所长年过五十，从乡邮员做起，其时已走在仕途最后一程。他这一级应该算什么级？“科”底下是“股”，“股”底下呢？以古代官制，是不是算九品？集几十年从业的阅历和智慧，所长得出无为而治的道理，相信时候到了，问题自然就解决了。因此，他虽然说的是不相干的闲篇，似乎白耗时间，可不是说了吗？时间到了，自然就有答案。这样，所长的电话从上午打到下午，眼看两点钟、三点钟、四点钟——倘若没什么突发事件，四点钟可以下班了。山里的天黑得早，四点钟好比平地上六点钟，暮色四合。于是，事情就到了解决的关头。放下电话的一瞬，所长还没什么主意，站起来锁里间屋的门，心里就有数了。明摆着嘛！九丈没有遣送站，要去县里头，今天上路显然晚了。所长看着外间屋的人,这老头多安静啊,一点不吵闹,盒饭吃了一半,留下的是肉菜。“老头”两个字启发了所长,去哪里?养老院啊!所长就带人去养老院了。

派出所的位置在老街的东头,原先是有一座山门。所谓山门,不过在两边崖各立一根木柱,横一个楼头,上书“九丈”二字,“九丈”的度量就从这里开始起算。经年累月,楼头塌了,木柱朽了,“九丈”二字移到崖壁。再后来,开山扩路,崖炸飞了,拓出新区,中心广场竖一具雕塑,铜铸的仙女手上捧一颗龙珠,上刻“九丈”,事实上,占地远不止“九丈”了。从东向西,是一条上坡,所长是个胖人,难免走得吃力,呼哧呼哧的。山里人很少有胖的,可他不是坐办公室的吗?路上不时有人招呼,请喝茶吃饭,洗头洗脚,又有两人争车路起纠纷,拉所长公断。看见后面跟着生面孔,以为是所长的新结识,也来请和拉。应答之间,养老院的路口到了。

将人放下在养老院,慢慢往家走,走到一半,就忘了这事。这也是所长无为而治的体现,忘性大,其实是一种自然观,任由事物自生自灭。本着这样的信念,所长就不相信会有解决不了的困难,迈不过去的坎。第二天上班,所长没有给县遣送站打电话,第三天也没有,事实上,县上究竟有没有遣送站都是一件可疑的事,它更可能是一个概念,建立在理论的基础上。至少,所长本人从来没有和遣送站交道过。在九丈,许多事物都是寄存于概念,电脑联网也是一桩。新街上的警署或许有这技术设置,可所长也没有接触过。所长过两年就要退休,学不进新知识了,在他的旧知识系统里,人和事的存在都是具体的,数据——所长也上过电脑班,为了完成镇政府办公室程序应用的百分比指标,数据在他看来实在是可笑的。野骨的男人对他说，网络上搜索失踪人口，搜索？所长没有把话说出声，只在肚子里自问，一座山一座山实地搜索，都未必搜得出来。这男人显然是当兵当坏了脑子。但从另一方面说，无论失踪还是有踪，又都是在这大千世界里。不是说网吗？谁能脱得出天地这张大网！就此也可见得所长的旧系统同时又是一个比网络数据更为抽象和宏观的系统，重视全局，从总量上看问题。这样的世界观如何形成的？问谁去！所长走在九丈老街的巷道里，就像走在石头缝里，自己都觉得自己失踪了，从老天爷的眼睛里消失得一干二净，可他不还是活着，筹措吃喝，送走老的，拉巴小的。

于是，那人就到了养老院。所长说的是，住几天，联系好遣送站就领走。所长的话，也没人记住，更不知道遣送站是个什么东西，只知道来了个人，并没有添粮，只能紧一紧。至于睡呢，就和小病孩子挤被窝，因是连一张多余的床铺也置办不起来的。不过，是人就有个地，此处没有，彼处也有，要不，造化怎么能生出个他来。你说九丈人务实，连个警署、遣送站、联网数据都不信，可却又信天地。那小病孩子钻进这人怀里，就再不肯出来。这人呢？也仿佛早认识这孩子，又知道在等他，从此，就一直背着抱着。女人心想，这老少二人，说不定是走散的祖孙，山重水复又到一处。女人是个死脑筋，老姑子和她讲轮回转世，怎么也点不醒，唯有将前世今生变成实地实物，方才恍然。沿着老姑子的开导想去，自家早死的男人与小子不定在哪个山头或者山坳里藏着，冷不防到眼前，自己再不认得，却觉面熟——山里人只识得山，山的脉络就是理路。因此说，无论病孩子，瘫子，街上拾的老头儿，所长送来的无名无姓人，都跑不了是她的家人，从一条根上发的杈，杈上再发杈，越发越远。

女人回到自己屋里，还有一些针线活要做。你想不到黑脸女人的粗手怎么拈针引线，可就是行呢！虽是补缀缝连，却十分细密齐整，不知有多少耐心和恒心。这一间平房，让偏厦挡去半扇窗，原本是姑子的禅房，两张藤编的睡榻成直角摆放，余下的空地只容得下两个蒲团，壁上是佛龛。每日三课，早中晚，老姑子击着木鱼，将多少煎熬数成分分秒秒。一盏盏青油，一枝枝白烛，一线线绿香，一页页黄卷。这些出家人的计时单位，是平均分配总量，潜藏的哲学和所长的自然观有不谋而合处，只是所长讲的是偶然性，出家人讲的是必然性，所长求质，出家人求量，然而，质变不就是来自量变？所长挨时间挨到最后，终有一个结论；出家人则只有一个“挨”字，将结论交给在家人——所长，这就是“度”的意思吧！现在，老姑子的木鱼声没了，庵子没了，女人也蓄起发来，可那一行行针脚，其实也是计时单位，是不出声的木鱼敲击。

女人这间半暗的屋里，老姑子的睡榻拆去了，卧着一头猪崽，镇日里睡和吃，总有一天变换成病孩子的救命钱，算得上畜牲道的正果。救命钱都存在一只陶罐，陶罐放在昔日的佛龛，前面挂着民政局发下的养老院准办证。左右墙面贴了前面说过的报纸，前面说过的机房老板、被服厂厂长、医院院长，还有派出所所长，都是报上照片里人物。女人的睡榻在原处，南北向搁置，脚跟是粮食柜，锁着谷子麦子，米和面是在篮子里，悬在梁上，防老鼠偷嘴。说实话，这屋里极少老鼠，因为太过薄瘠，大铁锅枯得，刮去一层皮似的。这日子，和庙堂里的也差不多，那老的和病的，都是前生欠债，今日里修来世的苦命人。女人做一时针线，岩头上的寒鸦叫了，于是，收起活计，出屋子搜一遍院子，查查院门，侧耳向那间平房听一听，高高低低的鼾声，时不时一声哈欠，再咕咚咽一口气，瘫子活着！退回屋子，推门上闩，这一系列的动静扰了猪崽的好梦，抗议地哼哼。女人轻着手脚铺床盖被，关了灯，小院里最后一点亮寂灭了，却有黑甜贴地而起，将他们全罩住。

次日，早起，吃过第一顿饭，老新背着病孩，这病孩，大家称他"小先心"，因他的病是叫"先天性心脏病"，一老一小出门去。这一日并不逢集，他们去哪里呢？前一晚，老新说过"那样"的话，现就是去"那样"。老头要跟，女人不让，老新一个管不了两个，老头就被锁在院子里。那两个出院门，走出岩头街，就到老街的主干道，向东去。下坡道，走起来轻松，轻松得收不住脚，小先心在背上，一片树叶的分量，于是，老新就嗖嗖地走下去。老街上的生意陆续开张了，饼炉、汤镬、蒸屉，热火火的。人们认得这两位，晓得养老院饥寒，何况那老的还有所长的人缘，就有递吃食的，包子、年糕、馒头、卤煮。老小都不接，缺的不是吃，是大头，平凡人的好心补不了。实推不过，就从笼里拈一片垫糕的荷叶，孩子拿到鼻子底下嗅，很亲的样子。人们猜测，大约是乘观音莲花座到人世间，不定哪一日就要收回去。

老新背着小先心一路向东，坡道渐又向上，走得就慢了。日头一径抬高，高到头顶。忽听身后有呼啸声，原来是机房里的猴精，跟着如花似玉的姐姐给客户送米，姐姐推车，他拉系。日头底下，方成年的女子，脸和手像白玉雕的，让老新放小先心到车上，带一程。老新摇头辞谢了，小的也不肯下来，眼巴巴地看那小孩活蹦乱跳地走远。

正午阳光的氤氲里，人和物仿佛有触手，都在动，活跃极了，除去表面可视的以外，还有一种无形的悸动。植物分泌雌粉和雄粉，在空气中互授；猫、狗、鸡禽、昆虫在发情，无数卵子成熟，卵泡破裂，精虫生长；心律在加快，早搏或者停搏；静电、微生物、红外线、紫外线……拥挤极了，不安极了。健康人也许并不觉得，从某种方面说，健康人也是迟钝的人，而病人却有着格外灵敏的感知力，他们的神经系统过于完美，不曾经受磨砺，就没有一丁点儿疤痕和增生，略有刺激便起反应。春天对病人是危险的季节，万物生长的节律催促着个体里的内分泌，过于精致的协调性同时也是脆弱的，就面临破坏。

老新感觉到小先心气息更弱，简直游丝一缕，他必须"那样"了。他也不能完全知道"那样"究竟是怎样，但知道必是走在这条道上，走过去，前边大约就是"那样"。老新渐渐向山里的物种靠拢，就是用腿脚思想。这天，老街上人都看见，养老院的一对老小，进到派出所里。所长正吃饭，邻近桂林米线送来的外卖，一满海碗米线上铺着煎蛋、炸鱼、咸鸡、豆干、白菜，沿碗边淋一周香油、辣油、花椒油，再洒一层葱花、蒜末、芫荽。这两个在办公桌对面坐下，看所长吃饭。所长的筷子尖挑起一星点鸡蛋黄，送进孩子嘴里，孩子来不及躲闪，一下子噎住，闭过气去。背上拍半天，好容易缓过来，脸已青紫。所长知道病得沉重，不敢轻率行事，于是，一个吃，两个看。这两个本忌讳荤腥油膻，但这不是别人，是所长啊！所长的吃，显出对食物的珍惜，谁能躲得开眼睛。鸡翅膀的小细骨头，鱼的尖刺——你想不到这张大嘴里有着多么灵巧的舌头，全一根一根抵出来，肉呢，消失得无影无踪，豆干也消失了。米线一筷子挑起，小瀑布似的，呼噜一声，一干二净。汤就要滞留得久一些，味蕾在这时候体现出它的深刻性，所长粗短的手指，张开着端起海碗，一小点一小点啜进去，流露出与外表颇不相符的细腻。一口一口热汤啜进嘴，又在额上一颗一颗沁出，所长满脸都是汗了。终于，碗里的汤喝干，空碗放下，那两个不由舒出一口气。

所长停一会儿，看向面前，一老一小，都是靠他、依仗他的人。所长软弱地想：我有什么办法呢？吃下去的热食一方面使他慵懒，身上的汗出个不停；另一方面，也让身体长了力气，头脑里的智慧也在滋生。拿起大盖帽，说：走！这两人跟随他，就又走出派出所。走出门，所长略停一停，心中犹豫，还有些退缩，可身后的眼睛逼迫着他，他只得抬腿。一旦抬腿，自然就有了目标。现在，所长可说胸有成竹，他挺着肚子，背着手，手上的大盖帽很碍事，就往老新头上一扣。帽圈里一股子油汗气，酸极了，来自于一个慓悍的壮汉，因此就让人心安。这一行人往西走去，街上人见他们又走回来，还加入进所长，更肯定老新是所长的人情。所长敞着衣襟，撑大的胃挺出来，肚腹底下的腿显得更短，快速交替，像一只肥鹅。老新半个脑袋被大盖帽罩住，为不妨碍视线，将大盖帽转个向，檐朝后，正搭在小先心头上，好比两个人打一把伞。有对面走来的人揭起帽檐，看病孩子有没有死，不料，一双黑乌乌的眼睛正对着他，手一抖，放下帽檐。这一段老路没走多远，所长就从路南斜插进一条后街。这里背静些，以住家院落为主，不过大半无人出入，木板条钉死门窗，石灰墙上写着水和电的计数，表明屋主曾经的照应，如今远在他乡。背街没有筑台阶，一溜卵石地，很硌脚。所长踮起前掌，脚尖点着卵石，飞快地下去。老新则相反，重心落在脚后跟，速度就慢下来。从这点看，老新不是山里人出身，而所长是。所长走出一截，停在一座石桥上抽烟，等后边人到。桥下并没有水，只积着垃圾，桥栏三个刻字"仲德桥"，桥头立一棵柳树，发枝不很茂，稀疏十数条，显得萧瑟。等人走近，所长将烟头掷到桥下，一拐弯，原来是医院的大门，当年，小先心就生在这里。

老街的医院最早是九丈人民公社医务所，只一个平房院子，两个医生带几个护士；后来扩大到二层小楼，也有了分科；再后来，就移到新街的新大楼里，名为九丈第一人民医院，这里是第二人民医院。叫虽这么叫，事实上，已经被个人承包。承包人是原先的医务室主任，凭着多年经营的人脉，去各地聘请退休的医生，其中有一位治脚气的最著名，所以打出真菌类皮肤科的招牌，医院也改名叫"真爱"。这名字还潜在另一层含意，就是专长于妇产科。这倒和人才医术无关，取决于两个因素，一是价格低廉，二是手续简便。无论计划外生育，还是堕胎，都不需相应的公家证明。也因此，发生医疗意外，极少有上门问责的。说到底，双方都带有非法的性质，所以医患关系称得上和睦。法制社会多少有一些不合乎人情之常的漏洞，市场就来补了。这一个专科比上一个更受欢迎，只是不好走明路，只能暗潮涌动，助产士都不够用，情急时候，护士护工一齐上阵，生孩子本就是瓜熟蒂落的事，有特别为难的情形，动刀子好了，科学之光就来照耀了。真爱医院里的外科手术，真有些回到起源，由理发师发轫的初始阶段，下手那个利索和大胆啊。所以，这里进出的医生都有点像屠夫，白大褂上血迹斑斑，脸上也是发狠的表情。在这表面的残酷底下，是施行人道，真爱医院可说是名副其实。

所长带这两人走进真爱医院。依山而立的二层主楼两侧，延伸出无数配楼和平房,嵌在嶙峋的岩石里,挂着各色招牌:饭馆、旅店、理发、洗浴、奶粉、纸尿裤,甚至,看起来荒唐实际上很合理的,还有一家殡葬用品的铺子。仿佛是个小城市,又是个小世界,不必迈出一步,出生到死亡,就可走完全程。一进大门,雪片似的小广告迎面飞来,就知道这里的气象多蒸腾。从当门楼梯上二层,径直进一间屋,里面一行行连椅,约有一半满,凡有人的座前面都吊着挂瓶,一根细管连在手上。所长绕到里间,对扎针的护士发令:挂个瓶!大白口罩上的眼睛翻个鱼肚白,不理。所长看起来威武,其实是个绵性子,又说一遍:吊瓶!还是不理。所长说第三遍:吊瓶!口罩后面吐出连珠炮:酱油瓶?香油瓶?醋瓶?所长噎住了,说不出话。白大褂的袖口里又伸出一只手:处方?注射单?看大褂的簇新雪白就知道是个新人,仗着有知识欺负人不懂医。所长这才动怒:叫你们院长来!声音很大,走廊上就有人探头看,这一看不要紧,赶忙进来,斥骂道:有眼无眼?有识无识?扣一个月文明委屈奖金!来人正是院长,承包医院的执照就有所长一个公章。护士怕得哭起来,所长又不忍了,挥挥手,让院长看病孩子。院长如何不认得,从这里出去,又进来,再出去,进来出去,从耗子大长成猫大。

院长从发乌的白大褂兜里掏出听诊器,按在病孩子前胸后背听一阵。院长最早先也是医生,后来才做行政,最后做老板。听过心肺,收起听诊器,又看舌苔,正对着孩子的眼睛,心里就一格登。这眼睛黑得发乌,看进去就出不来似的。院长轻轻托起孩子的小下巴,移开目光,转头让护士取一瓶葡萄糖,加注维生素。小姑娘眼泪已经干了,到注射台底下柜子里摸出一大瓶和一小瓶,都是平时紧下的存货。小瓶药水注入大瓶,一手拿皮管针筒一手推着输液架，过来了。所长院长两位领导的逼视里，姑娘的针头抖得像筛糠，干去的眼泪又蒙上来。模糊中，依稀看见一只鸡爪般的小手，刚一触及，小手便钻进掌心里，乖乖地握成拳。姑娘的眼泪又干了，针头也不抖了，斜刺到皮下，回血了，因供氧不足几近透明的粉红血。皮管解开，药水滴注，将粉红血推回静脉。小先心似乎长了些力气，不扎针的手里，滚出一只骰子，将它在膝盖上摆来摆去，静静地玩起来。院长对所长说：不长远。所长问：如何长远？院长说：开刀！所长说：开就开！院长伸出两只手，翻一翻：至少！所长惊一跳。院长的手臂伸向极远：还要机器人才，唯上海北京有！所长咽下一口气，眼睛瞪成铜铃：不开刀如何？院长的手劈下来：活不长！话说完，发现那边一老一小都向他们看，于是闭上嘴走出去。

小护士一是受过斥责，二是怜惜病孩子，时常过来看，教老新观察输液管中间一截小玻璃窗，留神药水滴注的快慢和畅阻，然后用下端的小轮调节。老新一学即会，姑娘不禁看他几眼，想这老头深藏不露，不知什么来历。老新则在恍惚中，方才院长所说"上海"两个字，究竟是什么地方，既近在眼前，却又远极，仿佛远到前生。再看眼前的小病孩子，也成了某一个人的转世。小护士又一次过来，给他一个量杯，让给孩子接尿，挂水的人尿多，免得去公厕折腾。果然是不停地尿，像直接从挂瓶里出来的，碧清碧清，没一点颜色和气味。这孩子呀！院长和所长的说话他分明听见了，大约并不很懂，镇定自若，自己坐着，安然玩着骰子。骰子掷在椅面上，滚出一个"陆"，又滚出一个"壹"，第三次是"叁"。每一掷，都要注视一会儿，再做下一掷。骰子上的字，作什么解呢？注射室里很安静，走一些，又来一些，一日将尽未尽时，到底走得多，来得少，最终，余下他们两个。因不能滴快，瓶里的药水，只下去十之二三。

老新看椅面上的骰子，“陆”掷出最多，算是掷骰人自己命数，“陆”为满数。然后是“壹”，无论乘除，都不变，加和减或多或少，持平。老新略感安定，看他再掷出的“叁”，难道是对折？心里一沉。这时，孩子忽抬头看老新一眼。输液使脸色润红，嘴唇也有颜色，眉眼鲜明起来，像是面具，面具底下的自己在离开。这一掷是“伍”，除不尽，但可囊入其中，应视为某种运数！老新自有一套卦术，企图走通。“陆”又来了，“陆”总是好的。然后“贰”和“肆”，这三个数呈递进上行势，亦可作下行解。“肆”可除以“贰”，依然得“贰”，“陆”除以“贰”，又是“叁”。“叁”每每出现，老新都觉有凶。病孩子不再看他，低头自己玩，仿佛离他远去，又远去。

有急诊的人来输液，交班的时间也到了。接班的护士年长些，认得孩子，叫他“小先心”，这名字就是医院里叫出来的。但没见过老新，问几个来回，晓得同是养老院的慈济对象，将自带的晚饭划出一半，尽够老少两人嚼吃。日光灯早已开亮，衬出窗外的黑天。冷光下，人的脸都显出青白，那孩子倒像回来些了。药水下到一半，孩子爬进老新怀里，睡着了，手里紧握骰子，好比握着他的小命。药水缓缓滴注，似乎也进入老新的身体，有什么东西在企图回来，就是不知道是什么。窗户外，山影后面的天幕，亮出一颗星，以光年计，多久以前出发？一句熟悉的旋律响起来，和那颗星一起来的，也是多少年前，穿过时间幽闭的隧道。歌儿和星儿过来了，越近越快，在窗玻璃上撞开火花，嚓唧唧飞溅。老新陡一惊，醒来，原来睡过去了。周围一片光明，日光灯在夜色和寂静里变成暖色，身心很轻，都能飞起来。歌和星重新聚起，绕着他走。它们一定知道什么，就是不告诉你。这老歌和老星，已经有年头，怀里孩子的病，也有年头，要不怎么叫"先天性心脏病"？先天性，指的就是生来之前。以骰子论年头，就是最大数的"陆"，他们都是"陆"里的数。

这一夜是在注射室里度过，其间，有几次喧哗。一次是喝酒喝高，胃穿孔；一次是叫狗咬了；第三回，也是临近天明，一个快死的老太婆，儿女尽孝道，送来输最后一瓶药。九丈的人对输液抱着虔敬的心情，从他们看着吊瓶的眼睛就知道，什么样的热望与期待啊，病已经好七分。真爱医院也够慷慨，凡来求医问诊，二话不说，直接开出吊瓶，瓶里的水是神仙水。有青霉素过敏送命的，也只怪他们福分浅，命不济，绝不找医院麻烦，倒是反过来，不开吊瓶，和你没完！就这样，注射室里的输液管，简直像面架上的挂面。天将将亮起，老护士过来起针，收走空瓶。老新睁开眼睛，看见一张熬夜的脸，日光灯在晨曦里转成冷光。窗外天色灰白，有一股喧嚣声从地面升起：车轮声、行路声、家畜家禽、门户人家，升到中途，碰在山壁，挡回来。那山壁也不是一斩齐，而是错落嶙峋，所以回声也是高低参差，就形成一种轰鸣，仿佛地声，拔出层层积压，骤然朗朗，一日之计揭开帷幕。

老新背着病孩子走出医院，吊瓶这东西你不能不信它，背上的人不再是树叶般贴着，挺起来些，随着走路人的步子，有节律地弹跳。老街还未醒来，迷蒙着眼和神志，石板路上走着雾气，移来移去。野猫忽从脚下蹿过，却有起早的山里人，踏踏地走下台阶，转眼间没了。老新立住脚，回身看，一条长街蜿蜒向下，下到迷雾里。两边挟持的房屋后则异峰突起，仿佛仙山。雾浓起来，在石台阶上滚动，几乎埋到脚踝。小先心伸出手，指了前面，方要出声，又止住。那竖的椭圆，横的扁圆，卵形的山体，一幢幢向他们近来，是要告诉什么呢？

九丈的集由几个狠人分了地盘，其中最狠的一个，名字却很古雅，叫敦睦，其实是后起的，取自九丈大祠堂断垣中残匾上的刻字。传说此匾题自清乾隆年一名尚书，被狠人看中，攫为名号，自称是其后裔。忘性不大的人还记得那一日，从金华开来的班车停在新街和老街分道口上，下来一个人，穿一身黑衣，提着黑包，头是剃光后新长的青茬。站定脚，四面看看。正是雾起时分，就有独立风尘的意思。有走照面的，雾中人笑一下，露出白亮的牙齿，好是俊朗。擦肩时忽想起多年前一场极狠的斗殴，时长数日，席卷九丈老街，不由腿软。再回头看，人已经被雾气湮没。回到社会头一个拜见的人，是老街派出所的所长。当日对话，过后世人唯知道两点，一是改名敦睦，二是分一方地盘。那天，二人仰面大笑着走出派出所，在他颀长挺拔的身形映衬下，所长愈显得矮矬肥胖，松软的球状体散发着温煦，似可蔓延很广，于是就形成又一个对比。对比出那人格外的内敛和紧张，就像一张箭在弦上的弓。暮色中，一前一后，沿街走去。有几回，长人将长胳膊搭在矮人的肥肩，胳膊下的人被胳肢似的咯咯笑，笑声在街面流连，久久不散去。

敦睦这名字起初多少是拗口，渐渐叫顺了，倒把原先的名姓忘得一干二净。不要说，名和实的关系真是奇怪，好比蛋生鸡和鸡生蛋，先有名再有实，还是先有实再有名？自从叫了敦睦这名字后，敦睦他确实一改狠相，而是温良恭俭让。他和过去的朋友们断开交往，重新聚起一众人来，其中有老师、医生、干部、文史馆员——九丈也是有文史馆的，属县文史馆领导，甚至宗教人士。史载南宋有仁济庙，这些年里，九丈镇政府又将庙建起来，依然按原貌，《周礼·考工记》汴都民居的四合院款，只是迁了庙址，移到新街。那两棵千年银杏本也要移的，但怕移死，不是有古话，"树挪死，人挪活"吗？二也是怕坏了九丈的脉象，所以留下老树，重栽新树。庙里请了和尚，其中有一名据说来自杭州灵隐，也做了敦睦的朋友。顺便说一句，敦睦的新朋友有一半来自新街。新街的地方，连所长都够不太着，可见敦睦在九丈的影响，在某种程度上有些超越政府了。

但敦睦这名字就像紧箍咒，每每念，每每醒，这就是名字的威力呢！所长分给敦睦的是农贸集市，敦睦他恪守规约，决不越范。老街的集是逢一逢五，面积大约百来平米，在山地就很可观了。集市的主体是一座水泥柱铁皮顶的大棚，顶下一条条货档，外周一圈店面，隔成小间，有独立的供水供电，再外面，就到露天里了。空地上，见缝插针地挤出摊位，所谓摊位，不过是一篮子土鸡蛋，几只缚着翅膀的走地鸡，一袋山货或者药草，一头出奶的羊，可说是农贸集市的低阶层社会。卫生最差，尽是鱼篓子滴漏的腥水，鸡鸭的屎尿，沾了羊膻的泥巴，腐烂的菜叶瓜瓤；秩序又最乱，时起争执。山里人大多暴脾气，且一根筋，三句话过往，还没对上茬，拳头就出来了，再加上浑水摸鱼的推波助澜，星火燎原一般，瞬间闹开，整个场地都翻锅，非要几个狠人来镇压，方才收拾得局面。"脏乱差"指的就是这里。隔间的店铺是集市的上层，通常的买卖有粮食、海货、木炭、棉花、土蚕丝、竹篾器具，交易比较大，缴纳的租金管理费比较高，竞争的级别也就提升了，是在管理层进行，风格形式自然大异，不是拼蛮力，而是求谈判。夏日的午后，人人都在午眠，树荫里弹球桌边，那几个打球的人，赤裸的肩、背、胸口，刺着青龙，脖颈上戴着粗大的绞索样的黄金链，垂着玉玦，正是谈判来着。表面的平静底下，争斗也许更激烈，因得失更大，最后同样需要仲裁者，由谁担任？谁能服谁？那就要敦睦出场了。敦睦所以服人，是因为不参加利益分配，那四边店铺没有一间是他的，他不要。于是就能保持公正立场，说话算话。

集市的底层和上层之间，那一个中层阶级，大棚里面，一条条水泥货档，是敦睦流连的地方。他的一身黑换成一身灰，发茬长高再剃成平顶，肤色黑了，原先的白牙成黄牙。总之，整个人都像蒙上一层垢，黯淡了。徜徉在货档间，与协管照面，就笑一笑。协管受雇于工商部门，臂上佩着红袖章，上书“工商”二字。其实都是些无业的游民，靠一点施舍的权力，摊派收缴几同勒索，就生出一股戾气，目中往往无人，爱理不理，走过去。敦睦依然微笑，来回几趟，那协管就有些撑不住，眼角里一瞥，敦睦却不看他了。下一回见，大声一咳，敦睦还是走过去，没接上火。然后就有了动作，肩膀扛过去，敦睦正好让开，扑一个空。就这样，终于有一日，协管开言了：这位兄弟，哪里来的？

敦睦没有驻步，微笑不语，伸手指指上方。落到协管的命运里，多是愚顽蠢笨的人性——不开悟，呆问一句：山上吗？敦睦的笑更开朗了——就像光一样照亮，但一闪而过，又隐匿起来。依然没有停下脚步，只说出三个字：山外山。笨人彻底迷惑了，身不由己转过方向，跟随其后。这一转身，看见摊主们点头微笑，心中又得意起来，终究是自己的天下。果然，一名摊主出到档外，递出烟卷，劈手就夺，烟卷却被另一只手挡住，是敦睦的手。烟卷第二度递出，方才到协管手中。这就知道，笑脸与殷勤都是对着敦睦这个山外山的人。协管木头人似的跟在敦睦后头，发现大棚里的档位有了新排列。山上，水中，家养，野生，种植，采集，活鲜，熟烹，划分东西南北，上下左右，原本一个混沌世界，如今泾渭分明。走完一遭，出去大棚，再蹚过地摊，就来到银杏树下。原来，这才是南宋仁济庙旧址。那两棵银杏树，并不高大，枝叶也谈不上繁盛，而是枯和瘦。然而，枝干却像铁铸，叶片锃亮，也像铁，显见得有来历。

立在银杏树下，敦睦终于转脸，与协管面对面。协管手里的烟烧到手指头，赶紧往脚下一掷：二八？三七？紧一紧牙关：四六？敦睦一挥手，挥去一只苍蝇。协管就以为说话有差池，闭上嘴。敦睦脸上是扶疏的树影，似乎在笑，又似乎，是一种狰狞，其中的枢机协管哪里参得透！敦睦沉浸在思绪里，捻着拇指和食指，仿佛捻着看不见的佛珠。时间过去，协管的烟瘾都要上来了，敦睦说出一句话：桥归桥，路归路。说罢转身离去，留下协管，脸色煞白。像他们这样夹缝里的不入流的人，就是如此粗糙的面相，皮肤的纹理里全是暗影，毛屑纷落，口唇不是皲裂，就是起皮，狠人都瞧不上眼，不把他们当人，敦睦不是胸襟广阔吗？才和他掰扯两句，再多也没有了。

俗语说，无欲则刚。不论黑色白色，或者中间地带的灰色收入，敦睦都不染指。就凭这点过硬，使他地位迅速上升，成第一号人物。倘若将管理层分高低两界，低层是狠人，高层是协管，而敦睦是在协管之上，顶层。老街的一五集，名义在工商部门辖下，事实在敦睦掌中。人们眼看集市改变面目，除方才所说经营区划，更重要的是，明晰收费条例，同类项合并，压缩中间环节。因此，摊主的缴纳快捷归向政府税费，轻减负担，丰厚财政。表面看是管理层出让利益，但少去相互间的倾轧争夺，强食弱肉，腾出手脚捎搭些买卖，收入反倒有增无减。自然也有狠人不满，时不时找茬，无奈敦睦得公心民意，占绝对优势，渐渐地，便收起逞强的心。就这样，九丈老街的集市连续三年评为县级先进，为九丈镇争取荣誉，添加政绩。又有谁知道奖牌和证书的幕后，是怎样的英雄事迹。

当年那场恶斗，正在整治的风口，罚处严厉，为首极刑，次死缓，再无期，以下二十、十八、十五。敦睦最小，刚成年，又是从犯，轻判九年。在狱中邂逅高人，得指点，于是脱胎换骨，成一个新人。所得教诲中有一条，“在家靠父母，出门靠朋友”。箴言往往有着平凡朴素的外表，尤其广泛运用以后，更显得俗浅，无异于大白话。然而高人就是能从大白话读出意义，用于人生。前边半句比较容易理解，“在家靠父母”，父母是“根”啊！没有根，树从何来？那是血亲。言虽浅情却深，都能让人落泪，谁比得上父母的恩义？一定要比，就是“朋友”，前提是“出门”，这又要让人落泪了。除去“出门”人，谁解得“出门”人的辛酸？“出门”这两个字，平时说说没什么要紧的，但在这里，与上半句里“在家”相对，就不是一般的“出门”了，更可能指的是一去不回，如何的飘零！茫茫人海，哪里是岸？这时候，朋友来了，这就要说到缘了。倘不是前世里修炼，哪里就遇得上。不是根子上发的杈，为什么遇到的是他，不是他？这个缘，几抵得上血亲。所以，朋友可说是“出门”的生命树。两手空空来到外面，指望得上什么人？就是朋友。走过多少断垣废墟，山里面尽是破烂砖瓦，不晓得秦汉，还是魏晋。说给世人听就怕不信，事实上，这山就是个大古物，海底成陆的大化石。那残碑上的刻痕，说不定是仓颉留下的呢，恰好碰上眼睛，仅用巧合解释够不够？“敦睦”两个字的出典，倘有心查寻，可寻到《三国志·魏志·明帝纪》：“古者诸侯朝聘，所以敦睦亲亲、协和万国也。”以此看出，敦睦心中的“朋友”不是一般的朋友，而是朋友中的精英。

一个有志向的人往往是谦逊的，所以，敦睦还牢记狱中高人另一句指点，那就是圣人言了：三人行，必有我师。说是圣人言，却妇孺皆知，可谓真人不露相。敦睦狱中邂逅的高人是什么人啊？真是个高级秘密。因为这个指点，敦睦从不敢小视任何人，即便是协管，可说是食残渣过活的人，根性已经腐朽，也需抱谨慎的态度。烂根上还能长出新芽，协管自己是这样，协管的朋友，协管的朋友不外是压榨他和被他压榨的，然后，朋友的朋友，朋友的朋友的朋友……社会就是这么组织起来，就像一张网——终于，谁测得准，终于，“我师”出现了。敦睦以为“三人行”中“三”的数字是个概数，不定数，可从“三”到无限。但是，“三人行”中的“行”，却又暗示出无限的际遇中，“我师”恰恰就在身边。多么神奇，在不期然中出现，这不期然又必经过无数期然，开始接近“朋友”的缘的意思。无数必然之后的偶然，却有一个本质的差别，一个是“朋友”，一个是“我师”，“朋友”和“我师”有得比吗？都是机缘，量和质不同。这么说吧，大量的机缘中产生“朋友”，从“朋友”的机缘中生出“师”，再从“师”里生出“我师”——“师”和“我师”也有着量和质的区别，这世上人人可为人“师”，而为“我师”则不然，也许终生只得一个，甚至一个不得，这一个专为“我”生，“我”又专为“师”而生。

也是圣人言和世人说的区别，都是大白话，世人说是明示，圣人言是明示，又是暗示，还是暗示的暗示，就像繁殖似的，一生二，二生三，三生万物——这就从儒家进入老庄，从入世到出世。敦睦在狱中的学习就这样精进，从初级到中级，再到高级。哪里不是学校？哪里都是，就看你有没有学习的禀赋。监狱这地方，怎么形容好呢？这样形容吧，假如社会是个大熔炉，监狱就是炉渣场。那些炼剩的渣滓，大量是废物和弃物，但亦有极少、极极少的元素，因无法归纳既有的用途，遗留下来，被当作炉渣一并处理了。这是一种特殊的炉渣，难于检测性质，却在暗中释放能量，形成磁场。

敦睦在一五集里，渐渐设立自己的社会，也就是自己的一张网。这张网络表面上是疏阔而且涣散，网眼大小不一，排列也不齐整，但内里结构相当紧密，没有一环脱扣。具体说来，这是一张销售网，一头山主，一头客商，两头牵起，打个结，不就勾连起来。他打的这个结又是个活扣，连起上下两头，运输车辆和公路收费，就成了网眼。从网眼周围又派生环节，倘若山主的产出是茶，那么就有烘焙、加工、包装，客商那头则是批发和零售。这是其中一项，其他还有竹笋、菌菇、金银花，甚至于木材。自由经济开放之初，山林分到家户，鬼剃头似的，全秃了。一二十年过去，次生林长起，又开始新一轮的禁令，砍伐和交易全叫停，可不是有网吗？那网上这一格眼或者那一格眼就是和工商农林许可有关。看起来，敦睦是开渠引流，将集市里的小买卖疏导向集市外，汇入大世界的经济潮。

敦睦带着客商，有的从省城来，有的从直辖市来，还有的从东北西北的边塞过来，倘若是做竹笋生意，就冒险了，那地方的人从来没见过这东西，不晓得拿它怎么办。敦睦领他们走在山里，车停在下面公路。次生林已可蔽日，耳边泉水淙淙，气温明显下降，呼吸变得湿润而清甜。因海拔升高，耳膜受压力影响，说话听音都蒙一层膜，仿佛在世外。客商不由有些胆寒，腿脚又力尽，每一步都艰难。前边的人就像在云中，飘摇而上，回头看，咧嘴一笑，笑出两行洁白的牙——敦睦的牙又白了。尘世真是污秽，九丈集是污秽中的污秽，垃圾、排泄物、变质的动植物蛋白、水泥粉尘、塑料制品……风一吹，扬起来。现在，敦睦又是一身黑，身轻如燕，侠客回到江湖，显出真身。客商几乎认不出来，这个人就是那个人？苍山莽林，喊出去的声都碰回来，走进来的人还走得出去吗？客商警觉地与敦睦保持距离，不予接近，敦睦私下一笑，兀自向前去，不再回头，留下一个绰约的背影。

敦睦是从山里出来的，他那个山哦，不敢说出它的名。连绵起伏的峰峦，有多少无名的山头，其实都有名，不是忘记，而是不说。在外的人造下孽，是让里面的人担名义，受报应。山里人敬神，那神也是无名，却无处不在。溪间的，地上的，田里种的，圈里养的，缸里，灶里，都要拜。一年四季，无数的神祭：稻福、麦福、牛福、猪福……敦睦的山，祭的是“靛青”。坡上坡下，栽的是靛青；房前房后，是靛青窑；里院外院，都是靛青缸、靛青箩，满目的青和蓝。村里人的手脚都是青绿，洗不净，褪不去。海拔几千米的火山岩坳子里，山泉都让靛青染成碧水，泻下几千尺，空气里壅塞着沤青的腐味。靛耙底下，越来越稠，稠到搅不动的青绿糊，粥锅似的突突起泡，看久了，眼睛都绿了。这青绿的事业，随敦睦年龄增长勃兴，至最隆盛时候，出青的日子，山村里挤满靛青客，平阳的，台州的，福州的，泉州的，甚至上海的。家家户户兼营客栈和饭馆，吃住、看货、验货、交割买卖，一条龙。

十二岁那年，家中住进一名靛青牙郎，现时说法就是中介，平地人，说一口普通话。其时，敦睦正在相邻村小学读五年级。所谓“相邻”其实有十几里山路，小孩子的脚，需走上一个时辰还多。早上出门，天还漆黑，几个小孩结帮上路，生怕走散，互相喊着，或大声唱歌，渐渐日出天亮。下学是倒过来，走到天光暗黑。中间，有过落下崖摔死和掉到涧里冲走的，割了心肝肉的爹娘漫坡里叫着儿女的乳名，还不敢称学名，怕阎王爷以为充大不善待。纸灯笼在靛青田上摇曳晃动，反射出青绿，分明是阴间的颜色。读书的兴味和辛苦基本都消散在赴学途中，至此，敦睦也只识得几百汉字和加减乘除，奇异在，他对珠算有意。上世纪九十年代，早已经取消珠算这一门，可这间小学教算术的是一位民办老师，年过六旬，少年时在酱园学生意，记过流水账，就会打算盘。凡解不了的算题，算盘珠一拨，便明白了，算盘是教也是学的法宝。后来，成年的敦睦偶尔得知一则关于算盘的谜语：“天运人功理不穷，有功无运也难逢，因何镇日纷纷乱，只是阴阳数不通。”不由恍然大悟，领会到算盘的真谛。

这么读过六年，多数孩子升不了学，依然回到靛青田。这里的小孩子，刚会走路就会使靛耙，拍打靛缸的蓝水，捞出靛花；再大些，就到田里摘靛；然后，学着插条、栽条、锄草、施肥，跟着大人筑藏窖——将泥打成一圈土墙，酥松岩石敲成沙砾垫底，这就是技术活了，沙砾不能太细，亦不能太粗，要一色均匀，铺到三寸厚，就可码靛青枝条。来年三月，开窖抽条，栽靛了！年复一年，智勇者从靛青时令的循环往复里突围，延伸出去，开辟新业，那就是染坊。村上就有两三家，木屋里一溜大灶，灶眼上置大镬，地上陷一口巨缸，靛青块渐渐溶解水中，白布匹折成册页，一折一折放落，出水已成靛蓝。挑起来垂干，垂干再放染缸，反复七八九十遍。院里的木架上，全是条条缕缕的蓝，还是蓝！青蓝里的人生，怎么说都是苦涩，闷啊！敦睦平生最怕的颜色就是靛蓝。后来走过许多地方，晓得时尚中的一个大类，蓝印花布，就是用靛蓝染制。凡故乡人的生计，他都不能看。看到的都是蓝色的手印和脚印，鼻凹里、眼睑下、下巴颏的坑也是蓝，一张可怖的花脸。

那靛青牙郎有一张白净的长方脸，指甲缝里干干净净，穿一身黑——敦睦喜欢黑衣裳，就是向他学来。靛青牙郎一手持靛板，一手持刀，刀尖挑起一块靛，刮在板上。敦睦留意到这一个牙郎和其他不同，他的手从来不触到靛青，不像那些个人，用手抿开，捻成细末，还送进嘴里尝，舌头就绿了。白面牙郎只是嗅，靛青板凑在鼻下，先屏气，再吐气，然后吸气。随了吸气，渐渐将靛板向外推，推，直至手臂伸直，再渐渐拉近。来回几次，便决定取舍。村里人家最怵他，他的一嗅，嗅得出靛青条子受没受过水，靛缸清除残渣净不净，打靛用的是不是隔年陈菜油，靛箩里的草木灰烧透没烧透……敦睦跟着白面牙郎走东走西。他爱看牙郎嗅靛青的一呼一吸，仿佛很陶醉；他爱听牙郎的普通话，普通话是闯世界的敲门砖；他爱牙郎的黑衣。总之，他迷上了牙郎。夜里，母亲摆一桌菜，父亲陪客。牙郎只喝三杯酒，便将酒盅倒扣在桌面，不喝了，说酒气会误嗅觉，接着就要盛饭。他爱看牙郎吃饭，不是凑在嘴边，筷子往里划，而是挑出一大块米饭送进嘴里，然后一块炖肉或者一块炒蛋送进嘴，筷头利索，从不拖泥带水。看牙郎吃饭，敦睦不由也有食欲。他自小就有些厌食，山里人一般都瘦，他比一般人又更瘦，不只是厌食，还觉少，一夜一夜地醒着，睁眼到天明。不喜欢玩耍，所以就没什么玩伴，独来独往。这一切都是因靛青而起，他最厌憎的就是靛青，如不是父母逼迫，他不会靠近靛田和靛缸，靛青是他抑郁的根源。

背着父母，他和牙郎立约，跟他出去，学做生意。牙郎是逗他玩，不料他当了真。牙郎是瞒着他走的，连句告辞的话都没有，一早起来，客床上没了人，也没了东西。敦睦起身就追，这时候，汽车路已经修好，白带子一样，甩到云雾里。敦睦咬着牙，心里发毒誓，誓要做一个比牙郎还狠的狠人。敦睦真正离家是在三年以后，他十五岁，也是收靛的季节，跟着一伙靛商——白面牙郎从此再没有来过，搭着平阳靛商的车，开出七八里，到分岔口，放下他。拖一个拉杆箱，戴一顶草帽，个头蹿得挺高，人还是瘦，见筋见骨。回头望，那走出来的山，麻麻点点的青蓝，多少以靛青作生计的小村庄，眼泪都染蓝了。

十五

敦睦待养老院的人向来是好的,那爱玩的老头曾几夜不归,就是跟他走了。老头爬进小货车的车厢里,开出数十公里下来打尖,他才发现一老一小,小的坐在老的前襟里,一双乌眼睛看着他,他又能怎么办?敦睦将人放在一家栽金银花的农户,留下些钱,嘱好吃好喝款待,下一集带他们回去九丈,继续上路。车再上盘山路,飞起来,不见了。没有人知道他去哪里,连他自己也未必知道,几重山外,那流纹岩的横切线上,走着一只小虫子,大约就是敦睦的车。敦睦有一回重归九丈,看见集市的银杏树下,换老头了。这地方由敦睦做主划给养老院,因为有树,夏天遮阴,冬日呢,枝叶萧条,太阳就泻下来。新来的老头,不像老头儿,倒像老婆婆,吸引了敦睦的注意。没牙的地包天的嘴,须发稀疏,颧骨上有肉,又晒红,就有些婴儿相。鼻梁是瘦削的,就这一点使他和真正的老婆婆区别开来,鼻梁上架一副眼镜,显然是拼凑的,一个镜片有一层层的螺旋,另一个则是平板。所以,看进去,一只眼睛在近处,另一只却从很远很远的螺旋深处看出来,仿佛窥透某种秘密似的。小孩子还是原先那一个,手里多一件玩意儿,一个骰子,时不时举到嘴边,伸出舌头舔一舔。敦睦拿过骰子,手指转一遍,有什么玄机呢?地状新写过了,事还是那事,但因文理和形容略加通顺,所述苦情更真切。敦睦有几回从跟前走,与新老头眼睛对眼睛,倏忽间有电光闪过,定睛再看,玻璃镜片后面则一派宁静。那光其实不是光,而是穿透力,不是以强蛮,相反,以温弱。这是有来历的人,敦睦心想。

集市里化的缘实在有限,都是极苦的人,手足胼胝挣衣食。人口又少,四乡八野往返的都是熟脸,给过一二,总不能再指望三四。这坐地募捐真不是长法,常常空手而归。小病孩子虽可同情,可命不济,救得了病,救不了命。倒不是不相信科学,几十万能换回一条命,可是把九丈集榨干也榨不出几十万来,这也是科学吧!看那孩子弱是弱,可也一个集日一个集日地活下来,说明有造化,造化是个大道理,罩得下科学。有人出主意,让新老头浴佛日带孩子去杭州灵隐寺。世人都有慧眼,看出这老头不同于那老头,那老头基本是个糊涂虫,这老头嘴上不说,心里却明白。人们说,浴佛日拂晓起,从断桥沿里西湖往灵隐,一路香客,络络绎绎,都是慷慨人,不向他讨,是向你讨,讨块福田种善根。新老头表情迷茫,半天,自问一声:杭州?说话人听他连杭州都不知道,聊不下去,转身走了。敦睦刚巧路过,耳朵进去这一句,听得出是普通话,心里不由一跳,白面牙郎说的也是普通话。敦睦看看新老头,不信真不知道杭州,上有天堂,下有苏杭,外国人都知道。新老头也看见敦睦,颧骨上的肉动一动,一远一近的两只眼睛里分明是笑意。敦睦摸出一张十块钱,放在跟前状子上,新老头身子伏到地面,鞠一躬。

敦睦停下脚步,问道:是个生人不是?新老头笑而不答,敦睦又问:乡关何处?新老头笑得眼睛眯成远近两条线,依然不答。敦睦再问:风送来?雨送来?这三句实是投石问路,探其端底，看是哪一路神仙。本也不期望有回应，苍穹之下，前不见古人，后不见来者，能得几回真相逢！于是一笑，转身离去，不料背后传来一声：好走！这一声，简直就是白面牙郎在说话，一样的音腔。敦睦站住，紧接着觉着好笑，就要举步，再又停住，心中生出疑惑，“好走”这两字里有无机缘？忍不住回头看，新老头却看向别处，这样，敦睦不得不走了。随着走远，新老头越来越在脑后，渐渐无形无踪。敦睦的世界很大，是以他立足处向四面八方辐射，没有边际。因世界广阔，不免感到寂寞，他仿佛一直寻找，寻找知己。知己，其实就是“我师”。狱中高人还给过他两句话：“海内存知己，天涯若比邻。”这两句话虽是增他信心，但也使他渺茫。“海内”和“天涯”，是怎样的大啊！方才说敦睦的世界大，敦睦的世界在“海内”“天涯”里，一隅都算不上。他的车轮子，这小爬虫的细爪，转多少圈，才转出一个山坳坳，又转进下一个山坳坳。这样大的天地，倘要有知己，即成比邻而居，就如同敦睦这名字——“所以敦睦亲亲，协和万国也”。这又回到现实中来，变为世俗的野心。凭这野心，敦睦才不致在寂寞中消沉，而可抵御虚无的威胁。也因此，敦睦的哲学，依然只能是狠人的哲学。

敦睦将新老头几乎忘记的时候，新老头却不让他忘记，九丈集上，走到哪里都听得见有关他的议论。人们称他“老新”，山里人起名都是开门见山。集上人都说老新中了迷道，单知道自己从山里来，其余的，全然不知。虽全然不知，礼数又还在，而且有知识，会算账。集上人还都笑老新说话，称老新会说颠倒话，比如“你先”，说成“先你”，“吃饭”为“饭吃”，“回去”是“去回”。这些都不算错，错的是什么？“凉”说成“热”，“雨”说成

"晴"。还有许多说不出来的意思,就以"这样"和"那样"代替。集上人当稀奇,传来传去,传进敦睦耳朵,不由上心了。世人以为只是颠倒,在他听来,则另有路数,那八仙中的张果老不是倒骑驴!至于老新的忘性,更是一大疑。人的忘性,说到此,敦睦不禁要发笑,忘什么不忘什么,是由人定的吗?那是老天爷的事,它不告诉,你就不知道;昨天告诉你,你昨天知道;今天不告诉,今天不知道;明天再告诉,明天又知道;它早三年告诉,就是三年早知道,不还有隔世知道的人和事?所谓忘性,就是不告诉你!

集上人的传言里有一条,不知据实不据实,就是说老新是所长的人。敦睦和所长喝酒,问起来,所长已半醉,回答不免颠倒,只听有几个地名出现:野骨,柴皮,林窟——已经没有了,所长说,没有的地方,却有个人,听起来混淆得很,仿佛那人是无中生有。敦睦紧问几句:野骨的人是谁?柴皮的又是谁?所长的话也很模糊,野骨的当兵,柴皮的也当兵;野骨的做养殖,柴皮的做农业。鳞爪和细节,多少是具体的,人和事就有大概。酒上了眼睛,变成两汪泪,所长看着敦睦,真是一张俊脸!眉平眼齐,上下匀整。山里人的相多是奇拔,骨骼嶙峋,筋脉虬结,因为全身各部都在迸力,迁就水土,难有舒展。所长泪汪汪说出一句:天上哪颗星宿下凡哪?敦睦不禁受感动,笑说:天上一颗星,地上一条命。所长摇头:我们都是草命,无名草!这话说得清醒,而且严肃。敦睦收起笑,正色道:一棵草,就顶一颗露!所长直是摇头:日头出来,露水收干,不过一宿的命,星宿可是千年万年!敦睦就说:千年万年是经转世轮回,不定转成草木还是鱼虫,所以,还是一颗星。敦睦不明白为什么要正经对答所长的醉话,可是,谁知道呢？也许真理就在里面。所长，这九丈的权力人——在九丈地方打天下，是绕不过所长去的，可是，在这权力之下，还有另一种吸引，似乎，他暗藏着许多不自知的机要。

那老新！所长忽抬手，向极远处一指，敦睦的注意力到他手指上，所长接着说，也是星宿！怎么说？敦睦小心问，生怕惊散了什么。所长咯咯笑起来：他说普通话！敦睦心一松，随即一紧，可不是吗？普通话，大千世界处处通行的音腔。所长笑个不停，普通话实在让他好笑：什么鸟话！“鸟话”两个字的双关意思，让敦睦也笑起来。所以，不能轻看所长的醉话，他就能说出个端底来。什么鸟话！所长又说，谁都能听得懂，了不起！所长竖起大拇指。当年，他还是个佻侻的年轻人，穿一身绿邮衣，绿邮帽斜在头顶，遮去半只眼睛，挎一个绿邮包，像个小青蚂蚱，走在山里边。山里人哪有什么信，多是那几个在外当兵的孩子写回来的家书，还有些个出五服的远亲，一年半载通个款曲。所以，乡邮员主要是送报纸，也不每天送，而是十天半月一回，捆扎捆扎，占邮包里一个角，其余地方就放麦饼、咸菜、手电筒、雨披，一双橡胶套鞋用草绳拴起，一前一后搭在肩上，就这么上路了。人在崖下，崖上的人就看见，互相喊着话，喊着喊着，又都看不见，走着走着，忽然撞个头碰头，原来是迎他。迎到他就不撒手，非要进家门，茶沏上，烟递上，荷包蛋打上，一村的人络绎来到。撕去信皮，抽出信瓤，展开铺齐，一字一字念出声。信是用普通话写的，必要用普通话念，那普通话呀，写和念就是不一样，私家的话也像是公文。邮包里，揣了多少普通话。天南海北的人和事，一经它，统统变成一样。所以，所长就觉得，世界再大，其实就是一个九丈。那小先心——所长的思绪收回来，小先心也是一颗星,流星,一过眼的事!怎么知道?敦睦问。所长回答得很斩截:院长说的!这又回到科学上来。所长仰脖喝下最后一杯酒,酒杯倒扣桌面,吃饭了。吃饭的所长眼睛干了,面上的酡色褪去,散发着油亮。吃完饭,抽支烟,所长站起身,接上前面的话头,说了句结语:要长久,这个数!伸出手掌翻几下。小先心的命就从科学到了经济。所长离开饭桌,敦睦跟上,走出包间,穿过幽暗的走道,两侧的门透出一点光线和酒色。店堂已经无人,桌椅横竖,玻璃门投出一块模糊的亮,在门前地上。敦睦和所长站一时,适应屋外的黑,方才下台阶,沿老街走去。夜雾起来,裹着身子,相距五步,彼此就看不见,真是深不可测啊!

三天之后,逢五,又是一集。仲夏季节,银杏叶子里的光斑,犹如小铜钱,落雨般撒下来,底下坐着老新和小先心。老新脱去制服,换了单衣。被服厂募来的白粗布,经女人剪裁,粗针大线连成,就像僧人的缁衣,小的也是同样一件。二人静静坐着,集里的喧哗到此便一顿,止住了。敦睦停在跟前,老新抬眼一笑,一回生,二回熟,两人就算交道上了。敦睦问:怎么称呼?老新说:随便。敦睦问:今年贵庚?老新说:随便。敦睦又问:原籍何处?老新依然:随便。这"随便"二字,别人听来未免不知所以,在敦睦则另有一番意味,任什么都是,任什么又都不是!敦睦蹲下身,看着病孩子,孩子也看他,乌眼睛简直探不到底。敦睦避开眼睛,说一声:这孩子!老新说:可怜。敦睦站起身,裤兜里摸出一张五十元大钞,放下来:杯水车薪。老新说一声:可怜。敦睦伸手四下一划拉:鸟不拉屎的九丈!老新还是说:可怜。敦睦叹道:另觅活路吧!老新大声地说道:可怜!小的居然也跟一句:可怜!声音尖细尖细。敦睦待不住了,拔起腿,有些落荒而逃的样子。他发现,这一回的老新简直是饶舌的,这边的话一出,勿管对不对得上,那边立刻回应,出言单调,却掷地有声。

敦睦走了老远,背后似乎还在响着一老一小的"可怜",他怕了他们。越怕越要撞上,就在当天下午,敦睦的车开过老街,准备出九丈上盘山公路——盘山公路,就是乱麻里的线头,将纠结一团的岩浆岩抽出一条线,堆叠挤压的岩层解开来,剖面上嵌着各类动植物,化石似的,其中就有九丈。敦睦挂空挡,车沿坡道下行,从车窗里望见一队人。头里是一个粗黑的女人,后面跟着那个爱跑的老头,再后就是老新,驮着病孩子。这一队人与他的车同向,从东向西,从高向低,于是有一时间的并行。茶色的车窗玻璃,外面看不见里面,里面却看见外面。敦睦看见他们不论男女老幼,都穿着缁衣似的白布衫,女人背着笸箩,箩里盛着谷粒,他都能看见谷粒是陈的。老新的嘴翕动着,听不见声,就不知道在说什么。茶色玻璃这东西厉害啊,挡得严严实实。后来,他们一行拐进一条名叫"水碓子"的巷子,巷底是山,山形圆润,空气澄澈中,岩层的流线历历在目。一队人向了山走去,走了很久,然后,敦睦的车开过了。

他们是去机房碾谷子,机房后头的菜畦,茄子开出紫和白的花,南瓜结成小磨盘,面上蒙着霜,一架葫芦已挂果,另有些好长的菜蔬,沟坎里外布下青绿,一小片一小片的繁荣。碾机突突地开动,水泥房子都在震动,墙体和屋顶溅出粉末子和草屑子。老头和老新坐在向阳的檐下,江西人的丑儿子背着小先心疯跑。老新说:贵人。取出上午得来的五十元绿票子给老头看,老头眼馋极了,只顾看,说不出话。贵人!老新说。老头半天才应出声:哦——老新说:贵人。老头有些嫌烦,扭过头去,不理他。只一小会儿,老新就耐不住寂寞,碰碰老头的膝盖,说:天道酬勤。从两个字增加到四个字,是个飞跃性的进步,老头却不懂,只应付一声:哦。天道酬勤!老新意味深长地说——正如敦睦观察到的,老新变得饶舌,就像刚开舌的鹦鹉,说个不停。天道酬勤!老新指指天。天湛蓝的,一丝云没有,那流线型的山的外缘,一眨眼间生出白芒,亮晶晶,毛茸茸。丑儿子越过干沟,向对岸坡上爬。小先心贴着他的背,像一只白色的小蜥蜴。坡上开了几丛杜鹃花,也是一小点一小点的繁荣。沧海桑田!老新换了词。老头奇怪地看他,连这木讷的人都觉出不同寻常。老新的玻璃眼镜射出两束光,一束强,一束弱。老头纳闷:这新来的,说话比不说话还难懂!可是,他比较喜欢四个字一句,就喝彩道:好!老新受到鼓舞,一迭声说这四个字:“沧海桑田”。说过一气,才换词:日转星移。这时候,老头开始佩服了,多么好听啊!比唱的还好听呢。想学舌,却学不像,因是普通话,还因为不解其中意思。

许多四个字的词组涌上来,随着老新的眼睛,看到哪里,哪里就开出四个字的花。碾好的米盛进笸箩,背上女人的肩,他说:春种秋收,春种秋收,春种秋收!日头走到山后面,天色微暗,他说:东西南北,东西南北,东西南北!走在老街,有小孩子飞奔而过,他说:龙腾虎跃,龙腾虎跃,龙腾虎跃!进岩头街,女人摸钥匙开院门,说的是:精诚石开,精诚石开,精诚石开!说话的神情既兴奋,又有一股子着急,仿佛找什么,总也找不到,也不是完全找不到,而是找的是这件,到手的却是那件,分明已经看见,就是拿不着。话说得有点乱,越乱呢,越说个不停,不免错搭。“千山”接“万紫”,“千红”却接“百密”,“一疏”接的是“漏万”,“挂一”这才接到“万水”。再然后,连这样错搭的逻辑也断裂了,就只是一堆密集的单音节,还是保持四个一组。老头儿被撩拨得心痒,加入进去,声大气粗,真是铿锵有力。老新却烦躁起来,许多声音在耳边响,不知所指,形势更乱,恼火地大叫,也是四个字:知了他妈!老头被唬住,刹那间静下来,大家都闭了嘴。

然而,说话的欲望蔓生蔓长,蓬勃得很,下一日,老新又发声了。吃午饭时,悄声说一句“良药苦口”。他说得谨慎,似乎药和饭有一种极纤细脆弱的联系,稍惊动就会涣散开来。他用筷子尖挑起一团麦粥送进孩子的小嘴,说:良药苦口。小孩子的嘴张得大了,吞咽也略顺畅。挨过春天——春天里万物竞生竞长,又一轮优胜劣汰,其实是残酷的,终到了尘埃落定的夏天,进入温和的养息的季候,小先心的供血有所改善。良药苦口,他又一遍说。这话听起来不搭,其实也搭,包含的两层意思,吃和药,也可解释为吃进嘴里就能强身健体,不是药是什么?所以,老新在逐渐接近语表底下的语义。说来也奇怪,老新表达的阻碍是在说,文字的书写并无大碍,他为小先心募捐写的状子,养老院的备忘录,就是证明。一旦提笔,意思自然组织成句子,因果衔接,理路清晰。即便在他讷言的阶段,书写的功能也没有完全丧失。可是,逢到张口,便词不达意。显然,语音和文字分解成两个部分。倘有心追究,大约是语音作祟,语音是多么诡异的东西,字和词,为什么发这样的声音?从空寂的山里来到人世,真是聒噪啊,什么东西都在发声,人嘴翕动,吐出多少音节,耳朵都来不及听,脑子怎么跟得上!

这是一个语音庞杂的地方，隔一道坎，就是一个音系。不知气流经过怎样的途径，震动声带，在怎样的频率上产生那些微妙的颤音和泛音，这些音节意味着什么呢？他本就是一个失语的人，怎么应付得了这复杂的语言局面！普通话，总算有它，就像语音泛滥里的一根救命稻草，忽隐忽现，若即若离，抓住它，抓住它，终不至于沉陷。片言只语的普通话，维系着他与外界沟通，要不，他就完全蒙在鼓里了。壅塞耳道的汹涌音节，因不了解意味，更觉嘈杂，说什么呀！很快，这杂七杂八的声音合成一股，宏大极了，仿佛地声，所有的细节相互嵌合，密不透风。他被这岩浆般的语音笼罩，封锁住听觉。渐渐地，有一些日子过去，夯实的语音疏松点了，透出隙缝，渗漏进认知的光，那就是普通话。被语音挤压变形的普通话，到底还是保持了自己的基本特质，在最初的混沌之后，浮出水面。这时候，他茅塞开启，循这些微的光亮，析出左右上下。自在些了，从外部看，就是机灵些了，而且每天都有进步，这不，他成了女人的好帮手。

养老院里，不是失智的就是未开蒙的。瘫子就是个废人，老头儿是半个疯人半个常人，女人的心智本来健全，可平生遭际太苦，宁可无知无觉，又加上老姑子的糊涂油，那认命和避世的告诫，不是糊涂油是什么？早有哲人说过，宗教是麻醉人民的鸦片烟！于是，就成了个颟顸的人。老新一旦开耳目，便灵通起来，只是苦于说不好。巧的是，女人早已是个闷嘴葫芦，他们只需说极少的话，甚至不说，就可交流。比如养老院的流水账，比如算计日常花销，再比如替小先心的医药发愁，还用说吗？每日下一顿饭吃毕，刷过碗，记完账，就到上灯时间，唯老头冒几句疯话，其余都默着，自有一种交流，在无言中互往。账本上的字，集市募来的钢镚子,孩子细腕下的脉跳——每个人都搭一会儿,搭出什么来了?几分安心,几分忧虑。还有桌面的细活儿,剥南瓜藤的粗皮,拣谷子里的稗子,穿冰糖葫芦——东邻一棵山楂树结果了,送养老院一篮子,西邻又送一块麦芽糖,劈几根竹子,削成竹签,穿上红果子。熬稀的糖浆里一滚,就是一串小灯笼,昏黄黄的屋子里都亮起来。女人绷紧的苦脸映红了,展开了。老新没牙,老头怕酸,女人没吃零嘴的习惯,就给病孩子留一串,其余全插上稻草捆子,第二天扛上集。不是为卖,是为募钱,丢下钱的,无论三个两个,都摘一串去。其实是叫义卖,可九丈人谁会说这个词呢!

敦睦摘走一串糖葫芦,丢下一张红票子,一百元。这是第三回捐款,第三回与老新面对面。老新说:过奖了。还是不对,但多少接近了。四个字减到三个字,也不能视作退步,因为四个字是两个词组的简单叠加,三个字却显示出突破,破出两个字的藩篱。过奖了!老新说。敦睦回答:不过奖!话一出口,发现不知觉间顺着老新的说话走。手里举一支糖葫芦,想这是一种什么力量,仿佛在暗中支配着什么。过奖了!老新在身后说。

在浩如烟海的语音中,普通话单纯扼要的四声越来越清晰,突起在琐细绵密的音韵上,真是名副其实的"普通话",就是将语音择最关键而约之。那些拗舌的声腔,来自于地理天文水土造化的软腭构造以及运动,被普通话科学地归纳概括。科学的力量是相当强悍的,尤其当它被历史驱进,就不由分说,没商量了。在历史洪流里,细枝末节全一股脑捋得干干净净。普通话就像盘山公路,将最偏僻最闭锁的语音打开,穿过,纳入普遍性。现在,老新的听觉被普通话激活,普通话不只是救命稻草,更成舟船——好在有文字，文字最终收揽全部，九九归一。倘不是文字，普通话也于事无补。老新在嘁喳中载上普通话，乱麻中扯出一条线，可不是盘山公路嘛！于是，混沌中就有了顺序。语言这一物质，有非凡的功能，它可溶解空间——一维，二维，三维，更多维，溶解于一种形态，就是时间。因语言和时间同样具有长度的表面，时间为语言提供载体，语言呢？给时间以某种实体存在。现在，随着普通话，老新认识和辨析周遭环境。他曾经企图依赖数字：一号房，二号房，三号房，三点五，四号房，五号房，六号房；七亩二分三厘五丝六毫一忽；骰子上壹、贰、叁、肆、伍、陆……可是数字总归是抽象的，在时间里搅和久了，互相传染了虚无症。好了，现在有了语言，是普通话引领，他逐渐恢复自觉性。

老新的听觉打开了，严格说，是向人类的声音世界打开。他不聋，空山的生活甚至使他的听觉更加灵敏，空山只是人类的说法，其实那是一个喧哗的世界，所谓寂静也是人类的概念，静声静声，那声大得很呢！可人类的耳朵对它听而不闻，称作“万籁俱寂”。老新的听觉向人声打开。嘈杂的人声，从肉体的软组织里摩擦震动出来，在空气中起伏、推涌，突生一个频率，向他袭来。体内里有一个潜在的频率，猝然间迎合上去，发生碰撞，引起共鸣。这一声可是尖锐得很，不是普通话体系里的，而是来自别的发声体。老新的头痛又发作了，只能用手指头顶住耳朵眼儿，让这刺激变得缓和。起初还顶用，可是听觉在蒙蔽之下迅速增强，穿透出去迎接那频率。那频率也在增强穿透力，两下里都在加压，手指头都顶得疼。他逃不开呢，那一个不知多少赫兹的频率，原先是散发状，如今自动排列次序，组织连贯，有了呼吸。

他放开堵耳朵眼的手指头，疼痛还像针刺，可是，却是柔和，甚至是温存，抚慰似的。聒噪的语音分解出高低疾徐，分明有一种节律，有的，是有的，不再是一锅糊涂，而是一颗一颗米粒儿，分布均匀。

他还是听不懂语音里的语义，经过几千年的共同经验而约定的语义，因他没有参与这共同经验，约定也没他的份，谁让他是老新呢！语音里包含着默契，这默契是传代的，就算是个学语的小孩子，只要是默契中人，一听就懂。不是默契中人，半途学起，使足力气，怕只学得皮毛。漫漫山峦，亿万年前大约是海底，地壳变化，水退石出，每一个褶皱就是一个契约，从海底沉降开始；从最原始的生物，藻类开始；从单细胞繁殖开始——那时候，没有生亦没有死，然后才有生死边界，就是一茬生，一茬死；从圆口纲、软骨鱼纲、硬骨鱼纲、两栖纲、爬行纲、鸟纲，直到哺乳纲，然后灵长类出现……契约在褶皱、断块、侵蚀的间隙、岩浆冷却的芯子里，各自生长，成形。但是，在无数幽闭之上，有一个巨大的主宰，海水成陆地，陆地成山峦，山峦成平原，平原变森林，森林变沧海，沧海变桑田，化整为零，又化零为整，就是由它主宰。它就是天地造化，统揽全局。因此，契约和契约之间，就潜藏秘密通道。这秘密通道，将隔阂后面的默契，最终联结成一大个，就是主宰。否则，你怎么解释，仿佛事先说好似的，一下子万物生长，人畜繁殖，遍地歌哭！

文字，普通话，盘山公路，历史——指的是历史中的正史，都是人工模仿造化建立的通道。可只是在外部，目力可视的浅表层，将相像的成分归纳总结，难免误导，制造出假象。那些细腻的，微妙的，实质性的因素，沉在最底部，被覆盖起来。一方面，人们越来越无视于它,另一方面,它们积聚在深处,酿成一股原动力,不定在某个时候,改变事态。像九丈的老街,谈不上底部,只是稍稍低于表面。人工通道粗暴地穿凿过去,留下缺裂,缺裂周边,尚遗一些皮质,分泌出活性物质。与时间赛跑,延缓爆发的速度,那就是九丈老街。它还有着旧生机呢!你听四下里的聒噪,声浪滚滚。嘁喳的语音下全是萌动,躲避人工通道,沿着一路过来的默契,没有文字记载的无形无影的默契,长成自己要长的样子。默契还在,没有被人为的外力中止,而是将老新这种外来因素排斥出局,只有秘密通道,很秘密很秘密,秘密到你不知我不知。老新安静下来,任由那一片语音在空气里摩擦、震颤,除人耳听见的以外,还有更多更多的超声波,倒挂在洞顶的蝙蝠,它们就能证明。老新静着,他也要成为蝙蝠了,高于二万赫兹的频率,分明震荡着鼓膜。在二万赫兹里面,有一个区域,远不到边界,在边界以内,安全地带,是什么呢?为什么声声入耳?仿佛有默契,是的,有一个默契,究竟是什么默契?

老新静静地想,四下里一片白茫茫,漫无边际。语音的泛滥沉寂下去,退潮到很远,裸露出干涸的沙地。有一些遗留物,当思想追踪过去,临到近处,却又消失得无影无踪。那是语音的投射,或者反过来,语音是它的投射。老新一旦缄默,老头儿就来撩拨:糖葫芦!老头说:糖——葫芦!老新烦躁起来:吵死了,吵死了!老头没料到一向温和有礼的老新会起毛,顿感没面子,跺着地,喊出一连串叫嚷。没一个字入老新的耳,只看见他的愤怒和委屈。老新的听觉这一时转为视觉,在直观中呈现语义,感官在倒置,有新能量聚集汇拢,预备破土。老新的耳朵不管用了,眼睛则成全能。老头快速翕动嘴,吐出的言语全写在脸上,这张脸多好玩啊！眉毛眼睛一并乱动，泪汪汪的，圆鼻头红通通的，像一颗山枣，嘴也像枣，干枣，起着皱皮，挂着糖霜。老新笑起来，越笑，这张脸越怒，谩骂、怨毒、诅咒，老新全看明白，却不生气，而是——从这张脸辐射出去，他的视野越来越扩大，扩大到一整个九丈，九丈的人声，全变成可视的，他读得懂！他笑得如此开怀，老头儿要来打他，他拔腿就跑，驮着病孩子。这孩子一点不长分量，倒是老新的腿脚长力气了。他们一个追，一个逃，绕着小院子。俗话说：老小，老小。就是指这个。养老院至少是一半的幼儿园。女人从灶屋出来干涉，举着火钳子教导他们，最后还是老新站住脚，让老头打一下，结束这场纠纷。

夜深人静时分，所谓夜深人静，在别人不过是八时到九时，谁让他们在这天地一隅，乱世堆的缝隙！老新忽然醒来，不是被叫醒，他的听觉正在休眠期，视觉则活跃着，没有它错得过的。一颗星，挂在左上方，于是，陡一下，睁开眼睛。眼前墨黑，不是一片，而是一方，将那颗星合拢起来，不见了。老新的脉跳得很快，却是轻盈的。思想在活动，老新看见了呢！思想也变成可视的，只是太黑了，思想在黑里挣扎着，迸出火星，仿佛金石崩裂。思想这东西可不像语音那么虚浮，它结实笨重，从材质上说，倒是和山体有共同点，坚硬。人类历史上，专有一个时期以“石器”命名，一个极其漫长，以千年计还不够，又分为“旧”“中”“新”三段来标注的时间段，缓慢得几乎停滞，亘古不移似的，终于走到尽头，人类智慧突然被撬动，好比杠杆原理，找到支点，迸发力度——仰韶文化、马家窑文化、大汶口文化、龙山文化、良渚、广富林，然后红铜时代、青铜时代、彩陶时代……时间变得轻快，划分密集起来。这大山，说不定就是石器时代，尤其旧石器时代的遗留，不成器的残废料，凿不开的死疙瘩，文明进步足缝里挤出来的弃物。思想就是这样的死硬性子！

现在，它就在向外围顶呢，都能看见四面起烟。眼前的黑从固体变成液体，不是说流动，不是，只是一股子不安稳。里屋的猪哼了一声，女人发出梦呓，瘫子喉咙口咕咚一下，病孩则是一笑，老头儿分外安静。这些动静的频率不是震动耳鼓，而是视觉，那黑里面的波纹，就是。老新在黑暗中睁着眼睛，极力看穿，看穿，哪怕只是一孔，一隙，一线，一星！他忽然明白，那一颗星，挂在左上角的，原本是一个破绽，可是，破绽弥合起来。一旦追踪过去，破绽便弥合起来。这算什么捉迷藏？老新想得脑袋疼。他意识到他在想呢，可是，想也想不远，一想远，思想就弥合起来。然而，终究，到底，思想在活动，在禁锢中挪移，周转，转也转不开。液体的黑暗更密实，简直要把他垛起来，砌起来，浇铸起来。这会儿，视力也不管用了，听和看都没了，只余下想。他想啊想。天地合并，开一条缝，就闭一条缝；闭一条缝，又开一条缝。那颗星，那颗星在无视无闻中呈现了，不是星，是一个破绽，被利器凿穿，通向哪里？他使劲儿想，哪里是哪里？什么是什么？思想没有碰回来，但也前进不了，锐度还是不够。真是石器时代，石头凿石头，杠杆的原理还没发现。思想这种物质，其实又利又钝，否则怎么解释它穿越漫长的考古层，姗姗迟来却又终于进入人类历史。悬崖绝壁上的岩画，驱魅的巫术，部族里的图腾，土陶上的绳纹……就这么东一榔头，西一棒子，进一步，退两步，开天辟地，三皇五帝，十二诸侯，霸王天下，方才诸子百家……这古东西，时间既没有磨利也没有磨钝它的尖头，它只是不歇气地钻啊钻！老新头疼，疼啊！他叫不出声，聋和瞎之后，他又哑了，他想起哑子——思想活动一点，哑子，是的，哑子这孽障，遮蔽了那一星破绽。可是，这个遮蔽同时成为引导，哑子是他的带头人。

哑子还是那些人的带头人，那些人里有：二点，二点他哥，茭白地里的人家，所长，医院院长，养老院的女人，老头儿，瘫子，小先心，水碓子的江西人家……人越来越多，排成一支队伍，哑子可不是带头人吗？然后，还有敦睦！哑子带着那队人走到前面去了，队尾的就是敦睦。老新想着“敦睦”这名字，是个什么人啊！敦睦占据了思想，那思想本来就逼仄得很，其他人就都挤出去，剩他一个。星的孔被遮蔽，背后的秘密通道隔离在很远的地方，近处却活跃起来，不再是沉寂的。思想这东西，怎么说呢？那些声和像表面是热闹，背后却是空洞，填地方还是要思想来。有思想，音像声画才有了实体似的。但是倒过去说，倘没有音像声画，思想又没了外相。如今，老新的各项感官以及功能正处在分离中，它们各自为政，各行其是，等待契机，重新合为一体。这可是个混乱时期，次日清晨，养老院的人们发现老新又退回到刚来的状态，木讷、呆滞、问而不答、答而不听、听而不闻、闻而不见。事实上，老新的内部正经历着激烈的动荡。

一整天，他都驮着小先心在九丈老街上走，步子很疾，从东头到西头，再从西头到东头。中午时分，养老院的饭点不是早吗，饭馆生意却到兴头上，临街玻璃窗里，就坐着敦睦和所长，守一个麻辣锅。自从十多年前，第一个广西桂林人来到九丈，开出麻辣烫的食风，所长就迷上它。这道吃食其实不大合本地的传统，九丈人的舌头是有些刁钻，和产出有关，山里头，多少无名的物种，登不上食谱名录，但别开生面；还和地缘有关，偏僻隔绝，独守一家，难以兼容并蓄。可这麻辣烫，仿佛集天下味、嗅之大成，也不分先后主次，只一股脑儿扑将上来。单听“麻辣烫”三个字，就可知道它的蛮霸，出手便拿下所长，拿下所长就是拿下九丈，有什么可说的！第二个、第三个广西桂林人接踵而至，九丈老街洋溢着那一股子凛冽的辛辣，很奇异地，使人兴奋。九丈人变得话多，二三人纠结一起就说个没完，这儿一堆人，那儿一堆人。老新在人堆间穿行，也有人拉住他想和他说什么，他挣开了，不搭理，继续疾走。太阳很好，山里头难得的清明天，空气轻盈，简直要把人托上去，飞起来。只有广西人知道，不是天气的作用，而是植物的作用，知道吗？罂粟。罂粟花何其美艳，美艳到危险的地步，辛辣的气息里面，悄悄流淌着危险。老新的嗅觉也关闭了，他嗅不到气味，可是危险又不是嗅出来的，危险不是凭直觉，而是凭认识。老新这么来回疾走，就像是逃避着某一种危险。他辨别不出危险的方向，危险的性质，他只是笼统地认识到，有危险。

敦睦在麻辣锅边，锅里沸腾着，热气罩着脸，他并不怎么举筷，只是让所长。除了广西人，还有他，知道罂粟这玩意儿，事实上，这玩意儿也是他的生意一份。壁上的空调机轰隆隆响，温度调到极低，可怎么挡得住麻辣锅的热火。所长大汗淋漓，满脸红紫胃口大开。敦睦叫人添上牛肚，肥肠，猪脑，鸡鸭血，透过蒸汽看向窗外，那老新正从窗下跑过。敦睦就向店主扬手，店主过来问什么吩咐，敦睦说，让老新一起吃。店主推开门，站在台阶上等老新走来，喊他进去。老新不理，仿佛听不见，店主只得下台阶拉他，说：所长有话！“所长”两个字叫醒他，老新这才迈步上台阶，进到店堂里。店主按他坐下，添上碗碟，所长捞起锅里的肉菜，放到跟前，老小两个不动，方才想起，是不食荤腥。所长将筷子送到孩子嘴边，孩子脸一歪，避开了。所长回头对敦睦：看，不沾，罗汉托生。孩子静静看面前的人，眼白泛着青蓝，嘴唇鲜紫，唇线分明，墨笔描画似的。说起来也怪，这一老一小面相有些像呢，所长说：俩爷孙！

敦睦递烟给老新，老新摆手谢绝了，敦睦自己燃上。烟雾加蒸汽，还有空调机吐出的冷风在热空气里结成的一团团白，云遮雾绕中，人脸都变远了，说话的声也远了。所长举起酒杯，敦睦也举起来，向老新虚邀一下，两人碰杯，干了。店主送上几种蔬菜，其中一盘豆芽放在老新和孩子紧跟前，孩子看老新一眼，得默许，拈起一根豆芽送进嘴，老新也拈一根，两人就吃豆芽。那边偶一回头，不禁都笑起来。老兔和小兔，所长说。那小的两排细牙，将豆芽嚼得脆响。老新没牙，只是磨，没动响。这人真是静啊，敦睦想。这一次见老新，见出新气象。眼睛不再看老新，老新的新气象，仿佛有濡染，渐渐漫及周围。不是所有人都能感觉，所长就不能，麻辣烫已经麻醉了他。敦睦却是清醒的，老新自己都未必了解自己的气象，可敦睦了解。这新气象既简单，又深奥，其实就是一个静，老新更静了。

狱中高人给敦睦的警世恒言里还有一句：潜深流静！同一张饭桌边上，无声咀嚼豆芽菜的人，究竟藏着怎样的心思？麻辣锅里的波澜略平息下去，九丈的饭点也已经过去，时间到午后，大半饭馆都歇了，只剩这一锅。伙计们在店堂一隅调笑，店主上楼打个午盹儿。所长的汗也干了，放下筷子，扫一眼那两个，两个的豆芽菜也吃得差不多，孩子打着饱嗝儿，微微地喘，进食把他累着了。所长说：挨一时，算一时！敦睦一惊，不知话里的意思。所长向孩子这边一点头:挨到几时?抬起手,横扫过去,陡地收起:讨回!原来说的是孩子的命。顿一顿,又迸出两个字:孽债!孩子骇怕地向后缩缩身子。所长的眼睛瞪得像牛铃,稀疏的眉毛奓开成两蓬乱草,头发也是乱草,像青铜鼎上的饕餮,狞厉的善和美。于是,孩子又咯咯笑起来,孩子的笑声倒令敦睦发怵。所长只一味摇头,牛铃般的眼睛里汪满泪,醉意和怜悯一同袭上心头,不可自持,呜咽道:浮屠啊,浮屠!意思是"救人一命,胜造七级浮屠",呜咽得厉害,几乎泣不成声,挣着又说一句:人定胜天!这一阵笑又将孩子累坏了,笑声被喘声遏止住。这时候,敦睦说话了。

敦睦说,有一种慈善计划,专为贫苦人服务。兔唇修补,白内障手术,连体婴儿分离,包括先天性心脏病治疗。所长收起哭泣,看住说话的人,连老新的目光也投过去。他的听觉恢复了,事实上,并不是恢复那么简单,而是又有一种吸纳力,比听觉更强大,它选择对重要的价值开放。敦睦接着说:这计划是从北京上海起头,发放名额,由底下向上推荐,依轻重缓急排队等候……两个大人一个孩子全睁大眼睛,敦睦最后说道:不妨死马当活马——所长的巴掌在桌面一拍:去!如何去?老新说话了,一段时间的噤声,此时解除,而且不退反进,虽只是三个字,却合缝对茬,这才叫说话呢!敦睦高涨起情绪,眼睛看住老新。老新的眼睛,藏在玻璃片后面无论远近,都透露出活力。这就是"潜深"吧!敦睦说:先去镇民政,后去县民政,再杭州,最终上海!所长高兴了,戏谑地学一句:乡下人,到上海——老新接下去念:上海闲话讲勿来!这句歌谣方一出口,在座三个大人,包括老新自己都是一惊。原来在普通话之外,他还能说上海话,接着,第三句歌谣也出来了:米西米西炒咸菜!

一时怔忡过去,所长拍起手来,喝彩道:好!又对敦睦一挤眼,意思是:我说嘛!所长说什么了?说老新是天上一颗星宿。老新却是被自己吓着了,缓缓转过身子,小先心顺势贴上背,挂在脖颈上。老新站起身,走出去。麻辣锅底下的火全灭了,外面石板地面则是滚热,九丈街在午后的盹儿里面。一辆卡车,载了石材,轰隆隆轧下来。金属、水泥、橡胶,这些坚硬的材料在燃油、蒸汽、活塞、引擎的强劲推力下,砰然撞击,老街都在摇晃。又一股声音贴地而起,质地纤细柔软绵密,升上来,升上来,最后笼罩全局,那是来自翅翼的摩擦,空气颤动,是蝉鸣。

第二日清早,养老院还未开出第一餐饭,敦睦的车就进了岩头街里。迎面有狗啊鸡的,还有一头猪,全贴在墙根给车让道。车轮在石板地上打滑,日头移进,至少需半天时间,才收得干晨露。常常是晨露未干,夜露又下,路面上就总是湿漉漉的。说九丈老街小吧,这地方敦睦却头一次来。街两边是寻常人家,敦睦想不出他们以什么为生计。门里的动静,大人骂,小孩哭的,他也不知闹的是什么。屋檐下滴着水珠子,打在车前挡风玻璃上,啪一声,溅开去,好像抵抗他这个外来人入侵,简直是个秘密部落。有一股气味,不知是从破旧的瓦顶起来,还是泥巴墙里渗出,那是铁镬的生腥,经柴火熏燎,蒸煮食物的气味。使劲一吸鼻子,没有了,不禁怅然。这气味是他久违,极远极模糊,他都想不起来,当它不存在,却在不提防间,当头一下子。其实就是每个人的日子,日复一日,月复一月,年复一年。具体到敦睦,就是以“靛青月令”来计的,一季季的靛青,一列列的靛缸,一堆堆靛花、靛浆、靛料，然后，靛青牙郎来了。敦睦抬手拍一下方向盘，车身歪了，轮胎蹭刮到街边石阶。那牙郎啊，什么时候才能见到他呢？敦睦茫然地想，人海茫茫。走出他那个一汪蓝的山坳，才知道人海茫茫的意思。

养老院门里，听见一声喇叭响，拉开门，见是一辆车。正诧异，老新过来了，知道是找他，只是想不到这样早，养老院的时辰是从午前开始的。老新犹豫还未吃饭，但不好拂人家的好意，便带小先心上了车后座。坐稳了，敦睦递过一袋蛋糕一瓶水，原来有准备。车在街底岩头下好不容易掉过身子，开出窄逼的卵石路，又一绕，进另一条横巷，与老街平行，从东向西走一阵，再一拐，向北直通九丈新区。道路变得宽平，车速也加快，窗半开，风吹进来，驱散新车的皮革味。一老一小吃着蛋糕，真是想不到的惬意。后座人的舒服满足感染了前座的人，不由生出慈悲心，仿佛担起着济世的使命。敦睦又一按喇叭，超过一辆车，奔驰向前。这新区就像鬼剃头似的，刷一下子，蹚过乱石堆叠、草木纠葛，紧接着，高楼耸立——这人工的山头，也是鳞次栉比，还像蜂巢蚁穴，藏着多少格子，隔断又贯通，自成一个小世界。敦睦的车停在其中一幢楼的跟前，下车，锁车，就进楼。眼前陡地暗下来，森凉扑面，才发觉外头的溽热，暑气已经起来，日头高照。新街上没有遮阴，全裸在艳阳底下。新街又是个水泥壳子，水泥这人工的粉剂经人工胶凝，死硬死硬，将气温直接反弹上去，于是，热上加热。

身上的汗收干，眼睛也看得见了，有迎面过来的人，与敦睦招呼。显然，敦睦是这里的熟人，他的车就能停在楼跟前的阴凉地里。一转身，上一弯楼梯，老新紧跟，忽然敞亮起来。楼梯正对面开一扇窗，墙角斜立一座大镜子。镜子里先走进敦睦，接着的一个人影，还以为是那老头儿跟来了，再看背上驮一个小孩儿，才知道是自己，不由一惊。老新好久没看见过自己的形貌，尤其是像这样纤毫毕露。镜子里的白衣人，是他吗？他已经习惯一个近视镜和一个平光镜，同时看事物，两个镜片自动调节，从远到近，又从近到远。镜中人模糊变清晰，清晰变模糊地走过去。因怕落后于敦睦，不敢停留，也没有回头，可那影像全印入脑海，暂时沉下来，等待契机再浮上来，反刍一般，重新分辨。许多潜能在新条件下获得解放，诞生出新感官，所以叫老新老新嘛！敦睦停下脚步，回头看老新跟上跟不上，不料就在身后一步之遥，心里一动，多么轻捷的脚步，悄无声息。又上一层楼，墙角也有一面镜子，这一回，老新和镜中人有些稔熟，擦着肩，过去了。

一路向上，光线从窗格子里涌入，丰沛极了，以致过满，膨胀开来，从粉白的墙面反射回去，水泥这东西硬嘛，再又被新进的光线阻截！于是，简直目眩。这还不算完，推开一扇门，门里竟开着灯，白炽光犹如雪上加霜。小先心将脸埋在他背心里，他的视力也挡不住了。所有的器物的边缘都变得锋利，人形也是，刀刃似的，割着眼。敦睦走进去，就像个薄片儿，办公桌后边的人走出来，也是个薄片儿。两个薄片儿站在办公室中间，握上手，开始说话，说出来的声却是软弱的。老新站在门口，敦睦没让他进去，也没让他不进去，不期然间敦睦回身看一眼，办公的人便也转脸看一眼，就知道正说到他身上。视力又一回适应周遭环境，前一回是暗，这一回是亮。水泥壳子里，无论暗还是亮，都是强硬不可商量，只有你服它，没有它服你——薄片人形渐渐浑圆起来，变得立体。敦睦再次回头看门口的人，那人也跟着看，老新转过身，眼睛落在背上，背上的人扭过头，抬起脸，正好眼睛碰眼睛，两下里都怔一怔。屋里的人继续说话，说得很热切，没有再回头，老新就退到走廊上。

靠墙长椅坐了一排人，队尾的老婆婆往边上紧了紧挤出一个位，抬手拍拍，示意老新坐。老新确也有些腿乏，退到长椅跟前。老婆婆抱下小先心，等老新坐定，再还给他。青紫！老婆婆说，鸡爪般的手点一点孩子，说，青紫。果然，小先心通身都是青紫。老新头一回注意小先心的颜色。在九丈的老街，无论从哪一种颜色起头，最后都趋向两种单色，黑和白。青石板和石板间的勾缝，是白和黑；瓦顶和泥墙，是黑和白；桥体是白，桥下的水是黑；街底的岩头，晴里是白，雨里是黑；水碓子人家，菜畦里的花草果实，缤纷得很，但到日和夜的某一个时辰，仿佛回家似的，也归进白和黑。仿佛是一双色盲的眼睛，色盲是科学的说法，事实上，或许是一双慧眼，看见的是本来面目。这世界再大再纷杂，也就是天和地。现在，因老婆婆提醒，还因为新街里的亮——这生硬的光线，就像刀尖子，将归并的颜色一丝丝剖开——老新看见小先心原来是紫的，就像个紫皮萝卜。

敦睦在办公室和人说了好一阵，外面的人静静等他们结束，好轮到下一个。等的人都带着苦情，又都有耐心，在哪里不是挨时间，怎么挨不是挨。听得见屋里人的笑声，互相击掌的噼啪声，谈话愈见热烈，没有结束的迹象。紫孩子睡着了，短促的呼吸发出“咻咻”换气声，老婆婆又说出两个字：小命！老新有些怕她，小眼睛埋在核桃似的沟壑里，仿佛能洞穿岁月。老新站起身，将小先心负上背，老婆婆的手轻轻一托，手里的力道也不同寻常。老新离开长椅,有意无意侧着身子,不让人看见背上的孩子。踅到办公室门口,看两个人说得怎样,正好敦睦出来,跟着一起走了。走到楼梯口,身后忽响起声音:贵人!转头看,老婆婆坐在椅上,一动没动,难道听见的是她心里的声音?老新的心怦怦地跳,他有些被自己吓着了。

敦睦脚尖点地,“嘚嘚嘚”下楼梯,手里握的车钥匙,点着楼梯扶手,也是“嘚嘚嘚”。老新的脚步就有些乱,不是速度的问题,是节奏。这节奏不是敲出来,而是反射出来。水泥这压缩胶凝固化的粉末,声音落上去,就像铁头子弹,即刻反弹回来,再反弹回去,叠得很紧,音色又脆,就成连发。一般人不觉得,可老新,老新就像蝙蝠,多少赫兹的频率都震耳朵。轰然中又穿透一个人声:贵人!还伴有一阵辘辘的肠鸣。不是他,是老婆婆,老婆婆肚饥了,时间已到正午,一般人家的饭点。错着脚步下到楼底,看见门外一片铄石流金。敦睦打开车门,发动引擎,吹起冷风,吐出一团团白雾。坐进去,空气简直烫人,开出一段,车内渐渐凉下。随着凉意,一股子皮革气味汹涌扑面。这又是新玩意儿!来自芒硝鞣制的动物皮,更可能来自合成树脂添加增塑剂,聚氯乙烯之类的材料,新车的主人又喷洒了柠檬或者茉莉香型的芬芳剂。化学工业,为人类模仿自然提供无限的可能性。这灌满化工气味的车子,仿佛将新街载着走了,走到哪里,都是新街。新街的坚硬,锐利,大光明,声音子弹,以及细分的颜色——小先心原来是个小紫萝卜,奇怪的是,老街人,养老院的女人和老头,包括老新,竟然全都视而不见。新街就是一件利器,将事物和事物的连接部分割开,那些交叠的模糊地带有了边锋,轮廓变得清晰,原先混淆的性质就此归类。

敦睦送老新和孩子回养老院，路上，他告诉说，小先心要想申请慈善援助计划，必须送去县级的福利院，因为九丈的养老院并非民政系统的下属单位，不过是派出所自建的安置场所，尤其当收容遣送制度取消，就更没了身份。所以，他的朋友，就是方才面见的那一位，敦睦的朋友遍九丈——朋友说可以为小先心办手续，送交正式的福利院。敦睦说着这些，内容有些复杂，但他并不怀疑老新的理解力，在这个人颟顸的外表之下，潜藏着一种能量，暂时未开发，就是这“未开发”吸引着敦睦，敦睦总是被未知的事物所吸引。老新确也听懂了，不是从字面，字面是复杂的，但复杂底下，则是简单的事实，事实就是一个，小先心要离开九丈才有活命。

一老一小被放在岩头街的街口，这石头和木头榫接，再用泥巴糊住的老街，岁月深蕤，凉热温润。日光下，街底的岩头仿佛透明，看得见背后，背后是云海，云海过去是山脉，连绵起伏。铁镬味和柴草的烟气，从四面八方渗出来，铺过去。是近乎白的灰，屋瓦是黑，黑里又泛白。湿气在暑热中滗尽了，松脆干爽的白和黑，轻得很，被烟托起来，托起来，倘若临高往底下看，却是紫色，所以生出个紫宝宝。

十六

接下来的日子，就是为送走小先心做准备。首先是身份文件，出生证明、遗弃证明、收养证明、户籍证明，所长从上级行政部门领回一堆表格。待要一项一项填写，才发现孩子没有名姓，“小先心”只是个诨号。所长说，送去县里头福利院，是为治病活命，活下来了，就要上学读书，到社会上做人，必要有正经的称呼。积德留个美名，造孽则留个骂名，总之，是个记认。于是，给出三天时间，让报上名字。三天里，养老院的几个人，都在想这个名。凡想出一个，就让老新写在纸上。养老院平日里大半是岑寂的，说来说去不外是“吃饭”“睡觉”“去”和“来”几个字，如今可就有些嘈杂了，炒豆似的蹦出字来，在院子里蹿着。女人的字是福字：大平、大贵、小喜、小满、春明、秋华，这些丰润的字越发衬出女人枯索的命。老头儿的字都是些活物：白驹、飞虎、大龙、小鱼、玉兔——依他算来，这孩子的属相是兔，从字能看出老头向往自由的心。连瘫在床上的那个都说出几个字：“立人”和“立本”。问孩子自己，孩子把脸埋在老新背上，羞得不行，仿佛要馈赠他一桩大礼，又高兴又受不起。将小脸扳过来，看着再问，小脸通红着，露出笑容。自从出世，还没见他笑过。人们都感慨孩子聪明，心里明镜似的，只是不说。小脑袋摇几下，挣出脸,再埋下去,发出吃吃的笑。

老新自己在纸上写下的字是:岩生、天培、晓亮、东晟、长风、怡然、欣然、乐然——“乐”发“月”音。老新的笔停住了,这个名字似曾相识,是哪个孩子的名?更让老新惊奇的是,为什么?为什么他以为这是个小孩子的名?是谁家的孩子?他看不见他,但觉得就在身边,仿佛一个隐身人。将写下的字念出声,渐渐地,语音和语义合二为一。这两个音节的词组都是脱离具体事物和用途,有些硬凑的意思。名字就是这样,必经过叫喊与应答,才能存在于世。养老院的人呢,又都相信名字是天给的,就看你找到找不到。找到找不到,则是靠叫喊和应答,这就变成鱼追尾了。总之,这三天里,人们都在念,念着这些名字。果然,有的名字念着念着不见了,有的却留在念叨里,而名字将来的主人,就是那孩子,则一应不应,你说该定哪个?

所长定下的期限到最末一日的晚上,留下的名字数一数,总共十二个,几个人面面相觑,不知如何是好。就在这时候,孩子手里滚出个东西,滚到桌面上,转,转,停住了,骰子!大家的眼睛都一亮,就让它来定。老新略思忖,就有主意。将名字编号,六个一组,正好两组,各领一到六的数,然后,分别掷骰子。好比筛谷子,筛出的数留下,其余淘汰。两个组筛过,滤出两个数,也就是两个名,然后两选一,怎么选?抓阄。谁来掷骰子,自然就是小先心自己。这名字本应生他的父母定,无奈父母不认他,就当是天地生他,这骰子,就是天数,却又要人来算,孤命一条,只有自己算自己。于是,骰子交到小手里,教他掷下去。一轮掷完,十二变二,两个名一个“可然”,一个“乐然”。因都是老新的名,其他人都服气,也都以为这老小俩有前缘。老新一颗心怦怦地跳，眼睛看着纸上这两个字，不晓得为什么这般着急。两个名字，几乎发出声来，吵着嘴，互不相让。老新耳朵里都是声音，壅塞极了，都听不见人们对他的催促。老头儿一股劲推他的手，转脸看去，只见老头嘴动着，眉眼挤着，才明白是在叫他。

老新定下神，裁两方白纸片，各写上“可然”和“乐然”，分别叠起，叠到小得不能再小，就像两个小骰子，往桌上撒手一扔。那孩子也很古怪，先拾一个，思忖着，又丢下，再拾一个，再丢下，反反复复，仿佛他看得见纸上的字，又仿佛他有主张，所以挑挑拣拣的。终于，拾起一个，交给老新，手贴手时，老新有点想哭的意思。抖着手，打开阄，看一眼，再看一眼，眼泪就下来了，上面写的两个字是“乐然”。真是这两个字，这两个字怎么让人如此伤心？老新不明白，只是气塞哽咽，随即，那几个也落泪了。医院太平间的守门人敲开养老院，递上一只草窠，里面盛着青紫小身子的情景到了眼前。小身子如今有了名，养老院里都是无名的人，再养不住他，从此就是外面大世界的人了！

名字报到所长那里，还缺个姓，所长想都不想，署上自己的姓“张”。“张”本是个大姓，张姓人浩如烟海，所长自己就是个大家族，人丁旺，血气充沛。那孩子虽是个病秧子，可九死一生，活到今天，又绝处逢生，就像缸底下的草，顶出头了。有个大姓好比让土壅住，扎得深，长得硬。这样，小先心就有了大名：张乐然。这名字念起来有根有攀，一点不像孤儿。大名传回养老院，人人都在嘴里念着，心想，这是谁啊，怎么不认识？念着念着认识了，却不是原来的那个，而是另一个。老新念着“张乐然”三个字，倒平静下来，不那么激动了。单独两个字的名，一旦冠上姓，似乎退到漠然中，与他断了联系，不再引人伤心。相比较养老院的其他人，小先心对这名字却认得很快，头一两声，不答应，也不是不知道叫他，还是害羞，红着脸藏在老新背上。等人喊到七八九回，慢慢抬起头，应一声：哎！这一声“哎”，人们又要落泪了，分明就是他的名，从前世里叫过来，不提防，叫人窃走——叫谁窃走？老新的思路顿一顿——叫人窃走，又拾回来了！

这一段日子，养老院里都是那三个音节的叫喊，东也一声西也一声，张乐然向东应一声，向西应一声，在老新背上转来转去，变得活泼了。女人喂的鸡在院子里扑腾翅膀，想要飞起来似的。猪崽已经成年，早上放去街上觅食，向晚回来，自己养活自己。隔壁人家顺风吹来香椿树的种子，落在墙根，竟然发出新芽。下半天的饭点过后，太阳还老高，连瘫子四个大人，围着方桌做什么？数钱。为小先心，也就是张乐然治病攒下的钱，有鸡呀兔啊换来的，有集市上化来的，都是些碎票子，所以就经得起数。每人数一遍，钱数各是一种；再数一遍，又多出几样。不怪他们数不准，怪的是钱多。养老院里，什么时候见过这许多钱！女人真会攒，而且会瞒。老新每天记账，都是一分一毫一厘，想不到累加起来会有这个数，这就叫聚沙成塔。碎票子，在几双手里簌簌地抖动，所以才数不清呢！票子里有一张一百的红票子，一张五十的绿票子，是敦睦施舍的。敦睦他，一下子抽一张，这就是票子王！日头在数票子的窸窣里下去了，下到岩头后面的山谷，球状的光在云层上铺平，摊薄，院子里都分到一些些，布在屋里桌面，钢镚子变金币。养老院显得很富足。

现在，治病用不上这钱，有政府管。女人说：置衣服！可衣服不也是政府管？连九丈这样的养老院都发制服。老头儿说：吃！吃更是政府的事了。老新说：教育费！从此孩子就是政府的人,政府不栽培他,怎么得回报呢?也是不需要。过去养老院愁没钱,这时却愁钱没处去,真是苦寒的命。最后,钱一张张展平,摞齐,用棉线系上,再包上报纸。钢镚,也分大小摞起来,卷在报纸里。养老院的人,包括瘫子,每人都在封口揿指印,谁也不准私自拆包。揿过指印,收进陶罐,放回到女人房里的壁龛。从前供的是佛,如今不是还俗了吗?钱就是俗世佛。老头与老新看着女人将陶罐放妥,听见呢喃一声"阿弥陀佛",猪哼一哼,天就黑下来。几个人站地上,彼此看不见眉目,突从脚底升起一股空虚。摇晃着身子,几乎站不住,女人坐倒在床沿,挥手让那两个走。两人踉跄退到院子,手臂在空中划着,试图互相扶一把,终也没有扶到,几乎是跌进自己房里,仿佛失魂,其实是离愁别绪。

老新又要哭了,是哭这孩子离去,但又不尽然,似乎是更大而渺茫的悲怆,这悲怆使他看见什么都要流泪。床上的瘫子;瞅空子就往外跑,跑到院门就被截住的老头;女人的风火眼——柴灶老是倒烟,呛得不行;抱窝的母鸡,不吃不喝;早出门、晚回家的勤力的猪,简直是自己送自己上宰刀;山雾弥漫,土墙渗出水珠子;刹那间收干,遍地生烟……都是伤心难过。跟女人去水碓街碾谷子,前后成行,石板地投下一列人影子;碾机的马达震得屋顶簌簌掉土;沟两边的地里开出荞麦花;江西人的大女儿出嫁,小儿子拔了个头……还是伤心难过。九丈老街,蜿蜒起伏,头上一线天;岔出去条条横巷,不是让山壁障住眼,就是豁地打开,通向虚谷——就像老新的悲怆,张乐然只是沧海一粟。这一粒粟子向下落,落,又乘风腾,腾,横着飘,斜着飘,附着老新千分之一、万分之一,尘埃似的一点悲伤。只有这一点有形,其余全是无形，连他自己，都遁入虚空。

福利院的手续很繁复，所长上两回县城未办妥，第三回要去却让事情搁住。他和副所长合开的小厂被偷了铜材，盗贼在十八沓镇上销赃，让那边的派出所逮住，所长们要去作证领赃物。十八沓在九丈东，县城在西，不能顾两头，恰好敦睦在县城有事，捎带着就办了。敦睦又叫老新，带上张乐然，去认福利院的门。于是，这一日清早，敦睦的车第二次开进岩头街。敦睦第二次嗅到那股过日子的气味，这气味一点没变，一认就认出来。车刚停在养老院台阶下，院门自己开了，出来老头，也要上汽车，围着车转一圈，没找到门，拍打着车盖。紧跟着的是女人的笤帚，赶开老头，这时老新才出来，背着张乐然，拉开车门。后视镜里看老新，敦睦觉出又有一点变化，似乎回到沉默，但不是原先的出于口讷的沉默，而是肃穆。说肃穆或许言过，可不是肃穆又是什么？新的表情使这个人不可小视，敦睦在心中暗暗打鼓。车缓缓退出岩头街，街里没有人，只有柴灶与铁镬的气味，追着敦睦，滚滚而来。退出街口，掉过车头，开出九丈，沿新街盘桓一个来回，上了公路。

公路虽有起伏周折，但大体是向下，山峦渐渐退后，地势呈现平缓，渐渐看见一畦畦的水田，秧苗碧绿。天空敞开了，即便坐在车里，从车窗望出去的有限的视野，也可感受到四下的旷远。张乐然趴在车窗，看得呆了，自从落地，就在九丈，不知道天地有这样的广大。接着，河流升上地平线，与公路并行。车沿着水走，不受一点阻碍，滑行向前。江对面，天空底下有弧线形的山影，是他们所来自的地方吗？那柔和的轮廓，表面圆润，砸开来，里面就是裥皱、叠堆、危卵、鳞栉，看不出来啊！那样恬静温煦，尖锐的角度相互嵌扣，严丝密缝，原来是一个大核桃。核桃芯子里，就是一个一个九丈，有大九丈，也有小九丈。没错的，他们就是核桃芯子里肉眼看不见的虫子，爬啊爬，翻过一道褶子，再翻过一道褶子，褶子和褶子互连互通，周而复始，你以为要翻出核桃壳，结果却又回到芯子里，有点像太极的那个圆。可是，我们有盘山公路啊，于是，嗖地钻破核桃壳，出来了。

车离了江岸，从几条交错的公路上下盘旋，出来匝道，开进加油站。敦睦下车，一老一小留在车里，张乐然睡着了，头枕着老新的腿。老新看见，张乐然的身子长出一截，脚抵到座位那一头。这东西在长呢！他又生出伤感，不只为这病孩子，还有其他因素，悄悄咽下眼泪，视线移向车窗，看加油工操作。越过加油工的身子，看得见加油站入口，短墙上画一个箭头，指向两个红漆大字“西岙”。眼睛疼了一下，这是什么字？那个“岙”，底下是个“山”，就是山地的意思。同样的思路，曾也走过一遭，什么时候，又是什么情景之下？老新不安起来，变得有些焦虑，动动身子，膝上的小脑袋一滚，滚到腹股之间。抬手抚着那脑袋，剃得溜光的头皮发出一点新茬，痒痒地刺着手掌心。猝不及防，老新只觉得耳道里轰然一击，几乎惊得跳起来，手离开腿上的脑袋，撑在座椅的皮革面上。周遭世界仿佛揭开一张膜，扑面而来。原来，原来都是隔着膜的，此时此刻，无论大动静还是小动静，一律铿锵作响。这世界原来是在膜外面的，听觉似乎带动视觉，眼前大放光明，到底是走出核桃壳子了，核桃壳子外面的世界真响亮！

敦睦在这响当当的世界里走过来，老新头一回正面端详敦睦，只见他一身黑衣黑裤，衬得长方脸格外白皙。这样的肤色在山里人相当罕见，毋庸置疑，就是个美男子。但当走到背阳的地里，白脸立即转暗，仿佛会变色的动物，比如一种山里特有的蜥蜴，根据所处环境改变皮色。敦睦的脸转暗的时候，面部会显出几片阴影，鼻凹，脸颊，眼睑，还有下巴颏，好像染上什么又没洗净。敦睦向老新走来的过程里，这张脸就奇妙地变化着，直至走进太阳地里，才返回原样。走到跟前，俯下身往里看一眼，正看在老新的眼睛上。茶色的玻璃窗，外面看不见里面，老新还是往后一退。然后，拉开车门，坐进了驾驶座。

车重新启动，开出加油站，朝“西岙”相反的方向去。又回到江边，公路变得繁忙，汽车竞相追逐，喇叭声声。江上船只穿梭，机动船突突地响，汽笛鸣叫。还有小小的木船，两头尖，形状类似蚱蜢，张着篷帆，在机动船周围，时而成阵，时而四散。日头在水面碎成鳞片，波光闪闪。真是亮啊，眼睛揭去一层白翳，无论远近，全历历在目。车速加快，超出前边的，又被后边超出。车走着流线，不再盘桓。窗外的江面，路面，竹林，树丛，倏地掠过去。这世界不只是变响，变亮，并且在加速，视线来不及停留，就已经过去，过去，过去！

车飞快上高架，急转变车道，下去了，开出匝口，速度不减，直接进一座古式新造门楼。两边是葱翠的竹和树，树底下栽的是美人蕉，垂着艳红的花瓣。车速缓下，越过减速墩。树丛间露出琉璃瓦的翘檐，随着车行，渐渐浮出屋脊，屋脊原来是一条长龙，阳光下金碧辉煌，不是说揭开膜了吗？所以极其炫目。不一时，车停在龙尾的一扇门前，敦睦这才说出一句话：吃饭！然后下车，老新抱着张乐然跟在后头，腿脚麻木，却还迈得开步子。

上去台阶，一边蹲一尊石狮子，汉白玉的狮身，发出润白的光泽。门楣悬红灯笼，门里是黑色大理石地坪，镜面一般照出人影。敦睦一溜烟斜穿过去，老新只得紧跟，竟然也没有滑倒跌跤。从大理石地面的边角，绕过一扇玻璃屏，进入走廊，脚下变成瓷白的砖地。夹道的墙糊着一种织锦纹的壁纸，不知是原本的颜色，还是让油烟熏了——空气里充斥着油烟味，壁纸呈出混沌的暗黄。敦睦显然很熟，推开一扇门，进一间包房。大圆桌上已布满碗碟，却只有他们三人。老新和张乐然只挑些细软的素食，敦睦食量也不大，一桌菜就像没动过，不知最后如何结账。隔壁传来说话声，才知道那厢有人。墙极薄，仅单层机制板，也糊着那样织锦纹的纸，这时看得清，分明蒙着一层垢。客人大约喝了酒，说笑越来越声大，震得板壁簌簌响。老新看看敦睦，敦睦在吸一支烟，烟草里尼古丁的成分在缓和情绪，他面部肌肉松弛下来，不那么紧张，却又显得心不在焉，思绪仿佛飘到很远而未可知的地方。老新等一时，终于耐不住，说出三个字：福利院！

敦睦醒了一下，摁灭烟头，说：休息！遂唤来小姐签单。小姐按整桌开单，敦睦也不计较，两下交割完毕。看小姐将动过的盘子扣到塑料盆里，其余原样留在桌上，大约是给下一轮客人。敦睦起身走出包房，从走廊那头穿行到另一侧，就看见楼梯。上到二层，沿过道走去，两侧全是客房，依序编号。转一个弯，敦睦停下脚步，腰间取出一张磁卡，在门锁上一刷，推开让一老一小进去，随即关上门。房间有两张床，老新将张乐然在一张床上放下，自己则上另一张。抱膝坐着，不觉得乏累，只觉四壁之间亮得刺眼，正午的光照进窗户，再从粉白的墙面互射，床上的被单也是一色白，仿佛进到雪洞。老新下床去窗前拉帘子，往外看一眼，楼下停一排车，车顶聚着光，一汪水银似的。有两辆车正在错位，一辆出，一辆进，水银就流起来。交替几回，出来的一溜烟走了，进去的停妥当，熄火，引擎声陡地收住，午时的静就起来了。老新拉上窗帘，将合缝时，听见响动，不禁又看一眼。老新的耳朵到平地就像拔了瓶塞，什么动静都入耳来。这一眼看见，车的前后左右四个门里都在往外出人，这个大甲壳虫可真能装人，数一数，有七个，关得车门砰砰响，老新的眼睛停在最末一个人身上，移不开了。揭去白翳的眼睛里，纤毫毕露，看得见T恤衫的织机的针眼。那人走在队尾，老新的眼睛跟随他，沿甬道绕过墙角，不见了。这时，老新发现所在客房是在正门的背面，不是转过弯了吗？这群人定也是进这幢楼里。老新心跳得很快，又有一桩不期而遇发生，先是"西岙"这个词，然后——闭上窗帘，房间陡地暗下。

一些情景在暗中浮起，待要定睛看去，却没了，只留下橱柜桌椅的轮廓。孩子在床上熟睡。一路车行，目不暇接新鲜印象，将他累坏了。老新何尝不是呢，只不过身体反应不同，反倒精神亢奋。在这午眠的时间，饱食让血液涌入胃肠消化道，心脑部位暂时缺氧，可却没有倦意，格外清醒，思绪活跃，在暗中左右冲突，纷乱极了。仿佛是活物，向他围拢，又被无形的障碍物碰回去，稍停一时，再潜过来。就在身边近处，只隔一层膜，可不是吗，揭去一层膜，还有一层，再揭去，说不定再有一层。这世界不晓得裹多少层膜，内瓤只是小小的一个核。他动一动，都能触到那膜似的，随他的身体凸凹起伏，薄而柔韧。老新侧身揭开窗帘一角，刀样的光切进来。骄阳下，一排车顶雪亮。只一个时辰，草木都萎黄了，没有人。下车的人还在楼里。老新放下窗帘，房间重新掩进暗里，这暗里有一个谜团，就是他自己，老新——老新是谁？这时，他听见门响，轻轻一碰，有人上楼进客房了。老新的听觉啊，连地上落根针都听得见。

老新从窗户前移开，移向房门，看一眼床上的孩子，睡得真沉，仿佛沉到很深很深的隧道里，周遭事物在改变距离和形状。走过去，拉开门，回头合上门，闭缝的瞬间里，屋内的一切陡地退远，退进隧道，几乎听见嗖的一声。现在他站在走廊里，一切又恢复原状，抬头看一眼门上的号码，1212，记下了。光线来自顶上的人工照明，均匀地铺开，两边客房间距相同，全闭着门。他朝编号大的方向走去，竟走不到头。化纤地毯散发出霉味，混合着洗涤剂气味。天花板很低，伸手便可触及。编号无限地增加，已经到1288，还在继续。那一声门响从哪一扇发出？此时动静全无。这样削薄的门板，别以为真是水曲柳，其实只是包皮贴面——谁能骗过老新的眼睛，他从哪里来的这些常识？这种门板挡不住些微声音，可是，没有声音。老新继续向前，终于有了变化，脚下出现三级楼梯，走下去，客房的排列被一面双扇的对门断开。老新试着推门，推开了，是弹簧门，一松手，合上了。这时候，门上的编号以“2”打头，2201、2203 地排序下去。老新看见，三级楼梯其实是两座楼的连接处，他过来的应是 1 号楼，这里呢，是 2 号。老新往回望，却望不见来路，来路被挡在一面墙后，墙上挂着消防器具。所以，1 号楼和 2 号楼并不是直贯，而是有一个转角。

编号在 2 字头下重新开始，这一条走廊，简直望得见地平线了。老新走得腿软，不由气馁，便要返回，却看门上的编号以 3 字打头。他进入一个岔口，到了第三座楼。这时候，走廊不再以超长度纵向延伸，而是回环转折，频频出现拐角。老新试图退到来路上，非但没有到2字排序，反倒出来4字头。4字头是与3字头交错的结构，所以，他一时到3，一时到4，真是个迷阵。无论如何交集分离，房门的间距都是一致，偶尔会断开，出现双扇弹簧门，紧接又回到原先的秩序。老新又发现，走廊里没有一扇窗户，于是就形成一个封闭体，“固若金汤”，四个字的词组又来了。方寸乱了，不管来路去路，老新逢路就走。经过的客房都闭着门，没有动静，方才下车的人到哪里去了？敦睦又在哪里？还有，其他人呢？有没有其他人！耳边有声音，好像张乐然的哭泣，可他依然在3和4里打转，甚至出现了5，他离开1已经很远了，张乐然的哭泣却越来越清晰。人工照明均匀平面的光线，使客房的排列更加秩序井然，墙上的消防器材原本可以成为辨识的特征，但因为屡次出现，出现的间隔也差不多，于是也纳入整体的秩序里，消失了特性。

这幢楼，从外看是龙形，卧在树丛里，内部则是取直的，没有一道弧线。外部的蜿蜒，全以直角处理了。老新走在直线与直角组织成的隧道里，这隧道又仿佛套盒的结构，脱出一个，进一个，再脱出一个，再进一个。客房门上的编号从局部看，顺序是对的，至于局部和局部的关系，却看不出来。但一定也没错，否则怎么是套盒？5底下的编号在增大，陡地收住，又出现双扇的对门。这一次有声音了，门缝里传出男女的说笑，推开半边，暗中可见有楼梯，声音就是顺着楼梯上来。除声音外，还有米面微酸的蒸汽，显然通往厨房。是方才吃饭的餐厅背面，还是另一个区域的，编号不已经到5了？老新静静心，打量四周，双扇门结束了这一系列编号，转一个角，侧墙上的消防器材正对着三级向上的阶梯,阶梯上的走廊两侧,房门编号又是1字领头,是个大数。老新舒出一口气,沿着编号,向小数走去。前方十来米,三间客房中的一扇门开了,投出一方亮光,平铺的人工照明便破出口子。亮光里站一个人,背对他,往走廊那头看。老新停住脚步。这一个背影,就像一座屏障,横断了通道。通道被拦成两截,一截是这头,一截是那头。他认出来了,这人是他的熟识,哑子。

哑子缓缓转过身子,仿佛还在午眠的困顿中,眼神茫然,对着他停了停,也许看见,也许没看见。亮光之下,走廊里显得暗了。调回身子,退进房间,门关上了。老新走过去,心里一惊,哑子进去的门,正是他的房间号:1212。哑子找他来了吗?意识就有些混乱,不晓得好还是不好,只是无端地害怕。不由自主后退几步,却又是一吓,双臂从背后让人握住,他低低叫出一声。1212号的房门开了,哑子立在面前,背光,脸在暗影里,又不能断定是哑子了。身后的人说话了:打搅了!是敦睦。门重新关上,门里人侧脸上,他又看见哑子。厚重的眼皮,短鼻梁,结实的下颚,不是他是谁?敦睦握住他的双臂,向前推行十来米,在对面门停下,取出磁卡刷开。这才看清,房号是1221。敦睦推他进房间,身后咔哒一响,门关上,他又在幽暗中。张乐然已经醒了,睁着眼睛。老新发现这孩子不像过去那么黏他,或者是反过来,他不像过去那么黏孩子。他们之间,似乎在渐渐分离,从彼此身边,依着看不见的轨迹,滑行开来。萍水之遇,聚散有期。

不像他认出哑子,哑子并没认出他,他变得厉害。不只是外形,外形的改变其实是有限的,总有旧迹可循;也不指表情神态,表情神态更难以根除。而他,更彻底,彻底到足够换一种人类。

哑子第一眼看见——是从午眠中听见脚步,哑子就像蝙蝠,有着超声波的听觉,你以为化纤地毯吃进去脚步声,那是对一般的耳朵而言,在哑子,差不多是在打鼓,耳膜被澎湃的脉动冲击。起身出来,推开门。这个人在走廊里行走,像是走在这幢建筑的肠道,一粒未被消化的什么籽。其他人都在各自的床上休息,他却找不到自己的床。一粒籽,这就对了,这才是哑子认不出他的原因,他变了物种,变得难以消化和吸收,哑子的视觉也有过人之处。睡意退去,清醒中听觉反而有一时的迟钝,太多的声音涌入,高速公路剧烈震颤,整座楼都在抖动,那些细腻的声息淹没了。他去一趟洗手间,如厕和洗脸,水管与下水道激荡起来,将那粒籽推来推去,小不点儿的动静也很了得。于是,哑子第二次开门。这一回看见的是两个人,这一个双臂反剪,另一个钳住了——从背后向哑子笑一笑,眼睛迅速交汇一下,又错开。早说过,哑子不思想,他只听和看,还有行动,然后就有判断。现在,哑子在找车钥匙,先在床上,再到地下,最后是在沙发椅背的夹缝,挖出来,拿好了,叮一声响,就知道,要上路。

出房间,沿走廊到楼梯口,哑子第三次看见这个人,背上负着一个男孩。男孩眼眸子漆黑,衬得眼白碧青,扫过来,看一眼,哑子有些许瑟缩。跟随下楼,那孩子就像一条蜥蜴,吸附在另一条蜥蜴,一条老蜥蜴身上。楼梯拐角处,男孩侧过脸,漆黑的眸子转到眼角,嘴一张,吐出一个小东西,轱辘轱辘滚下最后几级楼梯。哑子三级并两级下到底,弯腰拾起,不禁又瑟缩了。手中拈着一个骰子,手指头飞快地转一周,六个面就在眼前走一遍。孩子向他伸出手,哑子看得见这手上浅蓝色的筋脉,对了光,又变成粉红。将骰子放进小手掌,握住了收回去。哑子抬头正和老蜥蜴照面，玻璃镜片一闪，仿佛火眼金睛，直向他射出，中途又洇开了，柔和下来。

哑子迅速离开一老一小两条蜥蜴，走向前厅，大理石的地面从他脚底滑过去，滑过去，映出来的不是他哑子的身影面容，而是另一个人。一推门，太阳地里的光和热，高速路上汽车引擎发动，轮胎与水泥浇铸体磨擦，钢筋骨架震荡，一并迎头砸来，变成直升机的螺旋桨声，险些儿顶不住蹲下身，发力站稳，昂起头。刹那间，直升机蹿入天空，在白炽的日光里熔解，踪迹全无。遍地都是嘁喳声，钻出路面。这混凝土质地再紧密，也挡不住生息造化，窸窣的动静，禀着原动力，抵命也要破出来。哑子开了车门，一股合成革气味滚滚涌出，踉跄后退两步，一低头扎进去。引擎的突突和直升机螺旋桨声只隔一层膜，可汽车是汽车，直升机是直升机，直升机遁走了。哑子坐在岩浆般的高温中，看见一大一小两条蜥蜴相互吸附，从车窗前走过。小蜥蜴转脸向车窗里望，腮帮鼓起，包着骰子。公公的声音响起来，亢奋得变了腔：转，转，转！哑子的视听有穿透力，可在时间与空间自由来回。蜥蜴们走过去，后面又走来一个人，停下脚步，脸贴到车窗上，咧开嘴笑，笑出森森的白牙。

车内的气温迅速下降，身上还是出汗，日头在单薄的顶篷上施虐，人就像豆荚里的豆，甲壳下的肉虫子。太阳底下尽是这样的甲壳虫和豆荚子。副驾座的门拉开，坐进来人，后座的门相继打开，车身明显向下沉一沉，然后，启动了。另一辆车正从泊位里退出，尾随而来，相距十来米，在庭院和绿树间蜿蜒，驶过琉璃瓦的门楼。前面的车闪闪尾灯，后面的则一声鸣笛，一辆向东，一辆向西，分道扬镳。

熟人？敦睦从后视镜里看老新，老新奇怪地打着寒噤。敦睦看一会儿，移开眼睛，身后却响起老新的声音：福利院。敦睦不禁一激灵，发现错了方向，或者说，将福利院这茬事给忘了。下一个十字路口，敦睦掉转车头，这一回，车是往城里去了。

这是一座崭新的城，取消所有的旧街，行政也从县到市。可以证明年代的大约只有几棵古树，根茎拱出地面，蔓延有方圆十数尺，底下就不知有多么深了。古树分别驻扎在市区中心地带的几个楼群里，所以能从市政的土建得以保留，是因为新一轮的产业，旅游业，需要开发历史资源。树算不上名贵，不过是槐里的一种，蟠槐，也称龙爪槐，就可想象形貌。看树身壮大及发枝连绵，几可推上一二千年。再到古籍找记载，联系起推土机翻出的陶片——想起来就心疼，可谁能有千里眼，看得见三十年后形势，眼前的日子又当紧，就像是逼着过的——如今又逼回到过去，要向老祖宗索讨饭食。追根溯源，竟在东晋便置郡县。晚唐五代，中原动乱，大批望族迁来，成鼎盛之势，一片繁华。斗转星移，沧海桑田，却留下无数文字。这些文字从史书中抖落到坊间，还能拾起一些个，比如谢灵运桥、王十朋墓、进士街、书院路、广福寺巷。还有诗文中的雅词，更遍地皆是，唾手可得：枫林、苍坡、芙蓉、小芙、雁芙、花坦、云坦、鹤坦，你都和那些钢骨铁架平地高楼对不上，可就是它们和它们呢！不要小看这一点历史的遗痕，遗痕的遗痕，不留心就过去了，却是硬料下面的软心肠，缠缠绵绵的。说不定，上面的立体几何空间崩塌了，心肠还粘连着，拉出丝来。

这新城是九丈新街的无数倍放大，不仅在于面积和体积，还在于能量。道路的宽平直，楼宇的高和密，人流车流的湍急，都呈几何级数地增加。张乐然开始呕吐，吐在塑料袋里的秽物并没有异味，因为敌不过皮革和汽油的气味。老新则感到晕眩。是路况不得已，还是敦睦存心，车忽开快忽开慢，然后又陡然停住。老新摇下两边车窗，热浪扑面，到底有风，好一些。车挤在车阵里，左右都是车，近在咫尺，又仿佛远在天涯。有一个开车的女人，染着红发，有节奏地点着头，鲜红的嘴唇一开一合，像是在唱歌，可是听不见一点声音。另一边的车窗上，趴着一个小孩，鼻子在玻璃上摁扁，就成一张鬼脸。真古怪啊！敦睦在前座发声音了：窗户！老新服从地摇上窗，茶色的小世界又封闭起来，车阵移动，女人和小孩与他们错开了。空调的森凉裹着铁腥气，器材过度摩擦产生的分泌物——引擎、气缸、轮胎、燃油，在空气中凝结成肉眼看不见的物质，你能感受到它的重量。老新的耳道又塞紧了，他头痛。张乐然向他仰起头，止住呕吐的小脸更显出青紫，细长的眼梢如墨笔描画，眸子乌黑深不见底。他发现敦睦在说话，像是在很远的地方向他说：老朋友还好吗？老新似回答非回答三个字：福利院！敦睦说：衣服新的好，朋友老的好！车子在沿江大道行驶，左手边是江，泊着游艇，排队等候游江的观光客挤挤攘攘，江心中的游艇鸣着汽笛。右手是车流，越过车流可见排排高楼，玻璃幕墙映着街景的倒影，放得很大，向头顶倾斜过来。敦睦继续说：有一个故事，叫作阿凡提的兔子汤，阿凡提，老新你肯定知道，一个高人！敦睦笑起来，亮出崭齐的白牙：阿凡提有一天猎到一只兔子，就请他的朋友分享；第二天，朋友带来了朋友，阿凡提将前日剩下的兔肉热热吃一餐；第三天，朋友的朋友又带来朋友，阿凡提又热了一顿；朋友的朋友的朋友再带来朋友,阿凡提端出来的是一锅兔子汤！老新啊,你的朋友是兔肉、是第一餐剩的、第二餐剩的,还是兔子汤？老新没有回答。敦睦自己说:老新你就是阿凡提,高人！提到高人,敦睦不由动容,合拢笑开的嘴,眼睛泛起泪光。

狱中的那个夜晚回来了,分明就映在玻璃幕墙上,光影熠熠。狱警叫敦睦——那时的敦睦还不是敦睦,是四位数的码。这四位数的码他记得很牢,原先坳里边,父母给的名倒忘了。他宁愿是个数码,数码好啊,就像一张白纸,不是说,一张白纸可以画最新最美的图画。狱警喊他的数码,出得号子,领他走过所在的监区,进入另一个监区。两层铁门里外两道锁,一道机械锁,一道铁链锁,卸锁的丁当声一响,脊背顿时起一层鸡皮疙瘩。他明白这是什么地方了,死刑犯监房。打着寒战,跟狱警走入过道,头顶的白炽灯发出冷光,脚步声在两边的金属门上来回撞击,嗡嗡地响。那时候的他,真就是一串编码,那四个数,他不说,刻在了肌肤底下。他稀里糊涂地跟了人,稀里糊涂地犯了事,进到里面,手上只提一个塑料马甲袋,装着拘留所同室人给的一把牙刷,一块肥皂,和一条短裤。进来后洗澡剃头,最小号的囚衣还在身上打转。吃饱睡足,渐渐长起个头,臂膀也圆了。因是狱中少数读书读到初中的一个,就做教书先生,替犯人扫盲。这样的特殊身份,不免养成对下骄矜,对上卑屈,也是生存之道,其实是危险的。监狱的罪与罚的社会里,绝对的权力和绝对的服从,夹缝中极易出产卑鄙的人格。他的心智还在将熟未熟之间,好和坏都到一半,就看时机如何,决定他向何处去。

狱警停止脚步,丁当卸锁,推开一扇铁门。门里的景象令他意外,光线略暗,不那么刺目,视觉上便柔和一些。单人床前支一张桌子，桌上布着酒菜，还有一把椅子。囚室本来是极简主义的，桌椅酒菜这些零碎，缓和了直线条的酷戾气息，有一点日常的暖意似的。他猛然恍悟，这一个夜晚，将在这死囚犯的监室度过。关于这样的夜晚，狱中时有流传，酒菜供奉，还可为减刑积分，然而，选中者却往往视作畏途。那漫漫长夜，死囚挨到死期，这人也死到一半有余。他刚满二十，懵懂地活着，倏忽间要接触死。他不怕死人，村落里凡有人故去，就当门停放，身着鲜艳寿衣，脸上盖一张黄表纸。倘大热的天气，满村子飘浮着似甜似咸的尸臭，苍蝇成团地飞和停。他仿佛嗅到了那股子腐味，可是，那人不还在吗？活生生的，盘腿坐在被窝卷上。他好久没见过这样随便的坐姿和散乱的床铺了。一个将死的人，就不必太与计较监规监纪了。他木呆呆地站着，狱警关照，有事报告，任何时间门外都有人。然后，门关上，又是一阵丁当锁响。现在，只有他们俩了。

请坐，那人说。监室不大，从门到床不过三四步，可是，看过去，却十分远，仿佛照相机广角的效果。请坐，别客气，那人说。由于广角效果，人显得很小，小到和一只猴子差不多。他只跨出一步，就坐到椅子上，那人则在广角的深处。桌上的菜肴很丰富，特别对监禁的人的胃口。大片的五花肉，整条的鱼，泡得高高的煎蛋，蒸馒头，葱油饼，炸糕，一瓶大曲，拔开盖，香气扑鼻而来。可是，一点食欲也没有，甚至于，饱胀和反胃。他不敢正眼，只是虚看过去，那人足比常人缩小一圈，不是小，而是——怎么说呢！其实常人看上去都会比实际占位大，表面的皮质层具有一种弹性，会在视觉中膨胀。是类似光的物质，更可能是絮状物，这个人，就是少了这絮状物。或者说，絮状物全收紧，皮质层失去了弹性。一个活人，是从外部向内里一点一点死去的。他坐在椅上，双手按膝，企图遏制战栗。那人笑笑，握起酒瓶，斟满面前的酒盅，也给他斟上一盅，说：喝！他端起来仰头喝干，那人也干了。他拿过酒瓶，给双方满上，又各自干了。然后，第三盅。一股热力从脚底升起，蔓延全身，直到脸面，战栗停止了。看过去，对面那人的絮状物蓬松开，就显得肥大一些。两人拾起筷子各样菜吃一口，食欲渐渐回来，可到底拘束，不敢放开，搁下了筷子。那人笑道：吃吧，吃吧！被窥破心思，不禁惭愧，更不好提筷子。那人并不强劝，叼起一支烟，向前送送，他赶紧摸出火，那时专门交代不可落到死囚手上的。

深深吸一口，仿佛看得见烟在五脏六腑荡一遭，然后徐徐吐出，说道：人，就是活一世！听到这话，他便发慌，明知躲不过，可不曾料到开门见山，一下就说到这件事上头。他想再斟一回酒，酒性却上来了，周身绵软，动不了。一世人生！对面的人说，烟又让他膨胀一些，皮质层恢复弹性，舒张开来。但眉眼在烟雾中模糊，而且漂移，看不清。一世人生，一样短长！对面人说。他脱口答一句：重在质量！话未落音，对面便爆发大笑，简直笑不可抑。他就也跟着笑，不是觉得有什么好笑，一点都不好笑，是出于紧张。他听见自己的笑声，比哭还难听。什么时候能结束呢？这一晚，一世人生都没这么漫长。对面人笑出眼泪，这才止住，说：斟酒！于是，喝酒，吃菜。喝三盅，那边人从被窝卷挪下屁股，伸直腿，躺下，转眼间鼾声响起。他起身过去，拉开被子，覆在睡觉人身上，再回到座位。囚室里昼夜亮着灯，就不知道此时是何时。门上的小窗户开过几次，向里看看，关上了。那人睡觉，不必相视和对答，情绪松弛下来，却升起无限的烦愁。

床上人睡得很实，是因服药与喝酒的缘故。这倒好，睁眼就到天明，可是他呢，他又如何挨过去。肉菜结起冷冻，泡高的蛋皮瘪下去，渗出油，酒在胃的反嗝中带出酸酵的气味。世界在腐败，表面还好好的，但不能触碰，一碰一个凹坑，然后出水出脓。困意上来了，以此判断，大约八时许，监里的作息制度养成早眠的习惯。今晚却不能了，为赶走瞌睡，他起身在地上走动，心里默数，自一到一千，又到一万，再往下，就乱了，要从头数，又没耐心，于是感到时间的熬人。床上人睡得深了，鼾声静下来，鼻息悠长。他加快走动的步子，踢踏有声，改数数为唱歌。在心里默唱，唱老歌，又唱新歌，唱民歌，又唱流行，不知觉哼出声。门上的窗开了，一双眼睛朝里看看，他则向外看看，咧嘴一笑。现在，心里有点点快活，歌曲使时间进行得明快。伸手从桌上揪一块馒头，冷馒头很有嚼头。食物的香甜里，腐败的世界又修复起来，完好如初。他简直想把床上的人叫醒，好陪陪他。多么奇怪啊，本来是他陪他，现在反要他陪他！

睡眠使床上人又扩开一圈，几乎称得上彪形大汉。监中不允许交流案情，今晚照理网开一面，又不敢提及。但总是犯了命案，杀人偿命，天理一条。他吃了馒头，又想吃热菜，就擂门叫人端走回锅。门外人骂他：当伺候你！还是进来拣两盘荤的出去，再热腾腾地送来。他一个人坐在桌边静静地吃，自斟自酌三盅酒。在此之前，他没怎么喝过，这才知道自己有量。进食和饮酒暖身子又暖心，真是熨帖啊！脉搏轻快地跳着，节律整齐，小马驹似的。有一阵子他几乎忘记床上的人，那人沉睡着，连鼻息声都偃止了。睡眠就像片沙地，一径地陷下去，直至完全掩埋。他忽地一惊，跳起来，走到床前，低头看睡中的人，死了吗？他的脸俯下去，几乎贴上那一张脸，有轻微的气息拂过。天亮时分，这一丝气息也将寂灭。可是，什么时候天亮呢？夜大约深了，这是从监室里灯光的硬度判断出来，愈显强暴的灯光有一种击打力，所投向的范围里，什么都掩藏不住，全剥开来。他看见睡觉人脸上的纹路，监中生活很奇异地抚平着这些纹路，像是要抹去自由岁月的痕迹，坐监人无一不是白而且胖，因此，彼此相似。虚浮的脂肪层消除了各自的差异，一股草莽间的生机由此静息下来。天明时分，这张脸上残留的纹路不等自行退去，便戛然中止。

出于一种莫名所以的动机，他轻轻推他一下，手中感觉到那人身体的沉重，是一条壮汉。又推一下。第三下就推得重了，手下人几乎是弹起来，眼睛陡地睁大，是一双豹眼。床上人腾地一跃，盘腿落下，坐稳了。他着实吓住了，一仰身碰着桌子，桌面上的碗盘摇晃起来，那人伸手扶住，说一声：斟酒！然后，斟酒，再喊人热菜，开始又一轮对饮。这一回，酒就有些烧心，同时有一股子什么劲推动，越饮越激，一仰头一盅。那人停一下，侧耳静听，说道：三更天了。果不其然，门外走道那头有钥匙碰撞的丁当，换岗了。他脱口而出两个字，收都收不回来，他说：快了！说过就低下头，脸涨得通红。那时候，他嫩得豆芽似的，从这一晚起，迅速成长。成长是要得机缘的，机缘可遇不可求。见他难堪，那人倒好笑起来：快慢不定期，自古有句话，洞中一日，世上千年。知道为什么？他摇头说不知道。那人徐徐地说：世人白忙活！他听出那人是北方口音，声腔有一种柔和，极不符合他的身型和作为——不是杀人的人吗？本地人发声或从后颚，或是齿前，后颚浊重，齿前则快刀切菜，总之就是铿锵。而此人说话多是在鼻部，出语缓慢，就变得缠绵。

那缠绵的声腔继续道:这就是质和量的关系。这话说的,仿佛说话人是大学教授。下一句却转入草莽:要见血!见血的日子,一日抵千年!他感到昏然,否则就会害怕。因是由这温柔声调说出,话语的杀气就有一股天真,好像女人小儿撒娇。都是一世人生——主题又回到先前,一世人生啊,不要嫌长,也不必嫌短,这就是我的人生观!"人生观"也出来了,说不定就是个知识分子。然而——他说"然而",这也是声调柔和的原因之一,措词斯文,然而,血浓于水!酒盅往桌面一顿,总结道:这就是一日和千年的区别。对面人显然亢奋起来,他则冷静了,头脑也清醒了,唯唯说是。恩怨情仇,哪一宗都是从血里起头,在血里终结,血是浓缩的一生!血的一世和水的一世,不能同日而语。他发现对面人的文词很多,源源而出,只静静听。你知道,这世界是由什么物质形成的?这人用"物质"两个字,而不是"东西","东西"两个字比起"物质"可是太随便了,大学教授的光芒闪动一下。看着对面的陪夜者,或者说守灵人,这个小不点儿,没经过什么事的,一张白净面皮被酒意染了,粉嫩粉嫩。粉嫩脸答不出,被眼睛逼着,只得答了:天和地。好,这人一拍桌,马上要接近真相,只差一点点!金木水火土,粉嫩脸灵机一动,答道。他却泄气了,垂下肩膀:偏了,中毒忒重!粉嫩脸不服气了,斗胆道:那你说!他放低声音,简直温柔极了:血和水,我的水不是你的水,什么金木水火土,世界就是这么被搅浑,浑水摸鱼!粉嫩脸不禁被逗乐,这人冷不防吐一个词,冷不防吐一个词,好比鱼吐泡。

依你所见,粉嫩脸又问,此时他兴奋起来,也大胆起来,敢于和他讨论——依你所见,世界就是液体状态?学校里读过的书全回来了，用词也变得书面化。他夸奖道：你是个聪明孩子，很聪明，越聪明中毒越重，南辕北辙。液体和固体的说法也是谬误之一，谬误丛生啊；水是液体吗？那么冰呢？你见过冰吗？小孩子，零下三十度的冰河，几百吨的卡车一溜过去，冰鞋的刀刃在上面转，转，转，头发丝的痕都留不下；所以，用液体和固体划分事物是谬误！请继续——粉嫩脸抬抬手，动作老练起来。对面倾过身子，眼睛发光：就说冰，就是水的源头，喜马拉雅山上的冰雪，化成水，就是你说的液体，一泻千里，分成山川江流，不知经过多少路途，再又汇合入海，这时候，就变成血，尝过海水吗？苦咸！那是液体吗？粉嫩脸不敢说了。要不要证明？盐从哪里来？海水。海水晒干，留下盐粒子，盐粒子是固体还是液体？粉嫩脸真不敢说了。这就叫量变到质变！说话人总结。然后，移开目光，手在桌面摆动筷子，陷入另一种思绪。

量变到质变，这是好东西，血的道理——说话人自语，山，是平地的血；喜马拉雅就是山的血；草木是水，长，长，长到一千年，一万年，就成了血，所谓原始森林；很多血化成水，比如恐龙，看过侏罗纪的电影吗？他忽然变成一个顽童，调皮地，好奇地笑着——那是一个血世界，可是恐龙没有了，化整为零，豺狼、虎豹、獾狗、野猪，漫山漫坡；再后来，被人养成家畜，彻底化水；平常的日子，都是水日子，水日子里有那顶尖的日子，就像铁炼成钢，才能是血日子，千年是水，一日是血；血日子不可多得，聚沙成塔，瓜熟蒂落，前不见古人，后不见来者……他的声音渐低，低成呢喃，在沉思中越陷越深，直至无声。

粉嫩脸感到困倦，眼皮子厚得撑不开，直向下垂。挣了几回，挣不过，忽让自己的鼾声惊醒。监室里的光惨白，处身一个白世界，白得生烟，四野茫茫。行走间，陡一颤，睁开眼睛。就在睁眼的一霎，对面的一双眸子从眼眶里疾速退去，眸子里映照出的人影儿，一张粉嫩脸，“嗖”拉进无底深渊。随即，那人的皮质层收紧，奓开的絮状物全闭合，一个声音拔地而起：时辰到！声腔变了，也不知来自哪个方向。睡意全消，心突突地跳，他想喊人，可是，对面的眼睛有一种东西，也就是“物质”，控住了喉头和手脚。那双眼睛，没有眸子，成两个空洞，嘴也是空洞，发出的声音仿佛地声，从很深很深的地底下传上来：要交朋友；朋友都是前世结下的缘；你我有缘，几千年前的朋友，从水日子过来，水交情成血交情；在家靠父母，出门靠朋友；三人行，必有我师；有朋自远方来，不亦乐乎；衣服新的好，朋友旧的好！一连串的警语迸出来，像石头一样砸到顶上——慎交友，千万千万；唯小人和女子不可交，女人，全是水，祸水；唯有娘亲，水里的血！对面的人伸过手，抓住这边人的手，一双嫩手，偷鸡摸狗，顺手牵羊，还没正经做过一件大事的手，此时冰凉，而对方，火热——托你一件事，去看我老娘亲，记下地址，记下！接着，就是一串地名，念一遍，念二遍，念三遍。然后，手松开，时辰到，门响了。

出狱的日子，正值秋季，这边厢的好季候。敦睦筹一笔盘缠，起身往那人交代的地址去了。三天三夜火车，一天汽车，后一天是拦的拖拉机。眼看地面绿少黄多，黄又成枯褐，再转深转黑，忽又落下雪，瞬间一片白。拖拉机放他在一家小客栈，住下了。一是雪厚走不了，二是地址不知哪里出毛病，打听不到那个屯子。监里一千来个日子，他几乎夜夜默念这行地址，长是够长，他三个字一念，或者五个字一念，自忖不会有遗漏或者错记，也不相信交代的人有误，那是最血最血的时辰啊！每个字都是金豆子，句句箴言。就算错，也不在人，而是物，世道变迁。所谓洞中一日，世上千年，他们都是洞中度日的人。雪下个不停，很快就埋了电线杆子。人们在雪地里开出壕沟般的路，两边是雪墙。一眼望去，雪地上只看见高压电线，仿佛海上的浮标。敦睦他从来没见过如此广阔的平地，由于雪的覆盖，地面变得更加平坦广阔。他的眼睛从未望得这般远和空茫。他也没经过如此寒冷，天空晴朗，阳光热烈，可一旦出门，不消二十秒，身体内的血都结冻，这算是液体还是固体呢？他好像看见对面的人，不由在心里问道。这世界真不能以液体和固体来分界。

他住的这家客栈是一对朝鲜族夫妇开设，一排平房，中间是灶间，分开两边。一头是老板一家，朝鲜族人不受计划生育管，就有三个孩子；另一头就是客房，一铺火炕贯通。人多时可睡十来个，人最少时，就他一个。老板和老板娘的话他听不懂，凡事都让孩子中那上学的老大传达，无非是叫吃饭，问炕热不热。住宿的客人中，也是朝鲜族多，汉族少，有爱说话的会多问几句，他却出言谨慎。一段时间过去，他几乎忘了说话这回事。白天，一个人坐在炕上，即便有客人，也都出去办事，或者睡一夜就上路，乘着马和狗拉的爬犁，从越来越深的雪沟里消失。炕暖暖的，都有些烫人，开始时，他夜夜流鼻血，渐渐地，不流了，他喜欢上这热炕了。老板娘是个勤快人，每日价就是擦和洗，窗棂上一丝灰都没有，地面擦得像炕面，炕面呢，等他睡起，被褥叠平整，齐齐地垛在炕柜边，露出浅蓝色的漆布，就像镜面。老板，一个矮个子男人，早晚爱吸几口，用竹筒子烟袋，敦睦也是头一回见。那烟味隔着墙，又隔着灶房，传到这头来，有一股子醺然的香甜，让人安宁。有时候，他会在烟味里盹着，盹着，一睁眼，窗外一个白亮世界，以为是入梦，早上天亮前的梦，白得生烟。

要不是有那一晚的历练，这漫长的雪天可就够他煎熬的，就这样，也要觉着烦闷了。可是，他还顶得住，至少在表面上保持着镇定。老板和老板娘喜欢这个奇怪的客人，不只因为在淡季里提供收益，事实上，他们已不算他的膳食费用，不就是桌上添一双筷子吗？他就和他们同桌吃。喜欢他，是因为安静不惹事。这地广人稀的世界一隅，来个宿客是欢喜也是苦恼，不定他是报恩还是寻仇。有时候，老板请他吸一筒烟，一团烟膏在油灯的细火上转动，那一股芳香便洋溢开来。冰世界渐成暖世界，刺目的白转成姜黄，仿佛起绒，贴上身来。吸过两回，敦睦不敢再沾，生怕中蛊。他明白那烟不是寻常的烟，其中有一种魅，会引人移性。他两手空空的人生，唯有心性皆全。推让几次，老板也并不强求，任他去了。

雪化时分已是半年以后，身上的盘缠殆尽，还欠一月的宿费。敦睦搭上一个宿客的爬犁，出得客栈找工。雪墙坍塌，沟壕底铺满冰渣，冰渣底下是冰水，水底下还是渣。他戴了老板娘给的旧皮帽子，皮手套，皮衣皮裤，都觉着自己换了一个人。穿过雪墙，不知那头等着的是什么。又过了半年，还清客栈的赊账，又攒起盘缠，终于回到南边。他一个人去，一个人回，行李还是那些，只多了拳头大一个包，包里是种子。

十七

从福利院出来，汽车径直上高架，楼宇间盘桓几周，几乎是从楼顶滑翔下来，出城了。江上的船舶稀疏了，显得空阔。江鸥贴着水面飞，忽地升高，呱呱叫。江滩上——从公路望下去，江滩相当宽阔，铺着细白沙子，此时被向西的日头照成姜黄色——聚着一小堆一小堆的人，从亮丽的衣衫看都是年轻男女，支起帐篷，帐篷就像彩色蘑菇。江面上下来竹筏子，筏子上也是红男绿女，迎着这一行车队，仿佛要撞上似的，陡一转，擦肩过去。紧接着又是一筏，第三，第四，几乎听得见筏上人的惊呼。车从惊呼中穿行，渐渐离开，进到山里。

好大的一块寂静，云雾无声地从谷底涨上来，再无声地退下，于是显露出山壁上的人家，无声地活动。牛在无声地吃草，盘山路上的车也是无声。小虫子又进了核桃仁。张乐然沉睡着，这一天对于他大大过量了，太多的印象，太多的转移，太多的人。对老新也是，应接不暇，累得很。老新的累不是如张乐然那样撑不住就睡过去，相反，他格外亢奋，思想活跃，各种念头互相碰撞，摩擦起火，简直看得见火星子，在眼前乱窜。脑袋疼，紧紧闭着眼睛，牙关也咬得紧。敦睦从后视镜里看着老新，什么在折磨这个人？或者说这个人正经历着什么震撼性的事故，是一种疾病吗？他的面目在改变，受着催促，极度不安，瞬息间换一张脸。“哎！”敦睦忍不住喊他，他闭着眼睛听不见。敦睦又一声“哎”，还是不睁眼，第三声叫出来，加大分贝，敦睦自己都受到惊吓，老新的眉心一跳，睁开眼睛——这就是变化，面相生动了。老新的眼睛询问地投向后视镜里敦睦的眼睛，两人对视着，谷底的烟又升上来。

敦睦开口道：你，究竟是谁？老新的眉关锁住，有一处地方在疼痛。敦睦问：姓甚名谁？疼痛在加剧。可敦睦不罢休，紧逼不休：何方人氏？老新的手指头忽然在膝盖上敲击起来，节奏渐趋急骤。敦睦说：你说上海话，认识那哑人！老新的手指头敲击得更急速，雨点子一般，其实是战栗。他在战栗。敦睦不由害怕，却不松口：到底什么人？车沿着山谷盘旋，绕着麻花。拐角处过来一辆车，紧急刹住，到底是老手，刹得极稳，盘山路上尽是老手。两车交错，外车道的车轮几乎凌空。这时候，后座上人说话了：急不得！敦睦压住性子，缓行绕过陡角，问：急不得什么？后座人说：凡事急不得！敦睦沉静下来。有炮仗响，落到山谷里，四处碰撞。下一程，路面上就有红色的火药纸碎渣，出殡的队伍走过去了。又驶一程，敦睦笑起来：老新，我认得你！老新也笑了。敦睦说：我想起来了，你就是那个人，上海人！老新问：谁？敦睦说：你不告诉我，我也不告诉你！老新呵呵笑起来，手指头的敲击平息了。敦睦说：你这个人，来无影，去无踪！老新说：哦？敦睦又说：你是一个隐身人！老新不禁恍然大悟：呀！敦睦说：无论你认不认，我就当你那个人！老新就说：随便！这一席话，两人算是对上了。用字虽然少，却是一来一往，称得上“聊天”。也因用字少，就还有些知己的意思。

可是，这个人究竟是谁呢？白净脸的靛青牙郎，狱中高人，冰雪琉璃世界的朝鲜族人……敦睦的认识里，他们都是一个人，这一个人，时不时从人群中显身，先是出其不意，然后，渐渐地，敦睦开始等待。他等了很久，可这个人却隐匿了形迹，你在哪里呢？敦睦四顾茫然。到处都是人，哪一个才是那一个，既是知遇，又是知己，还是引路人。敦睦简直等不及，他觉着这人就在身边，却呼之不出。他加大油门，车以一种危险的速度在盘山路上飞起来，怕什么呢？人生就是危险的，只有危险才是血的人生！车在万丈悬崖的顶上跑，太阳正向崖底坠落，将云海照亮。多么瑰丽的景色，不危险哪里来？车后座的人，一个睡着，一个醒着，都没有出声，任凭车速将他们带往不知什么地方去。车内只有发动机的运作声，隔了车窗传进来，变得遥远。车陡地一停，后退几米，方向盘猛打几把，下了公路，驶入一条窄道。窄道间于两个山包之间，通向山坳。这条路不是人手铺陈，而是被车轮从灌木茅草里碾出来。又几处陡势，车几乎垂直滑下去，又稳稳站住，可见开车人对道路的熟悉。

穿过杂树林子，间或有几株柏树，直挺挺蹿出去，遮住一方天空。车开不过去，停下，熄火，敦睦走出驾驶座，拉开后车门，让老新下车。出门看见，车前挡着半堵石墙，中间有一个豁口，横三级条石，随敦睦登上去，眼前一亮，几近目眩。在这山坳里，拱起的一片缓坡，开着艳丽的红花。除去它本身的娇美，还因为周遭的灰暗颓败衬托对比。几片破瓦顶，横七竖八的朽木，苍老的柏树，杂树林更是说不上什么颜色和形状。大山里有多少荒芜的村庄，山民仿佛也过着游牧族逐水草而居的生涯，耗尽一坳，便去另一坳。隔山看过来，绣球般簇拥着的树冠深处，其实掩蔽着多少废墟。人类就像蛀虫，天地里蛀出一个一个空穴。在这废墟的背景前，红花分外妖娆。受地形限制，花田划分成一小片一小片，所以，又像是补丁，鲜艳的补丁。就有一股凄美，令人生出怜意。老新确实被震慑了，太阳一径往山谷里落，所经之处，金光灿灿，然后转瞬即逝，留下一层薄亮。红花的美色被金光洗涤，又添一层艳丽，绽开来，花蕊一努，就像蛇吐信子，危险啊！老新不由往后缩缩身子，敦睦的手抵住他：知道花名吗？老新说出两个字：花魁！

听到这两字，敦睦舒一口长气，发问说：道中人？老新问：可道？敦睦回答：非常道！老新“哦”一声，转身离去。敦睦跟随身后，下条石台阶，走回去，拉开车门，两人都顿一顿。空气里有一股酒意，令人感到微醺。上车，关门，那一股醺然渗透车壁，醉意渐浓。车都有些踉跄，出山坳，掉过头，向九丈去。暮色沉降，山谷里的雾气倒消退了，视野就有一股清明，草丛树木全历历在目。有几条瀑布垂挂，还有炊烟，最后，出来一颗星，挂在山角。

这一日，九丈老街上来了一个陌生人，四十来岁年纪，体魄敦实，面色黧黑，垂着双臂，慢慢走路。眼睛看地面，倘与人走对头，却及时让过。交臂而过的人，见他嘴里衔一枚车钥匙，就知道是开车，车总是停在老街头上。这人从西头走到东头，再从东头向西，稍一转折，折进九丈集市。这日正逢五，山民从四下往这边来，天不亮就上路，脚杆上的露水糊上稀泥，又干成土嘎巴，湿在背脊的衣衫再让风剥离身子。棚里的摊位渐渐铺满，小店家拉起卷帘门，露天的空场先是东一点，西一点，然后连成线，又接上片。太阳将到头顶时候，一个集已全面拉开帷幕。雾气收起，日头燥热。木柴啊，山货啊，草药的须根，野物的皮毛，蒸发水分，少了斤两。麦饼的火头，串烤的炭烟，大油锅噼里啪啦响。陌生人在排档里走，摊主叫，老板，看这，老板，买那，他全不回答，只低头走自己的路。以为是聋人，不料有声音大喝：闪！说时迟，那时快，一截圆木从坡面滚下，一抬腿，让过了，才知道此人不聋。让过圆木，继续走。因阳光照射，眼眯紧了，眉棱耸高，看上去就像山里的一种獾，人称狗狸子。鼻子也像狗狸子，一时撑大，一时收小。人们就有些怕他。

正午时分，陌生人在集上饭铺吃一碗素面，吃面时，嘴里衔的钥匙就放面碗边，有小孩子伸手够钥匙，刚要触及已经移走，大人们就嘱咐莫要惹事。吃完面，付清账，并不起身，倚着墙——那面摊借店家的波纹铁皮墙设生意，陌生人倚在墙上，闭目假寐。面桌上收拾干净，换上茶客。热茶喝下肚，吐出嘴的就是闲言闲语。凡茶摊子都是谣言集散中心，那谣言沙里淘金总淘得出些实情。可是谁在意虚实真伪，图的就是嘴头痛快。桌上的闲篇越来越热烈，时有人进，时有人退，进的多退的少，打盹儿的人就埋在了人堆里，不见了。可是，很奇怪的，人们说一阵，就抬头左右看看，分明有一双耳朵，在哪里呢？还是看不见，于是继续闲话。日头略微偏移，喝茶人散去些，集上人也稀疏了，远道的匆匆将货出手，收拾收拾上归途。老板来添水，才发现倚墙人走了，留下一个空板凳。

这时节，要是经过老街上桂林人的火锅店，隔玻璃窗看得见两个人，生意人敦睦和养老院的老新，两人面对面。如今，九丈老街上都知道，敦睦和老新有交情。敦睦的车里常有老新的影子，以为老新是敦睦新收的人，就好比以为敦睦是所长收的人。

这老街,已经被新世界遗弃得差不多,以为它要消亡,其实呢,次生出自己的小世界。街上的看上去散漫的人,也是有所属的,谁是谁的人,就是潜在的组织形式。敦睦和老新坐到桂林人的店里头,要的不是麻辣火锅,麻辣火锅是所长的最爱。所长不在场,他们只点冷素,还有酒。老新今天是空手来,张乐然放下了。福利院的手续办到十之八九,日内就要入院,孩子知道有活路,长了精神,都能下地自己玩。老新轻简了身子,仿佛换一个人,看上去有些不像。两人空肚喝一杯,腹腔里一股热升起来,生怕伤胃,就吃菜,黑木耳、黄豆芽、绿菠菜、红心萝卜,才又接着喝酒。喝到第三杯,有些动感情,敦睦说:老新,你是个什么人啊!老新说:你是个什么人啊!仿佛山壁上的回声,又仿佛学舌的鸟,老新的眼睛蒙上一层薄泪,那鸟呀!敦睦说:老新是真姓名吗?老新又是半句话:真姓名。敦睦说:要我怎么说你呢?老新就一笑。拿你没办法。老新又一笑。敦睦忽然发现,其实老新心里明镜一片,哪怕世人全睡了,只有一个人醒着,这人就是老新。

敦睦不禁有些畏怯,移开视线,看向窗外。这一看不要紧,心里又是一惊。他看见那人,正朝这边走过来。隔着玻璃窗和石台阶,一上一下,两人对视片刻。那人踏上台阶,要穿透窗玻璃似的,结果是过去两步,推门进来。敦睦做出请坐的手势,那人一颔首,算是道谢,在桌边坐下,顺势看向老新,老新正低头,没对上眼睛。敦睦说:巧啊!那人不应声,笑,提起筷子,蘸盅里的酒,桌面上写一个大大的“缘”字,作了回答。老新的眼皮耷拉着,显然酒意上来,盹着了。敦睦说:生意如何?那人蘸酒的筷子,写一个“平”字。敦睦再问:麻和尚如何?筷子写的是

“安”。敦睦就说:平安是福。筷子写下两个字:“托福”。放下筷子,掏出一盒烟,先敦睦,后自己;再送上火,也是先敦睦,后自己。两人慢慢吸烟,烟雾渐渐云集,彼此的面目都模糊起来,猛一惊,以为身边有眼。回头看,边上人盹得更深,还发出轻鼾。那人直接用手蘸酒,写下一个字:“谁”。敦睦看他一眼,说:你知道!身边有细微的悸动,这两人都是极灵敏的人,陡地回头,果然身边人缓缓动起来,惺忪着眼四下看,桌上的字干了,笔迹全消。那两人都看他,心中狐疑,面上却声色不动。时辰已到下半天,老街上的时间就像河岸塌了的河水,漫流的状态,一会儿干涸,一会儿淫肆,此刻且在潺潺中,流畅地进行。

老新抬起眼睛,接住这两人的目光,左右看看,对外乡人说:你好!外乡人脸上没什么,手下却迟疑着,没有回答。老新又说:幸会。陌生人写下一个“好”字。敦睦就说:认得了!两人伸手握住,稍作停留,松开了。敦睦笑道:衣服新的好,朋友旧的好!这话本是探路,不料触碰心事,百感交集,说此话的人哪里去了?魂魄散处,草木成精,眼里也有薄泪。人和人就不能说多,说多了,不知哪一句落到痛处,活到这份儿上,谁不是遍体鳞伤?老新回应道:新老朋友都是宝!敦睦眼里的薄泪退下去,心想,这老新真是睡醒了。外乡人笑一笑,手指头蘸茶水写“好”。这人厚重眼皮下面,不期然间,眼锋一闪,对面的睡醒的人却有一层硬甲,柔软的硬甲。很奇怪的,他们又握一次手,老新觉出对方的手指头在掌心飞快地写下一个字,然后放开,慢慢读出——“你”。老新将手掌收起来,松松握拳,眼睛看着敦睦,说:走!站起身离开饭桌,走几步,又回转身来,鞠一躬。然后,推门出去,到了街上。

这两人的目光在玻璃窗后跟他，送他走出视线。脊背上滚动着的灼烫，几乎洞穿到前胸。掌心里那个“你”字，也在烧灼，发出极大的声音：你！他将双手抄到身后，左右相握，一直不回头，走进岩头街。松开双臂，一阵激烈的心跳让他止步，身上泻下一层汗。倚墙立住脚，动弹不了。定定神，听见蛐蛐在墙缝里叫，循声看去，却看见一只蜗牛，背着圆涡形的壳。又一惊，以为一只眼睛，看着他。他被盯上了！老新感觉到危险在迫近。加油站“西岙”的字样，龙肚子里1212和1221的编码，坳里的妖冶的红花，麻辣烫的气味，盘山路，不可解的聚散都是从盘山路上来……泥墙的森凉消解了脊背上的灼伤，心静下来。日头到西边，岩头街倒亮起来，墙面上的蒿草毛茸茸的，就像镀一层银。老新认不出是什么地方，仿佛第一次来到，脚底的石板路碎得够可以，一条斑斓。他终于离开原地，沿路走去。静极了，听得见石板缝里西瓜虫簌簌爬行。走到院门前，门嘎吱一声自己开了，院里的老小一并喊他：老新回来啦！心里咯噔一下，老新是谁？又回来哪里？这才是最让他怕的，就是这个“你”，“你”是谁啊！他问自己，迈进门里。

院里人都等他回来，开出一日里第二餐饭。老头儿，女人，张乐然，还有床上的瘫子，围了桌子。他在老位子坐下，张乐然便仰起脸，张开嘴，让他往里喂食，就像嗷嗷待哺的乳燕，他是老燕子。饭毕，收拾起桌子，照例是记账，总是一日无收入，一日无支出，然后做什么？剥南瓜藤，挑稗子，穿糖葫芦，择豆角，都不是，是听老新教张乐然识字。所长说，福利院的孩子要上课，像张乐然这么大，都认好几千字，就要补上。老新没课本，养老院也没书，只女人的几页经文，老姑子传下来的，翻刻无数遍，字都短笔画，还都是冷字。老新就从身边的物件教起，比如，桌子、板凳、床、门、窗、槛、梁、椽，字是难写，东西却好认。老新有办法，从根子上教，先学“木”字，由“木”到“林”，再到“森”。然后是从“木”的器物，一半靠解，一半靠记。比如“桌”的上半部，“梁”的上半部，“椽”的右部，“槛”的右部，“床”的外部，“箱”的下右部——“箱”的上部是竹，这就又引出“竹”部，篮、筐、簸、箩、箕、笼、筷，还有穿糖葫芦的“签”。教了“竹”部再教“金”部，锅、铲、锹、锁、链、锤、釜——写到“釜”字，老新不由一顿，眼前的“釜”字不是笔写在纸上，而是半片犁铧刻在石上，真是金石崩裂。张乐然，老头儿，女人，床上的瘫子，一齐眼巴巴望他，老新回过神，将“釜”切成上下两部，上部是“父母”的“父”——为字音，“桌”也切开，“卓”为音，“笼”“簸”“箩”等同理，半部表形，半部表音——许多字涌出来，“火”部的有炉、灶、烫、烧、炖、炒，还有“灾”。这个“灾”字有讲头，上部的“宝”盖头从“家”来，“家”先要有居，所以有“室”“宅”，然后才心“安”，“安”里有个“女”，这不，张乐然一指，“字”里有个小“子”在读书。张乐然张开手，画一个圈：我们是一个家！

还没完呢！“家”里面的下部从“豚”字来，“豚”就是猪，张乐然乐了：咱们家里也有猪。“寐”里面是张“床”，古字的“床”就写作“牀”，到了“寐”里，“木”成“未”，发“媚”音。这个“未”字很奇特，独自音“未”，但凡有部首，便发“媚”音，比如“昧”“眛”“妹”“魅”——就像鸡生蛋，蛋生鸡，稻生谷，谷生稻，代代繁衍，无穷无尽。屋里人都活跃起来，面前的纸上写满字，还有字在胎中，即刻就要娩出。老新你从哪里来这么些字的呀！屋里的人都惊讶。“老新你”——这个“你”字又让他一惊，可是等不及停下，更多的字催逼着下笔。“穴”来了，“穴”是洞的意思，古人以洞为家室。然后有了“窗”，“窗”的上部说明“穴”也是单独成立一部，底下的“囱”是什么？烟囱的意思吗？做饭起炊了。窗上有“帘”，就出来“巾”字，“巾”就是布的意思，“布”字的上部也许是用“不”表音，借来半部，那一撇蹿出头，老新调皮一笑。平展的“布”制成手脚，变体为“衣”，“衣”又简成“衤”部，又是一片字，俯首可拾：袄、褂、裤、袜、被、褥、衫、裙……零散的字排成序列，繁殖力就更强了，挡也挡不住地落地生根，开花结籽，种子随风荡漾，天地间全是。这时候，女人忽说出一个道理：母字和子字。连老新都觉得新奇。女人指着“木”，这是母字，以下的“林”“森”“床”“桌”“梁”“椽”“槛”，是子字；又指“竹”，母字，“笼”“簸”“箕”“箩”“筷”，子字；“家”为母字，“室”“宅”“安”“寐”为子字；“衣”为母字，“布”为母之母，“巾”则为母之母之母。老新领悟到女人的慧心，藏在蓬头粗布里面，到底有过修行的日子，青灯黄卷，那经书上的字，勿管识不识，只是吟哦，也渐渐入性。

老新点头，又举出一个母字，“人”，“亻”部首加“子”，就成“仔”，小人儿；加“火”便成“伙”，成群结伙，不是说“众人拾柴火焰高”吗？这句老话中就有个“众”，三个人，人生人，再生人，无穷无尽；减一个为“从”，所谓“从”，就是一个随一个；“人”字旁加“二”，也是二人，但不是一个随一个，而是二人相合；两个“人”立起来成“仆”，一个服侍另一个；“人”边有山，便是“仙”，又有一句话：山不在高，有仙则灵；“人”要从“士”，“士”就是读书的意思，便成“仕”，做官了；“人”字边加个“也”，是“他”，“也”是什么意思？“我”也是人，“你”也是人，“他”也是人，大家都是人！张乐然欢喜起来，指点着屋里人：你也是，他也是，我也是——说到此却停住："我"不是"人"吗？大家都一怔，低头向字纸上看去，果然，"你"和"他"都从"人"部，唯"我"不是。眼睛看向老新，老新答不出来了。女人却发话，人不全是"人"部，"人"部不全是人！然后拈起笔也写一个字："佛"，屋里人都静默不语。老新指了右部的"弗"说："弗"是不，所以，"佛"是人，又非人。月亮已经升起，院子地上有一汪亮，清水似的。女人驱老少上床就寝，携纸笔回去自己屋里。

女人将字纸仔细叠起，与几页经文一同压在壁龛的陶罐底下。在女人眼里，凡是字都是经文，是天上的稻米。老姑子告诉过她，仓颉造字时刻，天雨粟，鬼夜哭。哭什么？泄露天机了啊！所以，这字里自有机枢，不可参透。老姑子引女人走入的信仰，很难从现有的教义解说，她们夜夜吟诵的经文，也不知是要喊开哪一扇门。她们一方面是有神论，神在天上，自己则是伏在地皮上的草芥，连草芥都算不上，只可算作菌类，在阴湿不见光的背阳面，死也死不了，反而极易繁殖，一生一串，一漫一片，凭的是什么？是起始的那个因，活！啃着劲向下活。这就成另一方面，其实是当世上无神，信的不是天，而是人。所以，龛里边放的两样东西，陶罐里的钱和字纸，全是人造，是人世上的两盏灯。

老新躺在床上，女人在老新床脚，横放一张绳床，让张乐然独自睡。进福利院，就一人一床，从现在起，要断被窝。老新仰面平躺，床显得多宽，摊得成一个"大"字，"大"也是从"人"部，"一"字拦腰。张乐然一个人睡了，就将成大人，准定活得成器。一块好坯子，晓得发问，为什么"我"不从"人"部，可是个大问题，近乎天问。这养老院真是卧虎藏龙，女人是一个，张乐然是一个,老头儿,瘫子,不定是什么。如今,“你”的疑没解,“我”的疑又接踵到来。不错,“我”究竟是什么,这不是一般的人称代指。“他”和“你”都从“人”部;“她”从“女”,指称女子;“它”从“宝”部,是东西的代指,古时候,物质匮乏,凡是个器物都是宝;“牠”指的畜类,从“牛”部;唯“我”不是。“我”以什么为部首或偏旁?这字可不容易解啊。他试着从中间拆分,拆成一个“孑”和一个“戈”,“孑”是独自一人的意思——“人”原来藏在这里!独自一人持一柄“戈”,单枪作战,这就是“我”?老新几乎要落泪,什么时候他也染了山里人的抑郁病,动辄哀伤。“我”真不容易,很艰难,又危险,可“我”是谁呢?

下一日,第二餐饭以后,是算术课。张乐然识字很快,无论是解,还是强记,都难不住他。可是,算术却不那么顺利了。从一到十,没有阻碍,关键是十一,也就是进位。女人掬一捧黄豆在桌上,让他数,数到十,便止住,再往下,就又回到一。为了与上一个“一”区分,张乐然是这么念:二一,二二,二三,一径下去,到“二十”回到通常的读数;接下去却是三一,三二,三三,直到“三十”,回到常规。看起来只是读法不同,但读法底下却是累积方法的差异。张乐然是以分组进行,缺乏贯穿的逻辑,可见得,张乐然的世界里,事物是以个体,而非整体存在。屋里人都有些发愁,倘若数到“九十”,将如何往下?张乐然还能往下:十一,十二,十三,这令他们都惊奇了,数到十九,张乐然停了停,人们正不知所措,他却念出两个字“十十”。屋里人都看老新,看老新对此局面有何办法,老新就写下一个“百”字,要告诉他,“十十”应该念“百”。不料,张乐然预先就说出一个词:“百花齐放”。此刻,老新真正陷入无语,明白张乐然有足够的智慧抵抗常识。

老新将桌上的黄豆收了，铺开一张新纸，写下从一到十的阿拉伯数字，这回是阻碍在“零”上。这一个“零”如何解释呢？为什么十是一个“一”和一个“零”？张乐然的关卡对老新也是教育，他这才明白，进位其实是从“十”开始的，也就是从“零”开始。张乐然明白了，“零”就是没有，可是，新的问题产生了，“零”是没有，那么“十”不就又回到“一”？“十”又是什么呢？就还要搬出黄豆，看见黄豆，张乐然才能接受“十”的概念。于是，不得不抽象和具象双管齐下，排十颗黄豆，底下标阿拉伯数字，到第十颗，你知道张乐然写什么？一个“9”和一个“1”。就在这时，人们还发现孩子一个毛病，阿拉伯数字里的“2”和“5”，总是被他写反，把着手正过来，放开手一定反过去。屋里人面面相觑，不知如何办好。显然，从张乐然眼睛看，事物另有一番面目，如何让他的世界归依他们的？何况，如今连他们的世界都变得不那么确定了。

张乐然兀自向下写，凡写到9之后添个1。29之后也是1，一直到99，还是1。真可谓九九归一。这一串奇怪的数码非得是九丈养老院的人才懂得。有一阵，老新放弃了算术教学，由他按自己的方式读数和写数，直到一件东西出现，意外地转变形势，那就是一个算盘。算盘是瘫子的藏物，杂在他有限的个人用品里。瘫子原本是庵里的杂役，尼姑庵里留一个男人，一是他捐了门槛，二是一块山地需要劳力耕作。女人进庵的时候，杂役已经老病，做不了地里的活计，正好接续上。先还料理些香火，后来，连这也操持不能，心里有愧，出了庵子，也不知去哪里，靠什么谋生计，就以为死了。过去二年，听人形容，九丈街上有个乞讨的，坐一个拌桶，桶底安小轮，手里撑一根棍，划船般走动。这步田地，还吃斋，荤食一概谢绝。两姑子猜会不会是那香火回来，老姑子遣小姑子寻看，果然就是，直接扶着拌桶推回来。这瘫病不知从什么根上起来，来时还能坐，后就只能躺，再后来，连手都举不起，舌头也不听使唤。这样苦恼的身子，却并不折寿，老姑子圆寂，瘫子还活着，也不知道究竟多少岁数。从最初进庵，然后出庵，复又进庵，无论添减什么用物，这一把算盘总是留着。从算盘看，以前家中兴许殷实，有过银货交易，如今落篷到地，留一把算盘作念想，大体说得通。

张乐然看见算盘，仿佛有缘，将骰子也弃在一边。老新写“算”字，上是“竹”部，竹制的签子和珠子；中部是“目”，正是算盘的形制；下部为“廾”的异体，就是一个读数。依着算盘，略微解说，事情就明白大半。档上珠子以五为记，档下一为一；凡数到四，上一退四，便是五；接着数，六、七、八、九，亦不出十；向左推一，为十——这合乎张乐然的计数法，“九”和“一”。以此类推，再不必纠缠进位和零位，直接贯通。从此，张乐然爱不释手，更不将算术视为畏途。他最爱将珠子从左到右拨成一二三四五六七八九，然后加一二三四五六七八九，如此再三，直至九遍——张乐然对“九”颇痴迷，加到九遍，算盘上一列八颗珠子，隔一个空，再是一颗。对着那一个空，张乐然的表情变得迷惑，这就是“零”？倘若没有后面的一颗珠子拦着，张乐然就又要视它为无有。有了这颗珠子，也就是“一”在，便无法落空。他小心尝试着再加一遍从“一”到“九”，令人惊奇的事情发生了，算盘珠子又形成两个梯级：一二三四五六七八九，只是位置向左边移一格，右边则多留一格——这一格空，张乐然本可以忽略不计，但是，事情显然不那么简单了。经过九加一次的添加，那一个“零”就不能不承认是一种占位，“零”的占位。

识字和算术两项功课，好比一是阳，一是阴；一是实，一是虚，各有各的困难和乐趣。交替着度过一些夜晚，谁能知道九丈的夜晚里流淌着智慧，在广漠的时空，就是潜藏着秘密通道。你以为是蛮荒世界，其实这里那里，遗留着文明的碎片，暗示曾经的辉煌灿烂，在某一个巨大变故中崩塌，圮颓，又在某一个契机中重建。重建起的模式完全是另一个，下一次未必复制上一次。造化才不甘心简单重复，它有无穷的创造力，永远超过你的预期，在最想不到的地方发生。在全然两样的模式底下，因循的又是同一个道理，同一个从无到有，再从有到无的定律。这也是造化的法则，大至天地，小至虫蚁。可是你拿不准，什么是有，什么是无；怎样的有，又怎样的无。上一回、上上回的经验对下一回、下下回永远是无用，每一回有和无都是崭新的有和无。其中的变数啊，也会繁殖，变数中生变数，变数中生变数。每一代又都在进化，细胞分裂、并合、转移、变异、共生、对抗，活跃极了。由于时空的体积和容量无限的大，这活跃度平均分配到局部，便是静止的状态。那静夜里，实在是萌动着许多生机。人实在是盲目，这盲目也是平均分配的结果。人类的理性分配到个体，便是无知无觉。这总量不够分的，厚薄多寡并不是随机，其中还是有道理。造化无一不有道理，唯有造化自己，是个没道理。你编排无数个小道理，试图说服个大道理，全是鸡蛋往石头上撞，撞成粉粉碎，等下一回再来编排，这就是文明的进程吧！

识字和珠算让张乐然又长大些，病根还在，紫绀遍布全身，嘴唇与指甲尤甚。人们看惯，不以为意。现在，老新背负他已经吃力,他呢,也开始充大,争着自己走,于是,两人就手牵手上街。他们不必去集市募捐,但等到了县城福利院,一切迎刃而解。女人瓦罐里的钱,略动一动,置办张乐然的衣物,其余留着,不定哪一日有用途。所以,他们上街只是闲逛,老头儿每每想跟去,女人都不放,因他走得飞快,常常跑得没影,让人找不着。而张乐然每走十几步便蹲下歇歇,然后起来接着走。小的蹲下,老的也蹲下,脸对脸说几句话。老新问:几步?张乐然说:“九和三”或者“九和四”。老新问:“九和三”或“九和四”是多少步?张乐然答:“二二”或者“二三”。眼睛看着眼睛,清可见底,又不可见底。老新叹口气,放弃了。就让他这么读数,总有一天,会有人矫他过来。有了知识,张乐然变得沉静,气促与心疾都可坦然应对似的。蹲在地上,说话也觉着累,低下头,手指尖沿卵石缝里走,一只小虫子走上手指肚,举起来,伸在光里面看。手指头照成透明,紫绀退去,竟是粉红色,小虫子的翅翼也成透明。针尖大的一点,却是须尾俱全,双翅摩擦,飞起来,发出嗡嗡声。看得见气流运动,所谓氤氲,就是无数小翅翼搅起来的。

他们老小正蹲在老街上,忽有一辆车驶来,车窗摇下一半,传出激烈的音乐。音乐休止的瞬间,听车里人叫喊:吴宝宝!老新一回头,车窗摇上了,闭合的一秒钟里,看见敦睦墨镜后面的脸。汽车擦身而过,老新站起身,那三个字振聋发聩:吴宝宝!他原来是叫“吴宝宝”啊!这名字是多久远的事情了,没错,他认得这名字,要不,为什么一叫一回头!吴宝宝的名字后面,浮起一张模糊的脸,谁的脸?当然是他,不是他是谁?他的手被摇动几下,张乐然仰脸看他,说:吴宝宝?小耳朵就像兔子耳朵,风吹草动,都错不过去。张乐然又说:吴宝宝!他听出怀疑——这孩子不相信！

这地方，在行政区划底下，还隐匿有另一种割据，是根据原始力量比较而形成，这力量包括武力和心力。这一局面历史并不长久，要追根溯源，大约是与自由经济同时兴起。在此之前，计划性的体制里，这力量呈现分散状态，只能在社会的拼缝里冒头。但是，压抑自有压抑的好处，可容它聚积能量，等时机来到便喷薄而发。这种积蓄着的能量，是由某些个人来体现和落实，遵循物竞天择的原理，所谓天时地利人和。自由经济是“天时”，社会一下子开放，板结的结构松动，万物竞生；“地利”大约就指这草莽世界，山地屏障，规避教化，养出多少叫不出名的野东西；要说“人和”这一条，则是野东西修炼得道，成了正果。倒推过去，敦睦和麻和尚，大致可算第一代枭雄，与他们同代，还有无数，各占山头。最初的称霸阶段已经过去，如今可说势均力敌，行动也就谨慎，正处在隔空相望中，保持着一时的平靖。因是法外世界，权力的边线无有明令，但行暗规，其实是个契约社会，所谓盗亦有道。因为年头不足，还没真正成熟为江湖，可是，他们都在积极学习和实践。开发产业，组织人事，阶级分层，严格纪律，走向更广阔的天地。山地让人忧郁，他们还要抵抗忧郁的病症。

敦睦与麻和尚的人打过几次交道，在江湖——暂且就称它为江湖吧，敦睦比麻和尚晚出道几年，但后来居上，声名渐渐响亮，是为起点不同。倒不是人才的差异，而是社会发展。就这么几年时间，无论知识储备，信息传播，还是观念更新，都大大飞跃进步。方才说，称霸的阶段性任务已经完成，即将开始的是一个争雄的时期。这可从各山头之间的互通往来，多边外交推断。而麻和尚迟迟不见敦睦，只是通过手下人传递一些问候。事实上，江湖真正见过麻和尚的人也不多，有些神龙见首不见尾的意思。敦睦曾经猜测哑子就是麻和尚，后又觉得不像，理由是哑子太不寻常，就露相了。自发现老新与哑子仿佛有渊源，不由突发一念，老新是麻和尚！但当哑子循老新踪迹而来，这一奇想立刻推翻，这不又露了！

麻和尚是什么人？胼胝手足，一寸一寸开拓事业面的人。从某种方面说，敦睦的道路也是在麻和尚创下的背景下走出来的，快速变迁的现代，时间被抻长，于是，辈与辈的间隙就压缩了，敦睦视麻和尚为前辈，也是自恃年少，含几分骄矜，所以能够屈尊。麻和尚不出场难免有作态之嫌，然而，说不定呢，姜总是老的辣。像麻和尚这样从最底层起家的草根，在这江湖的雏形中，已有模糊的阶级分野——敦睦自许"学院派"，谁说不是呢？监狱就是一所大学校！麻和尚凭一双空手起家，不是世人可以想象！敦睦便格外谨慎，认真对待。这一回，哑子独自来到九丈，显然冲着老新，老新究竟是什么人？不知道是不是麻和尚的意思。以麻和尚的韬略，不会这般直接，但也还是麻和尚的韬略，才能这般直接，大手笔。可是，多少有些露了。敦睦以为，相比较下，老新就显得暧昧。在他木讷的表情里，确乎有什么在紧绷，敦睦注意到他的脸颊忽就瘦一圈。还有，那句"新老朋友都一样"，也是话里有话，一句话作两下说。最后，他告辞离去时，那一鞠躬更费人思索。是道谢？是道别？谢什么？又别什么？接下来的事情，表面是解了敦睦的疑，实际上，疑问加深了，那就是，哑子对了玻璃窗外面他的背影，蘸茶水在桌面写下的三个字:吴宝宝!

抬头看,老新,或者“吴宝宝”,走出视线。街上空无一人,蝉当啷啷地振翅。敦睦感到目眩,眯缝起眼睛,问出一句:你们的人? 哑子蘸茶写下一个字“给你”。敦睦问,为什么? 哑子答非所问,写下四个字“后会有期”,站起身,离开桌边。最诡异的是,哑子对着敦睦,也鞠下一躬。敦睦真的困顿住了,看着哑子到街上,朝与“吴宝宝”相反方向去,车钥匙衔在嘴上,仿佛牲畜的勒口,一种大牲畜,六道之外,无法互通款曲。即便麻和尚,亦参得透。所以,哑子这趟来,不一定是麻和尚派遣,而是自有用心,用心在吴宝宝——这三个字,奇怪的是,并没有使老新这个人变得明白,反而含糊了。渐将浮出水面的形容,一下子又沉没下去。这个平俗的名字,相对于老新的神秘性,可不是太平俗了,这名字本应该将老新纳入人世间,结果适得其反,产生分裂的效果,老新严重变形,变得更不真实。

敦睦总是敦睦,他终于平静下来,思想飞快地运转。他是一个有思想的人,一个文明人,麻和尚则是野蛮人。文明最后一定会征服野蛮,敦睦对自己说。但是哑子,这个野蛮人里的野蛮人——也许不能用文明和野蛮的概念套用哑子,还是那样的说法对,六道之外。谁能收复哑子? 麻和尚能。事情就不那么简单了,文明其实是有限的,相对于它的已知,未知世界浩瀚无际,再进步也越不出边界。这就是麻和尚让他打怵的原因吧。每每求见麻和尚不成,他也就放弃并不坚持,内心里多少有些回避,回避正面交手。单哑子一个,就颇费人揣摩了。敦睦是个勤思的人,他必须充分运用文明的武器,相信江湖终究是人的社会,是人就必服从人的道理。所谓人,就是驯化的畜类,江湖就是个驯化世界。为什么说“在家靠父母，出门靠朋友”，父母是原始血缘，朋友则是驯化的关系。他有一种嗅觉，驯化过的嗅觉，是经历理性而又转换成直觉，带有二次否定的进步，他嗅出异常的气味，然后加以分析，寻求真相。他还是一个痕迹专家，专会追索蛛丝马迹。现在，他有了一个新发现，那就是哑子和麻和尚之间，有一道裂隙，裂隙的名字叫作“吴宝宝”。

山地形成的天然割据，保护和养育无数权力世界，以平均分配计，是自给自足，实际却盈亏不一，因此在表面的平静底下，就是骚动不安。多余的能量膨胀涌动，体现在一些小型的冲突上，都是鸡毛蒜皮。占车位，占餐位，言语冲犯，交易中的假货假币，不公平竞价，事发之后，有强人出面，平息事态，很快回归原状。然而，结构却在松动，板块移位，由什么促成大的激变？还是要看天时地利人和。但事情毕竟已经走出初始的蛮荒状态，人的意志上升，形势就难以判断顺逆向背，历史往往在这当口走进歧途。人这样东西实在自大极了，以为无所不能，山里的人，就更有局限，谁能超拔出去，纵观全局？敦睦算一个清醒的人，所以不敢信自己，而渴求“高人”，“高人”这个词也用对了。盘山路行车，上一座山头，又上一座，再上一座，视线却被山谷里的云雾遮住，他当然不会以为“高人”的“高”是海拔高度的意思，而是在于心智。但这重重山峦却是征兆，不祥的征兆，人永远只能在有限中活动。从宏观上说，敦睦确实是悲观主义者，可不还有微观的小世界吗？

视线收到近处，具体的人和事，至少可尝试控制，敦睦回到唯物论者。他窥见到，麻和尚的权力的破绽，就是吴宝宝。看起来，何止看起来，分明哑子与吴宝宝——这名字多么不像，不像老新,而是另一个陌生人,哑子和“吴宝宝”之间有默契。哑子最后留在桌面的茶水痕:后会有期,其实不是写给他敦睦,而是给那一个不在场的人,所谓“吴宝宝”——对这名字,敦睦持保留态度,在不在场,看不看见,都无关紧要,默契就是这样。就像禅,说出口就是错。敦睦领到的全是错,错,错！谁领的是对?“吴宝宝”,“缘”是对他的,“平”是对他的,“安”是对他的,“托福”是托他的“福”,问的“谁”,不是那人,而是敦睦。“吴宝宝”说的“幸会”,也是对敦睦。就这样,哑子对敦睦的话其实是对“吴宝宝”;“吴宝宝”对哑子的话,是对敦睦;敦睦对哑子的话:衣服新的好,朋友老的好,被“吴宝宝”接过去,回答:新老朋友都是宝,则是对哑子。他们三个人就像推磨一样,错对与错接,敦睦完全是被动地纳入循环,起着传递的作用,就像二进制的那个“二”,一旦到他,便进位变成其他。敦睦并无沮丧,反而兴奋,跃跃欲试,他欢迎挑战,挑战让他产生信念。

敦睦按捺三天,三天里,九丈老街既没看见敦睦进,也没看见敦睦出。直到那一日,不知从什么地方,驶出敦睦的车。这九丈,别看逼仄,却藏得住东西。敦睦的车嗖地从老街这头向那头开上去,经过老新和张乐然身边,摇下车窗,喊一声:“吴宝宝!”老新蓦地回头,看向车窗。双方眼睛有一霎对视,犹如电光火石,敦睦顿时得出两个截然相反的结论:他就是“吴宝宝”和他不是“吴宝宝。”敦睦摇下车窗,开出九丈。车盘山而行,四处生烟,不一时便水汽凝结,下成小雨。雨刷刮着玻璃,刮出一小片亮,天地间只剩他自己,盛在螺蛳壳里。虚无主义又上来了,信念颓唐下去。他机械地操纵方向盘,这路啊,他熟得不能再熟,勿管云遮雾绕,仿佛腾空飞翔。山谷里的烟云溢涨出来,遍地滚动，车在云水里辟开隧道。远光灯凿着厚壁，好吃力，至多凿出二三米的一截。就这么掘进，终于，骤然间，突起一片清明。山对面白紫的杜鹃花全开着，几弯碧绿的梯田挂在山岩，姜黄皮色的水牛背，山坳里这一片那一片的罂粟花，殷红殷红——忽又变成靛蓝。这靛蓝潜进敦睦的眼底，拔不出来，随时作祟，染了别的颜色。不要紧，等一时，殷红又浮上来，暂时覆盖靛蓝。罂粟的红也不是吃素的，它带着一股邪劲，与靛蓝可说两相争霸。罂粟怒放，蒴果饱到不能再饱，马上就要绽破，已经有浆粉的气味在空气中散发。敦睦的忧郁得到缓解，肌肉松弛下来。

老新站在原地，脑子里轰然作响，有什么在迸裂，迸出一颗星，大白天的，在左上角，在日光的白炽里熔化，最终剩下一个淡泊的斑点。张乐然摇着他的手，小嘴动着，分明在说三个字：吴宝宝！这倒是个正经名字，这里的人，多没名字，只有诨号：哑子是诨号，敦睦是个斯文的诨号，麻和尚——饭桌上敦睦问出这个诨号，于是，从哑子的黑脸后面，移出黄脸人。张乐然是后起的名，不是从爹妈那里来，就没有宗嗣血脉，这里的人都不是爹妈生，爹妈养，就都是诨号：老头儿是诨号，女人是诨号，老新，也是诨号。可是老新原来有大名，吴宝宝，他害怕这个名字，他感到的危险，就是从这里来的！

牵着张乐然的手，从西向东走，走到西头，看见派出所的牌子，他突然明白他要找谁，找所长。他在接近哑子呢，用手脚思索，头脑也思索，可是没有手脚灵。老新加快脚步，张乐然便蹲下了，低头喘息一阵，抬头看老新，忽然开口唤了声：爷爷。这一称呼是从未有过的，张乐然从不称呼人。这是个新气象，自从有“张乐然”这个名，气象就不断更新。老新怜惜地摸着膝前的小脑袋,细软的头发贴着掌心。从这称呼中判断出自己的年纪,做祖父的年纪,他定为六十岁。这样,他就有了岁数。张乐然歇一会儿,缓过气来,唇上的青紫略褪去,立起身子,随老新迈进院子。推开办公室门,看见所长,老新当头就道:

我叫吴宝宝,今年六十,上海人!

所长肥胖的身体窝在椅子里,困惑地看着他。于是又说一遍:我叫吴宝宝,今年六十,上海人——对于这一点,他显然有些拿不准,就添一句:我会说上海话!然后就念起来:乡下人,到上海,上海话,说不来,米西米西炒咸菜!所长更困惑了,停一停,爆出大笑,笑到眼泪出来。任所长怎么笑,他兀自又念一段:笃笃笃,卖糖粥,三斤核桃四斤壳,买你肉,还你壳,张家老伯伯在不在?所长更笑了,这场面确实滑稽,一个胖子在椅子里滚作一团,一个瘦子笔直立着,唱着不明来历的儿童歌谣,而真正的儿童,张乐然,表情严肃,带着批判的眼光看看这,看看那。这一个又念出第三首歌谣:小弟弟小妹妹让开点,敲碎玻璃老价钿;然后第四首:落雨了,打烊了,小巴腊子开会了,大头娃娃跳舞了!所长已经笑到笑不动,陷成一摊泥,泪眼婆娑地喘气。张乐然的目光变得鄙夷起来,不只是对这两位,还是对世人发表宣言——看不起你们!自从有名字身份,这孩子可是骄矜了。第五支歌谣在所长的呻吟中放缓节奏:摇啊摇,摇到外婆桥,外婆请我吃糕糕。仿佛进入一种沉思,第六首开始:排排坐,吃果果,幼儿园——“幼儿园”三个字被他重复一遍,幼儿园——然后结束道:朋友多。思绪在流淌,所长不由也浸润其中,虽然是忍笑,但已经安静下来。

所长坐直身子,问道:上海人,怎么来到九丈?回答是:大火！所长一挥手："大火"知道了，之前呢？回答是：哑子。所长的身子又坐直一些：哑子？哑子带你来？回答不出，真苦恼！所长换一个问法：哪里碰见哑子？还是苦恼，思绪碰了壁，一下一下凿着，隐约有回声，说出两个字：西岙。所长的身子越过桌面，倾过来，两人几乎头顶头：西岙？缙云的西岙？青田的西岙？永嘉的西岙？没料想那么多"西岙"。所长问得紧，身子都没处躲，就又说出三个字：加油站。眼前出现"西岙"两个字，书写在加油站的壁上，壁后面是什么？后面似乎有秘密通道。所长坐回去：知道了，西岙加油站！他却不同意：不！他知道不是什么，但不知道是什么。所长也苦恼了。两个苦恼的人，面对面看着，说不出话来。

办公室进来一个人，桂林米粉店的小丫头，塑料袋兜着一次性大碗，碗里满满盛着麻辣烫，所长的午饭送到了。空气里顿时充满辛辣的香味，刺激鼻腔和脾胃，还有更加隐秘，类似性事的欲望，也被挑动着。麻辣烫的配料秘方里，一定有着关乎荷尔蒙的因素，影响内分泌。所长解开塑料袋，掰开一次性筷子，夹出一片肉，送到张乐然嘴边，张乐然张开嘴衔住。这也是新气象之一，他可以尝一点荤腥。显然，他渐渐步入普遍性的人群。但最核心的一点，就是心脏上的缺损，像一枚洞穿的钉子，将他钉在人群外面的原地。发育的生理周期绕过核心地带，发挥代偿的功能，坚持着，坚持到有一日修补缺损，变成一个正常人。老新模糊觉得，这孩子正在疏远，终将弃下他，自己远去。麻辣烫灼热了空气，所长大汗淋漓，这一老一小也湿漉漉的。这吃食里有一种物质，奇异地引导中枢神经系统，抵达到喜悦境界。这一种物质，近乎偷窃地获取最佳情绪状态，复制得惟妙惟肖。九丈老街的繁荣和蒸腾,以及乐观主义,多少是受蒙骗的假象,老新这外来者也染上一些了。

所长的脸被麻辣烫的雾气遮掩,辣和烫合成火龙,滚滚而下,直抵胃囊,几乎灼伤黏膜。这时候的人,处在激越的感情中,所长说:上海人在上海,九丈人在九丈,天理一条!老新,或者说吴宝宝,就点头。可是,怀疑主义忽在一瞬间介入,所长的眼睛一闪:你是上海人吗?老新,或者吴宝宝的思考能力在加强,心轻快地跳着,智慧上升,麻辣烫的复制物质开发着潜能,他,竟然张口唱出一句沪剧:从前有一个小姑娘——自己都被吓一跳,收住了,瞠目结舌的,不发一声。所长拍一下桌子,大声道:真是上海人啊!受此激励,上海人又开口了:金陵塔,塔金陵,金陵宝塔一层又一层!惭愧一笑,唱不下去了。所长说:上海的文化呀!面前的上海人谦逊地笑道:沧海一粟。所长拍一下胸脯:我要送你回上海!可是——所长镇定下来,你,怎样来到九丈?大火!上海人说。所长不耐烦地伸出手掌,向前推去——之前?又将人问倒了。记忆里有一个缺损,就像张乐然的心脏,方才的一切,其实都是绕道而行。

所长吃完饭,吃剩的骨头渣与空碗一并扫进塑料袋。这种轻薄的塑料袋,在九丈的空中飞扬,标志着陈年老镇进入现代工业时代。麻辣烫的气味平息下来,奇异物质的假象,其实是一种古老的魅惑力,退下去,真相裸露出水面。老新——吴宝宝说:哑子!所长问:哑子是朋友?这又难住他,先摇一下头,后点一下头。所长再问:哑子是谁的人?麻和尚。三个字出口,所长惊一跳,面前的这个人并不如外表看起来懵懂,而是心里明白。就紧追一句:见过没见过?这人又困顿起来。所长要放弃,移开目光,不料听见三个字:黄脸人!所长再看他一眼,陷入沉思。麻和尚是个大人物,上海人与他扯上关系,就不那么简单。这时候,又有两个字进入耳朵:敦睦!这一回所长可是大大地惊诧,暗暗叫道:这是个什么人,字字都落到要害。一波惊诧未平息,下一波又起来,上海人凑到跟前,压低声说出这样几个字:一山不容二虎。所长脑袋嗡一下,坐倒在椅子里。紧接着又是一句箴言:三十六计,走为上计!

所长被吓倒了,思绪汹涌,这是个什么人啊,纷乱杂沓的一盘棋,刹那间厘清形势,自己真是白活了人生!所长仿佛一下子回到少年时,穿一身绿邮衣,背一个绿邮包,像个小绿蚂蚱,几乎钻在山肚子里,蹦跳着,传递消息。那喜讯和凶信,与他隔着一层帆布包,可他就是无知无觉。山里头的日子,就是蒙蔽人,要靠天眼开启。走去哪里?所长问。老新——吴宝宝坐下来,抬手抚一下张乐然的脑袋,所长明白了。蒙塞里面,其实藏有灵性,只是不自知。所长说:跟他一起去?这人点头,张乐然也点头,都是些什么人,人里面的精!敦睦送去?所长问。此时此刻,所长成小学生,这一老一小是先生。这人摇头,张乐然也摇头。谁送?所长请教。张乐然滚出一个骰子,上面正是二点,老先生用手一叩。所长大惊,天哪,连二点都出来了,可不是吗?是二点送他来,自然由二点再送他离去!

十八

麻和尚的故乡是在水底。倘若潜下，再潜下，看得见一条条街道，街两边是房屋，门窗闭着，门板上写着用电的度数，还有孩子间打嘴仗的咒语。倘若，仅仅是倘若，手一推，便发现是虚掩，里面没有人家。街上也没有人，没有车，墙脚根有半爿磨盘，让水洗得碧清。磨沟上的凿痕历历在目，齐齐排列。从街里游过去，街面青石板接缝里长出水草，飘曳着，鱼群在其间穿行。街口，至少有五条街从这里呈半圆辐射出去，就是这水下世界的中心，半圆的圆心是戏台。石砌的基座和台柱，水草缠绕，拨开来，看得见台柱上的刻字：是真是假假里演出真情，非实非虚虚中原有实意。戏台上方的重檐向两翼延展，重檐复重檐，连起长廊，廊下空无一人。绕到戏台背后，穿过一座石坊，地势便向下，沿石阶潜深去了。石阶通向一条长街，街边是瓦顶石柱的棚屋，棚屋的地上，摞着泥坯子，碗状和缸形。这泥坯子一点没泡汤，被水洗得剔透，就像琉璃，琉璃壁上一周周拉坯的丝痕。往棚下进一步，就看见拉坯床，再进两步，就到后头的庭院。院里一口口大缸，缸里有泥，地上是一具马尾筛箩，还有木框子，绢布袋，铁锹……庭院的后门直通出去，去向窑口。一切竟完好如常，水将它们洗涤得干净极了，清爽极了，污秽与杂质全没了。这一条街好长，简直看不到头，潜过去，潜过去，就到水边。很奇怪是不是？水底下还有水，应该换一个说法，河床。河床的落差相当大，足以推动水车，所以就有碓房。水车一动不动，更大体积量的水的压力——那是一个极大的体积量，取消了原有的差异，将所有的存在物都固定在同一个形态中。

你潜得够久的了，再浮起来些，就会震惊，一片连绵的黑瓦。这里只有黑和青两种颜色，其他的细节都归进这两种，黑瓦重叠，以石坊劈开两边。第一座石坊上刻着“青莲”两个字；第二座是“碗窑”两个字；第三座四个字，“青莲碗窑”，每一座相距大约一里地，就这样，长街走完了。就看见黑瓦之上的山壁，水下的山壁说来也让人不相信，好，换一个说法，暗礁。暗礁上的窑眼，水汪着它，好像泪眼盈盈。再浮起来，俯瞰下，呈现全貌：街道、房屋、工棚、窑厂、戏台——这政治经济文化的中心。想一想，曾经的热闹，四野八乡的行商走贩，过来看样、订货、交割买卖。挑夫们候在廊下，等着伙计。街面上不是客栈，就是酒肆，还有隐蔽的钱色交易。车马络绎，人群熙攘，台上唱的南音，正史上说南曲已成绝唱，这里却是野史。板、鼓、笙、箫，“东瓯令”“台叶歌”“琵琶记”“义犬传”。听哪，穿过多少朝代，汉武秦王，唐宋元明清，水下世界的时间交汇贯通。那曲牌子，古套今，新套旧。忽一下，全寂下来，清水荡漾，戏台上的人形，薄成皮影，透进亮。戏台子，曲牌子，都是有魅的，应当归因于水，上下横流，顺逆不一，于是，将实有和虚无全搅成一锅粥。溯上去，溯上去，新石器时期都出来了，缥瓷，听说过吗？只有到古籍里去查，查到两个字，更可能是附会，而不是原意。新石器时候，天地未生黄帝，黄帝未令仓颉，没有字，“缥”这字显然是移用，本义是“缥缈”，指若有若无之貌。不得不承认，这字移得好，仿佛出自水中，行几千年，如今又回到水里。是水命，要用字来说，就是一语成谶。

一旦突破水的压力，浮力便起作用，腾一下，出了水面，你又得惊一跳。水面称得上浩渺，四面望不到边，这一个水平面可是在山里哦！没假的，绝对的平，与垂直线成正交。有什么物质能精确形成“平”，那就是水，“水平”的词就是这么来的。水底山石嶙峋，沟壑纵横，终会被水取平。所以，从面上看，真想不到地下深藏着什么样的地理形势。就这样，你蒙了，闹不清从哪里来这么多的水，足以填满所有犬牙交错中的空缺，连一条线的缝隙都不错过。沙土间的渗漏也要充实。镇定下来，极尽目力，隐约看见水的边际，齐整的，平滑的，显然是特殊材料，就像盘山公路的那种。将天然材料的性能各自提炼，取长补短，加以混合。唯有人工，才能做到这样单一的坚硬度。还有直线，也是出自人工。自然里充满弧线，万物以弧线结构。大约因为地球是个巨大的圆形，严格说，是椭圆形。即便水，就是说水平面，也是从局部看，要是整体而论，也是呈现弧度。钟乳石暗示着水的垂直性，也许不能简单地怀疑，水从洞穴的顶部下滴，水这种物质最受地心引力影响，所以有“水往低处流”之说法嘛！但也还是局部，从全局，意思是地球全貌看，所有的钟乳石都是向地心垂直，是一个大椭圆形。然而，本着科学态度，还是不能忽略水的特性，也就是极端受地心引力作用，至少在常规的条件下，比如目力可测范围内——不行，不能靠目力，人眼，不也是球面的弧度，人眼看见的直就不一定是直。还是要以工具，工具是人类进化的标志，进化就是这样，窃取造化的秘密，然后进行复制。于是，利用水和地心引力的关系,也就是一定条件下形成的垂直与平面,制定标准,规定物体的边缘。只要看边缘,就可判定先天还是后天。现在,你看见这一片水被有效地拦在边缘内,就知道是人力所为。因为透露出强烈的用心,只有人的用心,才会如此单一和集中,目的性明确。这围截起来的水域,名字叫作水库。

麻和尚的家乡在水库底下,清水洗涤,它变得晶莹剔透,简直就是一座缥瓷的城。早在新石器时期,这命运已经被预制,然后,从仓颉造的字里,择一个名。越过多少时间,黑褐瓷、青瓷、白瓷、瓯瓷、方格瓷、米字瓷、三角纹、花卉鱼鸟……你知道,这是瓷王朝的年号,它才不管有汉没汉,在魏在晋,它只是取土和泥,塑坯点火,一窑连一窑,进去土,出来瓷,碎也碎在瓷里。这库底有多少碎瓷,等着轮回转世,投胎成另一种物质。但留下一个"缥"字,勿管原生还是借用,总归是个记认。所谓字,就是个记认。移山填海,无数物种绝迹,字里面却有记认,就看你懂不懂。

麻和尚他们家乡的墙根下,成了鱼产卵的地方。一些无性繁殖的水生物,活跃极了,细胞分裂,分裂,或者亲体生出孢子和芽体。死亡和生育连成一列,没有边界,没有分野,翻着跟头。小触手伸缩着,布在石头路面,绿莹莹的。这里就是最低级的生命元素的天下,回溯到进化的起源。文明的高等形式只留下一个壳,晶莹剔透的壳子。墙啊,顶啊,门啊窗啊;石头,砖瓦,木材,全变为透明的物质。那些无性生殖的生物,是将边线模糊的生物,所以就有破壁穿越的特质。说它们是退化,似乎又是进化,以为它们是初始,但它们还有前史,那就是藓。石缝和砖缝以及瓦缝里的藓类,进化成螅类,什么没有历史啊,都是生物进化圈里的一环。看起来是末端,也许是下一个周期的发轫。那么,问题来了,下一次是上一次的简单重复,还是递进式的,或者偏离出去,形成崭新的文明?那旧文明的壳,会不会固化成模型,规定新文明的格式?或者,有一天,模型崩塌,碎成片,那么,又会不会是新文明的原材料?真不好预测。这就是旧文明的苦恼了,索性没有就没有,有过了,再没有,牵扯出多少思虑和愁绪。追念逝去的,操心未来的,当时当地的存在倒变成不存在。

这青莲碗窑,只是库底的一个犄角,累石堆里的一条罅隙,曾经有过生龙活虎的生活。窑火熊熊,山谷对面——如今山谷也到了库底,山谷对面望过来,一窑一窑的火,穿凿空中隧道,无限幽深。火和土一相逢,竟然变成薄透温润的瓷,仿佛入了化境。这化境遇到水,五行中有三行聚头,是还原还是精进?是新文明的愁绪,愁绪连愁绪,简直没个完,有个学名,叫作考古学。所谓考古层,就是累积的愁绪。旧石器的愁,新石器的愁,青铜的愁,彩陶的愁……那一堆堆的碎瓷片,一堆堆的愁,水平面底下,是一池的愁。碗窑里烧毕又未取出的碗,终将变作琥珀里的虫子,窑地上的脚印,则成化石,好比鸟化石上的小爪子。后来的新人类为它们起个新名号,好比我们称中生代的爬行动物为"恐龙"。据说,鸟类就是从"恐龙"而来。满林子里飞翔的鸟儿,原来是恐龙的后裔。那时候,我们将成什么,又叫作什么,真是天晓得。

这时候,那旧城池还在库底,垃圾污垢都洗刷净了,变成水藻一类低级形态的生物,再培育出植物——水草,和陆地上没两样的,就是没有人。人到哪里去了?说走空就走空,一点儿遗漏都没有。人这样的智能动物,越来越强大,强大到可以自己驱逐自己。生物链这一环无限膨胀,以致变形。根据能量守恒的原则，这一环膨胀，那一环就会收缩以致断裂，其实，事态已经很危险，可是还没有觉察，征兆还未显现，即便显现也未必证实有因果关系，智能动物已经走在实证主义的道路上。可是，这空壳子里简直要出魅了！小孩子的嬉笑声，坟头上的哭唱，窑火的木柴噼啪，拉坯的吱嘎，水车轱辘辘转，戏台子锣鼓铿锵，咿咿呀呀……聒噪极了。有夜路人走过，山里的夜路人少而又少，形只影单，夜路人走过远处的山头，看见水库里有亮，星星点点，以为是磷火，就是俗话说的鬼火，吓得脚下加速，就是跑不出去，跑，跑，跑，终就是绕水行。绝望处反而镇静下来，不跑了，停下脚步，看能怎么样。就看见水面上闪闪烁烁，蹿跳着无数白亮，碎瓷片儿磕出泠泠的细响，从库底升起来。

倘若在大城市，七十年代出生的人，大约不会知道什么叫作麻疹。这种古老的病毒，致使多少儿童残疾甚至夭折，在十九世纪科学之光普照下，终浮出水面，有了命名。之后，在疫苗的狙击下，渐渐消失踪迹。但这只是指普遍性，还有许多个别性呢。山里面，那些崖壁和树林隔障出来的窟穴里，就是个别性生长的地方。它们偏离历史的主流，再偏离稗史的支流，继而从怪力乱神末流离开，绕过记载、口传、风闻，所有透露的可能性，唯有这样的封闭，才会诞出个别性。问题是物种，不能否定物种的同质性，必须同意造化的统一性，在什么样的地方，发生什么样的事情。恐龙灭绝，单性生殖变双性生殖，卵生变胎生，哺乳类中推出灵长类，爬行到直立——元气，用实证的方法论叫作基因吧！基因在同一时间里变异，从渐变到突变。元气涌动，时聚时散，无缝不入。那是大一统的世界，否则就没法解释在最隔绝中亦有着同质的生命体,同期的进化。那时候,一切都是平等、同步地进行,发出声响。你听听,语言,各种各样的语音。倒推上去,排除普通话的干扰,向源头靠拢,简直就是鸟语虫鸣,互不贯通,自说自话,就知道是各成体系,犹如遍地花开。然而,人力,也就是文明介入了,洪荒的时间切分成历史,空间切分地理,差异产生出来。有了先和后,又有了显和隐,再有名和实,普遍性与个别性就在此分离,同质的物种从普遍性中遗漏到个别性里。

于是,当麻疹疫苗有效干预人类的免疫系统,修正遗传基因,却有极少数人群,规避了干预,于是从这一轮进化中缺席,留在原始系统里,自生自灭。然而,很奇异的,即便是在隔绝与封锁的环境,听都没有听说麻疹疫苗这回事,也并非个个孩子都出麻疹,是出于怎样的选择?有的出,有的不出。所以,从某种方面来说,麻疹的病毒,大概也到寿终正寝的时候,该到自绝,科学不过是造化所借用的手,在那些瓶瓶罐罐间,将蒸馏液体倒来倒去,添加一点什么,再倒来倒去,最后让病毒这古老的魅影现形。另有一种猜测,还是归因造化,说病毒是一个族群,共相存亡,一旦有异己分子介入,亲属关系便分崩离析,终将彻底消亡。而在麻和尚的老家,这个传说从东汉就形成群居的村落,是将麻疹视作小孩子的成年礼,不错,确是鬼门关,可是怎么说呢?分娩也是鬼门关,人都是从门里过来,绕是绕不过去的。绕过这一道,下一道出来了,百日咳,猩红热,绞肠痧,痄腮,痨病,风疹,哪一道不是鬼门关?倒是那些从麻疹里劫后余生的崽子,从此不大得病,体格也格外强壮,麻和尚就是其中一个。

麻和尚是在四岁半时出的疹子,那几日大人不放出门,关在不见光的阁楼上。七月天气,祖母依老法将棉衣强穿上身,捂得出浆。热，加上高烧，仿佛铁板上烤。他要是懂得，就以为到了阴曹地府。不晓得隔多少时间，实际上他已经半昏迷状态，梦魇里，有一豆暗火，移近来。是祖母，托一盏油灯，放下，解开紧裹的棉袄，再解开贴身布衫，都已经汗透。祖母俯下脸嗅嗅，移灯上下细看，好像看腌制的豆酱和瓜菜，判断霉酵的程度如何。脸上显出满意的表情，抬起身子，又原样裹起系紧。然后开始喂食。一股浓稠滚热送进哭泣的嘴里，来不及在舌上咂出甜咸苦辣，直接下去食道，哭声止住，因要对付吞咽。一口接一口，几乎窒息，咽部肌肉极度紧张，四肢肌肉倒松弛下来。病孩睁开眼睛，看见房梁上方，椽子支起的三角斜面的投影，黑魆魆地晃动。鼻腔里壅塞汗气，有祖母身上的，更有病孩自己的。病孩的汗气有一股乳和血的腥膻，进食的羹汤直接从毛孔沁出。这腥膻要从成人身上出来就和秽物差不多，可孩子没有性腺的分泌，就是清洁的。很好，祖母手中的碗见了底，喂的和咽的都累极了，微微喘息。歇一会儿，听见阁楼下石板街上辘辘地走过车，还有脚板噼啪地敲打，远处水碓子一下一下撞击，那是另一个世界。他要是懂，就会称它为阳间，与他天地两隔。静一会儿，又嘤嘤地哭起来。祖母扶他站在床上，端瓦罐接尿。尿色是白里泛绿，与进食的成分有关，祖母也是满意的。尿好了，躺下来，最后察看一遍手心和脚心，呢喃一声，拿着空碗离开。如豆的光移去，黑影收拢，合成块垒。停一时，有些针尖般的亮蹿跳着，是从壁缝里进来。虽不济事，却也将这沉底的黑刺破几个针眼儿，略透点气。哭声持续一时，静下来，方才进食中有某一种物质起到安神的作用，同时呢，又有某一种物质是作用于催发。病孩体内的毒热简直暗潮涌动，冲出皮表，从耳后始，向下波及胸背，肚腹，四肢,还未到终端,手掌和脚掌。红色的丘疹,犹如微型的火山,被岩浆拱开口子,喷射出来。

那进食里有哪些物质呢?有食和药两部分,又可分荤和素两种。以药食说是蟾蜍郁金和鱼虾荞麦,从荤素论就是鱼虾蟾蜍和荞麦郁金。鱼虾放笼里蒸到骨酥,然后用木槌在砧板上敲,敲成浆;蟾蜍只取胆和血;麦是麦麸。荞和郁金是捣,谁家日夜敲砧和捣臼,就知道有孩子出疹子。敲好捣好,最后以米汤调和,煮沸后搅,搅到黏稠。这只是通行的配方,各家又有各家的禁方,添或者减,只对同族亲缘有效,不可串用。碗窑里的人家,渊源都深,聚散定居有数百年可考,来历却莫衷一是。岁供不同,拜祭不同,俗习禁忌更不同。麻和尚家一族不食豚肉,常以为穆斯林,但多年后麻和尚在外遇到真正的穆斯林,方才发觉并不是,因祖宗神不叫胡达,有图形,但无经书,而穆斯林正相反,胡达无形,《古兰经》字字俱存。麻和尚家祭奠的祖先为虎面,祭日在农历年后三天。其时其地,麻和尚早已破戒,不只吃而且馋猪肉,那虎面挂符也不知遗在哪里,唯有祖母口中的声声呢喃,偶尔在耳边响起,总是在暗中,星月全无,亦不知是不是他们族里的经文。

沉睡里,梦魇来了。无数怪兽环绕,形状各异,有树形,石形,水状,火状。平日里听来的鬼事全在这一刻现形,有那水里的妖精,专门哄岸边嬉耍的小孩,哄他们下去,换它们上来,然后去敲他家的门。大人开门见是自家小子,催着吃饭睡觉,第二天起床,上院里撒泡尿,前日挑来的糯米土粳米土,全化成米汤。小孩子问:那么妖精呢?妖精依然在家吃和睡,但就要防他近窑土,一旦近,必然糟。等他长成人,说要外面走走,一走便不回,这是水妖精。还有火妖精,多半是夏日夜里面,停在贪玩小孩儿的肩上回家,有人瞧得见,以为萤火虫,这家窑出必拆裂。这孩子从此不能近窑口,长大早早遣出去。树精和石精是已入了仙籍的妖,各有出生与入化的日子,却是机密。树下石上,常会有点胭脂的白馒头,夜里偷供上的。为什么是胭脂,大约都是女仙人,成年的女性,鬼多是小孩儿模样。麻和尚的梦魇基本由女人和小孩组成,前者飘曳,后者蹦跳,好不热闹。高烧中的胡话,其实多是说给他们听,和他们通款曲。旁人听了都说悬,在床边撒碗碴子,不让精灵靠近,带走人。现在,精灵们都沉到水底。夜路人看见蹿跳的白亮,就是碗碴子。

麻和尚的疹子出得很长,七天七夜的高烧。山里的孩子都是从高烧里滚出来的,出来就出来了,出不来就出不来了,比例大约一半对一半。死孩子不装殓,席子卷一卷,找一棵树,底下埋了,好早点投胎。那过水库的夜行人,看见水里面绿莹莹的光,就是小孩子未散尽的魂魄。方才说过,疹子这东西,在山里人看来,不是病,是必要过的活命关,躲也躲不过去,还要让它出透出尽。麻和尚身上的红丘疹,捣了马蜂窝似的,将整个人裹起来,就是一双手掌和脚掌,干干净净。祖母直摇头,还没出到家呢!熬制的羹汤里又添几种动植物,最后,添进了人乳。村里头有刚生产的女人,上门讨半碗新乳,说好日后认作干妈,自己的生母只能叫婶娘。到第八天向晚时分,手掌与脚掌一下子爆出红点子,出齐了。夜里边,睡醒过来,祖母允他开窗,对外看一会儿。熄火三日,正开窑,漫山遍野,火炬熊熊,仿佛起义。这是千钧一发的时刻,一边是出窑,一边是进窑。窑里的气温还滚烫,湿布裹身,脚不沾地,抢似的搬出成品,再抢似的搬进碗坯。趴在阁楼的窗上，连绵黑瓦上滚着热浪，空气燃烧着。他却感到清凉，风习习地拂面，朗月照耀，淌着一街清光。小孩子的眼睛是慧眼，尤其刚从生死线上挣回来，就能看见之前和之后的情景，他眼里的碗窑实是多年以后，水底下的小村子。

红疹子变成褐色的痂，就像长了鳞，结成硬壳。两只手让祖母套了棉袜子，就不能挠和揭。进口的饭食不加一星点儿油盐酱，还需服一种苦水，鱼腥草煎煮，喝一口，吐一口，再喝一口。开始还挣着，后来就认命，不哭不闹。死硬性子，就是这时候熬成的。所以，小孩子非出疹子不可，这疹子活像冶炼，硬生生将石头锻成铁。一夜之间，鱼鳞般的痂全褪下，床席上乌压压一片皮屑，脱出一个洁白如玉的小身子。只在脸上、眉心与鼻侧，留下十来个浅凹，米粒儿大小，也是白的。一街的孩子里，就显出这白亮条子。街市里，还有一个白的，就是新认的干娘。这媳妇是平地上的人，经几个转折，被碗窑的男人娶来，说话人都不懂。一日正吃饭，忽从板凳上仰过去，眼眸子倒插，口吐白沫，这才知道有癔症，所以愿嫁到这山里。癔症上来时骇怕得很，过去就没事人一般，吃喝睡全不耽误，一连生下三个，都是黑皮色。那只喝过半盅奶的，倒像她养的，白。野孩子们从街上呼啸跑过，不提防门里就蹿出一个人，揽过那白条子，撩起衣襟，按在胸脯，硬将奶头塞进小嘴里，嚷叫着，脸上笑开花。这媳妇，其实是个活泼人，爱说爱笑，但没人听得懂她，难免孤单，如今就爱挑这孩子玩闹。起初他怕她，一味躲开，不得已要从她门前过，便撒开腿没命地逃。越是逃越是追，跑过一条街，终还是逮着，按在奶头上，透不过气来。回数多了，倒尝出甜头，那绵软和奶香很馋人呢！于是，逃着逃着忽就掉过脸，迎上去，揭开媳妇的衣襟，一头栽进温柔乡。这一大一小,站在碗窑的街口,搂抱着,一个咂着一个的奶头,怎么说都是有些情欲的意思。这情欲也沉到水底,作了水草的催肥剂。

麻和尚出生时候,正逢碗窑复兴。之前的二十年,青莲只有一家窑厂,属乡镇集体所有产业,烧制些平常家用器具,外带一个门店,算是一千年烧窑史的遗存。除此,与山里其他街市无二致。正对戏台的街——戏台还在,背后围一个大院作粮站,两翼的过廊也在,起墙隔断堆放粮食。正对戏台的直街,矗立起一行水泥建筑,依次为镇政府、电影院、邮局、招待所、医院、百货商店,末梢是学校。多少和历史上手工业的发达繁荣有关,青莲是个大镇,人口多,街市称得上纵横。在计划经济的年代,曾经考虑在此建行政县城,最终因地理地质限制而放弃。碗窑依山傍水,用地就逼仄,挖窑和取土又使得山体空洞,植被单薄,易发泥石流。在当时令青莲人惋惜,倘作县城规划,当有大发展,多年后却换成庆幸。一是山水保养,地土生息,重又沃肥起来;二是辖制不严,到七十年代初,自由经济萌动之际,烧制缸碗的窑业就有露头的迹象,倘是在政府眼前,就只能作白日想。

事实上,窑制的技艺早已断代,说起来都是老古话。镇上人家的生计很窄,说是城镇居民,有粮油布线供给,但不都要钱买吗?钱从哪里来?公家的钱粮十分难得,还得要自己谋求。外出是一条路,到淮南挖煤,新疆采棉花,长途运输的搬运工,等等。外出的人但凡回乡,都会捎带些此地的稀缺,交换彼地的稀缺,这就是黑的了。有一黑,就有二黑,总是有人起头,到坡上探出废窑口。又还有个窑厂,保持些烧制的初法,于是,一口窑出来,又一口窑出来,迅速成燎原之势。先还是粗制,可谁让青莲的水土好呢!那条水叫菇溪,土是白土,谁家里还有着旧方,又是谁学来新艺,更可能是,一种沉睡的记忆苏醒过来,前世接续今生。时间到上世纪七十年代中下,新生的人口,返城的知青,都在讨衣食,公家供不出,还是靠个人。窘急之下,也就不作闻问,任其发生。随窑业兴起,青莲镇变得活跃。先是沿街人家纷纷破墙开店:饭店、旅店、杂货店、缸碗店……戏台前这一片空场,每日聚集着挑夫,等着开窑的日子,讨一口力气饭。挑夫们来自四乡八野,说着各路口音,彼此不通话语,但一律光着头,腰间紧扎一条白布巾,肩上披一张搭背,马鞍子形,密密地行针,裤腿卷到膝上,腿肚子暴着筋,手里提一根木扁担,扁担头上绕着细麻绳。走动起来,不由就奓着胳膊,有些像戏台上的山膀,脸上带着有劳有食的沉静的笑,有一股彪劲。大多自备饭食,麦饼和粽子,也有手头阔绰些的,就往街里饭铺去吃。要一大盆血肠烩杂菜,两大碗米饭,呼噜呼噜吃出一头热汗,桌面上按下一张毛票子,不过是一趟活的一个角。站起身,慢慢走了。这帮青壮汉子,无家无业,要不怎么来做这个?散漫在青莲,对镇上人家形成一股压力,是由力气、元气、憋闷着的情欲合成。一旦出窑,缸啊碗啊上了挑子,哼哈哼哈上路,镇子刷地空下,说话走路都有回声,竟是寂寥了。

麻和尚家的营生略有些偏开烧制的主流,但也是从中生出的枝节,就是年画。在他家阁楼上就收着一套木板模具,家人多不知作什么用途。到窑业兴旺时候,祖父将一捆麻布卷从阁楼搬到客堂,打开来,装拼起,才看出大致规模,一架印床。镂着图案的模子,分别有几套,每套几式款,一式款取一色颜料,套起来，就成一幅画。款式总共五样：门神、灶神、火神、风神、水神。画印在窗户大小的白纸上，纸质薄脆，好处是受墨，坏处是易损毁。神的相貌一致无二，区别是在佩戴与颜色，颜色只几种，不同是在调配，有红脸、白脸、蓝绿脸、青紫脸。画幅很满，顶格四边，围绕字样，看起来威严又热闹。开机以后，试着出一卷，交杂货店代售，不想镇上人先下手购尽，再就一发不可收拾。凡订购缸碗的商家都要顺带买画，正月未出，就开始订货，络绎到腊月。等霉潮天过去，大伏以后开模，印机清脆的打板，昼夜不停。也是钻了历史的空子，无神论的大时代缝隙里，有神论伺机而出。政府干预几回，祖父曾经重刻一套新文化的模型，到底不成，半途而废了。原创的技能早已经失传，目下做的只是复制。政府本是表面文章，并不认真计较，一来一去中，时间就到了上世纪七十年代下半期。年画事业勃兴的日子，麻和尚家后院搭起棚专司制作，客堂则做买卖，前店后厂，纸上的油墨未干，热烘烘的就出去了。

麻和尚耳边，总是响着“咯哒咯哒”木印扣合的声音，夜半醒来，“咯哒”声从壁缝里传入，还有丝丝光亮，吵不着人，只会让小孩子心安。出过疹子的小孩，仿佛浴火重生，那些鬼精灵全还阳了。院子里铅丝拉起，一重重晾晒的神祇，直眉横目间有一股奇异的妩媚，吓人之后有一种亲，不知道最初绘图样的人是依什么摹本，又是依什么想象。很多年以后，麻和尚进一座韦陀庙，庙是村民筹资自建，韦陀也是新塑，涂一张通红脸，执金刚杖，漆得油亮，他一下子认出，他家诸神的脸。那些互相洇着颜色，在薄脆白纸上显得黯淡模糊的脸，忽然间跳出来，活脱脱的。麻和尚真要哭了，他认定出自同一脉传。其时，他家的作坊早已在了水底，神祇们大约也脱开纸面，随波逐流，形影消散。

事情不是一夜间发生的，有言道，风起于青萍之末。追根溯源，碗窑的变故，最初起因大约是一件东西，就是电。前边说，青莲错过设行政县的机会，维持镇制，于是，一系列城建规划都绕道而去，其中最重要一项就是架高压线。镇政府用电极有限，电话、电报、一点点照明，一部柴油机供给足矣。稍有匮缺的是电影院，电影院可算作用电大户，平均每周才有一部片子上映，匮缺也就忽略不计了。上映时候，断片的情况常有发生，面前的银幕陡地暗下，情节戛然止住，将人们留在黑漆漆的现实中。先是咬牙咒骂，然后声声叹息，再接着渐渐安静下来。银幕的上角亮一盏小灯，就仿佛引众生度苦海，原先一镇上抬头不见低头见的邻人，此时变得陌生，于是，心里就有些活跃，黑里济济于一堂，终究是不平常。就在这时，小灯熄灭，银幕亮起，隔绝了的人和事再又续上，演绎下去了。

青莲人倘有记忆，应该记得正式供电的那一晚，其实是有些吓人的。陡然间，隐蔽处全敞开来，暴露于天下。板壁上的裂缝，屋角落虫鼠的尸首，软体动物的蜕皮，蚊帐布上的血迹，人脸的斑痣，床下的霉……这世界原来藏污纳垢，而且，很小，只是灯光里的一小窝。照明没有把视线放远，反是圈起来，竖一周藩篱，将明与暗隔开。小孩子不肯早睡了，老人更加少觉，夜晚变得骚动。可是，最初的不惯很快过去，这就显出文明的驯化的力量，人们越来越依赖照明，天还未暗到底，电灯已经亮了。遇到停电的日子，这样的日子还是比较频繁的，夜晚人们简直不知道怎么办，怨艾笼罩街市。一旦来电，兴致便高涨起来。夜晚的作业也多了，女人做针线，男人和泥，小孩子写字，聪明的小孩则描花，碗窑描花的收益又接续上了。拉坯床接上电，省下脚力。不久，第一口电窑出现了。这称得上是碗窑的工业革命，一旦起步，收也收不住。产量激增，人工却降低。紧接着，第二、第三口电窑接踵而至。然而，出人意料的是，与生产相应的销售大潮却没有如期到来，相反，似乎还有所平淡。菇溪的下游，直到邻省福建，窑业纷纷起来，电窑的设备使得烧制方便，技术保证，同时呢，也消弭差异。青莲的烧制与其他窑制见不出二样，于是只能拼价格，越卖越廉，直至收缩停业。客商少了，戏台前的空场上，挑夫的行迹寥落了。好在有电呢，几盏街灯彻夜亮着，投在石板地上，一圈一圈的亮。取土的大坑，是一个一个深洞，废窑则像坟冢。青莲在灯照下剥开外壳，翻出内瓤，一片狼藉。

记忆模糊了，时间被截流，蓄于同一空间，分不出先后次序，但印象都还在。电灯亮了，亮灯的街上，跑着小孩子，玩着游戏；老鼠也在奔跑，跑在地板底下，房梁上，沿着椽子，在床脚做窝、交配、娩下小鼠，粉红色的小肉球，迅速长大，和小孩子赛跑，争夺吃食，真是瘆人！睡梦里听老鼠啃噬木器的磨牙声，房子都在动。镇上人说，住不得了，住不得了！四周围都在迁村，不知是迁村惊动鼠类，还是相反，鼠挤得人只能让地盘，时间截流以后，历史就成混沌。有性急和激进的人，已经走了，赖下最后几月的电费，撤空房子，连门都不掩上，带着粮种、牲畜，还有一具拉坯床子——说不定什么时候什么地方还得靠它吃饭。老鼠的天敌，蛇来了，盘在床下，空窑里是一盘又一盘，埋着脑袋，倏忽间，闪电般射出去，一只老鼠进肚。老鼠一下子寂灭了，青莲却成蛇天下。这一段安靖不是以时间计，而是一些些场景。县城文化局带来剧团，还有电视台，戏台装饰一新，剧团也是新人新行头，演的却是旧戏，叫《吃糠》。笛子吹起，板子打起，男女声咿呀唱起。少年人都没耐心，又不清楚端底，老辈子却知头知尾，津津乐道。演过了，剧团、电视台、领导长官一下子撤走。戏台上的装饰旧下来，街上拉起的红灯笼绿彩带褪了颜色，就是这一段安靖日子的表征。如今也到了库底的清水世界。

麻和尚家的木刻年画生意，随窑业的凋敝下滑，因定制缸碗的客商减少，牵连了年画的销售。但这是表面上的原因，事实上，光鲜华丽的挂历，明星肖像，涌涌而来。相比之下，麻和尚家的出品不仅色彩暗淡，题材陈旧，而且纸质脆弱，运输与保存都有难度。所以，窑业和年画的衰落，很可能只是时间上的重合，或者说，是处于同一时代潮流中的共同命运。终于，木刻年画一捆都卖不出去，行商们几乎绝迹，县政府文化局的抢救传统政策，还未波及这一项。印床和模具重又拆开叠起，裹上麻布，再裹上塑料布，束之高阁，等待下一个契机。可是，下一个契机在哪里？祖父老了，山里人见老，六十岁的年纪看上去都有七八十。小辈无一人习这手艺，还都瞧不上眼，倒是趁着兴旺时节学会行销经商，又逢到自由经济的好日子，都出去跑码头。孙辈呢，也就是麻和尚，瓷白的皮肤，眼梢吊到额角，就像“三国”里的赵云。看着他在电灯下吃饭，牙齿又细又白，却利得很，寸二厚的麦饼，一口下去，仿佛刀切，咬痕齐整极了。这孩子脑后有眼，一回头，老人的眼睛不及躲闪，逮个正着，不由起疑：这是自己的子嗣吗？都有些怕。有一回，孙子走到印床边，看一张张画揭起，放下，码好。老人以为他想学，有意教，告诉说：这人名叫秦叔宝，原是唐太宗的大将，穿一身武装，立于太宗门外，鬼神不敢近，方能安眠。那孩子听了，“咯”一笑，伸出手指头，捅在秦叔宝眼睛里，穿破五张纸。祖父打他，不是打他糟蹋东西和劳力，是打他不敬神。他不哭也不求饶，祖父越气，越打。后来祖母过来，把人拉走，已经打出血。自此，麻和尚不再走近祖父和印床，祖父以为是恨他。与将来要靠的人结仇，令人沮丧。其实，麻和尚是怕，不是怕祖父，而是怕秦叔宝。方才说的，多年后在一座小庙，看到韦陀，像极秦叔宝，脸相与佩戴都是一样。就在那庙里皈依，做了居士，所以人称麻和尚。

祖父和祖母都没靠得以为要靠的人，库区移民启动不久，鼠和蛇大战天下时候，两位老人便先后过世。镇上多少老人羡煞，不必经历迁徙的大动乱。鼠蛇之灾只是征兆，接下来便是人患。到此时，镇上的青壮已然不多，就像麻和尚的父母叔伯，回来奔丧时候，彼此都认不得，还不如路人有邂逅的亲缘，因是血族的定分，不认也得认。祖父母的棺冢埋在山上，都知道指日内将成水族，总归是故里，不像活着的人，不知漂流到何处去。四处都在搬迁，街上堆积着要和不要的旧物，车轮被重负压扁，再将路面压碎，就这么硬劲轧过去。天又下起雨来，坑洼里蓄了水，溢进窑口，倒灌出来的就是泥浆。许多搬空的房屋拆走了瓦爿，雨就哗哗下在梁架中间。真是忧郁啊！电断了，似乎是催促库区移民搬迁，增添了惶遽的空气。坚持等待麦熟的农户眼看收成泡了汤，不得已提前动身，老母猪又难产，好容易生了，是一窝死胎。狗走失了，踪影全无，不期然间回家，带来不知什么病，传给鸡，瘟了一片。人们加紧伐树，侧柏和圆柏全伐尽，余下杂树灌木，一夜间死光，枯萎地趴在坡面，鸟轰一下飞起，炸窝了。后来，雨停了，也不是停，而是蒸发在空气中，太阳却出来，裹一层水汽，溽湿燠热。地面，墙面，石面，砖面，仿佛张开毛孔，渗出豆大的汗珠。好容易熬到向晚，有一些森凉的风吹来，安抚憔悴的身子。陡然地，电来了，照亮四下，原来是这样破烂不堪的世界，满目疮痍。

麻和尚一家上路了，叔伯姑婶侄儿女，分乘几辆卡车，车头上结了红绿绸，由移民办公室人员押送，出了街巷。这条街空了多半，那少半也忙着动身的事务，没有人送行。移民办代放几个高升，高升免不了受潮，吱吱喘息着爬到屋顶，发出闷响，火药味弥散不开，全扑在人脸上，呛出眼泪。透过婆娑泪眼，麻和尚看见自家老屋蹿出一队老鼠，追着车轮。有大鼠，有小鼠，其中一只母鼠，身子很重，显然怀了鼠仔，不用说，是同一家族。跑得最快的一只，攀上了车轮，又被甩下，渐渐落后。远望过去，不是鼠群奔跑，而是路面颤动，颤动，终于拐过去，看不见。天地并没有因此停止颤动，那牌坊的石柱都歪斜下来，牌坊上的字模糊了，就这么从头顶过去。路是陡峭的，车身几乎直立起来，险得很，却还是固执地开过去，上盘山路。又是一个雾天，青莲镇在雾里面，圮颓得要命，一堆废墟断垣，见不着人，只听这里一响，那里一响，高升洇开黯淡的火光。这像烂桃子一样掰碎的古镇，将在水底合拢、复原，墙是墙，顶是顶，窑是窑，场是场。不是说，时间被拦截了吗？过去，现在，将来，筑进同一个空间。要是你下到库底，突破几十、几百、几千亿立方的水和压力，潜下去，就能看见漫长的历史，凝固在一个瞬息里。那碗坯子上头，刻的都是彩陶时期的绳纹、电纹、鱼纹、草叶纹，蔓出来，蔓出来，缠绕在石头、砖瓦、水泥预制板、板里的钢筋、外国来的马赛克贴面，你以为是水生植物，错！是历史。

麻和尚家被安置的地方位于省界，语言不通，人情也生疏。父母叔伯的生意且在四面八方，所以就将年幼的孩子留下，由一位年长的伯母照应，依然回去各自的买卖里。麻和尚和几个堂弟妹注册了小学，结伴来回。小孩子总是欺生，加上是库区移民，就像侵占他们的领地，格外有歧视。课上课下，明的以拳脚，暗的以陷污。欺凌中的生存之道，或者凭智慧，或者凭诚意，他们的年龄于两者都不及养成，又缺少家教，于是只得走偏门，那就是示弱和逞强。麻和尚是弟兄中最有禀赋的一个，他是在两可之间取平衡，路实际更窄，更压榨天性，同时呢，也造就人才。

这群外来孩子中的白条子，很招眼的，立时得了难听的诨号，叫“二尾子”，意思不男不女，由此而生出多项侮辱。课间解手，一众人尾随，回来各以形容，再得一串污名。同族的弟兄姊妹多是惧怕与自保，不免投强，将自己人孤立。有一二个奋勇的，却又势单，最后被教训个落花流水。他本人不出声不出手，任凭同族人是亲是疏，也是一般对待，不即不离。渐渐，挑衅的热情平息下来，因生不出新招术，日久也会生厌。事实上，不乏背地里吃过亏，比如，撒尿时忽地一转，直滋后边人的脸，张口要骂，尿就进了嘴，不是要验真假吗？验吧。白条子笑盈盈的眼睛里，就是这意思。这查验扩散到茶碗，饭盒，鞋壳，一对一的，就没有见证。欺人的人多是怯懦的，不敢与他单挑，还怕丢面子，喝库区移民的尿水，只得咽下肚不提。但等私下交会，发现有共同遭际，便串联起来，向老师告状。老师找来白条子，双方对质，那一方同仇敌忾，这一方低头垂目，事情大半清白。老师将那几个打发，独留一人教育，未曾开口，这边已经啜泣流泪。老师是女老师，中师的实习生，教过这一级再回学校领文凭和分配，本也对这孩子怀几分忌惮，觉着他阴。这一哭，却哭散先前的戒备心，并且，释放出母性。她也知道移民的孩子受欺负，哪个世界不是恃强凌弱的世界！连做老师的她自己都怕那人多势众蛮横的，就也要流出泪来。从此，她做了这孩子的小母亲似的，送他些花花绿绿的贴纸、卡片，上面写着鼓励的赠言。给他糖果吃，一种奇怪的跳跳糖，会在口舌上爆炸，乱蹿。都是小姑娘间交换的礼物。老师就是个小姑娘，在这孩子眼里，甚至比她实际年龄还更幼稚，而这孩子的阅历和心智，早已超出他的实际年龄。

对老师的馈赠孩子珍惜地接受，心里面也许在发笑呢，这是什么玩意儿！怪得不能再怪。那些卡通的人形和物形，简直让他厌憎。厌憎它的假，再大些或者再受些教育，他就明白那是假天真。他是领教过真正的庄严的天真，就是他家年画上的木板印刷人物，那一尊尊的神。人们看见这孩子跟在老师后头，手里端着老师的粉笔盒，收齐的作业本，替老师挑水、担柴、生火，扑在帐子里驱赶蚊子，还有时候，脸对脸站着，让老师替他钉扣子，补缀绽线的肩袖，就像一对亲姐弟。离老师那么近，嗅得到老师发上的香波气味，那种工业的香味，也是假。在这方面，他也领教过真香，就是被女人摁在怀里，奶头的气味。那气味有多远了啊！但这孩子的韬晦，说韬晦严重了，也许只是生存的本能，他知道老师虽可笑，却是他的保护，可不是吗？现在，没有人会害他，他也不会害人了。他成了老师的乖乖，连伯娘对他都客气几分。老师常常上门家访，向伯娘赞扬他般般好处，连他自己都不信的，羞红脸，看着鞋面。鞋面破出口子，于是，老师给买了旅游鞋，这是老师赠予中最实用的一件。令人羞赧的好心里，到底有一点真意让他感激了。假如老师再教一个或两个学期，或许，只是或许，这孩子会变一个人，变成大多数人里的一个。浅薄的情感自有单纯的魅力，给它时间和机会，是可教育人生的。

学期结束，老师要走了。那一日，班上所有的学生都来送，送到镇口，又全止住脚步，由那孩子一个人继续余下的送行。孩子和老师的亲密关系已是大家的公认，这里面还有权力的成分，谁也不敢侵犯。就这样，孩子一手拖着老师的拉杆箱，一手提着旅行袋，背上还负着双肩包，里面装着同学们送的草药，山茶，一只野兔子，烤好的麦饼和煮鸡蛋。老师空手走在后面，说着嘱咐的话，心却已经飞回学校，被毕业就业诸事务羁绊。此时发现，眼前这个孩子其实是生分的，便用絮叨来填满之间的空虚。相比较下，孩子倒显得从容多了。虽然负重，但山里孩子从小就练出手劲和脚劲，常走到前头，驻步等老师走近。迎着老师的眼睛，这几乎是一双成年人的眼睛，老师简直要躲它。不等目光接触，那眼睛又顺下去，转身向前。几次三番，到了公路上，等长途车经过。老师沉默下来，这一刻，照理是有些窘，事实上却还好。谷里传来鸟鸣，十分清脆，一时上耳目通透，神明气朗。山崖斜下一棵树，垂着红果子，老师跳脚去够，够着一颗，向学生一晃，得意得很。学生放下手里的行李，肩上还负着包，退几步，忽然发力，脚底蹬在崖壁，一弓身，手抓住红果枝，放下双腿，悬挂着，上下悠几下，只听咔吱一声，人已回到地面，举一满枝红果子，送到老师跟前。是没站稳，还是故意，腿一弯，跪下来，仿佛行屈膝礼，是奉献的姿势。这当口，长途车来了，停车开门。上去人，再上东西，车已等不及，启动，关门，开走。

车开出一截，孩子发现自己在跟车跑，车转过一个弯道，消失了。路面上只有自己的影子，孤单单的一条。在送别的最后一节上，师生俩才算得和谐相处，原本多少是硬撑，硬撑的爱与感恩，底下是收服与投靠。他毕竟是个孩子，说是九岁，其实八岁，有多少世故可以强撑到底，总有一点挚心透出来。一个人走在回家的路上，相当落寞，眼前的山水都变了模样。

山里边的夏日是繁荣的，草木葳蕤。此山地以除虫菊为盛产，开出白和红的小花。镇上人家爱种杜鹃，紫色与粉色。各种瓜也结出果实，金黄的大南瓜，浅绿的菜瓜，玉白的笋瓜。可这孩子是阴郁的，从老师那里得到的特权这时候体现出代价，就是孤立。人们都避着他，连叔伯家的弟兄，挺过初时的磨折，也加入人群，结了伙伴，而他独自一个人。生性里本就是不合群，老师又让他恃傲，众人呢，多少欺他失了倚靠。这天，送走老师回家，伯娘就说：你小妈走啦！老师家访时，伯娘已然说过：老师你就当他是儿子吧！话里藏着私愤，因兄弟弟妹只顾生不顾养，把孩子都丢给她，难免要找出气口。这类言语早听得厌极，只当耳旁风，但此时非彼时，变得锐利起来。应该说，这个夏天里，所有的事物都变得锐利，具有攻击性。小孩子们的白眼，听不懂的乡音，除虫菊的气味让人头晕，漫漫长日过也过不到头，夜里的蛙鸣——镇子后面的溪流有一个弯度，形成落差，水裹着蛙陡地冲下，砰然作响。伯娘半是身体原因半是情绪作祟，周期性地发作，以怠工的形式。不做饭，不洗衣，不收拾，连她亲生的两个也没得吃。却也难不倒小孩子，自己会去镇上小店赊方便面与糕饼，或是一起点火烧煮，有一回险些燎着屋顶。伯娘只是躺在床上嚎：烧吧，烧吧！邻里们听不懂她嚎什么，堵着门笑：外乡人真是有趣的东西，多么古怪又好玩！

在这些日子里，无论是兄弟们赊来还是胡乱做出来的吃食，这孩子都不沾。不沾就不沾,没有人会请他,反以为他自有路数,老师不是他的小妈?不知会给他怎样的接济。事实上,那几日,这孩子不食不饮,甚至不入家门。他可是经过熬炼的,这一点饥渴算得上什么,相反,饿瘪的肚腹有一股子轻松,小小的晕眩,脚似乎离开地面,纵身一跳,就飞起来。他在溪水里洗澡,顺手洗了短衣裤,铺在一块翘石上,赤裸身子睡在石下的凉荫里。刚才说的那一个弯度就在翘石上方,水和蛙的轰鸣中,身体浮托起来。

这一日,向晚时分,从午眠中醒来,衣服已经晾干,穿上身,离开溪涧,穿过窄巷,走上街面。迎头来一个人,穿绿色的制服,是邮递员。向他问路,问的正是他家,伯娘的名,张鹏桃,仿佛一个伶人的艺名,中间那个字通常都念不出来。没有片刻犹豫,他自称是她小孩,从来人手里接过一张邮件领取通知单。这镇子小得呀,连邮局都没有,要到邻近行政乡镇办理电信业务。他认得这单子,邮件一栏写的是汇款,是外面打工的人寄来的。回到家中,伯娘躺在帐子里,弟兄们不知跑哪里觅食去了,静得很。他蹑起手脚,走过伯娘床边,向床脚探进身子,够到橱柜的门。天井里投在帐上一缕光,伯娘看见人影,嘟哝一声,光收走,人影没了。他拉开橱门,手在里面摸索,摸到一具木盒,抽出来,夹在腋下,走到天井。天井也很静,静得让人怅惘。穿过去,到后进房屋,横七竖八的床,是孩子们的居处。坐到最里的床上,木盒放在膝上,将一支发卡拗直,伸进锁眼儿。他呼吸均匀,脉跳和缓,发卡的那一端,一定有一个枢机。时间慢慢过去,光线暗下,他所在的角落已成黑洞。静息之间,果然,手下一动,锁开了。取出伯娘的身份证,还有户籍簿,户籍簿有几本,各家一本,他挑出伯娘家和自家的两本,放入书包,为万全之备。余下的事情就简单了,合上锁,送回去。帐子里的人一动不动,让人怀疑是不是死了。耳边又响起搬迁前,鼠患中人们叫嚣:住不得!住不得!这声音惊了他,不由往后一跳,触碰帐子,里面人没有出声。再一纵一跳,身子多轻啊!已经站在巷子里,紧邻的门里,摇车中坐着小孩,胖手握一角麦饼,啃得涎水淋漓。忽一下,饼没了。

出巷子,走上街面,手里的饼已经下肚。左右看看,奇怪呀,人去哪里了?没有人。仿佛镇上人都在纵容他,纵容他走。麦饼给他长了力气,到底老话不错,人是铁,饭是钢。暮色平铺在石板路上,光洁极了,这是什么地方?与他有什么瓜葛?怎么就到了这里!他恍惚想起,来到的那一天,大人孩子挤簇,说着听不懂的话。什么话呀,难得有一句,以为是这意思,结果是那意思。为了看他们,小孩子争先恐后,都要打架。叔伯婶娘又因搬东西占房子吵起来,吵闹中,东西落在地上,围观的人轰一声散开,极骇怕似的,然后又聚拢。小孩子在大人腿缝里钻,钻,钻进来,扮一个鬼脸……卵石路在脚下踩过去,就像一张一张鬼脸,不一时工夫,就走到镇子头上,才看见人。一个老头拉着车,朝他张着嘴,是喊他过去推一把,他装听不见,头也不回地走了。

根生土长的地方没有了,上面的一切,生活、家庭、族群、伦理、道德,分崩离析,全面坍塌。千真万确,这就是沉沦。按物质不灭原理,这些存在还都在,无论分解成怎样的碎片,都是原先组织结构形态的残留。倘若是较为原始的元素,也许可能纳入新的模式。而碎片却顽固地保持遗痕,甚至局部的完整性,那就很难嵌进另一种构成。它嵌进去,挤出来,再嵌进,再挤出。几次三番,摩擦使尖锐的边缘平滑圆润,可这是表面,实质呢,内里的能量在挤兑下增加密度。不均匀受力破坏平衡，随时随地，冷不防释放，造成灾害。然而，换一个角度看，这股破坏力说不准是生机呢！将稳定的周而复始斩断，推进新的循环。可疑之处在于，这一个斩断从旧循环的内部产生，是出自表面平衡底下难以觉察的差异，还是人为干预？比如，时间并不是平均分配为十二个月份，即便设置闰年和闰月也不能完全消化，被除数和除数终不能精确地除尽，世界上的多种历法，大约就为解决这个余数，企图替自然做出规约，然后进行摹写，类似制图者在纸上画下经线和纬线。就是这个余数，透露出破绽。循环内生的缺裂非人眼能窥视，所谓天机不可泄漏。人类能否对自然做彻底的模仿？就算是抄袭，能不能完全抄袭？任何一点多和少，得数都会大不同。那无法被年月日除尽的一秒，或者零点一秒，抑或零点零零零一秒，被时间的洪流淹没，不知多么久才露头，就是“忽略不计”中的那个“忽”的计量单位，称它“忽”真是有道理。谁知道它会对星球、星系、星空，产生什么影响。这倏忽而去的一瞬，比眨一眨眼还迅速，却错不过去，而是存下，积起，增值，变量到变质，酿成祸福。

那孩子找到母亲——伯娘不总是说，你妈死了！这恶语诅咒并没有兑现。离乡离土，连诅咒都失了效力。母亲活得好好的，还为他添了一个弟弟和一个妹妹，却不是和他同一个父亲。父母已经离异，早在移民之前，所以，你又不能简单地区分，什么是因，什么是果。也许，生活先于故土溃决，随后才沉入库底。他被母亲驱使去找父亲，父亲也为他添了弟妹。同时呢，他增添一对继父母。说来奇怪，溃决是以繁殖的形式体现，他们成为一个多么庞大，枝蔓繁杂的家庭啊！此后的日子，他就在父亲和母亲的家庭之间来回往返。行程时间不定,要看能否搭上车,搭车的几率很低,难得遇上车,多是满载和不搭理,谁知道这孩子是什么路数,倘是个歹人怎么办?他的形貌越来越趋于成熟,尤其是脸,白得透明,又深不可测。车从身边开过,他弯腰拾起一块石子,狠砸到后车窗。这就是小孩子的恶意了,想停车教训,后视镜里映出白脸,笑着,不由迟疑,遂加大油门,嗖地开走,留下他一个人,踯躅在盘山路上。大概十二次里有一次,搭上一辆小型农用货卡,车主让他坐在车斗,顺便照看车里的货物。风扑面而来,他体会到速度,抬起眼睛,越过深谷,看对面的山峦,缓缓移动,速度又消失了。不管怎么说,距离在缩短,车轮下的路比脚底下的匆促,不一会儿,路途就过去一半。路途的一半是以五尺这地方为标记的,这一天,车主到五尺就要返程,他下车,帮忙卸下货物,然后在街上踱了踱,忽然间停住,不走了。

十九

早晨，野骨兄弟的车载上养老院的一老一小，从东向西，驶过老街。老头儿和女人跟着车，车后窗上贴着两个人的脸，隔一层玻璃，里外对望，上下颠簸。老头儿向前蹿着，手都摸到车玻璃，让女人拦下，保持三五步的距离。从里望出去，外面的两个人变小，变小，小人国似的。脚下的石块路也变窄，两边的小破房子，快趴到地上去了，街市后头的山却高大得很，将人啊房啊全罩在底下。车速加快，老头儿向前扑好几下，到底没扑着，而且越离越远。车出镇口，拐上宽平的新街，两下里彻底分开，再也不见。男人驾车，从后视镜看后座上人，两个强命人，从自生自灭里活出来。也是遇上贵人，就是所长。上一日，所长把男人从野骨叫出来，将这两条命交给他，应该说，还他一条，再搭上一条，所长叫作：买一送一。时隔大半年，彼此都还记得，那人见面，又深鞠一躬。二点倒有点怯怯的，仿佛认生。男人再一看，果然，这人变得不像，不像在哪里？男人对了后视镜沉思。

原来是，这人长了年纪，岁数写上脸了。林窟这地方就像传说里的仙人洞，洞中一日，世上千年。他和柴皮的战友，凡当兵的都是战友，古话称同袍之谊，俩战友都对这人的年纪没概念，当然不会以为是青年，可又不是老年，要说中年，也不是，总之，没有年纪。就在这大半年里，岁数就像蓄水，长上来了。他足有六十五，六十六，甚至六十七，男人不敢继续添他年岁，仿佛要折他寿数似的。这时，副驾座上的二点转过身去，端着望远镜悄悄照那人。其实，二点比他哥哥会看人，那会儿，二点喊他“爹”，因为爹就是那种没有年纪的人。从他们兄弟生下到长成，再到爹去世，爹就没变过，就是那样子。难道，难道林窟真是仙人洞？离开林窟，他们都长岁数了。男人看见后视镜里自己的脸，四十多岁的年月都堆起来了。在他背后，那人对二点笑呢，余光里，二点也在偷笑，将脸藏在椅背里，羞羞地笑。这两人认上了。一种比脸、相貌、表情更深刻的印象水落石出，牵丝攀藤一大团，拖带着泥啊水的。二点不仅会看，还会认，认的不是表面，而是实质，比如他把这人认作“爹”。现在，二点不时回头，从椅背里探出脸，一笑，那人也一笑。男人又有一个新发现，这人会笑了。一旦会笑，便也有了伤心。方才一幕，车拐出老街，跟车的人不见了，好半天转过脸，可伤心了。

那病孩子，所长告诉名字叫张乐然，连那人也有了名字，吴宝宝，虽然不大像他，像不像的，总归是一个叫头。张乐然也参加到吴宝宝和二点的交流中，要看望远镜，却端不动，吴宝宝就替他端着。张乐然望进去吓一跳，移开眼睛，却不甘心，又望进去，这一回停留得久了。只有吴宝宝觉得出来，这孩子就像一只受惊的禽类，全身羽毛都奓开，硬挺着，慢慢慢慢地方才顺下来。他与二点相对而视，二点伸出手，摊平掌心，他在上面拍一下，二点回拍一下。两人这么拍来拍去，车就行了一程。男人将车窗摇下，臂肘搁在窗沿，风吹在脸上，凉爽极了。后车窗也跟着摇下来，张乐然就将望远镜架在窗沿，看对面山。透过谷里面涌起的白雾，看得见谷那边的盘山路上，也跑着一辆车，车轮转得离了路面，却飞不出张乐然的镜头，说明两辆车速度一样，也说明两条公路相隔山谷平行。这平行的状态维持一段便打破了，各自盘旋，或上或下，分别驶出视线，看不见了。镜头里空了，空一阵，冷不防，几乎面对面，从上驶下一辆车，张乐然不由向后缩一下。事实上，还是对面山，因依得近，又临高，就成压顶之势。车忽一拐弯，跳出望远镜，进了男人的后视镜。

这是第二辆车，前一辆是韩国车，这一辆是日本商务车。男人想：今天的盘山路很拥挤啊！同方向行驶的，连他就有三辆，还很接近。弯道处的反光镜，三辆车一并进入其中，一瞬间叠起来。有几回，男人有意减速靠里走，放那两辆超过去，可两辆车都慢下来，反而拉开距离。男人挂上挡，目光收回，继续前行。二点坐直了，两只手在眼前圈起来，向里看。脸色很正经，正经底下藏着谐谑，是学吴宝宝呢！二点是个风趣的人。二点用手圈着眼睛，渐渐转身，透过手指圈，看见车后窗外面，有一前一后两辆车。那吴宝宝顺着二点的视线向后看，他的眼镜片一个是近视，一个是平光，一半清楚一半模糊，重要的是在清楚与模糊的交界，物体一会儿近，一会儿远。于是，那两辆车一会儿重叠，一会儿分离，他判断不出是一辆还是两辆。有一霎，车近到鼻子碰鼻子，他看见开车的人，却有两张脸，待要辨认，又合拢起一张，退远到视力不可及。这样的情形继续了挺长一段，他耐心等待，等待车里人的脸再一次显现。车轻微地颠簸在一个弧度上，后面的车便错成两辆，又合成一辆。立体感消失，变成平面，就像两张纸牌，是两张，不是一张，事情基本可以确定。猝不及防，开车人扑上面前，倏忽闪开两张脸，他认出了，一个是哑子，一个是敦睦。

男人觉出气氛异常，脚踏油门，车穿过隧道，就像子弹穿过枪膛，直射出去。隧道口的一点亮，就是枪口。可是弹道真是长啊，可以容纳三颗子弹。车窗摇上去，车内的空气增加压力，耳膜鼓动，嗡嗡叫。突然间，一阵哗啦啦的脆响，是张乐然的算盘珠子摇晃，那核桃大小，磨得滑溜溜的算盘珠子，上下蹿跳，按也按不停。终于，终于，子弹出枪膛，一连三发。天地豁然间开朗，山退到背后，而且，破出一条水，车路沿水伸延，一条变两条，而后变三条，平地延出一条，高速垂下一条，车流汹涌。江上有竹筏漂流，载着红红绿绿的人。尾随的车淹没在车阵之中。二点和吴宝宝正过身子，坐稳当，张乐然还回望远镜，算盘珠子不响了。前方亮起红灯，车停住，等着变灯。他又看见两张脸，一张在左，一张在右，摇下来的车窗里，一个哑子，一个敦睦。男人的车窗没有贴膜，他们也看见他，仿佛动了动，视线又模糊了。红灯变黄灯，再变绿灯，车流哗一下，如开闸放水，放出去了。

哑子和敦睦的车看不见了，错开在几股车道。男人抢在变灯一刻，闯过路口，顺势直向前去。湍急的车阵放缓，一些车闪着尾灯变道，然后离开江岸，朝城里去了。江边道疏朗下来，气氛也松弛几分。静静地走一程，男人叫一声“吴宝宝”，后座上的应一声“哎”，男人叫“上海人”，后座应“是”，男人问“开心吧”，后座上答“开心”。男人乐了：什么事开心？那人也乐：事事开心！男人说：送你回上海好不好？那人认真起来，回答道：不晓得。男人默下来，不再说话。车离开江边，驶上一片丘陵。车道蜿蜒起伏，四下都是茶树，间插着橘林，偶尔会有一棵柏，圆柏还是侧柏，在宽阔的视野盘桓，一会儿在东，一会儿在西。开出茶园，路更窄了，两边是菜畦，种着葱韭。菜畦尽头有一方水泥地坪，男人的车就停在上面了。下去车，就见一幢二层水泥楼，坐北向南，正中两扇玻璃门。推进去，一侧是门房，男人站住脚，包里取出一沓材料，送进去。正交割，楼梯上下来一个穿白大褂的女人，问道：九丈的？男人说是。女人的眼睛在跟前几个人中间逡巡，那孩子毋庸置疑，大人呢？男人知道她想什么，将二点往身后扯一把，吴宝宝就站在了前面。

手续完毕，男人留下几句嘱咐，二点则和吴宝宝相互击掌，这是他们的见面礼，也是告别礼。击一下，不够，再一下，七下八下，还结束不了，男人只能止住兄弟。告辞出来，车已经晒得滚热，男人打开车门，发动引擎，放一阵冷风。这时候，他看见盘桓在茶树间的道路上，停有两辆车，一辆在东，一辆在西。男人手遮凉棚看过去，又想，今日这一路车程真是热闹，就像有卫队护送。东边的车推开门，站出人来，黑壮的身个，与男人隔远相望，望一时，双手抱拳，作一个揖，回身进车，缓缓退去。路窄，调不开身，又不好伤人家茶树。车路蜿蜒，终于退到西边车跟前，那一辆被倒逼着，也只得退去。后车里的人伸出头，对前车人说话，男人一是隔远，二是引擎声响，听不见，但因事前所长透露，就猜与吴宝宝有碍，并且起纷争，甚或涉及安危。凡在这山水间讨衣食者，各有一片江湖，男人，还有柴皮同袍，去过山外世界，经历军旅生涯，被大天地收服，是另一种人类。望着两辆车相继退出茶林，调头，驶远，二点用望远镜追踪一时，终于看不见，兄弟俩才上车，开走。

敦睦与哑子的车并行着走，敦睦大声喊：吴宝宝，什么人？哑子隔窗笑一笑，一踩油门，开到前面去。敦睦略迟疑，就有无数车插入，哑子的车就像鱼在车阵里游走，左右逢源，可是，敦睦忽睁大眼睛，有一辆车，咬着哑子的鱼尾巴呢！这是什么车啊，它，来时在，去时也在，可哑子和他竟然都不知道！江心的船筏溯流而上，江岸被人工景断成一截一截：竹林子，草棚子，太阳伞，伞下的原木桌椅，烤肉架，炭火生烟，泳衣泳裤的男女下水了，救生圈浮在水面，一片斑斓。哑子的车速缓下来，后面的车靠近过去。敦睦有一双千里眼，看得见后面的开车人，一张陌生面孔，不知怎么，觉得和自己有点像，形状，肤色，表情，或者说不是像，而是一种相当，权力和指挥以及人生阅历。敦睦兴奋起来，他可遇上对手了，千真万确，不会错，这就是麻和尚！江湖上的事就是这样，螳螂捕蝉，黄雀在后；你找高人，不期然是个对手；众里寻你千百度，蓦然回首，此人却在灯火阑珊处；山重水复，柳暗花明！远远的，两辆车下了主干道，驶进江岸停车坪。敦睦从干道上嗖地过去，麻和尚正从车里出来，只觉头顶一道电闪，心里一震。

哑子下车，迎麻和尚过去，到跟前，停一刻，麻和尚说一句：久不开车，倒不手生。哑子打个手语，意思是服气。麻和尚又说：哑子你跟我多年，有一句话还没告诉，就是，一条命没有二回死！哑子什么人，遭过天谴，一窍蒙蔽，六窍通透。晓得麻和尚放过了自己，也放过那人，不禁一笑。麻和尚抬起手，一松开，车钥匙落下来，哑子正好接住。后备厢取出拖车绳，系上，两人上一部车，坐定，开动，上干道，入车阵，顺流而去。相跟多少年的人，都是孤魂，形影相吊，死生偕老。

新苑福利院，四周茶林，后窗一片橘树，开着白花，望出去，悦目得很。远处，是雁荡山脉的侧翼，山形圆润，好天气里，呈出蓝灰，极纤薄，仿佛透明。从逼仄的山城来到这里，就觉得开阔极了。周边环境是这样，内部呢，刷白的墙上贴着鲜艳的图画，有公益宣传和广告，窗户门扇漆得油亮。护理员穿白大褂，先以为是医生，后知道不是。还有两个男工穿蓝制服，专司修理和采买。收留的大部是儿童，本来称孤儿院，但又有少部分成人，因收容遣送站被勒令取消，合并过来，便更名福利院。张乐然和吴宝宝分归儿童部和成人部，同在二楼，分住两头。张乐然是东，吴宝宝是西，以楼梯为界。吴宝宝这边有四间房，两间办公，两间宿舍，男女各一。多是老和病，吴宝宝这样，查不明来历的有三个，因生活能够自理就担负起一些工作。福利院里严重人手不足，这也是最后同意接受吴宝宝的原因。因工作需要，吴宝宝时常要往东边的儿童部去，去那里就可见到张乐然了。

张乐然所在的走廊另一侧，四间打通成两大间，挤挤挨挨各放几十张小床。打通房间是为护理员方便看管和照顾，儿童部的孩子几乎全是残障儿，倘有健康的，尤其男孩，很快就被领养。留下的，怎么说，生身父母都不要，还能指望陌路人？如张乐然这样的“先心儿”，亦有二三个，在这里就算半个健全人，至少表面上，与常人无异，有时候，就还能帮助别人。吴宝宝去看他，见他正站在小床边哄一个哭闹的小孩。小孩双目蒙着白翳，仿佛老人的眼睛，坐在床上，奓开手啼哭。因没人顾得上理他，三四岁大也不会说话。张乐然变得老成，握住盲孩子的手，摇着，身后又有一个更小的，扯着后衣襟，央求受注意。这孩子耳聪目明，偏是脑瘫，手像鸡爪，不能自主。倘若不进福利院，绝不会知道有这样多先天病残，愚型、无四肢、腭裂、脊柱裂、聋和盲。猛一眼看，就像到了地府，都是前世里犯下罪愆，今生在遭报应。吴宝宝竟为张乐然感到万幸，幸而是这样的病，能治好，还不顶受苦。摸着发顶，头发明显硬起来，扎着手掌心，是生机啊！心情并未因此轻松，反更加沉重，救得了一个，救得了全部吗？从床和床的夹道里逡行，时时感觉有小手抓挠，回头看，无数小眼睛，连那蒙白翳的，都有光呢！对着他。他这个不能自主，来历都不明的人，能做什么？于是，在光明世界里，他感到人世的哀戚。

这是二楼。一楼是伙房，餐厅，健身房，其实真正能享受这里设施的仅有七八号人，所以，更多的作用在于“展示”——少年鹏飞向吴宝宝介绍。来到第一天，吴宝宝就注意到这个白化病男孩，不是因为病状，在这里，疾病是常态，健全倒变得特别。白化病在其中，基本可算作正常，奇异的是他的身份。一整天，他都是在二楼西头一间办公室里度过，身穿白大褂，而且有一张单独的办公桌。到夜里，人们都关灯睡下，他走进宿舍，径直来到吴宝宝床前，撩起蚊帐。吴宝宝眼皮一动，睁开眼，一条人形的光，将墨黑劈开。定睛一时，看见少年人。少年人一笑，放下帐门，光一掠过去了。继而传来窸窣的宽衣声响，就在相邻的床上，本以为这张床不睡人的。次日天明，床上又没人，听得见走廊里有一条尖细的嗓子说话，支使人做这做那，分明是个领导。

少年人十八岁，来到福利院已有十二年时间。往回算，在六岁这个年龄被遗弃，似乎不太可能，人们猜测是孩子自己找上门的。如他的白化症状，除外表奇异，加有弱视，于未来的人生应无有大碍，也难成立收容的理由。但孩子执意不吐口，父母、故里、姓名，全是未知数，连年纪也是院里人估摸出来的。从这些迹象看，这孩子还十分精明，那双眼睛，瞳人透明无色，眼白却是湛蓝，看着人，一点没有怯意，不晓得藏着多少古怪的念头。先留一日，看有没有大人寻来，还到闹市张贴布告，让家有走失小孩的认领。一周，一月，半年，一年过去，没有人来，于是就留下来。第三年，院里决定送他上学，就要取学名，之前，人们喊他"小洋人"，只能算个诨号。福利院的孩子都姓"新"，意思是"新苑福利院"的后代，就也姓新，后面两个字是他自取，"鹏飞"，志向很大。在福利院一年里，已经从报纸上认得几百字，大大超过同年级的小学生，但其他科目却不行，又因为视力的关系，看不清老师的板书，难免还会受些气。读到三年级就主动辍学，不上了。在福利院，极少有这个年龄的人，或者被领养，或者夭折——夭折几乎是普遍的结局。曾有过一个女孩，在院里成年，最后嫁人，称得上功德圆满。但很难想象鹏飞会有这样的归宿，一个男孩子，不能立业，何以成家？所以，很可能，鹏飞将在福利院度过一生。

少年鹏飞对将来自有安排，只是不说，说出来怕吓人一跳。人们只知道他在学习，业余时间——他在福利院里领半份临时工的薪金，做的事很杂，采买的流水账，库房管理，员工的奖金评定，残疾儿的补助申请，送饭、打饭、清洁、送医……哪里都有他的身影和他的嘶声叫喊，他的换声过程很长，持续在童音和成年男子音质之间，或是尖利，或是喑哑。工余时间，他用来学习。看过他的书本，就知道他在准备做什么，那就是报考公务员。这多少可以透露一点他的计划，转正为福利院职工。福利院下属民政局领导，正副院长可是公务员编制。这么推来，会发现鹏飞真如他的名字，说不定就在起名的时候，已经有目标，这孩子的心啊！三年的小学生活不是白费，他窥得吸收知识的方法，那就是知识的分类。分类意味着秩序，一旦建立秩序，便有了入径。在最初级的小学教育里已经呈现出分类的雏形，接下去还将逐步晋深，也就是不断地细分。从语文中分出外国语、古代语、现代语；算术分出数理化；历史分出古代、近代、当代；地理则是世界和本国。他还预感到，如此细分下去，又将交错起来，你中有我，我中有你。相对于他的禀赋，定下的目标并不算过高，甚至还有不及，但人毕竟无法超脱环境，一个孤儿，游离在传承的系统之外，自生自灭，能对命运有自觉性，大约真就是天降大任于斯人也。

吴宝宝入院前，鹏飞看过他的材料，心中揣着好奇，等看见人，好奇下去一半，因与常人无大异。此时的吴宝宝，已蓄起短发，如雪的一头，倒和鹏飞自己相仿。穿着有些古怪，是九丈养老院的军用制服，在别人也许还好，但吴宝宝身量单薄，就撑不大起来，加上鼻梁上一副眼镜以及态度表情，显得斯文，与戎装很不搭。或者这么说吧，像军中文官。当天晚上，鹏飞料理完院里的琐事，又做完功课，他每天都给自己定量功课，县所属的地级市里有公务员考试课程，他报名缴费，但并不上课，只为索得教材，与教程接轨，不至偏离方向。同时，他还报名自考大学本科，因为报考公务员需有本科学历。为取得自考资格，他必要补上中学文凭。就这样，他在分科学习的同时，又设定分级的程序，简直就是登天的云梯。可他并不生畏，怕什么呢，他还小得很，有的是时间，还有头脑，他有一个好头脑，不是吗？结束一天的工作和学习，回到宿舍，撩开新来人的帐门，那人睁开眼睛。卸去眼镜的裸眼，很奇怪的，不像人眼，倒像动物，獾子，或者果子狸，甚至蛇。他们对视有一秒钟时间，彼此都有些微的惊诧，随即安静下来，因知道互相不会有伤害。哪里看出？眼睛。次日白天，再见到新来的人，佩戴上眼镜，恢复到文官形象。可是，总有点不同，鹏飞暗底下看他。鹏飞的看和常人不同，教室里他坐第一排，距离二米远，却看不清黑板上的字，可是，某些人微之处，旁人未必看得见，却尽收他眼底。观察半日，终于看出异样的缘由，还是在眼睛。他不知道这副玻璃眼镜的原委，一片近视，一片平光，只发现这人用眼的滑稽，时闭一只左眼，时闭一只右眼。轮流闭眼的习惯让他从文官变回动物。这一回不只单纯地像，而是将原始性辐射到周边环境，仿佛身处莽野，随时会有险情，这就让人紧张了。鹏飞按捺不下，一下子伸手摘去那人的眼镜，躲闪不及，褪去镜片的裸眼羞怯地眨巴着，像那种最退化，退化到极少数，生物链上最薄弱的一环的动物。鹏飞哈哈大笑，将眼镜给自己戴上。如他这样先天弱视者，人工无法矫正，所以不能明显感受镜片的差异。他倒也有一副眼镜，平光遮阳墨镜。戴着吴宝宝的眼镜，他也轮流闭眼，到底不能完全学样，对面的那人也笑了，慢慢说出端底。鹏飞二话没有，当即应下要替吴宝宝配新眼镜。

到底是有些权力，又有正当理由，三天过后，就划给钱款。一半福利院特批，另一半是鹏飞从菜金中支取，还有些差额，凭鹏飞的人脉，当可解决。这一天，他们就上路了。鹏飞的装束简直骇世惊俗，黑衣黑裤，黑手套，黑皮鞋，黑腰带，黑眼镜。因是不能日照，日照便会起泡，所以，一片黑绸齐鼻梁围到耳后，打一个结。额上则是红丝带，系起一束雪白发。推出一架铃木摩托，也是全黑，乘上去，一启动，突突弹着地，一匹黑马凌空而降。后座上的绿制服的吴宝宝，却像老红军，多少煞风景。换个角度看，不是更怪诞？再说了，他也有一头白发，正好呼应鹏飞的白头发。两人都不戴头盔，远望过去，好比两个妖怪，又像八仙中的二仙，张果老和蓝采和，千里万里下到人间。短短几日，他们已结下一些情义，鹏飞尊称吴宝宝"老师"，倒不是因为他戴一副眼镜，像师道上人，更因为，他看出这位新人有内涵。别看一副落魄相，过往来历忘记一大半，说话上句不接下句，可就从只言片语，透露出不凡。比如，他称自己"鹏飞兄"，鹏飞说：客气！他笑笑，未语。鹏飞再称"老师"，也答：客气。又说：很对！再慢慢解释，古人称后辈学生为"兄"。鹏飞茅塞顿开，不只得了新知识，而是，打开新世界。如此一来，再看此人，就有隐匿的意思，所谓真人不露相。鹏飞自六岁来到福利院，至今十八，从未离开。其中上三年小学，这三年，因视力障碍，还是心理上有暗示，他是在混沌中度过。唯一清晰的是学习的分科，这分科方式将混沌划分成一格一格的。他相信，这世界有再多的格，他只要一格一格地走，终能全部走通。所以，三年的应试教育，还是有所收获，它提供给他抽象原则，至于具体的，他还得靠自己摸索。福利院的生活在一定程度是孤立的，认识材料相当有限，鹏飞则最大限度尽其所能，收集，积累，学习和钻研。

吴宝宝从鹏飞处得知，福利院成立有二十年，半数时间是鹏飞亲历。福利院挂的是民政局执照，属县财政单位，事实上，财政拨资只正副院长的人头费，还有十几个床位的补贴，救助对象是以床位计，其余开支全由社会善款负担。善款中的大部，出自一名海外华人富商。福利院所占用地就是他家旧宅的宅基，周围茶园由他购下五十年使用权，再外包给茶农经营，租金所得全交福利院支配，这就是院里经济的主要来源。底楼的设施可说专向他“展示”，他每年回访，带来客人，也都是有钱人，或多或少留下捐款，填补福利院的亏缺，要知道，福利院永远是入不敷出的。鹏飞眨着淡色的睫毛，露出诡秘的神情：老板——院里人都这么称呼；老板他是个秃子，手在白发顶上画一个圈；矮个，手在齐下巴的地方又一画；瘦，耸起肩，表示一副骨头架子；可是，身上有功夫！据说，当年总共六十人，由蛇头带上船，藏在货柜里，海上漂四十天，到地方，一货柜的人死十之八九，他就是活下来的人之一。闷在货柜里，少吃少喝倒在其次，主要是热，那热海——这名字来自传说抑或是鹏飞的想象，老师你知道，成语说赴汤蹈火，就是那煮沸的热海，没有功夫怎么熬得过来！所以，老板他做什么，成什么，现在，意大利的鞋业，都是他的资产。吴宝宝告诉说，如果是意大利，所谓“热海”，大约就是地中海，海水的盐分高，不结冰，并不是真正的热。鹏飞也不是不知道地中海，却是在另一个系统里，属于知识学习。同时还并存一个系统，由道听途说和想象构成，“赴汤蹈火”这个词是两个系统间的互通。而吴宝宝的解释，则拆除壁垒，贯联起一个大世界。鹏飞敬佩之余，也奇怪老师知道这么多，偏不知道自己的身世来历。

这一老一少两个白发人，乘一驾摩托，驶过茶林橘林，进城，上了熙攘的大街，招来路人的眼睛。摩托在快车道与慢车道之间左右穿行，人和车都让它。以鹏飞的视力来说，其实是有风险的，但他的听觉简直，怎么说？这么说吧，假如有人开枪，一定是枪声比子弹先到，但是，这么点差异谁能抓得住？鹏飞能。于是，在听觉先于视觉那一点时间里，做出反应。前面说的，鹏飞不同于常人的“看”，可能就是这！要不是这县城地方不大，彼此都有一半熟，人们定以为天外来客。如此，一路飞驶，转眼停在商业街。早上九点钟光景，店铺开门，却未上客，多是在洒扫庭除。一棵榕树下落地，上好车锁，领吴宝宝走进眼镜店，店主和店员认得鹏飞，也晓得他口袋里有几个闲钱，便向他推出几款新墨镜，他伸手挡住：今天暂不看，替老师配镜！主雇二人转头看“老师”，看出是生人。鹏飞又说：给老师验准，镜片也要好的。店主就让员工带吴宝宝到布帘后验光，先用仪器测出大致范围，再戴验光镜作微调。按下开关，视力表亮起，随指示的手移动，报上下左右。调验间，不免扯些闲篇，问来自哪里，姓甚名谁，家中多少人口，等等。那人一律笑而不答，问的人就想：什么老师，分明是个呆子！

透过布帘的隙缝，看得见店堂里的鹏飞，与店主应酬。两手的拇指插在裤兜，墨镜和面罩不摘下，束发的红丝带格外醒目，真是个美少年！眼前忽跳出又一个黑衣人，敦睦。这一个不同于那一个，那一个的黑衣是为遮蔽，这一个，就是鹏飞，正相反，要将透明的身体显形。

验光报告写好，回到店堂，用一枚尺，对了鼻梁测眼距，然后就挑镜框。从价格着想，鹏飞拣出一副儿童用白色塑料框架，试戴上，从镜子里映出的脸，很像电玩游戏中的白发魔头，鹏飞一点下颌，定了。接下来是洽谈价格和付款方式，店主出一个价，鹏飞还一个，还得凶狠，拦腰砍。店主再还一个，是拦腰的拦腰。鹏飞就说：老板你进价多少，业内都是知道的！所说“业内”不单指眼镜行业，还是指整个生意道上。店主说：搭送一个验光费！鹏飞笑道：卖肉还算秤钱！店主也笑了，乞求道：让一点嘛！

鹏飞不为所动,逼得极紧:福利企业,国家都免税收,老板却要盈利!老板一缩颈:哪里敢!鹏飞雪白头发奓起来,就像一只好斗的小公鸡,越战越勇。最后以六折成交,条件是分期付款,首付三成,取货再三成,试用三月,银货两讫。老板不由喊冤:这不是国企压榨民企?"国企"两个字明显让鹏飞满足,表情更加倨傲,拍下一张钱,催着写收据,老板眼里撒娇似的噘着嘴,开门第一笔生意,在窃喜中成交了。

出得眼镜店,街上已有几分蒸腾。从门前台阶走下去,这两人的独特性很快就汇入普遍性。因是商业街,行人多是年轻的男女,五颜六色的头发,形状各异,有的如鸡冠,有的如麦穗,火焰,波涛,粉丝,鸟巢,不一而足。这是头上,还有脚下。无二致的高跟鞋底,五至七公分,尖锥形,马蹄形,松糕形,陡坡形,前后墩呈板凳形,一街人都仿佛踩在高跷上,女孩的高是明里彰显,男孩则暗里春秋,鞋底有无数夹层和隔设。看起来,都如行云流水。大喇叭放出电子音乐,激情澎湃,人群不由自主合上节奏,就有阅兵的步伐,变得昂扬。脸上涨红着,脉搏跳得又轻又快。这就是时代的强音,劲歌唱着:买,买,买!前革命时期的颂歌体,唱的是一种保健品:吃得好,睡得好,免疫力提高了!抒情的段落跳过去了,直接进入铿锵的重金属,振聋发聩。最最奇观的是,直升机来了,千真万确,直升机!螺旋桨飞转,撒下红绿礼包。还有热气球,半空中放下红绿条幅。街口有一池水,水上浮一个个玻璃球,人在球里面,随着球翻滚。这是一个奇怪的游戏,人从胎生退化成卵生,孵化到一半,软壳蛋里的受精体。

吴宝宝的耳膜又下陷了,不是因海拔变化,而是音频冲击。两侧耳部被挤压,似乎合成一片,变成鱼脸。他头痛,眼冒金星,金星退去，只剩一颗，暗淡的灰白，滞留在左上角，缓慢地打着旋，要从缤纷的世界中旋出，旋出什么？一个旧世界。他几乎不能自持，鹏飞也看出了，看出老师有病，于是，握住他的手臂，从人群里硬是蹚开路。人群很高，踩着高跷呢，他们在底下，仿佛要没顶似的。破出人墙，上街边台阶，鹏飞推开一扇玻璃门，扑面而来无数珠子，打着眼皮子，细细碎碎的凉。耳边有一时无声，停一停，才听出有声，无比委婉，委婉到缠绵，一个女声在唱。原来，抒情的段落在这里。吴宝宝跌坐在一张皮椅里，一双手轻轻一推，座椅转半圈，正对一面镜子。这双手摘下他的眼镜，但因光线充足，镜中景象相当清晰。颈上围起白布单，头顶是白色的泡沫，那双手插在里面，轻柔地抓挠，泡沫越来越多，变成一座塔。镜子布满一座墙面，他就看见鹏飞，至少有三个小姑娘簇拥在身边，一个替他解黑面纱，一个解发上的红丝带，第三个负责罩白布单，他的白布单格外的白。小姑娘很珍惜地抚着少年的白发，喷上水珠子，再挤上蓝色的香波，小手揉碎香波，泡沫轻盈地飞起来。蓝色香波发泡，变成雪白，一朵大大的蘑菇云，从四边流淌下来，总有手及时接住，推上去，又变成长瓣的花。他顶上从始至终一座塔，那双手很调皮地塑了一个螺旋形的尖。

吴宝宝松弛下来，店堂内森凉的气温，缠绵的歌曲，香波的柠檬气味，冷烫精里的氨水微微刺鼻，小针似的，让他安心，小姑娘看鹏飞爱怜的眼神在余光里流连。忽听耳边有声音说：老头儿睡梦里头笑，美得很！立即让鹏飞喝止：不许瞎叫，我老师！他不禁又笑了。又有一时过去，一个声音在耳边说：老师，冲头啦！语调很温柔，又带着戏谑，好像不相信他是老师却偏叫他老师。他半睡半醒，站起身，由一只手牵引，到洗头池前坐下，将头埋进池里，花洒的水柱软软浇下来，真清爽啊！起身时，鹏飞也过来冲头，和吴宝宝的冲头不同，鹏飞是仰卧在榻上，几双小手轮流在花洒底下试着水温，方才小心翼翼沿发际淋去。一个小姑娘扶起鹏飞的手，上下交叠搁在腰腹，放好了又仿佛不舍，回过去在手背上轻抚一下，无由地叹息一声。闲着的洗头妹围成圈看鹏飞，鹏飞只是闭目假寐。洗头妹一律穿紫色衣裙，好像一群蝴蝶，鹏飞呢，是王子，睡王子。小姑娘们，总有按捺不住的，要去抚摸鹏飞的脸和手，偷嘴猫似的，偷一下，吃吃地笑。冲洗结束，又回到皮椅上，摇头一抖，水珠子四洒，亮晶晶的。

吴宝宝已经收拾完毕，洗净吹干的头发，向后梳拢，用发胶固定，是按"老师"的身份造型。鹏飞的发式也是向后梳，但因发厚，高耸着，斜挑出一绺，系上红丝带。小姑娘踮着脚尖，打一个花结子。放下脚跟，再系面纱。鹏飞坐得很直，两人脸对脸的，小姑娘双手绕到鹏飞颈后。这个结子打的时间长，隔一层黑面纱，她的嘴几乎贴在鹏飞的嘴上。终于结束，姑娘又叹息一声，垂下手，退回去。经过收拾和异性的宠爱，鹏飞更英俊和骄傲了，立起来，都高一截。从裤兜摸出卡，我们的鹏飞也是有卡的人，当今社会，一个自主的人怎能没有卡啊！刷过卡，重新插进裤兜，回头向吴宝宝一抬下巴，这动作有点不像对老师，可是谁让是白雪王子的老师呢！二人出来发廊，走到停车的榕树下，上车，发动，原地踏步一阵，嗖的，风驰电掣，跃过辅路，上大道，沿江飞去。

一周以后，吴宝宝取到新眼镜。初戴时候，不禁有些惊异，原先切为两半的视野镶嵌起来，幅度宽广，同时呢，也损失了纵深度似的。远近合二为一，那种模糊的立体性消失，变成平面。可是，真清楚啊，世界揭去一层膜。这个清楚的世界因此暴露出裂纹，就像用旧的瓷面上的细纹。坯土膨胀，将釉面顶破。还像磨薄的棉布，经纬稀松，疲软下来，皱巴巴的。而且，这里那里，有许多疤节。他戴着新配的眼镜，走来走去，走到东边儿童部，孩子的残疾凸起来，就像锥子，锥进眼睑，钻在心里。裂颚的涎水，瞳人上的白翳，肚腹部的瘘口，翻转的手掌和脚掌。张乐然的紫绀，是事实如此，还是视觉的缘故，更加深了，一眼就看见，白花花里的紫孩子。福利院的孩子尤显得白，少见太阳又少血气。日光割着窗玻璃，布下刀痕，投在墙上，便是皴口子。没搅拌匀的混凝土，在水泥地上爆出一粒粒的疹子。窗外橘树上的果实不是虫咬就是鸟啄，或是瘪了，或是烂了，露着脓血的肉瓤。再回到西边，老人脸上的沟壑倒显出对称和流畅，又不像是人脸，而像图案。贫病和老无所依的形态，有一种温润的坚硬，是被时光打磨，磨去尖锐的角度，疮口结痂了，剔亮剔亮。毛孔密闭，没有分泌物，荷尔蒙水平等于零。扩张停止，收缩，收缩，所有的破绽全弥合，可是，生殖不就是从破绽里产生？所以，这格外的光滑又是令人丧气的，好像蛋壳，轻轻一磕，粉粉碎。他的新眼镜简直看得出事物的真谛，掩在表面之下的本质，他都害怕它了。好在，作为补偿，老花的远视在近视镜片里面，获得一块模糊的领地，就在近处，眼皮子底下。将远的拉到近里面，高清度消失，真相隐蔽，成他藏身之处。

新眼镜里面，鹏飞仍然洁白无瑕疵，有时候，他以为这少年是透明的，可以被目光洞穿，就又有了模糊性。仿佛处在远和近的交界处，那极微妙的一点上。抑或，他是用另一种完全不同的材质组成,那是些聚散自由,随机增减疏密度结构的材质。当你觉得目眩,尖锐不可抵挡的时候,忽然就弥散开来。他真的需要穿一身黑,发上系一个红丝结,否则,不是他,而是你,就会坠入虚无。新眼镜,这副新眼镜校正有些过度了,其实不必那么清晰,大可保持几分差异,但验光师总是精益求精,是职业伦理,更是科学技术对客观世界的挑战,就是,就是要纤毫毕露。从新眼镜里看啊看,看到一个新世界。这几天,他都蒙了,和他说话,听不见。喊他,吴宝宝!也不答应。大声喊,回过头,说:我不是吴宝宝!谁是吴宝宝呢?人们问。你是吴宝宝!他说。问话的人乐了,哄着说:你不是,我是!结了这段公案。却有人不罢休,紧着追究,这人就是鹏飞。

鹏飞说:你不是吴宝宝,是谁呢?吴宝宝蹙起眉,表情有些苦痛,想一阵,泄了气:我是吴宝宝。鹏飞倒不同意了:不,你不是!吴宝宝央求地看着少年:你说我是谁?少年说:你是老师!眉头展开了。两人站得那么近,近得看不清学生,学生却看清老师了,老师在笑。于是说出一句:一日为师,终身为父!吴宝宝说:惭愧。少年说:不惭愧!吴宝宝则坚持:惭愧。鹏飞叹一口气:拿你没办法。这一时像是倒过来,学生为长,师长为幼。少年又说:没关系!老的说:有关系。旁人听不懂在说什么,连他们自己,也是在似懂非懂之间。在这福利院里,都是来历不明,去向也不明的人,散在世上,谁也不知道谁,聚在一起,发现原来是同族。这族人多半是懵懂人,因是在教化之外,文明的罅隙里。这老少俩,算是有自觉性,这自觉性从哪里来?都说不清楚,少的那一个可能是天赋,老的呢,则要从阅历里找,偏偏这阅历湮灭了,只留下蛛丝马迹。就这蛛丝马迹,也够做后生少年的老师。可还是要靠猜,怎么猜?连个谜面都没有,就这么让言语碰吧,碰过来碰过去,说不定就碰出火花,点燃光明,照亮四周围。

鹏飞有一回对吴宝宝说:老师知道奈何桥吗?吴宝宝不知道。鹏飞接着说:奈何桥是阴间往阳间的必经之路,桥上坐一个老婆婆,姓孟,投胎的人从她面前过,讨一碗汤,喝下去就把前世的事全忘,这碗汤就叫作孟婆汤,有错过喝汤的,做了新人却记得旧事,常说些胡话,男的说自己是女的,小的说自己是老的,等等。说到此,鹏飞哧一笑:老师正相反,提前去到奈何桥,喝了孟婆汤。吴宝宝也笑。两人对着笑一时,鹏飞蹙起眉头:哪里有解药呢?吴宝宝摇头。鹏飞正色道:金木水火土,相生相克,有系就有解!这一回吴宝宝没有简单地否定,沉思着,沉思的表情,真有些像老师。想好了,嘘一口气,双手张开,撑在桌面,准备长谈的架势。鹏飞眼巴巴等着,半天,方听见两个字:概率!这就有些难度了,不知道老师的沉思经过怎样的逻辑阶段,得出这两个字。老师抬起一只手,在桌面点五下:金,木,水,火,土!将五个字摆成梅花状。然后,手在上面搅一气,好像牌桌上的洗牌,又说出两个字:顺序!再强调一遍:概率。然后是五个字:可遇不可求!字和词组呈现孤立状态,如何将它们组织起来,对应思想,是巨大的挑战。但进步是显著的,之前,传达的都是具象的事物,如今,则是抽象的,比如“概率”和“顺序”。应该归功鹏飞,是他催逼着,接触这哲学性的命题。

鹏飞明白了,老师的意思是,找到找不到解药,取决于机会,机会产生的规律,是概率。老师从兜里掏出骰子,掷在桌面,骰子是从张乐然处取回的,他有了算盘,算盘比骰子有趣多了。骰子在桌上滚，滚，滚出一个“叁”。在鹏飞自修的课程里，还未涉及“概率”的概念，只能从具体的生活经验里去接近。事实上，这一类的故事在他们这地方屡见不鲜。比如，城里有一个人中了体彩大奖，五百万元。这就是概率，这只是由概率发生的开头，还将继续发酵。那中头彩的人以为有一辈子享不完的福，就要有后人继承，于是认罚超生，家生一个不够，外养一房，再生。很快，家里的正房一纸离婚诉状，财产三析两析，所余就有限。外面的一房本是属意他的钱财，紧跟着也离婚，再析产。最后，落得个一无所有，比中彩前更穷。所以，“祸兮福兮”这句话应验到他身上，这就不是概率了，而是因果关系。

所以，“可遇不可求”的概率，最终还是落锤于人为。鹏飞就服这个，他就相信概率里淘得出来真货色。比如说，百分之一的可能，那么他做到一百零一；千分之一，那么就是一千零一；万分之一，是一万零一，甚至，不惜做到十万、百万、千万、亿万。年轻人才会有这样的雄心，因为有时间，站在人生的头上，放眼望去，简直无穷尽的年月日，做什么不行！就是以这雄心，还有唯物主义世界观，走上应试公务员的路途。所以，他就有决心，寻找到孟婆汤的解药。决心归决心，还要有办法，方才说了，他相信量，概率就是在量里面的，量也是可以着手做的，也就是积少成多，千里之行起于足下。同时，他懂得量是建立在同质的事物上，也就是分类的概念，从有限的学校教育出发，经过不断自学，他越来越明白这个道理。这世界如果不分类的话，就是一片混沌，理也理不清，鸭算到鸡头上，稻算到麦头上。而他也越来越惊奇地看到，这世界其实本来就是有规划的。就说天时，从小处论有黑白昼夜；从大处论有节令，清明、谷雨、立夏、小满；再大里论，平年和闰年。要是没这划分，便是汤汤洪荒。这是天时，地理则有江、川、湖、海，山、岭、丘、原。物就更多得不得了，不划分都无从说起，单说生物就分植物、动物和微生物；再单说植物，就有藻类、苔类、蕨类、裸子、被子无其数；又单说藻类，分淡水中、海水中、土壤里、岩石上，还是无其数，往下细分就没底了。这就是造化，演示给人看，让人学着的。

倘若鹏飞能够坚持不懈努力，假以时日，没准也成为牛顿那样的人，牛顿不就是从苹果落地最终发现万有引力？鹏飞认为，知识的分科就是来自对天地的学习。化学元素，他注意到代表元素的字分为“气”字头，“金”字旁，“三点水”和“石”字旁，这些偏旁意味着元素的性质，气态，液态，金属或者矿石，多么细致啊！和造化有得一比！这就引出文字了。在鹏飞的书桌上，他每天伏案到深夜，书桌上最重要的一本大书就是《辞海》。他认为世界上所有的存在，都在里面了，以文字的形态重新编码，再以编码的方式设计检索：拼音、笔画、四角号码。鹏飞无师自通地学会这些检索法，从此，他简直无所不能企及。创造文字的人，从仓颉始，又有不断地跟进，真是神通广大，“神通广大”这个词就是为他们量身定制。世上事物，单是清点一遍就不易，别说命名和分类。分类又不是简单的分类，还要触类旁通。回到“元素”这个词，是指化学的成分，同时也是数学的概念，叫作“集”，命名同类属性事物的全体，启用了“集”的本意，“聚”与“合”的意思，《辞海》举诗为例：“黄鸟于飞，集于灌木……”从科学到诗，一个字就有这般深邃，许多字，无数字，所有字呢？所以，要称《辞海》。考公务员算什么，沧海一粟都不是。

以触类旁通的道理来说，老师，也就是吴宝宝，就总有希望找到路径,走通壁障。老师他的记忆,是怎样一个混沌世界啊!鹏飞不禁感到茫然,恍惚中觉得,造化的大世界里,隐匿无数小世界,这无数小世界又是从大世界复制下来,俗话说的:麻雀虽小,五脏俱全。敲开核桃,你真的看见一个胎儿,蜷在母腹里呢!将它完整剥出来,不是就像一个星球,比如说,月球。那起伏的阴影,穿越无数光年进入视线,就是核桃仁的凸凹。这凸凹是立体的周而复始,循环往复,其实是球状的太极。关于太极,鹏飞是从福利院里一位老爷爷得到的知识。老爷爷是路人从街上拾到送来的,你简直不能相信,这么老的人还会遗失。老爷爷会打太极拳,他教鹏飞,太极拳,太极拳,就是太极!一边比画一边说。就是一个圆,从无到有,从有到无。果然,鹏飞看见老爷爷的身体呈现球状,不断向前,却不离原地,真是神奇。最最神奇的是,你永远找不到收尾的一个点。这个点不知隐在哪里,就好像你也找不到起始的那个点。起始和结束都是在无形之中。最后,老爷爷就是这样离世的,没有那个"点"。他躺在床上,不吃不喝,医生来搭脉,似有似无,鼻息呢,也似有似无,瞳人里的光,似聚似散,只得送去医院,用心电图和脑电图测试,方才做出死亡的结论。从某种方面说,福利院聚集着一些隐匿的小世界,因不能纳入常识的大世界,就被遣送来了。老爷爷是一个,吴宝宝是一个,前一个没有终,后一个没有始。鹏飞继续想,吴宝宝的记忆似乎是脱离了原先的周而复始,开始另一个,进入新循环。那么,新和旧的接口,也就是壁障在哪里呢?难道完全闭合,了无痕迹?

鹏飞看着《辞海》,猜想这个隐秘的断接一定也被编码在其中,它囊括了概率发生的机会。抽象里的具象,总体里的个体,不是说汉字是象形文字吗？其实就暗示它从某一件特定事物出发，经过表形、表意、形声，扩大外延，到达泛指，还是在分类和归类，在白纸上画出经线和纬线，布成一张网，没有什么秘密逃得出去。说大是大千世界，说小就是骰子、算盘、核桃，已知和未知都是囊中之物。事情仿佛在变得狭义化，六个数字到无穷尽到循环往复，结果归到文字，放弃归纳与概括，而服从表象。表象是以量计的，鹏飞不是相信量吗？概率就是从量里生出来的。

"辞海"，的确名副其实。浩如烟海，谁能指点迷津呢？太极老爷爷要是在，也许会透出一点点风声，吴宝宝的新循环里总有破绽，破绽就是旧循环的疤痕，疤痕上的增生物。以老爷爷的说法，所有的存在都是一个太极，无缝无隙，无始无终。可是，老爷爷已经不在，他的太极已经完满，首尾相衔，自成一体，变一颗星球，跃入行星轨道，脱离地心引力，以光年速度飞行。哪一颗星是老爷爷？鹏飞问自己，应该是比较亮的一颗，因为还没有去到更远。即便如此，老爷爷已远在——怎么说？此时此刻的星光，是老爷爷许多年前发出，以鹏飞的视力，大约又要推远几年，甚至，要在更多年以后才到达视野，那时候，鹏飞考没考取公务员呢？鹏飞向着星空眨眼睛，眼前一片模糊。星月的光相互交错，看久了——光速不会停止脚步，要耐心，就会增加亮度，越来越亮，最后变成光明。

摘下墨镜，解开黑面纱，黑衣裤换上白大褂，在楼里巡夜，就像一道光，掠过去，掠过来。茶林发出嫩芽，新鲜的精气神，四处荡漾。橘树上烂熟的果实，啪啪落在湿地上。隔大老远的，江雾起来了，潮气弥漫，身上有点黏。更深的山里面，有多少动物植物在交合，微生物分裂细胞。虽然看不见，可他比谁都知道。有谁嗅得出交尾的分泌物？你们都说花香，花香，有谁知道那是花的精液的气味？还有苔藓、水蚤、蒲公英，都以为单性繁殖，其实不然，它们也有交媾，肉眼看不出，仪器也测不出的生殖器，就在忙这个，只有鹏飞知道。站在静夜里，四面八方都在涌动，推挤，皮肤上麻酥酥的，耳膜是屑屑粒粒的压力。他，就像蝙蝠，听得见超声波，二万赫兹以上频率的弹性波，比影像进入视觉速度快，由中枢神经系统重新调配互换官能，绕过板书——就是板书横断在他面前，只能互换系统，攫取图像。粉笔在黑板上笃笃笃地书写，是敲门砖，鹏飞的窟穴另有密码，类似阿里巴巴的“芝麻开门”。他简直看得见呓语里的梦境，走廊东和走廊西，不时响起梦呓，有的是呢喃，有的一声锐叫，叫的是痛，还有的，一句话。踅过去，接过话头，企图进入人家的梦境，可那人或不回答，或是另起一句，进入另一个梦境。鹏飞就知道，在这个可触可感可立足的存在之外，还有存在。也许，更广更深，要不怎么解释做梦，静夜里的动静，星球间以光年计的距离，老师的过去，还有，老爷爷的去往。

二十

鹏飞将《辞海》放到吴宝宝跟前，说：就从这里找！吴宝宝说：好！自从戴上新配的白色塑料边框的儿童眼镜，轮流闭眼的习惯渐渐退去，留下一点旧习，好比进化留下的尾巴。那就是，偶尔地，迅速交替闭一闭左右眼，不是出于视物的需要，而是纪念，纪念那副左右眼的眼镜。此时，他轮流闭一闭眼，镜片上一闪烁，说：好！鹏飞说：随便翻一页。吴宝宝就翻一页，为表示"随便"，在页面上胡噜一下，就像牌桌上抹牌的动作。鹏飞又说：随便点一个字。还是表示"随便"，吴宝宝眼睛不看，伸手往书上一点——一切都合乎概率的随机原则。这个字是什么？两人都不认得，字形复杂，写作"鰵"，音"鰵"，注释为一种鱼。古籍中有记载，《尔雅·释鱼》为"鰵，鰊"；《广韵》中解"鳗鰊，鱼名，鳗鰊即鰵鰊"；《本草别录》又作"鳗鲡"；《广韵》又言"鲡鰵声亦相借"。于是，从"鰵"到"鰊"到"鳗鰊"到"鲡"终又回到"鰵"，按书上注："能缘树食藤花，形似蝉"，但是，"鳗鲡"独自为词条的注却是"白鳝"，归属"硬骨鱼纲，鳗鲡纲"，已进入现代生物学分科概念。所以，这"鳗鲡"非那"鳗鲡"，或者，"鲡"和"鰵"原本就是两种，一是水生，一是水陆两栖。正混淆不可开交，吴宝宝说出四个字：从古到今！鹏飞懂得老师的意思，指的是时间的悠久深远，事物变化无穷。有多少东西消失泯灭，多亏有字，留下印记，就像化石。鹏飞就更有理由相信，老师遗失的历史也在字里面，只要找到路径，顺藤摸瓜，必能找回来。路径在哪里呢？概率是没错，量也没错，问题是范围，也就是事物的同质性，也就是数学里“集”的概念，在同质的事物范围内积累的量才是有效的。鹏飞的思路艰难挺进，老师又给出几个字：道不同不相为谋！是呀，鹏飞的心点亮了，还是，还是要分类。

鹏飞的思路解了套，流畅起来。第一要紧的，老师从哪里来，那么范围就定在地理上。他让老师说个地名，本以为老师会说“上海”，福利院都传说吴宝宝是上海人，不曾想，老师给出的地名是“西岙”。摊开地图，处处有“坳”，除“西岙”外，还有“东岙”“南岙”“北岙”，张姓人家是“张岙”，李姓村庄是“李岙”，临泉水为“泉岙”，居树林则是“林岙”。鹏飞豁然开朗：这不就是概率吗？也许就生得出可能性。于是，赶紧查到“岙”字，注释四个字，“山深奥处”。这概率可就大发了，山里面，无处不是深奥处，相反，但凡标出“岙”的，倒已从深奥处凸起，进入视野。注里还有三个字：“亦作嶴”。“嶴”的注就简单了：“同岙。”意思是去查“岙”就得，至于“嶴”，却已经金蝉脱壳，只留下个蝉蜕。那蜕里面的肉身，就是命，兀自存活。吴宝宝又要说“从古到今”，时间又呈现长度，但吴宝宝说的却是一个名词：林窟。以鹏飞的年龄不会知道“林窟”，但知道以“窟”作地名就和“岙”同样普遍。于是，就查“窟”。这一回，注释稍多，归根究底只一解：“土室”。追溯可就远了，远至《礼记·礼运》：“昔者先王未有宫室，冬则居营窟。”派生的几条分别为“泛指水陆动物所潜藏的洞穴”、“人众聚集的地方”、“窟笼”即“窟窿”。这一条句尾令人颇费猜测——“笼者,收声也;或曰:窟笼,合音为空。”这就奇怪了,鹏飞陷入沉思,既是动物栖身洞穴,又是人众聚集,仿佛市廛,再是“空”。望着对面的老师,他们俩守着一张书桌,桌上亮一盏灯,灯下是《辞海》,四下里悄然无声,老师就说:万籁俱寂。鹏飞不同意道:万籁俱响。老师笑笑,不作辩驳。

停一时,鹏飞问:老师从洞中来?老师不语,灯下的光晕里,老师的脸,很像山狸,眼睛周围一圈白,鼻梁上一条白,一直伸向脑后,可不会是山里什么精灵的化身?在这多神论的野地里,时不时传出这样的故事,谁家的媳妇是树还是花精,哪一个小子是蛇或水虫投胎。鹏飞是实证主义者,虽然,本人常被当作异类,也是抗拒这种成见吧,他格外地不信邪,坚信世上一切有根有据。他所以刻苦学习,就是为寻找和认识事物存在和发展的根据。他也找到他这样奇异相貌的根据,那就是色素缺乏,有一张看不见的网,将色素全滤去了,这张细密精致的网,就在他体内的基因里。他喜欢这张网,使他变得不同寻常。人们给他起名字,叫作“小洋狐狸”,他就是小洋狐狸。老师呢,是山狸。他们两个,一个小洋狐狸,一个山狸,是一对,也是一家。人们都睡了,就用鹏飞的说法好了,万籁俱响,不仅有响,还有气味。茶的苦涩,烂橘子的腐酸,小孩子裂颚流淌的涎水,带着发酵过的乳臭。只有办公桌上台灯的光圈里面,这两种动物醒着,睁着眼睛。

山狸忽张开双臂,划水似的,说出一句诗词:天生一个仙人洞!以鹏飞的年龄和时代,不会知道这一句的出典,但觉得很好,有意思,接上一句:洞中一日,世上千年!山狸立刻接:年深日久。小洋狐狸:久旱逢甘雨。山狸再接:雨露滋润禾苗壮。小洋狐狸的白爪子向桌面一劈:壮士断腕。山狸笑起来,偷换一个同音字:万有引力。怎么骗得过小洋狐狸,一笑,认了:力拔山兮气盖世!山狸竖起大拇指:世间无双!小洋狐狸一句定乾坤:双雄会!这一句去一句来里,藏着禅机呢。时间不早,要睡了,概率的游戏,这真有点像游戏,明天再继续吧。揿灭台灯,屋里暗下,屋外亮起,推开窗,西边三星已经升起,两妖精伏在窗台,望去远处。多少年的修炼,方能化为凡胎,做平常人,又经多少年,相逢人世间。

下一日,遵从概率的随机性,让老师任意出一个字或词。老师出的是人名,这人名很好玩,叫"二点"。"二"字倒是合上前一日的"双雄会",似乎透露出线索的意思。解为"数目,一加一所得",以下注基本从此出发,亦不必追究,重点就放在"点"字上。"点",总有二十解:细小的痕迹,液体的小滴,汉字笔画一种,等等。其中却有一注引起注意,就是"更点":"古代用铜壶滴漏计时,一夜分为五更,一更为五点。"不期然间,时间出来了。时间对吴宝宝的来历颇为重要,历史不就是沿时间而成立吗?按古法寻迹而去,五点为一更——"二点",是在几更的"二点"?那时那刻发生什么了?事情变得神秘起来,好,五点为一更,那么就查"更",除去最末解,姓氏,以上几疏分别为调换与改变。如此来看,古人所以用"更"计时,应出于变换的字义。十数例中,有一例词牌名,叫作"更漏子"。吴宝宝看这三个字很久,这个"漏"字暗藏玄机呢!鹏飞赶紧翻到"漏"的条目,释解"液体和气体从孔隙中渗出",再往下看,就有一疏"古代滴水计时的仪器",这一疏透露出的信息可了不得,它透露出时间的物质性,无形而又有形,必附着于别种实体,比如"水",方才呈现存在。注中称这计时的器具为“漏壶”，就是“更点”注里的“铜壶”吧，解释较详，依《周礼·夏宫》记载，确定周代就有使用，但却晚于仓颉造字几千年，是依字而制器也不定呢。细看“漏”字，三点水的偏旁，“屋”字头下是“雨”，四处是“漏”啊！这“漏”字等了多少年，从黄帝到周公，终于明白漏去的还有时间；再有多少年，到诸子百家，《荀子·修身》，方又新发现：“易忘曰漏”！人类越来越向唯物世界走近，记忆附着于时间，漏走了。

从“漏”这个字，他们又想到“逝”，不都是一去不回吗？注释举《论语·子罕》句：“逝者如斯夫，不舍昼夜。”也是水和时间的形态。还有一个专用词：“逝川”——“川”这个字跃到眼前，躺下来，变成三叠田，吴宝宝说了这样四个字：春种秋收！时间上顿时开出花来。吴宝宝的眼睛亮亮着，拖过一张纸，急急写下一个“黍”字，再写下一个“菰”字，然后“枳”“稷”“箬”“蕨”“茱萸”……这都是什么字啊！鹏飞来不及检索，因为不知道读音，只能数笔画，笔画多，就常常数乱。“黍”和“稷”是粮食；“菰”是茭白；“枳”也叫枸橘，大概是果子；“箬”是一种竹；“蕨”是蕨菜；“茱萸”可入药，多么繁荣啊！沿着时间生长，布满空间，谁说时间无形无影，播下种子，就呈现存在。吴宝宝还不住手，继续写下“耕”“耘”“稼”“穑”，他的笔飞快又流利，代替说话。鹏飞也不说话，心怦怦跳，觉得即将有什么事情发生，因为概率，概率在增量。好呀，好得很，能不能更多，更多的种植。这些能生长，能开花，能结果，能将时间现形的事物，越多越好，越稠密越好，最好漫山漫野，漫天漫地。鹏飞哗哗地翻着《辞海》，依着随机原则，任意一页上，凡是种植全摘下，分类的概念真好，倘不分类，可不是乱套。可他想不到世上有这么多植种，单一个“羊”字底下就有无其数，这还都是入科目的，无名无姓的野物就忽略不计了。“羊桃”“羊蹄”“羊蹄甲”“羊踯躅”；换一个同音字“洋”：“洋葱”“洋地黄”“洋丁香”“洋槐”“洋金花”“洋梨”“洋麻”；这个音的树有两种，“杨”和“柍”，由“柍”生出数种，引张衡《南都赋》里记：“柍”“柘”“檍”“檀”，都是木旁。鹏飞又从中择出“柘”音检索，上来就是一个冷物“乇”，一说是草叶，一说是草花。这冷字还有另一个音“脱”，鹏飞就查“脱”部。看起来是盲目的，但他相信世上万物除表面的类别，还有隐藏的类别，相互之间有千丝万缕错综交叉的关系，最终全部纳入那个太极图，应该说太极球。

进入“脱”音部，果然又有意外收获，有一味药，名“莌”，《尔雅·释草》有记录：“离南，活莌。”鹏飞换一条路径，从“草”头进，可了不得，真可谓草木深蕤：蕙、蕀、藜、蕛、蔦、芋、葍、蕣、蕂、蕊……有见于《广雅·释草》，有见于《诗经》，有见于《本草纲目》，有见于《说文·艸部》。这些字，都是蝉蜕，没有它们，多少物种便湮灭于无形。鹏飞一笔一画将字抄进本子，像一个摘果实的小孩，挎着篮子。又到三星并齐的时间，这些笔画繁多的古字，却带他溯流而上。写字人忘了初始的由头，只被这遍地草木迷住。吴宝宝站到他身后，忽伸出手指，点了其中一字，说：似曾相识！是一个“杨”字。然后，二人灭了灯，走出办公室，进去宿舍，弯腰入帐时候，吴宝宝回头一笑：三生石上。摘去眼镜，裸出双目，远极了，深极了。

第三晚，字谜游戏继续。吴宝宝又说一个人名：哑子。鹏飞觉得这个人名不如“二点”有趣，再看看，倒也看出一般好处，那就是“哑”属“口”部，说不定能说出机密来。为进一步限定范围，鹏飞数出“哑”字的笔画，九画，然后进到九画的“口”部。一串动静迎面而来：“哐”“哇”“咭”“哒”“咦”“咣”“哗”“哈”“咯”“咩”“哟”……不止人声，而是万物皆有声，这个世界好喧闹。还是鹏飞对，他说“万籁俱响”，果然，字就是证明。依然有生冷的字，比如“咡”，应从“口”还是从“耳”呢？注释为：口旁，口耳之间。举《管子·弟子职》句“循咡覆手”，以手托腮的姿态吗？口耳之间为腮，不明明有现成的字。这个“腮”又是由什么合成？“月”和“思”。“月”部多意味身体，“思”是心思——鹏飞生出一个念头，或许，只是或许，“腮”字生于“咡”之后，是从“循咡覆手”这静思自省的动作造“腮”字。鹏飞正接触到文化发生的人类学概念，只是不自知。他的知识都是自学，直接面对存在得来，字，将存在编码成符号，使有限的直面扩大，扩大，再扩大。还有一个“咺”，注释：哭不止。还是要循古籍例举，《方言》：“凡哀泣而不止曰咺。”吴宝宝从旁加一句：泫然泪下。“泫”是同音字，三点水旁，是形态字。“泫然”见于《韩非子·外储说右上》：“公泫然出涕曰：‘不亦悲乎！’”《方言》则是在之后一百年的西汉，但却是采集乡音俚语之大成，抑或更久远，甚至上古。“亘”这个字不可小视，它的词组是“亘古”，所以，“泫”亦可能从“咺”音来，先有啼声再有戚容。

吴宝宝又念一句：不亦悲乎！从昨夜到今晚，吴宝宝的表情一直伤心，眼里有泪，真的有“泫然”之貌。鹏飞感到不安，问：老师怎么了？老师摇头说两个字：可怜。学生问：什么可怜？回答：处处可怜。走廊东头传来弃儿的啼哭，夜晚变得凄楚。鹏飞不禁颓唐，将《辞海》合起，二人面对面坐着。片刻，吴宝宝问：

父母何在？鹏飞答：天涯海角——吴宝宝跟上半句：觅知音？鹏飞立接道：音讯全无。吴宝宝又接：无中生有。鹏飞哧一笑：有机化合物。吴宝宝：物质不灭。鹏飞又一笑：灭草灵！吴宝宝：灵魂不灭——又回到"灭"字上，鹏飞被逼无奈，只说出两个字：灭迹。吴宝宝换同音字：岌岌可危。鹏飞松一口气：危在旦夕。吴宝宝：夕阳西下。鹏飞：下里巴人。吴宝宝手指《辞海》：查！翻到"人"部，第一疏即"人类"，引古籍《书·泰誓上》证，唯天地万物父母，唯人万物之灵。替鹏飞回答了吴宝宝的提问：父母何在？也点出今晚查寻的主题，可是，人海茫茫，哪里寻得到要找的那一个！

夜晚就在渺茫的搜索中过去，三星并齐，稠成一锅粥的星空中，连成的直线暗示一种秩序。可不是吗？有几颗星连成弧线，有几颗组成弓形，斗形，卧熊形。有一些星是纵深排列，看久了，渐渐脱离地心引力，腾起来，进入星群。苍穹旋转，那星星，远远近近都在嘁喳。看，"口"字偏旁的字都是声音，吵闹得很呢！鹏飞就是用听来看的。这一老一小，一师一徒，简直飞上天去，多么自由！闹夜的小孩子，还有上岁数的失眠者，伙房里要出浆的豆子，浸泡在水里，坛子里发酵的芥菜、蒜头、萝卜、白菜帮，都在嘁喳响动。响动中，事物的形态悄然变化。小孩子掉落乳牙，失眠者将夜变成昼，豆子胖起来，生鲜变成熟……很多很多事物在嬗变，沉渣翻成泡沫，生出酶，一个酶分子，每分钟催化数百数千数万蛋白质、葡萄糖、脲、二氧化碳和氨。这个沉寂的福利院，别看都是歪种子，残种子，稗子，其实生机勃勃，生出歪果子，残果子，稗草。知道酶吗？酶活跃得很呢，聚散离合，对应，错接，兼并，分裂，不定裂出个什么玩意儿。新的覆盖旧的，旧的变成化石,立体的占位压扁成平面的轮廓线,供人类学历史作采样。这些在普遍性之外的特殊性,将提供什么样的标本呢?遗传病,基因突变,染色体片段缺失,是从相对面佐证普遍性,或者预示某种更高级生物的诞生。

张乐然的手术很快纳入慈善救助计划,一方面,已经临界手术最佳年龄,七岁,另一方面,新苑福利院的出资人,以社会影响力争取到名额。这项救助计划来自上海儿科中心,作为监护单位,福利院必派人陪往手术。院长副院长商量决定由鹏飞担任陪护,同时,也可让上海的专家为他诊断,能否改善视力。张乐然在福利院过得不错,体质明显增强,已入读指定小学校。是本人的天资,还是九丈的补习起作用,他用半年时间轻松赶上课程,顺利完成一年级,秋天就要升二年级。吴宝宝每日下午过去东头,其时,张乐然放学回来,伏在小桌上写作业,就坐在旁边看。有一回,张乐然做两位数加减法,看他列成算式,将加数对齐,左边画加号,底下画道横线,先加个位数,进位数写小字,十位数相加,再加添进小字。吴宝宝忽然发现,张乐然已经解决进位的问题,没有留下一点受阻的痕迹。不由佩服小学老师有办法,迅速有效将张乐然归并进正常学习系统。那把算盘在张乐然的床头柜里,搁置不用许久,类似文物的性质。紧接着,乘除法也开始了,流畅极了。小手握着铅笔,细格纸上写下漂亮的笔画。这就和九丈有关系,旧报纸上用毛笔习字,虽然没有帖谈不上什么体,可却是一笔一画,一丝不苟。写过毛笔,铅笔就不在话下。但凡写错一个字,这种情况极少数,万一写错,便倒过笔杆,用梢上的橡皮头擦去。这可是新鲜的动作,张乐然也很熟练，橡皮擦净，一吹，这一吹，难免要喘一阵，正过笔杆，接着写。看着端正书写的小学生，仿佛不认识了，尤其是，有时候，会从学校带来另一个小学生。两人头并头写作业，忽然间，冒出一个词，便叽叽地笑起来。吴宝宝不免感到受冷落，可是，他不也有新朋友了？走出九丈，他们的社会面都扩大了，于是，之间也就生分了。张乐然体弱，说话的力气不够，和小朋友多是眼神往来，还有一种手指头的交谈，指头对指头，飞快地交替调换。张乐然脸枕在一只手上，另一只手对在小朋友的指尖，转折连绵，翻出花来，不时叽叽地笑。他坐在旁边，张乐然都不抬头看一眼，渐感无趣，起身离开，不料，身后传来一声：老新，别走！回过头，枕在手上的小脸仰起来，看着他，眼睛对视的一霎，默契回来了。眼睛转过去，两只小手，十个手指头就像舞蹈的足尖，又像一个是一个的倒影，是舞给他看吗？可是他看不懂，这是另一个语系。又看一会儿，他还是站起身离开，这一回，张乐然没有叫他。

张乐然临走，有几日的忙乱，办各种手续，收拾东西。鹏飞不满十八岁，照理没有监护人的代理资格，就需要变通，自己的行李也要收拾。行李中有一部分是药品，以防张乐然路途中发病，所以，鹏飞还需学习医药的常识。搜索活动暂时中断，甚至，老少师生都没机会照面，直到行前晚上，这两人才坐到一处。吴宝宝提醒有没有遗漏的事情，鹏飞回答：到这时候，就算想起也来不及了！这句话说得老练，就像一个经常出门的人，吴宝宝就笑一笑。安静下来，默了一阵，鹏飞说：你和我们一起去多好！吴宝宝摇头道出一个字：钱。是呀，钱是个问题，资助的款项里只含一个陪护人的开支。再说，这吴宝宝本就是走丢的人，怎么能让他再出去。鹏飞说:手术后四十八小时的监护很要紧!看起来,真是学习了知识。吴宝宝说出六个字:尽人事,顺天意!鹏飞嘻一声笑道:教几句上海话吧!吴宝宝就念:乡下人,到上海,上海闲话讲不来,米西米西炒咸菜!鹏飞学几遍,没学像,人倒笑翻。压力大不错,出门远行总是让人兴奋的,他还是个孩子呢!吴宝宝又念了一支"张家老伯伯卖核桃"的歌谣,鹏飞也是笑。看他笑,吴宝宝再念"小弟弟小妹妹让开点",鹏飞终于笑到不行,瘫在地上,好一会儿爬起来,严肃表情,问:上海人会不会笑我?这问题让吴宝宝心痛一下,随即说:不!为什么?鹏飞更严肃了。吴宝宝想想,说:当你外国人。鹏飞笑一声,又收住,说:上海有许多外国人?吴宝宝说三个字:全世界!

鹏飞看吴宝宝,看见眼睛里有向往,不由叹口气:吴宝宝啊吴宝宝,你怎么会走失的呢,难道是小孩子?吴宝宝羞愧地低下头,不语。鹏飞继续说他:真是的,老小老小,活回去了!吴宝宝更羞惭了。鹏飞弯腰从底下看他脸,就用双手捂起来不让看。鹏飞以为这人流泪了,不料听见哧哧的笑声,鹏飞不觉得好玩,反生出一股凄然,说:可怜!你说他充大,也还是天真,天真的忧愁。不知怎么的,这山这水都蒙着忧愁,人呢,小小年纪就知人事。鹏飞说:我帮老师去找!这个人放下捂脸的手,说:上海是个海。鹏飞说:所以就要找,找,找,概率嘛!这人摇头:人生地疏。听这话,少年意气上来:事在人为!这人就说:可不是吗?是同意也是安抚。你等着!少年人说。可是——这人说出两个字,鹏飞追问:可是什么?不知道!他说。鹏飞将手伸向对面人腋下:说!还没触到,人却已经不行,笑着挥动双臂。鹏飞的手指空挠着,也笑:说不说!此时,一老一小就没了师生相,而是忘年交谊。闹过了，老的说出一句话：鹏飞自己呢？这句话称得上言简意赅，要在别人是听不明白的，鹏飞却是何等通透的人物，这俩人又是何等息息相关，此话一出，双方都一怔，收起玩笑。

我知道，就是不告诉你！鹏飞说道，坐回椅子里，绿灯罩下的光里面，他的白肤就像雪，随时会融化。这个雪娃娃，从哪里来？鹏飞翻书本，不是《辞海》，是自考的复习题，低头做起来，不再理睬对面这个人。他生气了。吴宝宝忽然伸出手臂，张开五指，在空中捕捉到一个活物。活物在手指间挣扎，一只手捉它不住，就又添一只手。鹏飞从书本上抬起眼睛，紧张地看着。那活物几次三番挣脱出来，飞上去，都被吴宝宝的手擒住，吱吱叫着。无数回合，终于稳稳握在合起的掌心，送到灯下。合住的手渐渐闪开缝，依稀可见掌中物的扑腾。缝隙张开，越开越宽，扑腾也越激烈，最后刷地止住，双手平摊，一个空！鹏飞几乎傻眼，不相信地看着老师的手心，将两手翻一个面，检查手背。这就有些孩子气了，吴宝宝哈哈笑起来。鹏飞绕过桌子，从背后抱住吴宝宝的颈项，左右前后乱摇，嘴里叫着：你这个老东西！他可真是小瞧老东西了，原来身怀绝技啊！房间里忽又响起吱喳的呢喃，老燕子呼唤小燕子呢！鹏飞抬头往天花板看，最后发现声音来自“老东西”。少年人惊异地松开手，看着面前这个人，仿佛头一回认识。这人的眼睛很温柔啊！脸颊微微颤动，燕子飞走了，又飞来另一种鸟雀，声音清脆，忽又哑一下。然后第三种飞禽来了，这一种啁啾很奇怪，近似人语，竟唱出一句旋律，千真万确，一句旋律。老东西也在唱，一句人声，一句鸟语。老东西的眼睛滴泪了，啪啪落在衣襟上。鹏飞轻轻推他一下，又推一下。所有的鸟都飞出去，静夜涌进来，屋里面凉森森的，他们又和好了。

次日清晨，民政局来车接人，凡能走的都到门口送行。天飘着雨毛，多少有些伤感。鹏飞牵着张乐然的手，分明是两个孩子，无论怎样撑持，还是流露出怯意。千叮嘱，万叮嘱，先有女人的啜泣声起来，男人们也都湿了眼眶。一双手从地上抱起张乐然，轻得就像一根羽毛，又一双手接过去，张乐然在许多双手上传着，传到吴宝宝手里，两人对视一时，到底是不同，不同的渊源和交谊。吴宝宝从口袋摸出骰子，张乐然一下子接过去，握在手心里。吴宝宝放张乐然到地上，由鹏飞牵住，转身上车。车门关闭，引擎发动，忽从茶树坡跑来一个小人儿，原来是张乐然的小朋友。小朋友气吁吁地跑到，两人隔一扇车窗，相互望着。张乐然将五个手指头揿在窗玻璃上，小朋友也揿上手指头，就这么对着。车动了，窗玻璃从他们的手指间滑过去。小孩子和小孩子总是有特殊的语言，旁人听不懂他们的谈话。张乐然走后，小朋友还来福利院，不找别人，专找吴宝宝。

小朋友很大方，径直走入福利院，上去二楼，不是往东，而是往西。走到西头办公室，即便门开着，也抬手叩两下，吴宝宝就知道谁来了。鹏飞去上海，由他暂时代理簿记的工作，坐在鹏飞的座位，看账本上的字迹，由于视力的缘故，落笔就很深，看得出记账人的用力。阿拉伯数字呈圆形，汉字呢，四角拉足，成正方。圆和方都是用线条勒住空白，令人想到穿一身黑的小白人。小朋友的来访，转移了对鹏飞的想念，就像老熟人，上来就搀吴宝宝的手，从办公桌后面领出来，去哪里呢？他们牵着手，东逛逛，西逛逛。护理员们也不当小朋友外人，差使这，差使那。令吴宝宝很惊讶，小朋友最拿手的一件事，是给孩子换尿布。双脚一提，往怀里一靠，腾出双手，抽走脏的，垫上干净的，再把小脚放下，裆里一挽，系一个结，利索极了，也看得出身体的结实有力气。手上忙着，嘴里唤着，“啰啰啰”。小孩子听见这声音，停了哭闹。小朋友“啰啰啰”地将小孩子尿布全换下，脏尿布盛在桶里，吴宝宝与他一人一头提着送去垃圾箱。小朋友收住嘴里的“啰啰”声，很老气地说两个字：可怜。吴宝宝想笑，却笑不出来。倒干净桶里的脏东西，回到楼上，就到吃饭的时间。小朋友参与进喂食的工序，拿一个塑料盆，依次往小孩子口里填一勺。这桩事就不怎么在行了，不是糊眼睛就是糊鼻子，嘴里的声音换成“咂咂咂”。喂完食，收拾收拾，小朋友就要告辞了。暑天昼长，福利院的饭又早，太阳还老高，窗口里看他走在茶树间的坡道上，小小的身体被阳光染得金红，看上去很寂寞。现在，这两个寂寞人就做了伴。

这一日，小朋友突然向吴宝宝描绘起心脏修补手术——先将胸膛剖开，他在自己的胸脯上长长画下一道，然后两手往外一扒；然后敲断肋骨，他作一个重击的动作；再将心脏取出来，小朋友双手捧起，眼睛烁烁闪亮，脸渐渐红起来；心脏停止跳动，体外接一个泵，给身体供血。小朋友小心地替换两手，一只手托着心脏，另一手的小手指头翘起来，拈一根看不见的针，一针一针缝合。两人的眼睛都看着那只托了心脏的手，简直看得见手上的一颗心，睡着的心。缝好了，放回去。小朋友双手接住，平举到胸前，一松开：扑落脱，掉下去！怀着儿童残忍的表情，看着吴宝宝，像是要玩味这个大人的惊恐失色。忽又两手一合，握起来，往心口一按：怦、怦、怦，跳起来啦！小朋友的手在头顶上挥舞着，复又垂下，呼出一口长气。两人默了一会儿，偶抬头，见小朋友的脸变得煞白，身子震颤，是被自己吓着了。吴宝宝搀住他的小手，两人就这样手牵手坐着。

缓一缓，小朋友问吴宝宝：死掉的人去哪里？吴宝宝答不出来。我知道！挣出手，拉过桌上一张纸和一支笔，画一个长方形，里面是人形。吴宝宝只能点头。事情还没完，小朋友的笔在长方形四边，画上辐射状的笔画，这就令人意外了。小朋友说：死人骨头有磷火，放出光芒。这个科学主义小孩子，真让人穷于应付。接下去的提问，却又涉及哲学命题了，他说：那个“我”呢？看着面前大人慌乱的眼睛，小朋友进一步解释：就是死人的“我”！吴宝宝只能牵他起身，说：回家！从窗户看小身子走出门，穿过空地，走上茶树坡，活泼泼的胳膊腿，穿一件白布衫，衣领有些宽，脖颈就显得细，后颈一条浅沟，桃形的脑勺。眼睛竟能看得那么远而清楚，几只蜂在小朋友身前身后飞，翅子闪亮。

下一日，小朋友来找吴宝宝时候，口袋里摸出一个火柴盒，小心抽出匣子，里面是一只蚕蛹，蚕蛹上用墨水笔画几道弧线，勾出垂目和下撇的嘴，分明是一张哭脸。一双小手拢在耳边，机密地说：死人！说罢“咯咯”笑起来。吴宝宝推开他远一点，两人面对面看一会儿，小朋友的眼睛很大，很亮，瞳人里有个人形，正是看着他的自己。吴宝宝再推他远一点，瞳人里的自己就也远一点。小朋友还是笑，乐不可支。吴宝宝叹一口气，站起身，牵住他的手，出房间，下楼梯，送他走。小朋友却吊在他手上，双脚蜷起来，打着秋千。这是个调皮的有力气的小孩子，张乐然病好了，能像他一样吗？想到张乐然，吴宝宝手下就软了，脚步也不那么坚定。小朋友一个秋千，将他带出门去。下午三点钟时分，暑气还很蒸腾，茶树和橘树垂着叶子，影子歪斜，四下笼罩着一股慵懒的气息。蜂子嗡嗡飞舞，走过坡地，就可看见白带子般的江面，亮极了，简直刺目。小朋友的脚步一转，转进一片平房，小朋友一跳一跳地走，将他的手一扯一扯，就有些雀跃的意思。

这一片平房，被纵横几条巷子分成一个"井"字，石块路面很洁净。巷道交错处，都有老树，挂着长絮，根茎顶出地面，盘结着，上面铺着洗净晾晒的衣物。几座石桥，桥栏上晒着棉絮被褥。两边的房屋有几处墙破开门窗，陈设为店面，经营不外日用杂品，架上地下，又都摆几样铁器，农具、刀具、锁链，掂起来，沉甸甸的压手，生铁的材质，样式粗粝。其中有一种钎子比较特别，钎头呈梅花状，钎尾合成三棱，不知做何用处。穿过"井"字内圈，走入平行的又一条横巷，就见巷内人家都敞了门，门前挤挨着一具具木箱，吴宝宝一惊，小朋友仿佛知道他的心思，又有意戏耍他，扯着他的手一阵疾走，走到一具木箱前，做一个掀开的手势：棺材里面睡死人！探头一看，箱里一卷卷的面。索面，吴宝宝说。听他说出"索面"两个字，小朋友就有些索然，游戏结束了。挣脱手，从索面箱之间穿行过去，磕碰着忙碌的女人们，纷纷骂道：死鬼，死去吧！这里的人都不畏死，"死"这个字挂在嘴头上。女人们看见生人并不惊奇，其中一个，向着小朋友喊：给可怜人煎茶！看起来，人们都知道他，而且取名他"可怜人"。

小朋友带他迈进一扇门，虽是旧屋，倒十分敞亮。墙上有许多奖状，多是奖励给一名学生：学习、品德、体育、动手、动脑——从这一项赞誉看，受奖人就是小朋友。吩咐煎茶的女人显然是这家的长辈，因小朋友很驯服地开始招待，烧火添茶，最后端来一杯滚热的沸水，水中翻卷着黄和白的细叶，喝在嘴里，先苦后甜，身上且出着微汗。看门外阳光底下，女人们的身体一会儿高，一会儿矮，地上的影一会儿长，一会儿短。垂在木架上的索面，婆婆娑娑。女人说话类似鸟语，轻盈的叽喳。鹏飞，张乐然，小朋友，都说的普通话，他们是新人类。真宁静和美好。小朋友跑出去了，余下他自己，一点不觉孤单。依稀听见“可怜人”，“可怜人”几个字眼，晓得人们议论他，他已经成名人。可以见得小朋友的传播力，就像播种机。还有张乐然，是个传话精。日头西斜有二三寸，光摊薄了，却变得澄澈。女人和索面的影就像纸片儿剪成，透着亮。这个世界呀！是依着什么样的心思造就，那么严丝合缝，凹凸有致。一些时间过去，门外石板地面流淌的光渐渐息止，木架上的索面被一双双利索的手绞起来收走，板箱和木架也收进各家门里，一眨眼工夫，女人们不见了，却有柴火和铁镬的气味起来。福利院的饭时到点了，他起身走出门，迎面走来小朋友和女人，应该是他的祖母吧，小朋友嘴里发出热闹的声音，牵住手，推他进家里。祖母手握一把青蒜，祖孙俩原来摘菜去了。

坐回凳上，喝着新添的茶。祖母，说是祖母，其实还很年轻，墨黑的头发在脑后扎一个髻，佩绸做的团花，穿绿绸衣服，齐膝的黑绸裤，脚下一双夹趾拖鞋，寸高的后跟。背着身子在墙角锅灶旁，一会儿看锅，一会儿看灶，嘴里不停地说话，喊喊喳喳，仿佛屋里进来一只大鸟，小朋友则是小鸟。灶眼里的火舌跳跃，透明的红，锅里有咕嘟声，木锅盖揭开，腾起一柱白汽。祖母的手凌空一挥，一层金黄撒下，又一层碧青撒下，然后起锅装盆，端上桌来。什么呀，黄澄澄蛋花上，绽出点点绿蒜苗。小朋友操起一双长筷子，比他手臂还长，正中一搅，搅起一挑索面。那面又细又长，人都站到板凳上了，还提不到头。小朋友迅速搅动长筷，索面绕在筷上，放下碗里，再操大勺子浇汤，放到脸面前。送进第一口，不由浑身打个激灵，热烫与鲜美就像一根针，尖锐地划在舌面上。耳边又响起“可怜人”三个字，祖母的嘴在翕动，眼睛蒙泪了。这索面，艰困时期的老熟人，贴心贴肺。祖孙俩不吃，看他吃，不时脸对脸相视一眼，又怜惜又安慰的样子。汤里有一种蚌类，指甲大小的两片贝壳，合着嫩白的肉体，有一些未吐尽的细沙，咸咸的，暗示它们来自的水域，就是海。在祖孙二人注视底下，喝干最后一口汤，他们的目光丁点儿不叫人难堪，相反，很自在。放下筷子，这一盆索面几乎在瞬间全消失了，连嗝都没打一个。祖母喳喳说一句，经孙子翻译，意思是，肚饱了吗？他点头。小朋友再翻译一句：要添吗？他摇头。祖母接着就说出一串话，翻译过来即是一系列讯问：父母，兄弟，妻室，儿女；姓名，年龄，籍贯，生计，等等。虽是常被问到，却也不敷衍，认真想一想，终还是摇头。问话人与传译人对一对眼，意思是：果然！于是，又念一声“可怜人”，唯这三个字他是听懂的。

起身告辞，暮色真起来了，祖母阻住他，转身提起一篮鸡蛋，交他手里。他要推，祖母不让，双手将人和鸡蛋一并推出门。小朋友扯住手，送他上路。这篮鸡蛋有些沉了，两人一边一个提着篮系。走一段，累了，停下歇手。小朋友拈起一个鸡蛋，对着光，暮色里有一线光，经过几度折反射过来，很奇异。小朋友对着光转动鸡蛋，蛋壳变得透明，看得见里面一团红晕。小朋友说：里面有个小小的死人！这小脑瓜子在想什么？小朋友又说：人生出来以前都是死人！说完，放回鸡蛋，重新上路。江岸又呈现了，这回是红黄的一条，黄又转金转紫转灰转蓝，再渐渐暗去。

临江楼房林立，玻璃幕墙映着彩霞，有几座琉璃塔顶，从楼群中拔起。还有梯形楼体，仿佛慢慢地旋上空中。灯光亮起来，星星点点，迅速连成一片，本来暗下来的天又充满光，却是低下来。近处屋瓦连绵，层层叠叠。站在茶树坡上往回看，这小城就像仙境。小朋友将篮子就地一放，转身走了。小孩子像鸟，天一黑，就回巢。他自己提着篮子，虽有些吃力，可毕竟不远了，略坚持，就到了。

到伙房放下鸡蛋，上楼，走回走廊西头，进办公室，打开台灯，看见桌上的火柴盒，是小朋友遗忘的。拿起来，抽出匣子，冷不防，飞出一只蛾子，翅子扇过脸上，直往灯下扑去。匣里的茧子，瘪瘦了，上面画的眉眼，仿佛更苦。蛾子在灯下扑闪着，这样，他就看见小朋友问题的答案，死去的"我"在哪里，这不就是？死虫子的"我"，一只蛾子，飞出来。他关上灯，推开窗，蛾子飞出去，消遁在蒙着薄亮的夜空里。关上窗，再开灯，那蛾子蓦一回头，却挡在窗玻璃外面，他几乎看得见蛾子的眼睛。惊鸿一瞥，不见了。坐在桌前，有几次，觉着窗上有蛾子看他，转脸看，什么也没有。坐一会儿，翻开鹏飞的《辞海》，查寻"蛾"的音部，原来，原来有那么多加偏旁和部首的"我"——俄、莪、哦、峨、涐、娥、硪、鹅、饿、骇……他不看注释，因有蛾子作索引，一通皆通。偏旁是他者，"我"即是我。"莪"是草的我，"哦"是言语声音的我，"涐"是水的我，"硪"是石头的我，"峨"是山的我，"鹅"是禽类的我，"骇"是畜类的我，"饿"是食色性也的我，"娥"是女人的我，那么，"俄"就是男人的我……万物有灵，都有一个"我"！小朋友，还有鹏飞，就是引路人，引他看世界，看自己。张乐然是引路人的引路人，倘不是这病孩子，他怎么来这里，认识那两位。

接下去的日子，小朋友来，做完换尿布和喂饭的活计，就带吴宝宝去他家，祖母为他做吃的。索面之后，又做过“短切”，一种擀得极薄极韧的面皮，切成寸方，汤是鲜虾和干虾，底下卧一条三寸长小鱼，因会吐香，就叫香鱼，最后，也是青蒜一把；再有粉干，炒成松软，装上盆，还没完，还有后续，炒粉的铁锅洗净抹光，放油，熬热，抓一把虾皮，煎得焦脆，铺在粉上，金黄；较为奇特的一味是木槿花，小朋友数出七十朵，洗净备用，油锅炼到起火，撒下一捧红辣椒，疾翻数下，倾进七十朵木槿，继续翻炒，红的更红，白的更白，即起锅，配一碗粳米饭，一盅清茶。每回都是祖孙俩看他吃，吃完起身，由小朋友送出巷口，上茶坡。他曾辞谢过：无德无能，何以回报？小朋友听不懂，于是用今人话说：不好意思。小朋友转译过去，祖母答回来的话里没有“可怜人”的字音，却有“菩萨”两个字，他不甚懂，小朋友解释：阿娘说你是菩萨。听到此话，不禁大惑。小朋友再加解释：凡可怜人都是菩萨。小朋友几乎成他蒙师，开启智慧，却不自知。回去路上，在茶树间穿行，远处江心落日，就像下金针雨。这样的款待，一直持续到鹏飞和张乐然回来，小朋友返回去找旧友做伴，他呢，有鹏飞，这十数天的交谊便结束了。

这十数天，真有一世长，鹏飞和张乐然回来了。县民政局的车子开到福利院门前，先是下来行李，一件，两件，三件，有去时的三到五倍还多。行李卸毕，最后下来两人，一个张乐然，一个鹏飞。两人都有些变样，不止于外形，略高和略瘦，更在神情，有一种庄严，因为经历重要的大事情，得到体悟。两人都添了新装置，长舌白色旅游帽，蓝黄相拼的旅游服，彩色防水电子腕表，双肩背包，手里又各抱着一个大包。两人腼腆地站着，来不及回答人们的问话，有谁回答得了啊，不是一个接一个，而是万箭齐发。民政局的车开走，上到茶坡，这边开始搬东西进楼。都是好心人的馈赠，一次性尿布，衣服鞋袜，儿童玩具，学习用品，各色零食，一架健身器，一架按摩器。再将各人的包裹打开，就像百宝箱，取之不尽的宝贝。鹏飞是一台电脑，一副眼镜——眼科专家说了，转变视力的可能性不大，只有在一定程度上矫正，于是配一副眼镜，变色镜片，粉红边框，又配一个放大镜，折叠起来收在一个小匣子，就像姑娘用的粉盒。张乐然的以零碎为主，电子计算器、图画书、彩色水笔、卡通造型台灯、粘纸、贴画，这一堆小东西之外，却有一件极大的礼物，是在他的身上。人们安静下来，看鹏飞解开张乐然的旅游服，卷起白色 T 恤衫，露出胸脯。从锁骨中间一直下到肚脐上，一条长长的嫩红色的伤疤，尚可见出缝针的痕迹。护理的阿姨们仔细看过，结论是，针脚十分细密妥帖，不仅手艺好，耐心也好。鹏飞说：外科医生怎样练成的？绣花！放下张乐然的衣襟，捋平了，看得出这些日子里，努力学习照顾和护理。术后监护，不是预想的四十八小时，而是九十六，四天四夜。张乐然心脏不是一个而是几个破绽——向大家说着这些，就像一个老练的医师——修补的工程巨大，一早进到手术室，到晚上才出来。这四天四夜，鹏飞守在监护室外面，寸步不离。每天只半个钟点探视，还要穿防护衣裤，帽子口罩，以为张乐然认不得自己，不想一睁眼，就叫出他名字，两个人都哭了。

晚上，终于静下来，鹏飞告诉吴宝宝，起先人们信不过他，因为年纪少，又不是至亲。他偏不服，偏要做好，好过大人和至亲。

术前要做多项检查,检查的机器分散各处,上海的医院,鹏飞说,就像一座城,城里闹嚷嚷的,又像菜市场。他先自己走一遍,记下方位地点,再背张乐然,结果,他还替人领路。最要紧是前一晚,要洗澡理发,灌肠禁食,护士怕他不明白,左叮嘱,右叮嘱,结果呢,他无一遗漏,还提醒别人。说到此,鹏飞很有些感慨:天下做父母的,多是糊涂人,以为疼儿女,不料反是害,让禁食,却偷给东西吃,险些儿胃反流,阻塞气管;明知重症监护室不让随便进人,非强闯进去,叫人轰出来,小孩哭,大人闹,医生护士吵!见世面多重要,鹏飞几乎成大人,而且是理智的大人。监护室的四个昼夜,顶艰苦又顶得意,别人都有父母亲戚轮守,鹏飞一个人,吃饭上厕所都是跑着去跑着来。随时随地,都可能找家长,某某床家长,签字,缴费,买药,等等。张乐然是二十七床,他鹏飞就是二十七床家长,他显然喜欢这个称呼。一旦要叫家长,家长就一定要应"到"。不过,鹏飞流露出遗憾,二十七床从未有叫到家长的情况。我们,鹏飞张开双臂,画一个圈,我们都是独蒜头!

放下手臂,一笑,怅然的神色驱散了。有许多志愿者呢!他说,有阿婆阿姨,送汤送饭,擦身洗脸,还有大学生,社会学系的,参加社会实践。可是开了眼界,不仅知道医术和医院,还知道社会学和志愿者。带他检查眼睛,配眼镜,最后又送放大镜的,就是一名志愿者。你的事——鹏飞向吴宝宝一点头,也托给志愿者。吴宝宝来不及问关于他的什么事,鹏飞已经一路讲开去,这名志愿者天天来,不是暑假吗?坐在监护室外的地板上,没有椅子,他们就坐地上。志愿者让鹏飞去休息,和他轮班,可鹏飞不愿意,他必须等着,等着叫"二十七床家长"。志愿者就陪他,手里拿一沓裁成正方的印花纸，折幸运星——又是一桩新事物，折好一个幸运星，装进玻璃瓶，满满一瓶幸运星，送给张乐然。

接下去的时间，不是一晚上，而是几晚上，鹏飞的讲述，主题都是志愿者。志愿者带他去另一家以眼科著名的医院，乘坐地铁，地铁这东西，真是了不得。依稀仿佛，有明亮的方格子从脸上掠过，掠过，再缓缓停下，亮格子上映出人脸，挤挤挨挨，重重叠叠，似乎有一张熟脸，是谁呢？就要认出来，亮格子动起来，掠过去，进入隧道。地铁，鹏飞兴奋地说，一条铁龙，亮晃晃的，穿行地下，这地下有多深呢？站在电梯，对了，还有电梯，又一条铁龙，行行向上，只见头顶一方天光，就是地面。每个地铁站，都是一座小些儿的城，街道纵横，人流交汇，电梯贯通。上下换乘，不期然就进高楼，是较大型的城，通体亮格子，蜂窝似的，哗一下升到天庭。蜂巢眼子里，都是人脸，熟脸一晃，过去了。高架，第三条铁龙，从这幢楼的心脏部位破进去，再从那幢楼的肚腹破出来，又穿入第三幢的口中，不是光格子，是光的河，在空中飞行。雪亮的天幕上，倒映着车流和人流，交相辉映，千缕万缕的拉丝，绞起，松开，绷直了，垂下来，散成渣，再化烟，爆着火星子，噼里啪啦响。

所以，鹏飞得出结论，上海事实上是三重城，空中，地面，地下，人是叠起来的，上海，指的就是人海。要不是志愿者，他到了上海也不认识上海。你，鹏飞对面前的他，没有称老师，也没有叫名字，只说：你，你是沧海一粟！

鹏飞说这么多，吴宝宝也想说些别后的经历，比如小朋友和他的祖母，索面，短切，七十朵木槿花，可怜人和菩萨的称谓……虽然上了岁数，又没出远门，可他也在学习，活到老学到老嘛！

鹏飞沉浸在讲述中，少年人总是自私的，过于关注自己的经验，也难怪，年轻嘛，刚刚开始生活，于是吴宝宝继续听下去。眼科医院里也是人，四处拥拥簇簇，不留神就踩人脚后跟，或者让人踩脚后跟。他们俩生怕走散，就手拉手。这个小白孩子到底是惹眼的，真有人问志愿者这样的话：是外国人吗？说到此，鹏飞掩嘴笑起来，这掩嘴的动作和羞赧的表情是之前不曾有的。放下手，头一仰，仰头也是新添的。吴宝宝看着成长中的少年，忘记自己要说的话，就好像看见志愿者牵着白少年在人群中穿行，这么多的人，发出的声音和气味简直要爆炸。鹏飞的听觉和嗅觉大约也派不上用处，要慢慢地，慢慢地，恢复辨别力，辨别出谁是谁。看过专家，配过眼镜，眼科医院里就设有眼镜店，买了放大镜，眼镜店兼卖放大镜，几乎是被人群推着，走出医院，走入街道，上天桥，无数人头攒动。暑气蒸腾，树里有蝉鸣，当当响，有一种金属音，是上海独有的。走过天桥，进入庞大的楼体，踏上电梯，铿铿下行，就又到地铁站台。空调的森凉，冷却了人体排放的热量，荷尔蒙的能量仿佛被抑制。水泥、金属、玻璃的建材；还有煤电、磁射、信号线；加上速度挤压，空气交换，温湿度升降，合成一股巨大的生产力，在这人工的隧道里膨胀开来，震动出高赫兹的频率。别人听不见，却逃不过鹏飞的耳朵，一时的懵懂过去了，敏锐性又回来。这是结构特别细密的频率，覆盖或者说消解了其他的噪音，来自直接碰撞与摩擦的噪音虽然响得很，但因内部组织粗疏，极易分崩离析。好，灯光在隧道里吱吱作响，它扩张了隧道的空间，使它看起来比实际上宏大。人啊，鹏飞感慨道，是伟大的动物！没有比人更有力量的动物了，什么都比不过人，将来——他接着说，未来，人能够改变世界，现在，就已经在改变了！鹏飞的眼睛，发出无色透明的光。

临回来的前一晚，儿科中心、援助计划和志愿者组织活动，带治愈的孩子和家长夜游黄浦江。这是张乐然头一次去到病房以外的地方，鹏飞不让下地，始终背着，比在场任何一名家长都更负责任。他学会换输液瓶，拔针，清洁引流管，调节氧气，甚至读心电图谱上的 T 波和 U 波，试问，有哪一位家长读得懂？医生，护士和护工，不能不服了他，喊他“小白医生”，戏谑就戏谑，你能说就没一点佩服？背着张乐然，志愿者提着他们的水和零食，三个人就像一个小小的家，扮家家的家。鹏飞是爸爸，志愿者是妈妈，不是女生还能是男生吗？张乐然是他们的小孩子。和其他人一样，也是幸福的一家人。游轮在江上走，两边的灯光在头顶合拢，成了光色璀璨的穹顶。别人眼睛里的光粒子，在鹏飞一律拉成光丝，辐射出去，再交相辉映。他喜欢，喜欢这样的网状的光，网格子里汪着亮，布满水和天，最后成为一个光世界。谁有他这样的光世界啊！游轮在光的网罗里走，走，走。张乐然的小细胳膊搂着他的细白颈子，多么温柔，温柔的小孩子，温柔的光，温柔的志愿者，他辨得出她的呼吸。他的嗅觉有着纤巧的触角，就像一种水生物。他的触觉也了不得，是分布于全身上下。这时候，张乐然伏在背上，他就知道张乐然的心率，T 波和 U 波的短长曲度。一颗小心，正迅速愈合着破绽和裂缝，软组织，神经，血管，还有缝针的眼儿。忽然间，那些辐射出去的光丝呈垂直状态落下来，落下来，落在他的白皮肤上，轻轻刺痛，小鱼咬似的，麻酥酥的。这一夜可是神奇，你，他又说你，而不称老师，少年人就是容易骄傲，可少年人就该是骄傲的，要那么谦虚做什么！你，见过这情景吗？对面的人回答：你见非我见。少年不禁语塞。这世界不仅有广度深度，还有长度，需要时间的积累，所以才说，老人言不可轻。

新鲜的喜悦高涨之后渐渐平息，鹏飞沉静下来，说：有人建议我留在上海读盲校。吴宝宝“哦”一声。我说，先要送张乐然回去。这个回答有些狡黠，不拂人好意，又留有余地。吴宝宝又“哦”一声。他看向对面，说：我不是盲人，你知道。后面三个字就有知己的情谊在两人间交流，对面人点头。你知道，他又活泼起来，上海这么多的人，却一点不乱，是为什么？吴宝宝不禁也好奇起来，好奇少年有这样的思考。编码！鹏飞从椅子上一跳，得意自己知道，对方不知道，还是上海人呢！继续说道：上海是个会编码的地方，不说别的，就说地铁，出口都是编码，一号口，二号口，三号，四号，五号，六号，所通向的地方都被归在编号底下；但是数字不够，还有颜色，每一条线路都以一种颜色标识，换乘的地面上，颜色涂成脚印，中间是数字，沿着走就行！所以，人海里，其实是有路径，站在人行天桥，地铁标志就像，像什么？浮标，一眼就可看见，走下去，街道就算乱成一团麻，上海的街道真像是乱麻，可是，就是有路径！

编码的基础其实还是分类，医院，更多的时间还是在医院度过，背着张乐然在各科之间穿梭。同是医科，就分成内科，外科，五官科，小儿科，皮肤科，妇产科；同是外科，分普通外科，神经外科，脑外科，心脏外科，手外科，腭面外科；内科呢，内分泌，血液，泌尿，神经，传染病；五官则耳，鼻，喉，眼，口腔；小儿科再分小儿内科，小儿外科，小儿血液科……无数的诊室，无数的名称，就像一棵大树，从根上起来，发枝发杈，一发十，十发百，百发千。晚上，张乐然睡着，他稍稍离开病房一时，四下走一走，放松一下紧张的身心。出住院部,到门诊大楼,他知道有一条通道从偏门进入。这时候,楼里一片寂静,没有人。自动电梯停运了,但升降机开着,走进去,揿下按钮,按钮旁边写着各科室的名称。箱笼在空井中直向上去,风声在厢壁外呼呼响。他一直上到顶,玻璃幕墙外,是明亮的天光。时间大约六七点钟,医院里总是昼短夜长,城市到了他的脚下,纷乱杂沓的街道,在俯瞰中呈现出秩序。这城市很少直线,主要由曲线划分和结构,因此就有许多零碎的犄角。多么神奇啊,局部的不对称却在全局上达到平衡。那三角的街区,辐射状的岔口,断头路不知怎么就收梢了,又不知怎么又沿出一条新路,一小段一小段的巷道,难免破坏画面的整体性,但又以生动性作了补偿。他被迷住了,这还只是平面,立体地看,高低错落、鳞次栉比的新老建筑,画下的天际线近乎嶙峋,倘是放大视野,在扩大的范围内,就有奇峻的雄伟。这是一种巨大的概括力,几乎可吸纳所有的协调和不协调,然而,总有例外吧,某一些相当个别的性质,许只是形状和体积上的特异,比如很小很轻很微不足道,如同草芥,或会漏网也说不定,正好作填料,黏合了纪念碑式的立体几何块面的接缝。鹏飞立在玻璃幕墙内,游离于外部,同时置身其中,他忘记了自己。

微微一激灵,从沉湎中醒来,透明的眸子里遗留着上海夜空的残像,一时没有聚焦。我不去盲校,他说。好!吴宝宝赞成,这安慰和鼓励了少年。他说:那盲文,一粒粒的,我不喜欢!是!吴宝宝赞成。看起来,已经接触过盲文了,上海的指路牌上,就有。其实,他说,就是拼音,可是,你知道,字,不止有音,还有形,不是吗?是的!吴宝宝很赞成。所以呀,《辞海》的检索,有拼音、笔画、四角号码——说到字,吴宝宝也想发表意见,关于那个

"我",却不知从何说起,又怎么说。他跟不上鹏飞的节奏,从上海来的人真会说,说得又多又快,像进了轨道的飞行器,稍愣神,已经盘旋一周,回到原点。是的,回到原点,什么也没说,说是说了,只是和没说一样,许多音节在空中飞行。吴宝宝插不进嘴,好容易挤进一个字,"好"和"是",至多两个字,"好的",仿佛文言文对白话文。说出一个字,不等下文,就被鹏飞的滔滔话语淹没。他将《辞海》推开,移来笔记本电脑,按开一个扣,轻轻揭起。黑屏上映出鹏飞的透明的脸。从此,它将取代它们！少年指向《辞海》,以及占去半个桌面的书籍,自考和报考公务员的教材,发出预言。他"哦"一声。现在不行,鹏飞合上电脑,要等福利院装宽带,知道宽带吗？就像河床,水呢,是光纤。他听迷了,少年这一趟出门可了不得！光纤,怎么说？这么说吧,就是光的纤维。鹏飞眯缝起眼睛,如何告诉对面的人？在他,就是鹏飞自己,光,确实是纤维状的,高度透明,低度色散,这些状态于众人是概念,在鹏飞却是直观世界。还要他进盲校呢,他看见的东西比你多得多！不过是被板书挡住了视力。光纤就在宽带上奔跑,暂且用"奔跑"这个词吧,文字里的动词是个大缺门,不够用的。光纤在宽带上奔跑,速度快极了,有多快,每秒钟数千比特到数百兆比特。比特是什么？对面的人完全迷糊了,新词、生词、冷词汹涌而来,知识的海洋波涛澎湃。

说到比特,就必须先要解释二进制。通常我们都是逢十进位,就叫十进制,二进制逢二进位,吴宝宝脑海里迅速掠过张乐然的进位法,可是立即被鹏飞的声音驱散。所以,只需要两个数码,好比,关灯和开灯——鹏飞将台灯按灭又按亮,一比特就是一明一灭。想想看,每秒钟数千次到数百兆次一明一灭,多么快啊！快速的明灭刺激得他睁不开眼，于是，他终于抢时间说出一句长句：我们要爱护眼睛。亢奋中的少年哪里听得进去：光纤奔向四面八方，全世界凡有人的地方都连接起来，连成一张网。所有的信息，信息懂吗？简直知识大爆炸，吴宝宝的头在裂开，量变正向质变转化，马上要出事了！其实很简单，知识继续在灌输，信息就是消息，你是谁，我是谁，你在哪里，我在哪里，你做什么，我做什么，无一不是消息，无一不是信息；信息全经过分类，归纳，概括，抽象成数字，数字是个好东西，量是它，概率是它，信息也是它，纳入二进制，没有到不了的地方；重要的是，检索——事情又回到原初，拼音、笔画、四角号码，再归并成全拼、双拼、五笔——说到这里，鹏飞突然止住，看向他，表情格外严肃。

你不是吴宝宝，他说。哦？对面人问，并不吃惊，倒是好奇得很。少年沉着地说：我们——“我们”指的是他和志愿者，我们一定能找到你！我？他问。是的，你！鹏飞说。

二十一

在上海，鹏飞通过志愿者，志愿者神通广大，而且有求必应，在志愿者协助下，到公安局户籍处查找吴宝宝的信息。这城市里的人都编成数据，输入电脑网络，可谓天网恢恢。吴宝宝，暂且就称他吴宝宝，吴宝宝这人就算是条漏网的鱼，漏得了今天，漏不了明天。志愿者信心满满。果然，一搜索，“吴宝宝”这三个字，出来有一列，女性排除，五十以下排除，八十以上也排除，所余不过三两人，没有一个报过失踪。志愿者很聪明，问是否将三年内注销户籍的“吴宝宝”调出来，说不定，失踪人的家属已报死亡。这样的吴宝宝，一个没有。五年内注销户口，也没有。于是，只有一个结论，他不是吴宝宝。一时上，志愿者也顿住了，但只有一小会儿卡壳，立刻恢复思想运作，这是机器一样的头脑。另辟蹊径，更新路径，从失踪人口进入搜索。这个工程就大了，鹏飞又一次领略这城市的大和人多，单是失踪人口便称得上浩瀚。在上海的日子即将到期，志愿者说，事情就交给她了，只要有这个人在，就能找出他的名！信心重新注满。因为，她告诉道，编程，知道吗？一个人可进入各种编程，名姓是一种，身份是一种，事由是另一种——这是人的社会性决定的，一个社会人，文明世界，有谁不是社会人？一个社会人是由许多内容构成，将这些内容分类，归纳，然后编织程序。听到这里，鹏飞就懂了，一切的基础，还是分类。这一类里没有，那一类里也许就有，什么属性归什么类，吴宝宝——不这么称他，又能怎么称？失踪就是吴宝宝的属性之一。

一旦有消息，就会知道你是谁。鹏飞安慰道。不是吴宝宝，倒没有太让这人沮丧，只是有点尴尬，因为又成了无名的人。即便从方便起见，称他吴宝宝，也不好意思答应，这才叫欺世盗名呢！还是张乐然解开困局，他喊他“老新”，于是，人们也就改口叫“老新”。一旦叫起来，立刻就上口，他呢，应得很自如，仿佛，他本来就该是老新。换一个说法，“老新”比“吴宝宝”像他，像在哪里？不好说，是凭直觉，又不单纯是直觉，多少得着一点暗示，暗示这名字与这人有渊源。总之，反正，他又回到“老新”这名字里，继续“老新”的历史，“吴宝宝”则更接近一段小小的弯路或者岔道，偏出去，绕一下，再折到正途。

现在，他们的人际圈子扩大到四个人，或者说是二合一，老新、鹏飞和张乐然、小朋友。应该再加上志愿者，老新和小朋友虽然没见过她，可因为鹏飞和张乐然的关系，其实已经介入到他们中间，成为第五个人。福利院没有装宽带，宽带这条河暂时没有将福利院带进网络，但还不是早晚的事吗？就像盘山公路，都是复制功能特别强的东西，先是不觉着，忽然之间满世界，挡也挡不住，所以不着急。而且，有手机嘛！志愿者和鹏飞通过电话，也是这句话，不着急，她正在检索失踪人口的信息。同时，通过邮政，给老新寄来一瓶幸运星。无论从年龄还是从趣味，幸运星这东西都不怎么适合老新，可是老新却很喜欢，将瓶子收进帐子，他的枕头边。

他们四个人，手牵手走上茶树坡，绕过小朋友家所在的平房民宅，去到江岸。太阳落下，光照柔和，伤不着鹏飞。他和那两人一样，也穿一身短衣短裤，唯老新穿长的，从九丈带来的白衣裤，像戏装里的水衣，还像修行的道人。坐在江边石凳，看那三个在江边奔跑玩耍。张乐然张开双臂，仿佛是一只鸟，侧着身子滑翔，真快乐啊！能躺平睡觉，站起来奔跑，大口吃饭，大声吵架，认识一千以上汉字，多位数四则运算，甚至，学习英语，这是又一张网，将全世界覆盖和联络。从上海回来以后，再没见他和小朋友手指对手指的交谈，他们以通用语言对话，那种神秘的语系遁入空茫。似乎为了补偿过去的沉默，张乐然说得格外多，变成一个饶舌鬼，令人吃惊的是，他说一口标准的普通话。这一切都在显示，这孩子正以飞快的速度归入人群。他以鸟的姿态滑翔左，滑翔右，原地盘旋，与小朋友争执着什么，然后，飞过来，在老新膝上拍一下，再飞走。这一拍里，暗藏着不自知的秘密通道，就像进化的残留，从特殊性进到普遍性的残留。现在，相比较下，小朋友倒显得落后了。他的普通话有太多的口音，脸相特别，圆眼，浓眉，宽鼻，方嘴，很像寺庙山门边的金刚力士，不知长大会是什么样子。偶尔，脱口而出，他叫老新"可怜人"，那两个倒听不懂，这代表着他与老新交往的一段日子，又一个秘密通道。当他牵住老新的手，张乐然立刻牵住老新另一只手，他们已经有日子不牵手了，此时是有些争宠的意思。两个小的牵了他的手，鹏飞走在前边，或者落在后头，举着手机拍照。这是从上海带来的新动作，将手机举起来，推远，对着前方的山水人，有时候则反过来，对着自己，自拍。他们这四个人，在河滩沙地上走，人以为是一个家庭。暮色渐渐沉降，这对鹏飞是最安全的天光，肌肉松弛,毛孔舒张,周身敞开在空气里。河滩上架起烧烤架,炭火点燃,年轻男女铺下塑料毯,席地而卧。这一家子在烧烤架之间穿行,人们从没见过如此不相像的一家子,可不是一家子又是什么？穿过烧烤架,走进竹林,这一片人工栽培的竹子不疏不密,梢上挂红灯笼。小朋友和张乐然放开老新的手,在竹林里捉迷藏,鹏飞则与他并肩,不时被竹棵分开,绕过去,再并肩。

红灯笼稀了,竹林黑下来,两个小孩有些害怕,回到老新身边。竹子和竹子的间距密集起来,脚下时不时被竹根绊一下,暗里面,闪烁出江岸的炭火,一点,两点,三点,有细条条的身影活动。然后,头顶的竹梢上挂起星星,又有了光。大概有人下水,身子拍在水上,啪啪响,还有相互追逐的尖叫。这一条狭长的竹林,隔离了江岸,仿佛另一个世界。竹棵疏阔,他们走出来,走到滩地上。人们在放孔明灯,扯住叠起的四角,拉开来,就是一具灯箱,钻进箱内点上蜡烛,豆大的火摇曳着,人们拽着灯箱随风向奔跑,忽向左,忽向右,风在耳边呼啸,灯箱鼓胀起来,火苗跳跃,脚步放缓了,双手将灯箱举起,感觉到风的托力,光在增亮,托力越强,火也越亮,终于,手指尖上一轻,灯上去了。张乐然和小朋友也跟着跑,仰着头,眼睛跟着灯升上去。滩地上的细沙很柔软,缠着脚。天上的灯一盏,两盏,三盏,渐渐数不过来。升得最高最远的,融进黑夜,那一点亮,怎么与星光比。孔明灯争先恐后融进夜空,踪迹渐消。到回去的时候了,已经是福利院的夜深时分,他们没有原路返回,而是贴着江边走。起雾了,漫到岸上,人仿佛走在江里。月亮出来,照出一条白练子,将水天隔开。

他们三人和小朋友分手,小朋友家还没开晚饭呢,站在岔道口上,向大家挥手告别,转身蹦跳着,消失在一片瓦顶之下。他们三个则上到茶树坡，向福利院走去。最后一程，张乐然到底累了，由鹏飞负在背上，眨眼间便睡熟。就这样走进福利院，上楼，将张乐然放在小床，他的脚已抵到床根，长得可够快。回到走廊西头，老新和鹏飞再要坐一时，隔了办公桌，桌上开一盏台灯，灯下飞几只蛾子。携带了江岸的雾气和喧嚣，两人静着，前一日说过太多的话，就像一口井，淘干了，要等新水涌出。静一会儿，鹏飞取出一张白纸，画上一个“井”字，然后从口袋摸出骰子，就是那一个，哑子留给老新，老新交给张乐然。鹏飞说：我们做游戏！老新说：好。

游戏的规则是，一人画圈，一人打叉，依次交替，在“井”字分割的九格里，连成直线，先者为胜。谁先下笔，掷骰子决定。鹏飞掷一个“叁”，老新则是“肆”，“肆”比“叁”大。老新在“井”字中心画一个圈；鹏飞在右上角打一个叉；老新第二个圈画在左上角；鹏飞拦截住，右下角打个叉；老新画圈右中格；鹏飞拦截左中格，这样，所有的直线就都破除，不输不赢。老新的策略显然错了，以为辐射的中心几率高，事实上，被拦截的几率也增高了。下一盘如果有领先的机会，应该从周边着手。很好，他的骰子数又大过鹏飞，于是，小心在中上格画一个圈；鹏飞挨着，左上角打一个叉；老新这才到中间格子画一个圈；鹏飞拦截在中下格；老新占左下格；鹏飞右上格，直线全破，又平局。老新本是淡然应对，此时生出兴趣，看似简单，其中自有机枢。第三盘开局，这回是鹏飞先走，走老新的老路，中间格子打一个叉；老新画圈右上角；鹏飞很诡异地打叉左下角；老新有点摸不着路数了，以为要发展横路，便挨着中下格画个圈；鹏飞笑笑，左上角打叉；这时候，老新发现堵不住了，因为有两个缺口，一个在右下角，一个在左中格,他一个圈不能拦两处。终于决出胜负,鹏飞咯咯笑起来。原来,守在重症监护室门外的日夜时间,就是靠这游戏打发的。

鹏飞这才教给他,中格还是最要紧,是枢纽;其次是角,一个角,可控制两条边线,一条斜线。老新抬起手,少年头上撸一把,说出四个字:冰雪聪明!这四个字就是为他造的,他可不是冰雪砌成,晶莹剔透——鹏飞继续传授:如果,将“井”字变成立方体,就是一个魔方。他果真从桌斗里摸出一个魔方,也是守护张乐然消磨时间的游戏。魔方在手里旋,旋,旋,他压低声音:中间格子永远看不见,无论怎样翻转,你也看不见!老新从他手上接过魔方,这玩意儿诡异得很呢!从理论上说,应是二十七个立方块不错,事实上,正中那一立方体从不显现,只有二十六方。他旋着魔方的立面,横竖左右几下子,六面中的一面成清一色蓝;很快,蓝色面分崩离析,一番折转,又合成,同时,又有清一色的绿面;再破坏,打碎,然后第三面清一色黄……鹏飞看呆了,到底,姜是老的辣。许多白天和黑夜,和这立方体较劲,旋成一面清一色,就费老大事了。即使只缺一格,要将这一格调到同一面上,必须破坏排列成的八个格,这一格终于上来,其余又七零八落。这老东西从哪里来的窍门!房间里静得很,只听魔方转动的格格声,还有飞蛾的扑翅,从灯底下掠过。老东西的手,把着魔方,各种色块散开又聚起,聚起又散开,但这双手显然有把握,乱中有序,受什么指使啊,那么有自觉。是的,中间的那一格,枢纽的核心,一个轴,润滑的多向轴,可作三百六十度旋转。周围的格子都有机会与它形成直线,但因立方体排列的限制,无法直接在轴心转动,必须循某种理数,经过换位,再换位。你会!鹏飞叫起来。老东西最后一转，所有颜色各归各位，一个六面六色的魔方，静静停在桌上。不敢动啊，一动就会乱，再回不去了。鹏飞看着魔方，又看对面这人，这人的神情变得茫然：我会？鹏飞说：你是谁呀！

他颓唐下来，伸手将魔方轻轻一推。这一个夜晚过去了，下一个夜晚来临。上一晚的命题继续着，变换了发问的形式，就是：为什么是我。为什么是我呢？鹏飞问对面的人。有小孩子哭，哭声就像噎着了，几乎窒息。为什么是张乐然？还有腭裂、马蹄掌，脑瘫，智障，为什么是他们的“我”？这问题有些像小朋友的，但不完全是，小朋友的是“什么是我”，老新已有答案，就是“蛾子”。这回问的是“为什么”，更进一步。对面的人无语。可是，我知道！鹏飞自问自答。老新吃一惊。鹏飞说：基因！看到对面人诧异的表情，就有几分得意：就是遗传因子！你知道怎么发现的？少年卖着关子。对面的人摇头。豌豆！鹏飞的眼睛闪烁着透明的光，真是个琉璃人儿。豌豆，是非常重要的，我给你讲个故事吧。对面人做出洗耳恭听的样子。从前，有一个王子，巡查国家时候，在街上看见一个乞讨的姑娘。姑娘衣衫褴褛，但依然很美丽，于是带回宫殿，洗浴更衣，顿时光彩照人。王子有意娶她为妻，可是有一个顾虑，不知道她出身高贵还是低贱——对面的人听得入迷，看着讲述者。讲述者神采飞扬，他才是王子呢，白雪王子——这一点，连姑娘自己都不知道，她不知道自己来自何处，又怎么流落到大街上。可是，豌豆知道！

这简直太神奇了，你不信吧？这天晚上，王宫的侍从为姑娘铺了一张床，床上放一粒豌豆，豌豆上铺二十二张羽绒床垫。一夜过去，早上起床，姑娘脸色苍白，抱怨有什么硌了她整整一宿，使她噩梦连连。多么娇嫩的肌肤啊！一定出自高贵的血统；于是，王子与她成亲，多年后，王子登基，她就做了王后，国王和王后过着幸福的生活。鹏飞脸庞布上一层粉色的红晕，这是童话，也是科学，就像志愿者，故事一定来源于志愿者，志愿者是童话与科学的合体。鹏飞接着说：所有的童话都将被科学实现，比如封神榜里，哪吒的风火轮，不就是飞行器？反过来，科学也就是童话，爱因斯坦相对论，过去的情景反过头回到现在和未来，不就是狐精吗？倒行几千年，化身小姐与书生相遇。距离、时间，在科学和童话里，都不是个事，都是迟早的事！

所以，豌豆里面是有玄机的。鹏飞总结，它决定为什么是"我"，那就是基因。哦！老新觉悟地发出声音。而且，鹏飞更加机密地说：基因无影无形。老新的眉毛一跳。它是一种信息，要经过转录、翻译和加工，显现为编码，你听，编码又来了！都靠它。他指了指电脑，这是一个墨盒，看见摸着的只是硬件。插上电源，启动开关，屏幕亮了，一片湖蓝。鹏飞纤长白皙的十指在键上飞快地奔跑，屏幕上时而打开一个小框，再开一个小框，套叠起来，许多字码出现，又消失。鹏飞还没学会呢，世界上有多少知识需要学习，旧的没学，新的又来。需要程序！鹏飞小声说，生怕惊跑了程序似的。知道什么是程序？鹏飞问，老新摇头，一半是不知道，一半知道却说不出来。可是志愿者知道，志愿者是百科全书。打个比方，鹏飞直直身子，算盘——看，算盘都出来了！算盘的框架、横档、竹签、珠子，是硬件，软件，也就是程序是什么呢？猜一猜！显然有更大的关子等着，老新直摇头，好奇心上来了，他真猜不出来。鹏飞一个字一个字说：珠算口诀。啊！老新不由叫出来，可谓醍醐灌顶。通过程序，得出编码！基因是一串编码。

事情变得玄虚,“我”先还是一只蛾子,此刻却是一串编码。少年人和小朋友都是实证主义者,鹏飞说:基因决定了“我”所以是我！好。老新赞同。但是事情却变得复杂起来,基因说解答了“我”所以是我,那么蛾子呢？从躯壳里飞出来,也就是小朋友的那个“我”,究竟算不算答案？编码回答的是“我”的客观性,蛾子则是“我”的主观性;前者是因为所以,后者没有因为也没有所以;前者有条件,后者无条件……如此追究,没完没了,不是说一个问题接一个问题,而是按下葫芦起来瓢,解决第一个,生出第二个;解决第二个,回到第一个。夜已经深了,灯一关,推开窗,蛾子们一股脑儿扑出户外,那里星月交辉。抬头望望,经过几亿光年跋涉的星星继续赶着路程,流星划过天际,是与人类最近的距离。鹏飞最后说一句:她一定能够找到你！她,就是志愿者了。然后,他们回房就寝。

在夏季的末一个月里,去江岸玩耍的队伍越来越壮大,先是能走的老婆婆要跟去,怎么办,走慢点,别走丢了她。接着,掌内翻的小孩也想去,怎么办,鹏飞背着,小朋友背那个腭裂的小小孩。出门时,躺在床上的都眼巴巴看着,硬着心肠撇下他们。下一回,就拉一架车,福利院采买食杂的三轮车,能坐的坐里面,坐不起来的只能等下回,也许会有新交通工具。有一个半身不遂的老爷爷,“啊啊”吵着要去,推一部轮椅车,福利院唯一的轮椅车,由老新推着。小朋友骑三轮,他的个头坐不到车座,只能站在脚蹬。他很快掌握蹬车的窍门,又有力气。张乐然在车后护着,车上的人用一条尼龙绳围住,还是怕有漏下来的。鹏飞换背脑瘫儿，脑瘫儿个头不大，但时不时地抽，所以阿姨用布条绑在鹏飞背上。这么样，浩浩荡荡地出发。

这些经年累月在床上坐和躺的人，只看见窗户大小一块天，以为就是外头的世界。一旦走出福利院，来到茶树坡，无论能说话不能说话，有知觉无知觉——即便那脑瘫的孩子，手脚都是软的，几分钟抽一回，也是有知觉的呀，此时，全在发声音，暮色里的虫鸟都惊了。唱的，笑的，说的，嗷嗷叫的，走到江岸，刷一下静下来。那么长那么宽的白带子，在没有见过天地的眼睛里，就有无限的辽远。落日的余晖将白带子染成金带子，里面撒着黑点子，是江鸥，还是风筝——风吹过绷直的蜡线，弹出音调。手里握着线轴，仰起脑袋望向天空，黑点子忽高忽低，忽隐忽现。蜡线呢，完全看不见，不期然间一闪，仿佛水银滑动，又消失在天光里，却有千钧之力，顶着持线人时进时退，最终沿江边远去。岸上点起炭火，食物的烤香弥漫开来，年轻男女顾着享受青春和健康，毫没有注意这支奇怪的队伍。有一处带了音响，放出歌声，有人起舞，在这些耳目蒙塞者，是为天上人间。天色变成灰蓝，他们停下三轮车，与轮椅车靠拢到一起，能动的人找地方坐定，脑瘫儿从鹏飞背上解下，平放老新膝上，颈脖向后仰去，眼睛望天，腭裂的小孩坐在身边，老新用手臂圈住，那三个便自由地玩去了。失智与失能的人不自觉地将老新围紧，那腭裂的小孩将小手放在老新手里。脑瘫儿身子暖暖的，老新空着的手扶住他的脑袋，以免从膝上滑落，手触到病孩的脸颊，分明感觉有话要说，老新就说：好，好，好孩子。腭裂的那个蓦然回头看向老新，也是要讨一句夸奖，老新说道：好孩子，我们都是好孩子！

我们都是木头人！不知怎么的，老新说成这样：我们都是木头人,不许说话不许动。自己也觉得奇怪,补了一句:好孩子都是木头人!歌声如潮如涌,炭火烟气也如潮如涌。风筝陆续收线,风弹得蜡线当当响。收下的线绕在木头轴,手摇得飞快,转成一团光,再快也快不过风筝落地,黑压压盖顶而来,鹞鹰一般,啪一下,收线人自己都吓一跳。好一阵收拾,一手举风筝,一手推自行车,走着走着上车。风筝好比一面帆,斜侧迎合风的顺逆,如此,便走着一条弯曲的路线,车辐条吱啦啦响。也有的收到中途,风筝哗地挣走,飞了。风筝的主人仿佛不相信,久久望着天空,连影都没有了。老新呵呵地笑起来,围着的人都笑了。老新不禁说道:真好!此时此刻,他生出说话的欲望:真好!那些老的小的,残的废的,说得清说不清的,跟着说:真好!就像学舌的鸟,那只聪明鸟飞去哪里了?这世界,每时每刻有东西消失,每时每刻又有东西生出来。老新说:你们这些可怜人!一众人学舌:可怜人!老新又说:我们这些可怜人!一众人说:可怜人!老新说:都是菩萨。一众人道:菩萨。老新问:菩萨是谁?众人回答不出来,就笑,其中一个声音说:木头人!老新不禁大悟:原来是木头人!我们都是木头人,不许说话不许动。没错,没错的,却不妨碍看啊!菩萨就是看的人。

菩萨的眼睛啊,没有看不见的人和事。你看不见,我看不见,他看不见,菩萨看得见!就是不说不动,木头人嘛。老新看着周围的脸,什么样的脸啊。皱成干枣的,豁着口子的,目光不能聚焦的,时不时挣扎一下,抽嘛,总算有一张齐整的脸,手和脚又不对了,内翻和外翻。可就是这些怪诞的脸,无一不是明净,宁和,因为什么,因为都在看,眼睛明镜似的,照着世间。所以他们古怪的非同寻常的面相才不让人骇怕,一点都不。在他们中间，从外表看，老新是个正常人，可是内部呢，大概比其他人更缺失，缺失的是那个芯子，就是“我”。他可是个大畸人！这大畸人也有一双眼睛，也在看，看啊，他说，灯，升上去！沿江岸几里长，孔明灯相继升上天空。天已经墨黑，墨黑里，一点一点亮。是菩萨的眼！木头人的眼！看着全天下，所以，要记住，所以，记住天上的眼睛！他可够啰嗦的。江岸又是唱又是舞，炭火上的串烤滋出油香，江鸥都回巢，回到江心洲的巢穴。

那三个人，一个少年，两个小孩子，很远很远跑过来，拖着什么大黑怪物，从江里还是陆地捕捉来的？像鱼又像猪，会不会是恐龙的后裔？退化，退化，退化成这个样子！分明还有两翼翅膀，扑打着地面，是古人说的大鹏鸟吗？水里来，化作鸟，所谓“水击三千里，抟扶摇而上者九万里”，也还是退化，退化成三个孩子拖在身后的大小。过来了，过来了，三个人跑得飞快，乘风飞起来似的。那么，那俘获物就是一张帆，一旦迎风，便张开触手，像海蜇，像蜈蚣，原来是活着的，那三个少年，可不是，张乐然和小朋友正在长成少年，都制不住它，要被带上天或者拖下水。三个身影，两黑一白——夜里显得亮眼的白，两黑一白一会儿叠起，一会儿拉开，大怪物将他们连接起来，不让离散。终于到跟前，三个人又笑又喘，将活捉物往地上一掷，啊，原来是个风筝，断线的风筝，风筝的主人早已悻悻地回家去。经这番游历，风筝也走样了，身子撕成一缕一缕，挂在骨架子上，骨架子险些儿抖搂散。三个人哈哈笑着，擒拿来个怪东西，飞在天上一点，铺在地上一片，碎绸片捋平捋齐，原来是条过江龙！老新说：三个臭皮匠，顶个诸葛亮。两个小的抱头尾，大的抱腰，抬起过江龙，疾跑几步，一、二、三，抛上去，落下来；追上几步，再抛上去，再落下来;追几回,抛几回,最后落进江里。一堆破烂,渐渐铺平,足翼伸展,乘水远去了。岸上的人依来时的分工,背负的背负,牵引的牵引,走上归途。

下一回去江岸,福利院几乎倾巢出动,只留下一个看家,守着两个实在动不了又无意识的植物人。再添一辆三轮车,医院借几部轮椅,护理员身上各背负一个,手里还拿东西,喝的水,防风的毯子,尿布。这些护理的女人,脱去白大褂工作服,穿了自家的衣裳,显出健硕的身子。齐膝的黑绸裤子裹着结实的屁股,腿肚子滚圆,衣衫都是红绿花,大朵大朵。头发都是梳髻,别大花的发卡,和小朋友的祖母一样,都是有孙辈的人。就像蚁群里的蚁后,生殖力旺盛。她们也都给憋坏了,再憋下去,或是身上得病,或是心里得病,然后恹恹地垂暮。出行可让她们解放了,一出大门,就闹喳喳的。车载的人多,院里的男工换下小朋友,人大力气大,车轮骑得风火轮似的。阵线拉长了,从茶坡延至那一片平房旧居,车辚辚,马萧萧的。听到动静,都出来看,端着吃饭碗,筷子往碗底一垫,向这边挥手,心里都在说:这些可怜,可怜,可怜人啊!经过巷口,直往江岸去。天地间有一时静,其实不是静,而是江声。江声收揽琐细杂音,合成一股静声。走过去,走过去,突破某个距离,收揽起的杂音又全部释放,哄地扑面。江鸥扑闪翅膀,吱嘎叫着,风鼓荡着船帆和风筝,还有女人的裙衫。小孩子尖叫,烧烤架当当清除上一日的炭渣,有人下水,扑通扑通。这支浩荡的队伍终于引来注视的目光,时间停顿,只一霎工夫,然后继续,弥合了断裂。

女人们安置好各自照料的老弱与病残,只留下院长,就是那日引老新进院的女人,以为是医生,也一直称她医生至今。医生让老新也去跟她们玩,做出驱赶的手势。看老新走去的背影,心里说:这个上海人啊!她称他上海人,“上海”在人们,可是代表极远极远,远不可及的地方。院里有一个上海人,福利院就有一个世界那么大似的。自从张乐然去上海动手术,上海又近一些,福利院的大世界也变得真实一些。老新走远去,那三个小鬼头早跑得没有影踪,有跑在前头的女人回头拉他,拽他。这些女人其实风骚得很,放肆起来,不晓得怎么蹂躏上海人了。医生自己乐起来,笑出咯咯声。走过的人,不禁回头看她,多么奇怪的女人,坐在一片畸零人中间。她坦然回看,看她的人反有些羞惭,低下头走过去了。上海人在女人的裹挟中走到江边,人很稠密,视野里只是些小豆豆,挤碰一处,又陡地散开。她们哪,早就等着这一日,没纪律管束,好对上海人下手。这上海人,从哪里孵出来的鸟,弃了自己的壳,落到东,落到西,终于落到福利院,可不能放过他!

女人们闹得不像话了,只见上海人调头就跑,中途又被捉住,扯回去,被抬起来,手臂在空中划动,是要将他扔下江里去吗?满月的日子,人,尤其女人,都有些疯。现在,老东西的手脚都朝天了,就听女人们喊着号子:一,二,三——“三”字出口,老东西的身子甩出去,捞回来,再喊:一,二,三!医生惊得要叫出声,又收住,笑着拍胸脯。这老新很经得起摧残,全须全尾,能行能走,就是缺了个心!世上的病症,就和世上的人一样多,只有想不到,没有生不出。医生她没有学过医,也没有行过医,但她接触的病人比真正的医生更多。医生治疗的都是普遍性的病症,也就是常见病,福利院里却是罕见病。一天老一年的早老症,你见过吗?生下地就没四肢的囫囵人,你见过吗?还有,一摸就碎的玻璃人,一人长成两人高……一定是造孽了！老天算的是总账,这个人造的孽,说不定就罚到那个人头上了。这么说来,这些受天谴的人说不定就是为全体顶罪呢！医生看着前边江岸上疯笑的人,想着人们享受的片刻的欢愉,欢愉过去,又是大片大片受罚的日子。痊愈的病人也有,这不,张乐然就算一个,还曾经有个败血症孩子,眼看不行不行,突然有一日,仿佛梦醒,一日一日好起来。再有,瘫着的慢慢下地走路,瞎眼人成明眼人。医学固然有道理,但也并不全讲得通,更可能的是,天地间有一处地方积德,于是遣来慈悲。所以,这个失心人,不定哪一天,心又还回来了。

月亮升高,云退下,江水涨起来,涨出江岸,悬河一般。女人们簇拥着老东西走来,欢天喜地。折腾一阵子,又够煎熬一阵子。三个少年过来了,这一次没什么擒获,各人披一身月光,小月亮人似的。重新聚拢,整顿整顿,各领各职就上归途。女人们唱起歌来:燕,燕,飞过殿;殿门关一关,飞过山;林白林白,飞到杭州种小麦;小麦枝头摇一摇,飞过桥！失心人忽然流下泪来,月亮光光,人都浸在水中,没人看得见他的泪。女人们一遍又一遍唱,字不明,字音切切地入耳,他只听到一句:燕,燕,飞过殿！反反复复,嘟嘟囔囔,那不是二点吗！二点,你在哪里？茶香扑鼻。

夏季过去,秋季到来,天突然高上去,云缕变淡变薄,有迁徙的鸟群飞过,可目送很远。天地敞朗,视野遥远,江面显得细长,蜿蜒几十里,水色青白。山影近了,轮廓仿佛用笔勾画,又涂了淡墨。人心轩昂起来,志向很大的样子,漂流的舟筏从上游下来，一泻也有数十里。总之，空气中的湿度降低，阻力减少，无论声音还是影像都增递传送的速度。轮渡的咽声都变得清脆，夜晚的星，也提前几个光年进入视力可及范围。早晚需添加衣服，秋茶开始摘采，橘子树的白花落了瓣，结成青果子，再变黄灯笼。桂花香飘，却不知是藏在哪里的一株两株。

这一日，院里通知老新，让去一趟警署。因他不认路，嘱鹏飞陪往。还是老样子，鹏飞驾摩托，老新乘后座。鹏飞穿一身浅粉红，好配眼镜边框的颜色，衬衫束进牛仔裤，膝盖、后臀、裤脚，都破出窟窿，翻出毛边的粉红絮。太阳不那么烈，就除了面纱，戴一顶长舌遮阳帽，压得很低。老新也戴一顶，是上海慈善基金会捐赠的物质之一，身上仍是九丈的白竹布手缝衣裤。应该说，搭配相当奇特，但同款的帽子将这些凌乱甚至冲突的元素统一起来，标志来自同一个族群。

摩托驶进闹市，在人车中穿行，拐几道弯，两边的樟树忽在头顶挽起手来，连成林荫。从树的大小看出这条街的年龄，不算古，也绝不是新；既不是依地理民生而设的老城域，亦不是新世纪新经济的开发区，而是全民所有计划体制下的行政建设。柏油路面两边是政府机构院落，半是工农政权草创时期的素朴建筑，正前方的院门上水泥塑着镰刀斧头和五角星；另半是现代高楼，轻质型的建材，仿古和仿欧的款式，其中还有一座小“白宫”，因占地广，自然就要伐去一些树。摩托停在一幢新大楼跟前，门口有哨岗，鹏飞上前交涉，又与楼里通电话，填写单子。待要出示身份证，才发现两个都是没有身份证的人，于是，再说明，解释，电话——里边和外边，警署和福利院，几度往返，终于放行。步入大楼，进出电梯，穿过走廊，按预先说到的房号找到办公室。门开着,里面的人却不记得有约,又是一番解释和说明,方才想起来。停一停,没说话,打开电脑,调试一阵,调试出黑屏。再关机,开机,调试,忽出来一段视频。显然是截录下来的,长度一分钟左右,或许时间久了,抑或是网络的缘故,影像模糊,但尚可辨认。

视频中的背景依稀是居民区,人车往来,频繁进出画面,然后结束了。放映视频的年轻警官抬头看着福利院来客,来客也看他,双方表情都是不解。警官回转身按倒退键,重放一遍,这一回在中途就按停,视频定格在一个人身上,还是模糊,但可看出是一个男人,戴眼镜,手持移动电话,看身上穿的单衣裤,差不多和此时同一个季候。看!警官说,又放大一格,人形近了,图像却更模糊一成。警官又按进行键,那人动起来,步履匆忙,走出画面。再退回,重新放,这一遍是一格一格放,走出画面,结束。警官再看他们,他们也看警官,表情依旧是,茫然。

看不出来吗?警官问。两人面面相觑,没有回答。警官再放一遍,定格,放大,放大,里面人的侧脸占满全画面,轮廓涣散开来。但是,老新的眼睛向屏幕凑近去,有一个点,一旦凑近,那个点又解体,消失。于是再退回,总之,有一个点,就在那人持电话的手上,有一个斑,是什么呢?警官很聪明,注意到他的视线,就缩小一格,再缩小一格,回到原状,然后重新放大,放大。这时候,老新他忽然低头看了看自己的手,左手的无名指,这动作出于何种原因?他的目光更加茫然,茫然中夹杂怅惘,某一种情绪在起来。鹏飞视力有限,他甚至看不出视频的具体细节,只能了解大致内容。但他有视力以外的直觉,而且,而且除了他,还有谁更了解这老东西?他们一起做过多少游戏,度过多少夜晚。

于是，他说出两个字：戒指！警官回放视频，定格，放大，果然有个疑是戒指的物件，就是那个斑！是你吗？警官问。这一发问，简直石破天惊，那两人都惊呆，原来，原来是这样！

是你吗？警官问，转向鹏飞，你也认认。鹏飞怎么认得出，他的眼睛啊，可是，不是有直觉吗？视频继续反复地放。里面的人步履匆匆，左顾右盼，走入视频，又走出去，结束。再退回，退回的脚步踉跄着，马上要跌倒似的。然后向前，走出画面。倘若说，最先时，那人还有些许性格的话，那么，在频繁的重复中，这一点性格也消失殆尽，回进画面中的人群之中。他更茫然了，警官的眼睛催逼着，急促之间，说出两个字：面熟。又加三个字：一点点。警官将眼睛转向鹏飞：你认为？鹏飞迟疑着，吞吞吐吐：一点点，像。警官叹口气，露出拿他们没办法的表情，回过身子，操作电脑，改放另一段视频。这就不是截屏，而是专门拍摄。从马路开始，马路在高架底下，渐渐推进，进到居民住宅小区，墙面上刻有小区的名字及路名与门牌号。是和方才同一个居民区吗？很难对照。方才的截屏是固定和稳定的，这一段却是移动和摇晃，显然出自手持录像机，隐约听见旁边人的说话声。画面穿过小区绿地，停止在一幢楼房进口处，结束。老新做个再来一遍的手势，于是退回，重放，如此三番。那两个发现，看视频的人注意不全在画面，而是画面外的人声。他听见什么？茫然的眼睛渐渐聚焦，泛起泪光，说：一点点，熟。他抬起脸，表情惭愧：头痛！说罢，双手扶头，撑在膝上。

这边的两人再不敢多问多说，只是呆坐，时间停滞了，有一时他仿佛在啜泣。屏息静听，又不是，是啧啧的自语，不知说的什么。走廊上的人走过，向门里望一望，看不出里面人在做什么，莫名其妙地走了。警官起身，从饮水机接一杯水，示意鹏飞送给他。鹏飞走过去，拍他的肩，他一惊，从椅上跳起来，险些碰翻了水杯。鹏飞按住他，迫使喝下水，稍镇静些，忽抬头向警官问：还有吗？警官不愧是警官，听得懂意思，说：就这些。哦！他说，神情是失望，又像是放心，似乎可不必再受某种折磨。警官却又从抽屉里取出一本文件夹，打开来，说：假如是你——鹏飞感觉到，旁边的这个人浑身紧张起来——当然，只是假如，警官强调，假如是你，你的名字就是——年轻人嘴里吐出三个字，这三个字似曾相识。一切，看见的，听见的，都似曾相识。假如是你，警官又一遍强调，你应该六十七岁，中专毕业，曾在禽蛋厂冷库做财务，后来，企业关停并转，调入联营单位，继续老本行，七年前办理退休，被一家民营物流公司聘用。他听得入神，鹏飞也听得入神。警官继续：要是你的话，你的老婆姓杨，杨树的杨，全名杨莹瑛，有一个女儿，已经结婚成家，生有一子，也就是，你有一个外孙，姓你女婿的姓，名字叫乐然，在你失踪的那年上幼儿园大班，隔年就读小学，现在二年级……说到这里，便听有呜咽声起来，转头看，那人已涕泗滂沱，泣不成声。

鹏飞一下子站起，叫道：是了！是了！警官将文件夹啪一合，大功告成的样子，随即又停住，看着鹏飞：你说是不算，还要人家说是。鹏飞不明白“人家”指谁，定定地看警官，警官也看他，方才注意，这孩子白皙透明，水晶人似的，福利院里都藏着什么奇人奇事呀！看一会儿，慢慢说道：我们也要录个像，传过去，让人家认。因这人已经哭得不成样，需等他平静，警官就与鹏飞聊闲篇。不外是福利院的日常起居，人员来路和去向，具体到鹏飞，不免会提到考公务员的计划，警官就说，公务员有什么好的，他自己就是公务员，还想着跳槽呢！谈说间，那边渐趋安宁，镇静下来，于是坐好了，开始录视频。警官支起三脚架，打开小型录像机镜头，对好了，令道：讲几句话。讲什么？他腼腆地看向对面两个人，两人抱着胳膊，一副好为人师的架势。一个说：有什么想同家人说的？假如真是家人的话，问个好，报个平安什么的。另一个则说：要用上海话！他笑了，将脸埋在掌心，吐三个字：难为情！这两人也笑起来，事情变得好玩，像一场游戏。年轻人学舌道：侬好，侬好伐啦！少年人也学：乡下人，到上海，上海闲话讲不来！他则一径捂着脸，笑得肩膀一耸一耸。开心来！年轻人说。鹏飞唱道：一歇哭，一歇笑，两只眼睛开大炮！这是他向志愿者学来，他们一起哄孩子呢，术后的孩子都有一阵闹。那人笑得更厉害了，这两人也笑，鹏飞原地蹦一下，手差不多够着吊扇，又蹿个子了。门口走过的人，禁不住又要向里看。

好容易止了笑，那人放下手，缓缓抬起脸，脸上罩了红晕，放出光。他动动身子，坐端正，将衣襟理齐，好像在照相馆里拍照。由于紧张，轮流闭眼的频率密了些，待要开口说话，依然说不出来，就把眼睛投向那两人，带着求援的可怜的表情。警官对鹏飞下令，找些话问他。鹏飞说：可是不会上海话呀！三个人又要笑，“上海话”三个字仿佛有魔力，很逗乐。警官及时地控制住场面，在鹏飞后颈拍一下：严肃！这动作有哥们儿的交情。鹏飞收起玩笑，略一思忖，说：你，怎么来到这里？他平静道：从九丈来。鹏飞又问：如何到九丈？回答：从柴皮来。再问：如何到柴皮？回答：从林窟来。如何到林窟？回答迟疑了，停顿下来。录像机前的人蹙起眉，陷入苦恼。鹏飞再要问，被警官止住。苦恼人继续在苦恼里，与一种无形的压力纠缠。时间过去，警官差不多要结束录像,那人又说出两个字:西呑!愣怔一下,关上录像镜头,结束。已是中午,走廊里熙攘起来,都在往食堂走。他俩出办公室,搭乘电梯,下楼,出院子,上摩托,一路无话。进福利院,也正是饭点,饭菜的热气弥漫,鹏飞方才说一句:老新你吃不了几顿这饭了!说话间流露出怅然,老新——他依然是老新,那三个字,他的名,离开有万水千山之遥。老新伸手欲抚一下鹏飞头顶,人却已转身上楼,手就扑个空。

这一日,余下的时间,老新和鹏飞没有再说话,彼此都刻意回避,迅速生出隔阂,简直连陌路人都不如。江岸的出行取消了,灯下的游戏也取消,迎面撞上,提前把眼睛转到旁边,然后走过去。下一日,天亮便下雨,沥沥淅淅,窗外的天灰蒙蒙,看也看不远。福利院白天也开了灯,节能灯的青白的光,将人脸映得无神和沮丧,真是忧郁啊!孩子们肯定也感染到了,情绪消沉,哀哀地哭。因为下雨,小朋友也没有来,张乐然落寞地坐在床上,老新坐在床尾,两人竟也无语。幸好,雨水浇灭残余的暑热,温湿度宜人。张乐然从枕头底下摸出一副扑克牌,为避免猜出对方的牌,发成三份,各人拣一份,理齐后出牌。这是张乐然和小朋友独创的牌戏,和通常的规则相反,不是比大,而是比小,也不是比谁先脱手,而是谁拥有的牌多。略纠缠一时,便掌握了。但终究不是游戏的原创者,难得其中妙趣,双方都缺乏兴味,带着敷衍。就在这沉闷的空气里,时间从上午到下午,又到晚上。由于阴雨,天变得特别短,傍晚就起夜色。老新从西头回到东头,准备上床休息,这一天过得多么压抑,早一点结束也好。经过办公室门口,见里面亮着台灯,灯下坐着鹏飞,面向窗外,仿佛在饮泣。老新站住脚,屋里人觉察有人,却不回头。两人一里一外,一背一向，其实有无限心事，但就是走不近去。停一会儿，老新移动脚步，回房间去了。

又过两日，警署让老新再去，依然是鹏飞摩托载他，开往城区。因要看见警官，鹏飞振作起来，换一套干净衣服，大红的T恤，破洞牛仔裤，老新还是一身白。八仙中的二仙，风驰电掣般飞过茶坡。动身早，路上人和车都稀，鹏飞开足马力。老新被速度吓着了，不由自主抱紧驾车人后腰。两人的身体陡地紧张起来，屏住呼吸，随即松弛了。原来，原来，他们都有常人的暖热，那冰雪少年和失心人也是寻常的身子。摩托几乎离了地面，后座人箍牢前座人的腰，放手就会甩出去。真正一眨眼，就进到樟树大道，树影斜在地面，摩托就从斜影上驶过去。警署的门岗有点认识，没大费口舌，直接填写单子，上楼了。正是上班时间，电梯比较拥挤，人群里，这两个显得特别，难免都会打量一番。少年无疑是引人注目，他呢？从外表说有两样吗？可是，就有一种怪异，甚至比白少年更骇人，罕见病中的罕见病，不知这里，还是那里，流露出症状。在众人的瞩目中抵达要去的楼层，挤出电梯，走过走廊，办公室门开着，警官就坐在里面。让他们在桌子对面坐下，拉出电脑键盘，按下开机键，灯亮了，屏幕却依旧黑着。宽带！警官说。鹏飞也说：宽带！警官说：拥挤。鹏飞说：挤得很。两人说着密码般的语言，老新插不进去，心跳得很快，几乎要跳出喉咙口。那两个年轻人，真的，鹏飞也正在长成青年，可以做警官的兄弟，两人讨论着宽带、网速、容量。笼罩鹏飞几天的阴云惨雾驱散了，这才是他的朋友，可引他走入大世界。走廊安静了，工作日开启之初的骚动平息下去，各就各位，国家机器运作起来。

终于,上去网络,鹏飞绕过桌子,站在警官身边,与他一起等待影像显现。你,警官发声了,你,他说,看向对面的人,不太像啊!哦!他应道。警官说:人家也难,一会儿去认死人,一会儿去认活人,都糊涂了!是,他说。你,警官继续说,你呢,又提供不出太多的信息。他羞愧地低下头。鹏飞看着他,几天来,鹏飞头一回看他,这孩子心里想什么呀!警官接着说:就算是你的家人,你也不要怨恨,现在是和谐社会。是,他应道。两人辈分年龄仿佛翻个儿了,老变小,小变大,可人家是警官不是,那就是全社会的长辈。好!他又一次答应,倒也并未显得颓唐,而是十分的驯顺,驯顺于命运的安排。年轻人多少有一点意外,转脸看鹏飞,鹏飞也看他,交换眼神,再说下去:人家也没有说绝对不是,不过是要作进一步的测试,鉴定DNA,就是基因。听到"基因"二字,那人不禁看向鹏飞,正接住鹏飞的眼睛。不错,基因,他们谈起过,就在不久前,却好像过了一世。要相信科学!警官说。然后介绍了基因科学的历史,令人惊奇的,也说到豌豆。看来,豌豆的功能是不争的事实。总之,基因反映的遗传谱系是不会出错的。所以,要验血,他的血,人家女儿和女儿的孩子的血,几方证明是否在同一血缘里。我们要相信科学!年轻人强调一遍。至于费用,警官说,人家表态,勿论是和不是,费用都由他们承担,这是一户明理的人家,也是真心要寻找你——说到此,顿一顿:假如真是你!

余下的事情,警官就都吩咐给鹏飞:开具证明,核验身份,去医院采样,种种细节,繁缛得很。警官在鹏飞肩上拍击一掌,很信赖的态度,鹏飞兴奋得红了脸。从办公室走出来,就又与老新说话了,毕竟,毕竟,这是一件不寻常的事情,他总是能够见证不寻常的事情——视频，录像，互联网传递，现在，基因也出来了！这个人，用警官的话说，“假如是你”，那么就要被找回去，回去那个大世界，留下鹏飞自己。可这是“假如”，假如不假如，谁说也不算，只有基因说了算，豌豆说了算！

之后的等待的日子，过得很平静，似乎回到过去的情形。晚饭过后，老新在鹏飞桌子对面，坐一坐，双方都不太说话，多是静默。这种静默，可以理解成无话，也可以理解成无需，无需说也了然。灯下有一两只青虫飞着，听得见一只蟋蟀叫，不在屋内，因隔了些距离，清晰入耳。再远处，是蛙鸣，悠长的清音。总之，秋虫活跃。他俩竖起耳朵捕捉动静，好填满不说话的岑寂，使之变得丰盈。忽然，窗下有人叫喊，一声叠一声，推开窗户，看见底下站着张乐然和小朋友。两个人手牵手，仰头望他们，空着的手上，各提一盏玻璃灯。如今，张乐然时常夜归，跟了小朋友四处跑，皮肤晒得黢黑，胳膊腿匀长，身体抽条了。楼上的往下看，楼下往上看，叫道：关灯，关灯！楼上人关了灯，看他们要做什么。两人将玻璃灯提起来，那是什么灯，两个玻璃瓶，盛满幸运星，志愿者一颗一颗叠成的，此时闪烁着光芒。鹏飞叫道：什么呀！两个小的嘻嘻地笑，然后，放开牵着的手，一起拧玻璃瓶的盖，一，二，三，拧开来，倾斜瓶口。只见星星河淌出来，盘旋一圈，四散飞起，是萤火虫。萤火虫源源不断涌出瓶口，飞起来，两个小孩就像站在星河里。萤火虫越飞越广，越飞越远，满目都是微亮的闪烁，渐渐散开，散开，就像草木的余烬，终于寂灭。鹏飞说：打着灯笼来找你呢——假如真是你！他不看老新，手臂撑直在窗台，望着夜空，那里还有零星几盏灯笼。老新接一句：打着灯笼也难找！两人这才相视一眼，笑起来。

树叶红黄的时候，消息来了，基因配对相符，老新真就是那人。鹏飞载老新又去几回警署，多番启发提示，这人逐渐辨识住宅小区的样貌。警署又安排视频对话，很多人都拥过来看。看得见公寓内部的画面，客厅、卧室、厨房、阳台，他用过的东西也给了镜头，最后是家人出场。逢此情景，便是流泪，但等对面问讯如何去到那地方，又是无限迷茫，不能解释半点，且言语不畅，仿佛小孩子新学说话，几度来回，就进行不下去，悻悻收场。回家的日子定了，由家人亲来接去，是怕路上再有闪失，也是向当地政府致谢。福利院内自然又有一番悲喜交集，院长带领上街添置衣帽鞋袜。老新——人们还是称老新，这称呼一上口就难改，可说名符其实，老新舍不下九丈那套白衣裤，还有军绿制服外套，到底不由分说，里外全弃。换上新装的老新神情窘迫，旁人更觉有趣，喊他“新郎官”。尤其几位阿姨，打伙起哄，笑闹过后又要淌眼泪，哭笑都是她们。也是因她们建议，院里决定组织游江，为老新辞行。

这一回是真正倾巢而出，所有能动不能动的，全体上江边。带了生熟荤素，柴火木炭，做烧烤餐会。又租一条筏子，从上游向下漂流。福利院里什么时候有过如此盛况，连那年轻警官也闻讯赶到；还有发廊里的小姑娘，由鹏飞邀请；小朋友和奶奶一起来；院长的朋友家人，是赶热闹也是帮忙。人，车，辎重，漫过茶树坡，那一片“井”字形的巷道里又涌出人来，自带吃喝与玩意儿，加入队伍。到江边，抬头看，四下都是他们的人。女人们分作两半，一半点炊，一半照料老弱，小孩子们都跟着一只风筝跑去。风筝是院里一名杂役制作，可谓不看不知道，一看吓一跳，原来是风筝的高手，福利院真是藏龙卧虎。风筝铺在地面有几步宽长，杂役举在头顶，几乎将整个人罩住，往东跑几步，往西跑几步，进几步，又退几步，是在踅摸风向。在粗犷的涌动之下，潜在有细致却强劲的气流，踅摸的就是它，需要耐心，不被小孩子的嘈吵所干扰。小孩子胡乱奔突，互相绊了腿脚，放风筝的人渐渐有了方向，脚步加快，年幼的孩子跟不上了，大孩子则兴奋极了，撒开腿追赶。冷不防一松手，风筝扶摇直上。孩子堆里没有鹏飞，他已经长大，兀自举着手机拍照，前后簇拥着发廊的小姑娘。医生也去帮忙洗菜，挽着裤腿，提着菜篮往江边去，多高兴啊！江心洲的栖鸟也惊起来，往这里飞。一行烤架同时生起火，就知道阵线拉开的长度，半里江岸全是他们的人。他们也带了音响呢，放起歌曲。

老新坐在病残中间，担着照看的义务，他还是为新衣服拘谨着。米色的拉链上装，裤缝笔直的深灰薄呢西裤，衬衫的硬领顶着下巴，船型牛皮鞋里一双藏青尼龙袜。这是参照视频上，他离家时候的装束，为隆重端庄起见，系了一条红色的领带。眼镜没有重配，脱落的牙齿也不及镶了，这两样就留给他的家人置办。总之，福利院尽其所有和所能，将这个人完璧归赵。眼前欢乐的场面使老新快活了些，当然，回家也是快活的，只是，只是终有点令人紧张，因为太过离奇了，为什么是他？老新将脑瘫儿扶到膝上，心里略微踏实，过去和将来都是不可测的，好在有现在。他感觉到脑瘫儿的体温，和常人同样的暖热，还有脉跳，正好合上他的。烧烤的香味弥漫开来，有人替老新送来吃食，烫手的红薯、南瓜、馒头片，知道老新食素。进食让人安心，而且有勇气生出，敢于瞻望些了，他深知进食的益处。

饭后，时辰还早，福利院的时间表就是这样，赶早不赶晚。

租好的筏子来了，说是筏子其实是一艘别致的船，将木头并齐在胶轮上，四周拦起，有两个小马达，输送到上游，然后顺流放行。小孩子们拥着放风筝的人先上筏子；女人们将老弱推上去；然后是客人，警官、小朋友和奶奶、邻里街坊，最后才是福利院的员工。鹏飞在其中最耀眼，白条子鱼一般，小姑娘花团锦簇，占据着人们的眼睛。老新在最后。人们太过欢乐，都有些忘了，忘了今天的主角。多少也因为这身衣服，人们认不出他了。就在老新一只脚踏上木筏的瞬间，筏子动一下，另一只脚没上来，人从尾部滑落了。只有一个人看见，就是脑瘫儿，他发出声声怪叫，力图引起人们注意，可谁听得见！高兴都来不及。晚霞在天边一片绚烂，江鸥飞上飞下，江心淌着一注金汤，里面蹿着金针。

二十二

下沉，下沉，水声像风声，从耳边呼啸而过。沉到一定深度，被浮力托起。这浮力很大呀，托着人往前，往上，甚至突破水面，看见筏子的背影。这是最后一眼，紧接着出了视野，又是水底世界。这水底不是那水底，水域逼仄，不光是指河床的宽窄和深浅，更是因为水下的沉积物，仿佛一个水下码头，一长列的船只，人和鱼就在船只的夹缝里穿行。一个小孩子，赤条条地游着，脚掌差点儿踢在脸上，不由侧一侧身子，一瞬间，孩子不见了，游过去——他游得很好，是游泳高手。游过一艘船，驾驶舱的舷窗里，正是那孩子的脸，嘴里吐出气泡，就像一条鱼。一个气泡，两个气泡，三个气泡。孩子坐在昔日的驾驶座里，手把着舵。这是一条沉船，下半身陷入泥沙。孩子缓缓吐出气泡，他认出来了，那就是自己——我！沿着苏州河，跑啊跑啊，跑得脚底生烟。跑过一领桥，又一领桥，跑上废弃的老码头，然后下水了。他们打赌呢！谁在船舱里待得久，谁就称大王。这是个危险的游戏，危险在于舱门要是别上打不开，小命便玩完。大人们早已警告与责打，但不奏效，反增加刺激，越加吸引他们。他总是第一，一是下水和上水的速度；二是吐气的节奏掌握；三是灵活躲避障碍物，准确定位。这三项归结起来就是一点，控制力，控制呼吸、肌肉和神经。他潜下水，睁着眼睛，奇怪得很，他在水下甚至比在水上还看得清楚——他看见那一艘经常造访的沉船，伸直手臂，触到舱门，舱门虚掩着，推开来，挤身进去……地心引力在水上和水下完全不同，照理更加剧，可是水的浮力又在某种程度上削弱，身体在另一度空间，承着另一股压力，需要另一种物质的对抗平衡。他从舷窗上辨认自己，里边的那一个并不理会，气泡吐得急促了，成为一连串，一串齑粉状的小泡泡吐出去，就见孩子一剪腿，出了舱门，上去了。

他跟随孩子也要上去，水面一下子拓得很宽，满天落霞，五色斑斓。蹬去脚上的鞋子，太坠人了，外套也顺流褪下，就像蝉蜕壳，留在身后，现在他轻松多了，领带飘起来，看上去很滑稽，就像水蜇，可倒不碍事。四肢伸展，为减少阻力，向下潜了潜。水里有多少杂七杂八的小物件，都是水上世界的蜕壳，沉下来，因重力不够，沉不到底，只是在水面上下浮游：小孩子的玩具，长毛绒的熊、兔、狗、老虎，芭比娃娃，裸着身子，衣服漂到了另一处；也有大人的玩具，风筝骨架子，飞碟，呼啦圈，漏气的救生衣、救生艇、救生圈；最大量的是塑料制品，马甲袋，简直是水草的新品种，缠绕住他的领带；塑料泡沫块，餐盘，饮料瓶，香烟的过滤嘴，汽车的椅垫子，储物箱；一条扁嘴鱼迎面过来，来不及躲闪，碰在前额，不是鱼，是一个扁盒子，上面的字历历在目，他就是能在水下看东西，那字写的是“西呑蚊香厂”，“西呑”出来了，原来是在这里；然后是“娃哈哈”乳酸菌的小瓶子，东一个，西一个，“娃哈哈”也出来了。隔着水面，都看得清高速路上的广告牌。星星出来了，他仰头望上去，星光洒下，稠密极了，远古出发，此刻才抵达这里，照亮这些零零碎碎的小东西。小东西，从时间上剥离下来，不成器，却是记录，记录着某些不为人知的隐情。说不为人知，是没到时候，到时候它们自会现形，都能喊出声来。“西岙”不是吗？从蚊香的烟雾里冉冉起来；“娃哈哈”是广告牌的荧光；车轮子与混凝土路面的摩擦；还有鱼，雅安鱼，带出来“变脸”和“喷火”，“喷火”怎么回事？有人嘴对耳朵小声说：松香粉！这一秘笈的透露可了不得，然后，徒弟，师傅，冰，出来一串，一串泡泡。思想散漫开了，铺得很远，相关不相关的，一股劲地往上冒。塑料物件中还有一种，名片，不透水，但字迹却在褪去，看不出是名片还是小广告，鱼群般涌来，又是新水族之一种。

水面上已经黑了，黑里布着星光点点，水下却是光明。他真就是那三个字底下的人，他听见叫喊这三个字的声音，叫他回家，叫他上学，叫他睡觉和起床。老狼老狼几点了？晨曦，和水下的光明一色，铺在连绵的瓦顶，就像风吹皱的水，从他入眠与醒来的眼睛看过去。瓦面展开，他从窗户——人们称作“老虎天窗”，从窗户爬出，落在瓦行上，脚步和猫一样轻，走在倾斜的屋顶，也是危险动作，稍不小心，就会失足滑下屋檐，落到卵石地上。可小孩子都喜欢危险，还喜欢违禁。晨曦越来越亮，亮到最光明处，一揽子全收，旭日升起来。月亮是水底的太阳，此时从东边起来，好大的一盘。然后，上学的钟声敲响。老狼老狼几点了！回答的不是老狼，是鸟，它永远用问题作答案，于是就是：几点了，几点了，几点了！时间被钟点划分，好像小学生把字写在格子里，洪荒才变成历史。舷窗里孩子吐出的气泡珠子，也是时间的划分，替时间数节拍，数得尽可能慢，于是，时间拉长了，时间是一种具有弹性的物质，纤维很长，可伸可缩。钟点啊，格子啊，针面背后的齿轮啊，都是人为的计时工具，以赋予规律为原则，事实上，它可神秘了，哪是你摸得着猜得着的！现在，他，这个三个字名下的他，名字也是人为赋予，为的是区分这一个和那一个，这三个字处在时间最细最长的拉丝里，也就是说，漫长的瞬息，尽头啊，起头啊，都是人为的定义，人就是忙着到处命名，下定义，做规矩，称其为文明史。拉长的时间一下子弹回去，缩得极短，所以，总量上不变。

沉船里的孩子早已经上去，留下他自己，人分段在时间里，就像考古层。黑夜罩在水面，底下是白昼，鱼群携带着挣断的渔线，渔钩，钩上的鱼饵，簇拥在他身边。塑料片、玻璃片、碎瓷片、碎陶片，向他涌来；刀片、锥尖、生铁的犁铧、铜块——是鼎还是釜破下来的，也在身后推挤。都是考古层。水里的藻类，最原始的生物，几乎与恐龙同时期，还在，等着进化完成一个周期，再出发。钟声敲响，一下一下报时，把人叫回课堂，叫回人类史。一个庞然大物撞上来，即将灭顶，不料却穿透正中，原来是个橡胶轮胎。轮胎、后视镜、点火器、方向盘的皮套，竟然，前面有一辆完整的汽车，和沉船不同，不是沉底，而是半浮。车窗里一个大气球，鼓鼓囊囊，多么古怪啊！倘不是亲历，谁相信这样的怪事：车在水中，驾车人变成大气泡，大约是一种返祖现象，胎生回到卵生。大气泡就是个大鸡子，里面孵着一个肉体。

这么多杂碎，大大小小，随便捡一样，就是一段历史，知道和不知道的，在场和不在场的。铃声响起，是环城电车的铃，是划时间，也是划空间，在大世界里划下一个小世界，新世界里划一个旧世界。他就是那个旧世界的人，在电车环线里面，这城市最早的发源，说是发源，其实在古代史的末梢，石器啊，铁器啊，青铜啊，彩陶啊，都没赶上，在不懈的挖掘中，出土一点点零碎边角，算是搭上近代史的头班车。看那店肆挤挨、招牌林立的街道，意味着人类的生产活动已经超出地域和物产所限，走向更大规模，调节丰匮，平衡供求。看街道的名，就知道卵石路面底下水网密布，桥啊，塘啊，浜啊，湾啊，水网底下则是泽国，一层文明覆盖一层文明。听声音，轮船的汽笛里有纤夫号子的回响，小孩子唱的歌则与商贾有关：笃笃笃，卖糖粥，三斤核桃四斤壳，买你肉，还你壳——多么精明和苛刻，却颇有风度，顾左右而言他道：张家老伯伯来勒伐？"来勒伐"三个字是上海话，意思在不在家，买卖不成交情在的样子，保持着农业社会的遗韵。上海，不错，这个上海人就是在电车环线中的区域出生和长成，然后离开！水流突然激荡起来，仿佛地壳变化，板块断裂，移动，又靠拢，靠拢，差点就要嵌合，却擦过去了。他被推起来，又放下去，这一下可是陡峭得很，水往低处流嘛！地心引力发生作用，几乎垂直，冲出有几十、几百、几千米，丈量标准到这时候就说不准了。眼镜、皮带、衬衫、裤子、袜子，还有内裤，最后褪下去。只有领带，领带奇迹般地还在，系着光脖子，赤条条的身子缀着一根布条子，像鱼的鳍。

从水的峭壁直落，乘惯性腾游，摆脱万有引力，时间空间变形。那孩子又来了，环城电车又来了，当当当，司乘人员穿着镶铜扣的制服，箍顶的盖帽，好像外国雇佣军，手里握的不是枪，而是一把黄铜剪票夹，行走在两排座椅之间，咔一声打一个孔，咔一声打一个孔，小小的电车票，上面划分成细格子，唯有检票员懂得格子排列的意味，上车站，下车站，这是数字化的雏形，这城市早已经开端电子技术了，你说牛不牛！小孩子少买票多乘站的企图，在这格子纸上剪票夹的咔嗒一声里粉碎了。当然，反过来说，它也捍卫了小孩子的权益，小孩子总是遭人怀疑，凡查票一准就查他，刚刚超过一米线的小孩子。这城市的权益有一部分是以限高来划分，表示是个立体的三维的世界。一米线以下有豁免权，一米线以上无豁免权。所以，他们总是将票衔在嘴里，夏天晒脱皮的嘴唇衔着手指头长和宽的一张薄纸片，耳边是当当的电车铃声。逆行的时间不期然掉转头，又变成顺行。水面真宽啊，称得上辽阔，星光投在黑水面，成了又一个天穹，之间距离有千万光年的路程。风平浪静，江鸥回巢了，鱼群潜到江底，漂流的筏子都回到各自的停泊点，售票的小亭子关窗，锁门，沿途的歌舞歇了，烧烤的炭烟散尽。

一串气泡从水底深处蹿上来，又一串接踵而至，之后就是一串跟一串，越来越汹涌。他游入气泡阵里，某处一定有活物，正在呼吸。从吞吐的力度看，体积庞大，肺活量超强，是什么呢？巨鲸，江豚，鲲！气泡迷了眼睛，依稀是在一座城池，浸在清光中。看见了，砖缝里生长出藻类，瓦楞里也是，是那庞然大物的触手，还是某一种寄生物？月亮是水下的太阳，照耀着。他从一座拱门下穿过，几个字映入眼中：青莲碗窑。为什么没有人？偌大座城，房屋、街道、院落、操场、旗杆，还有戏台。他当然不知道这是某个人的家乡，某个与他命运交集，何止交集，几乎是决定性的人，他不知道的事情可多了去了。就在知道以外的那个不知道里，事情的局部在自行拼接，就像地壳变形，移动，错开，在另一个横断面契合。体现在这里，就是，他似曾相识，仿佛来过。世界上所有的城，都有相像之处，或者说，本质上都差不多。不外是群居，繁衍，生产，交易，组织化和社会化。这座城就像是那座城的倒影，水下原本就是水上的倒影。还像梦，水下是水上的梦。他就像走在自己家里似的,熟门熟路,同时呢,他又是俯瞰的位置,连他自己一并进入视野。他,一条小鱼,一只小寄生蟹,在屋顶上弹跳。好,好极了!他有着全视能力,在时间的拉丝上——时间又拉丝了,进入空间的网络。都是有伸缩,缩到原子那么小,伸到无限广袤,宇宙空洞。

电车环线里面的世界,是必然性的天下,生在里面,长在里面,婚姻也在里面,都是邻里、同学、同事、族亲的关系延伸。于是,生下孩子也在里面,称得上世世代代。上学、就业、交通、市政建设,打通里面和外面,也是必然性,人称大趋势。后来,环城电车就没有了,有轨电车是从外国的必然性里蔓延进来,依着必然性进程,销声匿迹,区域和区域连并,更大范围的环线在空中连接,先是内环,再是外环,然后从中交叉。同时,沉到底下,环线套环线,组成一张蛛网。必然性的世界被混凝土,金属,橡胶,玻璃钢,石化工业,纳米技术加固,加密,封闭,偶然性几乎没法露头。其实,说到底,他的时间链上断裂的扣子,就是必然性和偶然性衔接的一个暗扣,环城电车线里的童谣,"老狼老狼几点了"和"燕,燕,飞过殿",怎么就接上了?时间错接到空间里。地壳继续移动,冰川融化,沧海变桑田,进化论将一切计算成平均值,必然性就是从平均值里生出。可是,在这里,漂流的尽是一些纳入不进或者排斥出来的残余,就像除法里的余数,多少破东西:碗碴子,碎成齑粉,碎成齑粉也回不进原始性——土里面去了;炭泥,烧成灰也回不到原始性——木头里去了;塑料袋,更别提了,你让它回哪里去?汽车轮胎,回哪里去?他呢,还能回到沉船里吐泡泡的小孩子?这就叫开弓没有回头箭,这就是必然性的力量。那么,就让我们顺应着它继续进化吧!那碗碴子不定又能变成个什么来。

青莲碗窑在他俯瞰底下过去，水面上布满星星，稠得就像小朋友们手里的玻璃瓶，咕嘟嘟倒出的，萤火虫，幸运星，两者都是。还有城隍老爷前的烛火，那点点烛火，是无数的心事与祈愿，不可证实有没有，就看你信不信。那电车环线里的信仰，不就是求一点点偶然性吗？小瓜子鱼排卵了，无数条透明带子，缠绕得乱极了，可一下子全解开，又散成满天星，一粒一粒，是水下的星星，眨眼工夫，则成鱼苗儿，针尖一般，却全须全尾，哗地游走了，游往海口，在近岸的水域安家，随潮涨潮落进退，退不及的，沙滩上乱蹦，被渔人捕进网，成桌上餐，取名“跳跳鱼”，这不是嘲弄鱼类吗？只有一条带子还在，就是脖颈上的领带，这必然性的产物。碗窑静下来，又是碧清，水底自有一种能见度。水和空气同样有折光的性能，折过去，折过来，所以，水底并不是人们想象的黑暗，而是相当明亮。他浮上来些，视野扩大，鸟瞰水底，山岩起伏，多么眼熟！他去过，不只是去过，而且，唇齿相依。是林窟，不只一处，这也是林窟，那也是林窟，原来凡是山坳坳，都是林窟。石头衲缝里小得不能再小的一个，可是再小也有人手的劳作，精巧得很，就像微雕技术里的套球。他几乎可看见电车环线的雏形，电车环线就是从林窟里派生出来，他是林窟里飞出的鸟，这只鸟，水陆两栖。现在，从水天之间，漂游过去。

鹏飞是在老新落水两周以后上路，去找志愿者。根据爱因斯坦相对论，速度可改变时间，时空的关系是动态的。这两周时间在漂流中只是一瞬，水里人不知道，水上人可是煎熬得很。民政局开出打捞船，派往四处水道截流。夜里打着灯笼，就像七月十五放河灯，说不准水下看见的不全是星光，也有灯笼。要是从来没有老新没关系，有了再没有就不成。从来没有志愿者也没关系，有了再没有也不成。福利院一直没有装宽带，说要装要装，就是不装。鹏飞等不及了，他有太多太多的事情等着与志愿者说。说话是要有时节的，错过上一时就没有下一时，当时没说，过后就不会说。志愿者多少让鹏飞和老新隔心，也隔话头。老新的话，鹏飞终究不能全懂，言简意赅，好比文言文，鹏飞却是受白话文教育。志愿者更现代，是受网络语言训练，这就轮到志愿者不太懂鹏飞的说话。可是，他们不是一代人吗？一代人总归有一代人的趋向性。鹏飞天天在心里打腹稿，要对志愿者说什么。本来呢，他可以送老新去上海，后来，上海的人要来接，那么，一起走好了。老新回他家——鹏飞至今也怀疑，那个家是不是老新的家，DNA，这无形无影的小豌豆，真靠得住吗？可不信它又信谁！就信它好了，那就老新回他的 DNA，鹏飞找他的志愿者。想到志愿者，鹏飞就仿佛又一次来到夜里边空寂的医院门诊大楼，顶层的玻璃幕墙，志愿者就是从里望出去的一颗星，幸运星，高悬在城市的上空。这城市是由高架环线和地下的网结构起来的，电车环线不知哪朝哪代的事情，鹏飞听都没听说过，好比山里边砍樵烧炭人的浅径，早让盘山公路穿破。人工的世界都是环状，是对地球的模仿，老爷爷的太极也是模仿，骰子、魔方，是微缩和变形的模仿。环状的结构，才能有去有回，也是从总量上说的，事实上，从这一点出去，却从那一点回来。医院，又是一个环状世界的变体，一方面承认，什么都是 DNA 决定，另一方面，又要克制 DNA，创造新生命。

你们没有人知道我的故事，鹏飞本想对志愿者说的，其实，是对自己说，结果呢，却仿佛对全世界说。你们没有人知道我从哪里来，就像老新不知道他从哪里来。我从来没有说过，不想说，一想起就泪流满面。谁说小孩子没记性，小孩子什么都记得，就是不告诉你！他出生的那个山坳，假如有第三者，能够拿林窟和鹏飞的山坳做比较，就会裁定，它们不相上下，大小一般。在那里，有半数人和鹏飞一样，无色透明，总是豌豆作祟。分开说是五六户，合起来是一家，彼此都是亲戚，很近的亲戚，姑表、姨表、舅表、叔伯。最近的婚姻法里禁止三代以内通婚，那是对外面的世界而言，这里未必听说，听说也未必行得通。他们这一坳的人，就仿佛在世外，县里征兵征不到他们，义务教育执行不到他们，计划生育管不到他们，他们也不受户籍的管束，生多少都是自己养。怎么养？按常规说，这一种人生出来是造孽，晒不得日头，看不清东西，想不出有什么活路，可老天自有道理。千真万确，就是为这一种人设的，这坳里地无三尺平，树木也不密，却偏生一个物种，就是枸杞。并没有人去种它，一年里就有几个时辰，突然红了。这颜色也是专对这些半瞎的眼睛，那混沌的视野里，就这一种红叫得醒它们，一伸手就是一球。这野生的物种，越采摘越茂盛，若不采摘，便凋敝下去。所以才叫一方水土养一方人。

每到采摘枸杞的日子，自然会有几个人进来收购。人不多，就那么二三个，都是旧交道。也不记得从哪辈子起头，一辈一辈下来，收下枸杞销到外面药店，据说都有销到东南亚去的。他们开着车，几乎开到盘山公路的尽头，不得不停下，然后就凭两条腿。这个坳，没有通公路，修路的福利同样惠顾不到他们，他们呢，也不会起念自修一条，接通外面的世界。他们这样的人，根不能躲得干净,知道外面人怎么称他们的坳:瞎窟。官家人也觉得难听,行政划区登记地名时改成“明窟”,听起来更加刻薄,外头人也叫不顺,又叫成“白窟”,比“瞎窟”还带歧视。就这样,他们过着半隔绝的生活。收枸杞的人将车靠到山崖边,下了公路,沿灌木丛里一条浅径,渐渐走入。又是一桩奇事,浅径两边的灌木,没有一棵枸杞。爬着一条涧水,从树根浸漫过去,不一时,鞋就湿了,冰凉。涧水漫到脚背时候,路径上就显出一行石头,被人脚踩得溜滑,就晓得坳子将到了。石头排了大约一里长,山路的里数和平地又不同,取直只有半里,论时间,三里也不止。都看得见炊烟,听得见鸡犬声,还看不到房舍篱墙和人影。天色却暗下来,正犹疑和彷徨,猝不及防,殷红一片,已经进到枸杞丛中。这坳应该叫红窟才对,所以,世间的明眼人其实都是盲目。红窟里,传出来人声,前边,后边,左边,右边,男声,女声,老人声,小孩声,说,笑,唱,这声音才好听,原来都在采枸杞呢!定定神,就看见红里面一双双白手,像啄食的鸟嘴,一啄一个准。

外人以为的白蒙蒙的视野,在他们自已极鲜艳。殷红的小果子,一旦采下,就暗一成;过一夜,暗两成;到山外头,制成干药,只剩一成红。谁看见过它们在枝头的颜色,亮晃晃的,钉子一样,扎在混沌的天地里。所以,他们的眼福是普通人享不到的。收枸杞的日子,是这坳里最热闹的,不是指声气,而是景象。满目小灯笼,一簇簇,一球球,一片片,一串串,这才叫张灯结彩。外乡人也来了,各家都备下饭食,一顿轮一户。家酿的米酒开了封,过年的腊肉削成片,山里的野货叫不上名目,炖什么,什么鲜。外乡人醺醺然的眼睛,只见酒菜氤氲中,白色的人影飘曳来,飘曳去。由于近亲联姻,白孩子越来越多,未成年便夭折的也多,人口就不见长,正够枸杞养命。外乡人想,这就叫生态平衡。外乡人又想,还有一种更大范围的平衡,就是枸杞子有明目的药效,说不定是将盲眼人的眼收集起来,换给衣食呢！想到这些,外乡人的泪都要出来了,觉着天地不仁里的慈悲。采摘的枸杞装进蒲包,蒲草是窟里另一样物产,枸杞采尽的闲时间,男人女人就编织蒲包,小孩子刚会走,就学着采草。打成包的枸杞,扛上肩,全部老少一同上路。脚底都长着眼睛,身子又轻,石头上一纵一跳,就过去了。外乡人空着手,都走不过他们,甩在身后老远,踉跄来到公路,蒲包已经码上车后厢。人呢,隐在灌木中,看着上车,发动引擎,缓缓掉头,这样就看见,一双双透明无色的眼睛,却有着洞穿力,洞穿杂色的混沌的大世界。

鹏飞是从娘的腌菜坛子蒙的纸,认识字的。那一张张的散页,不知从什么书里扯下来,封在坛口,用绳系上。纸上印着字,这些字害了鹏飞,也救了鹏飞。如不是它们,鹏飞原是可以和坳村里的小孩子一样,没有忧虑地捋蒲草,采枸杞;稍大点,就编蒲包,扛蒲包;再大点,则和外乡人交朋友,谈生意。如他的聪明,村里人都认为他聪明,活得长久,辈分上去,不定就能成一村之主。外乡人的酒席上,坐在首位,手拈筷子,略一举,方才开动。最后一道鱼上来,半开的鱼嘴向着他,仿佛央告什么,他的筷子下去,其他人的方才下去。鹏飞极小的时候——人以为不记事,其实呢,他都记着——有一位长者殁了,长者不说“死”,要说“殁”,全村人披麻,从头顶到脚跟,炮仗放了三日,将个坳子都炸裂了。麻和炮都是常人出山进城挑回来的,这里将鹏飞这种称“白人”,另一种则称“常人”,比例总在一半对一半,但就像外乡人觉出的,白人的数渐渐有些上去。出门交道的事通常都由常人担任，家里做决议却是白人，人们公认白人的智慧更高。“白人”的称呼之后，还潜藏一个意思，就是“奇人”，不是有异相吗？所以，他们更可能通天地。长者出殡的一日，大人小孩排成队伍，依着辈分，分开男女。鹏飞辈分高，就在前列，可怜他路还走不直呢。坟地是在岩头上，坳的高处，比成一只破碗，就在锯齿形的碗沿最尖的一角。手脚并用，摔无数跟头，小手掌扎满棘刺，大人小孩全张嘴哭嚎，一片呜咽声。后来听续位的长者说，这嚎不叫“嚎”，叫“乐”，“礼乐”的“乐”。

鹏飞挑出腌菜坛子蒙纸上的字，一个一个问人。续位的长者告诉的多半是虚字：“之”“哉”“兮”“于”“矣”；常人告诉的多半是实字：“木”“水”“左右”“黄鸟”“淑女”。有时候，同一个字，长者与常人的释解却有虚实之分，比如“姑”这个字，常人的“姑”就是“姑母”或者“姑娘”，至多是指“婆母”；长者的“姑”却没有这般明确的指认，而是相当模糊，似乎什么都不是，又什么都是。那时候，鹏飞分辨不出词的类别，他只觉出常人的字易解，长者的字不易解。常人的字是供人使用的，长者的字是供人猜的。这些零零落落的字渐渐组合起来，组成两个部分，一部分传达的是现存的事物，另一部分传达的是隐藏的事物。鹏飞认完自家腌菜坛子蒙纸上的字，又去别家腌菜坛子蒙纸上认字，他发现这些字纸多来自于一本书，许多许多时间以后，他才会知道，这本书的名字叫作“诗经”。

鹏飞认字多了，不用教自己也可识辨，最初认下的那些字，就像酵母，越发越多。他又有发现，发现字比实际存在的事物要多得多。但他并不认为是多余，而是领悟到一种暗示，暗示实有的存在以外，有一个更大的存在。你很难相信一个小孩子的脑子，会有如此活跃的想象，可哪个孩子是被人们真正了解的呢？他们只是不说，不告诉你！内里的激越活动表现在外部，则是格外的安静，甚至是沉闷的。鹏飞不太与同年龄的孩子嬉要，采摘枸杞的日子，他常常独自一处，人们都找不到他。外乡人来到，雀跃的人群里也看不见他的白条子身影。他暗地里还哭泣来着，哭泣什么，他也不知道。忧郁攫住他，他无法为这忧郁命名，常人的字里面没有，应是在长者的字里，可长者的字太难解，它在实有的世界之外，很远很远，其间分明有联络。而且，而且，最要命的是，它在召唤他，简直都发出声了，仿佛一伸手就够到，结果却是一个空！在昏昧的视野里，一些氤氲般的物质在漂移，边缘即将呈现，构成轮廓，可触手可及时又溃散开去。有经验的人说这孩子病了，疾病在他们坳村里也有另一个概念，它更接近于嬗变的意思。比如，麻疹，出过了才真正成人；月经，来了才真正成女人；即便是死亡，不也是一种大成，从这个有限的世界过渡到那个无限的世界。历代长者都是经历过严重疾病，然后才获得超凡的智慧。人们公认白人比常人高明，追其究竟也是出于同一种概念。是的，这孩子大约病了，但眼下还无法判断是哪一类病，就由他去吧！

在这放任中，鹏飞自由地病着。全村人都在劳作，唯有他，什么也不做，连独自采摘枸杞都放弃了。他在灌木丛里走，能走到哪里去呢？这山坳，不是比作碗吗？嵌在山缝缝里。灌木纠缠，插不下脚，爬，爬，爬上破缺的碗沿，上面挤簇着先人的坟冢。这是最大的壁障，老祖宗的壁障，翻也翻不过去。调头下来，换个方向，爬，爬，听见流水声，遍地潺潺，漫过灌木丛里的地表，汇于一线，养息坳里的年月日。他踩到石块，一纵一跳。枸杞没有了，灌木还是灌木，只是换了种。脚下呈出浅径，通向公路。外乡人从这里进来，坳里的常人从这里出去，他们白人，就到此止步了。所以，说是公路，还是壁障。站在公路底下，大约有十数米距离的地方，透过朦白的视线，公路就像刀锋，锐利地划过去。这一道棱，将世界分作两边，一边是里面，一边是外面；里面是这样，外面呢，是危险。有白人越过边线去到外面，带回什么来？一身红疹。日头就像无数尖嘴蚊子，咬噬没有色素掩蔽的皮肤，红疹鼓成丘疹，然后是小泡，渐渐大起来，明晃晃的，看得见泡里滚着黄水，色素这时候又来了。这是红疹，还有眼盲，只见他们不停地眨眼，眨眼，很长一段时间里，什么也看不见，也是日光虫子咬噬的。除去红疹和眼盲，更有一桩严重的后果，就是侮辱。想想看，哪里不去，只在自己的窝里孵着，都有那些讥诮的名目：瞎窟，明窟，和白窟。世人的嘴比日光更尖，吃人不见血，倒不是凶狠残忍，是没见识。只信看得见的，不信看不见的。坳里的白孩子，鹏飞这样的，从小就被训诫懂得外边世界的艰险。不要，千万不要，哪怕一丝念头，去到那里。不要，不要，可是危险吸引着他，他的心怦怦跳着，望着公路，分界线，世界的边缘。多么忧郁啊，忧郁地渴望凌空一跃，将自己全部交到乌有之境。有一阵子，他每天都要踩着石头，走过泉水弥漫的灌木丛，走到公路底下。难得有，很难得有车辆驶过，路面就轰隆轰隆响，灌木簌簌地抖，泥沙滚落。那车和车上人倏忽而去，完全想不到底下有一个小世界，生灵闪烁。车行的速度加强危险性，令他更加兴奋，仿佛有声音说：来吧，来吧！正午时分，太阳直射公路，这一道棱显得更尖利薄削，咔嚓切下去，他就在陡峭的切缝里，一个没有硬壳庇护的小裸虫子。

小裸虫子自己给自己做一个壳，一个软壳，就是两张黑布，大的一张裹在身上，小的蒙住脸，绕到颈后打一个结。披挂妥了，试着向公路走去。这时候，天还未亮，太阳在很远的山后边，公路上罩着薄雾。这一身黑的小虫子，攀上公路，十来米的坡路不在话下。他们从来都是攀上攀下，地心引力对他们不起作用似的。一旦踏上平坦的公路，地心引力就来了，好一时，他迈不开步子，不敢。身体完全垂直，真有点叫人害怕。他好像一下子长高了，于是患上恐高症。停一会儿，试着抬腿，腿和身子形成直角的关系，也叫他打怵。这时候，地心引力似乎又减弱，物体和物体的摩擦系数也减弱。他收不住脚步，步步趋趋，要飞起来。刀锋上的速度原来是这样！所以，那车轮子，倏忽过去了。晨雾退下路面，方才还淹脚脖子，此时已到脚底下。从混凝土的毛孔渗入血管，汇到主动脉。日头从山背面爬过来，还晒不到这里，在那里将公路斜切下去，一边阴，一边阳。心里又生怯意，站住脚，现在，他可以控制速度了，日头下的白炽的路面，那边的世界打开一扇门。转身望望走来的地方，早已经出了视线，他走了有多久啊！公路下的灌木林，原来是莽苍苍的一片，通向家乡的浅径不知埋在哪里。从站立的地方望去，远远近近几缕炊烟，哪一缕是他家乡？原来，山里有那么多的坳，相近相邻，可是鸡犬声不闻，老死更不相往来。

就像一个见面礼，当他方要踏进日光下的路面，一片雨云过来，遮住日头。雨丝濡湿身上的披裹，凉热正好，危险温和了，收起所有的芒刺。有赶早的出山人，对他喊着什么，被细密的雨声吞咽，听不见，就不作答，继续走他的路。脚步轻快，从口袋摸出一块麦饼，啃着，麦香和肉香使他食欲大振，抑郁症痊愈了。这块麦饼是上顿饭留下的，其实他早就在做准备。天地间充斥液体的齑粉，朦白的视野反而亮起来，因粉状的细水珠子折射反光，茸毛般的光。他们这样类型的人，视力是非常娇嫩的感官，所以容易受伤。此时此刻的亮度和能见度，正是他们的最适宜。雨粉里的七色彩虹，你在雨后看见，已经到天边，他在雨中看见，就在眼前。事实上，是个时间差，你看见的是过去，他看见的是未来，谁比谁看得清！路面反推他的脚，推得老高，原来他都是在褶皱上走路，如今一下子抻直，抻平，这道棱竟然宽得很，他张开臂膀，横着走过来，走过去，走成一个"之"字，他发现这个虚字也是实字。

走出这场细密的雨阵，日头从云后面走出，已是向西。有一辆车开上来，驾车人远远看见一只小黑鸟，张开双翼，迎着贴地的斜晖，黑色双翼照得透亮，是个什么鸟啊！驾车人心里嘀咕，摁着喇叭。小黑鸟转过身子，鸟嘴蒙着一片黑，在这盘山路上行车，见过多少稀奇古怪的人与事，说给外边人，人都不相信。车向黑鸟驶过去，黑鸟倒退着，到底鸟腿跑不过车轮，驾车人离这怪东西越来越近，看见羽翼底下的身形和眉眼。湿漉漉的羽翼干了，变得很轻，飞扬起来，露出雪白的果仁。车在离这小白人儿三步远的地方停住，驾车人推门下到地面，看着蒙面上的透明眼珠，这玻璃人儿从哪里来啊！驾车人走近去，伸手捧住白脸蛋，不由赞叹，赞叹它的细巧。这是个粗人，终年和车啊路啊货啊打交道，都是些又沉又硬的东西。他缩回手，生怕手上的糙皮伤了他。问小白人儿从哪里来，往哪里去，谁家孩子，大人是谁？小白人儿一律不开口，不回答，只用眼睛看他，驾车人问不出结果，又不能将他抛在公路上，叹口气，说：捎你一段吧！不曾想小白东西听见这一句，竟点头了。于是引他上副驾驶座，继续向前。一路上，驾车人又将方才的问题重复一遍，依然没回应，驾车人只得自问自答。开车在盘山公路，就是有一个问题，寂寞，有个人在身边，勿管大人小孩，白或者黑，总是有比没有好。驾车人每说一段，就会向副驾座点一下头：你说呢？他说到自己，自己从哪里来，又要往哪里去，车上载的什么，这一趟挣得多少，几日跑一回能活口，他是个养家的人，上有几老，下有几小，中间有女人和弟妹，生活的担子很重。你说呢？他向副驾座一侧头，发现小东西在看他。小东西听得懂！于是，他高兴起来。

生活，驾车人说，不就是送走老的，拉大小的？是一个车轱辘。说到此，又向副驾座上问出一个问题：几岁了，孩子？车上坐久了，已经不视为怪，不就是个孩子吗？他想比较一下这孩子和家中孩子的高低短长。副驾座上伸出一只手，握起中间三指，两头翘起，“六”的意思，小手就像一朵透明的花。驾车人心生一念，这一路他无一时不在思量，把这小东西送去哪里，现在他知道了，不由激动起来。他也伸出巴掌，弯下大拇指，伸直四指，说：四岁，你四岁！五个手指头，花瓣似的，一曲伸，成了“四”。驾车人看到这孩子的聪明，一点就通！不像他家那个小的，只知道吃肉！他们已经从盘山道中驶出，驶上高架，高架下有点点灯亮，进城了。

驾车人将孩子放在福利院门口，他给福利院拉过货，知道那里收容孤残，这孩子算得上“残”吗？似乎很难说，只是怪一点。那就往“孤”里归，年龄越小越好。事实上，这孩子的模样也不过四岁光景，心智就不好说了，几乎与他这个大人平齐。驾车人从副驾座上抱出孩子，将身上的黑布裹紧些，又从车里取下一瓶水两块方便面。这一晚不得不露宿了，明日一早，福利院门打开，就有人看见，领他进去。他上车，掉转头，最后看一眼，孩子裹在黑布里，又变回黑鸟，栖在石头上。这听他一路絮叨的黑鸟，仿佛从天上来，不知人间能不能留住它！车缓缓驶上茶树坡，陡一转，不见了，天也暗下来。他啃完两包方便面，喝半瓶水，蜷在石头上，入睡了。等他被推醒，从石上提起来，天色已经薄亮。露水从发梢向下淌，黑布湿透，解下来，绞出一摊水。问他哪里来，不说；谁家孩子，不说；姓甚名谁，也不说；几岁，他说了：四岁！女院长叹口气，牵他进了门里。

他被推上去，推上去，推到极高处，一只巨大的手托住他，然后轻轻一松开。他陡地下去，翻个身，脸向上，视野呈现一百八十度的弧线，收揽两边江岸。这边排着躺椅和桌儿，几上点着蜡烛，年轻的男女换上泳衣，跳入水中。同在水里，与他却有十万八千里遥远，因他是在江心，他们是在江边浅滩，沙砾，还有小鱼虾，穿过他们的脚丫子，这就叫戏水，他则在中流。听得见他们的笑闹声，尖叫声，有几次，他们的手和脚几乎都要触到，可还是没触到，他和他们，咫尺天涯。那边是骑车的人，车后载着行囊，向露营地进发。可不是，露营地的绿树——人工修饰过的绿树间，帐篷的尖顶，红、黄、蓝、紫，也有笑闹和尖叫，还有炊烟，烧烤的动植物的可食的香味。一群小鱼儿，被暗涌冲出，在他身前身后，其实不是小鱼，是小瓶儿，“娃哈哈”的小瓶儿。就在此刻，高速路上的广告牌亮起来，绿莹莹的，显现一个巨瓶的“娃哈哈”。他就是从“娃哈哈”的灯牌广告底下过来，过来，还有满天星斗。静静躺在水上，面向星空，他的视线简直是三百六十度角，天上星，水底星，一并进入眼睑。

时间就像一个旋涡，顺序在变化。过去、现在、将来，一并在水流两岸呈现。孔明灯升上去，风筝升上去，车灯则滑下来，流星滑下来，游艇横切过去，亮得耀眼，而且，日月同悬。从游艇底下穿过，看得见艇底吸附的寄生物，钉大的螺壳，水草，水草蒙住他的脸，眼睛在水草的交织后面看出去，水流变成网络状，其实是放大的经纬。二度空间的经纬，因此拉开幅度，第三维消失，余下一维和二维，可也足够了。在平面的视野里，看到了那颗星，挂在左上角，环绕的天穹拉直了，那星就不动弹，就钉在那一角。旋律响起来，首尾相衔，什么歌呀！忽又间入一声回响，是鸟叫，那鸟总是回应每一句的后半句，是回音壁。他又被巨大的手托到高处，然后轻轻一放，落下三千尺。冲浪解开领带，那滑稽的鱼鳍，水草散去了，经纬散开了，二维消失，只余下一维，尽够他容身，他就是从那里来的，从速度里来。电车当当当响，行行走在环线，还有火车的鸣笛，汽车引擎声，轮胎和混凝土路面摩擦，广播体操的音乐，眼保健操的音乐，多么喧嚣，可又是寂静极了，静到能听见鱼的吐泡声。他马上，马上就要听懂鱼语了，秘密马上就要揭晓。

敦睦终于见到麻和尚，哑子引他去的，在省界的饭馆里，麻和尚请敦睦喝酒。酒过三巡，麻和尚挑明话题，说要将本省经营多年的地盘，交给敦睦。敦睦问什么价，麻和尚举起一只手止住：不谈价！敦睦说：君子不吃嗟来之食！麻和尚笑了：来日方长！敦睦问：何时？麻和尚道：不时之时！敦睦一想，便罢了。可是，为什么？敦睦迟疑一时，依然按捺不下，又问。麻和尚面有羞赧，想想，说道：记得那个人？哪个人？那个人。哦！敦睦明白了。麻和尚笑起来：一粒菜籽！这是他们道上的话，意即小得不能再小，微不足道，但卡在寸劲，也能翻车。丢死人！麻和尚又笑，自惭自嘲的笑。哑子低下头，埋着脸。敦睦说：常在河边走，哪能不湿鞋。麻和尚只是摇头。于是，再喝酒，就到下一节。敦睦问：何去何从？麻和尚答：山不转水转，另起篇章。敦睦问：几口人？麻和尚说：两口，我和他！手指哑子。敦睦说：单薄不单薄？山不在高，在——麻和尚转头看哑子，哑子筷子蘸酒，写下"手足"两个字。敦睦"哦"一声。这餐酒喝得很长，这两人说许多话，那一人只是听，偶尔蘸酒写几个字："情""义""道"，还有"天涯海角"。敦睦情不自禁，喝酒总是让人纵性，激动道：天涯海角，终有一回！麻和尚舌头都大了：回，回，什么叫回？敦睦眼泪盈眶：不说回，就说来！麻和尚依然不同意，摇着手指：没有来，只有去，去！

酒终席散，天已向晚，麻和尚上车，一辆新车。哑子从驾驶座上去，暮色里，眼睛分外亮。敦睦模糊想到，这人没怎么喝，尽是喝茶。关上车门，双手抱拳向窗外人一揖，车动了，一眨眼，没了身影。这省界地方两头不管，所以繁荣起来，无数饭馆酒楼，浴场发廊，对外这样，对内那样，此时上了灯，五光十色。敦睦立在其中，泪眼婆娑，看出去真是个奇情世界。他这半生，有多少邂逅，先是靛青牙郎，后是东北人，现在又有麻和尚，每一次邂逅又都是离别。他想迈步，脚一软，坐在地上，就坐着思考人生。头顶上的灯越发璀璨，霓虹灯也来了，线形、平面、立体，刷刷变颜色。那一小粒一小粒电珠子，不就像菜籽。想到菜籽的隐语，就笑，止不住地笑，眼泪淌下来，索性哭起来。这狂热的街市上，有的是哭和笑，没有人单会注意他。

岸上忽然出现一行摩托，骑手是谁？全是惠安女，顶着头巾，短上衣和牛仔裤之间，露出一截纤腰，妖娆极了。挺着身子，双手扶车把，速速行进。速度里，三维世界合成一维，那就是时间，捎带着空间的遗痕，空气受压缩的轰鸣声。摩托过去，留下单纯的时间，声音消失了，寂静也消失了，载体都退去，赤裸的时间保持流淌的状态，流淌，流淌，一去不回。

初稿 2014 年 8 月 26 日

二稿 2015 年 5 月 3 日